16	3	2	13
5	10	11	8
9	6	7	12
4	15	14	1

Sei Shônagon
清少納言

O LIVRO DO TRAVESSEIRO
枕草子

Organização
Madalena Hashimoto Cordaro

Tradução
Geny Wakisaka, Junko Ota, Lica Hashimoto,
Luiza Nana Yoshida e Madalena Hashimoto Cordaro

editora■34

EDITORA 34

Editora 34 Ltda.
Rua Hungria, 592 Jardim Europa CEP 01455-000
São Paulo - SP Brasil Tel/Fax (11) 3811-6777 www.editora34.com.br

Copyright © Editora 34 Ltda., 2013
Organização © Madalena Hashimoto Cordaro, 2013
Tradução © Geny Wakisaka, Junko Ota, Lica Hashimoto, Luiza Nana Yoshida, Madalena Hashimoto Cordaro, 2013

A FOTOCÓPIA DE QUALQUER FOLHA DESTE LIVRO É ILEGAL E CONFIGURA UMA APROPRIAÇÃO INDEVIDA DOS DIREITOS INTELECTUAIS E PATRIMONIAIS DO AUTOR.

Título original:
Makurano Sôshi

Imagem da capa:
Retrato de Sei Shônagon em xilogravura de Tsukioka Settei (1710-1786)

Capa, projeto gráfico e editoração eletrônica:
Bracher & Malta Produção Gráfica

Revisão:
Alberto Martins, Isabel Junqueira

1ª Edição - 2013 (1 Reimpressão), 2ª Edição - 2013 (3ª Reimpressão - 2023)

CIP - Brasil. Catalogação-na-Fonte
(Sindicato Nacional dos Editores de Livros, RJ, Brasil)

Shônagon, Sei, c. 966-1020
S115l   O Livro do Travesseiro / Sei Shônagon; organização de Madalena Hashimoto Cordaro; tradução de Geny Wakisaka, Junko Ota, Lica Hashimoto, Luiza Nana Yoshida, Madalena Hashimoto Cordaro; apresentação de Geny Wakisaka e Madalena Hashimoto Cordaro. — São Paulo: Editora 34, 2013 (2ª Edição).
616 p.

ISBN 978-85-7326-515-6

Tradução de: Makurano Sôshi

1. Literatura clássica japonesa. 2. Japão - Cultura e história, sécs. X-XI. I. Cordaro, Madalena Hashimoto. II. Wakisaka, Geny. III. Ota, Junko. IV. Hashimoto, Lica. V. Yoshida, Luiza Nana. VI. Título.

CDD - 895.4

O LIVRO DO TRAVESSEIRO

Sobre a obra, a autora, o contexto e a tradução
   Geny Wakisaka e Madalena Hashimoto Cordaro   7

O LIVRO DO TRAVESSEIRO 43

ANEXOS

Índice dos textos 537
Sobre cargos, títulos, funções e atribuições
   Junko Ota e Madalena Hashimoto Cordaro 549
Sobre flores, pássaros, vestuário, arquitetura e calendário
   Luiza Nana Yoshida 563
Cronologia de eventos históricos e literários
   Madalena Hashimoto Cordaro 595
Bibliografia 609
Sobre as tradutoras 613

Sobre a obra, a autora, o contexto e a tradução

Geny Wakisaka
Madalena Hashimoto Cordaro

> *aos pais e avós que fizeram a travessia ao Brasil*
> *aos filhos e netos que aqui vivem, estudam e trabalham*
> *aos leitores de todas as épocas e origens*

O Livro do Travesseiro (*Makurano Sôshi*) [枕草子], redigido entre os anos de 994 e 1001 pela dama Sei Shônagon enquanto servia na Corte de Teishi (976-1000), Consorte do Imperador Ichijô (980-1011), em Heiankyô (atual Quioto), é, ao lado das *Narrativas de Genji*, de Murasaki Shikibu, a obra mais representativa da literatura clássica japonesa.

Em linhas gerais, ele proporciona uma gama riquíssima de informações tanto sobre aquilo que hoje se convenciona chamar de "natureza", e os entes e seres que nela grassavam, como sobre os eventos do que costumamos chamar de "sociedade", com uma ênfase especial para o que acontece nas dependências e cercanias do Palácio Imperial. De fato, é do Palácio que emanam a ética e a estética que doravante se tornarão basilares da cultura japonesa, naturalmente filtradas neste livro por uma autora que possuía um olhar, digamos assim, múltiplo e multifocal.

Seus textos são, em geral, relativamente curtos. Os mais longos se estendem por cerca de dezoito laudas e os mais breves contam com apenas uma linha de extensão. Mas em todos eles, mediante raciocínio presto e sensibilidade aguçada, a autora nos desvenda com objetividade e abundância de detalhes, os espaços e a ambiência nos quais se desenvolvem as reuniões lúdicas e religiosas patrocinadas pela nobreza. Desses eventos, Sei Shônagon destaca, com certa ênfase caprichosa, as descrições das vestimentas utilizadas pelas personagens que delas participavam, e cria um mundo caleidoscópico de cores e movimentos que giram ao redor do poder político da época, sendo o vestuário uma linguagem estética e social, além de índice de hierarquia — lição aprendida dos chineses, mas interpretada nas cortes japonesas com muita liberalidade. Nessas exposições não estão descartadas suas predileções ou rejeições, claramente manifestas quanto aos comportamentos das pessoas que cruzavam a sua vida, sem poupar os altos dignitários ou clérigos, servidores ou idosos, inclusive crianças, evidenciando as tramas de um complexo meandro de relações humanas.

Simultaneamente, pode-se apreciar seu incontestável domínio dos escritos chineses e japoneses, quesitos indispensáveis para as damas palacianas da época. Tais requisitos de conhecimento intelectual sobressaem, por exemplo, nos incontáveis nomes de lugares e acidentes geográficos de sua preferência citados nos textos, em uma autora cuja vivência foi quase que confinada ao restrito mundo da Capital e, em especial, a um recôndito palaciano. São sequências de lugares poéticos, divinizados e estetizados, que muito provavelmente jamais foram por ela visitados pessoalmente.

No que se entende como o "posfácio" da obra (ver o texto "Essas folhas", sem número de referência), a autora esclarece acerca dos motivos que a levaram a escrever, as suas intenções e as preocupações com as críticas que viriam com a inesperada forma de divulgação dos seus textos dentro do próprio Palácio.

Segundo consta, Fujiwarano Korechika, irmão da Consorte Teishi, presenteia o Casal Imperial com pacotes de preciosos papéis e o Imperador imediatamente ordena aos seus subalternos a cópia de *Shiki* (a história da China escrita por Shiba Sen, concluída em 91 a.C.). A Consorte Teishi, por sua vez, indaga às damas presentes: "E o que escrever nestes?". A proposta incontinenti foi de Sei Shônagon: um "Travesseiro" (*makura*) — e assim os papéis lhe são entregues. Leia-se o trecho aludido:

> O Alto-Conselheiro Korechika presenteou uma quantidade de papéis à Sua Consorte e ela me perguntou: "O que vamos escrever neles? Lá na Corte de Sua Alteza estão copiando *Registros Históricos da China*". Foi então que sugeri à Sua Consorte: "Talvez, nestas folhas, pudéssemos fazer um 'Travesseiro'...". Sua Consorte Imperial aceitou a sugestão e en-

tregou-me os papéis, dizendo: "Os papéis são vossos. Escrevei o que vos convier". Foi então que comecei a escrever sem a mínima pretensão, um pouco disso, um pouco daquilo, e, no intuito de preencher todas as incontáveis folhas, temo ter registrado muitas coisas de difícil compreensão.

O título da obra, O *Livro do Travesseiro*, deve ter se originado desta passagem. Mas ainda não existe consenso entre os pesquisadores quanto ao seu significado. Em sua época, o termo *makura*, "travesseiro", não aludia ao leito em sentido erótico, como se pode notar pelas figuras retóricas *makura kotoba* ("palavra travesseiro", modo de epíteto poético que se antepõe a lugares famosos ou sentimentos enfatizados) e *utamakura* ("travesseiro de poema", tropo poético essencial para o bem compor e que alude aos deuses que habitam o mundo). No período Edo (1603-1867), sim, a palavra vai adquirir uma conotação fortemente sexual e é célebre a obra de Kitagawa Utamaro intitulada *Travesseiro de poemas* (*Utamakura*), um livro erótico ilustrado, modelar em seu gênero, que desloca para o âmbito citadino baixo os sentidos das artes da Corte do período Heian, apropriando-se de sua elegância. Inclusive a própria obra de Sei Shônagon torna-se então objeto de paródia erótica por mais de um autor. Certamente a expressão "livro do travesseiro" também não tem o sentido atual de "livro de cabeceira", pois a leitura para as damas da Corte Imperial é atividade conjunta, simultânea e diuturna, pública, aliada à apreciação e crítica da caligrafia e das outras artes.

Dentre as várias propostas de interpretações, atualmente a mais referida é a de que a autora teria feito um trocadilho com a palavra *Shiki*, título da obra citado pelo Imperador, que significa *Registros Históricos*, mas que pode ter outro sentido no idioma japonês, no termo homófono *shiki*, "ato de estender ou forrar", normalmente utilizado quando a superfície a ser coberta é o chão ou o leito (além de nomear também o "baixeiro", um tipo de manta que se coloca sob a sela do cavalo). Tanto num como noutro caso, existe a ideia comum de "um sobre o outro". Por contiguidade, teria despertado em Sei Shônagon a associação com o termo *makura*, que, além de significar "travesseiro", nomeia também seu homófono, a "sela". Já foi aventada também a ideia de que haveria aí uma referência à escuridão da hora do leito — denominada *makkura* —, e associando-a ao estilo errático com que a autora teria composto sua obra.

O que se conclui é que, se a Ala do Imperador se dedicava a registros históricos oficiais, próprios do universo dos homens, a de Teishi se dedicaria a relatos privados, mais próximos do mundo das mulheres. Podemos nesse aspecto já compreender uma das oposições essenciais da cultura japonesa: o *interno* e o *privado* (*uchi*) versus o *externo* e o *público* (*soto*), a *letra mulher* (fonograma) versus a *letra homem* (ideograma), a *pintura mulher* (*onnae* ou Yamatoe) versus a *pintura homem* (*otokoe* ou Karae), Yamato (Japão) versus Kara (como era conhecida a China no período). Note-se, entretanto, que tal oposição não contém em si resistência nem rejeição.

Há ainda a hipótese de que a autora teria recorrido à antiga técnica da retórica japonesa segundo a qual certos vocábulos costumavam ser prenunciados de adjetivações elogiosas, e da palavra *Shiki*, pronunciada pelo Imperador, viera-lhe à mente a lexia fixa *shikitaeno makura* ("travesseiro forrado de tecido compacto"). Muitos comentadores, entretanto, discordam desta última interpretação por considerarem-na muito ousada e desrespeitosa por parte da dama, pois pressupõe que ela ousaria fazer um trocadilho com uma palavra dita pelo supremo Imperador.

É possível ainda arriscar que o sentido de "travesseiro" talvez tivesse alguma relação com sua insatisfação, profundamente recalcada, com a situação da figura feminina em meio àquela luxúria de hábitos poligâmicos que atribuíam várias mulheres a apenas um homem. Dessa tênue consciência de discriminação, somente o travesseiro da autora estaria ciente. Anacronismo, entretanto, seria querer encontrar em Sei Shônagon uma dama que se rebelasse contra uma atitude amorosa praticada em seu tempo; por outro lado, sua fama de grande sedutora também impõe limites ao caráter de subordinação feminina.

Nos últimos anos tem sido objeto de escrutínio a posição não só das damas da Corte de Heian como também a de um número de escritoras e personagens femininas na literatura japonesa. É compreensível a compaixão por personagens que teriam sido, aos olhos contemporâneos de feministas radicais, "forçadas sexualmente" em maior ou menor grau, mas anacronismos são impossíveis. Embora não haja como não se compadecer de sua condição — o conceito de *monono aware* (que traduz a condição efêmera da beleza e da tristeza de todas as coisas que passam) é um forte componente da visão de mundo de Murasaki Shikibu... —, as Consortes Imperiais e suas damas, ao mesmo tempo em que emulam estar se divertindo em meio às vertigens políticas que lhes solapam tempo, progenitura e posição futura, também acabam por apreciar a composição de poemas e sua crítica, os trajes de puras sedas e brocados profundos, os passeios na primavera e no outono, as cerimônias suntuosas, os momentos do leito e da ternura amorosa.

O "posfácio" de Sei Shônagon prossegue relatando que a obra fora escrita por ela em sigilo, em sua casa, anotando naquelas folhas, sem muita pretensão e ao seu bel prazer, seus poemas preferidos, seus comentários sobre os encantos e desencantos das coisas do mundo, seus gostos e aversões, além de eventuais críticas e falhas cometidas contra terceiros, pois ela nunca imaginara que tais escritos um dia pudessem ser divulgados. Mas isso acaba por acontecer quando ela oferece uma esteira para sentar ao senhor Minamotono Tsunefusa, filho adotivo do senhor Fujiwarano Michinaga (tio da Consorte Teishi e que, por meio de manobras políticas, lhe usurparia o trono), e não percebe que seus textos ali se encontravam. Tsunefusa leva os escritos e os devolve mais tarde, mas não sem antes tê-los divulgados na Corte. Sei Shônagon deu continuidade a suas anotações e só parou após a morte da Consorte Imperial Teishi, que já havia sido coroada com o título de *kôgô* (Primeira Consorte Imperial), artifício para diferenciá-la da prima que recebe o seu antigo grau de *chûgû* (Consorte Imperial).

Alguns pesquisadores alegam que este trecho do "posfácio" deixa muitas dúvidas quanto à veracidade dos fatos e às intenções de sua autora. Em primeiro lugar, seria um tanto estranho ela utilizar as folhas recebidas pela Consorte para escrever em sigilo ideias a seu bel-prazer. Papel era artigo muito valioso para ser tratado de tal maneira. No mínimo, ela teria de dar alguma satisfação à doadora sobre seu paradeiro. E se essa condição não lhe fora exigida, a história da procedência das folhas poderia ter sido totalmente ficcional.

Em segundo lugar, a visita de Minamotono Tsunefusa a sua casa se dá após a morte do pai da Consorte Teishi, quando esta começa a perder apoio político dentro da Corte, e principia a ascensão do ramo Michinaga da família Fujiwara no cenário político do país. Considera-se que teria sido proposital o oferecimento de uma esteira com seus textos, pois haveria aí uma intenção de se fazer conhecer por Michinaga, por intermédio de Tsunefusa, e assegurar assim o futuro de sua própria sobrevivência. Por essa razão, alguns comentadores da obra suspeitam da tão proclamada fidelidade da autora à Consorte Imperial Teishi.

Este incidente, entretanto, não altera a atitude de Sei Shônagon para com a sua Consorte, a quem se dedica de corpo e alma, bem como aos seus três filhos, de vidas tão abreviadas após a morte da mãe natural.

Finalizando o "posfácio", Sei Shônagon menciona ainda sua preocupação com os falatórios que iriam desqualificar sua aptidão literária. Presume-se que tivesse em mente a imagem de sua contemporânea e arquirrival, a escritora e dama Murasaki Shikibu, autora de *Narrativas de Genji*, que fora chamada para servir à Consorte Imperial Shôshi, filha de Fujiwarano Michinaga, sucessora de sua adorada Teishi.

Somente após o término da redação de *O Livro do Travesseiro* no ano 1000 — ou 1001 segundo a maior parte dos pesquisadores — é que se seguem outros escritos do período de lavra feminina mais famosos: o *Diário de Murasaki Shikibu* é de 1006; o *Diário de Izumi Shikibu*, de 1007; as *Narrativas de Genji*, de 1010 (ou 1008 segundo algumas fontes). Portanto, um dos méritos da obra de Sei Shônagon é sua precocidade desbravadora, o que quase sempre implica maior esforço ou capacidade de visão.

Para além da anterioridade no tempo, entretanto, atualmente se aponta a importância da obra em termos de uma fixação do tipo de escrita "ao sabor do pincel", *zuihitsu*, associando-a a obras bem posteriores: *Hôjôki* (*Relatos da Cabana de Nove Metros Quadrados*), de Kamono Chômei (1153-1216), e *Tsurezuregusa* (*Escritos do Ócio*), de Yoshida Kenkô (1283-1351). Vale observar que essa rede de relações provém da tentativa de construção de uma história literária, algo que ocorre em fins do século XIX, quando o Japão absorve conceitos e categorias ocidentais para interpretar a sua própria cultura. Quando lemos a obra *Relatos da Cabana*, escrita em 1212 pelo monge budista de origem xintoísta e herdeiro do cargo de Guardião Superior do Santuário Kamo, vemos que tem caráter mais homogêneo do que o livro de Sei Shônagon. Baseada em *Chiteiki* (982), obra em prosa em chinês de Yoshishigeno Yasutane, que construiu uma sala para Amida e colecionava livros chineses que apreciava ler após recitar o Nenbutsu, Kamono Chômei redige uma espécie de crônicas em seu estado de "retirado da sociedade" (*inja*), expressando reflexões de um recluso budista em busca de consolo religioso na oração, na meditação, e nas artes da música e da poesia. Em tom memorialista, narra o grande incêndio de 1177, o tornado de 1180, a fome de 1181, o terremoto de 1185 (mostrando claramente a decadência da cultura aristocrática), numa obra de apenas trinta páginas. A semelhança com *O Livro do Travesseiro* encontra-se, sem dúvida, no caráter não ficcional e ensaístico que predomina na obra.

Já Yoshida Kenkô (ou Kaneyoshi), monge da Corte nascido em família eminente de xintoístas descendentes da deidade Koganeno Mikoto, ordenou-se budista em 1321, antes da morte de seu patrono, o Imperador Go-Uda, em 1324. Nota-se a presença budista de modo bem mais acentuado do que no tempo de Sei Shônagon. *Escritos do Ócio*, de 1330-31, tem sido uma obra apreciada como uma coleção de ensaios, observações e aforismos, sendo seus tópicos irregulares. Alguns de seus trechos, também sem título e sem ordem cronológica, contêm apenas uma ou duas sentenças, enquanto outros se delongam por várias páginas. Neste sentido, a semelhança estrutural com *O Livro do Travesseiro* é notável. A expressão de conceitos da natureza cíclica da vida (ciclo da ascensão e da queda, do nascimento e da decadência) que regem todos os atos dos homens, as observações sobre a natureza estética das artes se tornaram clássicas na tradição japonesa, como por exemplo, a de que a beleza profunda se associa ao tempo, pois se tudo fosse como sempre *ad eternum*, não haveria espaço para a sua manifestação; ou a de que a transitoriedade torna a flor bela porque sabemos da inexorável queda de suas pétalas; ou ainda a de que o inacabado tem mais virtudes do que o acabado, o irregular do que o geométrico, o instável do que o equilibrado. Observações também de ordens sociais, agudas, engraçadas, mas nunca gratuitamente negativas, sobre monges, cortesãos, guerreiros, interioranos, mulheres, sempre desprezando o fingimento e a vulgaridade sob qualquer forma, também nos remetem aos olhos clínicos de Sei Shônagon.

Sobretudo, como apreciou Watanabe Minoru: tanto em Sei Shônagon quanto em Yoshida Kenkô é perceptível uma profunda elegância na escrita clássica, econômica e essencial.

A busca estética nos escritos do período Heian

Como já referida anteriormente, a conceituação de *monono aware* encontra-se indissoluvelmente ligada à obra de Murasaki Shikibu intitulada *Narrativas de Genji*, e é dos termos mais conhecidos pelos interessados na literatura japonesa, pois celebrado e teorizado por Motoori Norinaga (1730-1801). A compaixão, a tristeza pela inexorável impermanência que caracteriza *monono aware*, mostra um olhar que, em estado de contemplação, identifica-se com seu objeto e a partir daí tece reflexões mais abrangentes sobre o seu gênero. Mas o universo de Sei Shônagon segue outros caminhos. Como já foi parcialmente desenvolvido em outra oportunidade,[1] retoma-se aqui somente o conceito essencial que acaba por nortear a obra de Sei Shônagon: a leveza bem-humorada do *okashi*.

Na literatura japonesa, segundo estudo de Hisamatsu Sen'ichi (1963), vê-se um número de conceitos estéticos correspondentes a determinados períodos históricos, que poderia ser ilustrado na seguinte tabela:

Período	Humor	Sublimidade	Elegância
Antiguidade ou Yamato (até séc. VIII) 大和時代	Choku 直	Mei 明	Sei 清
Média Antiguidade ou Heian (794-1192) 平安時代	Okashi をかし	Taketakashi たけ高し	Aware 哀
Medieval ou Kamakura-Muromachi (1192-1600) 鎌倉室町時代	Mushin 無心	Yûgen 幽玄	Ushin 有心

---

[1] Ver Madalena Hashimoto Cordaro, "Sobre a estética de *okashi* na tradução de *O Livro-Travesseiro* de Sei Shônagon", *Revista de Estudos Orientais*, São Paulo, FFLCH/DLO, 2006, pp. 127-38. Visite-se: http://www.fflch.usp.br/dlo/estudosorientais/N5/download/CORDARO_madalena.pdf.

| Pré-moderno ou Edo (1600-1868) 江戸時代 | Kokkei 滑稽 | Sabi, Karumi さび、軽み | Sui, Tsû, Iki 粋、通、いき |
| Moderno ou Meiji, Taishô e parte de Shôwa (1868-1945) 明治、大正、昭和 | Koten 古典 | Shajitsu 写実 | Rôman 浪漫 |

O período que ora nos interessa, o Heian, apresenta, portanto, seguindo a linhagem do que Hisamatsu delineia como pertencente à linhagem da elegância, o conceito *aware*, "tristeza e beleza", "o *pathos* das coisas", a compaixão pelo mundo movente e sempre mutante, que, dizem, caracterizaria as peripécias amorosas do extasiante Hikaru Genji e seus incansáveis companheiros de jogos e caçadas amorosos. O carma, a retribuição sofrida pelos sofrimentos impingidos a outrem, se faz motor básico da tristeza, pois a juventude e sua beleza nunca devem ser recusadas, ainda que se não as desejem. Não nos interessará a disputa entre as duas maiores escritoras do período — de fato, já houve fontes e análises opondo-as e defendendo uma em detrimento de outra —, pois o caráter de suas obras difere de tal modo que as torna incomparáveis.

Vê-se, conforme a tabela de Hisamatsu, que o termo *okashi* é central na conceituação estética que se liga ao "humor" e que se desenvolve, em linhagem direta, até a modernidade, como também o fazem os outros termos-chave de "sublimidade" e "elegância". Nota-se uma nuance lúdica nessa classificação, bem peculiar dos intelectuais japoneses perspicazes nas ramificações temporais, na qual certamente poderiam se inserir também escritores de várias faturas e países.

Atenta Hisamatsu Sen'ichi, secundado por Tanaka Michimaro, que a palavra *okashi* não é encontrada na Antiguidade e que, no período Heian, é utilizado em dois sentidos: para indicar um sorriso ou um chiste, ou para sugerir algo que, embora alegre, de percepção perspicaz e engenhosa, encontrava-se ainda muito próximo à elegância. Certamente trata-se aqui de um conceito no qual a comédia não exclui a tragédia, para tentar fazer uma associação à teoria literária ocidental. Atenta Hisamatsu, ainda, que o grande estudioso Motoori Norinaga, afiliado ao movimento Estudos Vernaculares (*Kokugaku*), considerou a primeira acepção como derivação de uso popular dos homens comuns, no termo *oko* (tolo, engraçado), e a segunda como derivação de uso entre os nobres elegantes, no termo *omukashi* (alegre, satisfeito, que sente sensação agradável). Em ambos os casos, a qualidade estética de alegria e brilho se iguala, mas o desenvolvimento do primeiro geraria incongruência, comicidade e impropriedade, e, do segundo, harmonia, perspicácia, engenhosidade e elegância.

Feita uma contagem, concluiu-se que em O Livro do Travesseiro, o termo *okashi* aparece 466 vezes, e seu sentido encontra-se normalmente associado a uma variante de beleza "clara", "alegre", "discreta", "sutil" e "elegante". Conforme a presente tradução foi avançando, notamos que as interpretações começaram a se expandir, incluindo "interessante", "gratificante", "prazeroso", "excitante", "fascinante", chegando a "sublime". Como termo análogo, e muitas vezes utilizado como sinônimo, o mais importante conceito que se relaciona a *okashi* seria *omoshiroshi* ("interessante, intrigante, divertido") — termo já encontrado na Antiguidade, significando "apreciação" com ênfase no brilho e na alegria, embora às vezes não contenha implicação de humor. De qualquer forma, em oposição ao termo *aware* e seus derivados (*awarenari* e *monono aware*), cuja conotação se impregna de sombra e melancolia, o campo semântico de *okashi* abarca apenas uma beleza luminosa.

Foi aludido anteriormente que a primeira acepção, de "humor", e a segunda, de "elegância", proviriam, respectivamente, de uma visão de povo e de corte. Ora, se ambas encontram expressão na obra de Sei Shônagon, talvez pudéssemos aventar que há uma consciência de uma percepção, quanto aos aspectos múltiplos da vida humana e da natureza, que se poderia compreender como sendo dicotômica. Lembremos aqui oposições constantes no pensamento e na produção artística do período Heian: a oposição entre pintura japonesa (*yamato-e*, pintura de Yamato; e *onna-e*, pintura-mulher) e chinesa (*kara-e*, pintura da dinastia T'ang; e *otoko-e*, pintura-homem), caligrafia e sistemas de escrita japoneses (*onna-de*, mão-mulher) e chineses (*otoko-de*, mão-homem), os quais, coexistindo às vezes até no mesmo biombo, na mesma parede corrediça, no mesmo leque, indicam diferentes gêneros, técnicas ou formas. Assim, a oposição nobreza-povo não se calcaria no desprezo de um para com o outro — como alguns críticos afirmam, levemente indignados contra o que supõem ser uma atitude de escárnio perante as classes menores, em oposição a uma adoração irrestrita à família imperial —, embora a primeira, sim, fosse o modelo exemplar de elegância e refinamento, e o segundo, de ingenuidade e riso. "A elegância é coisa fria", para citar juízo de Tanizaki Jun'ichirô.

Relacionamos variações da segunda acepção, a ligada a *okashimi*. Quanto à primeira acepção, *oko*, eivada de humor, refiramos um exemplo: na comemoração de certas datas do ano, dentre as quais, no décimo quinto dia do primeiro mês, ocorre um jogo em que se tenta acertar, com gravetos chamuscados, a retaguarda de jovens e damas. É descrita a atitude daqueles que são inadvertidamente atingidos e se nota que o termo é utilizado numa situação lúdica de um tipo de humor que leva a um riso e comicidade de atitudes que desobedecem às rigorosas regras de etiqueta da Corte. Entretanto, não se trata de um riso ligado a *minikushi*, isto é, ao "feio, horrível, ridículo", e sim ao "excitante, engraçado, prazeroso", peculiar ainda assim de um refinamento de Corte. Também sabem ser tolos os nobres.

Debruçando-nos sobre o verbete *okashi* em um dicionário especializado em língua clássica, encontramos as seguintes acepções: 1. *convidativo à apreciação*; 2. *interessante, notório*; 3. *atraente por sua beleza*; 4. *gracioso, mimoso*; 5. *esplêndido, magnífico*; 6. *de tão interessante, faz rir*; e 7. *risível, diferente, raro, incomum*.

Em nossa tradução, registramos as seguintes possibilidades: *belo, bonito, mimoso, atraente, charmoso, encantador, gratificante, excitante, intrigante, impressionante, admirável, elegante, refinado, sublime, magnífico, maravilhoso, interessante, divertido, engraçado*. Chama a atenção, assim, o âmbito significativo dos termos utilizados pela dama Sei Shônagon: uma escritura concisa, de expressão sintética e significados múltiplos.

Que o humor tenha sido o caminho para tentar fazer sorrir uma Consorte Imperial em situação de queda e fragilidade, falecida tão precocemente, parece-nos de compreensível compadecimento.

Sobre a autora e sua época

Sei Shônagon, 清少納言, como é conhecida hoje, recebeu tal nome enquanto atuava como servidora da Consorte Imperial Teishi, esposa principal do Imperador Ichijô (980-1011, no trono desde 986 até a morte). O primeiro ideograma (Kiyo, 清) de seu sobrenome Kiyohara, 清原, é lido "Sei" quando se utiliza o modo chinês. Quanto ao termo "Shônagon", 少納言 (Baixo-Conselheiro), há interpretações de que seria o cargo ocupado ou por seu pai ou por um de seus dois maridos, como seria corrente na nomeação das mulheres na época. É o que ocorre com Murasaki Shikibu: Murasaki, a maravilhosa cor roxa em tonalidades que alcançam até o lilás, é o nome da protagonista de suas *Narrativas de Genji*; Shikibu, o cargo de seu pai, responsável pelo Setor do Cerimonial. Mas no caso de Sei Shônagon, pode-se também supor, por falta de dados mais concretos (e também pelo fato de tanto seu pai como seus dois maridos não terem ocupado tal posição na Corte), que tal denominação teria sido atribuída a ela própria enquanto servidora do Palácio Imperial. No início, tal cargo era atribuído a três assessores diretos do Imperador, com a função de participar na elaboração de documentos sigilosos ou processuais. Posteriormente, com a criação do Setor do Secretariado, os assessores *shônagon* perdem esses encargos. Assim, pode-se concluir que a autora foi introduzida no Palácio Imperial com essa nomeação, sendo que suas tarefas consistiam no atendimento às solicitações da Consorte Imperial Teishi.

Há hipótese de que de nascença tenha sido chamada Nagiko, mas nada existe que o comprove (note-se que nomear as mulheres com o sufixo *ko* torna-se hábito somente na modernidade), e tanto o nome original de Sei Shônagon como o de sua mãe permanecem incógnitos, como ocorreu com várias outras damas de extração até muito superior à sua. Não existem também registros acurados sobre as principais datas de sua vida. Calcula-se, porém, que tenha nascido por volta do ano 966, na época do Imperador Murakami (926-967, no trono desde 946 até a morte), quando seu pai, Kiyoharano Motosuke, já com 59 anos, prestava serviços no Setor do Tesouro, cuidando de finanças.

Consta que teve quatro irmãos: Tameshige, chefe do Setor de *Gagaku* (gênero de música palaciana); Munenobu, assessor do Comandante do Dazaifu; Kaishû, poeta e monge ligado ao Imperador retirado Kazan'in (no trono entre 984 a 986); e uma irmã, casada com o nobre Fujiwarano Masatô. Sendo caçula, e talvez pela diferença de idade ou por outros motivos de ordem sociopolíticos, as relações entre eles parecem ter sido muito tênues.

Seu avô paterno Kiyoharano Fukayabu se destaca na Corte como poeta — e lembre-se o papel pragmático da composição poética no universo desse período —, sendo seus *tanka* registrados na coletânea de poemas japoneses *Kokin Wakashû* (905), patrocinada pelo Imperador Daigo. Seu pai Kiyoharano Motosuke também é poeta consagrado e participa da organização de *Gosen Wakashû* (951), coletânea compilada sob os auspícios do Imperador Murakami, e sob cuja demanda passa a fazer parte do grupo de letrados. Sua contribuição nos trabalhos de elucidação da leitura dos poemas inseridos na antologia *Man'yôshû*, organizada no século VIII, é notória. Cercada por tal ambiente familiar, por mais tênues que tenham sido as relações com seus parentes mais próximos, e dotada, como parece ter sido, de considerável lucidez de percepção, pode-se afirmar que Sei Shônagon recebeu orientações literárias desde a mais tenra idade.

Dos anos 974 a 978 ela teria vivido fora da Capital, acompanhando o pai que havia sido enviado como Administrador da Província de Suô, atual província de Yamaguchi. Enfatize-se que a Capital Heian-kyô (atual Quioto) era compreendida como a encarnação do Paraíso neste mundo, um lugar habitado por seres sublimes, os melhores homens e as mais augustas damas. Por oposição, exercer cargos nas províncias equivaleria a um tipo de exílio ou queda de prestígio ou sacrifício temporário.

Se procurarmos em sua obra relações autobiográficas, e certamente o visto e vivido também fazem parte dela, poderemos perceber que no texto 286 ("Coisas que exigem atenção constante") narra-se uma experiência de viagem de barco em que se reporta a passagem pelos mares internos de Seto, que poderiam ter sido percorridos em tal ocasião. É notável como o texto 286 se inicia com uma lista no tempo presente, mas sua conclusão remonta à memória longínqua de uma sensação de menina.

Após seu retorno à Capital, aos dezesseis anos, a autora casa-se com Tachibanano Norimitsu (965-s/d), que descendia de Tachibanano Moroe, Ministro da Esquerda do Imperador Shômu (701-756, no trono entre 724 e 749). Teve com ele um filho que se chamou Norinaga, mas a separação do casal teria ocorrido em 991, um ano após a morte de seu pai (ou 993, segundo diferentes pesquisadores). Norimitsu, apesar de também pertencer a uma família de poetas, seria avesso à composição poética e estaria mais propenso às artes militares, o que parece não ter satisfeito as tendências da autora. Ele aparece no texto 78 ("O Secretário Chefe dos Médios-Capitães"), na posição de "irmão mais velho", como era referido um esposo antigo ou atual, num cargo inferiorizado de Vice-Chefe de Manutenção do Palácio Imperial, em flagrante comparação com um superior Fujiwarano Tadanobu, que favorece a composição de poemas e jogos mnemônicos. O primeiro marido Norimitsu surge também, numa alusão de passagem, como representante maior da indiferença com relação à poesia no texto 126 ("No segundo mês do ano, no Gabinete do Primeiro-Ministro"), que atesta a alta consideração que a autora detém por conta de sua ascendência poética.

Há uma hipótese de que no ano 991, um ano após a morte de seu pai, quando ela tinha 26 anos de idade, Sei teria vivido por cerca de ano e meio com seu segundo esposo Fujiwarano Muneyo, nobre de 55 anos bem estabelecido na Corte e Governador da Província de Settsu, atual Ôsaka. Dessa união teria nascido sua filha Komano Myôbu (Dama Koma), futura poetisa de certo destaque.

Outras teorias, porém, afirmam que ela teria contraído esse segundo casamento com Fujiwarano Muneyo somente após a morte da Consorte Imperial a quem serviu, ou seja, após o ano 1000. Pode-se, de todo modo, assegurar que muitos dos seus conhecimentos, inclusive geográficos, teriam provindo de experiências de viagens e leituras anteriores, seja com Muneyo, seja com o pai, seja ainda com o primeiro esposo Norimitsu. Mas, principalmente, eles teriam se originado de suas leituras dos poemas registrados nas coletâneas literárias japonesas e chinesas: travesseiros de poemas imaginados e idealizados.

A se crer na hipótese desse segundo casamento, a autora foi convocada a servir a Consorte Imperial não muito tempo depois, e teve de se separar de Muneyo (ver texto 259, "O Conselheiro-Mor Michitaka"). Em meio às atribuições em seu novo ambiente, o Palácio Imperial, a autora se vê envolvida num redemoinho de processos de ocultamento, como registrado abaixo:

[...] Quando finalmente desci da carruagem, o Alto-Conselheiro Korechika se aproximou e disse-me: "Sua Consorte me deu uma ordem: 'Não deixais ninguém vê-la, principalmente Munetaka. Fazei-a descer às escondidas!' e eu estava somente a cumpri-la. Que injusto de vossa parte nos afastar!" e, ajudando-me a descer, acompanhou-me até ela. Fiquei muito emocionada pelos cuidados a mim dispensados por Sua Consorte Imperial.

Compreende-se a intenção por parte da Consorte Imperial de não deixar que suas damas fossem vistas, mas Watanabe Minoru afirma não se conhecer quem tivesse sido o nobre referido, Munetaka. Hisamatsu Sen'ichi, secundado por pesquisas que encontraram documentos guardados no templo da família, registra a hipótese de se tratar de Kiyoharano Munetaka, um irmão mais velho de Sei Shônagon. Interpretações existem de que se trataria do segundo marido de Sei Shônagon, Fujiwarano Muneyo, talvez estimuladas pela inicial do nome e supondo uma obliquidade de alusão para sua proteção. Tenha se relacionado com Muneyo antes ou depois do serviço à Consorte Imperial, é consenso que teve com ele uma filha chamada Koma, mas também existem hipóteses de que a posteriormente célebre poetisa não tenha sido a própria, mas outra dama de mesmo nome.

Relações amorosas e poesia

Talvez seja pertinente relembrar aqui alguns dados sobre o sistema de casamento entre os nobres no período Heian (794-1192). De modo geral, o processo trilhava os seguintes passos: o jovem indaga a pessoas de seu meio acerca das moças disponíveis (seu caráter, histórico familiar, atividades artísticas) e, se interessado, envia-lhe uma carta de proposição de compromisso em forma de poema; ou a moça, que vive recôndita nos fundos de sua habitação e não se mostra a ninguém, é por ele "espiada" (emprega-se aí o termo *kaimami*, "ver através de frestas") em alguma breve atividade exterior, e ele lhe envia sua proposta.

A resposta à carta-poema é efetuada por uma representante da dama e assim ocorre algumas vezes até que a própria moça se digne a escrever diretamente a ele (dado o sigilo e a importância de tais cartas de amor, elementos como a caligrafia, os aromas, os processos de dobras, os adendos e os emissários adquirem um caráter estético de suma importância).

Se houver interesse mútuo, o moço começa a visitar a dama à noite e eles se comunicam de maneira mediada, ela oculta por um cortinado, ele por um biombo, e devendo partir antes do amanhecer. A regra diz que após três noites consecutivas, acompanhadas de três cartas na manhã seguinte (*kinuginuno fumi*), ele pela primeira vez pode ver sua face. Os pais dela aparecem e selam o compromisso com taças de saquê. Ele então permanece mais tempo e os dois são considerados casados oficialmente. Como as esposas continuam a viver em seus lares de origem, recebem visitas amorosas dos esposos oficiais (*matsu onna*, "mulheres a esperar" torna-se seu epíteto), sendo a influência de seus pais fundamental no exercício do poder político, pois as utilizam como ímãs sedutores e como progenitoras de possíveis futuros Imperadores que lhes ficam sob a guarda. As filhas passam a ter, então, excepcional valor, e são preciosamente escondidas dos olhares comuns atrás de cortinas, cortinados, biombos, treliças: a chama da lamparina e a penumbra (e seus correlatos: a ambiguidade, a alusão, o subentendido, a sutileza) passam doravante a estruturar a estética japonesa mais tradicional.

A idade estabelecida para o casamento era de catorze anos para os meninos e doze para as meninas. Em geral, as esposas oficiais de nobres mais importantes eram mais velhas do que os cônjuges e não era incomum que se comportassem de forma dominadora e distante (ver, a propósito, a relação do príncipe Genji com sua primeira esposa, Aoi, em *Narrativas de Genji*). Casamentos entre primos de primeiro grau, entre tias e sobrinhos e tios e sobrinhas, não constituem tabus, sendo a diferença de idade bastante generalizada em ambas as direções. Após meses ou anos de relacionamento, o marido poderia receber em seu palácio a esposa, que se tornaria, então, a esposa principal.

Excluídas do exercício de funções no mundo exterior, as damas também enfrentam as decorrências do sistema poligâmico: concorrências, ciúmes, ansiedades, perseguições, assédios são especialmente sofridos pelas que excediam as demais quanto às qualidades amorosas. Nesse quadro, as artes e seu cultivo — especialmente o de poesia, mas também de música, caligrafia, pintura, vestuário — tornam-se motivos de atração para futuros bons esposos. Daí provém a necessidade de se cercar de damas inteligentes, de temperamento artístico refinado — se Sei Shônagon faz parte do salão de Teishi, Murasaki Shikibu pertence à esfera de Shôshi. Não se deve esquecer também do salão *sui generis* da Princesa Senshi Saiin, Suprema Sacerdotisa do Santuário Kamo.

Nota-se, portanto, que as relações amorosas entre os cortesãos representadas por Sei Shônagon não miram a exclusividade ou a fidelidade, mas, antes, a um elegante jogo amoroso (*irogonomi*), sempre de muito bom gosto e eivado de poesia, que busca se afastar de sentimentalidades. Ressalte-se também que, embora o sistema poligâmico fosse oficial, as relações quase monogâmicas tendiam a ser as mais comuns.

Convocada no ano de 993 pelo Conselheiro-Mor Fujiwarano Michitaka para servir à Corte de sua filha, a Consorte Imperial Teishi, Sei Shônagon inicia então, possivelmente com 27 anos, suas atividades na Ala Feminina do Palácio Imperial, ambiente que sempre sonhara frequentar, conforme relata em seus textos. Ali toma parte em variados jogos amorosos que se tornam expressão artística em si, pois mediados por composições de poemas e diálogos prenhes de alusões literárias, como se lê no texto 78 ("O Secretário Chefe dos Médios-Capitães, Tadanobu").

Em relação aos seus próprios dotes poéticos, nota-se que a inibia o peso das egrégias reputações de seu pai e do avô, pois muitas vezes se furtava a apresentar poemas compostos de improviso. Assim mesmo, *O Livro do Travesseiro* registra dezesseis poemas de sua autoria. Segundo levantamento dos pesquisadores, dentre as vinte antologias poéticas organizadas entre 951 e 1439 pelos eruditos da Corte Imperial, sete delas registram em média dois poemas seus, os quais, somados aos contidos em outras coletâneas, chegariam a mais de quarenta. Em linhas gerais o estilo segue o de seu pai, com nuances de caráter mais intelectualizado, maior rapidez no raciocínio e certa leveza de expressão, embora a autora seja lembrada pela posteridade literária japonesa não exatamente como poeta de grande mérito.

No caminho da poesia, conhecimentos sobre a cultura chinesa ou sobre o budismo são bem-vindos, e presume-se que a autora tenha se ilustrado ainda em verdes anos, através do contato com os amigos de seu pai e alguns mestres no assunto como Minamotono Shitagô, poeta contemplado na coletânea de poemas chineses e japoneses *Wakan Rôeishû*, e talvez um de seus compiladores, ou como Minamotono Tamenori, além de outros que teriam se encantado com sua inteligência vivaz.

A obra de Sei Shônagon é pontuada por um tipo de perspicácia que transcende a língua, como a que se observa no texto 280, em que a Consorte Imperial Teishi a questiona num dia de muita neve. Destaque-se o texto completo, pois breve:

280. A NEVE HAVIA SE ACUMULADO BEM ALTO

A neve havia se acumulado bem alto e, excepcionalmente, a janela de treliça estava abaixada; acendemos o braseiro quadrado e conversávamos reunidas, quando Sua Consorte Imperial dirigiu-me a palavra: "Dama Shônagon, como estaria a neve do pico Kôro?". Mandei subir a janela de treliça e pus-me a enrolar para o alto a persiana, o que fez Sua Consorte sorrir. As damas também reconheceram a alusão, pois já a haviam utilizado em seus poemas, e disseram: "Nem tínhamos percebido que a situação do poema era a mesma. De fato, Sei Shônagon realmente faz jus a servir nesta Corte".

A pergunta da Consorte se baseia num poema chinês de autoria do poeta Po Chu-i (772-846, conhecido no Japão como Hakurakuten) inserido na coletânea *Hakushi Monjû*, tomo 16, da dinastia chinesa T'ang. Nele, o poeta, já em idade avançada, diz ser um simples funcionário da Província de Rosan, sítio longínquo da Capital. Acomodado a seu viver modesto e a certa paz de espírito, uma manhã de inverno, deitado na cama com as persianas de seu aposento erguidas, deleita-se ouvindo o sino do templo Iai e apreciando a neve do pico Kôro.

O fato de Sei Shônagon responder à pergunta da Consorte com pleno conhecimento da alusão implícita ao poema de Po Chu-i é digno de nota, pois revela a importância que a cultura chinesa exercia entre damas que, em princípio, não estavam expostas ao universo oficial de Leis, Política, Religião; ou, em uma palavra: aos ideogramas. Vale observar que a dicotomia entre fonogramas, ligados à produção de textos por mãos femininas, e ideogramas, relacionados ao universo mais rígido de mãos masculinas, deixa entrever sutilezas e desvios. O poema japonês é sempre grafado em fonogramas, escrita capaz de expressar o coração de Yamato. Além disso, o período Heian foi mais focado em sua própria individuação cultural do que na importação massiva de coisas do continente como acontecera antes, quando Nara era a Capital. A consequência foi que os Estudos Chineses estagnaram e, no campo da literatura, embora fossem ainda adulados, como é possível ver nas várias referências feitas ao poeta Po Chu-i, eram completamente ignorados os mestres mais considerados, Li Po e Tu Fu.

Outro aspecto digno de nota no texto 280 diz respeito a um procedimento bastante contumaz nas artes japonesas, a figura retórica denominada *mitate*. A visão imaginária de uma montanha coberta de neve, associada à evocação do gesto de um poeta muito apreciado, implica fazer de novo o que no passado fora feito, obtendo assim grande efeito. De fato, o procedimento do *mitate* compreende uma gama bastante variada de sentidos, indo desde a mais tênue alusão, comparação ou imitação, até abranger os processos de metonímia e metáfora e se expandir enquanto símbolo.

Quanto aos conhecimentos de Sei Shônagon acerca do budismo, o texto 32 ("Koshirakawa é o local que nomeia") menciona as palestras sobre sermões budistas patrocinadas pelo nobre Fujiwarano Naritoki, realizadas entre os dias 18 e 21 do sexto mês do ano 986. Aprofundando a questão, nota-se que, com vinte anos e ainda não sendo servidora do Palácio Imperial, Sei Shônagon quis, no entanto, assistir ao menos a uma dessas palestras e, deixando um trabalho que requeria urgência, foi satisfazer sua vontade. A descrição do evento, em dia de calor intenso (quem conhece Quioto sabe de sua alta umidade no auge do verão, semelhante à do nosso tropical Amazonas), com carruagens a disputar cada centímetro do exíguo espaço para ver e se fazer vista; a presença dos notáveis, suas atitudes elegantes ou censuráveis, suas ações e jogos de sedução, tudo é tratado no episódio até o momento em que a autora se coloca fora do evento e força sua saída:

> [...] Maravilhoso foi encontrar o Médio-Conselheiro Provisional Yoshichika que esboçou um sorriso e disse: "Ah, fazeis bem em partir!". Mas nem a isso dei atenção e saí atordoada pelo calor, mas antes de ir-me, mandei-lhe alguém com o seguinte recado: "Isso não significa que Vossa Excelência não se inclua entre os cinco mil monges".

O subentendido de sua mensagem seria: "O senhor fala como se fosse Buda, mas não deixa de se incluir entre os cinco mil monges não iluminados". As palavras que Yoshichika lhe dirigira antes foram as mesmas proferidas por Buda no momento em que presenciou a debandada dos cinco mil monges antes do término de um dos seus sermões. Assim, percebendo a alusão religiosa, sua resposta se deu em conformidade ao episódio.

Quem sabe, reconhece. Quem não sabe, não atina e fica a se interrogar sobre a alusão aparentemente descabida.

Alguns leitores de olhos mais pragmáticos interpretam a atitude de Yoshichika como extremamente arrogante frente ao ainda não muito conhecido Buda, ao lhe retomar as palavras em situação aproximada à de sedução, sem atentar para o modo de narrar eivado de humor leve e cúmplice um diálogo entre uma dama ainda não familiarizada com a Corte e um nobre dotado do título de Médio-Conselheiro, ainda que Provisional. Mas deve-se presumir que o texto 32 ora citado não tenha sido escrito por ela com a intenção de gabar-se de seus dotes intelectuais, crítica que a ela frequentemente se lhe atribui de modo apressado.

Ocorre que no dia seguinte, por questões de interesses políticos, o Imperador Kazan (968-1008, no trono entre 984 e 986) é deposto e se refugia na vida monástica, no que é acompanhado pelo próprio Yoshichika: tornar-se monge, mais do que dedicar-se ao caminho religioso, significa na época afastar-se (de modo voluntário ou não) da vida política e dos afazeres mundanos, incluindo aí os jogos de amor, as tentativas de cuidar de seu clã e de sua descendência. No desfecho do texto, Sei Shônagon lastima a sua fala do dia anterior e se surpreende com a mutabilidade do destino das pessoas, que de uma condição fausta de vida são arremessadas de súbito para uma de austeridade e moderação. Trechos tão alusivos acabam por envolver o leitor em um universo de considerações políticas, e também de outras ordens, tão oblíquas que seu sentido muitas vezes beira a incompreensão. Não sem razão as entrelinhas tornam-se mais e mais significativas nos textos de Sei Shônagon: o não dito supera o verbalmente expresso, as pausas são mais eloquentes do que as notas tocadas.

A vida na Ala Feminina do Palácio centrava-se na figura da Consorte Imperial e suas damas, e era bastante movimentada, pois a frequentavam também seus familiares, os nobres simpatizantes de seu pai e, principalmente, o Imperador e seu séquito. A adaptação da autora a esse ambiente não ocorre de imediato. No início suas atitudes denotavam apreensão e expressavam timidez; porém, graças às atenções e incentivos da Consorte Imperial, dez anos mais jovem, aos poucos Sei Shônagon consegue acomodar-se, aprendendo sobretudo com as veteranas da casa e as damas célebres do passado.

Um dos episódios que mais a impressionou é citado no texto 175 ("Dizem que o antigo Imperador Murakami") em que o Imperador Murakami ordena colocar sob a luz do luar um vasilhame cheio de neve, sobre o qual deixara uma flor de ameixeira, e pede que sua Secretária componha um poema. A resposta da dama Hyôe foi: "Em tempos de neve, de lua e de flores", o que o deixa muito satisfeito. A citação da Secretária refere trecho de um poema do chinês Po Chu-i:

> Os amigos do alaúde, da poesia e do saquê se dispersaram
> Em tempos de neve, de lua e de flores
> Recordo-me de ti e sinto saudades

Nota-se outra vez o peso das referências da China, sempre relacionadas a imagens de elegância, refinamento, lirismo e erudição, através do procedimento do *mitate*, que transforma a neve e as flores da China em miniatura e as transfere para uma cerâmica sob uma lua nipônica. O referido texto relata outro episódio no qual a dama compõe de improviso um poema cheio de trocadilhos e contenta seu Imperador. Igualar-se a tal nível de conhecimento e sensibilidade, ou de sensibilidade expressa através do conhecimento, talvez tenha sido uma das metas da nossa autora, o que entendemos foi alcançado no texto 280 já comentado.

O SALÃO POÉTICO DO SANTUÁRIO KAMO

Outra figura idolatrada por Sei Shônagon foi a Princesa Senshi Saiin (964-1035),[2] décima filha do Imperador Murakami, empossada no cargo de Suprema Sacerdotisa do Santuário de Kamo, tendo exerci-

---

[2] *Saiin* designa tanto os aposentos físicos ocupados pela sacerdotisa como a própria função vestal que ela exerce enquanto representante da Casa Imperial.

do essa função de 975 a 1031. Depois de dispensada do cargo por motivos de saúde, após 56 anos e cinco imperadores reinantes (uma total exceção à regra), ela surpreende a todos ao se converter ao budismo, embora em muitos de seus poemas já se lhe notasse tal inclinação. Culta, requintada e muito dinâmica, empenhou-se na educação de suas damas, que trabalharam em conjunto na produção de poemas e escritos em prosa, servindo de modelo para a postura das Consortes Imperiais e damas servidoras do Palácio Imperial. Podemos dizer que nessa época eram três as principais cortes de gosto e refinamento estético de damas imperiais: a das Consortes Imperiais Teishi e Shôshi, e a da Suprema Sacerdotisa Saiin.

Nota-se o grau de respeito a ela demonstrado pela autora e pela Consorte Imperial Teishi numa breve passagem do longo texto 83 ("Na época em que Sua Consorte Imperial residia na Ala destinada ao seu Escritório"). Quando o mensageiro da Princesa Senshi Saiin, referida frequentemente na presente tradução pelo seu cargo de Suprema Sacerdotisa do Santuário Kamo, chega com um amuleto e uma mensagem para ser entregue à Consorte, a autora lhe interrompe o sono e esta prontamente se dispõe a atendê-lo, dedicando-se em seguida a compor com esmero o seu poema de agradecimento. A Princesa também é tratada nos textos 205 ("Quanto a espetáculos") e 220 ("Acima de tudo mesmo"), estando sempre cercada de uma tão alta consideração que chega às raias da veneração.

A poesia de Senshi foi compilada em várias coletâneas imperiais, tendo sido reunida em um volume único no ano 1012, sob o título *Hosshin Wakashû*, uma série de 55 poemas que respondem a textos budistas. A questão do amálgama religioso se impõe desde o início no Japão, como se pode observar também em sua obra: apesar de ser Suprema Sacerdotisa de um santuário xintoísta, a Princesa Senshi revela uma fé budista especulativa, em especial quanto à possibilidade de salvação para a mulher sem necessidade de renascer sob o gênero masculino. Compreende-se, então, que a veneração a vários deuses, às forças yin e yang, a budas de diferentes vocações, não se contrapõe nem é excludente, já que o xintoísmo ainda não existia enquanto sistema teórico estabelecido e que, sendo a força da cultura chinesa inegavelmente superior, não havia outra possibilidade senão aceitá-la e interiorizá-la. O próprio sistema de escrita do qual se servem os nobres japoneses provém do continente, com adaptações que tornaram possível o registro do linguajar nativo.

Em Sei Shônagon, vemos que os valores budistas se encontram disseminados nos textos de forma ligeira, pois se as reclusões são praticadas, os templos visitados em peregrinação e os sutras recitados com suposto ardor, também são objetos de atenção nesses eventos o vestuário das damas e a elegância amorosa dos nobres e, como afirma a autora no texto 30 ("O monge que se encarrega do sermão"): quanto ao "monge que se encarrega do sermão, que este seja bonito". Em uma palavra: no período Heian, o budismo ainda é praticado principalmente como um elegante afazer dos nobres.

A figura do monge e do budismo insere-se no mesmo conjunto de flores, pássaros, tecidos, vistas e objetos. Leia-se, como exemplo, estes trechos do texto 84 ("Coisas que são maravilhosas"):

> Coisas que são maravilhosas: brocados da China. Espadas ornamentadas. Pinturas de Buda sobre madeira. Longos cachos de glicínia de cores densas, roçando pinheiros.
> [...]
> Desnecessário dizer que também é maravilhoso um monge sábio. A procissão vespertina de Sua Consorte Imperial. A peregrinação do Regente Imperial e do Conselheiro-Mor para um culto no Santuário Kasuga. O tecido de seda tramada roxo claro avermelhado. Tudo, tudo que é roxo, sim, é realmente maravilhoso. Flores também. Linhas também. Papéis também. Muita neve acumulada no jardim. O Regente Imperial. Dentre as flores roxas, somente da íris d'água japonesa desgosto um pouco. O charme da figura do Plantonista do Sexto Grau deve-se também ao roxo de sua pantalona.

Basilar na cultura japonesa e representativa da Casa Imperial, a cor roxa (*murasaki*), incluindo suas variações de saturação violeta ou carmesim, e ainda as variações tonais lilases ou rosadas, difíceis de serem obtidas, é também marcante nas vestes de poderosos em culturas antigas como as de Roma, Egito ou Pérsia. Introduzida no Japão através da China, a cor roxa e os tons afins tornam-se, como se observa no texto acima, alvo de deleite e admiração.

Também intensamente admirada é a Suprema Sacerdotisa do Santuário Kamo. A Consorte Imperial Teishi parece querer implantar o sistema de trabalho vigente na Corte da Sacerdotisa ao questionar as damas que lhe servem e instigá-las com constantes treinos que requerem raciocínio e reações rápidas. *O Livro do Travesseiro* registra inúmeros textos que se iniciam com a construção "Quanto a montanhas...", "Quanto a pontes...", numa estruturação reiterativa de "Quanto a...", seguida de substantivos significativos que indicam preferências em cada categoria (o próprio intuito de se estabelecer categorias não seria já um juízo estético?). As citações não se esgotam nos elementos da natureza mas abrangem também pessoas, animais, coletâneas poéticas, cargos ou profissões. De outro lado, o livro comporta textos que iniciam com a construção "Coisas que...", e se desdobram numa sequência de sensações ou juízos estéticos que vão do belo ao asqueroso, do terno ao arrogante. Muitos desses registros dão a impressão de serem estudos meio lúdicos, realizados em conjunto pelas damas quando questionadas pela Consorte e registrados pela autora. Não por acaso em épocas posteriores foi bastante praticada a formação de categorias e seu juízo. De qualquer modo, os pesquisadores concordam que a agudeza de discriminação de categorias no *Livro do Travesseiro* parece ser inédita, não copiada do continente.

Sei Shônagon e Murasaki Shikibu

Outra grande autora do período foi a dama Murasaki Shikibu (978-*c*. 1015-1026), do séquito da Consorte Imperial Shôshi, autora de *Narrativas de Genji* e do *Diário de Murasaki Shikibu*. Servindo à Corte de Shôshi, a ela também caberia, em última instância, a defesa de sua Consorte Imperial e o refinamento dos escritos produzidos nesse ambiente. Relembremos que em Shikibu predominaria o inexorável *pathos* das coisas (*monono aware*) expresso numa linguagem que busca sobremodo a elegância de dicção, enquanto que em Shônagon haveria a procura de uma leveza alegre e sutil (*monono okashimi*) expressa em linguagem cotidiana da Corte. Inversamente, o período é de glórias para a nubente dama a quem serve Shikibu e de decadência para a Consorte de Shônagon, a qual busca glorificar e tornar mais ameno o árduo caminho de sua jovem senhora. Não à toa o longo e comovente texto 6 ("A gata de Sua Majestade, agraciada com o Quinto Grau") data do ano 1000, quando Teishi falece. Críticos têm interpretado metaforicamente o texto que narra as peripécias do cão Okinamaro, que, judiado e desterrado por pretensamente ter perturbado a Senhora Dama do Quinto Grau a Gata do Imperador, é desterrado, como os irmãos de Teishi. Mas o cão é aceito de volta à Corte após demonstrar o que foi interpretado como compaixão humana, em forma de choro. Não gratuitamente o texto de Sei Shônagon termina bem, com a aceitação da volta de Okinamaro à sua antiga posição. Já a sua senhora não teve a mesma sorte. Os filhos de Teishi não vingaram; os filhos de Shôshi tornaram-se imperadores.

O *Diário de Murasaki Shikibu* compõe-se de reminiscências de atos passados e também de comentários ocasionais sobre vários acontecimentos. Críticos apontam certa influência de Sei Shônagon (ou, melhor diríamos, semelhança) na organização de seus textos um tanto "ao sabor do pincel" (*zuihitsu*). Dentre os curtos ou longos trechos de crítica às damas de Corte de seu tempo, a mais famosa é precisamente a que refere Sei Shônagon:

> [...]
> Não há quem, como Sei Shônagon, tenha ares de tudo saber e seja incrivelmente orgulhosa de si. Acha-se tão inteligente que espalha ideogramas em seus escritos; mas se alguém os examina mais de perto, vê que eles ainda deixam muito a desejar. Aqueles que apreciam se achar superiores a outros dessa forma devem tomar cuidado, pois senão se degradarão aos poucos até acabar mal. E aqueles que se tornam tão preciosistas que saem de seu caminho para tentar ser sensíveis nas situações mais descabidas tentando capturar cada momento e cada interesse, por mais leves que sejam, estão fadados a parecer ridículos, provocando a nossa compaixão, e superficiais, quando deveriam ser divertidos. Como poderia o futuro terminar bem para pessoas desse tipo?

A crítica soa impiedosa e assim tem sido compreendida: para os admiradores de Murasaki Shikibu, Sei Shônagon posa de sabichona frívola, arrogante e propensa a muitos flertes. Mas como consolar uma jovem Consorte Imperial em sua frágil caminhada para a morte senão chamando sua atenção para as mais tênues possibilidades de olvido?

Sei Shônagon e a Consorte Imperial Teishi

Como se viu, com a morte de Fujiwarano Michitaka (953-995), pai da Consorte Imperial Teishi, começa a derrocada de seus familiares mais próximos e a ascensão de outro ramo da família, tendo à frente o tio Michinaga (966-1027), cuja principal façanha foi tecer uma rede de laços matrimoniais cuidadosamente manipulados, de modo a assegurar-se o domínio político. Intrigas entre irmãos, tios e sobrinhos, acabam por levar à retirada prematura do trono dos imperadores Reizei, En'yû e Kazan. Ichijô se tornou Imperador em 986, quando contava seis anos de idade e se manteve no posto até a morte em 1011, e, apesar de uma inferida preferência pela já então coroada Consorte Imperial Teishi, não consegue evitar que ela perdesse seu apoio. Para isso também auxiliou a pressão de sua mãe, que era irmã do tio Michinaga e, ao que parece, sentia ciúmes do afeto dedicado pelo filho à sua sobrinha e esposa. Juntamente com seus irmãos, a Consorte Imperial Teishi vai sendo afastada dos círculos do poder, tendo de buscar nova acomodação na Ala destinada ao seu Escritório, como se lê nos textos 74, 83, 89, 95, 96, 128, 129, 130, 154 e 155 e na residência mais modesta de Tairano Narimasa em seus últimos anos (textos 5 e 222). No ano de 999 Michinaga introduz na Corte sua filha Shôshi (988-1074), então com onze anos de idade, que recebe no mesmo ano o grau de Consorte Imperial e, pela primeira e única vez na história imperial do Japão, existem concomitantemente duas Imperatrizes (embora diferenciadas pelas denominações *kôgô* e *chûgû*). Em seus escritos, Sei Shônagon traça uma imagem imaculada de beleza, inteligência, refinamento e talento, que caracterizaria aquela Consorte Imperial de cultura ímpar e a quem idolatrava perdidamente.

O texto 100 ("O enlace matrimonial de Shigeisa") segue nessa linha de enaltecimento, e discorre sobre a recepção de caráter familiar organizada com toda a pompa pela Consorte para recepcionar Shigeisa, a irmã mais nova que se tornava esposa oficial do Príncipe Herdeiro

Okisada. E, em plena festa, por meio de sutis sugestões, narra-se que a Consorte tivera de se retirar à alcova para servir aos imperiosos desejos do Imperador, o que é descrito com a maior naturalidade: que obra daquela época nos revela com tamanha simplicidade o atendimento ao leito marital? Ao final da recepção, a Consorte é novamente requisitada para a câmara do Imperador, mas ela demonstra não querer fazê-lo, no que é desaconselhada pelo pai. Seriam registros desnecessários, mas que não deixam de revelar uma tocante mensagem no sentido da sujeição feminina ou, dito de outra forma, da supressão da vontade própria a serviço do divino Imperador.

Nota-se, inclusive, pulverizada entre a variedade de assuntos abordados, às vezes tão triviais e banais, a relação de exigências de amor e rejeição que vão se formando entre a jovem nobre senhora e a dama escritora (textos 82, 83, 97, 136 e outros). A Consorte, apesar de coroada Imperatriz, sofre em sua posição, pois começa a perder proeminência a partir do falecimento de seu pai e da triste perseguição a seu irmão Korechika, quando então se processa a troca de cargos nos altos poderes do Estado. Toda essa movimentação se revela claramente por meio das instalações residenciais em que Teishi vai sendo abrigada, ou melhor, das quais ela vai sendo desabrigada, principalmente por ocasião de seu segundo parto, relatado no texto 5 ("Quando Sua Consorte Imperial hospedava-se na residência de Narimasa"). Entretanto, nada é explicitamente registrado nas folhas avulsas do travesseiro de Sei Shônagon: mais uma vez, o essencial permanece não dito.

Nesse processo, a nossa autora, a despeito de presenciar tamanha reviravolta na vida de sua (supomos) amada Teishi, registra a nova situação apenas em toques sutis. Menções são feitas a Michinaga nos textos 83, 123, 136 e 259, deixando entrever admiração verdadeira ou dissimulada, até que se lê a última, no fim do longuíssimo texto 259 ("O Conselheiro-Mor Michitaka"), em angustiada tristeza:

> [...]
> No dia seguinte, começou a chover e o Conselheiro-Mor Michitaka disse para Sua Consorte [Teishi]: "O fato de não ter chovido ontem é sinal de meu excelente carma. Assim não vos parece?", seu tom orgulhoso tinha razão de ser. No entanto, se compararmos a época de Michitaka, que então me pa-

recia tão maravilhosa, à época do atual Conselheiro-Mor Michinaga, eu não poderia relatar tudo em uma só palavra e, tomada pela melancolia, desisti até de descrever os muitos acontecimentos que presenciei.

Retrocedendo no tempo, Sei Shônagon relata as reminiscências do glorioso, conquanto breve, passado de sua Imperatriz, que soam como uma homenagem elegíaca e nota-se, aí, mais um dado de seu caráter adverso a expressar realisticamente a efemeridade de posição, cargo, função, atribuição, vida enfim: a estética do *okashi* também vem a lhe servir na contribuição póstuma ao que hoje chamamos literatura clássica japonesa.

Sobre o estabelecimento do texto

A posterioridade de qualquer obra, seja ela literária ou de outra natureza, depende de uma série de fatores que vão muito além de sua qualidade intrínseca. Após o período Heian, vários séculos de guerras internas interrompem a produção literária feminina, que só volta a existir no final do século XIX. Assim, é compreensível que os originais de Sei Shônagon tenham se extraviado. Hoje, a leitura de *O Livro do Travesseiro* é possível pela existência de quatro cópias conhecidas, que guardam algumas diferenças entre si: as cópias Maedakebon, Sakaibon, Sankanbon (que possui duas versões diferenciadas) e Nôinbon.

A cópia Maedakebon, assim denominada por pertencer ao acervo da família Maeda, é considerada a mais antiga de todas e calcula-se que tenha sido produzida em meados do período Kamakura (1192-1333), quando o poder político estava sob o regime do xogunato implantado pelo clã Minamoto. Composta de quatro volumes, e sem similares, esta cópia se encontra atualmente sob a guarda da Biblioteca de Sonkyôkaku, em Tóquio.

A cópia Sakaibon, de dois volumes, registra em seu prefácio que "Dôha, uma pessoa de conduta impecável e espírito iluminado, desiludido com o mundo e recluso na cidade de Sakai, ordena a cópia de *O Livro do Travesseiro* que tinha sob a sua guarda". Segundo consta, uma cópia completa desses dois volumes está no acervo do pesquisador Takano Tatsuyuki. Outras cópias podem ser encontradas na Biblioteca da Universidade Taihoku e nos arquivos do pesquisador Tanaka Jûtarô. Cópias só do primeiro volume estão nos acervos da Biblioteca da Universidade de Quioto e do templo Chion-in, da mesma cidade; uma cópia do segundo volume encontra-se nos acervos de Yamamoto Yoshimasa.

Existem dois tipos de cópias do Sankanbon, cujo nome significa "livro de três volumes", pois está assim configurado. Datadas do terceiro mês lunar de 1228, elas vêm assinadas com um pseudônimo que significa "Ancião demente e esclerosado" e cuja identidade é desconhecida. Considera-se que a primeira delas, Ichiruibon ("livro tipo um"), tem maior autenticidade e contém notas explicativas mais consistentes e precisas; por outro lado, faltam-lhe os primeiros 75 textos (do inicial, "Da primavera, o amanhecer", ao 75°, "Coisas que contrariam a expectativa"), os quais o leitor haverá de concordar após a leitura da obra, são de irrefutável relevância. O segundo tipo do Sankanbon, dito Niruibon ("livro tipo dois"), encontra-se completo quanto aos textos, mas grande parte dos pesquisadores entende que em algum momento, por parte do copista, houve uma tentativa de cotejo com as demais versões, o que resultou em enxertos intrusivos e desnecessários.

Cópias posteriores referentes ao Ichiruibon estão depositadas nos acervos da Biblioteca Yômei Bunko, em Quioto, nos acervos da família Tomioka e na Biblioteca da Casa Imperial. As do Niruibon encontram-se em várias bibliotecas públicas, inclusive na da Dieta Nacional. À parte, presume-se que, numa tentativa de se reconstituir o texto original, devem ter sido feitas comparações e acréscimos, somando os primeiros 75 textos do Niruibon ("livro tipo dois") aos do Ichiruibon ("livro tipo um"), ou vice-versa, com um enriquecimento de notas explicativas complementares, para se chegar ao atual modelo divulgado da obra.

A quarta cópia da obra é a chamada Nôinbon, assim chamada por ter sido encontrada nos acervos do renomado poeta e monge Nôin, cujo nome era Tachibanano Nagayasu (988-s/d). Em seu posfácio consta: "A obra *O Livro do Travesseiro*, apesar de bastante difundida, é difícil de ser encontrada em uma cópia confiável, mas eis aqui uma que merece atenção, pois pertenceu ao acervo de Nôin". Hoje ela se encontra na biblioteca da prestigiosa Universidade Gakushûin, em Tóquio, sendo que estão registrados como seus prováveis copistas os senhores Sanekata e Kimieda, membros da família nobre Sanjônishi.

Deve-se acrescentar que estas quatro cópias encontram-se diferenciadas em dois tipos de editorações. O Maedakebon de quatro volumes e o Sakaibon de dois volumes são considerados *ruisanbon* (isto é, edições feitas com base na "similaridade estilística e temática") pelo fato de seus respectivos copistas terem reunido os textos em volumes distintos, levando em conta as variedades estilísticas ou temáticas adotadas pela autora.

Desta feita, no primeiro volume do tipo *ruisanbon* (Maedakebon e Sakaibon) acham-se reunidos os textos em que a escritora adota o estilo de frases sintéticas, apenas referindo o tópico acompanhado de um vocábulo enfático, com a abolição de predicações, como se observa, por exemplo, no texto 10 ("Quanto a montanhas"), colocando na sequência uma série de nomes, dando a entender assim serem aquelas as suas preferidas. Nesse caso, o juízo estético destaca algumas montanhas, sempre moradias de deuses, para serem engrandecidas como categorias *per se*.

Num conjunto de mais de trezentos textos, 107 configuram-se neste estilo. Como se o mundo físico então conhecido e apreciado — a Corte Imperial e suas adjacências — fosse objeto de escrutínio estético no qual se destacariam as melhores coisas, as atividades mais nobres, seus mais excelsos habitantes. A geografia se torna geomancia, deuses e budas habitam o cotidiano, e Sei Shônagon ordena e classifica o mundo para a apreciação da Consorte Imperial Teishi e sua Corte.

Estudiosos mais recentes têm classificado estes textos de "listas ou catálogos de coisas afins" (*mono-zukushi* ou, em termo mais técnico, *ruijûteki shôdan*). Os outros dois gêneros presentes em *O Livro do Travesseiro* se aproximariam do diário propriamente dito e do ensaio, numa categorização mista de gênero denominada *zuihitsu*, que significa "escrever ao correr da pena", termo originário da China, já mencionado aqui. Deve-se levar em conta que, embora a China seja inegavelmente a fonte das letras japonesas, em finais do século X e início do XI, essa origem encontra-se mais distanciada, tendo cessado o envio de emissários ao continente. Assim, dentre esta primeira categorização, destacam-se os trechos agrupados como *wa-dan*, pois terminados com a partícula *wa*, e os *mono-dan*, pois seguidos do substantivo abstrato *mono*.

O grupo temático *wa-dan* inclui *tropos* poéticos (*utamakura*), usos e costumes e vestuário e festividades da Corte, das artes e dos entretenimentos, além de um rol de elementos naturais, elencando não apenas os espécimes mais apreciados, mas também outros que revelam uma imaginação surpreendente, sendo a seleção sensível e peculiar uma característica distintiva desta escritora. Logo fica claro que não se trata de uma mera listagem de coisas, passatempo meramente elegante de damas da Corte, mas de uma nítida tentativa de conceituação que segue um juízo estético aristocrático e refinado. Por este aspecto, críticos já classificaram a obra de Sei Shônagon como uma tentativa de sistematização do esplendor da Corte da Consorte Teishi, filha do Conselheiro-Mor Fujiwarano Michitaka.

O segundo volume dos *ruisanbon* reúne os textos em que a autora agrupa coisas que se identificam através de uma qualidade ou estado, como ocorre no texto 39 ("Coisas que exalam requinte"): "O quimono infantil de gala lilás com sobreposição 'Branco' de branco e branco [...]", ou como o do texto 112 ("Coisas que esmaecem na pintura"): "[...] cravos-renda. Íris aromáticas. Flores de cerejeira. Feições de homens e mulheres que são descritas como maravilhosas nas narrativas. [...]". Neste gênero enquadram-se 77 textos.

Trata-se, dizendo de outro modo, do grupo temático *mono-dan*, mais complexo do que o anterior, pois elenca categorias emocionais com ligeiro predomínio das emoções negativas, sendo entre as categorias a mais surpreendente na criação de tópicas. De extensão variada, os trechos podem chegar a três páginas argumentativas, ou poéticas, que não respeitam nenhuma lógica progressiva ou acumulativa entre seus elementos, assemelhando-se até a certa "linguagem arbitrária e de livre associação" praticada por escritores do primeiro momento surrealista na poesia do século XX.

O terceiro volume desta série que agrupa temas semelhantes reúne textos que se configuram como crônicas de comentários críticos sobre questões vivenciadas pela autora. Esta é, pois, a parte que mais se assemelha aos diários redigidos por damas escritoras suas contemporâneas: o *Diário de Murasaki Shikibu*, o *Diário de Izumi Shikibu* e o *Diário da Libélula*, de Michitsunano Haha.

O quarto volume concentra textos mais longos, nos quais se destaca a capacidade narrativa "realística" da autora, que se esmera em descrições detalhadas das ambiências e dos protagonistas de fatos ocorridos e presenciados por ela, fora e dentro do Palácio Imperial. Comentadores já tentaram interpretá-los como fixação da "história", ou crônica do real, do vivido e da experiência de uma dama, opondo-os à representação fictícia de sua rival Murasaki Shikibu, na obra intitulada *Narrativas de Genji*.

Na impossibilidade de examinar as cópias em seus acervos, registramos aqui a observação de especialistas em Estudos Japoneses de que o Maedakebon de quatro volumes conserva o original na sua íntegra nesse sistema acima discriminado, enquanto o Sakaibon de dois volumes falha pela ausência dos terceiro e quarto volumes.

Em contrapartida, os Sankanbon e Nôinbon são considerados *zassanbon*, isto é, de "editorações mistas", pois os mais de trezentos textos que compõem a obra não estão separados nem pelos estilos de exposição adotados pela autora, nem pelos temas, que podem se apresentar mesclados, desobedecendo inclusive à ordem cronológica.

Coletâneas de literatura clássica japonesa, publicadas por conceituadas editoras do Japão (como Iwanami, Kôdansha, Ôbunsha, Shinchôsha, Asahi e Shôgakukan), têm difundido *O Livro do Travesseiro* em edições do tipo *zassan*, com notável preferência pelo Sankanbon, exceção feita à editora Shôgakukan, que opta pelo Nôinbon. Além destas coletâneas, existem muitas versões com notas explicativas autônomas e bem fundamentadas que começaram a ser publicadas pelo processo xilográfico a partir do período Edo (1603-1867), sendo que a maior parte delas toma como base a cópia Nôinbon. Registre-se aqui que a obra de Sei Shônagon foi objeto de inúmeras reinterpretações ao longo do tempo, em diferentes contextos, sendo seus textos mais frequentemente retomados aqueles que envolvem listas e juízos estéticos. Ainda hoje continua levantando ondas de popularidade, desta vez em blogs na internet ou no telefone celular.

De acordo com os pesquisadores, a diferença entre o Sankanbon e o Nôinbon encontra-se, em primeira instância, nos títulos nobiliárquicos ou cargos ocupados pelos personagens históricos que aparecem nos relatos citados pela autora. Na cópia Sankanbon, estes dados são mais condizentes aos registros históricos da época do que os citados pelo Nôinbon, que estariam um tanto defasados (atente-se também para a possibilidade de lapsos na memória da autora). Outro ponto digno de nota é que o estilo do Nôinbon é mais aprimorado e clássico, enquanto o Sankanbon prima pela oralidade cotidiana, o que estaria em concordância com o teor da matéria escolhida pela autora. E, neste sentido, os pesquisadores consideram que houve uma tentativa de aprimoramento da linguagem feita posteriormente por terceiros ou pela própria autora (ou, no caso do Nôinbon, por um copista mais ativo).

A despeito da desorganização dos textos, a escolha das cópias miscelâneas *zassanbon* feita pelas editoras na apresentação da obra em questão para suas coletâneas da literatura clássica japonesa nos leva a reflexões sobre a intencionalidade convicta subjacente nesta complexa abordagem decidida (ou simplesmente aceita) talvez pela própria autora. Pode-se visualizar nesse emaranhado de temas por ela abordados talvez aquilo que se poderia ser o próprio cerne ou o objetivo mesmo de seu labor: o registro de uma relação entre uma dama da Corte e uma filha da nobreza educada com o objetivo de servir ao Imperador, exposta de forma velada com toques sutis, no seu estilo, camuflada entre as inúmeras questões por ela selecionadas. A nós leitores, dez séculos depois, cabe reconhecer e usufruir esses longos fios tramados diariamente.

Sobre a tradução

A presente tradução para a língua portuguesa do Brasil foi organizada tendo como texto básico a cópia Sankanbon adotada pela editora Iwanami, cujo responsável pelas notas foi Watanabe Minoru, filólogo que esteve na Universidade de São Paulo como professor visitante no Programa de Pós-Graduação em Língua, Literatura e Cultura Japonesa no ano de 1998.

Watanabe ministrou uma disciplina sobre a organização de verbetes de dicionários e sua história no Japão, numa reflexão sobre o entrecruzamento de períodos e gêneros de escrita que ultrapassam quaisquer limites linguísticos e literários. Originariamente linguista, Watanabe tornou-se um atento anotador e comentador de obras literárias clássicas em edições hoje adotadas por inúmeros pesquisadores japoneses e estrangeiros. Registre-se que, dos oito cursos de graduação em Língua e Literatura Japonesa atuantes hoje no Brasil, somente na Universidade de São Paulo é oferecido o ensino da língua clássica japonesa, conhecimento sem o qual não se pode ter acesso direto a praticamente dez séculos de história literária. Nesse sentido, registramos aqui nosso agradecimento ao Centro de Estudos Japoneses da USP e sua Biblioteca Teiiti Suzuki.

Embora o eixo desta tradução esteja centrado na versão comentada e anotada por Watanabe Minoru (1991), consultou-se também a versão de Hagitani Boku (1978), que traz comentários mais interpretativos do ponto de vista literário, além de se haver cotejado as traduções para o inglês de Ivan Morris (1991, primeira edição de 1964) e para o francês de André Beaujard (1966), ambas baseadas em outras cópias. Sabe-se que a língua literária francesa tende sempre a uma elegância própria, caminho evitado pelas tradutoras que tentaram uma elocução mais simples e direta conquanto elegante que caracteriza a língua clássica japonesa, ainda limitada quanto a vocábulos de abstrações. Tal simplicidade enganosa habita a língua e o coração de Yamato, e quem já se propôs a traduzir haiku entende do que se trata. Existe também uma simpática versão parcial de 126 textos baseada em traduções do inglês feitas para o espanhol por Jorge Luis Borges e María Kodama, que deve ter sido planejada mais pelo interesse literário dos autores do que por seu conhecimento de língua e história japonesa propriamente ditas. Lírica, eloquente, a pena de Borges dispensa comentários.

O início da tradução de *O Livro do Travesseiro* data do ano de 2001. As inúmeras lides de docentes universitários certamente não foram o único postergador da conclusão do trabalho. Também a dificuldade no estabelecimento de um estudo de corpus filológico de características culturais do período Heian foi motivo de muitas discussões, o que levou a equipe de tradutoras a apresentar, em apêndice, várias informações relevantes para a compreensão dos diversos códigos e matizes culturais do período (veja-se, a propósito, "Sobre cargos, títulos, funções e atribuições", "Sobre flores, pássaros, vestuário, arquitetura e calendário", bem como a "Cronologia de eventos históricos e literários", neste volume).

Além das obras de consulta já citadas, enquanto trabalhávamos foi editada outra tradução que também tomou o texto estabelecido e comentado por Watanabe Minoru, pela australiana Meredith McKinney (2006). A tradutora seguiu mais de perto o estilo leve e bem-humorado da autora e, segundo nos parece, é a versão em inglês que mais se aproxima do sentido estético de Sei Shônagon.

Quanto à notação adotada, a transcrição de termos japoneses segue o sistema Hepburn, corrente nos Estudos Japoneses. A transcrição de antropônimos obedece à ordem japonesa (sobrenome, nome). Atente-se que a obra original não traz títulos nem números em seus textos, sendo em geral referida por suas primeiras palavras. Na língua clássica, também não existiam pontuação, paragrafação ou diferenciação marcada para a inserção de poemas em meio ao texto em prosa. Embora se tenha tentado obter homogeneidade no índice, os "títulos" dos textos em português nem sempre foram traduzidos literalmente, pois a ordem da frase via de regra difere nas línguas portuguesa (sujeito, verbo, objeto) e japonesa (sujeito, objeto, verbo).

Nunca é demais repetir: as muitas alusões de poemas japoneses e chineses espalhadas pelos textos de Sei Shônagon são um grande desafio para todos os tradutores. Imprescindíveis, entretanto, pois, caso contrário, a intenção comunicativa se perde.

Na presente versão de uma obra que conta com mais de dez séculos de comentários e apreciações, espera-se que o leitor possa vislumbrar, na língua portuguesa, elementos fundamentais do mundo, da cultura e da poesia clássica japonesas — cujos traços perduram até hoje —, filtrados por uma ótica feminina, afinada com a estética do *okashi*, e iluminados pela tênue chama de uma lamparina.

O LIVRO DO TRAVESSEIRO
枕草子

I

Da primavera, o amanhecer
春は曙

Da primavera, o amanhecer. É quando palmo a palmo vão se definindo as esmaecidas linhas das montanhas e no céu arroxeado tremulam delicadas nuvens.

Do verão, a noite. Em especial, os tempos de luar, mas também as trevas, de vaga-lumes entrecruzando-se em profusão. Ou então, os solitários ou mesmo em pares que seguem com brilhos fugazes. A chuva também é igualmente bela.

Do outono, o entardecer. São os momentos do arrebol da tarde em que o sol se acha prestes a tocar as colinas, quando se tornam comoventes os corvos que se apressam para os ninhos em grupos de três ou quatro, ou dois e três, e o que diríamos então, ao avistarmos os minúsculos gansos selvagens seguindo em fila, que encantadores! O sol já posto, melancólico soa o ciciar do vento e o canto dos insetos.

Do inverno, o despertar. Indescritível é com a neve caindo e nele incluo a ofuscante brancura da geada. Mesmo na ausência destas, em manhãs de um frio cortante, o apressar das pessoas em acender o fogo e o corre-corre entre os aposentos com os carvões acesos são cenas típicas desta estação. O sol já nas alturas e o frio mais ameno, não nos cativa mais a brasa já quase tornada cinzas no braseiro portátil.

2

As épocas do ano: o Ano-Novo
比は正月

As épocas do ano: o Ano-Novo, o terceiro mês, o quarto, o quinto, o sétimo, o oitavo, o nono, o décimo primeiro e o décimo segundo.

Todos os meses, de acordo com a ocasião, possuem o seu encanto.

O Ano-Novo. Ressalto o dia primeiro em que, sob um céu ameno coberto de inusitadas névoas, torna-se gratificante ver todas as pessoas em trajes esmerados a se desejar felicitações com espírito renovado.

Sétimo dia. É o dia da colheita das ervas, que despontam verdejantes entre as neves. Normalmente longe dos olhares dos nobres, as ervas neste dia se transformam no alvo de atenções e impressionam. Chegam ao Palácio os nobres com suas carruagens impecáveis a fim de apreciarem o ritual do Aouma.[1] No limiar do Portal Taikenmon, a leste do Setor dos Ministérios, as carruagens se desequilibram e cabeças se chocam fazendo cair ou danificando os adereços dos penteados das jovens passageiras desatentas e provocando risos que divertem. Muitos cortesãos junto ao Posto da Guarda da Esquerda ao lado do Portal Kenshunmon, de posse dos arcos de seus acompanhantes, divertem-se atiçando os cavalos, enquanto os que não têm acesso à Ala Privativa do Imperador se entretêm espiando pelas frestas dos anteparos o vai e vem dos servidores e servidoras Setor de Equipamentos e Manutenção do Palácio Imperial, curiosos em conhecer seus afortunados frequentadores. Mas, apesar dos esforços muitas vezes frustrantes, conseguem apenas visualizar uma cena bastante desagradável: serviçais de pele escura e maquiagem toda manchada que lembra resquícios de neve a derreter. E como os cavalos são alvoroçados por alguns cortesãos, eles são tomados de

---

[1] Cerimônia realizada anualmente no Palácio Imperial, em que o Imperador aprecia o cavalo branco que lhe proporcionará saúde e proteção durante o ano, de acordo com uma antiga lenda chinesa.

apreensão e se afastam temerosos, e se recolhem para o fundo de suas carruagens, sem mais nada poderem ver.

Oitavo dia. Torna-se excitante o reboliço das carruagens dos oficiais da Corte que, satisfeitos com suas nomeações aos novos encargos, se apressam em agradecimentos aos seus benfeitores.

Décimo quinto dia. Servida a refeição comemorativa do ano, de porte dos gravetos chamuscados do cozimento do *azukigayu*, eminentes damas espreitam as jovens da casa que, por sua vez, cuidam o tempo todo de suas retaguardas para não serem atingidas.[2] São cenas divertidas que se tornam animadas quando, de alguma forma, uma delas é atingida e provoca risos no ambiente. O melindre da vítima é natural.

A saída do nobre, genro recém-casado, para servir no Palácio Imperial é aguardada com impaciência pela dama veterana que se coloca a postos, sinalizando sem comedimentos para que se contenha aquela que, ciente de suas intenções, sorri frente a ele. Dizendo algo como: "Deixai que me encarregue disso", a veterana se aproxima de sua senhora e, ligeira, nela aplica o toque do graveto, afastando-se incontinente. Os risos se generalizam. O genro sorri, aceitando o ato de bom grado e sua esposa, sem se abalar, apenas enrubesce com elegância. Há, no entanto, algumas que, atingidas, tentam rebater e acabam perseguindo até os homens. Quais seriam seus intentos? Há também as que se irritam, choram e amaldiçoam, e curioso é saber que algumas até blasfemam. No recinto da alta aristocracia este dia é liberado das formalidades e das etiquetas.

Na época do *jimoku*,[3] as cercanias do Palácio Imperial se tornam muito excitantes. Em meio à neve já congelada, é comovente o transitar dos jovens funcionários do Quarto ou Quinto Grau ainda sem cargos e carregando suas cartas de recomendação. Oficiais já idosos de cabelos grisalhos delongam-se junto aos aposentos das damas empenhados em enumerar suas próprias qualidades e lhes solicitam intermediação junto

---

[2] *Azukigayu* é um caldo feito de arroz e feijão *azuki* servido neste dia para proteger as pessoas dos maus fluidos. Acreditava-se que ao se tocar os traseiros das jovens com os gravetos chamuscados utilizados no cozimento elas engravidariam de um menino.

[3] Apresentação dos novos ocupantes das Representações Públicas. No primeiro mês, saem nomeações dos Administradores Provinciais.

ao Imperador ou à Consorte Imperial, mal percebendo o escárnio e os risos disfarçados e provocando até maldosas micagens entre as mais jovens do recinto. Quando seus desejos são alcançados, muito bem. Todavia, quando não, é uma cena deveras lamentável.

Terceiro mês, terceiro dia. Satisfação com um dia de sol ameno e brilhante. Os pessegueiros começam a florescer e é a época em que também os salgueiros-chorões ficam mais belos. Estes, porém, são mais encantadores enquanto seus brotos estão contidos em forma de casulo. Quando se abrem, perdem a beleza, tal qual flores de cerejeira já sem pétalas. Cerejeiras em flor colhidas e colocadas em grandes jarras são especialmente encantadoras. É também encantador quando, junto a elas, jovens e cortesãos se entretêm com seus trajes palacianos em sobreposições "Cerejeira" de brancos e vermelhos e deixam à vista as barras dos quimonos internos.

Quarto mês. É maravilhosa a época do Festival do Santuário Kamo. Participam dele nobres e cortesãos, todos com seus quimonos externos em lilases diferenciados em tons claros e escuros e camadas de vestes de baixo em sobreposição "Branco" de branco e branco, alvíssimos, que nos transmitem um frescor encantador. É tempo de apreciar o céu isento de neblinas e cerrações por entre as tenras folhagens que brotam esverdeadas e cheias de viço e sentir aquela vaga empolgação ao entardecer de um dia um tanto chuvoso, ou mesmo à noite, e, apesar da incerteza de ouvir um cauteloso canto do cuco-pequeno à distância, a nossa satisfação se faz imensurável.

Com a aproximação do Festival, os dias se tornam empolgantes e cresce o número de pessoas transportando rolos de seda tramada amarelo-oliva ou roxo-carmesim que haviam sido displicentemente embalados em folhas de papel sobre tampas de pequenos baús. Destacam-se os tingidos nas barras de cores densas, ou em gradações, ou mesmo através de nós, incomuns nos usos do dia a dia. Empolgante também é ver as crianças com os cabelos já lavados, mas ainda com as vestes em desalinho ou em parte descosturadas, agitando-se e pedindo para que troquem as tiras de seus tamancos altos ou os forros de seus calçados, impacientes durante os preparativos e ansiosos pelo dia do Festival.

Chegado o dia, as travessas crianças, já de roupagem nova, comportam-se nos desfiles como os monges que abrem o cortejo das cerimônias religiosas. Seus progenitores ficam preocupados. Chamam-nos a atenção e nos divertem as muitas tias ou irmãs mais velhas que as acompanham para delas cuidarem.

Aqueles que, ainda sem nomeação, pleiteiam o posto de Secretário Particular do Imperador, desfilam com seus trajes verdes, cores exclusivas aos ocupantes do referido cargo, e os que assim os veem passar fazem votos de que eles possam continuar a usá-los. Pena que, no momento, não sejam de seda adamascada os seus trajes.[4]

---

[4] O traje de seda adamascada era permitido aos cortesãos do Quinto Grau, mas os Secretários do Imperador, mesmo que fossem do Sexto, tinham o mesmo privilégio.

3

Coisas que são iguais embora soem diferentes
おなじことなれども聞耳ことなるもの

    Coisas que são iguais embora soem diferentes. A fala do religioso. A fala do homem, a fala da mulher. Na fala dos medíocres sempre sobram palavras. O comedimento, sim, soa elegante.

4

Ver aqueles pais cujos filhos queridos tornam-se monges
思はん子を法師になしたらむこそ

    Ver aqueles pais cujos filhos queridos tornam-se monges é mesmo de cortar o coração. Causa pena vê-los tratados como uma simples lasca de madeira. Alimentam-se frugalmente com refeições parcas e, na hora de dormir, se jovens, levados pela curiosidade, como não deveriam espiar onde houvesse mulheres? Mas até isso lhes é criticado. No caso de exorcistas, tudo parece ainda mais penoso. "Só dormem", é a crítica que recebem quando cochilam vencidos pela exaustão. Como será que eles se sentem diante de tamanha pressão? Mas isso é coisa do passado. Hoje, tudo é bem mais fácil.

5

Quando Sua Consorte Imperial hospedava-se na residência de Narimasa
大進生昌が家に

Quando Sua Consorte Imperial hospedava-se na residência de Narimasa, Secretário Sênior do Setor de Assuntos das Consortes Imperiais, o Portal do Leste foi reformado para o estilo *yotsuashi*, por onde foram transportados seus pertences.[5] As carruagens que transportavam as damas da Corte adentrariam, por sua vez, pelo Portal Norte, onde não se viam sentinelas. Como ele dava acesso direto ao interior da residência, não tivemos a preocupação de ajeitar os cabelos em desalinho. Qual não foi a nossa surpresa ao percebermos que o tamanho reduzido do Portal impedia a entrada da grande carruagem de palmeira-leque-da--china em que nos encontrávamos. Embora extremamente contrariadas, não tivemos outro jeito senão descer e caminhar, como de costume, sobre uma esteira que nos estenderam até o interior da residência. Foi muito irritante o fato de termos sido expostas daquela maneira, não só diante dos cortesãos como também dos da baixa nobreza que estavam junto ao Posto de Vigia.

---

[5] A Consorte Imperial do Imperador Ichijô é Fujiwarano Teishi (976-1000), a quem Sei Shônagon serve como dama da Corte. Primogênita de Fujiwarano Michitaka, teve três filhos e faleceu no parto. Sua rival será a prima Shôshi, a quem serve a escritora Murasaki Shikibu. Em 999, devido à gravidez que a torna ritualmente impura, Teishi deve afastar-se do Palácio Imperial. Normalmente se alojaria com o pai Michitaka, mas este já falecera, e seus irmãos estavam exilados. Não lhe resta alternativa senão se hospedar no Terceiro Ministério da Ala destinada ao seu Escritório, com Tairano Narimasa (c. 950-s/d), em aposentos mais modestos. Irmão de Korenaka, Narimasa recebeu o título de Governador da Província de Tajima em 996, mas é provável que ele tenha permanecido na Capital. O estilo *yotsuashi* nomeia portal de quatro colunas encontrado nas residências da elite nobiliárquica acima do Segundo Grau. Como Narimasa vai hospedar a Consorte Imperial, é-lhe permitido construir mais duas colunas em seu Portal Leste.

Quando relatei o ocorrido à Sua Consorte Imperial, disse-me ela, rindo: "Mesmo aqui, não estaríeis sujeitas a serem vistas? Por que, então, o descuido?". Respondi-lhe: "Mas aqui, temos o hábito de ficar à vontade e as pessoas já estão acostumadas a isso. Tanto que, se nos vissem arrumadas, aí, sim, é que ficariam surpresas. Independentemente disso, como pode uma residência escolhida para receber a Consorte Imperial possuir um Portal por onde não passa a carruagem oficial? Só mesmo rindo-lhe na cara, quando Narimasa aparecer!".

No momento em que assim falava, Narimasa adentrou e passou-me a tampa da caixa do material de escrita[6] em sinal de boas-vindas, dizendo: "Queira entregá-la à Sua Consorte Imperial". Quando lhe indaguei: "Deveras, viveis muito mal. Por que construístes um Portal tão estreito?", Narimasa respondeu, rindo: "O tamanho da residência está de acordo com a posição social de seu dono". Disse-lhe eu: "Mas sei de pessoas que fazem questão de erigir pelo menos um portão alto". Narimasa admirou-se: "Ah, que surpreendente!", e continuou: "Referi-vos ao caso de Uteikoku, o Primeiro-Ministro da dinastia Han. Só mesmo um especialista em Estudos Chineses teria conhecimento disso. Como coincidentemente dedico-me a tal caminho, conheço um pouco sobre o assunto". Disse-lhe eu, então: "Não pareceis mesmo dominar esse venerável caminho. Tanto que a colocação da esteira não evitou tropeços, que acabaram causando tumulto". Narimasa justificou-se: "O que aconteceu deveu-se provavelmente à chuva. Poupai-me. Exigências mais complicadas parecem estar a caminho. Peço-vos licença", e retirou-se.

Sua Consorte Imperial indagou: "O que está havendo? Por que tanto receio por parte de Narimasa?". Respondi-lhe: "Nada de mais sério, Vossa Consorte Imperial. Só estava comentando o fato de a carruagem não ter passado pelo Portal", e recolhi-me para os meus aposentos.

Juntamente com as damas mais jovens com as quais dividia a acomodação, adormecemos sem outras preocupações, pois estávamos sonolentas. A galeria oeste da Ala Leste encontrava-se interligada à da Ala

---

[6] Fazia parte da etiqueta do anfitrião oferecer doces sobre uma tampa de caixa laqueada utilizada para guardar material para escrita, então utilizada como bandeja.

Norte, e nem chegamos a verificar se a tranca havia sido colocada em sua porta de ligação. Sabendo disso, o dono da casa, Narimasa, abriu-a. Com uma voz estranhamente rouca e apreensiva, disse várias vezes: "Permitis que vos incomode?".

Despertada por essas palavras, pude ver claramente a luz da lamparina do outro lado do cortinado. Narimasa falava através da divisória corrediça entreaberta. Foi muito engraçado. Muito mais engraçado foi pensar que, levado pelo fato de encontrar-se em sua própria casa, Narimasa tenha tomado uma atitude tão ousada, ele, que normalmente era avesso a conquistas. Cutuquei a dama que dormia ao meu lado para acordá-la, e disse-lhe: "Vede aquilo. Parece que estamos presenciando algo inusitado!"; ela, levantando a cabeça, olhou e riu muito. "Quem será aquele? Mas que atrevimento!", disse a dama. "Não é nada disso. O dono da casa só gostaria de trocar algumas ideias com a senhora deste aposento", disse Narimasa. "Falei-vos a respeito do Portal, mas não vos disse nada a respeito de abrir a divisória corrediça", disse-lhe eu. "Gostaria de conversar sobre isso também. Posso incomodar-vos?", continuou Narimasa. "Que cena mais indecorosa! Mas é impossível receber-vos agora", riram as damas. "Ah, estáveis em companhia das jovens damas?", perguntou Narimasa e retirou-se, fechando a porta corrediça. Depois, foram somente risadas. Foi tudo muito engraçado. Já que ele abrira a porta corrediça, que entrasse de uma vez, ao invés de ficar pedindo permissão. Afinal, quem éramos nós para impedi-lo?

Na manhã seguinte, quando relatei o ocorrido à Sua Consorte Imperial, ela riu, comentando: "Não conhecíamos essa faceta de Narimasa, não é mesmo? Ele deve ter ficado impressionado com a conversa de ontem à noite. Pobre homem, como deveis ter zombado dele!".

Narimasa perguntou: "Que cor desejais para a sobreveste do quimono com forro *akome*?", com o intuito de providenciar novas vestes para a Princesa Imperial em cumprimento aos desejos de Sua Consorte, tornando-se novamente motivo de riso, com razão, por desconhecer o nome do quimono infantil de gala *kazami*. E continuou: "Já com relação aos utensílios de mesa, provavelmente não será do agrado de Sua Consorte se forem de tamanho normal. Bandejas pequenas e também mesinhas individuais com base seriam certamente mais apropriadas", ao que acrescentei: "Isso certamente facilitará a sua utilização para a infante trajada de veste de gala".

Digno de admiração foi também ouvir Sua Consorte Imperial dizer, toda penalizada: "Não zombeis assim dele como se fora uma pessoa qualquer. Afinal, ele tem se mostrado tão correto!".

Num momento inoportuno, uma das damas veio comunicar-me que Narimasa tinha algo a me dizer. Sua Consorte Imperial comentou: "Que deslize cometerá desta vez para tornar-se motivo de riso?". Foi um comentário divertido. Em seguida, ordenou-me: "Ide ver o que ele deseja", razão pela qual me dirigi especialmente para onde ele se encontrava. Não se tratava de nada especial, mas disse-me Narimasa: "Comentei com o Médio-Conselheiro Korenaka[7] sobre o incidente do Portal, e ele afirmou-me com veemência que, numa ocasião propícia, insistirá em ouvir atentamente vossa opinião a respeito disso". Eu estava ansiosa para falar-lhe sobre aquela noite, mas Narimasa, comprometendo-se a fazer-nos uma visita em breve, retirou-se, razão pela qual também voltei para junto de Sua Consorte Imperial, que me perguntou: "Mas, então, de que se tratava?". Relatei-lhe tal qual conversara com Narimasa, quando uma das damas comentou, rindo: "Não havia qualquer necessidade de ter-se dado ao trabalho de ser anunciado, não é mesmo? Poderia muito bem ter-vos falado casualmente, quando vos encontrasse nas proximidades do aposento de Sua Consorte Imperial, ou em vosso próprio aposento". Foi também louvável a atitude de Sua Consorte ao comentar: "Narimasa deve ter vindo relatar-vos o ocorrido, achando que vós vos alegraríeis ao saber que alguém por quem ele tem muita admiração vos tinha elogiado".

---

[7] Tairano Korenaka (c. 944-1006), irmão mais velho de Narimasa, esteve brevemente a serviço de Teishi no ano 999 e mais tarde se tornou Vice-Comandante do Dazaifu.

6

A gata de Sua Majestade, agraciada com o Quinto Grau
うへにさむらふ御ねこは

A gata de Sua Majestade, agraciada com o Quinto Grau, recebeu o título de Myôbuno Otodo[8] e era tratada com muito mimo e cuidado. Certa feita, quando dormia num canto da varanda, aquecida pelos raios do sol, Mumano Myôbu, sua ama, chamou-a, dizendo: "Mas que modos! Por favor, já para dentro!" e, para assustá-la, gritou pelo cão: "Onde estás, Okinamaro? Vem pegar Myôbuno Otodo!". Obedecendo ao comando, o tolo cão avançou sobre a gata que, assustada, adentrou pela persiana. Sua Majestade, o Imperador, que se encontrava na sala de refeições, levou um enorme susto com o aparecimento da gata. Acomodando-a no peito sob a veste, mandou chamar seus homens. À chegada dos Secretários Particulares Tadataka e Narinaka,[9] ordenou-lhes: "Castigai Okinamaro e desterrai-o imediatamente para a Ilha dos Cães!".[10] Todos saíram, pois, em sua captura. Aborrecido também com Mumano Myôbu, disse em tom de censura: "Vamos trocar a ama, não se pode confiar nela!". Acatando a ordem, a ama nem sequer ousou aparecer perante Sua Majestade. O cão foi capturado e desterrado pelos seguranças.

As damas comentavam, apiedando-se do cão: "Pobrezinho, ele que desfilava sempre tão garboso!". Okinamaro nem poderia imaginar que isso lhe aconteceria quando, na festividade do terceiro dia do terceiro mês, desfilava todo enfeitado com coroa de salgueiro-chorão e flores de

---

[8] O título equivaleria a "Senhora Dama do Palácio Imperial"; optou-se aqui por manter o original como se fora nome próprio, hábito corrente no período.

[9] Fujiwarano Tadataka torna-se Secretário no ano 1000. Dados sobre Narinaka são desconhecidos.

[10] Refere-se provavelmente à ilha Nakano Shima em Yodogawa, para onde se enviavam os cães descartados.

pessegueiro na cabeça e um ramo de cerejeira ornamentando a região do quadril, acompanhado de Yukinari, Secretário Chefe dos Oficiais Superintendentes. As damas comentavam também: "Na hora da refeição, ele sempre se sentava à frente, esperando receber as sobras. Que falta ele faz!". Passados três ou quatro dias desde que tal comentário fora feito, à hora do almoço, ouvimos os fortes ganidos de um cão. Perguntávamo-nos que cão seria aquele que não parava de ganir e atraía a atenção de inúmeros outros das proximidades.

Uma serviçal, provavelmente a encarregada da limpeza do receptáculo sanitário do Imperador, veio correndo e disse: "Dois Secretários estão espancando um cão! Ele acabará morrendo. Estão maltratando aquele cão que, mesmo tendo sido desterrado, voltou". Que aflição! Era Okinamaro! "Tadataka, Sanefusa e outros mais estão batendo nele", disseram, e ordenaram à servente que os fizesse parar, e finalmente os ganidos cessaram. Alguém acrescentou: "Como morreu, foi jogado do lado de fora do Posto de Vigia". Lamentávamos o ocorrido, quando, à tarde, um cão todo inchado, imundo e agonizante caminhava trêmulo. "Okinamaro, és tu? Que outro cão andaria a estas horas neste estado? Não pode ser! Okinamaro!", chamou uma das damas, mas ele nem se deu conta. Começou a discussão, umas diziam: "É ele!", enquanto outras: "Não é ele!". "Mandai chamar Ukonno Naishi,[11] pois ela o conhece bem". Mostrando-lhe o cão, perguntamos: "Este é Okinamaro?", e ela respondeu: "Parece-se com ele, mas seu estado está deplorável demais. Além disso, ele atenderia todo feliz à chamada de seu nome, o que não está ocorrendo. Não, não pode ser ele. Dizem que ele foi morto e jogado fora. Não deve ter resistido, já que foi espancado por dois homens". Sua Consorte Imperial ficou angustiada.

Ao escurecer ofereceram-lhe alimento, mas ele recusou-se a comer, o que nos convenceu não se tratar de Okinamaro. No dia seguinte, foi mandado trazer o pente para a toalete matinal de Sua Consorte Imperial. Enquanto ela se mirava no espelho que eu segurava, comentei ao ver o cão que estava sentado junto a uma das colunas: "Ah, como judiaram de Okinamaro ontem! Está morto, o pobrezinho! Em que corpo ele teria reencarnado desta vez? Como deve ter sido grande a sua triste-

---

[11] Ukonno Naishi, filha de Fujiwarano Suetsuna, Baixo-Capitão da Direita da Guarda do Portal, era uma das damas de honra que serviam o Imperador Ichijô.

za!". Nisso, fiquei perplexa ao notar que o cão, que estava sentado, começou a tremer e verter lágrimas intermináveis. Então, era mesmo Okinamaro. Na noite anterior, ele procurara se esconder. Pensando nisso, senti não só uma grande comoção, mas também me admirei profundamente. Deixando o espelho, disse-lhe: "Então és tu, Okinamaro?", e ele deitou-se submisso, chorando muito. Sua Consorte Imperial também abriu um largo sorriso, aliviada. Tendo sido chamada, apareceu a dama Ukonno Naishi, a quem foi relatado o ocorrido. Ouvindo nossas risadas, o Imperador deu-nos a honra da sua visita. "Espantoso que até os cães possuam tais sentimentos humanos!", sorriu ele. Sabendo da novidade, as damas dos aposentos imperiais também apareceram e chamaram por Okinamaro, que então já se movimentava.

Quando eu disse: "Seja como for, é preciso mandar cuidar do inchaço do rosto e das demais partes", uma das damas riu: "Acabastes conseguindo com que o cão se fizesse identificar, não é mesmo?". Ouvindo isso, Tadataka, vindo da direção da copa, disse: "Ah, é verdade? Deixai-me vê-lo". Respondi-lhe: "Que absurdo, não há nenhum cão aqui". Tadataka retrucou: "Não adianta querer escondê-lo, eu o encontrarei. Não deveríeis ocultá-lo desse modo".

Mais tarde, Okinamaro obteve de volta sua antiga posição. Acima de tudo, o fato de um cão ter chorado, todo trêmulo diante do sentimento da compaixão, é inacreditavelmente belo e comovente. Embora, no caso de um ser humano, seja comum que se chore quando alguém se comove com palavras de outrem.

7

Ano-Novo, primeiro dia. Terceiro mês, terceiro dia
正月一日、三月三日は

Ano-Novo, primeiro dia.
Terceiro mês, terceiro dia: ficam mais tépidos os dias.
Quinto mês, quinto dia: o dia passa nublado.
Sétimo mês, sétimo dia: depois de um dia nublado, clareia à tarde; no céu, a lua mais brilhante faz até contar estrelas.[12]
Nono mês, nono dia: depois do amanhecer, a chuva cai de leve, molha crisântemos de incontáveis gotas de orvalho e encharca flocos de algodão que os cobrem, impregnando-os de seu apreciado aroma. De manhã cedo, as nuvens já cessam, mas, de novo, o céu se encobre. E, assim, é também deliciosa a expectativa de poder ver a chuva que parece estar a vir.

---

[12] Quando a lua está mais clara, o número de estrelas visíveis diminui, mas elas podem ser contadas de modo mais acurado.

8

Ver uma pessoa que expressa gratidão
よろこび奏するこそ

    Ver uma pessoa que expressa gratidão por sua promoção, nada há de mais prazeroso! Com a cauda de seu traje estendida, ela se posta em direção ao assento imperial, em bailada e vistosa reverência.

9

A parte leste da Residência Imperial Atual
今の内裏の東をば

A parte leste da Residência Imperial Atual é chamada Posto do Norte. A pereira próxima é tão alta que todos se perguntavam quantas braçadas ela mediria. "Que tal se a cortássemos desde a base e fizéssemos um leque de galhos para Jôchô, Vice-Primaz do Templo?", disse certo dia o Médio-Capitão Provisional, Minamotono Narinobu.[13] Em outra ocasião, no dia do agradecimento pela sua promoção a Administrador Geral do Templo Yamashina, o monge encontrou-se com Narinobu, em sua função de Oficial do Quartel da Guarda da Residência Imperial. Mas, por estar usando um tamanco alto, sua estatura estava gigantesca. Depois que ele partiu, disse eu a Narinobu: "Por que não lhe entregastes este leque de galhos?". Rindo, respondeu-me ele: "Vós não esquecestes!".

Tem mesmo razão a pessoa que diz: "Para o Vice-Primaz Jôchô, não existe um quimono comprido demais; para a dama Sukuse, um curto demais!".[14]

---

[13] Minamotono Narinobu (967-1035) é filho do Príncipe Munehira. Sua mãe é filha adotiva de Fujiwarano Michinaga.

[14] O texto alude à estatura excepcional do monge Jôchô, em comparação com as dimensões pequenas e delicadas de Sukuse, dama não identificada.

10

Quanto a montanhas
山は

Quanto a montanhas, a de Ogura. A montanha Kase. O monte Mikasa. A montanha Konokure. O monte de Iritachi. A montanha de Wasurezu. A montanha de Suenomatsu. É tão engraçado como é humildemente reclinado o monte Katasari! A montanha Itsuhata. A montanha Kaeru. A montanha de Nochise. A montanha de Asakura é divertida como o olhar de soslaio do antigo amante. Também elegante é a montanha Ôhire. É de fazer os dançarinos se recordarem dos Festivais Extraordinários.[15] A montanha de Miwa é elegante. A montanha Tamuke. A montanha Machikane. A montanha Tamasaka. A montanha Miminashi.[16]

---

[15] Os Festivais Extraordinários ocorriam desde o fim do século IX, como os do décimo primeiro mês no Santuário Kamo e do terceiro mês em Iwashimizu, no Santuário Hachiman. Dois dias antes, havia ensaios formais de dança e música em frente ao Palácio Seiryô.

[16] O texto enumera montanhas próximas (as de Quioto) e distantes (as de Azuma e Kyûshû), voltando às próximas (as da região de Yamato), através de processos associativos situacionais, semânticos ou fonéticos, de fundo literário. As montanhas aqui listadas são, na maior parte, *utamakura* ("travesseiros de poemas", tropos poéticos), referência quase obrigatória em antigos poemas-canções, cantigas e narrativas populares. São aludidas, assim, através das montanhas, as coletâneas *Kojiki* (Iritachi, Miwa), *Man'yôshû* (Kase, Mikasa, Konokure, Nochise, Miminashi), *Kokin Wakashû* (Ogura, Suenomatsu, Miwa, Tamuke), *Kokin Rokujô* (Wasurezu, Machikane) e *Ise Monogatari* (Itsuhata, Kaeru, Tamuke).

11

Quanto a mercados
市は

Quanto a mercados, o de Tatsu. O mercado de Sato. O mercado de Tsuba. Em meio a tantos que há em Yamato, as pessoas que peregrinam ao Templo Hase sempre pernoitam em Tsuba, tornando-o especial, por sua ligação com a bodhisatva Kannon. O mercado de Ofusa. O mercado de Shikama. O mercado de Asuka.[17]

---

[17] O texto enumera *ichi*, mercados ou feiras (que evoluem mais tarde para vilas), aglomerações para compras e vendas em dias determinados, principalmente na região de Yamato. São dessa região os listados na passagem, com exceção de Shikama, famoso *utamakura*. A deusa budista da piedade, Kannon, figura feminizada de Avalokitesvara, é reverenciada em Hase. Inicia-se, com este episódio, uma série de comparações de três elementos (*sanpukutsui*): Tatsu-Sato-Tsuba e Ofusa-Shikama-Asuka.

12

Quanto a picos
峰は

Quanto a picos, o de Yuzuruha. O pico de Amida. O pico de Iyataka.[18]

---

[18] Yuzuruha, local assim chamado pela grande quantidade de árvores homônimas (*Daphniphyllum macropodum*), é também homófono de *yuzuru*, a corda de um arco que se associa à descida dos deuses, quando estes afastam os maus espíritos fazendo soar os arcos, aludindo, assim, ao xintoísmo. Amida é o pico que passa a ser associado ao budismo através da coletânea *Kintôshû*. Iyataka é pico que aparece na obra *Motosukeshû*, que foi associada a um trecho de obra compilada pelos discípulos de Confúcio. O texto mostra a relação entre os três ensinamentos: xintoísmo, budismo e confucionismo, respectivamente.

13

Quanto a campos
原は

    Quanto a campos, o de Mika. O campo de Ashita. O campo Sono.[19]

---

    [19] Comparação de três elementos, tendo como referência *utamakura* antigos. O critério da ordenação é a proximidade do elemento. Mika é referido na obra *Kokin Rokujô*; Ashita, no *Kokin Wakashû*; Sono, em *Kokin Rokujô* e *Korenorishû*.

14

Quanto a águas profundas
淵は

    Quanto a águas profundas, é impressionante o que teria alguém percebido em sua natureza assustadora para atribuir tal nome a Kashiko. As águas profundas do Nairiso, que significa "Não-entrais!". Quem será a pessoa que assim adverte? Interessantes mesmo são as águas verdes profundas do Aoiro: podem até servir de tecido para os Secretários do Sexto Grau. As águas ocultas de Kakure. As águas fundas do Inafuchi.[20]

---

    [20] Trata-se de reflexão sobre o significado dos nomes. Kashikofuchi, "profundezas assustadoras"; Nairiso, "não entrais"; Aoiro, "cor verde"; Kakure, "esconder"; Inafuchi, topônimo localizado nas nascentes do rio Asuka, torna-se seu homófono, *ina*, "não".

15

Quanto a mares
海は

Quanto a mares, o de água doce. O mar de Yosa. O mar de Kawaguchi. O mar de Ise.[21]

---

[21] O primeiro, *mizuumi*, "mar de água doce", é, na verdade, um lago (*mizuumi*, grafado com outro ideograma) e refere ao Biwa ("lago em forma de alaúde"), localizado em Shiga, norte da Capital. Yosa se associa à lenda de Urashima, que desce aos mares após receber do Céu um manto de plumas (como consta na obra *Fudôki*). Kawaguchi se associa à lenda da descida dos deuses do monte Fuji (como consta em *Narrativas do Cortador de Bambu*).

16

Quanto a túmulos imperiais
陵は

Quanto a túmulos imperiais, o de Uguisu. O túmulo de Kashiwabara. O túmulo de Ame.²²

---

²² Uguisu (algumas versões registram Ogurosu; outras, Ukurusu), em Yamashiro, ascende gerações de Fujiwara até o Imperador Daigo. Kashiwabara consta num dos manuscritos de *O Livro do Travesseiro*, refere o túmulo do Imperador Kanmu. Se Ame equivaler ao ideograma "chuva", tratar-se-ia de uma associação provinda dos dois túmulos anteriores, referindo a região esquerda da Capital Heijô. Há interpretações que dizem que, se o ideograma significar "Céu", tratar-se-iam dos túmulos dos Imperadores Tenchi e Shômu.

17

Quanto a travessias
渡は

Quanto a travessias, a de Shikasuga. A travessia de Korizuma. A travessia de Mizuhashi.[23]

---
[23] Shikasuga e Korizuma são *utamakura* de poemas-canções antigos. Mizuhashi localiza-se em Etchû.

18

Quanto a mansões
たちは

Quanto a mansões, as feitas com esmero.
Quanto a espadas, as ornadas com joias.[24]

---

[24] O texto registra apenas *tachi-wa tamatsukuri*. Entretanto, *tachi*, "mansão", produz ressonância alusiva através de seu homófono *tachi*, "espada".

19

Quanto a residências
家は

    Quanto a residências, Konoe. Nijô. Ichijô também é bela.
    O Palácio de Somedono. Sekai. A Mansão Sugawara. As mansões de Rensei, Kan e Suzaku. O Palácio Ono. Kôbai. Fonte de Agata. Higashi Sanjô. Korokujô. Koichijô.[25]

---

    [25] O texto faz referências a residências de nobres da Capital. Os três primeiros são ligados à Consorte Imperial Teishi, e aos Imperadores Konoe, Nijô e Ichijô. Sekai foi Palácio do Imperador Seiwa. Sugawara, residência de Sugawara Michizane. Rensei, Palácio do Imperador Rensei. Kan, do Alto-Conselheiro Fujiwarano Fugutsugu. Suzaku, do Imperador abdicado Suzaku. Ono, de Koretada. Kôbai, de Fujiwarano Michizane. Higashi Sanjô foi residência da linhagem norte dos Fujiwara.

20

No recanto nordeste da Ala Privativa do Imperador
清涼殿のうしとらのすみ

No recanto nordeste da Ala Privativa do Imperador, há uma divisória corrediça com uma pintura de mar revolto e seres assustadores de pernas e braços longuíssimos. Quando abro a porta do aposento da Imperatriz Kokiden, sempre odeio me deparar com a pintura, e ponho-me a rir.

Numa tarde em que haviam disposto um vaso verde enorme e com muitos galhos de cerejeiras de cerca de metro e meio, tantos que suas flores, lindamente desabrochadas, transbordavam para fora do parapeito da varanda, o Alto-Conselheiro Fujiwarano Korechika[26] chegou com seu traje cotidiano em sobreposição "Cerejeira" de branco e carmesim,[27] de textura suave, pantalonas roxas de desenho sem relevo, quimonos interiores brancos — sobre eles, outro que revelava uma barra carmesim muito vibrante de seda adamascada — e, como o Imperador Ichijô[28] ali se encontrava, sentou-se afastado no estreito assoalho de madeira em frente à porta e começou a conversar.

Atrás da persiana, as damas, fazendo deslizar com compostura uma das mangas dos trajes de Corte em sobreposição "Cerejeira" de branco

---

[26] Fujiwarano Korechika (974-1010), filho do Conselheiro-Mor Michitaka e irmão mais velho da Consorte Imperial Teishi; em 992, assume o cargo de Médio-Conselheiro Provisional e, no mesmo ano, o de Alto-Conselheiro Provisional; em 994, torna-se Ministro do Meio; em 996, é afastado para Dazaifu; em 997, é anistiado e retorna à Capital; em 1008, torna-se Ministro-Assistente. A ação se passa na primavera de 994, quando Korechika tem 21 anos e está há um ano e meio no cargo de Alto-Conselheiro Provisional.

[27] O quimono interno ou o forro podia ser também vermelho ou roxo.

[28] O Imperador Ichijô (980-1011), no trono de 986 até sua morte, foi o primogênito do Imperador En'yû. Sua mãe era Fujiwarano Senshi, filha de Kaneie e irmã, portanto, de Michitaka e Michinaga.

e carmesim, ou "Glicínia" de lilás e verde amarelado, ou "Kérria" de ocre e amarelo, em variações elegantes, deixavam as barras à mostra também sob outras persianas frente a janelinhas basculantes, enquanto no aposento diurno do Imperador eram ruidosos os passos dos que traziam as bandejas. Ouviam-se vozes de alerta: "Abram alas!". A atmosfera de um tranquilo dia primaveril era muito prazerosa. Chegando com a última bandeja, o Secretário anunciou o término dos preparativos e, da porta do meio, fez-se presente Sua Majestade o Imperador.

Acompanhando-o, o Alto-Conselheiro o guiou desde a galeria, voltou para onde estavam as flores e sentou-se. Simplesmente maravilhoso foi que a Consorte Imperial tenha saído quase até a soleira, afastando as faixas de seda do cortinado à sua frente, e também nós, as damas, com o coração despreocupado, além de sentirmos grande prazer, almejamos a perpetuidade daquela situação ao ouvir o Alto-Conselheiro recitar muito embevecido:

> Os dias e os meses
> Mudam incessantemente
> Mas é sempre eterno
> (O palácio de verão)
> Da montanha de Mimuro[29]

Mal se tinha ouvido os atendentes de refeições ordenarem aos Secretários a retirada das bandejas, e já Sua Majestade o Imperador retornava.

Ao nos ser dito: "Diluí a tinta", como eu tinha o olhar perdido na figura do Imperador, por pouco a pedra de tinta *sumi* não escapou de seu suporte. Trouxeram folhas de papel chinês brancas, e foi-nos dito: "Agora, cada uma escrevei, aí, um poema antigo de que vos lembrais". Ao oferecer ao Alto-Conselheiro Korechika, assentado na varanda: "Agrada-vos esta folha?", este a devolveu dizendo: "Isto não é atividade a que um homem se preste. Escrevei logo e entregai-o à Consorte Imperial". Passando-nos o tinteiro de pedra, a Consorte Imperial nos apressou: "Rápido, rápido, não ficais divagando, qualquer coisa que

---

[29] O poema está contido na antologia *Man'yôshû*, tomo 13, nº 3.231: *tsukimo himo/ kawariyukedomo/ hikini furu/ Mimurono yamano*.

lembrais, mesmo que seja o célebre poema *Naniwazu*",[30] e não sei por que, ficamos intimidadas: de tão desnorteadas até enrubescemos. As damas mais antigas, após escreverem uns dois ou três poemas que falavam da primavera ou do coração da flor, ou algo parecido, passaram-me a folha dizendo: "Escrevei aqui!".

Do poema:

> Os anos que passam
> Comigo deixam a velhice
> Embora assim seja
> Quando minha flor contemplo
> Dissipam-se ansiedades

substituí "quando minha flor contemplo" por "quando vos contemplo a face" e, quando a Consorte Imperial os comparou, disse: "Eu só queria conhecer a agudeza de espírito de todas vós".

Por falar nisso, na época do Imperador Retirado En'yû,[31] quando este ordenou aos nobres: "Escrevei um poema nestas folhas", foi-lhes muito difícil, e havia os que pensaram em se recusar, mas ao ser-lhes dito: "Não vos preocupeis com a caligrafia, nem com sua adequação a este momento", não puderam mais dar desculpas e se puseram a escrever o atual Conselheiro-Mor Michitaka[32] e o atual Médio-Capitão do Terceiro Grau, os quais, tomando o poema:

> Cheia fica a maré
> Na enseada de algas férteis

---

[30] O poema é tido como o originário da poesia japonesa e consta no prefácio "Kanajo" da antologia *Kokin Wakashû*, sendo por isso conhecidíssimo: "Porto Naniwa/ Como florescem estas flores!/ No inverno dormiam/ Mas agora é primavera/ Como florescem estas flores!" (*Naniwazuni/ sakuya kono hana/ fuyugomori/ imao harubeto/ sakuya kono hana*).

[31] Pai do Imperador Ichijô.

[32] Fujiwarano Michitaka (953-995) é primogênito de Kaneie e pai da Consorte Imperial Teishi; em 986, assume o cargo de Médio-Conselheiro e logo se torna Alto-Conselheiro Provisional; em 989, assume o cargo de Ministro do Centro; em 990, é empossado Conselheiro-Mor e Regente do Imperador Ichijô; de 993 até sua morte, aos 43 anos, detinha a posição de Conselheiro-Mor.

> Sempre sempre sempre
> É em vós profundamente
> Oh que fico a me apoiar![33]

substituíram, no último verso, "pensar" por "me apoiar", tendo sido muito elogiados. Tais palavras, sem motivo aparente, me fizeram suar frio. Senti que pessoas mais jovens não teriam manejado as palavras com tal habilidade. Mesmo aquelas que escrevem muito bem, por não conseguirem expressar-se como desejariam, sentem-se intimidadas e todas acabam cometendo deslizes.

Quando, tendo a obra *Kokin Wakashû* à sua frente, a Consorte Imperial declama os primeiros versos de algum poema e pergunta: "Qual é o fim deste poema?", por que será que nenhuma dama consegue responder, se dia e noite preocupam-se em memorizá-los? Mesmo a filha de Fujiwarano Shigesuke,[34] ela só se lembrou de dez, isso lá é memória? As que se lembram de cinco ou seis deveriam dizer que não os haviam memorizado, mas é divertido vê-las se lamentando: "Mas isso seria uma falta de cortesia, como é que poderíamos nos furtar a participar desse jogo?".

Não havendo quem conhecesse os versos finais do poema, a Consorte Imperial acabava por lê-lo, colocava um marcador entre as páginas e as damas lamentavam-se: "Ah, era esse poema, eu o conhecia! Por que será que me faltou a memória?". Entre elas, as que já haviam copiado várias vezes a coletânea *Kokin Wakashû* tinham a obrigação de ter decorado tudo.

A Consorte Imperial começou a narrar uma história:

> Quem não sabe que, no tempo do Imperador Murakami, havia uma dama chamada Sen'yôden que era filha de Fujiwarano Morotada, então Ministro da Esquerda, residente do

---

[33] Há um jogo fonético entre "algas férteis" (*mo*) e "sempre" (*itsumo*).

[34] Conhecida como Saijôno Kimi (ou Saishôno Kimi), a dama de reconhecido talento também fazia parte do séquito da Consorte Imperial Teishi, juntamente com Sei Shônagon.

Palácio Koichijô?[35] Quando ainda era jovem, seu pai sempre lhe aconselhava: "Em primeiro lugar, pratica a caligrafia; em seguida, tenta exceder a todos em tocar instrumentos de cordas. Por fim, toma como tarefa memorizar todos os poemas dos vinte tomos do *Kokin Wakashû*". Ouvindo falar dessa instrução, o Imperador, no dia da Reclusão,[36] trouxe nas mãos a obra e sentou-se atrás do cortinado. A dama Sen'yôden estranhou sua atitude ímpar, mas quando ele a abriu, dizendo: "Qual é o poema composto por tal pessoa, em tal situação, em tal mês?", ela compreendeu logo do que se tratava e se interessou, embora devesse ter ficado bastante preocupada, pois seria embaraçoso se os tivesse memorizado erroneamente ou se tivesse esquecido alguns trechos. Reunindo duas ou três damas versadas nessa obra e contando os pontos com pedras do jogo *go*, fazia com que Hôshi, a dama Sen'yôden, fosse respondendo. Como deve ter sido excitante e refinado! Que invejáveis as pessoas que lá estavam presentes! Instada a falar, não querendo se mostrar inteligente demais, não chegava a recitar até o fim do poema, mas não cometia o mínimo erro. O Imperador, tomado de irritação, pensou em, de alguma forma, fazê-la cometer algum deslize para então parar o desafio, e, assim, chegaram ao décimo tomo. Não vendo sentido em continuar, foi maravilhoso como colocou o marcador entre as páginas e se recolheu.

Após um longo tempo, ao despertar, não se conformou em deixar o desafio sem uma decisão e pensou que se deixasse

---

[35] O Imperador Murakami (926-967), que reinou de 946 até sua morte, era filho do Imperador Daigo e de Fujiwarano Onshi. O Imperador Suzaku seu predecessor é meio-irmão por parte de pai. Teve em seu séquito a Consorte Imperial, quatro Damas Imperiais e cinco Damas do Vestuário. Fujiwarano Hôshi (s/d-967), famosa por sua beleza e feminilidade, ocupou o Sen'yôden, nome de aposentos no Palácio Imperial. Fujiwarano Morotada (920-969) serviu ao Imperador Reizei na posição de Ministro da Direita em 968, e de Ministro da Esquerda em 969, e era irmão mais novo do bisavô paterno da Consorte Teishi.

[36] A Reclusão, *monoimi*, que tinha natureza ritual e compreendia o jejum, a abstinência das atividades regulares e uma série de prescrições, era cumprida em dias determinados e se estendia a todas as figuras da Corte.

para o dia seguinte, ela talvez consultasse os seus dez tomos restantes, e então resolveu decidir a competição naquela ocasião mesmo e, fazendo acender a lamparina a óleo, ficou lendo até altas horas. Entretanto, ocorre que não conseguiu, no fim, derrotá-la. Quando as pessoas comunicaram para o Ministro da Esquerda, o pai de Hôshi: "Sua Majestade Imperial encontra-se na Ala das Damas e está acontecendo isso e aquilo...", ele ficou muito preocupado e alvoroçado: encomendou sutras e rezas para serem recitados o dia inteiro na direção do Palácio Imperial.

Foi uma história refinada e comovente.
O Imperador ouviu toda a narrativa, emocionou-se e disse: "Eu não seria capaz de completar nem três ou quatro tomos!". Tanto as damas que serviam à Consorte Imperial quanto as que serviam ao Imperador com permissão de frequentar a Ala da Consorte, sem exceção, comentaram: "Antigamente, todas as pessoas eram realmente refinadas. Hoje em dia, será que ainda existem histórias como esta?".
Sinto que é realmente maravilhoso não ter com o que me preocupar.

21

Mulheres que se satisfazem
おいさきなく、まめやかに

Mulheres que se satisfazem com uma felicidade singela e um futuro previsível e estável são deprimentes e desprezíveis. Acho, pois, que as jovens de boas famílias deveriam prestar serviço na Corte para alargar a sua visão de mundo e acumular experiências como Vice-Chefe do Setor de Atendentes da Ala Feminina do Palácio Imperial.

Homens que menosprezam e maldizem aquelas que servem à Corte considerando-as levianas são muito detestáveis. Mas eles não deixam de ter certa razão. Isso porque, a começar pelo Excelso e Digníssimo Imperador, passando pelos altos dignitários, cortesãos e nobres do Quinto e Quarto Graus, poucos são os homens com quem não temos contato. E, também, como poderíamos nos recusar a conviver com as demais servidoras, desde as acompanhantes das damas ou as enviadas de suas famílias nas províncias, sejam as ajudantes das idosas servidoras da categoria inferior ou as acompanhantes da encarregada da limpeza do receptáculo sanitário do Imperador ou mesmo as mais insignificantes "telhas e pedregulhos"? Já a situação dos homens, seria ela diferente?

Parece-me que essa crítica até certo ponto procede. Como esposa, é natural que uma dama da Corte não tenha aquela graça imaculada, mas por outro lado, não seria motivo de orgulho quando se é chamada de Vice-Chefe nos recintos palacianos, ou quando se faz parte do cortejo do Festival Kamo como enviada da Consorte Imperial? Aquelas que, após uma experiência na Corte dedicam-se ao lar, são ainda mais admiráveis. Até em festividades como Gosechi,[37] quando o Administra-

---

[37] Gosechi ou Gosetsu é um evento oficial realizado durante quatro dias em meados do décimo primeiro mês, por ocasião de Niinamesai ou Ônamesai. Uma das atividades era a dança de quatro ou cinco donzelas, em dias correspondentes aos do boi, tigre, coelho e dragão. Era hábito que os Administradores Provinciais não fossem mui-

dor Provincial tem a incumbência de trazer uma dançarina, se casado com uma dama, ele não precisará recorrer a outras diante de cerimonial desconhecido por provincianos como a sua pessoa. Trata-se de uma graça refinada.

---

to familiarizados com as damas da nobreza que deveriam dançar nesses eventos. Neste caso, tendo desposado uma ex-dama da Corte, seria auxiliado por ela na delicada e complexa função cerimonial. Atente-se que as danças são dedicadas aos deuses.

22

Coisas que desapontam
すさまじき物

Coisas que desapontam. Cão que ladra durante o dia. A rede *ajiro*, típica da pesca de inverno, sendo usada na primavera. A sobreposição de primavera "Ameixeira Carmesim", de carmesim e roxo, usada no verão. O carreiro cujo boi morreu. A sala de parto em que morreu o recém-nascido. O braseiro ou o fogareiro sem fogo. O nascimento seguido de meninas, em família de eruditos em Letras. A recusa de hospitalidade em casos de mudança de percurso para evitar a má sorte.[38] Se for por ocasião do festival do início da primavera, maior é o desapontamento.

Correspondência da província que chega desacompanhada de um presente. O mesmo deveria ocorrer com a correspondência enviada da Capital, mas como ela traz novidades e notícias atuais, o presente é dispensável. É extremamente desapontador e decepcionante, quando, depois de enviar uma carta especialmente escrita com capricho e esperar ansiosamente pela resposta, pensando: "Teria já respondido?", "Quanta demora!", o enviado retorna com uma carta em forma de nó e outra formal dobrada, ambas deformadas, com o sinal do lacre totalmente borrado, e nos diz: "A pessoa encontrava-se ausente", ou: "Recusou-se a receber, por estar cumprindo a Reclusão".

Ou ainda, ao esperar a volta da carruagem, trazendo a pessoa que se comprometera a aparecer, ouve-se a sua chegada, e quando acorremos para recebê-la, ela já tinha sido recolhida para o abrigo e se ouvia o ruído dos varais sendo desatrelados. Ao indagarmos: "O que houve?", o carreiro nos responde: "Ele disse que tinha outro compromisso e não veio", e se retira, deixando somente o seu boi.

---

[38] Na teoria taoísta, alguns percursos deveriam ser evitados em determinados dias aziagos, e o pernoite fazia-se necessário, geralmente em residência de subordinados mais próximos.

Ou ainda, são também motivos de grande decepção as ausências do marido normalmente assíduo.[39] Perdê-lo para alguma outra dama de certa distinção e sentir-se constrangida, no entanto, não vale a pena. Distrair uma criança na ausência da ama de leite que dissera voltar logo, mas demora, não é só decepcionante como também causa muita raiva e impaciência, especialmente quando, requisitada a retornar de imediato, manda dizer que não poderia. Como ficaria, então, o homem que mandasse buscar a amada e ela se recusasse a atendê-lo? É tolice decepcionarmo-nos quando, à espera daquele alguém especial, ouvimos, tarde da noite, um discreto bater no portão, e ao mandar atendê-lo, apreensivas, quem se apresenta é outro qualquer.

É deveras decepcionante o exorcista com ares triunfantes que se propõe a expulsar o espírito maligno e, fazendo com que a possuída segure os objetos ritualísticos e o rosário budista, ele passa a vociferar qual cigarra o texto místico, mas não obtém qualquer resultado, sequer consegue invocar a divindade mediadora. Os homens e as mulheres que ali rezam reunidos estranham a demora do resultado, mas o exorcismo tem continuidade até o fim do período. "Não adianta, pode levantar-se", diz, finalmente, à possuída e, tomando de volta o rosário, murmura: "Ah, o exorcismo não funcionou!", e, passando a mão da testa à cabeça, boceja, recosta-se num canto e adormece. Desagradável é, também, quando estamos caindo de sono, e alguém por quem não nutrimos tanto interesse nos sacode, insistindo em conversar.

A família que não recebeu nomeação por ocasião do remanejamento de postos. Quando a nomeação de determinada pessoa é considerada quase certa naquele ano, os servidores antigos, alguns servindo a amos diferentes, outros morando em locais afastados, vão se achegando, em meio a varais de carruagens aglomeradas que entram e saem, e juntam-se aos grupos que se dirigem a templos e santuários para pedir pela promoção, comem e bebem saquê e fazem grande alvoroço. Mas até o término da nomeação, a madrugada adentra sem sinal do bater do portão. Estranhando a demora e apurando o ouvido, ouvem-se as vozes dos

---

[39] O cortejo amoroso no período Heian segue o modelo de visitas noturnas por parte do homem. Os laços são oficializados após a terceira noite seguida, com a presença dos pais e a troca de presentes. A mulher continua a residir em sua residência e fica a aguardar as visitas do esposo.

batedores anunciando a partida dos altos dignitários que haviam participado da seleção. À chegada do serviçal que estivera à espera de notícias, em meio ao frio, ninguém tem coragem de perguntar-lhe o resultado ao vê-lo aproximar-se com ar de desolação. Já aqueles que acabavam de chegar, perguntam: "O amo foi nomeado para que região?". E a resposta é sempre a mesma: "Tornou-se ex-Governador de tal lugar". Aqueles que de fato contavam com uma colocação lamentam-se profundamente. Na manhã seguinte, a multidão que se reunira vai se desfazendo sorrateiramente. Os servidores mais antigos que se viam na obrigação de permanecer vagam desoladamente, contando nos dedos as províncias vacantes do ano seguinte. Muito patético e decepcionante.

Enviar um poema até que benfeito a alguém e não obter resposta. Em se tratando da pessoa amada é bem possível, pois impedimentos circunstanciais podem ocorrer, mas mesmo assim, é decepcionante não receber resposta a uma carta perfeita segundo as regras da elegância. Ou quando uma pessoa antiquada, levada por sua condição de tédio e ócio, envia um poema sem atrativos, à moda antiga, para outra que vive em meio à agitação da última moda. Encomendar, para um dito especialista, a pintura do leque que seria usado numa ocasião especial, e recebê-lo, no dia, ornamentado com um motivo totalmente inadequado.

Não gratificar os serviçais que trazem presentes em ocasiões de nascimento ou viagem. Deve-se sempre recompensar também os portadores de pequenas entregas como amuletos aromáticos ou martelinhos de madeira. Certamente, sentir-se-ão recompensados ao receberem presentes inesperados. É especialmente decepcionante fazer uma entrega com a expectativa de uma gratificação certa e não recebê-la.

É também decepcionante demais que, depois de quatro ou cinco anos da chegada do marido, não haja na casa agitações de parto. O casal que, já tendo vários filhos adultos e quem sabe até netos, dorme junto durante o dia. Isso é deveras desconcertante e incômodo, mesmo para os filhos.

É irritante termos de tomar um banho tarde da noite, na véspera do Ano-Novo. A interminável chuva na véspera do Ano-Novo. Deve ser o que significa a expressão "único dia da purificação".[40]

---

[40] Não está claro neste texto o sentido de "único dia da purificação".

23

Coisas que deixamos de cumprir
たゆまるゝ物

Coisas que deixamos de cumprir: a prática da abstinência religiosa, preparativos para compromissos num futuro distante, Reclusão prolongada no tempo.

24

Coisas que são desdenhadas
人にあなづらるゝ物

 Coisas que são desdenhadas: muros danificados, pessoas conhecidas por seu coração bom demais.

Coisas que desagradam
にくき物

Coisas que desagradam. Visita que se estende em conversas quando temos algo que urge. Se a pessoa não é importante, podemos atendê-la mais tarde. Mas se é alguém que nos exige consideração, torna-se complicado e muito desagradável.

Um fio de cabelo no tinteiro de pedra sendo friccionado pela pedra de tinta *sumi*. Ou uma pedrinha contida no *sumi* que emite som estridente. Quando alguém adoece repentinamente e se solicita a vinda do exorcista budista que não é encontrado no seu lugar costumeiro, sua busca se estende a outras partes até que este se apresente e, aliviados, solicitamos o seu trabalho. Ele, entretanto, talvez exaurido nos últimos dias pelo contato com espíritos malignos, manifesta-se com uma voz sonolenta tão logo se assenta. Tudo isso é muito desagradável.

A pessoa sem nada de especial que tagarela, cheia de sorrisos. A pessoa que, junto ao braseiro portátil ou fixo, fica aquecendo as mãos, friccionando-as ou revolvendo-as. Quando é que os jovens agem dessa forma? Os que aparentam ser velhos, sim, talvez o façam, e chegam a apoiar até mesmo os pés na borda do braseiro massageando-os enquanto conversam. Esse tipo de pessoa chega à nossa residência e, com o seu leque, começa a abanar sem parar para tirar o pó de onde pretende acomodar-se; e, mesmo sentado, não sossega e recolhe sob suas pernas a parte dianteira de seu traje de caça. Eu pensava que fossem atitudes de pessoas de baixa qualificação, mas elas foram praticadas pelo Ministro-Assistente do Cerimonial, uma categoria um pouco melhor.[41]

---

[41] Embora esteja dito ser uma posição um pouco melhor, pertence ao Quinto Grau. A autora tem em mente Tachibanano Yukisuke.

Aqueles com faces avermelhadas de saquê limpam suas bocas e, os que as têm, alisam as suas barbas, insistentes em oferecer a taça aos demais: são cenas que presencio com muita repugnância. Parecem estar dizendo: "Bebei mais!". Trêmulos, balançam a cabeça, com os cantos da boca caídos como se cantarolassem uma canção infantil que diz: "Chegando eu a este Palácio...". São cenas aviltantes e abomino-as quando perpetradas por senhores de fino trato.

Invejar ou se lamuriar, falar acerca dos outros, querer saber dos mínimos detalhes e ficar ressentido e rancoroso se não o conseguir, ou, ainda, espalhar aos demais o pouco que sabe exagerando-o, como se já conhecesse o assunto. Isso tudo é muito desagradável. A criança que chora quando se quer ouvir algo. Os corvos que, em bandos, voam desordenados a grasnar. O cachorro que late reconhecendo alguém que chega sorrateiro. O amante que começa a roncar no esconderijo improvisado com sacrifício. O amante em visita clandestina que chega com seu chapéu alto e, apressando-se para não ser visto, acaba enroscando-o e fazendo barulho. É também muito desagradável quando o chapéu bate nas persianas de Iyo e desencadeia um som contínuo. Pior ainda no caso da persiana com sanefa, que é muito barulhenta ao ser abaixada. Mas, mesmo esta, se manipulada com cuidado, não soaria tão alto. Inaceitáveis mesmo são as pessoas que abrem as portas corrediças bruscamente. Se as abrissem de modo delicado, será que fariam tanto barulho? Sem o devido cuidado, até mesmo as divisórias corrediças, com certeza, seriam ruidosas.

Quando se está deitado e com sono, um pernilongo se anuncia desoladamente com seu zunido, voando ao redor do rosto. Até mesmo a brisa provocada por suas asinhas é muito irritante.

Pessoas que andam em carruagens barulhentas. Será que seus ouvidos não percebem? É muito desagradável. Quando estou numa dessas fico irritada até com o seu proprietário. Ou, ainda, a pessoa que se intromete antecipando os fatos quando alguém está a narrar algo. Qualquer intromissão, seja da parte de uma criança ou de um adulto, é muito desagradável.

É muito desagradável que, ao se dar atenção especial com carinhos e agrados às crianças que casualmente aparecem, elas acabem se acostumando e comecem a vir com frequência, desarrumando o mobiliário.

Mesmo em casa ou a serviço no Palácio Imperial, quando chega alguém indesejado, ou ao estar fingindo dormir, a serviçal vem me despertar sacudindo-me com expressão de censura à minha sonolência. É muito desagradável.

São muito desagradáveis as serviçais novas se adiantarem às mais antigas e se fazerem de entendidas, dando instruções e conselhos.

É ainda mais desagradável quando o amante começa a elogiar a outra, mesmo que de uma relação passada. Pior ainda se essa relação ainda persiste.

Mas há também pessoas que não ficam tão ressentidas.

Espirrar e se conjurar. Com exceção dos donos da casa, é muito desagradável espirrar alto. A pulga também é bem desagradável. Saltita sob as vestes e parece até erguê-las. Cães com seus longos uivos são desagradáveis e até sinistros. Pessoas que abrem e não fecham as portas por onde passam são muito desagradáveis.

26

Coisas que fazem palpitar o coração
心ときめきする物

Coisas que fazem palpitar o coração. Criar filhotes de pardais. Passar em frente a um local onde brincam criancinhas.

Deitar-se sozinho enquanto queima um bom incenso. Olhar-se num espelho chinês levemente embaçado. O momento em que um homem garboso para a carruagem e manda pedir informações.

Lavar os cabelos, maquiar-se e vestir quimonos aromatizados. Mesmo num lugar em que não haja ninguém especial para nos ver, o coração palpita muito inquieto. Noite em que se espera alguém. O barulho da chuva e também o soprar do vento provocam sobressaltos.

27

Coisas passadas que nos causam saudades
すぎにしかた恋しき物

    Coisas passadas que nos causam saudades. Flores ressequidas de malva. Ornamentos do Dia das Meninas.
    Momentos em que nos deparamos com um retalho tingido de roxo-carmesim e roxo claro avermelhado prensado entre as páginas de uma brochura. Ou, em tedioso dia de chuva, encontrar cartas que outrora nos comoveram.
    O leque do ano que passou.

28

Coisas que causam prazer
心ゆく物

Coisas que causam prazer. Sucessão de belas pinturas em estilo japonês acompanhadas de narrativas interessantes. Carruagem superlotada ladeada por muitos atendentes sendo levada por hábil condutor de bois, no término de um festival. Poemas escritos com traços de pincel não muito finos, em puríssimo papel branco Michinoku. Belas linhas de seda apuradas, engomadas e enfeixadas.

Conseguir duplas seguidas no jogo de dados.

Livrar-se de uma praga graças a um Mestre de Yin Yang bem falante nas margens do rio Kamo. A água que bebemos quando despertamos durante a noite.

É muito prazeroso, em momentos de tédio, receber uma visita não tão íntima que fala comedidamente sobre as coisas da vida relacionadas a acontecimentos recentes, divertidos, desagradáveis ou inacreditáveis desta ou daquela pessoa, discernindo com firmeza o social do particular.

Monges em templos ou sacerdotes em santuários que, por encomenda nossa, entoam preces com clareza e fluência, fazendo-nos sentir imensa satisfação e superando nossas expectativas.

29

As carruagens de palmeira-leque-da-china
檳榔毛は

As carruagens de palmeira-leque-da-china da alta nobreza devem ser conduzidas solenemente. As que se apressam não são bem vistas.

Já as de vime dos altos servidores devem correr. Aquelas que passam frente ao portão, sem que possamos sequer vê-las, exceto seus acompanhantes que correm atrás, nos divertem ao imaginarmos quem seria o dono. As que seguem lentas e arrastadas são muito desagradáveis.

30

O monge que se encarrega do sermão
説経の講師は

O monge que se encarrega do sermão, que este seja bonito. É quando fixamos o olhar em seu rosto que sentimos a preciosidade do sermão. Se o monge é feio, viramos os olhos e esquecemos o teor da sua fala, o que seria uma transgressão. Mas deixemos isso de lado. Se eu fosse mais jovem, poderia escrever sobre esses atos merecedores de castigo. Mas hoje, temo muito as transgressões.

Mesmo assim, para minha alma transgressora, acho um exagero que as pessoas atendam a todos os atos religiosos e se mostrem gratas e cheias de devoção.

Antigamente, os Secretários Particulares quando se aposentavam não participavam como batedores de comitivas, e naquele ano mesmo já não eram mais vistos no Palácio Imperial. Atualmente, não é bem assim. Mesmo aposentados, eles são escalados como servidores do Quinto Grau, são-lhes atribuídas tarefas, mas se sentem mais ociosos do que no tempo da ativa, comparecendo até por uma ou duas vezes nas sessões dos sermões e, quando estas lhes interessam, tornam-se seus assíduos frequentadores. Em dias quentes de verão, aparecem com seus vistosos quimonos sem forros *katabira*, pisando e arrastando as barras das pantalonas presas nos tornozelos de cor lilás carmesim ou cinza chumbo esverdeado e fixam em seus chapéus engomados pequenas lâminas de madeira, onde escrevem: "Reclusão". Entretanto, marcam presença nesses dias parecendo fazer questão de mostrar que as virtudes dos sermões são superiores.

Falam com os monges assistentes, são solícitos ajudando a estacionar as carruagens e mostram seus bons procedimentos. Quando encontram conhecidos há tempos não vistos, festejam e tomam assento junto a eles, conversam, concordam, falam coisas divertidas e riem abrindo os leques em frente à boca; dedilham rosários ricamente ornamentados, olham atentos à volta, elogiam e criticam carruagens ou as palestras das *Oito Instruções da Flor de Lótus* e as cópias dos sutras ofertadas e organizadas por tais e tais pessoas, fazendo comparações disto e daquilo, desatentos ao ato religioso do momento. O que não é por menos, pois não há qualquer novidade nos sermões de sempre.

Destoando destes, três ou quatro jovens senhores param as carruagens e chegam ao recinto com poucos batedores, e se aproximam do local onde os monges já se acham a postos. Esbeltos, em túnicas informais bem mais leves que as asas das cigarras, pantalonas presas nos tornozelos e quimonos sem forro de seda crua ou trajes de caça, seguidos de poucos acompanhantes, eles causam certa movimentação entre os já acomodados, que lhes abrem espaços junto ao púlpito do orador ao lado dos pilares, e lá tomam assento, atentos às suas palavras e dedilhando em silêncio os rosários. O monge superior, sentindo-se valorizado, esmera-se no sermão na expectativa de torná-lo famoso.

Eles ouvem as orações sem exagerar nas reverências, retiram-se num momento propício e, trocando palavras entre si, sinalizam para os condutores das carruagens. O que estariam dizendo? As pessoas que os conhecem admiram sua elegância; as que não, ficam a conjeturar quem seriam, perseguindo-os com os olhos, o que é divertido.

Quando falam: "Houve sermão em tal local, houve palestras das *Oito Instruções da Flor de Lótus*", sinto que é demais comentarem sempre: "Essa pessoa estava presente? Por que não?". Mas também seria impossível ignorar por completo os sermões. Mesmo as mulheres humildes são assíduas frequentadoras. Ainda assim, no começo não se viam pessoas de pé. Às vezes, as damas vinham com trajes de viagem, maquiadas e encantadoras. E vinham, sim, em visita aos templos. Quanto aos sermões, não parece que os frequentassem muito. Aqueles que no passado assistiam aos sermões e ainda estão vivos, ao me virem hoje, o quanto não devem me difamar e amaldiçoar!

31

Quando visitei um templo chamado Bodai
菩提といふ寺に

Quando visitei um templo chamado Bodai onde se realizava a cerimônia de confirmação das palestras das *Oito Instruções da Flor de Lótus*, uma pessoa mandou-me uma mensagem: "Voltai logo. Sinto-me profundamente só". Enviei-lhe o seguinte poema, escrito numa pétala de lótus:

> Ao mundo de agruras
> Por que voltar novamente
> Se buscando estou
> O orvalho da flor de lótus
> Para nele me molhar?[42]

Profundamente tocada pela cerimônia, vi-me no desejo de ali permanecer, esquecida até da apreensão sentida pela família do ancião chamado Sôchû.[43]

---

[42] São palavras associadas: *kakaru* ("tocar" e "molhar"), *tsuyu* ("orvalho"), *oku* ("colocar" e "deixar") em metáfora dos laços sagrados de Buda com o mundo físico. No original: *motometemo/ kakaru hasuno/ tsuyuo okite/ ukiyoni matawa/ kaeru monokawa*.

[43] Referência ao episódio do filósofo chinês Hsiang Chung (no Japão conhecido por Sôchû) que, compenetrado na leitura de escritos taoístas, ficou cercado pelas águas de uma cheia e foi impedido de retornar para casa, onde a família o aguardava impacientemente.

32

Koshirakawa é o local que nomeia
小白川といふ所は

Koshirakawa é o local que nomeia a suntuosa residência de Sua Excelência o Capitão-Mor Koichijô, Fujiwarano Naritoki.[44] Os altos dignitários realizaram ali a cerimônia de confirmação da fé das palestras das *Oito Instruções da Flor de Lótus*. Tratando-se de um acontecimento de muita pompa, as pessoas diziam: "Para as carruagens que chegarem tarde, não haverá como estacionar...", e, assim, despertamos ainda com o orvalho à vista, mas, de fato, quando chegamos não havia mais vagas. As carruagens estacionavam umas sobre os varais das outras e por isso o sermão podia ser ouvido até aproximadamente a terceira fila.

Já em meados do sexto mês, fazia um calor insuportável. Apenas a visão do lótus no lago causava uma verdadeira sensação de frescor. Com exceção do Ministro da Esquerda, Minamotono Masanobu, e do da Direita, Fujiwarano Kaneie,[45] todos os demais altos dignitários encontravam-se presentes. Usavam o traje cotidiano da nobreza com as pantalonas em roxo-carmesim presas nos tornozelos e com o transparente quimono sem forro *katabira* azul claro. Quanto aos mais velhos, suas pantalonas em cinza chumbo esverdeado presas nos tornozelos e as pantalonas em branco acentuavam a sensação de frescor. Tanto o

---

[44] Embora não fosse muito próximo da autora, Naritoki, na época, exercia a função de Alto-Conselheiro Provisional e Capitão-Mor da Esquerda da Guarda da Residência Imperial.

[45] Uma das filhas de Minamotono Masanobu (920-993) é casada com o futuramente poderoso Fujiwarano Michinaga. Minamotono Masanobu torna-se Ministro da Esquerda em 978. Fujiwarano Kaneie (929-990) tornou-se Alto-Conselheiro em 972, Ministro da Direita em 978, Regente para o Imperador Ichijô em 986, Primeiro-Ministro em 989.

Conselheiro Sukemasa[46] como os demais cortesãos irradiavam jovialidade e em todos os aspectos havia muita solenidade: tudo era muito elegante.

Com as persianas da galeria bem levantadas, os altos dignitários formavam uma linha extensa, sentados sobre a soleira e voltados para o interior do aposento. Quão agradável era, ainda, ver na segunda fileira a elite nobiliárquica e os jovens fidalgos trajados também com seus elegantes quimonos de caça ou vestes palacianas informais, a andar de um lado para o outro, incapazes de permanecer em seus lugares. Já membros da casa como o Capitão-Assistente da Guarda Militar, Fujiwarano Sanekata, o Oficial Assistente do Ministério de Assuntos Centrais, Nagaakira[47] e outros, estes entravam e saíam com desenvoltura. Estava ali também um Príncipe ainda infante que marcava a sua presença graciosamente.[48]

Com o sol quase a pino, adentrou o então Médio-Capitão do Terceiro Grau, como era chamado na época o atual Conselheiro-Mor Michitaka, com seu traje palaciano informal e pantalonas presas nos tornozelos em roxo-carmesim, o quimono sem forro castanho amarelado claro, a pantalona interna carmesim escura e o quimono sem forro branco e engomado, extremamente vivo, que, em meio a todas aquelas pessoas de trajes leves deveria causar uma sensação de abafamento, mas pareceu-me extremamente magnífico. De magnólia ou pintadas com laca, eram variadas as armações dos leques, mas por serem todos eles confeccionados com papel avermelhado, em muito se assemelhavam a um campo de cravos-renda em flor.

Antes mesmo de o monge encarregado do sermão tomar o assento, as mesinhas individuais foram trazidas e já se serviam os convidados. O

---

[46] Trata-se de Fujiwarano Sukemasa (944-988), um dos três mais célebres calígrafos do período.

[47] Fujiwarano Sanekata (c. 958-999) é neto de Naritoki e será transferido para a função de Baixo-Capitão da Esquerda da Guarda. Vai se tornar um dos Trinta e Seis Poetas Imortais no período posterior. Nagaakira, nome do tempo de criança, é Fujiwarano Suketô, filho de Naritoki.

[48] Trata-se de Fujiwarano Michitô, irmão mais novo de Suketô, na época com treze anos de idade.

Médio-Conselheiro Fujiwarano Yoshichika,[49] ainda mais magnífico que o habitual, superava-se. Era difícil escolher o mais belo dentre os quimonos sem forro *katabira*, todos de coloridos esplêndidos, vívidos e luminosos, e o Médio-Conselheiro Provisional, que vestia seu traje palaciano informal com uma familiar e notória simplicidade, lançava incessantes olhares em direção às carruagens para onde enviava recados. Não haveria ninguém que não apreciasse prazerosamente tal cena.

Vendo que uma das carruagens retardatárias fora levada para a direção do lago pela falta de vagas, o Médio-Conselheiro Yoshichika pediu ao senhor Sanekata: "Arranjai uma pessoa que transmita adequadamente o nosso recado", e assim, alguém foi escolhido e trazido à sua presença. "O que devemos dizer?", confabularam somente as pessoas que se encontravam próximas ao Médio-Conselheiro, e enviaram o recado. Impossível ouvir o que diziam, mas o Médio-Conselheiro esboçava um sorriso ao ver o cuidado que o enviado tomava ao se aproximar pela parte posterior da carruagem. Ele transmitiu o recado. Como passava um longo tempo, o Médio-Conselheiro ria e dizia: "Estaria a dama compondo o poema? Capitão-Assistente, deixai preparada uma resposta", instintivamente, todos, mesmo os mais idosos e os altos dignitários, haviam voltado os olhos em sua direção com o intuito de ouvirem o poema-resposta. Era também deveras divertido que isso estivesse sendo acompanhado até mesmo pelos ouvintes que se achavam do lado de fora.

Talvez o enviado tivesse já ouvido a resposta, pois havia dado alguns passos para retornar, quando se viu um leque em movimento a chamá-lo de volta, o que me levou a pensar: "Só em casos de erros cometidos nos poemas chamaríamos alguém de volta dessa forma... Será que o poema enviado, depois dessa longa espera, precisaria ainda de correções?". Ansiosos e incapazes de esperar que o enviado se aproximasse, todos perguntavam: "E então, qual é a resposta?", mas ele nada respondia. Somente quando instado pelo Médio-Conselheiro Yoshichika é que ele para lá se dirigiu e lá se postou cheio de rodeios. Nisso,

---

[49] Yoshichika (957-1008) é o quinto filho do Regente do Imperador Ichijô, Fujiwarano Koremasa. É o primo mais velho de Michitaka, na posição de filho do irmão mais velho do Ministro da Direita Kaneie. Nesse período, embora na posição de Médio--Conselheiro, detém as rédeas do poder político.

disse-lhe o então Médio-Capitão Michitaka: "Falai logo. Não falhai na resposta, por excesso de floreios", ao que o mensageiro comentou: "A resposta que aqui chega é que peca pela falta de floreios...".

"O que ela disse?", perguntou o Alto-Conselheiro Fujiwarano Tamemitsu,[50] adiantando-se aos outros para espiar, ao que respondeu Michitaka: "É como forçar uma árvore bem reta a se vergar e acabar por quebrá-la", o que lhe provocou risos. Teria a passageira da carruagem ouvido os risos contagiantes que se seguiram?

"E então, qual havia sido a resposta antes de chamarem-no de volta? É esta a reposta reformulada?", perguntou o Médio-Conselheiro Yoshichika, ao que lhe respondeu o enviado: "Esperei longo tempo em pé, mas não houve qualquer resposta, razão pela qual ia me retirar, dizendo: 'Então peço licença para me retirar', quando me chamaram de volta". Intrigado, Yoshichika indagava: "A quem pertenceria a carruagem, sabeis de quem é?", e comentava: "Pois bem, desta feita enviarei um poema", quando o monge encarregado do sermão tomou o seu assento. Todos se sentaram em silêncio e, enquanto se concentravam na figura do monge, a carruagem desapareceu como por encanto. Sua persiana interna parecia ter sido colocada naquele dia, sendo que a dama trajava sobreposição de dois quimonos sem forro de coloração densa, outro de brocado roxo-carmesim, um quimono externo leve de cor carmesim escuro, deixando à mostra, na parte posterior da carruagem, a cauda com pregas de seda branca estampada — quem seria? E a sua resposta, o que teria tido de desmerecedora? Foi muito mais adequado do que ter enviado um mau poema, o que me causou uma ótima impressão.

A figura resplandecente de Seihan, o monge encarregado do serviço matinal, parecia iluminar o púlpito, emocionando-nos. Além do esgotamento provocado pelo calor, eu tinha interrompido uma tarefa a ser terminada naquele dia. Assim, pensava em ouvir o sermão por instantes e me retirar, mas não tive como, pois estava cercada pelas fileiras de carruagens que se aglomeravam. Pensando em como sair após o sermão matinal, transmiti a minha intenção aos que se encontravam ao redor e eles, felizes em poderem avançar um pouco mais, cediam-me espaço

---

[50] Tamemitsu (942-992), irmão de Kaneie, torna-se Ministro da Direita em 985 e Primeiro-Ministro em 991.

puxando suas carruagens e dizendo: "Vamos, vamos!". Os que acompanhavam o movimento, inclusive alguns altos dignitários idosos, fizeram comentários hostis em alto som, mas não lhes dei ouvidos nem retruquei e deixei o local forçando a minha saída. Maravilhoso foi encontrar o Médio-Conselheiro Provisional Yoshichika que esboçou um sorriso e disse: "Ah, fazeis bem em partir!".[51] Mas nem a isso dei atenção e saí atordoada pelo calor, mas antes de ir-me, mandei-lhe alguém com o seguinte recado: "Isso não significa que Vossa Excelência não se inclua entre os cinco mil monges".

Havia uma carruagem estacionada desde o início das palestras das *Oito Instruções da Flor de Lótus* até o seu término, e parece que ninguém se aproximou dela, o que a fez parecer muito enigmática, pois permanecera imóvel como uma pintura. Procurei saber quem estaria lá, quem seria tal pessoa rara, esplêndida e fascinante, e foi divertido quando, ao tomar conhecimento desse fato, o Alto-Conselheiro Fujiwarano Tamemitsu disse: "Como esplêndida? É, pelo contrário, uma pessoa muito desagradável e sinistra!".

Comoveu-me deveras que, depois do dia vinte do mesmo mês, o Médio-Conselheiro Yoshichika tenha se tornado monge. Diante de tão repentina mudança, a efemeridade da cerejeira afigura-se como um acontecimento corrente deste mundo. Melhor seria nem ter visto, conforme diz o poema, a exuberância da ipomeia "neste tempo em que aguardas".[52]

---

[51] Alusão jocosa às palavras de Buda que assim se dirigiu aos cinco mil monges que iam se retirar antes do término do sermão.

[52] Alusão ao poema de Minamotono Muneyuki (s/d-983), um dos Trinta e Seis Poetas Imortais, contido na coletânea *Shinchokusenshû*, tomo 3 "Amor": "Ah, breve ipomeia/ Neste tempo em que aguardas/ Pelo branco orvalho/ Por sua máxima glória/ Melhor nem ter-te visto eu..." (*shiratsuyuno/ okuo matsu mano/ asagaowa/ mizuzo nakanaka/ arubekarikeru*), que utiliza a metáfora da "ipomeia que espera pelo orvalho" como o momento anterior à plenitude da sua existência.

33

Chegando o sétimo mês fazia muito calor
七月ばかり、いみじうあつければ

    Chegando o sétimo mês fazia muito calor e, então, passamos também as noites com todos os recintos abertos: é um grande encanto despertar com a lua no céu. Também encanta a escuridão. Falar da lua do amanhecer, então, que tolice!
    Deixar um tatame novíssimo sobre o assoalho de madeira bem lustrado junto à galeria e deslocar o cortinado baixo para o aposento principal não tem nenhum sentido. Ele deve, sim, ser colocado na beira da galeria. Será que, nesse caso, a preocupação estaria voltada em não expor o recinto principal?
    O amante certamente já teria partido. A dama dorme coberta até a cabeça com uma veste lilás parcialmente desbotada e o forro bem escuro; ou, então, com uma veste de seda adamascada carmesim escuro bem brilhante ainda um pouco engomada. Por baixo, veste um quimono castanho amarelado claro ou talvez amarelado de seda crua, e uma pantalona de cor carmesim escuro, todos sem forro, com cordões muito compridos que se estendem sob as vestes e parecem estar ainda desatados. À sua volta, seus fartos cabelos compondo camadas sinuosas sugerem naturalmente seu comprimento. Nesse momento — de onde estaria vindo? — aparece um homem, no amanhecer de forte neblina, com pantalonas presas nos tornozelos de cor roxo-carmesim e um traje de caça castanho amarelado claro, tão claro que nem parecia tingido, e um quimono de seda crua branca que deixaria transparecer o carmesim do de baixo; a veste cintilante, muito úmida de neblina, cai-lhe dos ombros, e o cabelo um tanto desalinhado nas têmporas e o cotidiano chapéu laqueado preto enfiado na cabeça aparentam negligência.
    Enquanto regressa às pressas para casa, ansiando por escrever sua carta de amor antes que secassem as gotas de orvalho sobre as ipomeias, murmurando estrofes de um poema: "Relva umedecida/ Sob a plantação

de cânhamo",[53] depara-se com uma janela de treliça levantada e espia através dela abrindo um pouco a extremidade da persiana, quando se interessa por uma pessoa ao longe que, tal como ele, acabara de deixar sua dama. Teria também se emocionado com o orvalho? Do canto, o homem observa o leque com armação de magnólia japonesa, aberto e forrado de papel roxo, perto do travesseiro. Também estão espalhados ao pé do cortinado papéis Michinoku dobrados em tiras, em leves nuances de azul índigo claro ou de carmesim.

Sentindo uma presença, a dama entrevê, de sob o quimono que a cobre, o homem sorrindo, recostado na soleira da porta. Não que lhe fosse alguém totalmente estranho, mas nem por isso está disposta a intimidades e sente-se indignada por ter sido espreitada em seu sono. Adentrando meio corpo pela persiana, ele diz: "Ah, que sono delicioso de manhã, depois de uma noite tão especial, não?", e ela responde: "É por ressentimento daquele que se retirou antes do orvalho". Esse episódio, embora encantador, nem mereceria menção especial, mas a troca de palavras entre eles é graciosa. Quando o homem se inclina, com a intenção de, usando o seu leque, puxar o dela, que estava próximo do travesseiro, a dama se assusta e se retrai, instintivamente, receando sua aproximação excessiva.

Tomando o leque, o homem o aprecia e insinua sentir-se desprezado: "Mas por que esse distanciamento?". Nesse ínterim, ouvem-se vozes e o sol já se anuncia. O homem começa a ficar ansioso ao se lembrar da urgente carta de amor que deveria escrever antes que desaparecesse a neblina da manhã.

O amante que deixara sua casa já tinha escrito a carta, então presa num galho de lespedeza ainda úmido de orvalho, trazida por um mensageiro que não conseguia entregá-la. O rico aroma do incenso que exalava do papel era realmente refinado. Sendo impróprio perma-

---

[53] Poema inserido na antologia *Kokin Rokujô*, tomo 6: "Relva umedecida/ Sob a plantação de cânhamo/ Vede quanto orvalho/ Mesmo que mamãe nos veja/ Esperai o amanhecer!" (*sakuraono/ ouno shimogusa/ tsuyu araba/ akashite yukan/ oyawa shirutomo*), que refere o desejo de permanecer com a amante até o raiar do dia, mesmo correndo o risco de deparar-se com os pais dela. Também consta na antologia *Man'yôshû*, tomo 11, nº 2.687.

necer mais, o homem retirou-se do recinto dessa dama e se divertia imaginando se o mesmo estaria ocorrendo com aquela que deixara antes.

34

Quanto a árvores floríferas
木の花は

Quanto a árvores floríferas, a das ameixeiras vermelhas, tanto escuras quanto claras.

Quanto a cerejeiras, as que florescem com pétalas grandes e com folhas escuras, em galhos finos. Maravilhosas são as glicínias, floridas em cachos longos e cores fortes.

No fim do quarto mês ou início do quinto, florescem bem brancas as tangerineiras em meio à folhagem verde escura e se apresentam infinitamente sublimes no amanhecer de uma noite chuvosa. Entre as flores, destacam-se os frutos, feito joias douradas que nada deixam a dever às cerejeiras umedecidas pelo orvalho do amanhecer. Seria pela sua consagrada ligação com o cuco-pequeno? — as tangerineiras parecem-me ainda mais maravilhosas!

As flores da pereira, consideradas sem graça, não são apreciadas no dia-a-dia, nem mesmo usadas para acompanhar uma simples mensagem. São comparadas a pessoas sem atrativos; realmente, a começar pela cor de suas folhas, elas são ditas insossas, embora na China sejam consideradas divinas e inspirem poemas. Averiguando seus motivos e observando atentamente, de fato nota-se que nas bordas das pétalas pode-se ver um brilho encantador quase imperceptível. Comparando-as à expressão chorosa da Princesa Yôkihi diante do mensageiro imperial, o poeta chinês Hakurakuten recitara: "flor de pereira sob uma chuva de primavera", o que deve ter sua razão de ser e, assim pensando, passo a admitir sua beleza sem par.

As flores da paulóvnia em roxa floração são encantadoras, e, embora suas folhas se expandam de forma opressiva, a árvore não deve ser equiparada às demais. Impressiona especialmente que a fênix, ave de pomposo nome na China, tenha escolhido justo esta árvore como morada. Além do mais, como poderíamos qualificar senão como encantadores os diversos sons emitidos pela cítara japonesa feita de paulóvnia? É uma árvore simplesmente maravilhosa.

    A silhueta da árvore é feia, mas as flores de cinamomo são bastante encantadoras. Sua floração é peculiar, ela parece ressecada e é notável que sempre desabroche na festiva data do quinto dia do quinto mês.

Quanto a lagos
池は

Quanto a lagos, o Katsumata. O Iware. Quanto ao lago Nieno, por ocasião da visita ao Templo Hatsuse, foi bastante encantador ver ali a agitação de um bando de aves aquáticas.

E quanto ao lago Mizunashi que significa "Sem Água", este sim, despertou-me estranheza, e, ao perguntar a origem de seu nome, disseram-me: "Por exemplo, no quinto mês, em anos em que a chuva é abundante em todo o lugar, não há água neste lago. Pelo contrário, em anos de sol ardente, brota aqui realmente muita água no começo de primavera". Quando ouvi tal explicação, bem que eu gostaria de ter respondido: "Mas, se estivesse sempre seco, teria sentido o nome 'Sem Água'... É estranho que, mesmo havendo épocas em que a água brota, tal nome tivesse sido mantido".

É deveras extraordinário o lago Sarusawa, pois lá se lamentou uma antiga majestade imperial após saber que sua dama encarregada das refeições nele se jogara. Faltam-me palavras para descrever ocasiões como aquela em que o poeta Hitomaro declamou o poema sobre os cabelos em desalinho.[54]

Estaríamos frente a que venerável presença ante o lago Omae? O lago Espelho. O lago Sayama não evocaria sutilmente aquele poema sobre a espadana-d'água?[55]

---

[54] Poema de Kakimotono Hitomaro (*c.* 662-710) na antologia compilada em 1.289, *Shûi Wakashû*, nº 20: "Ah, mas que tristeza!/ Teus adorados cabelos/ Ver em desalinho/ Como estas algas preciosas/ Do lago Sarusawa" (*wagimo kono/ nekutare kamio/ sarusawano/ ikeno tamamoto/ miruzo kanashiki*).

[55] Poema contido na antologia do século X, *Kokin Rokujô*, nº 6: "Espadana-d'água/ Do lago de Sayama/ Seca se arrancada/ Mas nunca te faria eu/ Secar assim

Lago Koinuma. O lago Hara lembra a graça do poema "Não cortem as raízes das preciosas algas!".⁵⁶

---

nosso amor" (*koi suchô/ sayamano ikeno/ mikurikoso/ hikeba taesure/ wareya netayuru*), que associa o arrancar das plantas aquáticas do lago Sayama com o cessar do amor.

⁵⁶ Da canção popular "Pato-mandarim": "Ei, não cortem as raízes das preciosas algas/ Pois tornarão a crescer/ Sim, sim, sim, tornarão a crescer/ É ali que chegam e pousam/ Pato-mandarim, marrequinha e até pato-bravo" (*oshi takabe kamosae kiiru/ harano ikenoya/ tamamowa manena karisoya/ oimo tsugukani ya/ oimo tsugugani*).

36

Quanto a festividades sazonais
節は

Quanto a festividades sazonais, não há uma que exceda à do quinto mês.

É muito cativante a combinação de fragrâncias de íris aromáticos e artemísias. A começar pelo interior do Palácio Imperial, até as moradias de homens desconhecidos, cada qual se esmera em forrar mais que seus vizinhos os seus telhados de galhos de íris aromáticos e artemísias: é uma cena por demais rara. Quando é que realizam uma festa assim?

O céu está todo tomado pelas nuvens, enquanto no Palácio de Sua Consorte Imperial, bolas de ervas aromáticas e medicinais com fios coloridos pendentes solicitadas da Seção do Vestuário são fixadas às colunas da direita e da esquerda do recinto principal, onde se erguem os cortinados imperiais. Dispensam-se os crisântemos do nono dia do nono mês, que são embrulhados em tecidos rústicos de seda crua e substituídos pelas bolas de ervas aromáticas da ocasião.[57] Estas, por sua vez, não deveriam durar até a próxima época dos crisântemos? Entretanto, todos se serviam das linhas que amarravam as bolas, e elas logo desapareciam.

Bem cedo, servida a refeição festiva, os jovens espantam os males ornando-se com íris aromáticos e portando na cintura bolas de ervas fragrantes; todos amarram, mesmo em vestes infantis de gala ou em jaquetas chinesas formais, elegantes ramos variados da estação e raízes longas com cordões tingidos em tons monocromáticos: mesmo que tudo

---

[57] O texto refere os crisântemos do ano anterior, mas sabe-se que também se amarravam às colunas saquinhos contendo a planta zambujeiro, que se acreditava possuir poder curativo e preventivo de doenças perigosas, mas que não eram dispostos de forma tão bela quanto o eram as bolas fragrantes de íris aromáticos e artemísias.

O Livro do Travesseiro   107

isso seja corriqueiro, é muito refinado. Pois há alguém que fique indiferente às cerejeiras, somente por florirem todas as primaveras?

As garotinhas que caminham pelas ruas, adornadas cada qual segundo sua posição, admiram suas vestes maravilhosas, observam sem parar suas mangas e se comparam com as outras, embevecidas. Mas é também cativante vê-las chorar quando os meninos pajens arrancam suas flores.

É também encantador ver amarradas nos quimonos flores de cinamomo em papéis roxos, folhas bem enroladas de íris aromático embrulhadas em papéis verdes e também raízes enlaçando rolinhos de papel branco. É um fascínio abrir uma carta que nos foi enviada, contendo em seu interior uma raiz longuíssima de íris aromático. É um grande encanto ver as damas mostrando umas às outras as cartas recebidas, conversando sobre como respondê-las. As pessoas que também enviam suas cartas de amor às donzelas de famílias renomadas, ou às damas da nobreza, também se sentem, nesse dia, especialmente sedutoras. No Festival do Íris Aromático, tudo é excelso, até mesmo o cuco-pequeno que passa, no entardecer, anunciando-se com o seu gorjeio.

37

Quanto a árvores que não são floríferas
花の木ならぬは

Quanto a árvores que não são floríferas, o *katsura* e o pinheiro pentafilo.

A fotínia não parece muito elegante, mas é extraordinário que, quando as outras árvores perdem as flores, ela mantém as folhas brilhantes e atraentes, de vermelho intenso, não distinguindo estações e destacando-se inesperadamente em meio aos novos verdes.

Não vou sequer referir o evônimo-do-japão. Não que seja alguma árvore especial, mas o visco ou o seu nome "árvore de pousada" é muito triste. É muito belo o *sakaki* em ocasiões como a das danças sagradas dos Festivais Extraordinários. Entre as incontáveis árvores que existem no mundo, é impressionante que tenha sido sempre tida como a que vem "à frente das divindades".[58]

A canforeira, que, mesmo em meio a inúmeras árvores cultivadas, quase não se mistura às outras. É sensação desagradável imaginar seus "mil galhos" intrincados, mas são eles, justamente por seus "mil galhos", que se assemelham aos mil desassossegos do amor. Fascinante é pôr-se a pensar em quem os teria contado e assim feito tal associação...[59]

Também o cipreste japonês não fica muito próximo de nós, mas quão elegante é a sua madeira em palácios de, como diz a canção *sai-*

---

[58] "À frente das divindades", *kamino omae*, é alusão à letra de canção/dança (*kagura*) de festividades xintoístas: "As folhas de *sakaki*/ Da montanha Mimuro/ Do Portal dos Deuses/ Crescem em profusão/ À frente das divindades/ Crescem em profusão".

[59] A alusão vem de um poema inserido em *Kokin Rokujô*, tomo 4 "Miscelânea": "O amor é tal qual/ Mil galhos de canforeira/ Em mil divididos/ Na floresta de Shinoda/ Localizada em Izumi" (*Izuminaru/ shinodano morino/ kusunokino/ chieni wakarete/ monokoso omoe*). O crescimento de mil galhos da floresta de canforeiras é metáfora dos sentimentos intrincados dos amantes.

bara, "três folhas, quatro folhas"!...[60] É comovente o modo como, no quinto mês, o cipreste parece imitar o som das chuvas.[61] A delicadeza das folhas de bordo japonês que se estendem numa mesma direção, com a vermelhidão que brota em suas extremidades e também a fragilidade de suas flores são intrigantes, pois se assemelham a insetos ressecados.

Não se vê nessas vizinhanças o cipreste do tipo tuia, nem se ouve falar dele, mas parece que quem peregrina à Grande Montanha[62] volta trazendo alguns galhos seus, que são ásperos e muito desagradáveis ao tato, e pergunto-me com que propósito teria sido nomeado "cipreste do amanhã".[63] Ah, mas que predição mais descabida! É empolgante divagar para quem teria sido prometido tal futuro..., e fico querendo saber mais sobre o assunto.

Quanto ao alfeneiro-do-japão, embora nem seja considerada árvore, são mimosas suas folhas minúsculas.[64] O cinamomo. A ardísia. A pereira agreste.

O castanheiro *shii*. É intrigante que, entre todas as árvores sempre verdes, seja ela tida como a que "as folhas nunca mudam".[65]

Quanto ao carvalho branco, dentre as árvores que se encontram nos recônditos das montanhas, é a menos próxima. Suas folhas são

---

[60] Alusão a *saibara*, canção de Corte em ocasiões festivas que acompanha música do gênero *gagaku*, que exalta o luxo na construção dos palácios, os quais se ramificam como as folhas do cipreste japonês.

[61] A associação parece remeter a poema do chinês Hôkan da dinastia T'ang, no qual o som das folhas do cipreste japonês se assemelha ao das chuvas que, justamente, iniciam-se no quinto mês.

[62] Refere-se ao pico mais alto (trezentos metros) de Yoshino, atual Província de Nara, para a qual eram feitas peregrinações para cultuar o espírito da montanha, conhecidas como *mitake môde*, comuns no período Heian.

[63] *Asuwa hinoki*, "amanhã (tornar-se-á) cipreste japonês", *Thuya dolabrata*, ou cipreste tuia.

[64] Trocadilho com seu nome *nezumochi*, hoje *nezumi-mochi*, "que tem ratos", pois os frutos se assemelham a seus excrementos.

[65] Alusão a um poema da coletânea *Shûi Wakashû*, tomo 19, n° 1.230, de autor desconhecido: "Mesmo as folhas mudam/ No castanheiro *shii*/ Daquela montanha/ Onde o falcão troca as penas/ Mas tu nunca mudarás..." (*hashitakano/ togaeru yamano/ shii-shibano/ hagaewasutomo/ kimiwa kaesei*).

vistas somente em ocasiões de tingimento de negras túnicas formais para os nobres do Segundo ou Terceiro Graus. Embora não se possa destacá-las como interessantes ou magníficas, confundimo-las com uma superfície toda coberta de flocos de neve, e comovo-me imensamente ao pensar naquele poema recitado por Hitomaro, sobre a jornada pelas terras de Izumo feita pelo grande deus das tempestades, Susanoo.[66] Não importa a ocasião, eu não poderia nunca negligenciar nenhuma planta, árvore, pássaro ou inseto já antes cantados que me comoveram ou me encantaram.

O *yuzuriha* tem folhas muito luxuriosas e profusas, de um verde intenso e límpido, mas espantosamente diferentes são seus caules, que parecem brilhar em tonalidades rubras e, embora interessantes, são deselegantes. Durante a maior parte do ano nem sequer é percebido, mas é muito comovente a sua apreciação na Festividade das Almas no final do décimo segundo mês, quando a oferenda de alimentos aos mortos é apresentada sobre suas folhas. Por outro lado — por que será? —, é também utilizado em cerimônias que servem alimentos para fortalecer os dentes e prolongar a vida. Quão auspicioso é também ter ouvido o poeta declamar, em algum momento, "quando avermelhar"![67]

O carvalho é magnífico. Que sublime é supor que nele habita a deidade protetora das folhas![68] É também venerável que seu nome

---

[66] Sei Shônagon parece atribuir a Kakinomotono Hitomaro um poema sobre o carvalho branco, conforme o tomo 10, nº 2.315 da coletânea *Man'yôshû*. Recitado por Hitomaro, tal poema é semelhante foneticamente a outro atribuído ao deus Susano. Segue-se o poema de Hitomaro: "Subindo a montanha/ Perdi trilhas e caminhos/ Brancura total/ Neve nas folhas, nos galhos/ De todos os carvalhos brancos" (*ashihikino/ yamajimo shirazu/ shirakashino/ edamo towooni/ yukino furereba*). O poema atribuído a Susanoo é: "Não vem que não vou/ Aos baixios dessa montanha/ Pois neves despencam/ Muito vergados estão/ Os galhos do carvalho branco" (*ashihikino/ yamabe yukaji/ shirakashino/ edamo tawawani/ yuhino furereba*).

[67] Alusão a um poema da coletânea *Fuboku Wakashû*, tomo "Miscelânea", nº 4: "Abrigam viajantes/ As folhas de *yuzuruha*/ Da planície Kasuga/ Quando avermelhar o mundo/ Sim, de ti esquecerei" (*tabibitoni/ yado Kasuga nono/ yuzuruhano/ momiji sen yo ya/ kimio wasuren*).

[68] Alusão a uma passagem de *Narrativas de Yamato* (*Yamato Monogatari*), texto 68, na qual se admoesta a quebra de seus galhos sagrados.

seja utilizado para designar os superiores, assistentes e auxiliares da Guarda Militar da Residência Imperial. Não é bela a forma da palmeira-moinho-de-vento, mas tem ares chineses e não é típica de moradias inferiores.

38

Quanto a pássaros
鳥は

Quanto a pássaros, embora pertença a terras estrangeiras, é muito enternecedora a cacatua. Dizem que ela imita tudo o que falam as pessoas. O cuco-pequeno. A galinha-d'água. A narceja. A gaivota, "pássaro-da-Capital". O pintassilgo verde. A papa-moscas.

O faisão cobre, que, quando clama pelo amor de sua companheira, parece se consolar quando vê um espelho, é de uma ingenuidade muito comovente![69] Que sofrimento deve ser estarem separados por um vale... Quanto ao grou, embora tenha uma aparência desproporcional, é deveras esplêndido que sua voz seja ouvida até nas nuvens.[70] O pardal de cabeça vermelha. O bico-grossudo. A carriça.[71]

Quanto à garça, é muito desagradável à nossa vista. Entretanto, embora a expressão de seus olhos não nos seja muito receptiva, é encantador que a ave pareça se agitar, dizendo: "Não durmo sozinho" na floresta de Yurugi.[72]

---

[69] Consta em manuais de poesia uma lenda sobre um faisão cobre ("pássaro-da--montanha") que, apesar de ser mudo, ao lhe ser apresentado um espelho, pensa que a imagem ali refletida era a de sua companheira e põe-se a cantar de alegria.

[70] Alusão à coletânea de poemas chineses *Shikyô*; Watanabe interpreta as "nuvens" como referindo o Palácio Imperial.

[71] Em japonês, "pássaro-hábil", ou seja, um bom carpinteiro para construir seu ninho.

[72] Alusão a um poema da coletânea *Kokin Rokueishû*, tomo 6, sobre o lago Biwa, onde há muitas garças brancas: "Em Takashima/ O vento balança os galhos/ Até mesmo as garças/ Da floresta de Yurugi/ Recusam-se dormir sós" (*takashimaya/ yurugino morino/ sagi suramo/ hitoriwa nejito/ arasou monoo*).

Quanto às aves aquáticas, muito nos comove o pato-mandarim. Por exemplo, quando o casal se reveza e se põe a dissipar a geada acumulada nas asas do parceiro.[73] A tarambola é muito graciosa.

Quanto ao rouxinol, é tido como magnífico também em cartas e outros escritos, pois tanto seu canto quanto sua aparência são muito belos, mas não é nada bom que não cante no interior do Palácio Imperial. Isso era o que diziam, mas eu achava impossível; entretanto, em dez anos servindo na Corte, nunca ouvi dele, na verdade, nenhum som. Em realidade, tanto os bambuzais quanto as ameixeiras vermelhas[74] deveriam certamente atraí-lo. Entretanto, é quando deixamos o Palácio que o ouvimos cantar ruidosamente entre as inexpressivas ameixeiras de casas humildes. À noite, ele não canta; e não há o que possamos fazer se lhe apraz dormir. No fim do verão e do outono, canta com voz senil[75] e as pessoas insensíveis até passam a chamá-lo de "comedor de insetos", o que me parece uma crueldade. Quanto a isso, acho que não me importaria tanto se fosse um pássaro comum, como um mero pardal. Ah, mas deve ser porque é o pássaro que canta na primavera! É por isso que inspira muitos escritos como o refinado verso "Ano-Novo que retorna"...[76] Ah, sem dúvida, quão maravilhoso seria se o rouxinol cantasse somente na primavera! Mas, mesmo em relação aos homens, devemos desprezá-los quando eles começam a envelhecer, ou quando são menosprezados pela sociedade? Há pássaros, como os milhafres-pretos e os corvos, que sequer são notados ou ouvidos pelos homens. É por isso, por ser tido como um pássaro maravilhoso, que não consigo compreender por que o rouxinol canta até no outono. Uma vez, para contemplar

---

[73] O pato-mandarim representa o amor conjugal na Ásia, como se lê em um poema do tomo 3 de *Kokin Rokujô*: "Pato-mandarim/ Nesta manhã que tristeza/ Não haver ninguém/ Para dissipar das asas/ A geada e dormir só" (*haneno ueno/ shimo uchiharau/ hitomo nashi/ oshino hitorine/ kesazo kanashiki*).

[74] O jardim na parte leste da Ala Privativa do Imperador tinha bambuzais e na nordeste também ameixeiras, consideradas árvores propícias aos rouxinóis.

[75] O rouxinol é o pássaro que anuncia o Ano-Novo e a primavera. Assim sendo, no verão e no outono, ele já estaria "senil".

[76] Alusão a um poema do monge Sujô, no tomo "Primavera" da coletânea *Shûi Wakashû*: "Alma renovada/ Ano-Novo que retorna/ A partir de amanhã/ Passo a ansioso esperar/ O canto do rouxinol" (*aratamano/ toshi tachikaeru/ ashitayori/ mataruru monowa/ uguisuno koe*). O Ano-Novo se dá na primavera.

a procissão que voltava do Festival Kamo, paramos nossas carruagens em frente aos templos Uriin e Chisokuin. Um cuco-pequeno, não mais contendo sua emoção, começou a cantar, no que foi imitado pelo rouxinol, em uníssono; era verdadeiramente sublime o som daquela música que provinha do alto das árvores...

Quanto ao cuco-pequeno, como poderia eu, então, descrevê-lo? É de uma atração irresistível quando pousa entre as flores de dêutzias ou de tangerineiras floridas e subitamente faz ouvir seu canto confiante, e nos causa até expectativa em vê-lo, com seu corpo meio oculto. Despertar numa noite da estação das chuvas e tentar ouvir, antes de qualquer outra pessoa, aquele canto que emana da noite profunda, ah!... Que fascínio refinado me arrebata a alma e me tira a ação! E quão maravilhoso é, então, quando o sexto mês chega e o cuco-pequeno cessa completamente o seu canto?

Tudo que ecoa à noite é magnífico! Ah, mas isso, com exceção de bebês...

39

Coisas que exalam requinte
あてなるもの

    Coisas que exalam requinte. O quimono infantil de gala lilás com sobreposição "Branco" de branco e branco. Ovos de pato selvagem. Calda adocicada de hera sobre raspas de gelo numa taça nova de prata. Rosário budista de cristal. Glicínias. O cair da neve sobre flores de ameixeira. Criança muito graciosa a comer framboesas japonesas.

40

Quanto a insetos
虫は

Quanto a insetos, o grilo pinheiro. A cigarra. A borboleta. O grilo sineiro. O grilo do campo. O louva-deus. O camarão esqueleto. A efemérida. O vaga-lume.

O bicho-de-cesto é realmente um desventurado. Nascido de uma ogra e a ela se assemelhando, seu pai o julga portador de caráter amedrontador, e foge. Cobrindo-o com traje humilde, diz-lhe: "Voltarei ao soprar do vento outonal, aguarde-me". Sem saber que fora abandonado, por volta do oitavo mês o bicho-de-cesto reconhece o som do vento e chora tristemente: "*chichi yo, chichiyo...*", o que é muito desolador.[77]

Desolador é também o besouro teque-teque. Vejam só, não passando de um mero inseto, parece que caminha a reverenciar, com ares de religioso. E o que há de mais engraçado é ouvi-lo estalar em lugares escuros e imprevisíveis.

A mosca, sim, deve ser incluída entre os insetos detestáveis, e não há outro mais desagradável. Não tem nem tamanho para ser considerada inimiga do homem, mas no outono, por exemplo, pousa em todas as coisas, até em nossos rostos, com suas patas molhadas. É mesmo abominável que se use a palavra "mosca" para compor nomes de pessoas.

Os insetos do verão são muito graciosos e agradáveis. Quando estou a ler uma narrativa e aproximo a lamparina a óleo, eles chegam saltitantes e passeiam sobre a brochura, o que é muito divertido. A formiga é muito detestável, mas é interessante que, devido à sua considerável leveza, vai avançando mais e mais, inclusive sobre a água.

---

[77] O macho cria asas e voa e a fêmea vive encoberta numa capa de chuva de colmos. A história relaciona a figura de um bicho-de-cesto envolto em um colmo e um conto folclórico segundo o qual um ogro se oculta envolto em capa de colmos. "Pa-pai... papai..." — dizem que o bicho-de-cesto não chora e que a autora talvez o tenha confundido com outro inseto.

41

Por volta do sétimo mês
七月ばかりに

    Por volta do sétimo mês, em dias em que o vento sopra impetuoso e a chuva se torna ruidosa, o ar em geral fica mais frio a ponto de esquecermos também o leque, e é deleitoso tirar uma sesta, bem agasalhada numa veste levemente acolchoada, que ainda conserva um suave odor de suor.

42

Coisas que destoam
にげなき物

Coisas que destoam. Neve caindo sobre casas de humildes. Ou então, é também lastimável quando elas estão banhadas pelo luar. Deparar na claridade do luar com uma carruagem sem cobertura. Ou esse tipo de veículo sendo conduzido por bois caramelos[78]. Ou mulher idosa grávida, a caminhar. Já não será bem visto o fato de ela ter um amante jovem, quanto mais o mostrar-se irritada por ele ter saído à procura de outra mulher.

Homem idoso em estado de sonolência. Ou, então, de barba crescida, a mastigar castanhas. Mulher desdentada a chupar ameixa azeda.

Destoa também uma serva usando pantalona carmesim. Hoje em dia é só isso que se vê. A figura de um Capitão-Assistente da Guarda do Portal em ronda noturna. Mesmo em traje de caça é muito desagradável. Ele intimida quando faz rondas vestindo sua extravagante túnica formal carmesim. A vontade é de ridicularizá-lo quando o flagramos perdido junto aos aposentos das damas. E ele disfarça: "Algum suspeito?". É intratável aquele que entra e se acomoda despindo sua pantalona sobre os cortinados bem aromatizados.

É consternador um nobre de boa aparência em cargo de Vice-Inspetor do Departamento de Assuntos da Justiça. Foi, assim, bastante frustrante ver o Príncipe Minamotono Yorisada assumir tal posto.[79]

---

[78] O boi de cor amarelo escuro translúcido, âmbar ou caramelo, era considerado nobre e inapropriado para as carruagens inferiores, como é o caso daquelas que não têm corpo ou cobertura.

[79] O Vice-Inspetor do Departamento de Assuntos de Justiça lida com policiamento e investigações, sendo malquisto principalmente pelas mulheres. Yorisada é segundo filho do Príncipe Tamehira, considerado o mais elegante da época e foi Vice-Inspetor entre 992 e 998.

43

Quando várias damas da Corte, sentadas no aposento Hosodono
細殿に人あまたゐて

Quando várias damas da Corte, sentadas no aposento Hosodono[80] em discussão inflamada, notam a passagem de belos servidores, jovens e meninos, levando esmerados embrulhos de roupas que deixam à vista os cordões das pantalonas, ou portando arcos, flechas e escudos, elas os aprovarão se, quando lhes indagarem: "São da parte de quem?", eles se ajoelharem e responderem antes de retomarem o seu trajeto: "Do senhor Fulano de Tal". Aqueles que tomam ares arrogantes ou envergonhados e dizem: "Não sabemos", ou que seguem sem nada responder são intragáveis.

---

[80] Literalmente "Aposento Estreito", Hosodono designa as instalações temporárias das damas, delimitadas por cortinados na galeria ao redor do recinto principal do Palácio Imperial.

44

As servidoras do Setor de Equipamentos e Manutenção da Ala Feminina
殿司こそ

As servidoras do Setor de Equipamentos e Manutenção da Ala Feminina,[81] sim, é que são privilegiadas. Para as de cargos mais baixos, elas são alvos de inveja. São funções que poderiam ser executadas até por pessoas de trato. Para uma jovem que é bonita, estar bem vestida deve ser, além de tudo, uma satisfação. As que são um pouco mais velhas agem com mais desenvoltura e são bem consideradas, pois, por serem conhecedoras dos costumes, estão mais adequadas ao posto.

Tenho pensado seriamente em adotar uma graciosa servidora deste Setor e exibi-la trajando caudas com pregas e jaquetas chinesas formais de acordo com o gosto de hoje.

---

[81] Dos doze setores dos servidores do Palácio, este cuida de aquecimento, iluminação, transporte, escolta e banhos.

45

Para um homem
おのこは

Para um homem, por outro lado, o cargo mais cobiçado seria o de Guarda de Escolta. Os jovens fidalgos galantes e bem vistosos perdem o brilho quando não estão acompanhados de escolta. Considero respeitável o cargo de Oficial Superintendente dos Ministérios, mas seus ocupantes usam quimonos internos de caudas curtas e não possuem escolta, o que acho muito lamentável.

46

No setor oeste da Ala destinada ao Escritório da Consorte Imperial
職の御曹司の西

No setor oeste da Ala destinada ao Escritório da Consorte Imperial,[82] junto ao anteparo móvel de treliça, o Secretário Chefe dos Oficiais Superintendentes[83] conversava já há um tempo com uma dama, de pé, e então eu me adiantei e perguntei: "Quem está aí?". Ele respondeu: "O Oficial Superintendente Fujiwarano Yukinari, às ordens!". Perguntei novamente: "O que tanto estais a conversar? Se o vosso superior aparecesse, seríeis prontamente rejeitado por ela", ao que, rindo muito, ele respondeu: "E quem foi que disse isso? Estava justamente aconselhando-a a não agir dessa maneira".

Yukinari não se sobressai pela sua aparência elegante nem por sua eloquência. Quando age com naturalidade, é tido como pessoa comum, mas por conhecê-lo mais profundamente, eu disse à Consorte Imperial que ele não era assim, com o que ela concordou. Ciente de nossas opiniões, ele sempre dizia: "A dama se embeleza para aquele que a aprecia e o cavalheiro dedica sua vida para aquela que o considera",[84] dando

---

[82] Refere-se a Shikino Onzôshi, repartição pública originalmente encarregada de cuidar dos assuntos da Imperatriz que serve nesse período como aposento da Consorte Imperial Teishi.

[83] Fujiwarano Yukinari (972-1027) era célebre calígrafo e muito próximo de Sei Shônagon. Neto de Fujiwarano Koretada e Regente do Imperador Ichijô, foi Chefe dos Secretários em 995 e no ano seguinte tornou-se Secretário Chefe dos Oficiais Superintendentes até 1001, quando assumiu o título de Conselheiro, uma posição do Terceiro Grau. A pergunta da autora é feita ao lhe reconhecer a voz. Presume-se que Yukinari conversava com a amante de seu superior e a aconselhava a não se poupar em se relacionar com outras pessoas, mesmo sendo comprometida.

[84] Trecho de "Biografia dos Assassinos", da obra *História da China* escrita por Shiba Sen, que traz registros cronológicos desde o lendário Imperador Kô até a era do

sinais de também me compreender. Costumávamos dizer que a nossa amizade era como o "salgueiro-chorão de longínquas enseadas";[85] no entanto, os jovens o difamavam e consideravam-no pessoa de difícil trato, devido à sua fala direta e franca sobre coisas indesejáveis e à sua completa falta de atrativos, pois não cantava canções e nem sabia se divertir como o faziam as demais pessoas.

Yukinari, de sua parte, nem se dignava a falar com essas pessoas e, dizendo-me apenas: "Para mim, mesmo que tivesse os olhos na vertical, as sobrancelhas crescidas adentrando pela testa e o nariz espalhado para os lados, se ao menos tiver uma boca graciosa, os traçados do queixo e do pescoço bonitos, e uma bela voz, eu até que poderia amar tal mulher. Mas uma pessoa muito feia não me atrai, ainda mais se o queixo for fino, e, se lhe faltar graça, acabo por lhe criar inimizade e começo a maldizê-la até para a Consorte Imperial".

Quando Yukinari tinha algo para falar com a Consorte Imperial, primeiramente ele me contatava; se estivesse em meu aposento, vinha sempre pedir-me a intermediação, e se estivesse de licença, enviava-me cartas ou vinha à minha procura, solicitando: "Se fordes para o Palácio em breve, fazei chegar este recado à Consorte Imperial". Dizia-lhe eu que para aquilo havia outras damas à sua disposição, mas ele não queria nem saber.

Então, aconselhei-o: "Aceitai sempre o que está ao vosso alcance, não sejais tão rigoroso e resolvei as coisas da melhor maneira, de acordo com as conveniências"[86], ao que ele apenas disse: "Faz parte da minha natureza". E acrescentou: "O que não tem correção são os sentimentos".[87] Então lhe recomendei: "E o que significaria não se cons-

---

Imperador Bu (141 a.C.-87 a.C.). Yukinari cita ditos chineses, confiante na erudição da autora.

[85] Trecho do poema 1.293 do tomo 7 da antologia *Man'yôshû*: "Salgueiro-chorão/ Do longínquo rio Ato/ Mesmo já ceifado/ Há um constante renascer/ Salgueiro-chorão do rio Ato" (*arare furi/ tôtsu Ômino/ Atogawa yanagi/ karinutomo/ matamo outo yû/ Atogawa yanagi*). A citação confirma juras de amizade entre os dois.

[86] Trecho dos "Princípios" legados pelo senhor Kujô (Fujiwarano Morosuke, avô de Michitaka).

[87] A frase está literal e encontra-se no tomo 6 da antologia chinesa *Hakushi Monjû*.

tranger?",[88] e ele sorriu e disse: "As pessoas dizem que somos bons amigos. Se nós nos damos assim tão bem, para que o pudor? E por que não me permitis ver vosso rosto?". Respondi-lhe: "Porque me considero muito feia e como dissestes que as feias vos desagradam não desejaria me expor", e ele replicou: "Ah! Realmente pode ser que eu a deteste..., pois então, não me mostreis o vosso rosto". A partir de então, quando surgia oportunidade de me ver, ele ocultava seu rosto atrás da manga, o que me fez constatar que de fato ele fora sincero.

Por volta do final do terceiro mês, viam-se Plantonistas do Palácio Imperial só com as túnicas formais masculinas, por ser desconfortável vestir os trajes cotidianos de inverno. Numa manhã, eu dormia em companhia da dama Shikibuno Omoto[89] no pequeno aposento da galeria,[90] até o sol aparecer, quando, repentinamente, abrindo a porta corrediça, entraram no aposento o Imperador e Sua Consorte Imperial e começaram a rir do nosso alvoroço. Jogamos nossas jaquetas chinesas de gala sobre as vestes de baixo em meio às cobertas esparramadas e dobramos os acolchoados, sobre os quais o Imperador e Sua Consorte, de pé, se puseram a observar o entra e sai das pessoas do Posto da Guarda. Completamente desavisados da presença de Suas Majestades, os palacianos se aproximaram e nos dirigiram a palavra, ao que, sorrindo, o Imperador gesticulou: "Disfarçai, não lhes deixais perceber a nossa presença". Após apreciarem o cenário, o casal se afastou para a sala interna. A Consorte Imperial nos convidou: "Acompanhai-nos". Nós, porém, não os acompanhamos, dizendo: "Iremos em seguida, depois de nos arrumarmos".

Depois disso, ficamos comentando quão maravilhosos eles eram. Bloqueada pelo suporte dos cortinados junto à porta corrediça da en-

---

[88] Trecho do *Analetos*, Estudos I.8 de Confúcio. Após discutir a questão de reconhecer e corrigir atitudes errôneas, a seção conclui: "Não vos constrangeis de corrigir os vossos erros".

[89] Diz-se que fora esposa de Tachibanano Tadanori e que posteriormente servira à Consorte Imperial Shôshi.

[90] Aposento localizado no Palácio Ichijô. O Imperador Ichijô apreciava a movimentação das pessoas perto do Posto de Guarda desta saleta. Como a Consorte Imperial ocupou o espaço por nove meses, com intervalos, até o vigésimo sétimo dia do terceiro mês do ano 1000, supõe-se que a partir deste parágrafo, tempo e espaço passam a diferir.

trada do lado sul, a persiana ficara entreaberta, por onde pude ver um vulto, que supus ser o de Noritaka.[91] Nem me preocupei em me certificar e continuei a nossa conversa, e mesmo quando um rosto muito sorridente se destacou, continuei acreditando tratar-se de Noritaka, mas, de repente, percebi que não era ele. Apanhada de surpresa e rindo com o imprevisto, escondi-me puxando o cortinado, pois se tratava de Yukinari em pessoa. Fiquei muito vexada, eu não desejava ser vista. O rosto da dama Omoto, que estava voltada para mim, não fora visto. Yukinari se aproximou e disse: "Ah! Finalmente consegui ver-vos por completo". Respondi-lhe: "Achei que fosse Noritaka e me descuidei! Por que ficastes a me olhar fixamente se havíeis dito não querer me ver?", e ele disse: "Ouvi falar que é realmente belo o rosto de uma mulher ao despertar e, então, fui ao aposento de uma delas espionar e cheguei aqui, achando que talvez pudesse vos ver. Estou aqui desde que o Imperador chegou e nem percebestes". Desde então, Yukinari passou a tomar liberdades, erguendo as persianas do meu aposento.

---

[91] Tachibanano Noritaka, Secretário Particular do Imperador, era irmão mais novo de Norimitsu, primeiro esposo de Sei Shônagon. O episódio se passa no terceiro mês do ano 1000, quando ocupava tal posto do Sexto Grau, o que o tornava mais próximo da autora.

47

Quanto a cavalos
馬は

Quanto a cavalos, o bem preto, mas que tenha uma pequena malha branca. O salpicado de castanho. O pardo de pelos brancos, pretos e azuis. O de pelo avermelhado com crina ou cauda branca. De fato, lembram as alvas oferendas divinas. Muito encantador, também, o cavalo preto com as quatro patas brancas.

48
Quanto a bois
牛は

Quanto a bois, aquele que tem na testa uma malha levemente esbranquiçada, e que sejam completamente brancas a parte inferior do ventre, as patas e a cauda.

49

Quanto a gatos
猫は

　　Quanto a gatos, o de dorso todo preto e ventre completamente branco.

50

Quanto a serviçais ou Guardas de Escolta
雑色、随身は

    Quanto a serviçais ou Guardas de Escolta, melhor que sejam um tanto magros e esbeltos.
    Quanto a homens, que também assim o sejam enquanto jovens. Quando muito gordos, parecem sonolentos.

51

Quanto a meninos pajens
小舎人童

    Quanto a meninos pajens, são graciosos os pequenos de cabelos bem finos, jeitosos e brilhantes, e que se expressam educadamente com suas belas vozes.

52

Quanto a carreiros
牛飼は

    Quanto a carreiros, os grandalhões de cabelos fartos e revoltos, perspicazes e de faces coradas.

53
A chamada dos servidores do turno da noite
殿上の名対面

A chamada dos servidores do turno da noite realizada na Sala dos Cortesãos, esta sim, é muito empolgante.[92] Também assim o é, quando o encarregado da chamada encontra-se junto ao Imperador e, de lá mesmo, confere a presença. Posicionadas na face leste da Ala das Consortes Kokiden, as damas ficam atentas aos passos ruidosos daqueles que deixam o Salão, após anunciarem-se, e provavelmente palpitará o coração daquela dama atenta que ouve, de repente, certo nome especial. Ou ainda, o que sentirá outra dama, ao ouvir o nome daquele que desaparecera, sem ao menos lhe dar satisfação? É também divertido avaliarmos os que se apresentam: "Boa apresentação!", "Reprovado!", "Que voz feia!".

É ainda interessante quando, anunciado o término da chamada dos servidores, ouve-se o soar das cordas dos arcos[93] e dos calçados dos seguranças que vêm ao jardim leste para responder a ela, e também quando o Secretário encarregado, pisando e fazendo seus passos ecoarem alto, atravessa o corredor que o leva até onde eles estão a postos e, de joelhos diante do Imperador, no parapeito do canto nordeste, pergunta aos que se encontram às suas costas: "Fulano se encontra?". Uns bradam, outros murmuram seus nomes, ou, outras vezes, os seguranças apresentam justificativas por seu não comparecimento, pela ausência de um ou outro. É de praxe que o encarregado, então, pergunte o motivo da ausência e que se retire depois. Aconteceu, no entanto, com Masa-

---

[92] A chamada dos funcionários, *nadaimen*, era uma prática adotada no Palácio Imperial na qual os servidores do plantão noturno apresentavam-se ao encarregado. A partir do mais graduado, os servidores dirigiam-se para a Sala dos Cortesãos e anunciavam seus nomes, que eram ouvidos pelas damas em seus aposentos.

[93] Acreditava-se que o soar das cordas dos arcos espantava os maus espíritos.

hiro,[94] de ele nem ter perguntado o motivo da ausência. Então, um jovem cortesão advertiu-o. Masahiro, bastante irritado, acabou punindo o segurança ausente. E se tornou novamente alvo de zombaria até entre os seguranças.

Havia um par de sapatos no armário da copa, e foi engraçado o grande alvoroço causado. Enquanto as servidoras da Ala Feminina e outras pessoas comentavam: "De quem seriam esses sapatos?", "Ah, não sabemos!", Masahiro disse: "Esses sapatos sujos? Ah, eles são meus!", o que tornou a situação ainda mais engraçada.

---

[94] Minamotono Masahiro (s/d), protagonista de episódio de fundo cômico (texto 104), no ano 996, ocupa a posição de Secretário do Sexto Grau.

54

Um jovem de padrão aceitável
わかくよろしきおとこの

    Um jovem de padrão aceitável chamar uma serviçal pelo nome, demonstrando intimidade: nada há de mais detestável. Bom seria que, mesmo sabendo-lhe o nome, com ela conversasse como se dele não se lembrasse.
    Conquanto não seja à noite, o melhor é ir ao aposento das damas da Ala Feminina e pedir para chamá-la, ou, no caso de outras residências, levar um atendente para isso. Se ele próprio a chamasse, sua voz seria reconhecida. No caso de mocinhas serviçais ou crianças, não há problemas em chamá-las diretamente.

55
Quanto a moças e crianças
わかき人

Quanto a moças e crianças, melhor que sejam roliças. Também os Administradores Provinciais, bem como os idosos, é melhor que sejam mais rechonchudos.

56

Uma criança
ちごは

Uma criança que brinca brandindo um arco rústico, uma vara ou algo assim, é muito graciosa. Dá até vontade de parar a carruagem, carregá-la para dentro e ficar olhando-a bem de perto. E então, é bastante agradável sentir o intenso aroma do incenso que vem de suas vestes.

57

Ao abrir o portão interno de uma residência suntuosa
よき家、中門あけて

    Ao abrir o portão interno de uma residência suntuosa, que magnífico é deparar-se com uma carruagem de palmeira-leque-da-china, branca e bela, com a persiana interna de rica coloração carmesim escuro, recostada sobre o suporte! É deveras condigno ao vai e vem dos funcionários do Quinto ou Sexto Graus, com as caudas de suas vestes presas às faixas da cintura, segurando cetros de madeira muito branca junto a leques, ou ainda, à entrada e saída dos Guardas de Escolta trajados com formalidade, portando suas aljavas cilíndricas. É também encantador quando uma serviçal de cozinha, de beleza singela, aparece e pergunta: "Encontra-se aqui o acompanhante do senhor Fulano?".

58

Quanto a cachoeiras
滝は

Quanto a cachoeiras, a silenciosa Otonashi cujo nome significa "Sem Som". A cachoeira de Furu foi até honrada pela visita do Imperador Retirado. Quanto à cachoeira de Nachi, que, dizem, fica em terras sagradas de Kumano, causa fascinação. A cachoeira de Todoroki cujo nome significa "Tonitroar", ruidosa tal qual, deve ser assustadora.

59

Quanto a rios

河は

Quanto a rios, o Asuka. Sua instabilidade nos comove, pois diz o poema, nem suas partes profundas nem as rasas são definidas.[95] O rio Ôi, famoso no outono. O silencioso Otonashi cujo nome significa "Sem Som". O rio Minase.

Mimitogawa, "Rio de Audição Aguçada", diverte-nos pensar o que será que ele teria bisbilhotado de novo... O rio Tamahoshi. O rio Hosotani. Os rios como Itsuniki e Sawada fazem lembrar poemas-canções *saibara*.

Natori, "Rio Famoso", gostaria de saber o que andam falando sobre ele. O rio Yoshino. A margem do Amano lembra-nos os interessantes versos do poeta Narihira: "À tecelã Vega/ Peçamos pousada".[96]

---

[95] Alusão a um poema coletado no *Kokin Wakashû*, tomo 1 "Miscelânea": "Neste nosso mundo/ Haverá eternidade?/ Oh, rio Asuka!/ Ontem das águas profundas/ Hoje em vau se transformou..." (*yono nakawa/ nanika tsunenaru/ Asukagawa/ kinôno fuchizo/ kyôwa seninaru*).

[96] O poema de Ariwarano Narihira (825-880) composto em Kawachi consta em *Kokin Wakashû*, tomo "Viagens para fora da Capital": "Em tardes de caça/ À tecelã Vega/ Peçamos pousada/ Ao leito do rio Amano/ Já acabamos de chegar" (*karikurashi/ Tanabata tsumeni/ yadokaran/ Amano kawarani/ warewa kinikeri*). Diz uma lenda que, por terem desobedecido a ordens divinas, o casal de estrelas Altair e Vega foi separado, passando a viver cada qual em uma margem de cascalho do rio Amano, tendo a permissão de se verem apenas uma vez ao ano, na noite do sétimo dia do sétimo mês, quando se comemora o Festival das Estrelas (*Tanabata Matsuri*).

60

Para aqueles que deixam a casa da amada
antes do amanhecer
暁にかへらん人は

    Para aqueles que deixam a casa da amada antes do amanhecer, parece desnecessário ter de ajeitar devidamente todos os trajes ou de atar firmemente o cordão do chapéu laqueado. Desleixados e desalinhados em trajes palacianos ou cotidianos, haveria quem deles zombasse ou que os criticasse quando com eles se deparassem?
    É no despedir da madrugada que o homem deveria mostrar-se ainda mais encantador. "Vai amanhecer! Que vergonha!", diz a dama, enquanto tenta fazer seu companheiro partir, mas ele não dá mostras de deixar o leito, e suspira inconformado, pois com razão, não se decidindo a ir embora. Permanece sentado, sem nem mesmo vestir a pantalona, achega-se à amada, e sussurra-lhe ao ouvido juras amorosas da noite anterior. Só fica a lamentar a despedida e faz menção apenas vaga de amarrar a faixa da sua veste. Abre a janela de treliça e sai com a amada pelas portas duplas, já suspirando pela falta que fariam um ao outro durante o dia, e deixa discretamente a casa sob o olhar da amada, num clima melancólico. É uma cena muito encantadora.
    Há vezes, porém, em que, lembrando-se de um compromisso, o homem levanta-se resoluto e, abrindo os braços, ata firmemente o cordão da pantalona, dobra e prende as mangas da túnica formal masculina e também do traje de caça, amarra fortemente a faixa e, de joelhos, aperta bem os cordões do chapéu laqueado. Por estar escuro, tateia ao redor, dizendo: "Onde estão, onde estão?", em busca do leque e dos papéis dobrados deixados à cabeceira na noite anterior, que naturalmente haviam se espalhado. Ao encontrá-los, abana-se, guarda os papéis junto ao peito e se vai, dizendo apenas e tão somente: "Estou me retirando".

61

Quanto a pontes
橋は

Quanto a pontes, a de Asamuzu. A de Nagara. A de Amabiko. A de Hamana. Ponte Um. Ponte dos Cochilos. Ponte de barcos de Sano. Ponte de Horie. A de Kasasagi.[97] A de Yamasuge. A ponte flutuante de Otsu. A ponte Tanahashi tem uma só tábua estreita, mas é encantador ouvir seu nome.

---

[97] Nome do pássaro, pega. *Kasasagino hashi*, ou "Ponte das Pegas", foi uma expressão adotada do poema de Ôtomono Yakamochi (c. 718-785) coletado em *Shinkokin Wakashû*, tomo "Inverno": "Ao ver a brancura/ Da geada sobre a ponte/ Atravessada por pegas/ Sentimos muito o avançar/ Da noite em escuridão" (*kasasagino/ wataseru hashini/ oku shimono/ shirokio mireba/ yozo fukenikeru*).

62

Quanto a aldeias
里は

Quanto a aldeias, a de Osaka. A de Nagame. A de Izame. A de Hitozuma. A de Tanome. A de Yûhi.
A Aldeia de Tsumadori, "Rapto de Esposas", será a de quem teve a esposa seduzida? Ou será a de quem seduziu a de outrem? Que curioso! A Aldeia de Fushimi. A de Asagao.

63

Quanto a plantas
草は

Quanto a plantas, o íris aromático. O arroz-bravo. As malvas são muito elegantes. Desde a era dos deuses, serviam como adornos para cabelo, o que é realmente auspicioso. Sua forma também é muito bela.

A erva-do-pântano tem o curioso nome "face-altiva", o que faz pensar em presunção. A espadana-d'água. A espiga d'água. Musgos. Os brotinhos tenros em meio à neve. A trepadeira *kodani*. O trevo-azedo é motivo dos mais graciosos para estampas em seda adamascada.

Ayaugusa cresce na beira de penhascos e inspira mesmo insegurança conforme diz seu nome "planta-em-perigo".[98] A hera *itsumade* suscita, por sua vez, fragilidade e compaixão, pois seu nome significa "até-quando?". Cresce em paredes que desmoronam mais facilmente do que bordas de penhasco. Não me agrada pensar que ela não cresceria em uma parede de verdade que fosse revestida de cal.

Pensar que a erva *kotonashi* tudo concretiza conforme diz seu nome "que-faz-acontecer" é engraçado. A samambaia *shinobugusa* causa muita pena, pois é uma "planta-que-suporta-agruras". A grama *michishiba* é muito interessante. A espiga-de-pé *tsubana*, graciosa. A artemísia, muito elegante. A barba-de-serpente. O licopódio. A anileira-da-montanha. O crino-branco. A planta trepadeira *kuzu*. O bambuzinho *sasa*. A trepadeira *aotsuzura*. A bolsa-de-pastor. As mudas de arroz. O capim cogon é muito interessante.

O lótus é louvado, sendo superior a todas as plantas. Mesmo tomando, por exemplo, as palestras das *Oito Instruções da Flor de Lótus*, vemos que suas flores são ofertadas a Buda e seus frutos perfurados para o rosário. Ou, ainda, é mesmo sublime quando, na época em que não

---

[98] Não se sabe exatamente a qual planta se refere.

há flores, o lótus floresce em tons róseos nas águas verdes do lago. Até mesmo compuseram um poema que menciona "leque verde e veste rósea sobre a água".[99]

A malva-rosa, que se inclina seguindo o sol, não se comporta como planta. A artemísia. O amor-de-hortelão. A comelina, cuja efemeridade das cores nos desconsola.

---

[99] A floração longa de lótus permite a coexistência de flores e frutos, razão pela qual intitula o referido sutra, pois este versa tanto sobre as causas quanto sobre as consequências dos acontecimentos mundanos. Watanabe supõe ser enganosa a citação a poema chinês semelhante inserido na coletânea *Wakan Rôeishû*, tomo "Lótus".

Quanto a flores
草の花は

Quanto a flores, o cravo-renda. Evidentemente a chinesa, mas a japonesa também é maravilhosa. A valeriana. A campânula chinesa. A ipomeia. A do capim *karukaya*. O crisântemo. A violeta.

A genciana tem galhos emaranhados, mas é muito encantadora a exuberância de suas cores vivas quando as demais flores se ressecam com a geada. E, embora não seja o caso de destacá-la, a flor de amaranto é graciosa. O nome é pouco apreciável. Escreve-se "flor-que-atrai-gansos-selvagens". A flor de timeleia *ganpi*, mesmo sem cores fortes, lembra muito a de glicínia e é curioso que desabroche na primavera e no outono.

Quanto à lespedeza, com suas flores de cor muito intensa que fazem envergar suavemente os galhos, pende languidamente quando umedecida pelo orvalho da manhã. É também deveras enternecedor que os cervos prefiram dela se aproximar.[100] A kérria de pétalas dobradas.

A flor de cabaceira, que é chamada "rosto-do-entardecer" assemelha-se à ipomeia, pois dita "rosto-da-manhã", e ambas são mencionadas sempre juntas; com uma flor de aparência tão elegante, é uma pena que o formato de sua fruta seja tão lamentável. Por que teria nascido assim grande? Se ao menos fosse como a lanterna-chinesa! Pelo menos, o nome "rosto-do-entardecer" é elegante. A espireia-do-japão. A flor do caniço-d'água.

---

[100] Referência à associação que se faz entre os cervos e a lespedeza, uma das sete ervas de outono, mencionada também em poemas *waka*, como o de Kino Tsurayuki contido na coletânea *Gosen Wakashû*, tomo "Meados de Outono": "Esta minha vida/ Fina como o branco orvalho/ Sobre a lespedeza/ Do pequeno campo de outono/ Repisado pelos cervos" (*saoshikano/ tachinarasu onono/ akihagini/ okeru shinatsuyu/ waremo kenubeshi*).

Se não incluir aqui a eulália, haverá quem critique muito. É na flor de eulália que se encontra todo o encanto dos campos outonais. Haveria coisa mais esplêndida do que suas pontas em denso carmesim balançando-se, molhadas pela neblina da manhã? Nos fins de outono, não há muito que se ver. As flores que desabrochavam em múltiplas cores não deixaram vestígios, enquanto a eulália, sem perceber seu penacho muito branco e desalinhado, permanece balançando com o vento até o fim do inverno, aparentando rememorar o passado... Como se assemelha ao ser humano! Haverá quem não se compadeça frente a tal situação?

65
Quanto a antologias poéticas
集は

Quanto a antologias poéticas, *Man'yôshû. Kokin.*[101]

---

[101] Antologias de *waka*, poemas japoneses. Primeira na história da literatura japonesa, *Man'yôshû* tem 20 volumes, 4.536 poemas compostos entre os séculos VII e VIII. A coletânea *Kokin Wakashû* tem 20 volumes, registra em torno de 1.110 poemas *waka* e foi compilada por ordem imperial no século X, com predomínio dos poemas *tanka* (versos de cinco, sete, cinco, sete e sete sílabas moraicas).

66

Quanto a temas de poemas
歌の題は

    Quanto a temas de poemas, a Capital. A planta trepadeira *kuzu*. A espadana-d'água. O cavalo. O granizo.

67

Coisas que causam intranquilidade
覚束なきもの

Coisas que causam intranquilidade. A mãe de um monge recluso na montanha há doze anos. A visita a um lugar desconhecido, em noite escura, na qual se permanece sentada lado a lado, com toda a formalidade, sem acender a lamparina a óleo para não se expor.

A entrega de um objeto de valor a alguém recém-admitido, em quem ainda não se confia, e a demora de seu retorno.

O bebê que ainda não fala, mas chora e esperneia, rejeitando colo.

68

Coisas que nada têm em comum
たとしへなきもの

Coisas que nada têm em comum.

O verão e o inverno. A noite e o dia. Um dia de chuva e um dia de sol. Uma pessoa que ri e uma que se enraivece. O velho e o jovem.

O branco e o preto. A pessoa amada e a odiada. Ainda que se trate da mesma pessoa, quando é querida ou não, parece completamente diferente.

O fogo e a água. Um gordo e um magro. Uma pessoa de cabelos compridos e outra de cabelos curtos.

69

À noite, os corvos dormem alvoroçados
夜烏どものゐて

À noite, os corvos dormem alvoroçados. Graciosos, desequilibram--se, pulam de galho em galho, grasnam sonolentos, e diferem completamente do seu aspecto diurno.

70

Para encontros secretos de amantes
しのびたる所にありては

Para encontros secretos de amantes, no verão é mais agradável. Como a noite é muito curta, a manhã chega sem termos dormido nada. Todos os recintos permanecem abertos dando uma sensação de frescor. Como sempre resta algo que falar, ficamos em confidências e é excitante que um corvo a sobrevoar grasnando alto dê a impressão de estarmos sendo observados.

Ou ainda, no frio intenso de noites de inverno, é agradável estar com uma pessoa amada, encolhidos sob as cobertas, e ouvir o grave som de um sino que parece vir das profundezas.

Mesmo o canto do galo, é interessante que, de madrugada, soa distante e parece abafado pelas asas, mas, à medida que amanhece, vai se tornando mais próximo.

71

Não somente com relação às visitas de amantes
懸想人にて来たるは

Não somente com relação às visitas de amantes, mas também às de galanteadores, ou mesmo às de eventuais conhecidos, quando conversam com as damas que estão por trás do cortinado, e não dão mostras de se retirarem, seus acompanhantes, adultos ou crianças, vêm espiá-los impacientes. É realmente desagradável se um deles diz: "Desse jeito, até o cabo do machado vai apodrecer";[102] ou se outro boceja longamente, parecendo bastante enfastiado e fala como se para si mesmo: "Ah, que sofrimento, que martírio, já deve ser tarde da noite!". Não tenho críticas com relação ao acompanhante, mas a visita que se delonga, mesmo com sua reputação admirável, acaba perdendo o encanto.

Ainda, mesmo que não se manifeste tão claramente, causa pena quando suspira em voz alta: "Ai, ai!", evocando o poema antigo "A água subterrânea".[103] É odioso também o acompanhante que diz: "Parece que vai chover!", junto ao anteparo móvel de treliça ou à cerca vazada de bambu, para fazer-se ouvir.

Se bem que os acompanhantes dos cortesãos são diferentes. Os dos filhos dos nobres não estão tão mal. Mas os dos que estão abaixo dessa condição são todos assim. Dentre os muitos disponíveis, gostaria de selecioná-los após observar bem suas atitudes.

---

[102] Trata-se de uma alusão a um episódio chinês segundo o qual um homem chamado Ôshitsu, assistindo a um jogo de *go* entre crianças que serviam ao ermitão na montanha, ganhou uma jujuba que, ao ser colocada na boca, dissipava a sensação de fome. Enquanto o primeiro jogo ainda continuava, o cabo do machado apodreceu. Voltando ao seu lar, não encontrou vivo nenhum de seus contemporâneos. Refere-se ao longo tempo transcorrido.

[103] Alusão ao poema nº 5 da antologia *Kokin Rokujô*, tomo 5: "Corre revoltosa/ A água subterrânea/ No meu coração/ Palavras não expressadas/ Superam as que são ditas" (*kokoroniwa/ shitayuku mizuno/ wakikaeri/ kotobade omouzo/ yûni masareru*).

72

Coisas que são raras
ありがたきもの

Coisas que são raras. Genro elogiado por sogro. Ainda, nora querida por sogra. Pinça de prata que arranca bem os pelos. Empregado que não maldiz seu amo. Pessoa sem nenhuma mania.

Alguém com semblante e caráter excelentes e sem qualquer arranhão em toda a sua vida. Damas que residem na Corte estão sempre alertas, pois não querem revelar seus defeitos, mas é raríssimo ocultá-los até o fim.

Não manchar o livro ao copiar narrativas e antologias poéticas. Quanto a belos livros, mesmo copiando-os com extremo cuidado, é quase certo que ficarão maculados. Nem direi sobre a relação homem-mulher, mas, mesmo entre as mulheres, é difícil manter até o fim as firmes promessas de amizade.

73

Dentre os aposentos de damas, o Hosodono
内のつぼね、細殿

Dentre os aposentos de damas, o Hosodono de Sua Consorte Imperial é particularmente agradável. Quando se levanta a parte superior da veneziana de treliça, o vento invade tudo e, mesmo no verão, é muito refrescante. No inverno, mesmo quando penetram neve e granizo em meio ao vento, é muito divertido. Como é apertado, é especialmente inconveniente quando as crianças vêm nos visitar, mas, se as escondemos atrás de biombos, é excelente, pois elas não riem nem falam alto, parecendo estar em aposentos de estranhos.

Mesmo durante o dia, devemos estar sempre alertas.[104] À noite, então, torna-se ainda mais excitante, pois não podemos sequer relaxar. São ouvidos passos durante toda noite; às vezes cessam, mas é excitante reconhecer certa pessoa, de repente, naquele toque à porta com um dedo somente... Quando um visitante bate por muito tempo e não há resposta, ele deve pensar que talvez ela já tivesse adormecido, o que a contrariaria e a levaria a movimentar levemente suas sedas para fazê-lo perceber o contrário. Quando é inverno, há ocasiões em que as damas, aproximando-se sorrateiramente, conseguem escutar um visitante que bate mais forte e chega até a elevar a voz por não ouvir o delicado som de uma tenaz no braseiro, sinal de que sua dama o aguarda.

Em outras ocasiões, várias vozes recitam poemas japoneses e chineses e quando abrimos a porta, mesmo que não tenham batido, há cavalheiros que entre nós se demoram, embora não tivessem inicialmente tal intenção. Como não há espaço para se sentarem, é realmente encantador vê-los em pé até o amanhecer. Delicioso é contemplar a tênue sobreposição da seda esplêndida do cortinado sobre as barras dos qui-

---

[104] Como os aposentos dão para o exterior, as damas são facilmente visíveis tanto durante o dia quanto à noite, o que as obriga a se precaver dos olhares masculinos.

monos e a figura de jovens cavalheiros que não deixam à vista a parte posterior descosturada de seus quimonos,[105] ou de Secretários do Sexto Grau, vestidos de verde: não ousando ficar de pé próximo à porta corrediça do recinto da dama, ficam encostados nos cercados, todos formais, com as mangas bem-arrumadas.

Há ocasiões, ainda, em que é encantador ver de fora um cavalheiro adentrando meio corpo na persiana de bambu, vestindo uma pantalona presa nos tornozelos de cor escura e um magnífico quimono cortesão sobre outros em camadas de cores: tudo é fascinante, desde o modo como toma uma elegante pedra para tinta e compõe uma carta, até como pede à dama um espelho e apruma o cabelo das têmporas.

Ao se colocar um cortinado sob a sanefa de uma persiana, fica uma fresta entre eles. Quando o cortesão está de pé do outro lado do cortinado a conversar com uma dama sentada em seu interior, suas faces se tornam visíveis exatamente nesta fresta. É curioso que eles consigam se enxergar exatamente por causa desta nesga de espaço. Como seria se eles fossem altos demais ou muito pequenos?... Bem, de qualquer forma, é o que ocorre com as pessoas de estatura mediana.

E também particularmente empolgantes são os ensaios musicais para as Festividades Extraordinárias. Os funcionários do Setor de Equipamentos e Manutenção da Ala Feminina do Palácio Imperial levantam longas tochas de pinheiros e quase as esbarram em vários objetos, por caminharem com os pescoços encolhidos nas golas dos quimonos por causa do frio. Enquanto isso, canções são prazerosamente executadas ao som de flautas que tocam o coração; os jovens nobres em ricos trajes diurnos põem-se a conversar com as damas e, ao mesmo tempo, seus Guardas de Escolta fazem abrir caminho a seus amos em vozes baixas e rápidas que, imiscuindo-se à música, soam excepcionais e deliciosas.

E ainda, enquanto as damas esperam com a porta aberta, os jovens nobres estão a entoar: "Flores que brotam do arroz/ Plantado em campos áridos...".[106] Um pouco estranho, por outro lado — como é que

---

[105] Os jovens, muito ativos, não raro acabavam por ter partes de seus quimonos desalinhavados e, naturalmente, não os queriam mostrar às damas.

[106] Parte de cantiga popular tradicional: "Flores que brotam do arroz/ Plantado em campos áridos/ Vamos todas apanhar/ E ao Palácio nos dirigir/ Para lhes ofertar" (*aratani ouru/ tomikusano hana/ teni tsumiirete/ miyae mairan/ naka tsutae*).

pode haver tipos tão sérios? — há os que seguem em passos ligeiros fazendo rir as damas: "Um momentinho, por favor... Conheceis o que se diz em: 'Por que se apressar assim a abandonar esta noite?'".[107] Mas parece mesmo haver rapazes que fogem assustados, quase tropeçando de tão apressados, como se alguém quisesse capturá-los...

---

[107] Trocadilho da autora: *yoo suteru*: "abandonar a noite" ou "abandonar este mundo".

Na época em que a Consorte Imperial residia na Ala destinada ao seu Escritório
職の御曹司におはしますころ

Na época em que a Consorte Imperial residia na Ala destinada ao seu Escritório,[108] as grandes árvores centenárias a perder de vista e os telhados também altos nos faziam sentir algo empolgadas. Dizendo-se haver um ogro no aposento principal, fomos distanciadas para outra parte: na galeria sul, persianas foram instaladas para a Consorte Imperial; na galeria anexa à principal, as damas ficavam à sua disposição.

Dentre os brados com que se anunciavam os altos dignitários que se dirigiam ao Posto da Guarda, provenientes do Portal Leste do Palácio Imperial, os para palacianos eram mais curtos, razão pela qual os denominamos "pequeno anúncio" em oposição aos do tipo "grande anúncio" e muito nos agitávamos ao ouvi-los. Acostumando-nos a eles, conseguíamos discerni-los pelas vozes de seus anunciantes e era divertido ficar adivinhando: "É Fulano!", ou "É Sicrano!", ou então: "Não é não"; e, quando mandávamos verificar de quem se tratava, se acertássemos dizíamos: "Ah, mas não falei?".

Com a lua da madrugada, desci para caminhar no jardim ainda pleno de cerração e, ao me ouvir, Sua Consorte Imperial também acordou. Todas as damas que a serviam também saíram e sentaram-se, ou desceram ao jardim, e assim foi clareando o dia, em meio a nossas diversões. Quando eu disse: "Vamos dar uma espiada no Posto da Guarda?", as outras damas também me seguiram: "Eu também vou!", "Eu também", mas ouvimos sons de palacianos que vinham entoando algo referente a "uma voz outonal".[109] Escondemo-nos e retornamos para

---

[108] A Consorte Imperial ocupou tais aposentos entre 997 e 1001.

[109] Poema escrito em chinês por Minamotono Hideakira (s/d-940), registrado em *Wakan Rôeishû*, tomo 1: "Gélido e seco/ Ainda no verão/ De pinheiros altos e nenhum

recebê-los. Houve quem nos louvasse: "Oh, fostes contemplar a lua?" e se puseram a compor poemas.

    Tanto de dia quanto de noite, não havia ocasião em que não aparecessem os palacianos. Até os altos dignitários, quando não necessitavam apressar-se em afazeres, sem falta nos prestavam uma visita.

---

vento/ Uma voz outonal". Pode-se supor, por causa do poema recitado, que o episódio se passa no sexto mês, entre o verão e o outono.

75

Coisas que contrariam a expectativa
あぢきなき物

    Coisas que contrariam a expectativa: uma dama que vai servir no Palácio Imperial por vontade própria e cai em melancolia, aborrecendo-se de tudo. Uma criança adotada pouco amigável. Tomar como genro um homem relutante e lastimar que nada ocorra a contento.

76

Coisas que causam satisfação
心ちよげなる物

    Coisas que causam satisfação: um monge com vara de purificação no Ano-Novo, o dirigente das danças e cantos divinos *kagura*. Aquele que carrega o estandarte ou outros adereços divinos do *kagura*.[110]

---

    [110] *Kagura* é estilo de dança e música executadas em templos xintoístas em homenagem aos deuses.

No dia seguinte às Recitações dos Nomes de Buda
御仏名のまたの日

No dia seguinte às Recitações dos Nomes de Buda,[111] trouxeram um venerável biombo de pintura de infernos para que Sua Consorte Imperial se dignasse à apreciação. Parecia infindável o mal-estar que eu sentia. Embora Sua Consorte Imperial me instigasse: "Vede isto! Vede!", não me dignei a voltar meu olhar e, devido ao mal-estar, acabei me escondendo num aposento pequeno do Palácio Imperial.

Com a forte chuva, chegou o tédio e, então, por ordem do Imperador, todos foram convocados aos aposentos da Consorte Imperial e os cortesãos se puseram a entreter na arte dos sons. O alaúde do Baixo-Conselheiro Michikata era realmente elogiável. A cítara de treze cordas de Minamotono Narimasa, a flauta de Tairano Yukiyoshi, a flauta *shô* do Médio-Capitão Minamotono Tsunefusa, todos nos proporcionavam intenso prazer. Entretiveram-se por um tempo, mas, parando de dedilhar o alaúde, proferiu Sua Excelência o Alto-Conselheiro Fujiwarano Korechika:[112]

---

[111] Cerimonial budista de purificação que ocorria dos dias dezenove a 21 do décimo segundo mês, *Mibutsumyô*, quando se recitavam todos os nomes dos Budas dos Três Mundos (passado, presente e futuro), e se trazia à apreciação "pinturas de infernos" (*jigoku-e*), com a finalidade de se libertar dos apegos mundanos.

[112] Minamotono Michikata, filho de Shigenobu, torna-se Shônagon (Baixo-Conselheiro) em 990, é exímio tocador de alaúde, e teria 26 anos no episódio ora narrado. Narimasa é filho de Tokinaka; tornou-se Secretário em 994. Yukiyoshi é filho de Chikanobu, tornou-se Secretário em 994. Tsunefusa é filho de Takaakine, tornou-se Médio-Capitão Provisional da Direita da Guarda em 995. Conforme Watanabe, o episódio teria se passado em 993, embora haja improcedência de certos dados. O cargo Dainagon (Alto-Conselheiro) está ocupado por Fujiwarano Korechika, com vinte anos no episódio.

Cessaram os sons do alaúde
— Mas cala seu nome o músico[113]

Tais palavras fizeram-me sair de meu esconderijo. Todos riram de mim quando se ouviu o comentário: "Realmente, as pinturas de infernos são amedrontadoras. Entretanto, como resistir ao fascínio de deleites como este?".

---

[113] O poema é alusão de "Canção do Alaúde", do chinês Po Chu-i (772-846, doravante Hakurakuten, como é conhecido no Japão), inserido em *Hakurakuten Shishû*, tomo 12, descrevendo seu exílio da Capital: uma noite, quando se despedia de um amigo cujo barco estava atracado no rio, ouve o som de um alaúde vindo de águas próximas, mas ao perguntar o nome do músico, não obtém resposta imediata, pois "cala seu nome o músico".

O Secretário Chefe dos Médios-Capitães, Tadanobu
頭中将

O Secretário Chefe dos Médios-Capitães, Tadanobu,[114] tendo ouvido histórias inventadas sobre mim, espalhava-as aos quatro ventos: "Como é que pude elogiá-la, achando que era correta?..." — dizia coisas assim, entre todos os palacianos. Ao saber disso, fiquei envergonhada, mas, rindo, pensava que, se fossem elas verdadeiras, o que se poderia fazer? — um dia ele, por si próprio, reconsideraria suas palavras. Mesmo quando ele passava pelo Portal Negro, que separa a Ala Feminina da Ala Privativa do Imperador, e ouvia minha voz, cobria o rosto com as mangas e sequer me lançava um olhar, tamanha era a sua aversão, e eu, sem nada dizer, também o ignorava. Assim chegou o fim do segundo mês, chovia forte e nos entediávamos. Disseram-me que Tadanobu, que também acompanhava o retiro do Imperador, proferiu as seguintes palavras: "Ah, que tristeza! Que vontade de lhe dirigir a palavra...". Pensei comigo mesma: "Impossível! Como poderia ser?" e me mantive recolhida em meus aposentos durante o dia todo. Quando me dirigi aos aposentos de Sua Consorte Imperial, esta já se havia retirado para a Alcova Imperial.

Aproximando a luminária da soleira, as damas jogavam adivinhas com ideogramas: "Ah, que alegria! Vinde logo, aproximai-vos!", disseram, ao me perceber. Mas eu estava decepcionada e me questionava por que teria vindo servir ao Palácio Imperial. Sentei-me ao pé do braseiro, e todas se achegaram conversando junto a mim, quando ouvimos uma voz efusiva que se anunciava: "Tal pessoa aqui se encontra".

---

[114] Fujiwarano Tadanobu (967-1035) é filho de Tamemitsu; em 989 se torna Médio-Capitão da Direita da Guarda da Residência Imperial; em 990, Médio-Capitão da Esquerda da Guarda da Residência Imperial; em 994, Chefe dos Secretários.

Estranhando, mandei perguntar o que estaria havendo no aposento superior, que eu apenas acabara de deixar. Era um servidor do Setor de Equipamentos e Manutenção da Ala Feminina, que solicitara falar comigo diretamente e, quando saí para questioná-lo, disse-me: "Eis aqui uma missiva do senhor Secretário Chefe dos Médios-Capitães. Respondei imediatamente".

Perguntando-me que espécie de carta seria, já que o senhor Médio--Capitão tanto me detestava, peguei-a e a guardei no peito, pois não havia razão para lê-la às pressas, dizendo: "Podeis ir, que responderei logo". Mal voltava eu à companhia das damas, logo ele retornou: "Fui enviado para demandar de vós uma resposta pronta àquela missiva ou, senão, que a devolvêsseis. Apressai-vos".

Seria como as *Narrativas dos Peixes*?[115] Mas, ao olhar a carta, sobre um fino papel azulado, encontrava-se uma caligrafia muito elegante. Seu conteúdo não era preocupante. Ali estava escrito:

>   Na Sala do Conselho
>   Na estação das flores
>   Sob o cortinado de brocado[116]

— E a sequência, qual é? Qual é?

Eu não sabia o que fazer. Se Sua Consorte Imperial ali estivesse, poderia mostrar-lhe a carta, mas, também, pensei que, se eu escrevesse os versos que faltavam, em vacilantes caracteres chineses só para mostrar meu conhecimento, seria ainda mais desagradável aos olhos. E, ainda por cima, o mensageiro me apressava; assim, pegando um carvão já apagado que estava no braseiro, escrevi num canto do papel:

>   A cabana de sapé
>   Quem visitar poderia?[117]

---

[115] Há dubiedade sobre a obra referida: trata-se de *Narrativas de Ise* (*Ise Monogatari*) ou de *Narrativas da Choupana* (*Io Monogatari*).

[116] Trata-se de poema chinês de Hakurakuten, quando de seu exílio da Capital.

[117] Através dos versos com que responde, Sei Shônagon contrapõe a Corte a um

Entreguei-a ao mensageiro, mas não recebi nenhuma resposta.

Todos dormiram e, de manhã bem cedo, descia apressada aos meus aposentos, quando ouvi a voz do Médio-Capitão Provisional Nobukata,[118] que dizia em altos brados: "Estará por aqui a Senhora Cabana de Sapé?". Respondi-lhe: "Que despropósito! Como é que haveria aqui alguém tão humilde, isso lá é nome? Se estivésseis procurando a Senhora 'Palácio de Brilhantes', poder-vos-ia responder...". E ele, então disse: "Ah, que alegria! Estáveis em vossos aposentos. Estava já a ir procurar-vos na câmara de Sua Consorte Imperial. É que, ontem à noite, na Divisão dos Plantonistas que Tadanobu ocupa quando em serviço noturno, juntaram-se vários homens de apurada sensibilidade, inclusive do Sexto Grau. Enquanto falavam sobre pessoas do presente e do passado, disse ele: 'Ah, desde que cortei completamente minhas relações com aquela pessoa, tenho me sentido mal. Esperava que ela me dirigisse a palavra primeiro, mas... parece que nem se abalou e se mostra indiferente. Estou indignado. Nesta noite, quero chegar a uma conclusão final sobre sua pessoa'. Assim, consultou-se com todos, e quando o servidor do Setor de Equipamentos e Manutenção da Ala Feminina reportou que vos retirastes dizendo não poder ler no momento, mandou de volta o mensageiro em meio à forte chuva com palavras severas: 'Pegai-a pelas mangas, não dais ouvidos a objeções e, mesmo que à força, fazei com que responda ou então que devolva a carta!'. O mensageiro voltou rapidamente: 'Ei-la aqui!', e entregou-lhe a carta. Como o papel era o mesmo, acharam que a tivésseis devolvido. Entretanto, aos gritos de Tadanobu, todos se aproximaram, intrigados. 'Mas que... que ladra grandiosa! Ah, desse jeito, seria possível ignorá-la?', disse Tadanobu, agitado. E continuou: 'Estes são os versos finais. Precisamos colocar os três primeiros. Nobukata, fazei-o logo!' — e até altas horas nos dedicamos à tarefa, mas em vão, até que todos nós concordamos: 'Mesmo em tempos por vir, este será um incidente a ser lembrado'".

---

retiro na montanha, tomando como referência uma passagem da coletânea *Kintôshû*, que a utiliza como parte de poema encadeado. Ao invés de responder em versos chineses, Sei Shônagon toma como empréstimo os últimos versos de um poema japonês *waka*, como a perguntar, elipticamente: "e os primeiros versos, quais são?".

[118] Minamotono Nobukata (s/d), filho de Chikanobu; em 994, tornou-se Médio-Capitão da Direita da Guarda da Residência Imperial.

O Livro do Travesseiro

Sentia-me embaraçada ao ser tão elogiada, mas então ele já se apressava a ir-se, dizendo: "Foi assim que nós vos outorgamos o novo título de Senhora Cabana de Sapé". Eu disse: "Contudo, que lástima, ser conhecida até o fim das eras com um nome tão lamentável!". Nisso, disse o Vice-Chefe de Manutenção do Palácio Imperial, Norimitsu:[119] "Vim assim que soube, em sinal de felicitação por tal promoção". Perguntei-lhe: "Como? Não recebi nenhum comunicado oficial. A que cargo fostes promovido?". Respondeu-me: "Não, não. O que verdadeiramente me alegra é o incidente de ontem à noite; passei a noite toda ansiando por vos comunicar a notícia! Nunca me senti tão honrado!". Confirmou-se, assim, o que me fora transmitido há pouco.

Depois de repetir a mesma história de Nobukata, acrescentou: "O senhor Tadanobu, tendo nos dito que de qualquer forma, de acordo com a resposta da carta, iria considerar nunca ter existido 'determinada pessoa', achei até que foi bom ter voltado sem ela. Quando chegou a resposta, fiquei aflito com seu conteúdo: se fosse realmente inábil, também para mim, que chamam de seu *irmão mais velho*, haveria repercussão. Mas a resposta estava longe de ser medíocre e alegrei-me secretamente quando ela foi elogiada por muitos, que me chamaram: 'Ei, *irmão mais velho*, vinde aqui para ouvir'.[120] Disse-lhes que 'não era absolutamente um entendido em coisas tais como poemas', mas, quando me disseram que 'não estavam pedindo minha opinião, nem minha compreensão', que 'estavam somente me comunicando o ocorrido para que eu o divulgasse', senti-me um pouco menosprezado como seu *irmão mais velho*... E acrescentaram: 'por mais que tentassem, os primeiros versos não fluíam'[121] e repetiam em uníssono: 'afinal, será que precisa-

---

[119] Tachibanano Norimitsu (965-?), tido como primeiro marido de Sei Shônagon, assumiu o cargo de Vice-Chefe de Manutenção do Palácio Imperial em 996.

[120] Mesmo depois de Sei Shônagon ter se separado de Norimitsu, este ainda era conhecido como *irmão mais velho*, chamamento utilizado para indicar o esposo.

[121] Os últimos versos de Sei Shônagon são tradução para o japonês de um poema chinês: "Dentro da cabana de sapé/ Em noite de chuva na montanha". Assim, os versos mais harmoniosos seriam os da tradução do poema: "Na sala do Conselho/ Na estação das flores/ Sob o cortinado de brocado". Estes são, na verdade, exatamente os versos enviados por Tadanobu. Entretanto, seria resposta inepta repeti-los em japonês e, então, todos se esmeram em compor nova combinação.

mos devolver alguma coisa?'. E assim foi, madrugada adentro: 'E se ela nos disser que a resposta está péssima?... Ah, seria um fracasso!...'".

E concluiu: "Este ocorrido, tanto para mim quanto para vós, não seria motivo de júbilo? Comparado à minha modesta promoção na cerimônia de nomeação de oficiais, não deveria causar uma alegria maior?". Sem saber que tudo isso acontecia em meio àqueles dignos senhores, fiquei perplexa e aflita em ser alvo de tantos comentários. Aliás, a respeito desse tratamento de *irmão mais velho* e *irmã mais nova*, todos, até o Imperador, o utilizavam: ao invés de referirem Norimitsu pelo nome de seu cargo na Corte, chamavam-no de *irmão mais velho*. Estávamos ainda conversando, quando vieram me comunicar que Sua Consorte Imperial me convocava.

Ao chegar lá, ouvi o que ela queria me contar: "O Imperador contou-me, rindo, que todos os seus homens estavam usando leques com o vosso poema neles caligrafado...". Fiquei atônita e pensei: "O que me teria feito escrever aqueles versos?". Bem, depois desse episódio, Tadanobu não mais se ocultou atrás de suas mangas, parecendo ter mudado sua opinião sobre a minha pessoa.

79

No ano seguinte, aos vinte e poucos dias do segundo mês
返としの二月廿余日

No ano seguinte, aos vinte e poucos dias do segundo mês, fiquei só no Recinto das Ameixeiras, sem ter acompanhado Sua Alteza, de mudança para a Ala das Consortes e, num desses dias, recebi mensagem do Secretário Chefe dos Médios-Capitães Fujiwarano Tadanobu, que dizia: "Em visita desde ontem à noite ao Templo Kurama e impedido de retomar o meu caminho de volta para evitar a má sorte, estarei aí hoje ao anoitecer. Pretendo retornar antes do amanhecer. Levo assuntos imprescindíveis a vos transmitir, aguardai-me e dispensai-me do bater insistente em vossa porta". Não obstante, quando a Chefe da Divisão do Vestuário, Mikushige,[122] me convidou: "Por que pernoitardes sozinha nesse recinto? Dormi aqui", aceitei e fui. Dormi tranquilamente e, ao voltar para o meu aposento, a servidora me comunicou: "Ontem à noite, bateram à porta com muita insistência e, após levantar-me a custo para abri-la, ele já me solicitava: 'Ela está no Palácio? Avisai-lhe que estive aqui'. Mas presumindo que a senhora jamais se levantaria àquela hora, fui me deitar". Enquanto eu a ouvia, pensando: "Que falta de discernimento não ter me chamado!...", chegou o servidor do Setor de Equipamentos e Manutenção da Ala Feminina: "O Secretário Chefe dos Médios-Capitães mandou dizer que está de saída do Palácio Imperial e tem algo a vos transmitir", ao qual mandei dizer: "Tenho questões pendentes e estou a caminho do Palácio, podemos nos ver lá".

Se eu estivesse no meu aposento ele poderia forçar a entrada e cuidei-me de não recebê-lo ali; assim, erguendo a parte superior da ve-

---

[122] Mikushige nomeia o local onde se aloja a Divisão do Vestuário, responsável pela confecção das roupas do Imperador, e também a sua própria Chefe, que é irmã mais nova da Consorte Teishi, Nakahime.

neziana móvel de treliça da face leste do Recinto das Ameixeiras, disse-lhe: "Por aqui" — e ele apareceu, com todo o esplendor. Trajava um exuberante traje palaciano de seda adamascada com sobreposição "Cerejeira" de branco e carmesim de beleza e brilho interno indescritíveis, e pantalona de um intenso roxo claro avermelhado com brocados de glicínias em ramagens profusamente dispersas, que deixava à vista as barras dos trajes internos de um reluzente carmesim por sobre as várias camadas em brancos e lilases. Sentado no estreito corredor externo próximo às persianas, com um dos pés no chão, pareceu-me ser, aquela sim, a própria figura de uma pintura ou de uma imagem consagrada em narrativas.

Quanto às ameixeiras do Recinto, as brancas ao oeste e as vermelhas ao leste, apesar de suas flores já estarem a cair, ainda eram belas, sob um dia agradável de sol ameno, suscitando desejos de expô-las à apreciação das pessoas. O cenário seria bem mais belo e deleitoso se, no interior da persiana, uma dama jovial de cabelos maravilhosos e deslizantes com ele confabulasse, e lamentei a quebra dessa harmonia provocada pela presença desta minha figura envelhecida, já ultrapassado o seu auge, cujos cabelos já não mais os mesmos, percebendo-se falhas aqui e ali, trajando sobreposições em tons de cinza claro, sem colorações nem realces, além do mais, vestindo um quimono lustroso com forro sem a cauda com pregas, em cumprimento ao luto de Sua Consorte Imperial devido à ausência dele no Recinto das Ameixeiras.[123]

"Estou indo para a Ala das Consortes. Tendes algum recado para Sua Alteza? E vós, quando ireis?" — disse Tadanobu e, rindo, prosseguiu: "Então, como vos havia comunicado, achei que me aguardáveis e ontem, sob uma lua muito clara, vim do oeste da Capital sem me deter pelo caminho, bati à vossa porta e não é que me atendeu uma pessoa com ar todo sonolento e com respostas secas? Para mim foi uma total decepção. Por que vos servis de pessoas assim?". Com certeza, acontecera como ele o havia exposto e fiquei penalizada, mas também não pude deixar de achar engraçado. Após algum tempo, ele se despediu.

---

[123] No quarto mês lunar de 955, falecera Fujiwarano Michitaka, pai de Sua Consorte Imperial Teishi, que na ocasião guardava luto de um ano, sendo acompanhada nesse ritual por Sei Shônagon.

Divertia-me imaginar aquelas que o viam de fora, pois estariam certas da presença no interior do recinto de alguém compatível com o visitante, e também aquelas que me viam por trás, nos fundos do aposento, pois jamais adivinhariam a bela aparência da pessoa lá fora.

Ao entardecer, fui ao encontro de Sua Consorte Imperial. Muitas pessoas lá estavam à sua volta, incluindo palacianos, e discutiam as narrativas em suas qualidades positivas e negativas, com críticas e comentários. Também Sua Consorte Imperial se manifestava sobre as qualidades e defeitos das personagens Suzushi e Nakatada.[124] E uma dama dizia: "Sua Alteza critica asperamente a infância pobre de Nakatada. O que acham disso? Rápido, defendam-no!". Eu tomei da palavra: "Como assim? Suzushi é um exímio tocador de cítara e com sua melodia atraiu a descida de um ser celestial, mas não mostra outras qualidades. Por acaso chegou a desposar a filha do Imperador?". As simpatizantes de Nakatada, encontrando oportunidade, apoiaram-me em uníssono: "Isso mesmo!". Foi quando Sua Consorte Imperial disse: "Mudando de assunto, se tivésseis visto Tadanobu, que aqui esteve hoje à tarde, na certa teríeis vos exaltado em elogiá-lo". E as damas acrescentaram: "Realmente, hoje sim, ele se excedeu no bom gosto". E eu disse: "Vim justamente comunicar-vos o assunto e me distraí com os comentários sobre as narrativas...", e relatei em detalhes o encontro que tivera com ele. As damas riram e disseram: "Todas nós o vimos. Mas quem repararia até nas linhas e nos pespontos de suas vestes?".

E continuaram comentando o relato de Tadanobu sobre a deterioração da parte oeste da Capital, a falta de alguém com quem pudesse compartilhar seus sentimentos e "... sobre os cercados todos envelhecidos onde grassavam musgos...". Nesse momento, a dama Saishôno Kimi indagou a Tadanobu: "Os pinheiros já cobrem seus telhados?", o que lhe causou muita admiração e o fez recitar a sequência do poema: "... a oeste do portal da Capital, não tão distante daqui...".[125]

---

[124] São personagens da obra *Narrativas da Toca na Árvore* (*Utsuho Monogatari*) escrita provavelmente entre 970 e 999 por Minamotono Shitagau ou Fujiwarano Tametoki, em que são narradas as peripécias de dois exímios tocadores de alaúde.

[125] A autora traz um trecho do poema "Rikyokô" (O castelo do monte Ri), do poeta chinês Hakurakuten, que compõe a coletânea *Hakushi Monjû*. O castelo Rikyokô construído pelo Imperador Gensô encontra-se em ruínas, pois não era mais visitado por

Foi muito prazeroso ouvir os comentários tão elogiosos que me dirigiam sobre Tadanobu, tantos foram eles que até me cansei.

contenção de despesas. Saishôno Kimi, filha de Fujiwarano Shigesuke, companheira de Sei Shônagon a serviço de Sua Consorte Imperial Teishi e valorizada por sua cultura e inteligência espirituosa, faz uma pergunta a Tadanobu utilizando outro poema da mesma coletânea chinesa, o qual ele finaliza a seguir.

80

De licença, em casa
里にまかでたるに

De licença, em casa, é motivo de comentários maliciosos a visita que nos fazem os palacianos. Como não é do meu feitio ser comedida e nem discreta, essas falas não me atingem. Além do mais, como poderia causar constrangimento às pessoas que me procuram seja de dia seja de noite, dispensando-as com falsas ausências? Mesmo que não sejam tão íntimas e cheguem a qualquer hora. Como essas visitas se tornaram desgastantes, daquela vez não falei para onde iria, avisando apenas Narimasa e o Médio-Capitão da Esquerda, Tsunefusa.[126]

Chegou Norimitsu,[127] Tenente da Esquerda do Portal e, em meio a conversas, disse: "Ontem esteve no Palácio Imperial o Conselheiro Consultor Médio-Capitão Tadanobu,[128] que indagava insistentemente: 'Onde está vossa *irmã mais nova*? Impossível que desconheçais seu paradeiro! Falai!'. Eu, repetindo não saber e ele, pressionando-me a revelar. É muito penoso ocultar o que se sabe e quase deixei escapar um riso, enquanto Tsunefusa se mantinha impassível. E, com receio de desandar a rir caso nossos olhos se cruzassem, disfarcei comendo avidamente as algas que estavam sobre a bandeja. Esse meu apetite fora de hora deve ter suscitado estranheza às pessoas presentes, mas graças a isso me esquivei de revelar o vosso paradeiro. Se tivesse rido, teria sido um fracasso. Foi divertido ter convencido Tadanobu de que eu realmente de nada

---

[126] Minamoto Narimasa ocupava o posto de Baixo-Conselheiro e era filho de Tokinaka. Minamotono Tsunefusa, quarto filho de Takaakira, era Ministro da Esquerda na época.

[127] Tenente da Esquerda da Guarda do Portal, mas na função de um dos Secretários Particulares do Imperador, Norimitsu estava sempre no Palácio Imperial.

[128] Fujiwarano Tadanobu assumiu tal cargo no ano 996.

sabia". Insisti, pois, que não revelasse o meu paradeiro e assim, passaram-se vários dias.

Altas horas da noite, alguém sem nenhum acanhamento bateu com violência exagerada num portão não distante do meu aposento, e eu ordenei atendê-lo, perturbada. Era o guarda do posto trazendo uma carta de Norimitsu. Todos já dormiam; então, aproximei a lamparina a óleo e li a carta que dizia: "Amanhã começará a Sessão de Leitura do Sutra no Palácio Imperial e o nosso Conselheiro Consultor Médio-Capitão entrará em retiro. Ele continua me pressionando: 'Revelai, revelai o paradeiro de vossa *irmã mais nova*', esgotando as minhas artimanhas. Não tenho mais como escondê-lo. Devo contar-lhe tudo? O que achais? Aguardo instruções". Não respondi e enviei-lhe um pedaço de alga envolto em papel.

Pois mais tarde Norimitsu apareceu e disse: "Fui pressionado a noite inteira e tive que ficar vagando com ele por aí. Ficou tão obcecado que não estou mais suportando. Por falar nisso, por que não me respondestes à carta e me enviastes uma mera lasca de alga? Que pacote estranho! E lá isso é coisa de se mandar a alguém? Por acaso houve algum engano?". Fiquei muito irritada ao saber que ele não compreendera a minha mensagem, e nem respondi. Tomei um pedaço de papel do estojo e escrevi em um canto:

> Jamais reveleis
> A morada passageira
> Da mergulhadora
> Não vos lembrou da promessa
> A lasca de alga enviada?[129]

E ia entregar-lhe, quando ele o rejeitou abanando o pedaço de papel com o seu leque e dizendo: "Escrevestes-me um poema? Pois não vou lê-lo", escapuliu.

---

[129] A alga revela o desejo da autora de que não ensinasse a ninguém o seu esconderijo. Há trocadilhos entre *soko* ("fundo do mar" e "recôndito da casa") e *meo kuwasu* ("usar somente os olhos, não a boca" e "comer algas"). No original: *kazukisuru/ amano sumikao/ sokotodani/ yume yûnatoya/ meo kuwasen*.

Assim, nos falávamos e nos preocupávamos um com o outro e, às vezes, sem um motivo aparente, nos desentendíamos, quando recebi a carta: "Mesmo que tenhamos desavenças, não vos esqueçais de que já trocamos juras no passado e, perante as pessoas, que assim continue sendo". Ele, aliás, sempre me falava: "Quem me preza, não me envia poemas. Considero-os todos meus inimigos. Só no caso de uma separação definitiva é que deveis me enviar um poema". E, assim, como resposta à carta, eu lhe escrevi:

Desmoronaram-se
Os montes gêmeos Imose
Sobre o belo Yoshino
Rio que entre eles corria
Rio por eles soterrado[130]

Certamente ele não o leu, pois não houve nenhuma resposta. Fiquei deveras irada e, como mais tarde ele foi nomeado Vice-Administrador de Tôtômi, foi este o nosso fim.[131]

---

[130] O monte Imose localiza-se na atual Província de Wakayama, e é "travesseiro de poemas" célebre. "Imose" significa casal e o termo "gêmeos" vem em consideração ao tratamento *irmã* dado a ela no texto. "Desmoronar" refere não só os montes gêmeos, mas a relação entre eles. No original: *kuzureyoru/ Imoseno yamano/ nakanareba/ sarani Yoshinono/ kawatodani miji.*

[131] Tôtomi é uma dos quinze províncias da estrada Tôkaidô, que hoje corresponde à parte oeste da Província de Shizuoka, tomando-se como referência o lago Hamanako.

81

Coisas que suscitam pena
もののあはれ知らせがほなる物

  Coisas que suscitam pena. A voz de quem fala enquanto assoa o nariz sem parar. Arrancar os pelos da sobrancelha.

82

Perambulamos pelos lados do Posto da Guarda da Esquerda
さてその左衛門の陣などに

Perambulamos pelos lados do Posto da Guarda da Esquerda do Portal Leste[132] e depois fui para casa. Passado algum tempo, recebi um ofício de Sua Consorte Imperial solicitando-me: "Retornai logo para a Corte". No final da página havia um recado redigido por uma de suas damas: "Sua Alteza vive recordando sua silhueta de costas na ocasião em que caminhávamos para o Posto da Guarda e sempre diz: 'Por que aquela aparência antiquada e tanto desleixo?... Com certeza ela estava se achando maravilhosa!'". Em resposta, pedi-lhe desculpas comprometendo-me a retornar em breve e, em nota particular acrescentei: "Como não considerar-me maravilhosa?! Esperava que Sua Consorte tivesse me equiparado a Nakanaru Otome".[133] De imediato, chegou uma nova carta: "Sendo vós uma admiradora incontestável do personagem Nakatada, como podeis desconsiderá-lo comparando a si própria ao ser celestial por ele cantado? Abandonai tudo e retornai ao Palácio Imperial ainda esta noite. Caso contrário, Sua Consorte Imperial terrivelmente vos odiará".

Ser odiada já é lamentável, agora, "ser terrivelmente odiada" já era caso de sacrificar corpo e alma, e então me dirigi ao Palácio.

---

[132] Reporta ao texto 73.

[133] Reporta ao texto 79. Na referida obra, o personagem Nakatada cria a figura celestial de Nakanaru Otome, que, induzida pela melodia da cítara, vem participar do evento musical do Palácio Imperial.

83

Na época em que Sua Consorte Imperial residia na Ala destinada ao seu Escritório
職の御曹司におはします比

Na época em que Sua Consorte Imperial residia na Ala destinada ao seu Escritório, realizou-se na galeria oeste a Cerimônia de Leitura Ininterrupta de Sutras,[134] pinturas budistas foram solenemente penduradas, e nem é preciso dizer o quanto impressionava a presença dos monges. Transcorridos cerca de dois dias, ouviu-se do corredor externo a voz de uma mulher humilde: "Não poderíeis ceder-me o que restou das oferendas a Buda?", ao que responderam: "Como? Acontece que a cerimônia ainda não terminou". Saí para ver o que estava acontecendo, e encontrei uma monja de aparência envelhecida, trajada com uma roupa toda encardida, e cujos trejeitos faziam lembrar um macaco. Quando perguntei: "O que ela disse?", a monja aprumou a voz: "Como sou também uma legítima discípula de Buda, estou pedindo que me concedam o que restou das oferendas, mas estes monges mostram-se mesquinhos". Possuía vivacidade e elegância. Os mendicantes nos causam compaixão exatamente por se mostrarem abatidos, por isso estranhei tamanha vivacidade. Perguntei-lhe: "Não comeis nada além do que oferecem a Buda? Que louvável!", ao que ela respondeu: "Como eu não comeria outras coisas? Eu só lhes pedi a oferenda porque disseram não ter nada". Mandei, então, que lhe dessem uma vasilha com frutas, doces e bolinhos de arroz. Ela se pôs inteiramente à vontade e suas histórias fluíram.

As jovens damas apareceram e encheram-na de perguntas: "Tendes marido? Tendes filhos? Onde morais?". Seus chistes e trocadilhos deram vazão a outras perguntas. Tão logo lhe perguntaram: "Sabeis cantar? E bailar?", ela começou a entoar: "À noite, com quem dormirei?/ Com o

---

[134] Cerimônia budista em que os sutras são lidos ininterruptamente por doze monges que se alternam. Supõe-se que a referida cerimônia tenha ocorrido em 998.

Vice-Administrador de Hitachi dormirei/ Como é bom com os corpos colados dormir!", e havia uma longa continuação. Ou, ainda, girava a cabeça e cantava: "As folhas vermelhas de bordo/ Do topo do viril monte Otoko/ Fazem levantar seu nome/ Fazem-no levantar!".[135] As damas riram, mas, bastante aborrecidas, disseram com desaprovação: "Fora! Fora!". Quando eu argumentei: "Pobre mulher. Não haveria nada para lhe dar?", Sua Consorte Imperial se pronunciou: "Como pudestes deixar que ela cometesse tamanha afronta? Tampei meus ouvidos, para não ter de ouvir. Entregai-lhe essa veste e ordenai-lhe que se retire já". Joguei-lhe a veste, dizendo: "É uma generosidade de Sua Consorte Imperial. Vossa roupa parece suja. Vesti-vos com esta limpa". Em agradecimento, ela fez uma mesura, colocou-a sobre os ombros e não é que ensaiou uma dança! Seriamente aborrecidas, todas nos recolhemos e, após aquele dia, talvez incentivada pelo ocorrido, acostumou-se a aparecer sempre, com seus trejeitos extravagantes. Passamos, então, a chamá-la Vice-Administradora de Hitachi. Continuava a usar a veste encardida, razão pela qual as damas comentavam com desgosto que fim teria levado o presente de Sua Consorte Imperial.

Sua Consorte Imperial comentou com a dama Ukonno Naishi que a visitava: "As damas deram de se relacionar com certa monja. Ela sempre aparece, envolvendo-as com suas conversas", e fez com que a dama Kohyôe imitasse seus trejeitos. Ukonno Naishi, rindo, disse: "Teria como vê-la? Fazei com que eu a encontre de qualquer jeito. Ela deve estar sob vossa proteção, mas dou a minha palavra de que jamais a tomarei de vós".

Posteriormente, apareceu outra monja pedinte, muito fina, que também foi chamada e inquirida, mas esta se mostrou bastante tímida e causou pena.

Foi apropriado que se pusesse em reverência profundamente agradecida, ao receber igualmente uma veste de Sua Consorte Imperial, mas retirar-se chorando de alegria era exagero. E assim, ela foi vista pela Vice-Administradora de Hitachi, ao se cruzarem. Após esse ocorrido, a Vice-Administradora ficou longo tempo sem aparecer, mas haveria alguém que dela se lembrasse?

---

[135] Referência ao significado chulo da canção.

Após o décimo dia do décimo segundo mês, nevou intensamente, e a neve foi amontoada pelas servidoras do Palácio Imperial no corredor externo, quando se ouviu: "Já que é assim, vamos mandar construir uma montanha de verdade no jardim". Convocamos os servidores e dissemos-lhes: "São ordens de Sua Consorte Imperial". Eles, então, reuniram-se e construíram a montanha de neve. Os funcionários do Setor de Equipamentos e Manutenção da Ala Feminina, que haviam vindo limpar a neve, juntaram-se ao grupo e construíram uma montanha bem alta. Os funcionários da Ala das Consortes também apareceram e se divertiram, dando sugestões ou fazendo críticas. Eram apenas três ou quatro os funcionários provenientes do Setor de Equipamentos e Manutenção do Palácio Imperial, mas no final havia cerca de vinte pessoas. Convocaram-se até os servidores que estavam de folga: "Para aqueles que participarem hoje da construção desta montanha, ser-lhes-ão outorgados três dias de folga. E daqueles que não vierem, será descontado o mesmo número de dias". Havia quem acorresse apressado ao ouvir tal promessa. Não foi possível avisar os que moravam em locais longínquos. Concluída a montanha de neve, chamaram um funcionário da Ala das Consortes que, tendo recebido pares de rolos de seda, atirava-os no corredor externo, de onde cada servidor pegava um, fazia reverências em agradecimento, e, colocando-o na cintura, retirava-se. Aqueles habituados a vestir trajes formais permaneciam ainda com a veste cotidiana que haviam usado quando da construção da montanha.

"Por quanto tempo será que a montanha permanecerá?", assim perguntava Sua Consorte Imperial às pessoas, que respondiam unânimes que duraria pouco: "Ela deverá durar dez dias", ou: "Deverá durar pouco mais de dez dias". "O que achais?", perguntou-me, então. "Deve durar até meados do primeiro mês", respondi-lhe, mas pareceu-me que ela não acreditava que isso ocorresse. A opinião das damas era uma só: "Não passará deste ano, nem chegará até o final do mês". Pensei comigo que havia exagerado, pois realmente seria muito difícil que durasse tanto tempo e deveria ter dito que chegaria, no máximo, até o Ano-Novo. Mas, que fazer? Não estava disposta a voltar atrás e mantive-me irredutível.

Transcorridos cerca de cinco dias, choveu, mas a neve não dava mostras de desaparecer. Só tinha perdido um pouco de altura. Era até uma insensatez ver-me orando: "Deusa Kannon de Shirayama,[136] não deixai derreter esta montanha!".

Bem, no dia em que a montanha foi construída, Tadataka, Terceiro Oficial do Cerimonial, fez-nos uma visita em nome de Sua Alteza. Ofereceram-lhe uma almofada quadrada e ele se pôs a comentar: "Hoje, não há lugar em que não tenham feito uma montanha de neve. Foi construída uma no jardim da Residência Imperial. Ergueram também uma na Residência do Príncipe Herdeiro e uma na Ala das Consortes Kokiden. Até mesmo em Kyôgokuden, residência do Alto-Conselheiro Provisional Michinaga,[137] fizeram uma!".

Por intermédio da dama ao meu lado, entreguei-lhe o poema:

> Montanha de neve
> Que rara nos parecia
> Cá neste lugar
> Por todo canto repetida
> Mas que ideia mais banal![138]

Tadataka pensava numa resposta, meneando a cabeça para os lados diversas vezes, mas disse afinal: "Não desejo desmerecer o seu poema com uma resposta indigna. Eu não me atreveria. Gostaria de apresentá-lo diante das persianas dos nobres". E se foi. Causou-me estranheza, pois ouvira dizer que Tadataka era aficionado por poemas *waka*. Ao saber do ocorrido, Sua Consorte Imperial comentou: "Quem sabe ele tenha ficado deveras impressionado com o poema?".

---

[136] Literalmente, "Montanha Branca". Situada em Kaga (atual Província de Ishikawa), Shirayama é famosa por sua neve perene e é onde se venera a deusa sincrética budista Kannon de Onze Faces.

[137] Fujiwarano Michinaga (966-1028), quarto ou quinto filho de Kaneie, será o mais efetivo dos Fujiwara a exercer o domínio político: assume a função de Médio-Conselheiro Provisional em 986, a de Alto-Conselheiro Provisional em 991, a de Ministro da Direita em 995, a de Ministro da Esquerda em 996, a de Regente do Imperador Sanjô em 1011, a de Regente do Imperador Go-Ichijô em 1016 e a de Primeiro-Ministro em 1017.

[138] Sei Shônagon faz trocadilhos com *furi* ("chover ou nevar" e "ser antigo ou banal"). No original: *kokoninomi/ mezurashito miru/ yukino yama/ tokorodokoro/ furinikerukana*.

Às vésperas do último dia do ano, a montanha parecia ter diminuído um pouco, mas continuava bem alta. Perto do meio-dia as pessoas encontravam-se sentadas no corredor externo, quando a Vice-Administradora de Hitachi apareceu. Ao lhe ser indagado: "Por que desapareceste por tanto tempo?", ela respondeu: "Nada importante. Só alguns acontecimentos desagradáveis". Quisemos saber: "Mas o que houve?". A Vice-Administradora de Hitachi disse: "Bem, não pude deixar de me sentir assim...", e declamou o seguinte poema, arrastando a voz:

> Que mergulhadora
> Que um mar de agrados ganhou!
> Afogada em inveja
> Voltar meus passos não pude
> À praia rasa da monja...[139]

Diante do nosso riso de desprezo e da nossa indiferença, a Vice-Administradora de Hitachi subiu na montanha de neve, andou para lá e para cá tentando atrair nossa atenção, mas acabou indo embora. Logo depois, enviei um recado a Ukonno Naishi, relatando o ocorrido. Não pude deixar de rir novamente, ao receber a sua resposta: "Por que não a mandastes para cá acompanhada de alguém? Fiquei consternada ao saber que ela, ignorada, pôs-se a escalar a montanha de neve".

Bem, o Ano-Novo chegou, com a montanha de neve intacta. Vendo a neve que caíra em grande quantidade na noite do dia primeiro, pensei: "Para minha alegria, mais neve acumulada!", quando Sua Consorte Imperial se pronunciou: "Esta não conta. Deixai a neve que já estava acumulada e retirai a mais nova".

Quando retornei, logo cedo, para meus aposentos, o chefe dos servidores apareceu, tremendo de frio e com um papel verde atado a um galho de pinheiro sobre a manga de sua veste de Plantonista cor verde profundo de folha cítrica de *yuzu*. "De onde é essa carta?", perguntei-

---

[139] Sei Shônagon faz trocadilhos com a palavra *urayamashi* ("inveja") que contém *ura* ("praia"), *yama* ("montanha"), *asashi* ("rasa" e "deplorável") e *ama* ("monja" e "mergulhadora"). No original: *urayamashi/ ashimo hikarezu/ watatsu umino/ ikanaru amani/ mono tamauran*.

-lhe. "É da parte da Princesa Saiin, Sacerdotisa do Santuário Kamo",[140] disse ele, o que repentinamente me encheu de júbilo. Peguei-a e dirigi-me para os aposentos de Sua Consorte. Ela ainda estava recolhida, então, aproximei o tabuleiro de *go*, apoiei-me nele e tentei levantar sozinha a janela de treliça defronte ao seu leito, mas estava muito pesada. Como só levantava um dos lados, a janela emitia rangidos que acabaram por despertar Sua Consorte. "Por que estais fazendo isso?", ela me perguntou. Respondi-lhe: "É que chegou uma carta da Suprema Sacerdotisa, como poderia não me apressar em entregá-la?". Sua Consorte levantou-se, comentando: "Realmente, não vi o passar das horas". Ao abri-la, no lugar da carta encontrou dois martelinhos de madeira de uns quinze centímetros, presos como se fossem um bastão amuleto, as cabeças embrulhadas e tudo enfeitado graciosamente com plantas como ardísia, licopódio, barba-de-serpente. Ao procurar com atenção, pois não era possível que não houvesse nenhuma carta, encontrou o seguinte poema no minúsculo papel que envolvia a cabeça do bastão amuleto:

> De onde viria o eco
> Do machado a retumbar
> Por esta montanha?
> Vi que era do som do corte
> Do bastão da felicidade![141]

Seu modo de responder à carta era também magnífico. Quando se tratava da Suprema Sacerdotisa do Santuário Kamo, Sua Consorte dedicava especial cuidado, seja ao escrever seja ao responder as cartas, refazendo-as por diversas vezes. A gratificação para o mensageiro da Sacerdotisa foi um quimono sem forro branco e uma veste carmesim

---

[140] As Supremas Sacerdotisas tinham como função substituir a figura do Imperador frente às divindades reverenciadas no Santuário Kamo; eram eleitas entre suas filhas e não podiam se casar. Uma vez mudado o Imperador, mudava também a Suprema Sacerdotisa. Entretanto, a Princesa Senshi Saiin (964-1035), filha do Imperador Murakami, exerceu tal função por cinco gestões imperiais, de 975 a 1031 (ou seja, dos onze aos 87 anos).

[141] Trata-se de um poema congratulatório à Consorte. No original: *yamato yomu/ onono hibikio/ tazunureba/ iwaino tsue/ otonizo arikeru.*

escuro provavelmente de forro rosado. Pareceu-me admirável a sua figura que, com as vestes sobre um dos ombros, regressava para o santuário, debaixo de intensa neve. Não ter conhecido o conteúdo da resposta de Sua Consorte Imperial foi uma pena.

E aquela montanha de neve em questão parecia ser a própria Shirayama do país de Koshi,[142] e não dava mostras de derreter. Seu aspecto enegrecido não estimulava a contemplação, mas, tomada pela certeza da vitória, eu rezava para que de alguma forma ela perdurasse até o décimo quinto dia. Entretanto, todas as pessoas comentavam: "Não durará sequer até o sétimo dia", e esperávamos poder ver o desfecho da história, mas, no terceiro dia, Sua Consorte Imperial foi chamada repentinamente ao Palácio. Que lamentável!, senti realmente não poder acompanhar os momentos finais daquela montanha. As demais damas também diziam: "Gostaríamos tanto de saber como vai terminar...". Sua Consorte Imperial pronunciou-se de igual modo, o que me levou, mais do que nunca, a ter o desejo de mostrar-lhes que minha previsão seria concretizada. Sem opção, aproveitei o momento de alvoroço quando os pertences de Sua Consorte estavam sendo transportados, e chamei para perto do corredor externo a encarregada do jardim, que morava sob um teto puxado do muro, e disse-lhe: "Cuidai bem desta montanha de neve, e não deixais que crianças pisem nela ou destruam-na, de modo que ela esteja inteira até o décimo quinto dia. Caso a montanha permaneça intacta até lá, farei com que recebais um maravilhoso presente de Sua Consorte. Eu mesma também pretendo recompensar-vos fartamente". Embora sempre destratada pelos funcionários da copa e pelos serviçais, ofereci-lhe doces e mimos, o que a fez abrir um sorriso, dizendo: "Podeis deixar. Certamente que cuidarei, pois as crianças com certeza não deixarão de querer subir nela". Fiz-lhe a seguinte recomendação: "Não permitais que subam. Caso alguém desobedeça, comunicai-me", e como Sua Consorte dirigiu-se ao Palácio, acompanhei-a até o sétimo dia e me retirei depois para a minha residência. Mesmo durante a permanência no Palácio Imperial, não pude deixar de me preocupar com a montanha, e enviei vários funcionários, desde serviçais da limpeza até seus encar-

---

[142] Koshi corresponde às atuais Províncias de Fukui, Ishikawa, Toyama e Niigata.

regados para que minhas recomendações fossem observadas. Mandei-lhe até mesmo parte das oferendas da Festa das Sete Ervas, e rimos todas do seu modo de agradecer, fazendo preces.

Mesmo em casa, tão logo amanhecia, toda preocupada, mandava alguém ver a montanha. Por volta do décimo dia, disseram: "Deve durar ainda uns cinco dias", o que me alegrou bastante. Nos dias subsequentes, continuei a enviar mensageiros, mas na noite do décimo quarto dia caiu uma forte chuva, que me fez supor o desaparecimento da montanha e me deixou desconsolada. Como não conseguia pegar no sono, lamentando: "Ah, por uma questão de um ou dois dias!...", as pessoas riam de mim, dizendo que eu enlouquecera. Elas despertaram e saíram, mas eu permaneci em meu aposento. Mandei que acordassem a serviçal, mas foi em vão, e fiquei irada e irritada. Quando enfim ela despertou, mandei-a ver a montanha. Ao voltar, disse: "Tem o tamanho de uma almofada de palha. A encarregada do jardim mantém forte vigilância, afastando as crianças. Disse ela que duraria até amanhã ou depois e que espera receber a recompensa". Fiquei esfuziante, e pensei em, no dia seguinte, compor um poema, e enviá-lo juntamente com a neve à Sua Consorte Imperial. Fui tomada por uma grande ansiedade.

Na manhã do décimo quinto dia, ainda estava escuro quando acordei, e enviei uma pessoa para pegar a neve, entregando-lhe, entre outras coisas, uma caixa de cipreste com a seguinte recomendação: "Trazei, aqui dentro, a neve branca, jogando fora a parte suja". Ela retornou logo depois, segurando a caixa vazia e dizendo: "A neve já tinha desaparecido". Fiquei atônita. O belo poema que eu pretendia declamar para ser transmitido a todos, e que eu penara para compor, tornara-se completamente inútil. Enquanto eu desabafava: "O que teria acontecido? Até ontem havia tanta neve, como pode ter desaparecido numa noite?", a pessoa que eu mandara buscar a neve me contava, agitada: "Segundo a encarregada do jardim que ficou vigiando, a neve ainda estava lá até o anoitecer, e ela protestou batendo as mãos, pois pretendia receber a recompensa". Do Palácio, Sua Consorte Imperial enviou-me um bilhete em que me perguntava: "E então, a neve permanece ainda hoje?". Ressentida e desapontada, pedi para que lhe transmitissem as seguintes palavras: "Considero maravilhoso que a neve tenha permanecido até ontem à tarde, a despeito de duvidarem que chegasse ao final do ano e muito menos ao Ano-Novo. Se permanecesse até hoje, seria excepcional.

Alguém que me guarda rancor deve tê-la retirado e jogado fora durante a noite".

Na volta ao Palácio, no vigésimo dia, o primeiro assunto perante Sua Consorte Imperial foi a montanha de neve. Sua Consorte riu muito quando lhe contei como fiquei atônita ao ver que a pessoa enviada rapidamente retornara, como aquele monge que voltou só com a tampa e disse: "Abandonei o corpo";[143] e que pensara em oferecer-lhe uma montanha em miniatura sobre uma tampa e acompanhada de um poema esmeradamente escrito numa alva folha... Ao ver que todas as pessoas também riam, Sua Consorte pronunciou-se: "Provavelmente serei castigada por ter frustrado vossas ardentes expectativas. A verdade é que, na noite do décimo quarto dia, enviei os servidores e mandei que jogassem a neve fora. Ao ler a vossa resposta, achei muito interessante, pois adivinhastes o que aconteceu. Apesar de aquela mulher suplicar com as mãos em oração, os servidores lhe disseram: 'São ordens de Sua Consorte Imperial. Não comenteis nada com a pessoa enviada por aquela dama. Se isso acontecer, destruiremos vossa cabana', e jogaram toda a neve para os lados do murado sul do Posto da Esquerda da Guarda. Segundo os servidores, a neve estava muito dura e era abundante, e assim sendo, talvez durasse de fato até o vigésimo dia. A primeira neve deste ano deve ter se juntado a ela. Este episódio chegou também aos ouvidos de Sua Majestade, que comentou com os cortesãos palacianos: 'Que previsão mais ousada ela fez, discordando de todos!'. Pois declamai, então, esse poema. Agora que vos revelamos a verdade, é como se a neve continuasse lá. Vós vencestes". As damas também concordaram, mas eu pensava: "Para que declamar um poema, depois de ouvir tamanha crueldade?", e sentia-me seriamente desolada e desconsolada, quando Sua Majestade adentrou no recinto e disse: "Durante todo esse tempo, pensava que fôsseis realmente a preferida, e estranhei o presente ocorrido". Suas palavras deixaram-me ainda mais deprimida e amargurada e fiquei com vontade de chorar. Quando me viu a lamentar, dizen-

---

[143] Referência ao episódio relatado no sutra *Nehan*, no qual Buda entrega seu corpo para saciar a fome do demônio *râksara* (*rasetsu*) em troca da segunda parte de uma oração por ele entoada. Na expressão "Abandonei o corpo", a autora faz um trocadilho entre os homófonos *mi* ("corpo" e "conteúdo"), tendo retornado a pessoa enviada somente com a tampa, ou seja, sem a neve.

do: "Ai de mim! Que mundo penoso. Fiquei tão feliz com a neve acumulada posteriormente, mas Sua Consorte ordenou: 'Esta não conta, retirai-a!'...", Sua Majestade o Imperador também riu, dizendo: "Ela provavelmente não queria deixar que vencêsseis".

84

Coisas que são maravilhosas
めでたき物

Coisas que são maravilhosas: brocados da China. Espadas ornamentadas. Pinturas de Buda sobre madeira. Longos cachos de glicínia de cores densas, roçando pinheiros.

Secretários Particulares do Sexto Grau do Imperador. Sua silhueta verde, com o traje de seda adamascada que nem a todos os nobres é permitido e que eles vestem com desenvoltura, é realmente maravilhosa. Mesmo um funcionário da Divisão do Secretariado ou um filho seu, ou ainda um servidor sem destaque de algum funcionário do Quarto ou Quinto Graus, uma vez elevado ao cargo de Secretário do Sexto Grau, ah, que indescritível transformação na maneira cerimoniosa com que o recepcionam quando vem trazer mensagens do Imperador, ou quando se encarrega das castanhas doces no Grande Banquete,[144] faz pensar tratar-se de um ser que descende do Céu.

O modo como o mensageiro do Imperador é tratado em residências nobres em que a filha já é Consorte Imperial, ou que ainda é chamada de "Princesa", ou que virá a ser Imperatriz, e a beleza das mangas de quimonos sob o cortinado através do qual lhe oferecem a almofada, tudo isso nem faz lembrar ser ele a mesma pessoa que antes era vista dia e noite. O Secretário que é ao mesmo tempo membro da Guarda arrastando a longa cauda de seu quimono, a sua aparência impressiona ainda mais. Ao ser-lhe oferecida uma taça das mãos do próprio anfitrião, que sentimentos ele abrigaria? Com relação aos filhos dos nobres a quem antes servia com humildade, aparentemente ainda porta-se com reserva, mas já anda lado a lado com eles, como igual. De noite, ver a familiaridade com que o Imperador o trata suscita até inveja.

---

[144] Eram realizados nas residências de Ministros da Direita e da Esquerda, na ocasião do Ano-Novo.

Durante o período de três a quatro anos de proximidade com o Imperador, é uma pena vê-lo trajar roupas de pouca qualidade ou de cores sem realce. Ao fim de seu mandato, seria promovido ao Quinto Grau e, quando se aproximasse a hora de deixar o Palácio, deveria lastimar-se mais do que se perdesse a sua vida, mas é uma pena que se empenhe em buscar cargos provisórios nas províncias. Os Secretários de antigamente já começavam a lamentar desde a primavera ou o verão do ano anterior ao fim do mandato, mas no mundo de hoje, só pensam em concorrer ao cargo seguinte.

Chamar de "maravilhoso" um sábio erudito em Letras é insuficiente. Mesmo sendo feioso e de categoria muito baixa, é realmente admirável quando se aproxima dos nobres que o questionam sobre vários assuntos e se faz ouvir como um mestre. Também é excelente receber elogios pela autoria de orações a deuses e budas, de ofícios de solicitações ao Imperador, ou de prefácios de antologias poéticas.

Desnecessário dizer que também é maravilhoso um monge sábio. A procissão vespertina de Sua Consorte Imperial. A peregrinação do Regente Imperial e do Conselheiro-Mor para um culto no Santuário Kasuga. O tecido de seda tramada roxo claro avermelhado. Tudo, tudo que é roxo, sim, é realmente maravilhoso. Flores também. Linhas também. Papéis também. Muita neve acumulada no jardim. O Regente Imperial. Dentre as flores roxas, somente da íris d'água japonesa desgosto um pouco. O charme da figura do Plantonista do Sexto Grau deve-se também ao roxo de sua pantalona.

85

Coisas belas que seduzem
なめかしき物

Coisas belas que seduzem: a figura esguia e esbelta de jovens fidalgos em trajes palacianos. Uma menina graciosa, sem a pantalona formal, somente com veste infantil de gala com largos pespontos sob a cava, usando pendentes de amuletos como o martelinho de madeira e as bolas aromáticas, sentada junto ao parapeito da varanda e escondendo-se atrás do leque.

Uma brochura de folhas finas. Um galho de salgueiro-chorão com brotos no qual se amarrou uma carta escrita em papel verde bem fino. Um leque composto de três conjuntos de oito hastes. O de cinco conjuntos fica muito grosso e seu eixo, feio. Um telhado de casca de cipreste não muito novo nem velho demais, coberto com esmero por galhos longos de íris aromáticos. Sob as persianas muito verdes, são encantadores os cordões de cortinados de textura brilhante de casca de árvore seca. Os finos cordões brancos entrançados. Também é encantadora e de beleza sutilmente sedutora a cena em que um gato muito mimoso, tendo uma coleira vermelha e uma placa branca no pescoço, caminha arrastando um longo cordão trançado, no parapeito da varanda, frente à vistosa persiana com sanefa.

As Secretárias do Íris Aromático do quinto mês. Portando na cabeça adornos de íris aromático, faixas ornamentais de pescoço e faixas laterais que adornam as caudas formais, não tão vistosas quanto os cordões vermelhos dos trajes cerimoniais de Niinamesai,[145] elas oferecem amuletos fragrantes para os príncipes e altos dignitários, o que é extremamente belo e sedutor. Aqueles que os recebem amarram-nos na

---

[145] Cerimônia de Celebração da Primeira Colheita dos Cereais, ritual realizado na Corte, em que o Imperador oferece os cereais colhidos pela primeira vez naquele ano a todos os deuses e simbolicamente faz uma refeição junto com eles.

cintura e bailam numa sequência de vênias ao Imperador, o que também é deveras auspicioso. Prender uma carta envolta num papel roxo junto a longos cachos de glicínias e jovens fidalgos que são escalados para cerimônias imperiais também é sedutoramente belo.

86

Por ocasião do Festival Gosechi no Palácio Imperial
宮の五節

Por ocasião do Festival Gosechi no Palácio Imperial, ao enviar as doze damas que acompanhariam as dançarinas, não sei o que Sua Consorte Imperial pensava, mas enviou apenas dez, e todas de sua própria Ala, quando não era bem visto fazê-lo assim. As duas que faltavam eram irmãs, uma da Ala da Mãe do Imperador e outra da Ala Shigeisa.[146]

No dia do dragão, ao anoitecer, as damas foram vestidas de jaquetas chinesas formais e as meninas em vestes infantis de gala com padrões impressos em verde por ordem de Sua Consorte Imperial, que não havia informado nada nem às que iriam ajudá-las a se vestir, e muito menos aos palacianos, e assim todas terminaram de se arrumar. Quando havia escurecido, trouxeram as ditas vestes, puseram os cordões vermelhos num belo laço que pendia sobre um traje branco de brilho exuberante no qual as estampas haviam sido pintadas à mão. A aparência das que usavam tais vestes sobre as jaquetas chinesas formais de brocado era de fato ímpar e ainda mais elegante o era, no caso das meninas. Vendo até as serviçais ali sentadas vestidas da mesma forma, os nobres e altos dignitários se surpreenderam e se encantaram, chamando-as de "damas de festivais", devido às cores de suas vestes. Os jovens fidalgos que servem nos festivais estavam sentados do lado de fora e conversavam com elas. Sua Consorte Imperial disse: "Desmontar o Aposento do Gosechi antes do entardecer é muito constrangedor, pois exporia as dançarinas. Mantenham tudo como está até o fim do dia do

---

[146] A Mãe do Imperador é Fujiwarano Senshi. Habita a Ala Shigeisa sua filha Genshi, irmã mais nova da Consorte Imperial Teishi. Genshi se torna esposa do Príncipe Herdeiro Morosada e é conhecida como Shigeisa. O evento aqui narrado deu-se em 993.

dragão". E assim, evitaram-se situações embaraçosas. Amarrando os cordões dos cortinados, as damas deixaram para fora as barras de suas vestes.

Uma delas, chamada Kohyôe, notando um cordão vermelho desatado, pediu: "Por favor, alguém poderia amarrar?", ao que o Médio-Capitão Sanekata se aproximou e, atendendo-a, sugestivamente pôs-se a declamar:

> Congeladas estão
> As águas anis do monte
> O nó desatado
> A derreter estaria
> O seu coração gelado?[147]

A dama, talvez por ser jovem e por estar sendo observada por todos, não respondia ao poema. Nem as pessoas próximas a ajudavam nem nada lhe diziam, enquanto os funcionários da Ala da Sua Consorte, entre outros, aguardavam com os ouvidos atentos. Incomodado pelo longo silêncio, um deles aproximou-se pelo outro lado para perguntar-lhe por que não respondia. Por haver umas quatro pessoas entre mim e Kohyôe, soprar-lhe um poema era difícil, mesmo que o tentasse fazê-lo. Ainda por cima, como responder à altura a um poema do exímio Sanekata? Hesitar, entretanto seria muito pior. Um poeta deveria hesitar? Mesmo não estando tão perfeito, deveria assim mesmo apresentar o seu poema. Com pena da dama pressionada pelo funcionário, enviei-lhe o seguinte poema através da dama Benno Omoto:

> Superfície d'água
> De frágil gelo coberta
> Derrete-se ao sol

---

[147] O poema indaga, relacionando o cordão, se a frieza do coração da moça se atenuara, já que o nó se desatara. Há trocadilhos em *toku* ("desatar o nó" e "derreter o gelo"), *himo* ("cordão" e "também o gelo") e *yamai* ("fonte da montanha" e "cor azul-anil"), como se pode notar no original: *ashihikino/ yamaino mizuwa/ kôreruo/ ikanaru himono/ tokurunaruran*.

> Também os nós muito frouxos
> Facilmente se desatam[148]

A dama, envergonhada, não conseguia nem terminar de recitá-lo, enquanto o Médio-Capitão, atento, perguntava: "Como é? Como é?". Ela, que já gaguejava um pouco, tentava disfarçar, querendo mostrar a excelência do poema, mas Sanekata não conseguia ouvi-lo bem. O que foi até bom, pois dessa forma esquivei-me de uma situação embaraçosa.

Sua Consorte Imperial ordenou que todas participassem da comitiva que acompanhava a dançarina à Ala Cerimonial do Palácio, mesmo aquelas que se diziam indispostas, formando assim um grupo exageradamente numeroso. A mãe da dançarina era a quarta filha de Minamotono Takaakira e irmã mais nova da esposa oficial do Príncipe Tamehira, Ministro do Cerimonial e filho do ex-Imperador Murakami. A dançarina tinha doze anos e era muito bonita.

Mesmo na última noite, não houve incidentes como dançarinas desmaiadas sendo carregadas. Após a dança, foi maravilhoso passar pela Ala de Recreação e, a partir da varanda leste em frente da Ala Privativa do Imperador, nos dirigir para os nossos aposentos, tendo à frente a dançarina.

---

[148] O poema-resposta se adequou à metáfora utilizada por Sanekata, significando: "assim é o nosso relacionamento". Há um trocadilho em *yurubu* ("o gelo que derrete" e "o nó que afrouxa"), como se pode notar no original: *uwagôri/ awani musuberu/ himo nareba/ hazasu hikageni/ yurubu bakario*.

87

É igualmente elegante um homem bonito passar
細太刀に平緒つけて

    É igualmente elegante um homem bonito passar portando sua espada cerimonial de lâmina fina presa à faixa de cordão trançado.

88

Quanto à residência do Imperador, é na época do Festival Gosechi
内は、五節の比こそ

Quanto à residência do Imperador, é na época do Festival Gosechi, sim, que se torna incondicionalmente bela, incluindo-se mesmo as pessoas comuns. Até as damas do Setor de Equipamentos e Manutenção da Ala Feminina, que colocam retalhos de cores variadas em grampos nos cabelos como se fossem adornos usados por ocasião da Reclusão, nos surpreendem. Enfileiradas na ponte arqueada do Sen'yôden, um dos sete pavilhões da Ala Feminina, em trajes de gala, com vistosos cordões de tons em gradação no cabelo preso, tudo é uma só elegância. É com razão que as damas e as meninas que acompanham as dançarinas sentem-se como se estivessem numa grande ocasião de gala. Anileiras-da--montanha e licopódios utilizados na cerimônia são acomodados em caixas de salgueiro e levados nas mãos dos jovens fidalgos recém-promovidos: tudo se mostra muito elegante. Os cortesãos, desvestindo uma das mangas de seus trajes e marcando ritmo com os leques, cantam:

    Como altas ondas constantes
    Sejam nossas elevações...[149]

---

[149] Poemas-canção *imayô* foram organizados pelo Imperador Retirado Go-Shirakawa no século XII e registrados na coletânea *Ryôjin Hishô*. A citação encontra-se no tomo 2, n° 416: "Bem à nossa frente/ Levantam-se e se abaixam/ Ondas que pulamos/ Como altas ondas constantes/ Sejam nossas elevações" (*omaeyori/ uchisage uchioroshi/ kosu namiwa/ tsukasa masarino/ shiki namizo tatsu*). A dança provém de festividade no Santuário Irota, localizado em Settsu, atual Província de Ôsaka, local onde "Bem à nossa frente" estariam as ondas do mar. O texto trata da cerimônia de promoção de cargos, daí a associação, além dos homófonos *tsukasa* a significar: "lugares altos", "chefes ou líderes", e "função ou cargo governamental".

Ao passarem em frente aos aposentos das damas, até mesmo as mais antigas ficam todas alvoroçadas. E também se assustam muito quando os cortesãos se põem todos a rir ao mesmo tempo. Os quimonos formais com cauda de seda amaciada carmesim dos Secretários encarregados do evento parecem especialmente maravilhosos. Mesmo havendo almofadas, nelas não se sentam e põem-se a elogiar ou criticar a maneira como as damas o fazem, e parece não existir nada mais além do Gosechi.

Na primeira noite do Gosechi,[150] o Secretário do Festival controla com rigor o evento não deixando entrar mais que duas crianças, segura a porta com arrogância e, mesmo a cortesãos que rogam: "Mas, pelo menos só mais uma...", recusa firmemente: "Como eu poderia? Depois reclamariam de mim". Nisso, umas vinte damas de Sua Consorte Imperial, sem se importarem com o boquiaberto Secretário, empurram a porta e invadem ruidosamente o recinto. É divertido vê-lo postado a dizer: "Mas que falta de modos!". A cena das acompanhantes que seguem as damas, e também adentram o recinto, parece aborrecer muito o Secretário. Certamente ao Imperador que também assiste à cena, tudo deve parecer divertido. Mesmo as feições das dançarinas que cochilam voltadas para a lamparina têm um ar gracioso.

---

[150] Trata-se do dia do boi e, à noite, o Imperador assiste à demonstração da dançarina na Ala Jôneiden.

O alaúde chamado Sem-Nome
無名といふ琵琶の御琴を

O alaúde chamado Sem-Nome[151] foi trazido por Sua Majestade, o Imperador, e ouvi dizer que o estavam tocando e apreciando. Não chegavam exatamente a tocá-lo, mas, dedilhando as cordas, perguntaram: "Como é mesmo que se chamava este alaúde?", ao que Sua Consorte Imperial respondeu: "É mesmo insignificante, sequer tem nome". Fiquei deveras admirada com seu trocadilho.

Em uma das visitas, a senhora Shigeisa nos contou, em meio à conversa: "Tenho em casa uma flauta *shô* muito bonita. Foi-me ofertada pelo falecido senhor meu pai", ao que o senhor Vice-Primaz[152] lhe pediu: "Concedei essa flauta para esta minha pessoa. Possuo uma cítara maravilhosa. Por favor, trocai por ela". Sem fazer caso, ela mudou de assunto. Mas o senhor Vice-Primaz, querendo a resposta de qualquer forma, insistiu várias vezes, o que foi em vão, e então, Sua Consorte interveio: "Ela está pensando em 'Não troco!'". Seus modos foram infinitamente maravilhosos. Não sabendo tratar-se do nome de uma flauta, o senhor Vice-Primaz ficou simplesmente decepcionado. Acho que foi quando Sua Consorte se alojava na Ala destinada ao seu Escritório. É que, junto a Sua Majestade, o Imperador, havia uma flauta de nome Inakaeji, que significa "Não troco".

Os instrumentos musicais que pertencem à Casa Imperial, tanto cítaras quanto flautas, todos têm nomes inusitados: Genjô, Bokuba, Ide, Ikyô, Mumyô e outros. Há cítaras japonesas, como Kuchime, Shiogama, Futanuki, que são conhecidas. Ainda ouvi sobre muitas flautas como

---

[151] Alaúde famoso por suas qualidades acústicas, apesar do nome "Sem-Nome".

[152] Refere-se a Fujiwarano Ryûen, quarto filho de Fujiwarano Michitaka, sendo, portanto, irmão mais novo de Teishi e mais velho de Genshi. Tornou-se monge aos quinze anos.

Suirô, Kosuirô, Udano Hôshi, Kugiuchi, Hafutatsu, além de outras, cujos nomes eu esqueci. Foi o Secretário Chefe dos Médios-Capitães, Fujiwarano Tadanobu, quem começou a dizer que tais tesouros mereciam estar "na primeira prateleira da Ala Giyôden".[153]

---

[153] Giyôden, na parte leste de Shishinden, destinava-se a guardar os tesouros da Família Imperial, sendo "a primeira prateleira" a reservada aos objetos mais valiosos. As traduções dos nomes dos instrumentos musicais seguem literais, não se conhecendo sua origem etimológica: Genjô e Bokuba (Cavalo de Pasto), Ide (Poço), Ikyô (Ponte do Rio I), Mumyô (Sem-Nome), Kuchime (Tábua Apodrecida), Shiogama (Forno de Sal), Futanuki (Tirar Dois), Suirô (Dragão de Água), Kosuirô (Pequeno Dragão de Água), Udano Hôshi (Monge Uda), Kugiuchi (Prego Batido), Hafutatsu (Duas Folhas).

90

Em frente às persianas dos aposentos da Consorte Imperial
上の御局の御簾の前にて

Em frente às persianas dos aposentos da Consorte Imperial, os cortesãos passaram o dia todo tocando cítaras e flautas, até que chegaram com a lamparina a óleo e instalaram-na antes de fazerem descer as janelas de treliça e fecharem a porta corrediça, o que expôs o interior onde se encontrava Sua Consorte Imperial que, então, levantou o alaúde na vertical para ocultar o rosto. Estava maravilhosa trajando carmesim, sobre quimono com forro *uchiki* que dispensa qualquer descrição, e suas mangas pendiam sobre o negro e lustrado alaúde, que fazia destacar sua testa muito alva, enfim revelada em seu esplendor incomparável. Ao comentar com uma dama sentada próxima a mim: "Mesmo a moça que cobriu sua face não deve ter sido tão elegante, pois certamente era uma simples plebeia",[154] esta abriu caminho entre as pessoas e relatou minha observação para Sua Consorte. Foi muito divertido saber que ela, sorrindo, perguntou à dama: "E sabeis sobre a despedida?".[155]

---

[154] Trata-se de um trecho do poema "Biwakô" (Canção do Alaúde), composto pelo poeta chinês Hakurakuten em 816. Para a despedida de uma visita, prepara-se uma festa à beira do rio, mas não há música. Ao ouvir o som de alaúde, o convidado principal se esquece da despedida e fica absorto e deliciado. O verso faz menção à moça que segura o instrumento para esconder sua face.

[155] Há uma controvérsia quanto à interpretação desta parte. Segundo Watanabe, a Consorte Imperial, diante da indelicadeza da narradora que a comparara a uma tocadora de alaúde, fez alusão irônica ao fato, indagando se sabia que a moça era uma personagem secundária na ocasião em que os homens se despediam.

91

Coisas que aborrecem
ねたき物

Coisas que aborrecem: tanto nas cartas quanto nas respostas já enviadas, perceber uma ou outra palavra inadequada. Costurar às pressas e, pensando tê-lo feito bem, puxar a linha e perceber que não havia feito o nó. Também me aborrece ter costurado do avesso.

Quando Sua Consorte se encontrava na Ala Sul da residência Higashi Sanjô de Michitaka, fizeram um pedido: "É uma tarefa urgente![156] Costurai-a todas juntas, sem parar, e trazei-a prontamente", e então, nos reunimos na face sul e era enlouquecedor o modo como cada qual com uma parte da veste, competindo na rapidez, costurava sem nem olhar para os lados. A ama de leite terminou de costurar uma parte muito rapidamente, deixou-a na frente, acabou um lado das costas até a manga, mas não reparou que estava às avessas; mal terminou o último ponto, levantou-se alvoroçada e, ao juntar as metades, viu que o tecido estava invertido. As damas puseram-se a rir muito e sugeriram-lhe refazer imediatamente a costura, mas a ama insistiu: "Quem costuraria de novo, sabendo que fez certo? No caso da seda adamascada, não é preciso virar o tecido para se perceber logo que está errado e que, portanto, deve ser refeito. Mas como este meu é um tecido sem estampa, que motivo eu teria para consertá-lo? Mandai alguém que ainda não tenha costurado nada para consertar a peça". Sem alternativa, as damas Gen Shônagon e Chûnagonno Kimi tomaram-na a contragosto e a conserta-

---

[156] Alguns especialistas consideram tratar-se da ocasião da morte de Fujiwarano Michitaka, pai da Consorte Imperial Teishi, a dama a quem Sei Shônagon servia. As vestes que precisavam ser costuradas com urgência seriam usadas no funeral. A descrição de uma cena algo descontraída deste texto pareceria destoar do conteúdo desta nota, porém já seis meses se haviam passado desde o falecimento e, ademais, o teor elíptico dos escritos de Sei Shônagon pode levar a profundezas insuspeitadas.

ram. Era mesmo divertido observar a ama sentada a observá-las com desdém.

O que me aborrece e entristece é que, quando estou apreciando as floridas lespedezas e eulálias replantadas, tragam uma pá e um baú com alça e comecem a cavar e, depois de tudo, se retirem com as plantas. Se algum responsável lá estivesse, não lhes permitiria tal feito. Se fosse eu a detê-los com veemência, eles se iriam, murmurando: "Mas, que coisa, só por causa disso?". É frustrante e aborrecedor.

Na residência de um Administrador Provincial, por exemplo, é muito irritante quando um criado vem e se dirige a mim com pouca cerimônia, achando que eu nada poderia fazer contra ele. É realmente triste e aborrecedor que alguém tome uma carta que eu gostaria muito de ver e desça ao jardim para lê-la ali, em pé mesmo: ter de ficar parada junto à persiana e vê-lo lendo provoca uma imensa vontade de pular para o jardim.[157]

---

[157] As damas não costumavam sair para o lado externo das persianas.

92

Coisas que constrangem
かたはらいたき物

    Coisas que constrangem. Ser obrigada a ouvir, sem poder impedir, assuntos indiscretos comentados num aposento dos fundos, quando se está entretendo visitantes. O mesmo se dá quando a pessoa amada completamente embriagada também comete indiscrições. Falar mal de alguém sem saber estar ele ouvindo. Nem é preciso ser alguém importante, é muito constrangedor, também, mesmo se ocorrer com um serviçal.
    Serventes que fazem algazarra quando estão de viagem. Levados pelo amor de seus feios rebentos, pais encantados e cuidadosos transmitem a outros as palavras deles, imitando suas vozes e seus trejeitos. Ignorantes com ares de conhecedores que citam autores célebres frente a eruditos. Também é embaraçoso quando alguém recita um poema, que nem é particularmente bom, e fala dos elogios por ele recebidos.

Coisas que perturbam
あさましきもの

Coisas que perturbam. A sensação de quebrar um pente ornamental batendo-o em algo ao lustrá-lo. Uma carruagem de boi tombada. Uma coisa assim tão grande faz qualquer pessoa supor que ela é pesada e estável, e perturba e desaponta ao fazer sentir ser tudo apenas um sonho.

Ficar falando, sem o mínimo pejo, para a própria pessoa, sobre seus pontos desagradáveis e vexatórios. É perturbador demais esperar pelo amado a noite toda acordada, achando que ele certamente viria, mas, de madrugada, momentaneamente dele esquecida, adormecer; e, com o crocitar muito próximo do corvo, abrir os olhos e ver que já é dia.

Mostrar uma carta destinada a outrem a certa pessoa que não poderia lê-la. Não me proporcionar chance para dar um ultimato e acusar alguém, que não tem possibilidade de defender-se, de algo do qual ele sequer se lembra. Muito perturbadora é a sensação quando derramamos algo.

94

Coisas que decepcionam
口惜きもの

Coisas que decepcionam. Chuva deprimente e sem neve durante os Festivais Gosechi e a Recitação dos Nomes de Buda. A coincidência do período de abstinências da Corte com os dias de festividades Sechie.[158] A súbita interrupção da expectativa de sua realização e de todos os preparativos. É deveras decepcionante quando se planeja um encontro musical com uma pessoa para quem havia tantas coisas a mostrar, e ela, convidada, não vem.

Tanto para homens como para mulheres, e também monges, quando partem em grupos com seus iguais, saindo dos Palácios em que servem para peregrinar ou recrear-se, deixando elegantemente à vista em suas carruagens as barras dos quimonos que chegam a um esmero quase excessivo, é mesmo uma pena que pessoas de bom gosto em seus cavalos e carruagens não cruzem seus caminhos e não apreciem tal cena. Decepcionada, penso que fora despropositado esperar que encontrasse pessoas de bom gosto, embora serventes possam ser capazes de transmitir a outros aquele belo cenário que haviam presenciado.

---

[158] Dentre as festividades Sechie incluem-se encontros regados a bebida na Corte durante os dias dos Cinco Grandes Festivais (comemorados nos dias um, três, cinco, sete e nove dos meses um, três, cinco, sete e nove, respectivamente), além de outros que foram descontinuados na época, por prescrição budista.

Por ocasião da abstinência do quinto mês
五月の御精進のほど

Por ocasião da abstinência do quinto mês, na época em que Sua Consorte Imperial residia na Ala destinada ao seu Escritório, era interessante como os dois cômodos em frente ao aposento emparedado,[159] especialmente preparados para o ato religioso, transformavam-se em um ambiente singular.

Desde o primeiro dia do mês, seguiam-se dias nublados com ameaça de chuva. Entediada, disse eu: "Ah, que tal sairmos para ouvir o canto do cuco-pequeno?". Saímos todas, dizendo: "Vamos!". Para além do Santuário Kamo existe certo promontório, não o da ponte Vega, mas um de nome desagradável, onde, segundo alguns, canta o cuco-pequeno, ou, segundo outros, a cigarra verde.[160] Decidimos ir para lá, e pedimos uma carruagem aos funcionários da Ala da Consorte na manhã do quinto dia. Como era estação das chuvas, foi permitido que a carruagem vinda pelo Portal Norte da Guarda do Palácio[161] encostasse, para que quatro dentre nós pudéssemos partir. As demais damas, também desejosas de nos acompanhar, disseram: "Poderíamos chamar mais uma carruagem?", mas Sua Consorte Imperial proibiu tal ato e nós, sem lhes dar ouvidos, seguimos, mantendo uma frieza aparente até que chegamos ao campo de trigo dos arqueiros a cavalo, onde uma multidão se alvo-

---

[159] Sala com paredes fixas, utilizada para guardar objetos de uso cotidiano (quimonos, instrumentos musicais, pequenos móveis).

[160] Trocadilho complexo, talvez provocado pelo nome do promontório, Matsugasaki, que contém em seu nome um homófono do verbo *matsu*, "esperar". Assim, o poema associaria o local às cigarras verdes, *hikurashi* ("vida de espera"), ao invés de ao cuco-pequeno, *hototogisu*.

[161] De acordo com o código civil do século X, Engishiki, as damas da Corte não podiam utilizar tal portal; uma exceção ocorria apenas na estação das chuvas.

roçava. Perguntamos o que estava acontecendo e nos responderam: "Trata-se de um torneio de arco e flecha. Por que não assistis um pouco?", e então, mandamos parar a carruagem. Embora dissessem: "Todos os Médios-Capitães da Esquerda da Guarda estão presentes", não se via sinal deles. Como os funcionários do Sexto Grau estavam vagando pelo local, disse eu: "Ah, mas que coisa mais sem graça; vamo-nos embora logo!", e, assim, prosseguimos adiante. Eram agradáveis as recordações das festividades naquela avenida.[162]

O local de que falávamos era a casa de campo do senhor Akinobu.[163] "Que tal procurarmos um cuco-pequeno por lá?", disse eu e, aproximando a carruagem, descemos. De aparência provinciana, despojada, com a divisória móvel decorada com pinturas de cavalos, os biombos de vime trançado, as persianas de espadana-d'água, era mesmo uma representação fiel das coisas do passado. A construção de aspecto simples lembrava um corredor não muito longo; apesar de modesto, tinha seu charme e, é claro, o canto do cuco-pequeno se fazia ouvir tão alto que chegava a ser inconveniente. Pensei: "Que pena! Não se fazer ouvir pela Consorte Imperial, nem pelas damas que tanto haviam desejado vir...". Nosso anfitrião recomendava: "Estando num local como este, eis o que deveis ver", e trouxe então o que me pareceu ser espigas de arroz; acompanhado de algumas de suas servidoras jovens e umas moças asseadas das redondezas; fez com que cinco ou seis delas as debulhassem e, ainda, instou que outras duas usassem um instrumento que nunca tínhamos visto antes e que entoassem canções tão estranhas que nos pusemos a rir. Acabamos por esquecer completamente nossa intenção de compor poemas sobre o cuco-pequeno.

O senhor Akinobu mandou trazer mesinhas individuais como as representadas em pinturas chinesas, e nos serviu de comer, mas, como ninguém prestava atenção à comida, o anfitrião disse: "Deve vos parecer um prato muito provinciano... Os que vêm a um local como este costumam se servir tanto que espantam o proprietário. Nem pareceis vós,

---

[162] Referência ao Festival Kamo, realizado na Avenida Ichijô, ao qual Sei Shônagon assistira semanas antes.

[163] Trata-se de Takashinano Akinobu, tio da Consorte Imperial, que foi Administrador da Província de Arima.

com toda essa cerimônia". E ele nos encorajou: "Estes brotos de samambaia recém-germinados à sombra das plantas, colhi-os com minhas próprias mãos". Pus-me a rir: "Como assim? Então comeríamos enfileiradas, à maneira das damas serventes?".[164] Ele se prontificou a ajudar: "Se é assim, então retirai tudo das mesas e comei. Devia ter percebido que sois damas do Palácio Imperial, e estais acostumadas a sentar-vos debruçadas...". Em meio ao rebuliço, disseram: "Está começando a chover!", e todas nós nos apressamos a subir na carruagem. "Mas e quanto ao poema, não íamos compor um?", disse uma das damas, ao que respondi: "Ah, não poderia ser no caminho?...", e subimos todas.

Quebramos galhos plenamente floridos de dêutzias e os penduramos nas laterais e nos cortinados da carruagem. Com os longos galhos restantes, forramos a viga e o teto como se fosse um telhado, e parecia mesmo que uma cerca viva de dêutzias cobria os bois. Nossos acompanhantes também riram muito e, dizendo: "Aqui ainda tem espaço!", "Aqui também tem!", fincavam mais galhos ainda.

Eu esperava que encontrássemos alguma pessoa importante, mas fomos vistas ocasionalmente apenas por alguns que nem vale a pena mencionar: serventes, monges de baixa posição. Muito penalizada, ao nos aproximarmos do Palácio Imperial, eu disse: "Como? É demais deixarmos passar uma oportunidade dessas! Temos de ser vistas por alguém, para que a notícia se espalhe!". E assim, paramos do lado do Palácio da Primeira Avenida Ichijôdono e mandamos dizer a Fujiwara-no Kiminobu:[165] "Será que se encontra o senhor Oficial Assistente? Estamos de regresso, após ter ouvido o canto do cuco-pequeno". O mensageiro trouxe a resposta: "O Oficial Assistente Kiminobu disse: 'Logo irei. Esperai um pouco, caras damas!'. Estava no Posto dos Servidores, à vontade e, em grande pressa levantou-se e está vestindo as pantalonas presas nos tornozelos". Eu respondi, então: "Não é nada urgente que se faça necessário esperar", e mandei o condutor se dirigir ao Portal Tsuchi Mikado a toda a velocidade. Nisso, parecendo não ter

---

[164] O hábito de várias damas comerem enfileiradas em frente a mesas baixas tem origem na China e indica a condição inferior de Sei Shônagon na Corte.

[165] Kiminobu era primo de Sua Consorte Imperial e filho adotivo de seu próprio irmão, Tadanobu.

acabado ainda de se vestir, amarrando sua faixa enquanto caminhava, apareceu ele a nos perseguir: "Esperai um pouco! Esperai!", acompanhado de três ou quatro serviçais que corriam sem terem se vestido direito. Mandamos que nosso condutor se apressasse ainda mais e, quando chegamos ao Portal Tsuchi Mikado, ele nos alcançou, sem fôlego, e riu muito ao ver a aparência de nossa carruagem. "Não se assemelha em nada às carruagens utilizadas por seres deste mundo. Pois então, descei e verificai!", disse, rindo, juntamente com os companheiros que vinham correndo. Ao nos ser requisitado que recitássemos nosso poema, respondi: "Nesse momento, estamos nos dirigindo à Sua Consorte Imperial. Mais tarde!" e, enquanto isso, começou realmente a chover. "Por que será que, diferentemente dos outros portais, somente este, Portal Tsuchi Mikado, foi construído desde o início sem o telhado? Num dia como hoje, é mesmo muito inconveniente!", disse Kiminobu. "Como faço para voltar? Por achar que não me demoraria ao vir para cá, nem cuidei que pudessem me ver e por isso saí correndo... Ah, é muito decepcionante ter de voltar!", acrescentou ele. Eu, então, convidei-o: "Se assim for, por que não nos acompanhais ao Palácio?". E ele respondeu: "E como iria, em meu chapéu laqueado?". E eu: "Gostaríeis que mandássemos buscar outro, mais formal?". Enquanto assim dialogávamos, a chuva aumentou ainda mais e os nossos homens, sem chapéu de chuva, foram empurrando a carruagem para dentro. Um atendente do Palácio Ichijô trouxe um guarda-chuva e protegia-lhe o corpo enquanto ele nos voltava o olhar repetidas vezes. Achei divertido também que caminhasse vagarosamente, tendo na mão apenas um galho de dêutzias.

Bem, quando voltamos, Sua Consorte Imperial inquiriu como havia sido nosso passeio. As damas que haviam sido deixadas para trás estavam ressentidas e magoadas, mas todas se puseram a rir quando relatamos o ocorrido com Kiminobu a correr pela Primeira Avenida. "E então, e os poemas?", perguntou-nos Sua Consorte. Ao responder-lhe: "Bem, foi assim, assim...", tivemos de ouvir: "Mas, que coisa lamentável! Os nobres haverão de saber de vossa expedição, e como explicar a inexistência de sequer um poema digno de nota? Deveríeis ter composto os poemas no local mesmo em que ouvistes o cuco-pequeno. Ficastes muito presas a regras, e isto é inaceitável. Aqui mesmo, recitai algum poema! Ah, que decepção!". Achamos que ela tinha razão e nos entristeceu a nossa falta e, enquanto discutíamos como proceder, chegou uma carta de Kiminobu, em papel de sobreposição "Dêutzia" de branco e verde amarelado, com a flor referida anteriormente. Do poema não me lembro. Antes de responder-lhe, pedi que fossem buscar em meus aposentos o tinteiro de pedra. Entretanto, Sua Consorte Imperial ordenou-me: "Vamos, tomai este aqui, rápido!", e entregou-me os seus próprios apetrechos para escrita. "Dama Saishôno Kimi, que tal responder-lhe?",[166] perguntei-lhe eu, mas ela recusou: "Por favor, tende vós a honra!". Enquanto isso, a chuva caía em meio a um céu escuro, trovões ribombavam pavorosamente e nós, atemorizadas, corremos a abaixar todas as janelas de treliça, esquecendo-nos completamente da resposta.

Os trovões continuaram por muito tempo. Quando se abrandaram um pouco, já estava escuro. Finalmente, quando íamos, de alguma forma, concentrarmo-nos no poema, um grupo de nobres e dignitários da Corte veio nos confortar por causa dos trovões e saímos para a galeria oeste, lá nos sentamos e com eles ficamos a conversar, o que nos fez novamente esquecer a composição. As outras damas, por sua vez, desistiram de compô-lo, alegando que somente a destinatária deveria fazê-lo. Reconhecendo que aquele, afinal, era um dia aziago para a poesia, ri, dizendo: "Já que chegamos a isso, que tal escondermos que saímos com o propósito de cantar o cuco-pequeno?". Declarou Sua Consorte Imperial: "Por que todas vós que lá estiveram não compõem agora mesmo um poema sobre o cuco-pequeno? Não estaríeis pensando em vos furtar?" — suas feições de descontentamento eram muito graciosas. Disse-lhe eu: "Não, Vossa Consorte, entretanto, no momento os ânimos se arrefeceram completamente...". Embora retrucasse: "E lá existe isso de arrefecimento de ânimos?...", acabou por abandonar o assunto.

Uns dois dias depois, ao recordarmos os eventos daquele dia, Sua Consorte Imperial ouviu a dama Saishôno Kimi perguntar: "E os brotos de samambaia recém-germinados à sombra das plantas colhidos por Akinobu com as próprias mãos?", e disse, rindo: "Então, é só disso que vos recordais?". Pegou a esmo um pedaço de papel e escreveu:

---

[166] Saishôno Kimi é filha de Shigesuke, Chefe da Cavalariça.

[...]
De brotos de samambaia
Que ela se lembra saudosa!

Foi muito espirituoso ela ter me demandado escrever os versos iniciais, que assim fiz:

O cuco-pequeno
Visitou pr'ouvir-lhe o canto
Mas é do sabor
[...][167]

Manifestou-se assim Sua Consorte Imperial: "Mas que audaciosa! Como vos atreveis ainda a referir o nome do cuco-pequeno?", rindo, e eu, embaraçada, respondi-lhe: "Como eu tinha pensado em desistir de compor o poema sobre o cuco-pequeno...".

E continuei: "Entretanto, quando se necessita de alguém que componha alguns versos, Vossa Consorte Imperial ordena-me que o faça. E eu sinto muito receio. Afinal, é claro, sei metrificar as sílabas corretamente, é claro que não componho poemas de inverno na primavera, de flores de cerejeira e de ameixeira no outono, pois, como descendente de poetas, consideram-me um pouco melhor do que as outras pessoas, e quando me elogiam: 'Dentre os poemas desta ocasião, são estes de Shônagon os melhores. Mas é óbvio, pois é filha de quem é...', sinto-me recompensada. Como não tenho nenhum talento especial, compor um poema antes dos outros, como se lhes servisse de guia de composição por ser filha de Motosuke, é uma desonra para a memória de meu falecido pai". Como eu proferia tais palavras seriamente, Sua Consorte Imperial riu, dizendo: "Se assim for, seja realizado o vosso desejo: não vos pedirei mais poemas". Respondi-lhe: "Ah, mas que grande alívio! Não me preocuparei mais com poemas a partir de hoje!". Enquanto

---

[167] A composição poética em parceria (poema encadeado *renga*) era comum já no período e aqui Sei Shônagon compõe os versos iniciais. No original, já na ordem correta: *hototogisu/ tazunete kikishi/ koeyorimo/ shitawarabikoso/ koishikarikere*.

assim dialogávamos, o Ministro do Centro, Fujiwarano Korechika, pôs-se a se esmerar nos preparativos para a noite do macaco.[168]

Já eram altas horas, e ainda eram apresentados temas para que as damas compusessem poemas. Todas estavam tensas e compenetradas, enquanto eu, aproximando-me de Sua Consorte Imperial, estava a lhe dirigir algumas palavras sobre outros assuntos. Ao me perceber, disse Korechika: "Por que não compondes poemas e estais tão afastada das outras damas? Tomai um tema!". Respondi-lhe: "Por ter sido agraciada com as gentis palavras de não mais ser obrigada a compor poemas, desobrigo-me até de neles pensar...". Mas Korechika pressionou-me: "Que coisa mais sem sentido! Mas, como?, e pode uma coisa dessas? Como é possível permitir-vos tal coisa? É realmente um absurdo! Bem, que seja, eu não sei quanto a outras ocasiões, mas nesta noite, recitai um poema!". Entretanto, ignorei tudo e lá permaneci, e quando todas estavam lendo seus poemas e julgando méritos e deméritos, Sua Consorte Imperial escreveu um pequeno bilhete e o atirou a mim. Nele estava escrito:

De Motosuke
Justamente sois herdeira
Como poderíeis
À competição poética
Desta noite vos furtar?[169]

Não pude deixar de achá-lo divertido. Como eu risse muito, Korechika me perguntou: "O que foi? O que foi?". Respondi-lhe:

Desta tal pessoa,
Se não fosse mesmo herdeira,

---

[168] A noite do macaco, denominada *kôshin* ou *kanoe-saru*, é passada em claro, pois segundo uma crença taoísta a coincidência do "irmão mais velho" do metal com o signo do macaco faria os "três vermes" saírem do corpo dos adormecidos, subirem ao Céu, delatarem-lhes as faltas ao Grande Ente Celestial e causarem grandes danos.

[169] No original: *Motosukega/ nochito iwaruru/ kimishimoya/ koyoino utani/ hazuretewa oru.*

Como quereria
Na reunião desta noite
Ser a primeira a compor?[170]

Se não fossem as amarras de tal linhagem que me tolhem, mil poemas brotariam espontaneamente para esta ocasião.

---

[170] A um poema transparente, uma resposta similar. No original: *sonohitono/ atoto iwarenu/ minariseba/ koyoino utao/ mazuzo yomamashi*.

96

Na época em que Sua Consorte Imperial
residia na Ala destinada ao seu Escritório
職のおはします比

Na época em que Sua Consorte Imperial residia na Ala destinada ao seu Escritório, em uma noite de lua clara, já transcorridos cerca de dez dias do oitavo mês, ela se recostou à coluna do aposento da galeria e, a seu pedido, a dama Ukonno Naishi[171] começou a tocar o alaúde. As demais damas conversavam e riam e eu permanecia lá calada, quando Sua Consorte Imperial me dirigiu a palavra: "Por que tanto silêncio? Dizei algo. Que desconsolo!", e eu lhe respondi: "Estou apenas apreciando a comoção do luar do outono".[172] E Sua Consorte Imperial então me disse: "Que palavras propícias!".

---

[171] A dama Ukonno Naishi já aparece no texto 6, no episódio do cão Okinamaro, e no 83, no da construção de uma montanha de neve.

[172] A resposta da autora remete a um trecho do poema "Biwakô" (Canção do alaúde), do poeta chinês Hakurakuten: "Finda a melodia e recolhido o plectro/ — Na alma, os ecos das cordas num rasgar de sedas —/ Silêncio nos barcos de leste e oeste e no lago/ Apenas o vulto da lua". A autora substitui a cor branca da lua pela emoção.

Vários príncipes, palacianos e as irmãs de Sua Consorte Imperial
御かたがた、君だち、上人など

Vários príncipes, palacianos e as irmãs de Sua Consorte Imperial estavam presentes em seu recinto e eu ficara recostada à coluna do aposento da galeria conversando com as damas, quando inesperadamente atiraram algo em minha direção. Ao abri-lo, vi que lá estava escrito por Sua Consorte Imperial: "Teria eu ou não carinho por vós? E se não fôsseis a mais bem-amada?".

A questão reportava às conversas anteriores na sua presença, em que eu havia dito: "Não saberia como me comportar, se não tivesse a primazia nos sentimentos de alguém. Preferiria, no caso, ser a mais detestada ou a mais destratada. Antes morrer a ser relegada a uma segunda ou terceira posição. Quero ser sempre a primeira". E na ocasião, as damas riram e comentaram: "Até parece uma passagem das palestras das *Oito Instruções da Flor de Lótus*".[173]

Sua Alteza ofereceu-me pincel e papel no qual redigi: "Contentar-me-ia com o último dos Nove Assentos de Lótus". Ela me rebateu: "Por que tanto rebaixamento? Que decepção! Devíeis manter as palavras, uma vez ditas com tanta convicção". E eu lhe respondi: "Isso depende da pessoa com quem nos relacionamos". E ela me repreendeu: "Pois aí é que vos enganais. Deveis almejar ser a primeira, para a primeira das pessoas". Foram palavras muito prazerosas.

---

[173] Constam nas palestras das *Oito Instruções da Flor de Lótus* que são nove os assentos ocupados pelas pessoas renascidas na Terra Pura, de acordo com seus méritos na vida pregressa. A passagem diz: "Apenas o caminho um. Nem dois, nem três".

98

O Médio-Conselheiro veio prestar uma visita
中納言まいり給て

    O Médio-Conselheiro veio prestar uma visita, presenteou com um leque a Sua Consorte Imperial e disse: "Eu, Takaie,[174] consegui uns belos 'ossos', e para montar um leque, estou à procura de um papel especial, pois não me contento com um papel comum". "Como assim?", indagou Sua Consorte Imperial, e ele, exaltado, elevou o tom da voz: "São excepcionais! As pessoas comentam: 'São ossos maravilhosos, nunca antes vistos!', e, é verdade, nunca havia visto iguais a eles". Então disse eu: "Talvez não sejam de leques, mas de águas-vivas".[175] Rindo, ele aproveitou: "Direi que este chiste é meu". Um episódio como este deveria estar no texto "Coisas que constrangem", mas obrigam-me a nada omitir, por isso deixo o fato anotado.

---

    [174] Fujiwarano Takaie (979-1044) é irmão de Korechika e da Consorte Imperial Teishi, torna-se Médio-Conselheiro Provisional em 995, Médio-Conselheiro no mesmo ano, será enviado a Kyûshû em 996, após a morte do pai Michitaka, como Governador Provisional da Província de Izumo.

    [175] A palavra *hone*, em japonês, designa "haste para armação de leque" e também "osso".

99

Era época das chuvas ininterruptas
雨のうちはへふる比

Era época das chuvas ininterruptas e chovia também no dia em que nos visitou Fujiwarano Nobutsune, Terceiro Oficial do Cerimonial, na qualidade de mensageiro do Imperador. Como era costume, ofereci-lhe uma almofada, mas como ele a afastou para longe, algo não usual, indaguei-lhe: "É para quem?". Rindo, ele me respondeu: "Cheguei em meio a esta chuva e receio que, se me acomodar nesta almofada, a sujarei com as marcas dos meus pés". E eu lhe disse: "E por que não? Quem sabe ela não vos serviria para secar os pés...". E ele respondeu: "Não proferiríeis um gracejo tão perspicaz se não fosse eu, Nobutsune, ter mencionado as marcas dos meus pés". Foi divertido ouvi-lo repetir várias vezes o mesmo comentário.

Em seguida contei-lhe: "A propósito, já há muito tempo, havia uma baixa servidora famosa pelo apelido de Enutaki, na Ala da Consorte Imperial Anshi, esposa do Imperador Murakami. Fujiwarano Tokikara, que faleceu enquanto ocupava o posto de Administrador da Província de Mino e que na época era o Secretário Particular do Imperador, passava pelas dependências das servidoras e questionou: 'É essa a famosa servidora Enutaki? Mas não fazeis jus ao apelido!'.[176] E a responderam: 'Conforme a ocasião, Tokikara,[177] até poderia assim parecer'. O caso suscitou o interesse dos nobres e palacianos que comentaram: 'Mesmo que se escolha um adversário especial, é raro obter-se uma resposta tão perspicaz'. E o episódio deve ter impressionante pois ainda hoje é citado".

---

[176] O significado do apelido "Enuki" é desconhecido.

[177] Tokikara, além de ser o nome do nobre em questão, significa "conforme o momento ou a ocasião".

Após o meu relato, Nobutsune disse: "Pois é, foi a ocasião que proporcionou a sua fala. Assim também, dependendo simplesmente do tema, teremos bons poemas seja em japonês ou chinês". Concordei e lhe disse: "De fato, tendes razão. Proponho-vos um tema, elaborai um poema japonês", e acrescentei: "Ou, melhor ainda, um tema é pouco, já que é assim, dar-vos-ei vários". Enquanto assim conversávamos, chegou uma resposta de Sua Consorte Imperial a ser entregue ao Imperador e ele, ligeiro, se retirou dizendo: "Ai que medo! Hora de me retirar!". Foi divertido o comentário geral: "Ele se livrou de nos expor a sua péssima caligrafia, escondendo que escreve mal tanto em letra chinesa quanto japonesa, o que é motivo de gracejo entre as pessoas".

Quando Nobutsune era Chefe da Divisão do Mobiliário,[178] vi um desenho seu enviado a alguém com suas indicações: "Faça de acordo com o projeto", redigido com uma escrita estranha que lembrava ideogramas. Não resistindo à tentação, adicionei: "Se o trabalho for executado conforme o indicado, ficará estranho mesmo". Quando as pessoas receberam o papel e o viram, riram a valer, e ele ficou muito furioso e ressentido comigo.

---

[178] Nobutsune tornou-se Chefe da Divisão do Mobiliário no quinto mês de 996.

100

O enlace matrimonial de Shigeisa com o Príncipe Herdeiro
淑景舎、春宮に

O enlace matrimonial de Shigeisa com o Príncipe Herdeiro Okisada, como não poderia deixar de ser, foi sem dúvida o mais jubiloso dos acontecimentos.[179] Sua vinda para o Palácio ocorreu no décimo dia do primeiro mês, mas, a despeito da constante troca de cartas com a Consorte Imperial, não haviam se encontrado até o décimo dia do segundo mês, ocasião em que ela fez anunciar a sua visita. Os preparativos foram feitos com um esmero acima do habitual, tudo tendo sido polido e todas as damas preparadas. Shigeisa chegou por volta da meia noite e não demorou a amanhecer.

Foram dispostos para o encontro os dois aposentos da galeria leste da Ala Tôkaden,[180] uma vez que ela chegaria à noite e permaneceria todo o dia seguinte com a Consorte Imperial. Suas damas seriam acomodadas nos corredores de travessia frente à sala que abriga preciosos objetos imperiais. Ao amanhecer, chegaram em uma só carruagem maravilhosa seus pais, o Conselheiro-Mor Michitaka e sua Consorte Kishi. Bem cedo, foram rapidamente descerradas séries de janelas de treliça e, sob o comando de Sua Consorte, na parte sul do aposento foi instalado o biombo de um metro e trinta de altura e à sua frente o seu assento formado apenas por uma almofada sobre um tatame voltado no sentido leste-oeste, além de um braseiro. Ao sul do biombo e à frente do cortinado ficaram a postos muitas de suas damas.

Enquanto eu cuidava do seu penteado em seu aposento, a Consorte Imperial me indagou: "Já vistes Shigeisa?", e eu lhe respondi: "Não,

---

[179] O texto trata das bodas do futuro Imperador Sanjô, cujo reinado deu-se de 1011 a 1015, com Fujiwarano Genshi, ou Shigeisa, irmã mais nova da Consorte Imperial Teishi.

[180] Palácio onde se instalara a Consorte Imperial Teishi.

ainda não. Na chegada da maravilhosa carruagem ao Palácio vi-a por trás, de relance". E ela acrescentou: "Aproximai-vos do pilar e do biombo e olhai discretamente por trás de mim. Ela é uma Princesa muito bonita". Suas palavras me alegraram, e fiquei ansiosa para que chegasse o momento.

Vestindo trajes de tecidos de padrões com e sem relevo em carmesim com forro roxo, sobrepostos a três quimonos carmesins reluzentes de seda batida, Sua Consorte Imperial dizia: "Na sobreposição 'Ameixeira Carmesim' de carmesim e roxo, os tons mais escuros é que ficam mais bonitos. É uma lástima não poder usá-los. Esse conjunto já fica fora da estação. Não aprecio o verde amarelado. Será que a minha sobreposição não está combinando?". Mesmo insatisfeita, ela estava magnificamente bela. Quaisquer que fossem as cores usadas pela Consorte Imperial, estas se harmonizavam de pronto com as suas feições. Seria a irmã também tão bela? Fiquei ansiosa por vê-la.

Em seguida, ela deslizou de joelhos para a sala do encontro, eu me posicionei rapidamente atrás do biombo para espiar e ouvi comentários que me divertiram: "Que ousadia!", "Como pode fazer isso?". Como abriram bem as divisórias, tive uma boa visão do espaço. A Consorte do Conselheiro-Mor trajava um quimono branco sobre dois outros vermelhos engomados e brilhantes, portando a longa cauda com pregas usada normalmente pelas damas. Ela se acomodara ao fundo, voltada para a face leste, razão pela qual só me foi possível avistar as suas vestes. A Princesa Shigeisa estava mais para o norte, voltada para a face sul. A sobreposição "Ameixeira Carmesim" de carmesim e roxo que vestia tinha várias camadas em tonalidades claras e escuras, sobre as quais trazia um pesado quimono de seda adamascada em roxo escuro reluzente e quimono semiformal um tanto avermelhado, e mais um traje jovial verde amarelado de tecido de padrão sem relevo. Escondia seu rosto, tendo, junto a ele, um leque, e me pareceu muito graciosa e realmente esplêndida. O ilustre Conselheiro-Mor usava um traje palaciano lilás sobre outros em carmesim com uma pantalona de seda verde amarelada e trazia os cordões da gola atados, como exigia a ocasião. Recostado ao pilar da galeria, acomodava-se voltado para a Consorte Imperial e, mantendo sorrisos nos lábios, apreciava aquela cena magnífica e fazia seus gracejos costumeiros. A imagem de Shigeisa ali sentada era muito bela, era como se fosse uma pintura, ao passo que Sua Consorte Imperial, muito serena, um pouco mais senhora de si, recebendo em seu rosto os reflexos de suas reluzentes vestes carmesins, fazia-me sentir frente a uma pessoa verdadeiramente inigualável.

Percorrendo as Alas do Sen'yôden e Jôganden, duas meninas e quatro servidoras de Shigeisa trouxeram-lhe a água para o asseio matinal. Cerca de seis de suas damas estavam ao seu serviço no corredor de telhado curvado em estilo chinês. As demais damas da comitiva já haviam regressado para o Palácio Imperial devido à delimitação do espaço. Eram muito bonitas as meninas e as servidoras, que vestiam longos trajes infantis de gala, em sobreposição "Cerejeira" de branco e vermelho, ou "Verde Amarelado" de verde claro e azul índigo claro, ou "Ameixeira Carmesim" de carmesim e roxo e que iam repassando o vasilhame de água até Shigeisa. As damas Shôshô, filha de Fujiwarano Sukemasa, Chefe da Cavalariça do Palácio, e Saishôno Kimi, filha do Conselheiro Kitano, ambas com as mangas de suas jaquetas chinesas formais de brocado de seda para fora das persianas, posicionaram-se próximo a Shigeisa. Eu apreciava sua beleza, quando entraram as encarregadas da água de Sua Consorte Imperial, trajando caudas com pregas verdes em gradação, os tons mais escuras nas barras, jaquetas chinesas de gala, cintos laterais e faixas ornamentais de pescoço, com seus rostos empoados de branco. Com o auxílio das servidoras, atenderam à Consorte Imperial. Este outro cerimonial solene foi elegante e executado em estilo chinês.

Na hora de servir a refeição, outras servidoras vieram para prender os cabelos de Suas Altezas e enquanto as atendentes serviam-nas, também com os seus cabelos devidamente presos, o biombo foi afastado e eu, que espreitava a cena, senti-me desprotegida como o próprio ogro despojado de sua capa de invisibilidade, mas, ainda assim, persisti em meu intento refugiando-me entre as persianas e cortinados, longe do pilar.

A barra do meu traje de gala e a cauda com pregas fora das persianas foram notadas pelo senhor Conselheiro-Mor, que interpelou: "Quem é aquela pessoa que vejo entre as persianas?", ao que respondeu Sua Consorte Imperial: "Deve ser Sei Shônagon, que está interessada neste acontecimento". E ele, todo vaidoso, gracejou: "Mas que embaraçoso! Ela é uma antiga conhecida e na certa estará pensando: 'Como são feiosas as filhas do senhor Conselheiro-Mor!'".

Para Shigeisa também foi servida a refeição e Michitaka disse: "Que inveja! Parece que as refeições de Vossas Altezas já estão prontas. Servi-vos rapidamente e deixai pelo menos algumas sobras para nós, velhinhos". E assim, o dia todo ele tentava quebrar o protocolo com os seus gracejos. Nesse ínterim, chegaram o Alto-Conselheiro Korechika,[181] com o filho Matsugimi e o Médio-Capitão do Terceiro Grau, Takaie. Sem perda de tempo, o senhor Conselheiro-Mor pegou no colo o neto, que era muito gracioso. O estreito corredor externo foi tomado pelo conjunto dos trajes de gala dos irmãos. O Alto-Conselheiro tinha um grande e belo porte, enquanto o Médio-Capitão parecia ser muito inteligente e, sendo eles bem-aventurados, sem dúvida, o senhor Conselheiro-Mor e sua Consorte deleitavam-se pela prosperidade de seus destinos. Foram oferecidas almofadas aos irmãos, mas o Alto-Conselheiro se ergueu apressado, dizendo estar a caminho do Palácio.

Passado algum tempo, chegou certo Terceiro Oficial do Cerimonial com uma mensagem do Imperador para a Consorte Imperial, e lhe foi oferecida uma almofada vizinha ao lado norte do aposento da copa. A resposta dela foi-lhe entregue sem demora. Antes mesmo de terem recolhido a almofada do Oficial, chegou o Baixo-Capitão Chikayori, mensageiro do Príncipe. Recebemos sua carta, e como o corredor de travessia entre os prédios era estreito, nós o acomodamos no corredor externo. A carta foi lida seguidamente pelo Conselheiro-Mor, sua Consorte e pela Consorte Imperial. Como Shigeisa demorava na resposta, o pai tentava apressá-la comentando: "Parece que ela não escreve porque estou observando. Quando não estou, ela não para de enviar mensagens". O modo como ela sorriu, corando, foi maravilhoso. A mãe, intranquila, interveio: "Apressai-vos!" e, então, virando-se para os fundos, Shigeisa começou a escrever, mostrando-se visivelmente perturbada com a sua aproximação. A Consorte Imperial solicitou ao Médio-Capitão do Terceiro Grau que presenteasse o Baixo-Capitão Chikayori com um conjunto de túnica formal masculina e pantalonas verde amarelado, que lhe foi colocado sobre o ombro. Segurando-o com as mãos e o pescoço torto, o mensageiro se levantou com certa dificuldade.

---

[181] Como se viu, filho do Conselheiro-Mor Michitaka e irmão da Consorte Imperial Teishi.

Matsugimi encantava a todos com a sua fala infantil. E o senhor Conselheiro-Mor dizia: "Poderia até apresentá-lo como filho de Sua Consorte Imperial, que não faria má figura". A demora da chegada de um herdeiro do trono era uma questão que deixava a todos ansiosos e preocupados.

Passadas as primeiras horas da tarde, foi estendida a esteira na passarela para a chegada do Imperador e, sem demora, ouviu-se o apressado farfalhar de suas vestes. Sua Consorte o acompanhou para a Alcova Imperial. Ouviu-se imediatamente o deslocamento de suas damas para o lado sul. Nos corredores, palacianos se aglomeraram. O senhor Conselheiro-Mor ordenou aos servidores da Consorte Imperial que lhes oferecessem frutas, doces, pratos leves e muita bebida. Bastante embriagados, eles se divertiram juntamente com as damas, conversando animadamente.

O Imperador despertou ao entardecer, convocou o Alto-Conselheiro Yamanoi[182] e, recomposto o vestuário, retornou ao Palácio. Seu traje palaciano em superposição "Cerejeira" de branco e vermelho e seus quimonos carmesins se destacavam na luz do poente, mas não ouso descrevê-lo em respeito à sua augusta figura. Demonstrando pouca intimidade com os seus próprios familiares, Yamanoi, no entanto, era uma pessoa de muito valor. Sua figura superava a de Korechika e era pena ser ele alvo de persistente desconsideração por parte da nobreza. O senhor Conselheiro-Mor acompanhou a saída do Imperador e foi seguido pelos Altos-Conselheiros, Korechika e Yamanoi, o Médio-Capitão do Terceiro Grau, Takaie, e o Chefe da Administração do Tesouro do Palácio, Yorichika, seu quinto filho.

O Vice-Chefe da Cavalariça chegou com a mensagem do Imperador que pedia a presença de Sua Consorte Imperial no Palácio. Ela se mostrou relutante, dizendo: "Hoje já não poderia atendê-lo". O pai a repreendeu: "Não poderíeis recusá-lo. Isso não é bom. Ide imediatamente". Também chegavam sem parar mensageiros por parte do Príncipe, ocasionando grande conturbação no recinto. Chegaram inclusive as damas

---

[182] Trata-se de Fujiwarano Michiyori (971-995), filho mais velho do Conselheiro-Mor Michitaka e que se tornou Alto-Conselheiro Provisional. Por ser filho de mãe diferente da dos irmãos, fora criado pelo avô paterno Kaneie e não usufruía de muita familiaridade com o pai.

que serviam o Príncipe, para apressar o retorno de Shigeisa. Sua Consorte Imperial se manifestou: "Antes de qualquer coisa, providenciaremos o vosso retorno". Embora Shigeisa refutasse: "Mas... eu, antes... por quê?...", Sua Consorte proferiu: "Acompanharei a vossa saída". Agindo assim, Sua Consorte Imperial parecia ainda mais bela e maravilhosa. O pai interveio: "Quem vai mais longe deve partir antes". E Shigeisa se despediu. O pai a acompanhou e, ao retornar, Sua Consorte Imperial seguiu para o Palácio. Durante o trajeto de volta, os gracejos do senhor Conselheiro-Mor provocavam risos e, por pouco, sua comitiva não caiu da ponte provisória de tábua.

101

Dos palacianos, mostrando-me um ramo de ameixeira
殿上より、梅の、花ちりたる枝を

Dos palacianos, mostrando-me um ramo de ameixeira já sem flores, veio a pergunta: "O que tendes a dizer?". Respondi-lhes: "Simplesmente caíram rápido", fazendo alusão a um poema chinês.[183] Declamando, então, esse poema, os palacianos aglomeravam-se no Portal Negro. Ouvindo-os, Sua Majestade, o Imperador, pronunciou-se: "Foi bem melhor do que apresentar um poema japonês razoável. A resposta foi ótima!".

---

[183] Alusão a um poema chinês de Ôeno Koretoki (888-963) contido na antologia japonesa e chinesa *Wakan Rôeishû*, tomo 1, n° 106. Em versão livre: "As flores simplesmente caíram rápido/ Das ameixeiras do planalto Dayu/ Não há agora quem aprecie/ As flores de faces empoadas/ No monte Kyôro/ Nenhuma flor de abricó desabrochou/ Nenhuma beleza carmesim se vê/ Só resta agora o verde do salgueiro-chorão".

102

No final do segundo mês, soprava um vento forte
二月つごもり比に

No final do segundo mês, soprava um vento forte, o céu estava muito escuro e nevava um pouco, quando um servidor palaciano, chegando ao Portal Negro, anunciou-se: "Trago uma mensagem!"; e, então, logo me aproximei. Entregou-me uma carta, dizendo: "É da parte do senhor Conselheiro Consultor Kintô". Encontrei escrita no papel dobrado em tiras a estrofe final de um poema que combinava exatamente com o céu daquele dia:

> De leve faz-se sentir
> Presença da primavera

Tive de pensar bastante para poder completar o poema com os versos iniciais. "Quem acompanha o senhor Conselheiro Consultor?", perguntei, e o mensageiro me respondeu: "Tais e tais senhores". Sozinha, agoniava-me para não responder levianamente ao Conselheiro, junto a tão ilustres pessoas. Pensei em recorrer a Sua Consorte, mas devido à visita de Sua Majestade, ela se encontrava recolhida em seus aposentos. O servidor dizia: "Apressai-vos, apressai-vos!". Retardar ainda mais a resposta seria pior, e, pensando: "Que seja!", escrevi trêmula a seguinte estrofe e a entreguei, receosa:

> Na neve que cai
> Que com flores se confunde
> No gélido céu[184]

---

[184] Kintô alude a um poema do chinês Hakurakuten coletado em *Hakushi Monjû* tomo 14, em versão livre: "Nas três estações: primavera, verão e outono/ A neve era

Preocupava-me a avaliação que eles fariam, mas se fosse negativa, não me interessava ouvir. Fiquei sabendo somente o que ouvi do Capitão da Esquerda da Guarda Militar, na ocasião Médio-Capitão da Guarda da Residência Imperial: "Dentre outras, a avaliação do Conselheiro Consultor Toshikata foi: 'Vamos promovê-la a Chefe da Ala Feminina'".

---

gelada e dançava como flores/ Também no segundo mês/ O monte Nanzan está gélido/ Somente de leve faz-se sentir/ A presença da primavera/ Entristece-me pensar em ti/ A sofrer lá na viagem/ Feliz que não ouves os lamentos dos macacos/ Pois senão, mais triste ainda ficarias". Sei Shônagon simula caligrafia trêmula em consonância ao frio.

103

Coisas que parecem intermináveis
はるかなるもの

Coisas que parecem intermináveis. A torcedura do cordão[185] do quimono sem manga. A viagem para a região nordeste, após passar o Posto de Fiscalização do monte Ôsaka.[186] O tempo do recém-nascido se tornar adulto.

---

[185] Na torção do cordão, que possui aproximadamente quatro metros, utiliza-se goma e sua confecção é bastante trabalhosa.

[186] Posto de Fiscalização localizado entre Yamashiro e Ômi (atual região de Quioto e Shiga). Ponto de saída da Capital Heian para a região leste. É um *utamakura* bastante utilizado em poemas, por fazer alusão ao relacionamento entre homem e mulher. "*Au* (por elisão Ô)" tem também o significado de "união", "casamento".

104

Minamotono Masahiro era um homem
方弘はいみじう人に

Minamotono Masahiro era um homem de quem todos riam muito. Como se sentiriam seus pais com relação a isso? As pessoas interpelavam seus empregados de longa data e riam, perguntando: "Que motivo vos leva a servir alguém como ele? Como vos sentis?".

Por ser de uma família muito esmerada, seu quimono de baixo com cauda tinha belas cores e ele trajava a túnica formal melhor do que ninguém, diante do qual as pessoas diziam: "Ah, como cairiam bem estas vestes em outra pessoa!". Além disso, Masahiro também não se expressava bem com as palavras. Ao mandar buscar em sua casa uma troca de roupa, por estar de plantão, ele disse: "Ide dois de vós". Mas estes lhe perguntaram: "Não bastaria somente um?". Masahiro replicou, dizendo: "Que pessoas estranhas! Como é que uma pessoa conseguiria carregar por duas? Como caberiam duas medidas num único pote?". Ninguém entendeu o significado de suas palavras, mas riram muito. A um mensageiro que lhe disse: "Dai-me a resposta sem demora", Masahiro respondeu: "Mas que sujeito desagradável! Por que tanta pressa? Está com o feijão no fogo? Mas quem foi que roubou e escondeu a tinta e o pincel desta Sala dos Cortesãos? Se ainda fosse comida ou saquê, até entenderia que as pessoas pudessem querer". Todos riram novamente.

Por ocasião da enfermidade de Senshi, Mãe do Imperador, Masahiro foi enviado como mensageiro e, ao voltar, perguntaram-lhe: "Quem encontrastes na Sala dos Cortesãos da residência da senhora Mãe do Imperador?". Ele citou quatro ou cinco nomes. "Alguém mais?", indagaram. "Ah, sim, havia também certa pessoa dormindo". Tanto a resposta quanto os risos não teriam sido desrespeitosos? Certo dia, ele aproximou-se de mim quando não havia ninguém, e disse: "Cara dama, tenho algo a vos contar. Sereis a primeira a saber". Cheguei ao cortinado e perguntei-lhe: "Do que se trata?". Então, Masahiro, em vez de pedir que me "aproximasse com todo o corpo" disse: "aproximai-vos com as cinco partes do corpo", o que também me fez rir.

Na segunda noite da seleção de novos cargos, Masahiro foi repor o óleo da lamparina e, ao pisar no novo tapete oleado que estava embaixo dela, sua meia grudou firmemente naquela superfície pegajosa. Tão logo ele começou a caminhar, a lamparina tombou e, grudado à meia, o tecido ia sendo arrastado causando grande alvoroço.

Nas refeições, ninguém se aproximava das mesinhas individuais enquanto o Chefe dos Secretários não se acomodasse. No entanto, Masahiro tornou-se motivo de gargalhada quando, tendo apanhado sorrateiramente um punhado de feijão, foi surpreendido comendo atrás da divisória.

105

Coisas que são desagradáveis de ver
見ぐるしきもの

    Coisas que são desagradáveis de ver. Vestir a roupa de modo que a costura das costas fique repuxada para um dos lados. Ou ainda, vestir-se deixando a nuca demasiadamente à mostra. Receber um visitante pouco familiar, carregando uma criança nas costas. O Mestre de Yin Yang quando realiza a purificação com um chapéu improvisado de papel.
    É extremamente desagradável ver uma mulher de pele escura, feia e com aplique no cabelo, dormindo com um homem de barba crescida, franzino e abatido, em pleno dia de verão. Que mérito haveria em se expor dessa maneira? Se fosse durante a noite, suas aparências não seriam notadas, todos estariam fazendo o mesmo e não haveria necessidade de ficarem acordados por serem feios. Gostoso de ver, mesmo, é que durmam juntos à noite e acordem cedo no dia seguinte. As pessoas refinadas, estas sim, seu despertar de uma sesta em pleno verão pode até ter certo encanto. Já os pouco atraentes, estes acordam com o rosto oleoso e inchado; dependendo do caso, parecem até deformados. Quanta desilusão quando estes casais se entreolham!
    Quão desagradável é ver uma pessoa magra e de pele escura usando uma veste sem forro de seda crua!

Coisas que são difíceis de falar
いひにくきもの

Coisas que são difíceis de falar. Difícil é transmitir fielmente, do começo ao fim, uma longa mensagem contida na carta de uma pessoa importante. Palavras de agradecimento, quando alguém muito distinto manda-nos um presente. É muito difícil responder a uma menina-moça que nos faz uma pergunta constrangedora, olhando-nos fixamente.

107

Quanto a Postos de Fiscalização
関は

Quanto a Postos de Fiscalização, o do monte Ôsaka. O Posto de Suma. O Posto de Suzuka. O Posto de Kukita. O Posto de Shirakawa. O Posto de Koromo. O Posto de Tadagoe afigura-se totalmente contrário ao Posto de Habakari.

O Posto de Yokohashiri. O Posto de Kiyomi. O Posto de Mirume. O Posto de Yoshiyoshi, gostaria de saber por que teria mudado de ideia. Seria chamado, então, Posto de Nakoso? Deve ser muito triste desistir do monte Ôsaka.[187]

---

[187] Suma localizava-se na fronteira entre Settsu e Harima (atuais Províncias de Ôsaka e Hyôgo) e constituía divisa para o oeste através da estrada San'yôdô enquanto o Posto Ôsaka levava para o leste. O Posto de Suzuka situava-na na fronteira entre Ômi e Ise (atuais Províncias de Shiga e Mie), ponto de entrada para a região leste através da estrada Tôkaidô. A ele se segue o Posto de Kukita, que se localizava entre Ise e Yamato (atuais Províncias de Mie e Nara) e era um posto estratégico para se chegar a Nara. O Posto de Shirakawa, famoso *utamakura*, localizava-se em Iwashiro (atual Província de Fukushima) e era ponto de entrada para a região nordeste através da estrada Tôsandô. O Posto de Koromo, ou Koromogawa, ficava em Rikuchû (atual Província de Iwate) e era, juntamente com o Posto Shirakawa, ponto de entrada para a região nordeste; era essencial contra a invasão dos Ezo (hoje ainu), povo que vivia ao norte, ainda resistente ao domínio do governo central. Tadagoe significa "atravessar sem dificuldade", em oposição ao Posto Habakari, ou seja, "fazer cerimônia". Yokohashiri forma par com o Posto de Kiyomi, ambos na região de Suruga (atual Província de Shizuoka); o primeiro localiza-se na montanha e o segundo, próximo ao mar. O Posto Mirume, "olhos que veem", faz referência ao Posto de Kiyomi, "visão pura". Yoshiyoshi é uma expressão usada em casos de concordância meio forçada, o que pode ter levado ao sentido de "mudança de ideia". Nakoso, "não venhas", teria relação com a ideia anterior de "mudança de ideia". E, finalmente, o último refere-se ao sofrimento de não poder encontrar-se (Ôsaka) por ter sido rejeitado (Nakoso).

108

Quanto a florestas
森は

    Quanto a florestas, a de Ukita. A floresta de Ueki. A floresta de Iwase. A floresta de Tachigiki.[188]

---

[188] Ukita é famoso *utamakura* da região de Yamashiro (atual Quioto). Encontra-se numa das margens do rio Katsura, do lado oposto à floresta Ôaraki. Desconhece-se a floresta de Ueki. A de Iwase se localiza de seu lado sul e é famoso *utamakura*. Tachigiki também é desconhecida.

109

Quanto a campos
原は

Quanto a campos, o de Ashita. O campo de Awazu. O campo Shino. O campo Hagi. O campo Sono.[189]

---

[189] Texto quase idêntico ao de nº 13, com a inclusão dos campos de Awazu, *utamakura* famoso, Shino e Hagi.

Nos últimos dias do quarto mês
卯月のつごもりがたに

    Nos últimos dias do quarto mês, ao visitar o Templo Hatsuse, seguíamos pela travessia de Yodo com a nossa carruagem devidamente alojada na barcaça, quando avistamos pontas de folhagens de íris aromático e arroz-bravo sobre a superfície das águas e, ao solicitar que as apanhassem, reparamos que suas hastes eram bem longas. A grande atração era a passagem de barcos carregados de arroz-bravo e lembrei-me do poema: "Na calmaria do Takase...",[190] que na certa se referia a estas cenas.
    No nosso retorno, no terceiro dia, caía uma chuva fina e foi encantador ver homens e meninos de longas canelas à mostra que usavam minúsculos chapéus e colhiam íris aromáticos, tal qual pintura de biombo.

---

    [190] Poema de Ariwarano Narihira inserido na antologia *Kokin Rokujô*, tomo 6: "Travesseiro de esteira/ Na calmaria do Takase/ Suplico-te, amor/ Como arroz-bravo colhido/ Não sejamos separados" (*komomakura/ Takaseno yodoni/ karu komono/ karutomo warewa/ shirade tanomamu*), em que se explora a homofonia do termo *karu* ("colher" e "separar") ao referir a colheita de arroz-bravo, sobrepondo a imagem da amada distante. *Komomakura*, travesseiro de madeira embrulhado em esteira de palha, é expressão utilizada na tradição poética para o adjetivo "alto" (*taka*), que no caso em questão, é parte do nome do rio (Takase: "margens rasas", literalmente o seu antônimo).

III

Coisas que soam de modo diferente do habitual
つねよりことにきこゆるもの

    Coisas que soam de modo diferente do habitual: os ruídos de uma carruagem e o canto do galo no primeiro dia do ano. Tosse na madrugada e, sem dúvida, a flauta da madrugada.

112

Coisas que esmaecem na pintura
絵にかきおとりする物

    Coisas que esmaecem na pintura: cravos-renda. Íris aromáticos. Flores de cerejeira. Feições de homens e mulheres que são descritas como maravilhosas nas narrativas.
    Coisas que ganham vida na pintura: pinheiros. Campos de outono. Vilarejos ao pé da montanha. As trilhas das montanhas.

113

Quanto ao inverno
冬は

    Quanto ao inverno, o bem frio. Quanto ao verão, o de calor sem igual.

Coisas que sensibilizam
あはれなるもの

Coisas que sensibilizam. Um filho devoto. Nobre jovem que se prepara em longa abstinência para a peregrinação no templo da montanha Kinpu. Despertam em nós grande compaixão suas preces feitas em Reclusão e os rituais de louvor nas madrugadas. Consterna-me pensar em quem estaria desperta e atenta aos rituais, talvez a sua companheira. E quando se encontrasse numa respeitosa expectativa, imaginando como estaria sendo o culto no templo, ser-lhe-ia muito gratificante vê-lo retornar ao lar, a salvo. De desagradável, apenas ver a imagem de seu chapéu laqueado um tanto desfigurado. Deveis saber que a visita ao templo requer o uso de trajes bastante humildes, mesmo aos nobres.

Nobutaka, Capitão-Assistente da Direita da Guarda do Portal,[191] disse: "Mas que coisa sem cabimento! E o que poderia acontecer a um visitante bem vestido?". Dito isto, resolveu visitar o templo em finais do terceiro mês, trajando pantalonas presas nos tornozelos de um roxo bem escuro, túnica de caça branca e veste amarelo-ouro muito brilhante, entre outras peças, em companhia do filho Takamitsu, Vice-Chefe do Setor de Equipamentos e Manutenção da Ala Feminina, a quem ordenou o uso de uma túnica de caça verde, quimono carmesim e pantalonas de estampas múltiplas vibrantes. E assim se foram. Em seu trajeto, tanto aqueles que do templo saíam quanto os que para lá se dirigiam se assustaram com a extravagância inusitada, comentando que naquela montanha, desde tempos remotos, ninguém jamais deparara com fiéis em tais trajes. No dia primeiro do quarto mês eles retornaram e, por volta do décimo dia do sexto mês, com o afastamento do Administrador da Província de Chikuzen, Nobutaka foi, entretanto, escalado para ocupar o

---

[191] Fujiwarano Nobutaka (c. 950-c. 1001), conhecido por se tornar marido de Murasaki Shikibu em 998, recebe tal cargo no ano anterior.

posto vago, fato que respondeu à sua indagação. Não que isso seja algo que nos sensibilize, mas aproveitei a circunstância já que falamos da montanha Kinpu.

Belos e jovens, tanto homens quanto mulheres quando vestidos de preto, causam compaixão. Captar, por volta do final do nono mês ou no primeiro dia do décimo mês, um quase inaudível canto do grilo. Uma galinha chocando ovos. Sobre o capim cogon do jardim em profundo outono, gotas de orvalho brilhando como mil pedras preciosas. De noitinha, ou mesmo ao amanhecer, despertar e ficar ouvindo o vento perpassar os bambuzais da beira do rio. E ouvi-lo mesmo durante a noite toda. Neves do vilarejo da montanha. Jovens enamorados tolhidos por alguém que se intromete entre eles.

115

O retiro num templo no primeiro mês do ano
正月に寺にこもりたるは

O retiro num templo no primeiro mês do ano é muito frio e nos satisfaz sobremaneira ver a volumosa neve em forma de gelo. Sinal de chuva é muito desagradável.

Ao visitarmos o Templo Kiyomizu, ainda acomodadas em nossas carruagens paradas junto a uma ponte em arco, no aguardo de um alojamento, nos emocionamos com a harmonia entre o cenário e o espaço. Vários monges jovens sem o traje completo subiam e desciam a ponte em arco sem qualquer dificuldade com seus tamancos de saltos, uns recitando trechos de sutras, outros entoando versos de estudos de Abidaruma.[192] Se fossemos nós, com certeza buscaríamos apoio no parapeito, mas eles, impressionante!, pareciam caminhar sobre um simples assoalho.

"Os aposentos das damas estão preparados. Por favor!" — assim dizendo, trouxeram-nos os calçados e nos ajudaram a descer da carruagem. Havia quem arregaçasse as barras das vestes. Havia também outras formais demais, trajando caudas com pregas ou jaquetas chinesas de gala. O fato de adentrarem nos corredores arrastando suas botas de couro ou calçados de madeira era também divertido, pois remetia às cenas do Palácio. Acompanhadas de pessoas do templo, seguimos as orientações dos jovens que tinham permissão de transitar nos recintos internos, junto às damas. "Neste trecho há um pequeno declive. Agora, uma leve subida". Aqueles que se aproximavam demais das damas e tentavam ultrapassá-las eram advertidos: "Um momento, não façais isso! São pessoas de respeito". Alguns concordavam com certa consideração, mas outros ignoravam a advertência e seguiam adiante, querendo

---

[192] Refere-se a Abhidharma-mahâvibhâsâ-'sâstra, texto do budismo Teravada, composta de três coleções, atribuídas a discípulos e estudiosos.

ser os primeiros a chegar e pensando: "Quero estar frente a Buda". Ao entrarmos no recinto do templo, foi-nos desagradável passar em frente às pessoas já acomodadas, mas, olhando de relance o nicho das imagens através das divisórias que as mantinham à distância, emocionamo-nos com a sua magnitude e nos ressentimos de não vir com mais frequência.

Independentemente da iluminação permanente do recinto, as lamparinas acesas pelos devotos queimavam com uma intensidade amedrontadora e o cintilar da imagem principal era visto com muito mais respeito, enquanto os monges, tendo em mãos os pedidos dos fiéis, se reverenciavam em promessas, balançando o corpo sobre o tablado onde estavam sentados. Seus clamores feitos em uníssonos impossibilitavam os fiéis de se certificarem que seus pedidos haviam sido mencionados. Apesar das vozes dissonantes, destacavam-se as palavras: "As mil luzes são oferendas de Sicrano e Beltrano".

Quando já estávamos devidamente trajadas para os atos religiosos e prestes a orar, monges se aproximaram com os ramos perfumados de anis-estrelado, dizendo: "Eis o incenso". Seu aroma, muito refinado, também foi agradável.

Finalizado o ato, o monge veio do anteparo de treliça aos nossos aposentos e disse: "Com devoção, transmitimos a Buda os vossos pedidos. Por quantos dias pretendeis permanecer no templo? Tais e tais pessoas também se encontram em retiro", e se afastou. Em seguida, seus auxiliares nos trouxeram braseiros, frutas e doces, vasilhas com águas e bacias, e nossos acompanhantes, convocados a se instalarem em outros aposentos, os seguiram. Até os sinos que intercalavam as rezas pareciam tocar em nossa homenagem e nos sentimos realizadas.

Foi alvo de nossa admiração um vizinho, senhor distinto, solitário, discreto em suas atitudes e reverências. Sentimos que tinha boa índole e que se concentrava em preces e vigílias. Era respeitosa sua atitude ao proferir suas orações em voz contida, durante as nossas sestas. Gostaríamos de dirigir-lhe a palavra, pois até para assoar o nariz, ele o fazia com moderação. Ficamos a imaginar qual seria o seu pedido e desejamos que ele se concretizasse.

Durante o retiro, tivemos algumas folgas no decorrer do dia. Jovens, homens e mulheres que nos acompanhavam tinham ido aos aposentos dos monges e eu estava só e entediada, quando me assustei com o soar repentino bem junto a mim de uma trompa de concha anunciando o meio-dia. Vozes dos portadores de belas mensagens, chamando pelos auxiliares do templo, ecoavam estridentes ao depositarem os ofertórios.

Sinos ressoaram mais alto e ficamos a imaginar a quem seriam dedicados, quando nomes de dignitários foram anunciados juntamente com os votos de um bom parto, rogados com muita devoção. A questão não nos dizia respeito, mas, tomadas pela apreensão, oferecemos também as nossas orações. Coisas assim acontecem nos dias normais. Mas, no Ano-Novo, tudo é muito mais conturbado. Ao vermos as pessoas se aglomerarem para pedir por uma ascensão na carreira, notamos, se prestarmos atenção, quão ignorantes são elas com respeito aos rituais.

Os que haviam chegado ao templo ao entardecer, com certeza pernoitariam.

Os aprendizes dos monges manejavam com muita habilidade os pesados e altos biombos, assentavam os tatames, delimitavam com rapidez os espaços de novos aposentos e, sobre os anteparos de treliça do templo, baixavam suavemente as persianas, o que mostrava muita eficiência e destreza.

Em meio a um farfalhar de sedas, as damas chegaram dos aposentos e uma delas que aparentava certa idade, toda cerimoniosa, dirigiu-se com voz delicada às criadas que retornavam à residência, e parecia recomendar-lhes: "Tomem muito cuidado, principalmente com o fogo".

Ver um menino de seus sete ou oito anos chamar os seus serviçais com sua voz infantil, mas num tom altivo, foi deveras gracioso.

Por sua vez, uma criança de cerca de três anos que, em meio ao sono, começou a tossir, também era muito graciosa. E quando ela chamou sua ama ou a mãe, fiquei com vontade de saber: "Quem seria ela?".

Na madrugada seguinte de uma vigília de reza intensa, já concluídos os trabalhos, eu estava a dormitar, e um monge não muito considerado, do tipo asceta da montanha, começou a entoar o sutra do Buda do Templo Kiyomizu com uma voz rude e pretensiosa, acomodado sobre sua capa de palha. Ele me despertou e me causou compaixão.

Foi impressionante ver um cortesão de certa classe, trajando pantalona acolchoada cor cinza chumbo esverdeado sobre quimonos brancos sobrepostos, fazendo-se acompanhar de um jovem requintado, que se supunha ser seu filho, e de um grupo de crianças vistosas, todos cercados de presumíveis subordinados e acomodados em recinto provisório montado com biombos armados para os que não pernoitavam, onde prestavam preces, compenetrados. Se sua feição nos fosse desconhecida, nossa curiosidade ficava atiçada. "Quem seria?". Se nos fosse familiar: "Ah sim, é ele!", e assim nos divertíamos.

Os jovens rondavam os aposentos femininos e, sem dar a devida atenção a Buda, solicitavam a presença dos altos funcionários do templo com quem confabulavam em voz baixa e se despediam, dando-nos a entender que não eram pessoas comuns.

Foi fascinante o retiro feito em plena florada, nos últimos dias do segundo mês, ou no primeiro dia do terceiro mês. Mais fascinante ainda foi ver dois ou três jovens que pareciam chefes de clãs, elegantes em suas belas túnicas de caça em superposições "Cerejeira" de branco e vermelho ou "Salgueiro-chorão" de branco e verde e pantalonas presas um pouco acima dos pés, o que lhes dava uma aparência refinada, seguidos de serviçais cujas vestes estavam em consonância com as de seus senhores e que levavam iguarias em sacolas ricamente ornamentadas e, ainda, tendo atrás auxiliares mirins de túnicas de caça rosadas ou verdes amareladas ou quimonos de seda de cores variadas e pantalonas de estampas rebuscadas, aos quais ordenavam a coleta dos ramos das cerejeiras. Um servidor esbelto os acompanhava tocando instrumento budista de percussão.

Identificamos algumas pessoas que passavam sem notar nossa presença e nos divertia tentar chamar-lhes a atenção.

Enfim, acho sem sentido levar apenas as nossas servidoras como acompanhantes a um retiro em um templo, um local tão diferente do habitual. Seria mais desejável convidar uma ou mais damas, ou até várias, do nosso convívio com quem pudéssemos compartilhar as alegrias e os dissabores. É inegável que haja pessoas interessantes dentre as nossas servidoras, mas a convivência diária não nos traria novidades. Certamente, os homens também pensam assim, pois fazem questão de procurar novas companhias.

Coisas que realmente nos aborrecem
いみじう心づきなきもの

Coisas que realmente nos aborrecem. Assistir, sozinha na carruagem, a festivais como os de Kamo ou a cerimônias de abluções, apesar da maciça presença masculina. Não consigo entender! Nem é preciso que seja alguém importante, bastaria levar junto um jovem ajudante que quisesse assistir ao evento. Que dizer de uma solitária sombra em movimento, que a tudo contempla calada, por trás do cortinado? Parece-me insensato e odioso.

Chuva em dia de festival ou de visita a templos. Acabar ouvindo a conversa de serviçais que comentam ao nosso respeito: "Nem se dá conta de mim. Aquela pessoa, sim, deve ser a preferida". Alguém que pensamos ser digno de certa admiração, quando diz coisas infundadas ou volta-se injustamente contra nós e acha que está correto.

117

Coisas que aparentam pobreza
侘しげに身ゆるもの

    Coisas que aparentam pobreza. O andar lento de uma carruagem imunda, puxada por um boi de aspecto insignificante, no horário mais quente dos já quentes sexto e sétimo meses. Carruagem com a esteira contra chuva abaixada, em dia de sol. Uma mulher maltrapilha que carrega a criança nas costas, em dias muito frios ou muito quentes. Um mendigo velho. Um casebre com telhado de madeira enegrecido e sujo molhado pela chuva. Ou ainda, o batedor que segue montado num cavalo de pequeno porte debaixo de chuva torrencial. No inverno não haveria problema, mas no verão, a túnica formal masculina e o quimono formal com cauda quando molhados grudam no corpo como se eles fossem uma única peça.

118

Coisas que parecem sufocantes
あつげなるもの

Coisas que parecem sufocantes. O traje de caça do Chefe da Guarda de Escolta. A grossa sobrepeliz budista. O Baixo-Capitão em seu posto de vigia na segurança do Portal. A vasta cabeleira de uma pessoa gorda. O monge eminente que realiza os rituais esotéricos de cura do sexto ou sétimo meses, no horário mais quente do dia.

Coisas que envergonham
はづかしきもの

Coisas que envergonham. O coração dos homens em relação às mulheres. Monges em vigília, de sono leve. Aquele que se aproveita da escuridão para furtar, sem perceber a presença de outro ladrão escondido num canto. Uma pessoa assim deve divertir o mão-leve, por compartilhar da mesma natureza.

Os monges em vigília também nos fazem sentir vergonha. No encontro das jovens damas que falam da vida alheia, riem e criticam, envergonha-nos muito que eles estejam a ouvir todos os detalhes. Mesmo com os comentários das damas mais próximas à Consorte: "Mas que coisa, que algazarra!", elas ficam alheias às advertências e, no final, todas se irmanam e acabam adormecendo, o que também causa muita vergonha.

Quanto aos homens, mesmo que uma mulher não seja o seu tipo ideal e tenha algo que não o agrade, é uma grande vergonha que, uma vez na sua frente, corteje-a e a faça sentir-se amada. Ainda, um homem que tem a reputação de ser amável e desejável não deveria tomar atitudes que o fizessem parecer insensível. Não só pensar, mas também falar mal de uma determinada mulher para outra, e desta para aquela, de modo que cada qual, sem saber que está sendo criticada, acredite ser a mais amada. Por outro lado, quando uma mulher encontra um homem que a ama, mesmo que um pouco, ela nem se envergonha em achar que ele não lhe demonstra muito afeto. É inacreditável a frieza dos homens diante do padecimento de uma mulher abandonada sem compaixão. Ainda por cima, criticam as outras pessoas e se defendem muito bem. Há ainda aquele que, após ter se relacionado com uma dama da Corte sem familiares influentes, mantém-se indiferente, mesmo tendo-a deixado em "estado interessante".

Coisas que perdem a pose
無徳なるもの

    Coisas que perdem a pose. Um grande barco encalhado na maré baixa. Uma grande árvore derrubada pelo vento, tombada com as raízes à mostra. Uma pessoa de baixa condição acusando e repreendendo seu acompanhante. Uma esposa que, por causa de ciúme infundado, deixa sua casa, pensando que certamente a procurariam e depois, não podendo mais continuar ausente, reaparece, uma vez que o marido, indiferente, não saíra em sua busca.

121

Quanto a rituais esotéricos de cura ou proteção
修法は

 Quanto a rituais esotéricos de cura ou proteção, os do Templo Kôfuku de Nara. As solenes rezas para proteção do corpo são requintadas e preciosas.

Coisas que causam constrangimento
はしたなきもの

Coisas que causam constrangimento. Ao chamar uma pessoa, comparecer outra. Mais ainda, quando se a chama para oferecer-lhe alguma coisa. Criticar alguém e ser ouvido por uma criança que começa a fazer o mesmo na presença da própria pessoa.

Quando as pessoas contam histórias tristes e choram, de fato sinto muita pena, mas é muito embaraçoso que as lágrimas não afluam imediatamente. Simulo choro e esboço uma expressão sombria, mas sem nenhum efeito. Pelo contrário, ao ver e ouvir coisas maravilhosas é que as lágrimas brotam sem parar.

Na ocasião de retorno da visita ao Santuário Iwashimizu Hachimangû, o Imperador Ichijô fez parar o palanquim do outro lado do palanque para enviar saudações para sua mãe. A cena era tão incomparavelmente esplendorosa que as lágrimas inundaram todo o meu rosto, e deixaram minhas faces descobertas de qualquer maquiagem. Como deve ter sido desagradável a minha aparência! Foi realmente esplêndido o momento em que se aproximou do palanque o Conselheiro Consultor Médio-Capitão Tadanobu, destacado como mensageiro imperial. Acelerando o ritmo de sua magnífica montaria pela grande e bela Avenida Nijô, seguido de apenas quatro guardas de escolta e puxadores de cavalos, maquiados, esguios e ricamente trajados, apeou num lugar a certa distância para aguardar em frente à persiana, ao lado do palanque de Sua Alteza Mãe do Imperador. Tudo foi feito com muita elegância. Nem é preciso mencionar o modo como retornou para o palanquim do Imperador com a resposta de sua mãe.

Imaginei o sentimento da Imperatriz-Mãe vendo seu filho, o Imperador Ichijô, desfilar diante do palanque. Aquilo me comoveu e me fez sentir como se flutuasse nas nuvens. Nessa ocasião, chorei longamente e fui alvo de risos. Ter um filho brilhante é glorioso mesmo para uma pessoa normal — embora seja desrespeitoso fazer tal comparação.

123
O senhor Conselheiro-Mor Michitaka
関白殿

O senhor Conselheiro-Mor Michitaka sairia pelo Portal Negro e, sabendo disso, as damas o aguardavam aglomeradas no corredor norte. Ele chegou, dizendo: "Oh, que belas damas! Como elas devem estar rindo deste pobre ancião!". Michitaka foi abrindo espaço entre as damas que, próximas à porta, levantavam a persiana, mostrando as mangas de diferentes cores, enquanto seu filho Korechika, o Alto-Conselheiro Provisional, ajudava-o a vestir os calçados. Era soberbo, belo e elegante o modo como deslizava a cauda do quimono formal; era, deveras, uma figura imponente. Admirei de ver o Conselheiro-Mor tendo seus calçados vestidos pelo Alto-Conselheiro.

O Alto-Conselheiro Yamanoi, seus irmãos e os demais nobres estavam enfileirados junto ao muro da Ala Fujitsubo até a Ala Tôkaden, como se fossem negros objetos espalhados.[193] Enquanto isso, o senhor Conselheiro-Mor Michitaka, distinto e elegante, ajeitou a espada e parou por um instante. Seu irmão mais novo, o senhor Michinaga, estava diante da porta, e eu o observava, pois julgava que ele jamais se ajoelharia diante do outro.[194] No entanto, quando Michitaka começou a caminhar, Michinaga logo se pôs de joelhos, o que me deixou deveras impressionada, e imaginei as boas ações que o senhor Conselheiro-Mor deveria ter praticado na vida anterior.

A dama Chûnagon orava por ocasião do aniversário de morte de um familiar, quando outras colegas reunidas comentaram, rindo: "Emprestai-nos o rosário budista, pois também gostaríamos de ser tão importantes quanto Sua Consorte Imperial", o que deve ter sido maravi-

---

[193] Os "objetos negros" seriam as túnicas formais masculinas de gola redonda na densa cor preta permitida aos Oficiais do Quarto Grau e superiores.

[194] Os irmãos se tornaram notórios inimigos políticos.

lhoso. Ao ouvir esse comentário, Sua Consorte disse, sorrindo: "É melhor tornar-se Buda do que ser Consorte Imperial", opinião esta que apreciei com admiração.

Ouvindo-me relatar repetidas vezes que o senhor Michinaga havia se ajoelhado diante do Conselheiro-Mor Michitaka, Sua Consorte exclamou, rindo: "Ele é mesmo o vosso favorito!". Se Sua Consorte tivesse presenciado o êxito alcançado posteriormente pelo senhor Michinaga, ela teria me dado toda a razão pelo que lhe dissera naquela oportunidade.[195]

---

[195] A impressão de Sei Shônagon sobre Fujiwarano Michinaga mostra que sua simpatia não era infundada, pois, mais tarde, embora a Consorte Imperial não tenha podido testemunhar, o tio iria dominar o cenário político.

124

Pelo nono mês
九月ばかり

    Pelo nono mês é deveras encantador ver as gotas de orvalho como que transbordando sobre as plantas do quintal, quando o sol da manhã surge com todo o brilho, após uma noite de chuva. São realmente comoventes e sublimes as teias de aranha em parte danificadas que permanecem sobre a decoração das cercas vazadas de bambu e do beiral, em cujos fios brilham gotas de chuva qual gemas transpassadas.
    Com o sol quase a pino, os ramos da lespedeza, curvados com o peso do orvalho, balançam à medida em que caem as gotas, e é encantadora a maneira como voltam a se erguer sem que ninguém os toque. Mas outros podem não compartilhar "em absoluto" de minha opinião, o que por sua vez também é interessante.[196]

---

[196] "Em absoluto", *tsuyu*, é homófono de *tsuyu*, "orvalho", usado aqui como jogo de palavras.

As ervas tenras do sétimo dia
七日の日の若菜を

As ervas tenras do sétimo dia do Ano-Novo eram trazidas no dia anterior[197] por pessoas que faziam algazarra enquanto as espalhavam, e algumas crianças vieram com umas plantas desconhecidas. Ao perguntar-lhes o nome, não me responderam logo, dizendo: "Bem...", até que depois me revelaram serem ervas-sem-orelhas,[198] ao que eu respondi, rindo: "Com razão, é por isso que não tinham me ouvido". Nisso, trouxeram também graciosos crisântemos que haviam começado a brotar, e eu quis recitar o poema:

> Ervas-sem-orelhas
> Colhidas em profusão
> Que pena me deram!
> Entre tantas plantas
> Somente me ouvem crisântemos...[199]

Mas, sendo crianças, não me entenderiam.

---

[197] Trata-se do costume de comer no início de primavera, no sétimo dia do Ano-Novo, as sete ervas colhidas para se prevenir doenças e infortúnios.

[198] Trata-se da erva orelha-de-rato da família da cravina, cujo nome *mininagusa* em japonês significa "erva-sem-orelha".

[199] O poema faz jogo fonético entre *tsumedo* ("colher a planta" e "puxar a orelha") e *kiku* ("crisântemo" e "ouvir"). É uma referência aos que não conseguem ouvir os outros. No original: *tsumedo nao/ miminagusakoso/ awarenare/ amatashi areba/ kikumo arikeri.*

No segundo mês do ano, no Gabinete do Primeiro-Ministro
二月、官の司に

No segundo mês do ano, no Gabinete do Primeiro-Ministro dizem realizar um evento chamado Kôjô, mas que tipo de acontecimento seria?[200] Devem realizá-lo venerando a imagem de Confúcio.[201] As oferendas, chamadas *sôme*, têm formas estranhas; dispostas em utensílios de barro, são servidas no dia seguinte para o Imperador e a Consorte Imperial. Da parte de Yukinari, Secretário Chefe dos Oficiais Superintendentes, um servidor trouxe algo semelhante a rolos de pintura, envolvido em papel *shikishi* branco, acompanhado de um galho de ameixeira carregado de flores. Achando que podiam ser rolos de pintura, recebi-o às pressas, mas vi que eram dois bolinhos embrulhados lado a lado.[202] Na carta formal dobrada que os acompanhava, registravam-se os seguintes dizeres, como se fosse uma petição:

> Exma. Administradora Geral
> Baixa-Conselheira Shônagon
> Rogamo-vos receber
> Conforme as regras estabelecidas pelo cerimonial
> Este simbólico presente.

A carta estava datada e identificada: Mimanano Nariyuki,[203] e no

---

[200] Trata-se de cerimônia de promoção dos funcionários realizada no oitavo mês do ano, e não no segundo, como afirma esta passagem de Sei Shônagon.

[201] A imagem de Confúcio era venerada no segundo e oitavo meses do ano, em eventos diferentes.

[202] O bolinho de arroz *mochi*, recheado de carne, ovos e outros ingredientes, é oferecido um dia após as datas de promoção de funcionários públicos.

[203] Nariyuki é o nome invertido de dois caracteres que compõem o nome de Fu-

fim constava com uma caligrafia maravilhosa: "Perdoai este serviçal por não comparecer pessoalmente para vos ofertá-lo, pois durante o dia minhas formas imperfeitas se evidenciam".[204]

Ao mostrar a carta para a Sua Consorte Imperial, ela a elogiou: "Que caligrafia mais bela! Que ideia engenhosa!". E ficou com a carta. À minha consulta: "Como farei com a resposta? Será que costumam recompensar quem traz bolinhos? Alguém saberia me dizer?", Sua Consorte sugeriu: "Ouvi a voz de Korenaka. Chame-o para lhe perguntar". Saí então para um canto da varanda e pedi que o chamassem e ele atendeu-me todo solene, após arrumar seu traje. "Não é assunto oficial, mas particular. Sabeis se é hábito recompensar aqueles que trazem coisas como estas, para damas como eu, na posição de Baixo-Conselheiro?", ao que respondeu: "Não, não. Nessas ocasiões, simplesmente tomai-os e comei-os. Por que perguntais? Recebestes algo do Gabinete do Primeiro-Ministro?". Respondi negativamente, e escrevi a carta para Yukinari, num papel fino e bem vermelho: "O serviçal que não comparece pessoalmente parece-me muito frio", acompanhada de um lindo galho florido de ameixeira vermelha. Yukinari logo compareceu pessoalmente, dizendo: "Eis aqui o vosso serviçal, a vosso dispor!". Quando fui ao seu encontro, comentou: "Achei que me enviaríeis um poema qualquer, mas vossa resposta foi brilhante! As mulheres que são um tanto quanto presunçosas é que posam de poetas. Com uma pessoa como vós, sim, é que é fácil de relacionar-se. Uma pessoa que envia poemas a alguém como eu não tem a mínima sensibilidade!". Respondi, gracejando: "Mas então sois exatamente como Norimitsu, que odiava poemas!", e assim terminou a conversa, mas Yukinari ainda relatou o episódio para Sua Majestade Imperial, que me elogiou pela resposta dada. Constrange-me registrar essa ocasião em que fui louvada.

---

jiwarano Yukinari, remetente do pacote. Mimana é o nome de um antigo clã descendente de uma das famílias imperiais da região de mesmo nome, no sul da atual Coreia. Na época, o clã estava decadente e seus membros ocupavam normalmente postos inferiores aos do Sexto grau. Para representar a submissão de tais oficiais, Yukinari assume ser de tal família.

[204] O tom é de gracejo, mas Nariyuki afirma não servir durante o dia, somente à noite, por suas imperfeições faciais, o que o associa ao deus Kazuraki, que tem tais propriedades.

127

As damas discutiam várias coisas
などて官えはじめたる

    As damas discutiam várias coisas das quais não estavam convencidas: "Por que será que, para confeccionar os cetros dos novos oficiais do Sexto Grau, eles utilizam a madeira do muro a sudeste do Escritório de Sua Consorte Imperial? Será que não poderiam usar a do lado leste ou oeste?". Dizia outra: "É muito estranho também que, para as vestes, tenham dado nomes tão aleatórios. Dentre elas, 'estreita-e-longa' tem, evidentemente, um nome muito apropriado. Mas... e quanto à veste feminina infantil de gala, que chamam de 'roupa de suor'? Deveria chamar-se 'cauda-longa', como a dos meninos". E assim continuavam: "E quanto à jaqueta formal curta que é chamada 'jaqueta chinesa'? Deveria ser somente 'jaqueta'"; "Ah, isso deve ser porque vem da China!"; "'Quimono externo' e 'pantalonas de cima' são nomes muito apropriados. 'Quimono formal com cauda' também é bom"; "'Boca-larga' também me parece muito bom, pois a abertura da pantalona é maior do que seu comprimento. Mas não consigo entender porque *hakama* para pantalonas"; "E quanto a *sashinuki*, 'pantalonas presas nos tornozelos'?[205] Deveria é chamar-se 'agasalho-de-pernas'..."; "Ah, mas para uma veste como essa, o melhor nome seria 'embrulho-de-pernas'!".

    Eram muitas as tagarelices, e eu as repreendi: "Ah, mas que balbúrdia! Vamos parar de falar. Dormi, por favor!". O monge encarregado da vigília, entretanto, num tom claramente reprovador, acrescentou, para nosso susto e divertimento: "Isso não! É muito melhor que continueis a conversar pela noite afora!".

---

    [205] *Hakama*, tipo de saia-calça ampla vestida por homens e mulheres, significa "abrir as pernas" (*mata wo hiraku*). *Sashinuki*, literalmente "espetar-e-transpassar", refere tipo de pantalonas *hakama* presas nos tornozelos.

128

Em memória ao Conselheiro-Mor Fujiwarano Michitaka
故殿の御ために

Em memória ao Conselheiro-Mor Fujiwarano Michitaka, no décimo dia de cada mês, Sua Consorte Imperial mandava realizar cerimônias fazendo copiar sutras e pintar imagens de Buda. No nono mês a cerimônia ocorreu na Ala destinada ao seu Escritório. Eram muito numerosos os nobres e altos dignitários. Como orador, o monge Seihan proferia os ensinamentos com expressões tão pungentes que até as jovens damas que pareciam não perceber especialmente a efemeridade das coisas puseram-se, todas, a chorar.

Terminada a cerimônia, passaram a beber saquê e compor poemas e o Conselheiro Consultor Médio-Capitão Fujiwarano Tadanobu proferiu os seguintes versos:

> Novamente
> O outono e suas luas
> E ele?... onde estará?

Era um poema esplêndido.[206] Como será que se lembrara de um tão apropriado à ocasião?

Eu abria passagem entre as damas em direção a Sua Consorte Imperial, quando esta se dignou a vir a mim e proferir: "Foi maravilhoso, não foi? Os versos pareciam ter sido compostos especialmente para a

---

[206] Trata-se de um poema chinês composto por Sugawarano Fumitoki (899-981), neto de Michizane (845-903), em memória do pai e da mãe de Koretada, que está compilado no tomo 14 de *Honchô Monzui* e também em *Wakan Rôeishû*, tomo "Saudades". Em versão livre: "No vale Kinkoku/ Embriago-me com as flores/ Toda primavera florescem/ Mas o dono do jardim não volta/ Subindo na torre sul/ Aquele que no passado/ Apreciava a lua já não vem/ Mas a lua continua a aparecer no outono, a esperar/ E tudo ilumina sua luz perene/ E ele?/ Onde estará aquele que outrora a contemplava?".

cerimônia de hoje...". Respondi-lhe: "Queria justamente vos comunicar que era exatamente isso que eu havia pensado. Não me continha em mim, de tão apropriada fora a esplêndida recitação". E ela acrescentou: "De fato, e vós, mais do que ninguém, é que o perceberíeis, não?".

Tadanobu costumava requisitar minha presença, mas toda vez que nos encontrávamos, dizia-me: "Qual o motivo de não vos dignar a uma verdadeira aproximação com a minha pessoa? Estou ciente de que certamente não me detestais. Parece-me deveras estranho. Uma intimidade de tantos anos como a nossa não pode terminar assim, tão friamente. Pode ser que um dia eu não me encontre mais com tanta frequência no Palácio, e que recordações eu terei?". Respondi-lhe: "Ah, sim. Não é que me seja tão difícil que nos tornemos mais íntimos... Mas se assim o fizermos será uma pena, pois não poderei mais vos tecer elogios. Mesmo quando estou em presença do Imperador, fico a louvar-vos como se eu tivesse sido especialmente contratada para tal função... Preocupo-me com o que diriam os outros, pois seria indecoroso se não resistisse ao anseio de vos elogiar. Rogo a vossa compreensão! Guardai-me apenas no coração". Replicou ele: "O que dizeis? Mas existem mulheres que elogiam seus amados mais efusivamente do que o fazem as não tão íntimas!", no que argumentei: "Ah, sim, devem existir as que não consideram tal atitude odiosa. Tanto homens quanto mulheres que prezam seus amantes os elogiam, e só têm olhos para eles, e, quando alguém neles aponta uma mínima falha, enfurecem-se. Tais atitudes são, a meu ver, uma lástima". A resposta de Tadanobu foi bem espirituosa: "Então, parece que não posso mais depender de vós...".

129

Yukinari, o Secretário Chefe dos Oficiais Superintendentes
頭弁の

Yukinari, o Secretário Chefe dos Oficiais Superintendentes, em visita à Ala do Escritório de Sua Consorte Imperial, ficou a contar histórias até a sua partida, quando disse: "A noite já está bem avançada. Amanhã terá início a Reclusão Imperial e devo ficar no Palácio. Será muito inoportuno se me estender até a hora do boi, até as duas da madrugada...".

Na manhã seguinte, recebi várias folhas do tipo usado pelos oficiais, grafadas com uma profusão de palavras: "Hoje, meu coração ainda recende vossa presença. Esperava poder ter atravessado a noite a relembrar histórias antigas, mas fui forçado a partir pelo canto do galo...".

Fiquei impressionada com a magnífica carta. Minha resposta foi: "O canto do galo que soou na noite profunda, seria aquele do senhor Môsô?", e Yukinari respondeu: "Foi o galo do senhor Môsô que abriu o Posto de Fiscalização de Kankoku e permitiu a passagem de seus três mil seguidores.[207] Mas, entre nós, trata-se do Posto de Ôsaka, a 'Colina dos Encontros'...". Enviei-lhe, então, um poema:

Pela noite adentro
Falso galo a cantar
Posto de Ôsaka

---

[207] Môsô é o nome japonês de Meng Chang (919-965), também grafado T'ien Wen, membro da família imperial da China no período dos Reinos Combatentes. Tornou-se famoso pelo episódio em que, estando preso, conseguiu iludir os guardas do Posto de Fiscalização Kankoku (Han-ku), pois um de seus soldados imitara com perfeição o canto do galo, sinal para a abertura das porteiras. Sei Shônagon sugere que o canto do galo de Yukinari seria falso, assim como sua carta (que subentende terem passado a noite juntos), quando ele teria partido antes.

— Lugar de encontros de amor —
Que tentem, não abrirão![208]

E uma nota: "Há um fiscal muito vigilante!".
E com outro poema respondeu-me ele:

Como ouvi dizer,
Fácil é ultrapassar
O Posto de Ôsaka
Para que canto de galo
Se aberto está, a esperar?[209]

O Vice-Primaz Ryûen,[210] muito impressionado pela caligrafia das cartas, implorando com respeitosas reverências, apoderou-se da primeira e ofertou as demais à Sua Consorte Imperial.

Alguns dias depois, Yukinari me disse: "Meu poema sobre Ôsaka vos foi demasiado? Não recebi nenhuma resposta vossa. Que maldade a minha! Por falar nisso, sabíeis que todos os nobres já leram o vosso poema?". Minha resposta foi: "Oh, somente por este gesto, já compreendo vosso apreço por mim... Pois, quanto a poemas benfeitos, é uma lástima que não sejam conhecidos por todos, não é? Por outro lado, é uma infelicidade que conheçam linhas mal traçadas e, por isso, escondo as vossas cartas; definitivamente, não as mostro a ninguém! Se formos comparar nossas intenções, não estaríamos igualados?". Yukinari riu e disse: "Muito bem pensado antes de proferido! Sem dúvida, sois muito diferente das outras damas. Achava que, como as demais mulheres, diríeis: 'Como pudestes fazer isto, sem nem pensar nas consequências?'". Respondi-lhe: "Ora, o que dizeis? Eu é que tenho de vos transmitir minha gratidão". E Yukinari devolveu: "Ora, ora, eu é que

---

[208] O poema revela uma recusa de modo jocoso. No original: *yoo komete/ torino soranewa/ hakarutomo/ yoni ausakano/ sekiwa yurusaji.*

[209] O poema revela uma nova insistência também de modo jocoso. No original: *ausakawa/ hito koeyasuki/ sekinareba/ tori nakanunimo/ akete matsutoka.*

[210] Fujiwarano Ryûen (980-1015), monge e irmão mais novo da Consorte Imperial Teishi, tinha na época vinte anos e era aficionado pela caligrafia, sendo Yukinari célebre pela sua.

estou feliz por terdes escondido as minhas cartas. Poupastes-me muita tristeza e sofrimento. Por favor, rogo-vos que continuais a escondê-las no futuro!".

Algum tempo depois de nosso diálogo, encontrei-me com o Médio-Capitão Tsunefusa, que me comunicou: "Sabíeis que Yukinari vos tem elogiado muito? Contou-me até sobre o episódio das cartas do outro dia. É um grande prazer ouvir alguém elogiar a quem amamos". Sua seriedade me deliciou e eu lhe disse: "Para o meu prazer, tenho, então, duas razões: ter sido elogiada por Yukinari e incluída entre as que amais". Respondeu-me ele: "Mas, e isto é novidade? Como se este prazer somente agora vos tivesse sido revelado!".

130

Próximo ao quinto mês
五月ばかり

Próximo ao quinto mês, na escuridão de uma noite sem lua, ouvimos várias vozes: "Damas! Há alguma dama a serviço?", ao que Sua Consorte Imperial me demandou: "Saí e ide ver. Quem seria, com este modo singular de chamar?". Fui à varanda e perguntei: "Quem está aí a bradar? Que barulho atroz!". Sem proferir palavra, alguém levantou a persiana e inseriu um galho de bambu *hachiku*, com leve farfalhar. "Oh! Não é que é 'Este Cavalheiro'!", disse eu.[211] Ao escutar minhas palavras, os nobres que lá estavam disseram: "Vamos, vamos reportar logo o fato à Sala dos Cortesãos!". E partiram, prontamente, o Médio-Capitão do Palácio do Ministério do Cerimonial, Minamotono Yorisada, além do Secretário do Sexto Grau e alguns outros.

O Oficial Superintendente Yukinari, porém, permaneceu e disse: "Que modo estranho de partir! Quebraram um galho do bambu do jardim da Ala Privativa do Imperador com intenções de compor poemas, até que um deles sugeriu: 'Já que vamos recitar poemas, que tal visitarmos a Ala do Escritório de Sua Consorte e chamar as damas para escutá-los?'. Apanharam o galho e o trouxeram, mas quando ouviram que conhecíeis o nome do bambu, ficaram tão desnorteados que até fugiram. Quem vos terá ensinado tal nome, com o qual pouquíssimos são os familiarizados?". Respondi-lhe: "Mas eu não sabia o nome do bambu! Oh, devem estar fazendo um juízo equivocado de mim...". Concluiu Yukinari: "Ah, é claro... Como é que poderíeis conhecê-lo?".

---

[211] Sei Shônagon alude ao prefácio de Fujiwarano Atsushige (s/d-926) em que este cita um poema chinês incluído em *Wakan Rôeishû*: "Hakurakuten plantou bambu e o chamou de 'Este Cavalheiro', sendo-lhe grandemente afeiçoado". O jogo poético refere o jardim leste da Ala Privativa do Imperador onde havia bambus originários da China (bambu *hachiku*) e do Japão (bambu *medake*).

Estávamos imersos em assuntos práticos, quando os nobres de antes voltaram recitando o verso:

Plantou-o e de "Este Cavalheiro" o chamou.

Yukinari lhes dirigiu a palavra: "Senhores nobres, pareceu-me realmente estranho que tivésseis partido sem cumprir nosso trato, expresso oralmente". Yorisada respondeu: "Como encontraríamos resposta à sua altura? Um poema ruim não seria muito pior? O ocorrido fez sucesso estrondoso entre os altos dignitários. Já chegou até aos ouvidos do Imperador, que também o apreciou muitíssimo". O Oficial Superintendente Yukinari também aderiu à recitação, e o verso se repetiu inúmeras vezes. Estava tão maravilhosa que todas as damas, com seus cavalheiros, amanheceram em conversas e, mesmo chegada a hora da despedida, ainda continuava o mesmo verso sendo recitado num uníssono que ecoava até no Posto da Guarda do Portal Leste do Palácio.

Na manhã seguinte, bem cedo, uma dama do Palácio Imperial chamada Shônagonno Myôbu veio trazer uma missiva à Sua Consorte. Como referia também o ocorrido, fui solicitada à sua presença e questionada sobre a veracidade do fato. Respondi-lhe: "Não sabia. Respondi sem saber de nada. Creio, entretanto, que tenha sido uma interpretação do senhor Yukinari, a meu favor". Sorrindo com cumplicidade, disse Sua Consorte Imperial: "Quer dizer que foi mesmo uma interpretação?".

Que dama não se alegraria ao saber ter sido elogiada na Corte? Mas é também delicioso ver a alegria que por nós sente a Consorte a quem servimos.

Encerrado o ano de luto oficial pelo falecimento do Imperador Retirado En'yû
円融院の御はてのとし

Encerrado o ano de luto oficial pelo falecimento do Imperador Retirado En'yû,[212] todos deixaram de lado os trajes sombrios e, sensibilizados com o decorrer do tempo, ainda viviam de suas recordações, a começar pelo Imperador Ichijô. E foi num desses dias, de chuva muito forte, que chegou aos aposentos da dama Tôsanmi,[213] tia-avó de Sua Consorte Imperial, um menino grande com uma capa de palha, feito bicho-de-cesto, trazendo uma carta formal dobrada, presa a um galho branco e disse: "Entregai-a para vossa Dama". Recebendo-a pela parte superior da veneziana de treliça, a atendente disse: "É da parte de quem? Estamos nos Dias de Reclusão e não podemos nem mesmo abrir a veneziana de treliça". Informada a respeito, Tôsanmi não quis ver a carta devido à Reclusão e deixou-a sobre a janela. Na manhã seguinte, bem cedo, Tôsanmi lavou as mãos e requisitou-a: "E onde estão os textos ontem recebidos?".[214] Tomou-a com toda a reverência, abriu-a e estranhou ao deparar com uma folha encorpada castanha amarelada clara em que estava escrito, com admirável caligrafia de monge:

Este escuro traje
A sua presença evoca
Já na Capital

---

[212] Pai do Imperador Ichijô, falecido em 991.

[213] Trata-se de Fujiwarano Hanshi, filha de Morosuke (908-960), o qual foi Ministro da Direita e pai de Kaneie e dos altos cortesãos Koretada e Tamemitsu. Tôsanmi serviu como ama de leite do Imperador Ichijô. Era casada com Fujiwarano Michikane e, após a morte deste em 995, com Tairano Korenaka.

[214] A dama pensou ter recebido a relação dos textos budistas encomendados ao monge.

>Será que mudam as folhas
>As mangas castanhas mudam?[215]

"Mas que absurdo! Que ofensa! Quem seria o autor deste disparate?" — pensou no Primaz do Templo Niwaji, mas ele jamais cometeria tal tolice. Teria sido então obra do Alto-Conselheiro Fujiwarano Asateru, que fora Administrador Geral do palácio do falecido? Sim, com certeza, fora ele. Quis imediatamente falar com o Imperador e Sua Consorte, porém conteve-se por mais um dia para não burlar as temerosas normas da Reclusão. Mas na manhã seguinte bem cedo enviou pelo mensageiro uma carta ao Alto-Conselheiro, que lhe respondeu no ato.

Sem perda de tempo, com as duas cartas em mãos, ela se apresentou à Sua Consorte, com quem também se encontrava o Imperador, e relatou: "Foi isto que aconteceu". A Consorte Imperial viu as cartas e, séria, com ar dissimulado, disse: "Não parece ser caligrafia do Alto-Conselheiro. Deve ser letra de monge. Até parece brincadeira dos ogros de antigamente".

Agitada, incrédula, querendo saber a verdade, Tôsanmi dizia: "Pois então, de quem foi a brincadeira? Troças de algum palaciano? De um monge superior? De quem? Deste ou daquele?", quando o Imperador se manifestou: "O papel é realmente parecido com o que nós temos aqui", e, com um leve sorriso, retirou do armário uma folha idêntica e entregou-a a Tôsanmi. "Mas que lamentável! Qual a razão disso tudo? Sinto-me desnorteada, quero uma resposta rápido!". Inquiriu insistentemente, mas ao final ela própria desandou a rir. Após uma pausa, o Imperador acabou revelando: "O menino-ogro está a serviço da funcionária da copa e agiu a mando da Kohyôe, dama da Consorte Imperial". Sua Consorte começou a rir e a tia-avó Tôsanmi, sacudindo-a, disse: "Mas por que toda essa trama? E eu que sem desconfiar, certa de que era a relação dos volumes budistas, purifiquei as mãos, abri a carta com o mais profundo respeito...", e, como que ressentida, falava, mas ao mesmo tempo ria, deixando transparecer certo orgulho de ser

---

[215] Do castanheiro *shii*, cujas folhas são sempre verdes, extraía-se o corante para tingir os trajes de luto. No original: *koreodani/ katamito omouni/ miyakoniwa/ gaeya shitsuru/ shiishibano sode*.

alvo de brincadeira de pessoas tão ilustres, o que a tornou amável, e nos divertimos.

Na copa, sua revelação causou risos e algazarras. Já em seu aposento, ela convocou o menino de recados cuja identidade foi confirmada pela atendente e o questionou: "De quem era a carta? Quem foi que lhe entregou?". Calado, nem afirmando nem negando, o menino foi-se com uma risadinha nos lábios.

Quando soube da brincadeira, o Alto-Conselheiro riu a valer.

132

Coisas que causam tédio
つれづれなる物

    Coisas que causam tédio. Passar os dias de Reclusão em residência alheia. Num jogo de *sugoroku*,[216] a demora em conseguir com os dados o número que permite movimentar as peças. A residência das pessoas não contempladas nas nomeações dos cargos públicos. Ainda mais tediosos são os dias seguidos de chuva.

---

    [216] Jogo de salão que chegou ao Japão através da China, na época Nara. Jogado entre duas pessoas, com pedras brancas e pretas, é semelhante ao gamão. Os dados são lançados de dentro de um copo feito de bambu.

133

Coisas que amenizam o tédio
つれづれなぐさむもの

Coisas que amenizam o tédio. O jogo de *go*, o de *sugoroku* e as narrativas. A fala graciosa de crianças de três a quatro anos. A criança ainda pequena, conversando com suas fantasias.

Os doces e as frutas. Os homens de conversa animada que nos visitam e são recebidos mesmo em período de Reclusão.

134

Coisas que são desprezadas
とり所なきもの

    Coisas que são desprezadas. Pessoas feias e de mau caráter. Cola de arroz cozido apodrecida. São coisas que todas as pessoas evitam, mas nem por isso vou deixar de registrá-las. Elas existem no mundo, como ainda a remanescente tenaz de bambu do cerimonial fúnebre. Esta brochura não foi escrita para as pessoas lerem e eu me propus a nela anotar inclusive as coisas estranhas e detestadas.

135

Haveria algo mais belo
猶めでたきこと

Haveria algo mais belo que os Festivais Extraordinários? Os ensaios gerais do Festival de Iwashimizu e do Santuário Kamo realizados na Corte também são maravilhosos.

Era uma primavera de um céu ameno e agradável e, no ambiente calmo e alegre, os funcionários do Setor de Edificação e Limpeza estenderam os tatames nos jardins da Ala Privativa do Imperador. Os emissários da Corte se acomodaram voltados para o norte, enquanto os dançarinos se posicionaram de frente para o Imperador. Salvo falha de minha memória, os servidores da Divisão do Secretariado iam distribuindo as bandejas individuais de pés altos para os convivas. Excepcionalmente nesse dia, e só nesse jardim, era permitido o trânsito dos músicos acompanhantes diante do Imperador. Nobres e palacianos trocavam gentilezas com suas taças, sendo que a última rodada foi feita utilizando-se conchas da ilha Yaku. Findo o banquete e tão logo os convidados se afastaram, presenciamos o que chamávamos de "a disputa das sobras", situação já extremamente constrangedora para homens, quanto mais com a participação de mulheres e ainda mais na presença do Imperador. De repente, fomos surpreendidos por pessoas surgindo de lugares nunca imaginados, como, por exemplo, dos cercados das tochas, as quais, na tentativa de pegar o máximo de iguarias, deixavam-nas cair, sendo surrupiadas pelas mais espertas que rapidamente fugiam. Os disputantes mais divertidos eram os sagazes servidores da Seção de Armazenagem que usavam os cercados das tochas para guardar as iguarias. Tão logo retirados os tatames pelos encarregados do Setor de Edificação e Limpeza, os servidores do Setor de Equipamentos e Manutenção, munidos de vassouras, aplainavam a areia.

Diante da Ala de Recreação do Jôkyôden, situada a nordeste da Ala Privativa do Imperador, ouviu-se o forte soar de flautas, marcado pelas batidas dos cetros de madeira, e ficamos na expectativa da entrada dos dançarinos. Contornando a cerca de bambu *hachiku* do jardim leste, os músicos se aproximaram entoando, ao som das cítaras japonesas, a cantiga popular do leste "A praia de Udo". Não me contive de tanta emoção. Dois dançarinos se adiantaram com movimentos sincronizados das mangas e executaram com perfeição a primeira dança, que foi muito bonita. Eles se posicionaram mais a oeste, próximo ao Imperador, e pararam frente a frente. Na sequência, os demais dançarinos foram entrando no compasso das batidas dos cetros, enquanto suas mãos não paravam de ajeitar os cordões dos quimonos sem manga, chapéus formais e golas. Dançavam e cantavam: "... para resguardar as tarambolas caranguejeiras/ não armem as redes sobre as copas/ dos pequenos pinheiros...". Tudo foi absolutamente maravilhoso.

Na saída, eles formaram um grande círculo e ainda que a dança se prolongasse pelo dia inteiro não nos causaria tédio e até lamentaríamos o seu final, não fosse a nossa animação renovada para assistir à apresentação seguinte do bailado Motomego.

Ouviu-se nova melodia das cítaras japonesas e desta vez foi espetacular as bailarinas chegarem dançando por trás dos bambuzais. Elas se apresentaram com os braços direitos fora das mangas dos quimonos de cima, deixando à vista os brilhos dos trajes de seda batida e a profusão dos coloridos de suas vestes de baixo. Os embates das mangas soltas regidas pelos seus movimentos de ir e vir criavam imagens e vibrações de cores incríveis que, em uma descrição simples, ficariam banalizadas. E como aquela era a última apresentação, foi-nos muito penoso ver chegar o seu fim. Era triste e desanimador acompanhar a saída dos bailarinos e depois a retirada dos altos dignitários, mas no caso do Festival do Santuário Kamo, diferentemente do de Iwashimizu, causava-nos certo conforto a apresentação do bailado Kagura do Retorno.[217] Foi, na ocasião, encantador ver os filetes de fumaça subindo das chamas acesas no jardim imperial e ouvir os cantos maravilhosos acompanhados pelo som límpido e tremulante da flauta executando trechos do *kagura*. E naquela noite glacial, trajando tecidos brilhantes de textura fria, as mãos que manejavam os leques pareciam nem sentir a baixa tempera-

---

[217] Após o término das cerimônias no Santuário Kamo, as bailarinas faziam a reapresentação do bailado xintoísta *kagura* no Palácio Imperial.

tura. Foi com imenso prazer que vimos o mestre dançarino, todo pomposo, soltando a voz na convocação dos cômicos à cena.

Quando de licença, em minha casa, não satisfeita em ver passar o cortejo dos fiéis, às vezes eu os acompanhava até o Santuário. Sob as enormes árvores ficavam estacionadas as carruagens dos apreciadores e, em meio à fumaça que pairava, o fluxo luminoso das tochas realçava a beleza dos cordões dos quimonos sem manga e dos brilhos das vestes, tornando os presentes ainda mais belos que durante o dia. Muito bonitos eram também o coral e o bailado do cortejo, marcando passo sobre a ponte de madeira em frente ao Santuário. Não tenho dúvida de que as divindades festejadas também estavam maravilhadas pelos sons das flautas junto ao borbulhar do rio. Sempre admirei o falecido Médio-Conselheiro Fujiwarano Sanekata, que dançara todos os anos neste Festival. Ouvi dizer que sua alma ainda vaga sob essa ponte, o que me causa mal-estar. Não se deve apegar-se com tanta paixão às coisas, mas os maravilhosos Festivais Extraordinários são eventos dos quais não se consegue mesmo esquecer.

Comentávamos sobre o vazio sentido depois do Festival Extraordinário de Yahata,[218] sobre a possibilidade de se repetir o evento no Palácio, sobre o quanto seria bom se tal acontecesse e lamentávamos a saída das dançarinas ao receberem as suas recompensas. E tudo isso chegou aos ouvidos do Imperador, que disse: "Vamos fazê-las dançar de novo". E nós dizíamos: "Seria um pronunciamento para valer? Quão felizes ficaríamos se realmente isso acontecesse!", e solicitamos à Consorte Imperial que insistisse junto ao Imperador: "Que as fizesse dançar". Foi muito gratificante poder assistir a seu bailado novamente. As bailarinas já relaxadas, livres dos compromissos, alvoroçaram-se com a nova convocação.

As pessoas que já se haviam recolhido a seus aposentos retornaram estabanadas ao Palácio Imperial, apresentando-se com as caudas com pregas sobre as cabeças, o que motivou risos divertidos.

---

[218] Sinônimo de Iwashimizu, citado no início deste texto.

Após o passamento do Conselheiro-Mor Michitaka
殿などのをはしまさでのち

Após o passamento do Conselheiro-Mor Michitaka, certos acontecimentos se precipitaram causando comoção geral, o que levou Sua Consorte Imperial a deixar o Palácio Imperial e mudar-se para a mansão Konijô. Sentia-me angustiada sem que houvesse uma razão específica, e prolongava a estadia em minha casa. Mas não conseguia ficar afastada por muito tempo, pois era também grande a minha preocupação com Sua Consorte Imperial.[219]

Certo dia, Tsunefusa, o Médio-Capitão da Direita da Guarda do Portal, fez-me uma visita e relatou-me: "Estive, hoje, com Sua Consorte Imperial e fiquei profundamente comovido. As damas não se descuidavam e ainda mantinham seus trajes formais de caudas com pregas e jaquetas chinesas de gala, devidamente adequadas à estação. Entrevi pela fresta lateral da persiana oito ou nove damas sentadas lado a lado, magnificamente trajadas com jaquetas chinesas formais de sobreposição "Folha em Decomposição" de ocre alaranjado e amarelo-ouro, caudas com pregas lilases, e outras combinações como a "Lilás Escuro" de lilás sobre verde, ou a "Lespedeza" de carmesim escuro e verde. Como as ervas daninhas do jardim em frente cresciam sem cuidados, indaguei-lhe: 'Por que não mandai tirá-las?'. Sua Consorte respondeu-me através da dama Saishôno Kimi: 'É proposital, para que se possa lhes apreciar o orvalho'. Fiquei admirado com tal sensibilidade. As damas, provavel-

---

[219] Após o falecimento de Michitaka, os irmãos da Consorte Imperial Teishi, Korechika e Takaie, foram exilados, acusados de desrespeito ao Imperador Retirado Kazan. Sem apoio político, Teishi foi obrigada a deixar o Palácio Imperial em 996 e abrigou-se na mansão Konijô do irmão Korechika. O afastamento de Sei Shônagon deve ter tido relação com o fato de ser conhecida a sua provável simpatia por Michinaga, futuro Conselheiro-Mor e irmão mais novo de Michitaka.

mente esperando que eu vos transmitisse suas palavras, queixaram-se: 'Seja qual for a razão, é lamentável que ela permaneça em casa neste momento em que Sua Consorte Imperial acha-se provisoriamente instalada num lugar assim. Ela não deveria estar ao seu lado, para corresponder à confiança nela depositada?'. Ide até lá! E vereis quão comovente se tornou o local. Que ambiente melancólico! E que belas as peônias plantadas defronte à ala!". Respondi-lhe: "Não sei, sinto que as damas me odeiam... e, por outro lado, também eu sinto ódio". Sorrindo, Tsunefusa disse-me: "Sois sincera".

De fato, naquele momento eu desconhecia os sentimentos de Sua Consorte Imperial com relação à minha pessoa. Nunca soube de nada que tivesse vindo dela, mas aquelas que a serviam faziam comentários: "Ela anda às voltas com pessoas ligadas ao Ministro da Esquerda!", e quando me viam chegando do meu aposento, paravam de repente de conversar, excluindo-me do grupo. Aquilo me deixava com tanta raiva que acabei ignorando os frequentes chamados de Sua Consorte, e o fato de minha ausência se prolongar por muito tempo fez as pessoas próximas a ela dizerem que eu havia passado para o lado oposto, o do senhor Michinaga, o que originou novos boatos.

Os dias se passaram sem o habitual chamado de Sua Consorte, e eu começava a me sentir aflita, quando uma servidora de categoria inferior veio me trazer uma carta. "Sua Consorte mandou-me entregar-vos em sigilo pela dama Saishôno Kimi", disse-me, mas, de minha parte, não havia tanta necessidade de segredo. A carta parecia ter sido escrita pela própria Consorte, então, tomada pela ansiedade, abri-a apressadamente, mas nada estava escrito no papel. Havia apenas uma pétala de kérria embrulhada. E nela se lia: "Sem expressar, sinto".[220]

Todo o abismo que se abrira entre nós desaparecera e alegrei-me, totalmente reconfortada. Percebendo minha felicidade, disse-me a servidora: "Sei o quanto Sua Consorte Imperial pensava em vós em cada uma das ocasiões. Todos estranharam vossa longa ausência. Por que não retornais?". Depois que ela saiu, dizendo: "Peço licença para me retirar

---

[220] O amarelo-ouro da kérria é associado ao amarelo alaranjado da gardênia, *kuchinashi*, que literalmente significa "sem boca". A referência é feita a poema compilado em *Kokin Rokujô*, tomo 5, conotando: "mesmo sem ter dado notícias, o meu sentimento por vós supera as palavras".

por instantes e voltar em seguida", pensei em escrever a resposta, mas não consegui me lembrar dos versos iniciais do poema. Uma pequena serviçal sentada à minha frente ouviu-me murmurar: "Que coisa estranha. Mesmo sendo um poema antigo, deve ser bem conhecido. Está na ponta da língua, mas não consigo me lembrar. Por que será?". E ela, então, lembrou-me: "É aquele que diz 'A água subterrânea...'". Como pude me esquecer? Achei muito divertido que tivesse sido uma criança a me ensinar.

Alguns dias depois de ter enviado a resposta, retornei junto à Sua Consorte sem saber como seria recebida e mantive-me oculta por trás do cortinado, cerimoniosa como nunca. "Temos uma novata?", gracejou Sua Consorte Imperial, sem demonstrar qualquer mudança em relação a mim, e disse: "Não gosto daquele poema, mas pareceu-me apropriado para a ocasião. Não consigo me sentir nem um pouco reconfortada se não a vejo ao meu lado".

Quando lhe contei como uma criança me ensinara o poema, ela riu muito e disse: "Ah, isso acontece! Ficamos tão confiantes que poemas famosíssimos nos fogem". Depois, prosseguiu:

> Numa certa competição de adivinhas, havia entre os presentes uma pessoa imparcial e entendida no assunto que se ofereceu, confiante: "Deixai a primeira pergunta do Grupo da Esquerda comigo. Estamos combinados, certo?". Com a certeza de que ele não os decepcionaria, os membros do grupo, sentindo-se apoiados e felizes, inventavam, selecionavam e decidiam as melhores adivinhas, quando ela reiterou: "Deixai a colocação da primeira adivinha por minha conta. Eu vos digo, podeis confiar em mim". E enquanto acreditavam que assim seria, a data da competição foi se aproximando. "Vamos, revelai-nos vossa adivinha. Poderia, excepcionalmente, haver alguma igual", pediram os membros do grupo. "Se assim for, não quero saber. Não contai comigo", respondia, contrariada, até que chegou o dia da competição, em meio à ansiedade dos participantes. Nobres e damas dividiram-se em dois grupos e, diante dos juízes e de grande número de presentes, a competição se iniciou. O primeiro competidor da Esquerda mostrava-se todo imponente e bem preparado, en-

quanto companheiros e adversários, apreensivos, olhavam-no fixamente, e ouviram-no perguntar, todo seguro de si: "O que é, o que é, um arco retesado no céu?". Os competidores da Direita deliciaram-se sobremaneira, pois a adivinha não poderia ser mais simples,[221] no entanto os da Esquerda, todos eles confusos, sentiram raiva e desprezo porque, por instantes, pensaram que ele havia passado para o lado dos adversários e que planejava propositalmente derrotá-los. Os competidores da Direita diziam entre risos: "Isso é ridículo, estão de brincadeira conosco?", ou em tom de menosprezo: "Nossa, o que será que é?", até que alguém gracejou: "Não sei, não!". Com essas palavras, o Grupo da Direita acabou cedendo um ponto aos adversários, mas logo contestou: "É um absurdo! Não há ninguém que não conheça esta adivinha. Este ponto não conta!". O homem que se prontificara a fazer a primeira pergunta argumentou: "Por que não perderíeis ponto, se vós mesmo dissestes que não sabíeis?", e, adivinha após adivinha, essa pessoa conseguiu embromar a todos. Pode acontecer de não nos lembrarmos de algo que todos conhecem, mas neste caso com que intuito alguém teria dito que não sabia? Não imaginais o quanto este alguém deve ter sido odiado mais tarde.

Nós, que estávamos diante de Sua Consorte, rimos e comentamos: "Deve ter sido odiado, mesmo!", "Deve ter se arrependido!", "Que raiva devem ter tido os da Esquerda ao ouvirem a primeira adivinha!". Mas este não me parece ser um caso de malogro causado por esquecimento, como o meu, e, sim, por algo conhecidíssimo por todos.

---

[221] Trata-se da lua, cujo formato em sua fase nova ou crescente, lembra um arco retesado.

137

Certa vez, depois do décimo dia do Ano-Novo
正月十よ日のほど

Certa vez, depois do décimo dia do Ano-Novo, embora estivesse tomado por densas nuvens escuras, o céu deixava entrever a luz do sol com intensidade típica da época. Num terreno de cultivo descuidado e com solo mal revolvido, cujo dono não era rico como aparentava, havia um viçoso pessegueiro que estendia seus inúmeros galhos em todas as direções. De um lado, suas folhas eram de um verde profundo; do outro, iluminadas pelos raios do sol, apresentavam uma cor carmesim escura e brilhante. No alto do pessegueiro havia um menino franzino, com os cabelos bem alinhados, mas com um traje de caça rasgado. Ao pé do pessegueiro, havia outros meninos: um deles estava com a barra da veste presa à cintura e outro, com as pantalonas levantadas e as pernas e os calçados de madeira à mostra. Um deles pediu: "Pega uma vara para mim!".[222] Havia ainda três ou quatro meninas, uma de cabelos graciosos, trajes internos descosturados aqui e ali, pantalonas desalinhadas, mas com belos quimonos internos, que também pediam: "Pega um galho bom para fazer um martelinho de madeira! Nossas amas também desejam um!". Após disputar os galhos que foram atirados pelo menino, uma das crianças olhou para cima e disse: "Quero mais!". Que cena graciosa! Um homem de pantalonas pretas chegou correndo e, ao pedir também um galho ao menino franzino, este lhe respondeu: "Que espere!". O homem, zangado, começou a balançar o tronco para assustá-lo. Foi divertido ver o menino franzino chorando aos berros e agarrando-se à árvore como um macaco.

Na época em que a ameixeira ficar carregada de frutos, a mesma cena deverá se repetir.

---

[222] Refere-se ao bastão *gichô* utilizado num jogo infantil com o qual as crianças batem em bolas de madeira.

138

Um homem de bela aparência
きよげなるをのこの

    Um homem de bela aparência parecia não se cansar de jogar *sugoroku*, mesmo após um dia inteiro. Acendendo a lamparina e aumentando o lume, ele coloca seu copo sobre o tabuleiro e espera que seu adversário lhe entregue os dados, mas o oponente parecia estar lançando algum feitiço sobre eles. Enquanto aguarda, empurra com uma das mãos a gola da túnica de caça que lhe cobre o rosto e balança a cabeça para ajeitar o chapéu não laqueado, e, todo confiante, diz, com impaciência: "Nem adianta encantar os dados, pois a sorte está do meu lado".

139

Um nobre joga *go*, com a gola desatada
碁をやむごとなき人のうつとて

 Um nobre joga *go*, com a gola desatada, num gesto habitual de pegar e pôr pedras no tabuleiro, enquanto o outro, de hierarquia inferior, o faz com postura formal, um pouco afastado, inclinado à frente, segurando com uma das mãos a manga para não cair sobre as peças. Que elegância!

140

Coisas que parecem ameaçadoras
をそろしげなる物

    Coisas que parecem ameaçadoras. Cascas espinhosas de bolotas de carvalho japonês. Raízes ásperas de inhame assado. Lótus selvagens, com espinhos nos talos e nas folhas. Frutos espinhentos do tribulo aquático. Volumosos cabelos espetados de homem, recém-lavados, a secar.

141

Coisas que parecem límpidas
きよしとみゆる物

    Coisas que parecem límpidas. Cerâmica para refeição utilizada somente uma vez. Tigelas de metal novas. Palhas de arroz preparadas para tatames. Luzes que brilham através da água que se coloca num vasilhame.

142

Coisas que têm aspecto vulgar
いやしげなる物

Coisas que têm aspecto vulgar. Cetro de madeira do Terceiro Oficial do Cerimonial.[223] Risca torta nos cabelos negros. Biombo novo que não é de seda — uma vez velho e enegrecido, não chamaria mais muita atenção, continuando a ser insignificante. Biombo recém-terminado, com composição de muitas flores de cerejeira e pintado com muito branco de mica e vermelho cinábrio. Estante pouco trabalhada com portas corrediças. Monge gordo. Tatame autêntico da região de Izumo, de trama rústica.

---

[223] Era costume fixar papel no cetro com os principais itens escritos para se lembrar em ocasiões memoráveis, mas no caso do atarefado Terceiro Oficial do Cerimonial, havia já muitas manchas de cola em seu cetro de madeira.

143

Coisas que afligem
むねつぶるゝ物

Coisas que afligem. Assistir à corrida de cavalos. Torcer finas tiras de papel para prender o cabelo. Ver os pais com aparência estranha, a se sentirem mal. Sobretudo em nossa agitada época de epidemias, não se consegue pensar em mais nada. Uma criança que ainda não fala, e mesmo estando no colo da ama, chora aos prantos por muito tempo, sem querer mamar.

Ouvir a voz do amante ainda não oficializado num lugar pouco habitual, é claro, me aflige. Ainda mais quando ouço alguém comentar algo sobre ele. Quando vejo alguém a quem odeio muito, também fico aflita. Misteriosamente, é sempre o coração que acaba por sofrer.

O atraso da carta do amante na manhã seguinte da primeira visita noturna aflige o coração, mesmo que não seja para mim.[224]

---

[224] De acordo com os costumes da época, o casal vivia em casas separadas. O homem visitava sua mulher de noite e se retirava de madrugada. Logo escrevia uma carta de amor (*kinuginuno fumi*), geralmente na forma de poema *waka*, que lhe seria enviada na manhã seguinte. A ausência desta era considerada falta de amor ou de decoro nos jogos nobres.

144

Coisas que são graciosas
うつくしき物

Coisas que são graciosas. Rosto de criança desenhado em um melão. Pardalzinho que vem saltitando, ao imitarmos guinchos de rato. É muito graciosa a criança de dois, três anos, que engatinha rapidamente e, com vivacidade, descobre um pequeno cisco no chão, pega-o com seus dedos muito encantadores e mostra-o a cada um dos adultos. É graciosa também a menina de cabelo cortado rente aos ombros como o das monjas, que, para ver alguma coisa, inclina o rosto ao invés de afastá-lo quando este lhe cobre os olhos.

O nobre ainda pequeno caminhando, vestindo traje formal, é gracioso.[225] É muito enternecedor pegar no colo somente por um instante uma criança encantadora para brincar com ela e acariciá-la, quando ela adormece abraçada a mim.

Adorno do Dia das Meninas. Apanhar do lago uma minúscula folha flutuante de lótus. Uma folha de malva bem pequena. Tudo, tudo que é pequeno é muito gracioso.

É igualmente gracioso um bebê branquinho e gordinho de cerca de um ano vir engatinhando com as longas mangas amarradas do quimono de transparente roxo-carmesim, ou então andando de quimono curto em que só se veem as mangas. Um menino de oito, nove ou dez anos lendo um texto chinês com sua voz infantil, é muito gracioso.

Enternecem-me os pintinhos de pernas longas que lembram crianças de brancos e encantadores quimonos curtos, piando ruidosamente e andando atrás ou à frente das pessoas. Também são graciosos quando acompanham a mãe. Ovos de ganso selvagem. Vaso de lápis-lazúli.

---

[225] Crianças da nobreza, antes de atingirem a maioridade, mas com permissão de frequentar a Ala dos Nobres, prestavam vários serviços, daí a referência ao traje formal.

145

Coisas que se evidenciam na presença de outrem
人ばへするもの

　　Coisas que se evidenciam na presença de outrem. Filho sem nenhuma qualidade especial acostumado a ser mimado pelos pais. Tosse que costuma se antecipar quando queremos falar com uma pessoa importante.
　　O filho incontrolável de alguma dama vizinha, de três, quatro anos, que espalha e quebra coisas, é instado a parar e não pode fazer valer a sua vontade; mas, com a vinda de sua mãe, ganha confiança e, puxando-a, diz: "Mamãe, me deixa ver!". Se, no entanto, os adultos estão entretidos com a conversa e não o atendem, é realmente detestável que ele mesmo as apanhe e as espalhe. É também detestável a mãe que somente diz: "Não...", sem tomar-lhe os objetos, e chama-lhe a atenção com um leve sorriso: "Não faça isso, não quebre...". E eu mesma fico apreensiva, apenas observando-o, incapaz de repreendê-lo sem causar constrangimentos à mãe.

146

Coisas que têm nomes assustadores
名おそろしき物

    Coisas que têm nomes assustadores. Abissal verde. Caverna do vale. Cerca de tábuas que lembram nadadeiras. Ferro. Torrão de terra. O trovão causa verdadeiro temor, não somente no nome. Vendaval. Nuvens de mau agouro. Cometa. Pancadas de chuva. Uma terra árida.
    O assaltante, deve-se temê-lo, em todos os sentidos. Monge violento é o que geralmente se teme. Chicote de metal, deve-se também temê-lo, em todos os sentidos. O espírito vagante de pessoa ainda viva. Morangueiro silvestre. Samambaia gigante. Inhame gigante. Rosa multiflora. Laranjeira espinhenta. Carvão bem seco. Sentinela do Inferno de Fogo. Âncora, mais do que lhe ouvir o nome, assusta vê-la.

147

Coisas que são simples quando vistas
見るにことなることなき物

 Coisas que são simples quando vistas, mas complexas quando escritas em ideogramas. Framboesa japonesa. Comelina. Lótus selvagem. Aranha. Nozes. Eruditos de Altos Estudos. Estudantes aprovados nos exames de Altos Estudos. Chefe em exercício da Ala da Imperatriz e de outras alas. Pêssego-da-montanha. A polignácea japonesa, ainda mais, se escrita com ideogramas que também significam "bengala de tigre", se bem que ela não pareça precisar de bengala.[226]

---

[226] Em chinês os ideogramas significam "bengala de tigre", mas o nome fonético japonês tem o sentido de "retira dores".

148

Coisas que causam sensação desagradável
むつかしげなる物

Coisas que causam sensação desagradável. O verso do bordado. Ninhada de ratos pelados que saem rolando do ninho ao se puxar algo. A costura da veste de couro, ainda sem o forro. O interior da orelha de um gato. E, principalmente, um lugar imundo na escuridão.

Uma pessoa sem nada de especial, que não consegue lidar com seus numerosos filhos. Deve ser de desagrado o sentimento do marido quando a esposa por quem não nutre afeto profundo adoece por um período longo.

149

Ocasiões em que coisas insignificantes se sobressaem
えせものの所うるおり

Ocasiões em que coisas insignificantes se sobressaem. O nabo no Ano-Novo.[227] A servidora criança do Quinto Grau que acompanha o passeio da Comitiva Imperial. A camareira do Imperador na ocasião de sua entronização. A Secretária do Imperador nas cerimônias de purificação dos sexto e décimo segundo meses[228]. O monge-guia na ocasião das Recitações de Sutras Sazonais. É deslumbrante vê-lo, vestido de sobrepeliz vermelha, a clamar os nomes dos monges participantes.[229]

Os encarregados pela decoração do local das Recitações de Sutras e das Recitações dos Nomes de Buda.[230] Guardas e serventes no festival do Santuário de Kasuga. A servidora criança que prova o saquê a ser tomado pelo Imperador no Ano-Novo. O monge com a vara de purificação no Ano-Novo. A dama encarregada dos penteados das dançarinas que se apresentam no Festival Gosechi. As encarregadas pela refeição na ocasião das festividades de cada estação.

---

[227] Segundo a tradição, o nabo, que era indispensável nas cerimônias do Ano-Novo, simboliza a longevidade.

[228] Nestas ocasiões que marcam o fim do verão e a passagem de ano, respectivamente, a Secretária tirava as medidas do Imperador com o auxílio de uma vara de bambu.

[229] A recitação do sutra Daihanya durava quatro dias e era realizada por cem monges, no segundo e oitavo meses correspondentes às estações da primavera e do outono. Cabia ao monge-guia chamar os nomes dos vinte primeiros monges.

[230] Cerimonial budista chamado Mibutsumyô realizado na Corte ou nos templos que consistia em recitar os nomes de Buda do passado, do presente e do futuro e rezar pela purificação das faltas cometidas. Ocorria anualmente durante três noites, a partir do décimo nono dia do último mês do ano.

150

Coisas que parecem penosas
くるしげなる物

Coisas que parecem penosas. A ama cuidando de um bebê que chora durante a noite. O homem incomodado pelos ciúmes de suas duas amantes. O asceta que tenta exorcizar um espírito forte. Seria bom se o conseguisse rapidamente, mas como isso não ocorre, é aflitivo vê-lo empenhar-se para não ser alvo de chacota. A mulher amada demais por um homem extremamente desconfiado.

Não deve ser muito fácil também para aquele que é influente junto ao Conselheiro-Mor, mas não é de todo mal. A pessoa irritadiça.

151

Coisas que provocam inveja
うらやましげなる物

    Coisas que provocam inveja. Ao aprender sutras, avanço pouco e esqueço muito, tenho de ler repetidas vezes os mesmos trechos. Para um monge, é óbvio, é seu ofício, mas há homens e mulheres que os leem com fluência e facilidade, e penso se serei como eles um dia. Quando se está enfermo e acamado, provoca muita inveja ver os que riem e conversam com naturalidade, e que perambulam como se não tivessem preocupações.
    Na visita a Fushimi Inari, ao subir ao Santuário do Meio, mal suportando o cansaço, fiquei admirada quando vi pessoas que haviam saído depois de mim me ultrapassarem com muita facilidade. No primeiro dia do cavalo do segundo mês, partimos às pressas no amanhecer, mas, quando deu a hora da serpente, dez da manhã, nós ainda estávamos no meio de uma das ladeiras. E, ainda, o calor foi se intensificando, o que me agoniava, e cheguei a questionar a escolha justamente daquele dia e a razão da visita, até mesmo cheguei a chorar. Durante o descanso, vi uma mulher com cerca de quarenta anos, que não vestia traje próprio para passeio e tinha apenas a barra da veste levemente levantada, dizendo: "Eu vou fazer a peregrinação sete vezes. Já fiz três. Faltam quatro, o que não é nada. Na hora do carneiro, duas da tarde, já deverei estar a caminho de casa". Assim falava enquanto descia para quem passasse pelo caminho, aquela mulher que não atrairia olhares em locais comuns — mas como eu gostaria de estar em seu lugar naquele momento!
    Tenho muita inveja de quem tem bons filhos, independentemente de se tornarem eles monges ou não. Igualmente de quem tem cabelos muito compridos e perfeitos, com as pontas da franja bem acertadas. Provoca, ainda, muita inveja uma pessoa da nobreza, respeitada e cercada por muitos. Também provoca inveja, aquele que tem boa caligrafia,

compõe bons poemas ou é requisitado para comparecer ao Palácio Imperial em qualquer ocasião.

Quando nobres cercados de muitas damas querem ditar uma mensagem para alguém especial e, ainda que a caligrafia delas não lembre rabiscos como as espaçadas pegadas de pássaros, suscita inveja quando eles convocam especialmente outra que esteja recolhida, e confiam-lhe seus próprios tinteiros de pedra. Geralmente, quem se encarrega de uma mensagem simples é uma dama mais antiga, mesmo que tenha uma caligrafia de principiante;[231] mas, se não for este o caso, quando se trata de filhas de nobres que vêm servir pela primeira vez na Corte, tudo é examinado cuidadosamente, a começar pelo papel, razão pela qual as damas reunidas mostram-se invejosas, ainda que em tom de brincadeira.

O sonho de um dia ser exímio por parte de um aprendiz de flauta ou cítara chinesa de sete cordas que tem ainda muito para praticar. Ama de leite do Imperador ou do Príncipe também provoca inveja. As damas do Imperador que têm a permissão de circular livremente pela Corte, também.

---

[231] Servia como modelo para aprendizado de caligrafia o poema "Naniwa watari", compilado no prefácio da antologia *Kokin Wakashû*. O poema consta no texto 20 desta tradução.

152

Coisas que atiçam a curiosidade
とくゆかしき物

Coisas que atiçam a curiosidade. O resultado do tingimento de tecidos pela técnica de rolos, ou gradação, ou amarração.[232] Quando nasce uma criança, logo queremos saber se é menino ou menina. Se for de uma mulher da nobreza, é óbvio; mas mesmo de média ou baixa posição, ainda assim queremos saber. Manhã seguinte da nomeação de novos oficiais. Queremos ansiosamente saber se algum conhecido, ou mesmo desconhecido, foi eleito.

---

[232] A técnica de rolos consiste em enrolar o tecido e tingi-lo transversalmente; a de gradação consiste em aplicar áreas com pigmentos que são dissolvidos de maneira desigual; a de amarração, também conhecida no Ocidente como *tie-dye*, consiste em amarrar superfícies do tecido e embebê-lo em líquido corante.

153

Coisas que causam apreensão
心もとなき物

Coisas que causam apreensão. Estar aos pés de alguém a esperar que termine uma costura que encomendamos com urgência. Sair às pressas para assistir a um cortejo e sofrer sentada na carruagem, olhando ansiosamente na direção de sua chegada. Apreensão maior não há que a da mulher grávida que já passou da data prevista para o parto. Muito nos enerva, ao receber uma carta do amante que se encontra em local longínquo, o momento de abrir o envelope que está fortemente lacrado com cola de arroz. Ah, e quando, tendo saído atrasadas para o festival que já havia se iniciado depara-se com coisas como a vara branca que sinaliza a parada obrigatória, justo quando se está a se aproximar — exasperadas, que vontade não se sente de descer da carruagem e caminhar!

Percebendo a presença de uma pessoa a quem desejo passar incógnita, instruo com apreensão alguém à frente para distraí-la. Mais que uma criança que nasceu após muito ser esperada, o período posterior aos cinquenta ou cem dias. O futuro deixa-nos muito mais apreensivos. Costurar algo com urgência, e ter de colocar a linha na agulha, na penumbra. Quando sou eu a fazê-lo, fico apreensiva; entretanto, uma vez segurei a agulha e pedi a alguém para colocar a linha; como não o conseguia com rapidez, eu disse: "Não precisa mais tentar". O fato de ela ter permanecido sentada ao meu lado, com uma expressão que parecia dizer: "Como é que eu não consigo?", fez-me até detestá-la.

Quando estou com pressa para ir a algum lugar e alguém me diz: "Deixai-me partir antes, há um local ao qual devo ir", e sobe na carruagem acenando: "Volto logo, logo!". Só me restando esperar, o tempo todo eu fico muito apreensiva. E se me alegro ao avistar na avenida a carruagem que se aproxima, é grande a decepção ao perceber que ela se dirige a outra direção. E fico ainda mais desconsolada quando estou para ir ao Festival e ouço dizerem: "Acho que a procissão cerimonial já deve estar passando...".

Após o parto, a demora do descolamento da placenta! Quando de saída para um festival, ou em peregrinação a um templo, ocorre de a pessoa que levaremos junto não subir logo e fazer a carruagem retardar; causa-me tanta apreensão a espera que até anseio deixá-la para trás. Ou, então, a demora do carvão acender quando estamos apressadas.

Também provoca apreensão quando não se consegue compor o poema como resposta ao de outrem, embora urgente. Se fosse para alguém mais íntimo, não haveria necessidade de pressa, ainda que, naturalmente, ocorram ocasiões mais prementes. E mesmo entre damas que trocam poemas oralmente, por pensarem que a rapidez é melhor, até acabam por cometer erros...

Causa muita apreensão esperar o amanhecer quando, enfermos, tememos os espíritos malignos.

Por estar de luto pelo falecimento do Conselheiro-Mor
故殿の御服のころ

Por estar de luto pelo falecimento do Conselheiro-Mor, ao se realizar no último dia do sexto mês o ritual de purificação dos espíritos no Palácio Imperial, Sua Consorte Imperial teria de se afastar para a Ala destinada ao seu Escritório.[233] No entanto, no acato às normas dos percursos a serem evitados nesse dia, Sua Consorte Imperial fora deslocada para o Refeitório Matinal do Ministério, onde, apreensiva, passara uma noite quente em um espaço acanhado e em meio à completa escuridão. Na manhã seguinte bem cedo, viu que, destoando das demais construções, esta possuía o teto baixo e plano, coberto de telhas no estilo chinês. Nela não havia janelas de treliça e seus ambientes tinham sido improvisados apenas com persianas. Achando graça no inusitado da instalação, as damas saíram para a área externa em busca de outras diversões. No jardim frontal, havia um grande plantio de lírios-de-um-dia em canteiros com cercas de ramos trançados. Uma profusão de cores vibrantes e a floração plena dos lírios combinavam com a austeridade do Ministério. Bem perto, ficava o posto dos encarregados das horas, que eram anunciadas mediante batidas de tambor *tsuzumi*. Uma possibilidade ímpar de se ouvir esses toques de tão perto estimulou umas vinte jovens damas a seguirem em sua direção, e a subirem à alta torre do posto com a ajuda das companheiras. De nossa parte, nós as avistávamos nas alturas, todas de caudas com pregas cinza claro, jaquetas chinesas de gala e sobreposições de quimonos sem forro da mesma tonalidade, portando pantalonas carmesins: não chegaríamos a dizer que eram entes celestiais, mas pareciam descidas do céu. As jovens que as

---

[233] Fujiwarano Michitaka, pai da Consorte Imperial, falece no décimo dia do quarto mês do ano 995, aos 42 anos. O rito xintoísta para exorcizar os maus espíritos era realizado todos os anos na mesma data, no Portal Suzaku do Palácio Imperial.

haviam ajudado a subir seguiam-nas com olhares invejosos, o que era muito engraçado.

Houve ainda damas que se dirigiram ao Posto da Esquerda da Guarda do Portal, onde promoveram tamanha algazarra que foram criticadas por seu comportamento desatinado: "Não façais isso! Vós subistes nas cadeiras dos altos dignitários, derrubastes e danificastes as banquetas dos funcionários do Ministério!", foram queixas às quais elas sequer deram ouvidos.

Talvez por ser uma instalação muito antiga, e devido à sua cobertura de telhas, fazia um calor jamais experimentado e por isso, à noite, dormíamos fora dos limites das persianas. Também eram amedrontadoras as tais centopeias que caíam a todo instante do telhado e os grandes enxames que envolviam as colmeias.

Palacianos nos visitavam todos os dias e varávamos as noites conversando. Foi divertido que esses encontros tenham gerado a máxima, declamada em estilo chinês: "Poderia alguém imaginar que, um dia, o espaço do Ministério seria transformado em reduto de deleite noturno?".

Já estávamos no outono, mas a brisa só de um lado nos refrescava o recanto, apesar de ouvirmos os insetos a cantar.[234] Como o regresso de Sua Consorte para o Palácio Imperial fora programado para o oitavo dia, foi possível assistir mais perto que de costume ao Festival Tanabata, devido ao reduzido espaço do Ministério.

Anunciada a presença do Conselheiro Consultor Médio-Capitão Tadanobu, do Médio-Capitão Nobukata, e do Baixo-Conselheiro Michikata, saímos para recebê-los e perguntei prontamente: "Qual será o poema chinês de amanhã?", ao que o primeiro me respondeu sem titubear: "Sem dúvida, o do quarto mês dos homens", o que foi muito gratificante.[235]

---

[234] Nesta linha há uma remissão a poema de Ôshikôchino Mitsune, compilado na antologia *Kokin Wakashû*, tomo "Verão": "A extensão das trilhas/ No céu que tudo atravessa/ De verão a outono/ Os ventos bem refrescantes/ Só de um lado nos alcançam" (*natsuto akito/ yukikô sora no/ kayoi michiwa/ katae suzushiki/ kazeya fukuran*).

[235] A resposta de Tadanobu remete ao poema chinês inserido na coletânea *Hakushi Monjû*, tomo 16, intitulado "As flores do pessegueiro do Templo Dairinji", que diz, em versão livre: "No quarto mês/ Aromas de flores são percebidos/ A florada dos pessegueiros é apreciada/ No templo da montanha/ Lamentei pela demora da primavera/

Preservar com cuidado os fatos passados é um gesto elegante. As mulheres não os esquecem, o que não se observa entre os homens, e é realmente muito divertido porque eles falham até na tentativa de rememorar seus próprios poemas. Certamente, as demais pessoas não entenderam o nosso diálogo.

Por volta do primeiro dia do quarto mês, muitos palacianos encontravam-se diante da quarta porta dos aposentos das damas. Aos poucos eles foram se dispersando, permanecendo apenas o ainda Secretário Chefe dos Médios-Capitães Tadanobu, o Médio-Capitão Nobukata e um Secretário do Sexto Grau do Imperador. Falávamos sobre vários assuntos, recitando textos budistas ou então poemas, quando Tadanobu interrompeu: "Começa a amanhecer. Vamos nos retirar", e na sequência: "O orvalho é a lágrima da despedida".[236] O Médio-Capitão Nobukata o acompanhou nessa declamação admirável. Foi então que interferi: "Mas que Tanabata precipitado!". Visivelmente ressentido, Tadanobu disse: "Assim como veio à memória, citei-vos trechos do poema, pensando somente na despedida do amanhecer e, que vexame! Foi falha imperdoável de minha parte falar sem refletir, junto a uma dama tão esclarecida". Rindo, solicitou-me reiteradas vezes: "Não conteis nada a ninguém, que na certa serei motivo de chacota".

O dia já clareava e ele se retirou sorrateiro balbuciando: "O divino Kazuraki já está de partida".[237] Eu decidi aguardar o Festival Tanabata para retomar este assunto. Nesse ínterim, Tadanobu foi promovido a Conselheiro e a presença dele nessa data, no Palácio Imperial, era incerta. Havia a possibilidade de um encontro casual, ou poderia enviar-lhe uma carta através de um serviçal. Foi, pois, imensa a minha satisfação

---

E nem percebi a primavera/ Já presente onde me encontrava". No quarto mês, primavera, Tadanobu fora ridicularizado por recitar um poema chinês referente ao Tanabata, festividade do sétimo mês, como se lerá adiante. Assim, nessa ocasião, Tadanobu inverte de modo propositai a referência sazonal, aliciando a cumplicidade de Sei Shônagon.

[236] Remissão ao poema em chinês de Sugawarano Michizane (845-903) inserido em *Kankebunsô*, tomo 5, sobre a despedida das estrelas do Festival Tanabata. Em versão livre: "O orvalho é a lágrima da despedida/ Cai em vão como uma gema/ No céu do amanhecer/ Restam delicadas nuvens/ Reminiscências dos cabelos revoltos da jovem estrela".

[237] Kazuraki já foi referido no texto 126 por Nariyuki: uma divindade tão feia que evita aparecer durante o dia e por isso dedica-se a trabalhos noturnos.

ao vê-lo chegar para o Festival. Como fazê-lo lembrar daquele amanhecer? Se eu o referisse diretamente, talvez ele não atinasse e eu teria de lhe reportar aquela passagem. Assim, foi realmente muito gratificante para mim a sua resposta sem vacilação. Por todos aqueles meses, foi um tanto descabida a minha obstinação pela espera do Festival e surpreendi-me inclusive como Tadanobu chegara com uma resposta pronta. Nobukata também ficou constrangido naquela ocasião, por não ter compreendido o nosso diálogo e ter necessitado das advertências de Tadanobu: "É sobre aquela madrugada, não vos lembrais?". Só assim é que, rindo, ele disse: "É verdade, é verdade". Sua reação tardia foi decepcionante.

Ninguém sabe, mas alguns termos utilizados nas jogadas do *go* podem se aplicar às situações de um galanteio amoroso: "ceder a jogada" [*te yurusu*] poderia indicar o consentimento da mulher; "finalizar o jogo" [*kechi sashitsu*] quando o vencedor coloca a sua última peça no tabuleiro, sinalizaria a confirmação do relacionamento; "o cavalheiro facilita o jogo" [*otokowa te ukemu*] seria o momento tenso em que tanto a mulher quanto o homem têm de agir com cautela. Com Tadanobu, eu conseguia me comunicar utilizando esse tipo de código, mas a todo o momento e sempre seguido por perto, éramos interrompidos pelo Médio-Capitão Nobukata com os seus: "O quê?", "Como?". Eu me calava e ele, ressabiado, insistia com o amigo. "Que lástima! Esclarecei-me". Unidos pela amizade, Nobukata recebia dele as devidas explicações. Quando no jogo do *go* diz-se: "momentos de decisão e desarrumação" [*oshikobochino hodozo*], os jogadores simultaneamente separam e recolhem as peças e dir-se-ia ter atingido a completude.

Tentando levar ao meu conhecimento que já decifrara o nosso código, o Médio-Capitão Nobukata veio ligeiro com a conversa: "Tendes um tabuleiro de *go*? Desejo jogar uma partida convosco. Que tal, cederíeis uma jogada? Estou no nível de Tadanobu. Não façais diferença entre nós". E a minha resposta foi: "Se vos ceder a jogada, não estaria eu usando peças já definidas?", e comuniquei o fato a Tadanobu que, demonstrando satisfação pela minha reação, disse: "Agradaram-me vossas palavras". É muito gratificante uma pessoa que não se esquece do passado.

Quando Tadanobu foi promovido a Alto-Conselheiro, eu disse ao Imperador: "O senhor Tadanobu recita maravilhosamente os poemas em língua chinesa. É uma pena! Doravante quem irá substituí-lo, por exemplo, na declamação do poema: 'Shôkaikei, de passagem por um antigo mausoléu'?[238] Seria tão bom se ele não assumisse esse posto por mais algum tempo...". O Imperador riu muito e disse: "Por essa sua recomendação então, deixarei de indicá-lo", o que me divertiu. A despeito disso, ele foi empossado e eu fiquei desolada, enquanto Nobukata, pretensioso, considerava-se à altura de Tadanobu e, para se desenfadar, vinha me visitar. E então, como eu lhe dizia: "Tadanobu recita como ninguém o poema 'Ainda não cheguei aos trinta'",[239] Nobukata punha-se a recitá-lo, argumentando: "Como me dar por vencido?, hei de superá-lo", e eu lhe retrucava: "Estais bem longe de poder igualar-vos a ele". E quando eu ouvia a queixa: "Que lástima! Como fazer para alcançá-lo?", eu ainda acrescentava: "Principalmente no trecho: 'Chegar aos trinta'... — enfim, tudo recitado por ele é extremamente encantador". Nobukata sorria, mas vivia enciumado. Certo dia, aproveitando a presença de Tadanobu na reunião dos Altos-Conselheiros, Nobukata chamou-o de lado e solicitou-lhe: "Ensinai-me a recitar esse trecho, pois ela o elogiou muito". Tadanobu achou graça e lhe atendeu ao pedido. Nobukata aproximou-se de meu aposento e imitou muito bem o trecho recitado pelo amigo. Desconhecendo o que se passava, intrigada, perguntei-lhe: "Quem sois?". Numa voz mesclada de riso, Nobukata respondeu: "Revelar-vos-ei as boas novas. Aconteceu de ele estar ontem na Sala dos Conselheiros e pedi-lhe instruções. Parece que consegui imitar bem, pois indagastes: 'Quem sois?', com uma voz tão doce!". Achei engraçado que tivesse pedido ajuda a Tadanobu e, desde então, comecei a atendê-lo quando aparecia recitando o tal trecho. E ele reconhecia: "São virtudes do Alto-Conselheiro Tadanobu! Devo fazer minhas preces voltando-me em sua direção". Na verdade, mesmo estando presente no

---

[238] Alusão a um poema em chinês de Oe Asatsuna (886-957) inserido na coletânea *Honchô Monzui*, tomo 10, e também em *Wakan Rôeishû*, tomo "Amizade". Shôyû, um alto funcionário da dinastia chinesa Ryô (502-545), vistoria a comarca Kaikei e presta uma homenagem ao mausoléu de Kirei, que vivera no período dos Três Reinos (222-280). Ele pactua amizade com o seu conterrâneo de séculos passados.

[239] Trata-se de um poema chinês intitulado "Vejo dois fios de cabelos" (um branco, outro preto), do poeta Minamotono Fusaakira, então com 35 anos, inserido em *Honchô Monzui*, tomo 2, em que registra a alegria em ter constatado a presença de seus cabelos brancos tardiamente.

aposento, eu mandava dizer-lhe que tinha ido junto à Consorte Imperial e, a menos que ele recitasse tal trecho, eu não o atendia. Sua Consorte riu quando lhe relatei o fato.

No dia da Reclusão no Palácio Imperial, recebi pelo senhor Mitsu de Tal, Quarto Grau, do Posto da Direita da Guarda, uma folha de papel dobrada em tiras onde se lia: "Penso em visitá-la, mas estou impossibilitado hoje e amanhã, pela Reclusão. Que tal um 'Ainda não cheguei aos trinta'?", e minha resposta foi: "Já não passastes dos trinta? Não estaríeis na idade em que Shubaihin instruiu a sua esposa?".[240] Nobukata, decepcionado, lamentou a minha atitude até para com o Imperador, que, em visita à Sua Consorte, comentou: "Como ela sabe acerca dessas coisas? Nobukata ficou tão magoado com essa história que desabafou: 'Foi exatamente aos trinta e nove anos que Shubaihin admoestou a esposa e, de novo, eu fui vencido'".

Assustou-me saber o quanto ele se achava fora de si.

---

[240] Shubaihin, do período dos Três Reinos da China, disse à esposa que se queixava da pobreza: "Estou com pouco mais de quarenta; aos cinquenta me tornarei rico: espere até lá". Sua esposa não esperou.

Quanto a Kokiden
弘徽殿とは

Quanto a Kokiden,[241] é o nome dado à Dama Imperial, filha do Capitão-Mor da Esquerda da Guarda da Residência Imperial, que habitava o Palácio Kan'in. A seu serviço encontra-se a filha de uma mulher de nome "Uchifushi",[242] uma donzela chamada Sakyô; a corte que lhe fazia o Médio-Capitão Minamotono Nobukata o tornava motivo de galhofa entre as damas.

Em visita ao Escritório de Sua Consorte, onde ali então residia, Nobukata, sentando-se, disse-me: "Eu deveria ficar de vigia aqui de quando em vez, mas as damas não me recebem bem e, por isso, tenho negligenciado meus deveres. Se me fosse atribuído um aposento para a ronda noturna, devotar-me-ia com muito afinco". Enquanto as damas assentiam: "Oh, claro, claro!", introduzi-me: "É verdade. O melhor mesmo é, para qualquer pessoa, encontrar um bom lugar em que possa descansar 'deitado'. Quando se encontra um lugar assim, as visitas seriam frequentes, mas aqui...". Seriamente zangado, Nobukata respondeu-me: "Não vos dirigirei mais a palavra. Confiei em vós, mas parece que tratais rumores como se fossem verdades!". Disse-lhe eu: "Mas, que estranho! A que estais vos referindo? O que teria eu dito que vos desgostou?". Recorri ao auxílio de uma dama ao meu lado, que deu um esplêndido sorriso e disse: "Mas se tal história não tem razão de existir, por que estais tão zangado?". Muito contrariado, retrucou-lhe Nobukata: "Mais essa ainda! Não foi ela quem vos fez falar?". Respondi pron-

---

[241] Kokiden, denominação de aposentos da Ala das Consortes, é como se conhece nesse momento sua ocupante, Fujiwarano Gishi, Dama Imperial do Imperador Ichijô e filha de Kinsue.

[242] Figura pouco conhecida que aparece em relatos históricos como xamã. O nome Uchifushi ("Deitada") referiria o modo como recebia e transmitia os desígnios divinos.

tamente: "Não, não, sou das que odeiam que espalhem o que disseram outros", e me retirei do aposento. Um tempo depois, Nobukata retomou, com rancor: "Inventastes uma mentira que envergonharia a qualquer um!". Ressentido, acrescentou: "Dissestes aquilo, pois sabíeis que os nobres ririam de mim!". Respondi-lhe: "Se assim fosse, seria eu a única pessoa a ser detestada? É realmente estranho!".

Depois desse incidente, Nobukata cortou completamente suas relações com Sakyô.[243]

---

[243] Segundo Hagitani, quem teria cortado relações teriam sido Nobukata e Sei Shônagon, pois este não mais será referido em seus textos a partir desse momento.

156

Coisas agora inúteis
que fazem lembrar seu passado glorioso
むかしおぼえて不要なる物

    Coisas agora inúteis que fazem lembrar seu passado glorioso. Refinado tatame de bordas trabalhadas que já apresenta fios soltos.[244] Biombo com pintura no estilo chinês, escurecido e rasgado em algumas partes. Olhos cansados de um pintor idoso. Peruca de dois metros ou mais que ficou avermelhada. Tecido de seda tramada roxo claro avermelhado que acabou desbotando.
    Pessoa decrépita que muito apreciava o jogo amoroso. Residência de bom gosto cujas árvores se incendiaram. O lago continua o mesmo, mas as plantas aquáticas flutuantes se alastraram.

---

[244] As bordas são forradas com *ugen*, tecido tingido com cores monocromáticas em camadas, verticais no caso, que conferem ao tatame uma visão em perspectiva. O motivo é originário da China.

157

Coisas que causam insegurança
たのもしげなき物

    Coisas que causam insegurança. Genro de temperamento volúvel que negligencia a esposa e frequentemente deixa de lhe prestar visitas noturnas. Pessoa mentirosa que se faz de eficiente e recebe incumbência importante. Barco a vela sob ventos fortíssimos. Pessoa com setenta, oitenta anos, adoecida há dias.

158

Quanto à recitação de sutras
読経は

Quanto à recitação de sutras, a recitação incessante.

Coisas próximas que parecem distantes
ちかうてとをき物

Coisas próximas que parecem distantes. Festividades em frente ao Palácio Imperial.[245] Relações entre irmãos ou parentes que não privam de intimidade. Caminhos sinuosos que levam ao Templo Kurama.[246] O último dia do décimo segundo mês e o primeiro dia do primeiro mês.

---

[245] A autora se refere às festividades Hatsuuma que ocorrem duas vezes, no décimo primeiro mês e no primeiro do ano seguinte.

[246] O templo no monte Kurama somente é alcançado após muito caminhar por ziguezagueantes trilhas, embora pareça próximo.

160

Coisas distantes que parecem próximas
とをくてちかき物

 Coisas distantes que parecem próximas. A Terra Pura.[247] A travessia de um barco. A relação entre um homem e uma mulher.

---

[247] Trata-se do Paraíso Ocidental da Terra Pura, que parece distante, mas o crente o sente próximo, pois para lá é admitido ao simplesmente invocar o nome de Amida Buda.

161

Quanto a fontes
井は

Quanto a fontes, a de Horikane. A fonte de Tama. A fonte Hashiri, no Posto de Ôsaka, da "Colina dos Encontros", é bonita. Fontes de montanha, por que será que são conhecidas por serem rasas?
A fonte Asuka é bela, tanto que é elogiada por sua "água fresca". A fonte de Chinuki. A fonte de Shôshô. A fonte Sakura. A fonte de Kisakimachi.[248]

---

[248] São listadas várias fontes famosas e *utamakura* de poemas consagrados. De Kiyoharano Motosuke, pai da autora, cite-se: "Para conhecer/ O límpido som da fonte/ Hashiri, a que flui/ Atravessa o Posto de Ôsaka/ O cavalo ao sol poente" (*Hashiriino/ hodôo shirabaya/ Ausakano/ seki hikikoyuru/ yûkageno koma*), compilado em *Shûi Wakashû*. No tomo 16 da coletânea *Man'yôshû* cantam-se fontes de montanha: "As águas rasas/ Das fontes de montanha/ São vistas nas sombras do monte Asama/ Mas em meu coração não/ É raso por vós o afeto" (*Asama yama/ kagesae miyuru/ yamano ino/ asaki kokoroo/ waga omowanakuni*). Ainda, no prefácio japonês da coletânea *Kokin Wakashû*, é tido como o genitor do poema o que canta a fonte do Posto de Fiscalização de Ôsaka, aqui referido: "Ah, esta flor/ Que floresce em Ôsaka!" (*Naniwatsuni/ sakuya kono hana*). A associação à fonte Asuka provém de uma canção *saibara*: "Devemos buscar abrigo/ Na fonte de Asuka/ Sim, vamos, a sombra é boa/ A água também é fresca/ O pasto também é delicioso" (*Asukaini/ yadoriwa subeshi yaoke/ kagemo yoshi/ mimohimo samushi/ mimatsumo yoshi*).

Quanto a planícies
野は

Quanto a planícies, nem é preciso citar Sagano. Inamino. Katano. Komano. Tobuhino. Shimeshino. Kasugano. Sôkeno até que é bonita. Por que será que lhe deram tal nome? Miyagino. Awazuno. Ono. Murasakino.[249]

---

[249] Trata-se de planícies cantadas em poemas antigos. Sagano é famosa por suas plantas de outono, entre as quais a flor valeriana que aparece em um poema de Kiyoharano Motosuke, na coletânea *Motosukeshû*. Em *Goshûi Wakashû* aparecem Inamino e Komano. Em *Gosen Wakashû*, Katano e Ono. Em *Kokin Wakashû*, Tobuhino, Kasugano e Miyagino. Em *Man'yôshû*, Shimeshino e Sôkeno.

163

Quanto a nobres
上達部は

    Quanto a nobres, o Capitão-Mor da Esquerda e o Capitão-Mor da Direita. O Chefe do Palácio do Príncipe Herdeiro. O Alto-Conselheiro Provisional. O Médio-Conselheiro Provisional. O Conselheiro Consultor Médio-Capitão. O Médio-Capitão do Terceiro Grau.[250]

---

    [250] Como associação ao texto anterior, a "Planície Roxa" (Murasakino), a autora leva em consideração a cor, que é exclusiva das vestes dos nobres de até Terceiro Grau, a partir do qual se adota um tom mais claro de lilás. Embora o cargo de Médio-Capitão fosse do Quarto Grau, quando ocupado por descendentes de altos nobres ocorria uma promoção.

Quanto a nobres jovens
君達は

Quanto a nobres jovens, o Secretário Chefe dos Médios-Capitães da Guarda, o Secretário Chefe dos Oficiais Superintendentes. O Médio--Capitão Provisional. O Baixo-Capitão do Quarto Grau. O Secretário Superintendente do Imperador. O Assistente do Quarto Grau do Imperador. O Secretário Baixo-Conselheiro. O Secretário Capitão-Assistente da Guarda Militar.[251]

---

[251] Como a classe dos Secretários (*kurôdo*) é a que mais tinha contato com as damas, é a que se encontra mais presente nessa lista.

165

Quanto a Administradores Provinciais
受領は

    Quanto a Administradores Provinciais, o Governador de Iyo. O Governador de Kii. O Governador de Izumi. O Governador de Yamato.[252]

---

    [252] Nobres de média e baixa posição podiam ocupar os numerosos cargos de Administrador Provincial, que duravam quatro anos. As províncias aqui citadas não são das maiores, mas indicam futuros promissores. Iyo localiza-se na atual Província de Aichi. Kii, na de Wakayama. Izumi, na de Ôsaka. Yamato, na de Nara.

166

Quanto a Governadores Provisionais
権守は

Quanto a Governadores Provisionais, o de Kaii. O de Echigo. O de Chikugo. O de Awa.[253]

---

[253] Kaii encontra-se na atual Província de Yamanashi. Echigo, na de Niigata. Chikugo refere a parte sul da atual Província de Fukuoka. Awa é parte da atual Província de Tokushima. São províncias maiores, que contavam com serviços de Vice-Governadores para suprir a ausência dos titulares que, não raro, deviam servir na Capital.

167

Quanto a oficiais do Quinto Grau
大夫は

 Quanto a oficiais do Quinto Grau, os da Divisão do Cerimonial. Os da Esquerda do Portal do Palácio Imperial. Os da Direita do Portal do Palácio Imperial.

Quanto a monges
法師は

Quanto a monges, os mestres da Lei Budista.
Os que servem no Palácio Imperial.

169

Quanto a mulheres nobres
女は

Quanto a mulheres nobres, a Vice-Chefe da Ala Feminina. A Chefe da Ala Feminina.[254]

---

[254] Abaixo das categorias de Damas Imperiais (*nyôgo*) e Damas da Seção do Vestuário (*kôi*), encontram-se as Chefes da Ala Feminina (*naishi*), pertencentes ao Quarto Grau, a quem era permitido o acesso ao aposento do Imperador. Entre outras funções importantes, elas protegiam o Espelho Sagrado.

170

Secretários do Sexto Grau do Imperador
六位蔵人などは

    Secretários do Sexto Grau do Imperador, por exemplo, jamais devem almejar um futuro como o que se segue. É deveras desagradável que certas pessoas, após seis anos ininterruptos de trabalho, sejam agraciadas ao escalão do Quinto Grau, e que Governadores Provisionais de certas províncias se contentem em apenas possuir uma pequena casa de madeira, substituir a antiga cerca trançada de cipreste japonês, ter um teto para guardar a carruagem, plantar arbustos de dois palmos em frente da casa para amarrar o boi, que ali é deixado para pastar. É lastimável viver sem perspectivas, a varrer cuidadosamente o jardim, a colocar uma persiana de Iyo de bambu entrelaçado com couro lilás e a possuir uma porta corrediça forrada de tecido e, à noite, a dar ordens como: "Tranquem bem o portão!".

    Se não houver quem lhes ofereça moradia — os pais e os sogros obviamente o fariam — ou não tiverem uma casa desocupada de tios, irmãos ou parentes próximos, eles providencialmente poderiam alojar-se na residência vaga de algum amigo designado como Administrador Provincial e, não havendo mais nenhuma alternativa, poderiam ocupar uma das muitas edificações de ex-Imperadores ou Príncipes. No entanto, quando conseguissem conquistar um bom cargo público, o melhor seria procurar o quanto antes adquirir um bom lugar para morar.

171
A casa de uma dama que vive sozinha
女ひとりすむ所は

A casa de uma dama que vive sozinha apresenta-se bastante danificada: muro de terra batida por terminar, plantas aquáticas que invadem o lago e, embora o jardim ainda não esteja totalmente coberto de artemísias, podem-se ver ervas daninhas verdes por entre as pedrinhas — uma imagem de tanta solidão chega a comover. É tão desinteressante quando nada há para ser consertado, com o portão bem trancado e tudo na mais devida ordem que nos enfastiamos muito.

É ideal que a dama que serve na Corte tenha um lar
宮づかへ人のさとなども

    É ideal que a dama que serve na Corte tenha um lar onde pai e mãe ainda vivam. Grande movimentação de pessoas entrando e saindo, profusão de vozes variadas, relinchar dos cavalos, nada há a condenar.

    No entanto, de vez em quando aparece alguém, sorrateiramente ou não, e comenta: "Não sabia que havíeis regressado!", e outros vêm sondar e querem saber: "Até quando permanecereis?". Por que um admirador deixaria de fazer visitas? É muito desagradável perceber que os pais se incomodam com o entra e sai do portão, o barulho inconveniente, principalmente quando a visita permanece até altas horas da noite. Quando perguntam: "O portão já está trancado?", uma voz, em tom evasivo, responde: "Daqui a pouco... A visita ainda se encontra aqui!", e alguém resmunga: "Então... tranque-o assim que a visita se for. Estão dizendo que ultimamente há muitos ladrões. E tome cuidado com o fogo". Isso é muito constrangedor, pois o visitante poderia ouvir.

    Questiono-me se os acompanhantes da visita não estariam incomodados pela longa espera, pois ainda zombavam dos empregados que espiavam o tempo todo para saber se o visitante já estava de saída. Quão ofendidos não ficariam os empregados da casa se soubessem que seus gestos estavam sendo imitados por eles! Mesmo que não se expressasse de modo claro, quem se daria ao trabalho de fazer uma visita se não sentisse algo especial? No entanto, há também os mais desprendidos que logo partem, gracejando: "É... Já está tarde! Portão aberto é perigoso". Já os que sentem um profundo afeto permanecem firmemente até o amanhecer, apesar dos insistentes pedidos da dama para que se vão. Quando se está junto com os pais é repugnante ver os empregados que, obrigados a fazer a ronda várias vezes e abismados em ver o dia prestes a raiar, fecham o portão, demonstram seu incômodo e ainda comentam em voz alta: "Que absurdo! O portão acabou ficando aberto durante a noite inteira...". Imagine então o constrangimento se a casa não fosse de seus pais. O mesmo se diria se fosse a de um irmão nada hospitaleiro.

Quão maravilhoso não seria se, de noite ou de madrugada, não fosse necessário preocupar-se com os portões, e se se pudesse receber visitas de damas que servem às famílias dos nobres habitantes do Palácio Imperial e das residências de Ministros, para conversar a noite inteira com as janelas de treliça levantadas mesmo no inverno, e se se pudesse também ficar a observar seu visitante a se distanciar! Seria mais esplêndido se tudo se passasse no alvorecer, com a lua ainda no céu. A imagem de seu visitante que se distancia tocando flauta lhe impediria de logo adormecer. Que prazeroso não seria ir adormecendo ao som de comentários sobre esta ou aquela pessoa e seus poemas.

173

Num certo lugar, servindo a um determinado senhor
ある所に、なにの君とかや

Num certo lugar, servindo a um determinado senhor, havia um jovem que, embora não pertencesse à nobreza, tinha a reputação de ser o galante de sua época e de possuir extrema sensibilidade. Por volta do nono mês, num esplendor de um alvorecer em que a lua surgia em meio à densa neblina, o jovem, desejando impressionar sua dama e tornar aquele momento inesquecível, expressou com veemência o seu sentimento para que, após sua despedida, ela se lembrasse, saudosa, do vulto indescritivelmente sensual que se distanciava. Ele, porém, havia fingido partir e retornou ao local ocultando-se à sombra de um anteparo móvel de treliça para uma vez mais reiterar-lhe seu sentimento. Nesse momento, a jovem discretamente recitou: "Do amanhecer/ Enquanto existir a lua...".[255] Dito isso, a jovem posicionou-se para contemplar a lua e seus cabelos falsos deslizaram quase um palmo para trás revelando parte de sua cabeça, que brilhou como se a tivessem iluminado, tornando-se ainda mais reluzente pela luz da lua, e ele, assustadíssimo, retirou-se sorrateiramente. Essa é uma história que me contaram.

---

[255] Poema da autoria de Kakinomotono Hitomaro inserido na coletânea *Shûi Wakashû*, tomo 3 "Amor": "Do amanhecer/ Enquanto existir a lua/ Do nono mês/ E seguires me visitando/ De saudades não pereço" (*nagatsukino/ ariakeno tsukino/ aritsutsumo/ kimishi kimasaba/ ware koimo meyamo*).

174

É um deleite imenso o esparso cair da neve
雪のいとたかうはあらで

É um deleite imenso o esparso cair da neve que nem chega a se acumular. Por outro lado, é também prazeroso, com a neve acumulada, ficar desde o entardecer num canto próximo ao jardim, acompanhada de duas ou três pessoas com quem se tenha afinidade, a contar histórias ao redor de um braseiro. Enquanto começa a escurecer, mesmo sem acender as lamparinas, a neve reflete seu brilho intenso no recinto e, revolvendo as brasas distraidamente com uma tenaz, é especialmente prazeroso ouvir e contar histórias comoventes ou também divertidas.

Quando percebemos que já é noite, ouvimos passos se aproximando e estranhamos. Era uma pessoa que vez ou outra aparecia assim, sem aviso. Ele comenta: "Quis saber como estaríeis apreciando a neve de hoje, mas fui impedido por alguns afazeres e passei o dia de um lugar para outro". Seria uma alusão ao poema: "A pessoa que hoje virá!"?[256] Ele começa nos contando como fora o seu dia e muitas outras coisas. Oferecemos-lhe uma almofada de palha e ele se senta no corredor externo, dobrando uma das pernas e mantendo a outra apoiada no chão e, assim, todas nós ficamos a conversar com ele, sem nos entediarmos.

Quando ele se vai, no badalar do sino da madrugada, é fascinante ouvi-lo recitar: "Neve que encobriu aquela montanha".[257] Se estivésse-

---

[256] Referência ao poema de Tairano Kanemori inserido na coletânea *Shûi Wakashû*, tomo "Inverno": "Por esses caminhos/ De neve acumulada/ Não se chega às vilas/ Montanhosas: como não sofrerá/ A pessoa que hoje virá!" (*yamazatowa/ yuki furitsumite/ michimo nashi/ kyô kon hitoo/ awaretowa min*).

[257] Referência a um poema chinês inserido na coletânea *Wakan Roeishû*, tomo "Neve". Em versão livre: "No alvorecer/ Caminhava pelo jardim do Imperador de Liang/ A neve encobriu as montanhas/ À noite, subi a torre do duque de Yû/ A lua iluminava até a lonjura do país".

mos somente nós mulheres, não ficaríamos daquela forma, sentadas até o amanhecer. Concordamos que fora uma ocasião muito mais prazerosa e requintada do que se estivéramos sós.

175

Dizem que o antigo Imperador Murakami
村上の前帝の御時に

Dizem que o antigo Imperador Murakami, numa noite de luar em que nevava em demasia, pediu para fincar uma flor de ameixeira num punhado de neve recolhido num recipiente cerimonial e, entregando-o à sua Secretária, a dama Hyôe, ordenou-lhe: "Fazei disso um poema. Como a expressaríeis?". Ela prontamente recitou: "Em tempos de neve, de lua e de flores",[258] no que foi muito apreciada pelo Imperador, que declarou: "Compor poemas é um ato comum, mas difícil é harmonizá-los com um momento preciso".

Conta-se também que, acompanhado daquela mesma dama, sozinhos há algum tempo na Sala dos Cortesãos, o Imperador percebeu que havia fumaça no braseiro e ordenou-lhe: "Verificai o que está acontecendo". Ao retornar, a resposta dela foi magnífica: "No alto mar, vejo algo a remar: o pescador retorna após a pesca".[259] Um sapo havia pulado no braseiro e estava se queimando.

---

[258] Referência a um poema chinês de Hakurakuten inserido na coletânea *Wakan Roeishû*: "Os amigos do alaúde, da poesia e do saquê se dispersaram/ Em tempos de neve, de lua e de flores/ Recordo-me de ti e sinto saudades".

[259] O poema possui um complexo jogo de palavras homófonas: *oki* ("alto mar" e "brasa"); *kogaru* ("remar" e "queimar") e *kaeru* ("retornar" e "sapo"). No alto mar (brasa), vejo algo a remar (queimar), o pescador retorna (sapo) após a pesca. No original: *watatsu umino/ okini kogaruru/ mono mireba/ amano/ tsurishite/ kaeru narikeri*.

Uma jovem conhecida como Miareno Seji
御形の宣旨の

Uma jovem conhecida como Miareno Seji fez para o Imperador um boneco de aproximados quinze centímetros, muito gracioso, que representava um pequeno nobre. Os cabelos estavam penteados à moda *mizura* dos meninos, repartidos ao meio e presos em coques laterais, e usava um rico traje formal da Corte. Em sua parte interna ela escreveu: "Príncipe Tomoakira", o que foi especialmente apreciado pelo Imperador.[260]

---

[260] Miareno Seji é provavelmente a filha de Minamotono Sukemoto que, à época de nomeação de Morosada (Imperador Kazan) como Príncipe Herdeiro, era encarregada de transmitir suas mensagens ao Secretário. Através da relação com ela, identifica-se o Imperador Kazan, entronizado aos dezessete anos, em 984. O Príncipe Tomoakira havia sido afastado da linhagem imperial, mas acabou sendo reconduzido à condição de Príncipe Herdeiro quando contava 64 anos, tendo sido também instrutor do futuro Imperador Kazan. Como tal nomeação normalmente ocorre quando Tomoakira era ainda criança, Miareno Seji o teria assim representado.

Nos primeiros tempos de meus serviços na Corte
宮にはじめてまいりたるころ

    Nos primeiros tempos de meus serviços na Corte, vi-me, inúmeras vezes, diante de situações que me punham envergonhada e quase cheguei a chorar. Servia à Sua Consorte todas as noites, mantendo-me atrás do cortinado baixo e, quando ela me oferecia pinturas para apreciar, não conseguia nem mesmo estender os braços, dominada pelo nervosismo. Sua Consorte explicava-me as pinturas: "Esta é deste jeito, aquela é diferente. Este pintor, assim, aquele...". Com a intensa claridade da lamparina a óleo colocada sobre uma mesinha individual com base, os fios do meu cabelo ficavam mais nítidos do que durante o dia, o que me constrangia, mas, apesar do embaraço, apreciava as pinturas. Como fazia muito frio, só se via parte de suas mãos, que tinham delicadíssimo tom róseo e eram infinitamente belas. E, para alguém inexperiente como eu que desconhecia aquele mundo, era motivo de espanto e admiração estar diante de ser tão maravilhoso.

    Ao amanhecer, só pensava em me retirar rapidamente ao meu aposento. Sua Consorte Imperial dizia: "Até mesmo a divindade Kazuraki iria se delongar um pouco mais".[261] Mas mesmo assim, por não querer ser vista nem de perfil, eu permanecia de bruços, e mantinha também as janelas de treliça fechadas. Quando ouvia as servidoras do Palácio Imperial entrarem e dizerem: "Abri as janelas!", Sua Consorte as proibia: "Não façais isso!", e elas se retiravam rindo.

    Depois de ficar longo tempo fazendo-me perguntas e conversando, disse-me a Consorte: "Deveis estar ansiosa para voltar ao vosso aposento. Apressai-vos, então. Mas, à noite, retornai cedo". Tão logo me reti-

---

    [261] Kazuraki, divindade que restringia sua aparição ao período noturno por vergonha da sua aparência, refere Nariyuki no texto 126, Tadanobu no 154 e Sei Shônagon no presente 177.

O Livro do Travesseiro

rei, deslocando-me de joelhos, abri a janela e vi que havia nevado. A parte frontal da Ala Tôkaden era estreita, pois havia um anteparo móvel de treliça bem próximo. A neve estava lindíssima.

Durante o dia, Sua Consorte mandou me chamar diversas vezes com mensagens como: "Vinde sem falta, hoje. Está nublado por causa da neve, e não se vê nada com nitidez". Embora fosse grande o meu sofrimento, a dama responsável pelo aposento apressava a minha ida, incitando-me: "É vergonhoso. Por que insistis em permanecer trancada assim? Sua Consorte vos mantém tão próxima a ela que chegamos a nos sentir excluídas, mas ela deve ter suas razões. É inadmissível que não correspondais à sua afeição". Contrariando a minha vontade, tive de me apresentar. A neve que se acumulava sobre o telhado da cabana onde os guardas se aqueciam na fogueira também estava excepcionalmente bela.

Próximo à Sua Consorte, o usual braseiro quadrado ardia forte, mas, por acaso, não havia ninguém à sua volta. As damas superiores estavam sentadas junto a ela para servi-la prontamente. Sua Consorte estava ao lado de um braseiro redondo de madeira aromática laqueada.[262] No aposento vizinho, várias damas apertavam-se em torno de um braseiro retangular. Causou-me muita inveja vê-las tão à vontade, trajando informalmente a jaqueta chinesa de gala apenas repousada sobre os ombros. Recebiam e encaminhavam cartas, levantavam-se, sentavam-se ou andavam sem qualquer cerimônia, conversavam e riam. Fiquei constrangida só de pensar se um dia eu poderia vir a ter atitudes como essas. No aposento ao fundo, havia três ou quatro damas reunidas que apreciavam pinturas.

Transcorrido algum tempo, anunciou-se em alta voz a chegada de Sua Excelência Fujiwarano Michitaka, o Conselheiro-Mor, e pensei em escapar aos meus aposentos aproveitando-me da confusão que se formara para colocar tudo em ordem, mas, dominada pela tensão, meu corpo não me obedecia. Consegui me afastar um pouco mais para os fundos; mesmo assim, não pude deixar de dar uma espiada por uma parte rota do cortinado, levada provavelmente pela curiosidade.

---

[262] A técnica *nashiji* ("base pera") consiste em borrifar pó de ouro ou prata, criando uma textura semelhante à da casca da pera. Trata-se de um tipo de *makie*, arte utilizada para laquear e ornamentar objetos de madeira.

Era, no entanto, o Alto-Conselheiro Korechika. A cor roxa do seu traje palaciano e de suas pantalonas que contrastava com a neve estava ainda mais bela. Sentado próximo à coluna, ele disse: "Nestes dois últimos dias, estou passando pelo período de Reclusão, mas preocupava-me com vossa situação, pois tem nevado muito", ao que respondeu Sua Consorte: "Achei que os caminhos estivessem obstruídos. Como é que viestes?". Sorrindo, prosseguiu Korechika: "Pensei que talvez pudesse impressionar-vos".[263] Haveria cena mais esplêndida que esta? Pareceu-me até estar a ouvir diálogos que fluem espontaneamente nas narrativas.

Sua Consorte Imperial usava vários trajes brancos e quimono externo de tecido de seda adamascada chinesa carmesim. Seus longos e negros cabelos que deslizavam eram como aqueles que, até então, só vira em pinturas, mas não conhecia na realidade, fazendo-me pensar que estivesse sonhando. O Alto-Conselheiro conversava e gracejava com as damas. Elas nem se acanhavam em responder-lhe às perguntas e quando percebiam que ele estava brincando, retrucavam e contradiziam-no, causando-me tamanho espanto que eu ficava desnorteada e enrubescida. Para recepcionar o Alto-Conselheiro foram oferecidas frutas, também servidas à Sua Consorte Imperial. Imagino que ele deva ter perguntado: "Quem está atrás do cortinado?".

Incitado provavelmente pelas damas, o Alto-Conselheiro levantou-se, e eu presumi que ele se dirigiria para outro lugar, mas sentou-se bem próximo e começou a conversar comigo. Queria saber de fatos que haviam ocorrido antes da minha vinda ao Palácio Imperial: "É verdade que aconteceu isso?". Se já me sentia envergonhada de vê-lo à distância, por detrás do cortinado, quanto mais de ouvi-lo, sentado à minha frente! Era muito excepcional, nem parecia realidade! Mesmo nas ocasiões em que ia assistir ao passeio da Comitiva Imperial, se alguém lançasse mesmo que um rápido olhar em direção à minha carruagem, eu abaixava a persiana interna e cobria meu rosto com o leque, receando ser vista. O suor me escorria enquanto eu me perguntava por que razão estava eu servindo à Corte, ainda que tal imprudência tivesse ocorrido por vontade própria. Amargurada, não conseguia responder-lhe a ne-

---

[263] As falas da Consorte e do irmão Korechika glosam um poema de Tairano Kanemori citado no texto 174.

nhuma das perguntas. O Alto-Conselheiro tomou-me até o leque que providencialmente escondia o meu rosto, por isso tive de cobri-lo com os cabelos, mesmo sabendo que estavam horríveis. Por mais que eu tentasse evitar, não conseguia deixar de me expor, por isso queria que ele se fosse rapidamente. Ele, no entanto, volteava meu leque nas mãos, demorava-se para devolvê-lo, perguntando sobre sua pintura: "Quem a encomendou?". Cobri-me com as mangas e permaneci cabisbaixa, pois percebi que a jaqueta chinesa de gala estava manchada de pó-de-arroz branco e que meu rosto provavelmente estaria borrado.

Sua Consorte Imperial, compreendendo provavelmente a minha aflição diante da delonga do Alto-Conselheiro, quis saber dele: "Olhai esta. De quem seria?". Ele, sem se afastar do lugar, pediu: "Deixai-me ver, passai para cá". Ela ainda insistiu: "Vinde até aqui". O Alto-Conselheiro gracejou: "É esta dama que me segura e não me deixa ir". Fiquei encabulada diante daquele tratamento tão jovial, não condizente com a minha idade. Sua Consorte separou um volume em estilo cursivo e ficou a apreciá-lo. O Alto-Conselheiro insistia em me ouvir e fazia comentários descabidos: "Mostrai a esta dama para sabermos de quem é a caligrafia. Ela, sim, é capaz de reconhecer qualquer autor".

Não bastasse a presença do Alto-Conselheiro, uma voz anunciou a chegada de outro visitante, também vestido com traje palaciano. Era mais radiante do que o Alto-Conselheiro e punha-se a gracejar com as damas, fazendo-as rir e se divertir. E elas comentavam sobre a vida dos cortesãos: "Aquela pessoa fez isso, fez aquilo". Parecia-me estar na presença de seres extraordinários ou celestiais, mas depois que os dias se passaram e me acostumei ao serviço palaciano, percebi que não era para tanto deslumbramento. Aquelas pessoas, que me pareciam tão admiráveis, devem ter sentido o mesmo que eu quando deixaram seus lares e começaram a servir no Palácio Imperial: depois de se acostumarem, passaram a encarar tudo naturalmente.

Numa outra ocasião, Sua Consorte conversava comigo e me perguntou: "Tendes consideração por mim?". No mesmo instante em que eu lhe respondi: "Como não teria?", alguém deu um forte espirro do lado onde ficava a copa. Sua Consorte retirou-se para os fundos, dizendo: "Que lamentável! Estais mentindo! Pois, que seja!". [264] Pensei co-

---

[264] O espirro era associado à mentira ou ao gracejo.

migo: "Como? Não é mentira, a consideração que vos tenho é mais do que simples afeição! Quem mentiu foi o nariz que espirrou!". Fiquei a imaginar quem teria sido responsável por um ato tão desagradável, que considero desrespeitoso; mesmo quando sinto vontade de espirrar, eu me contenho. Senti mais raiva ainda por ter sido exatamente naquela circunstância, mas, como era uma novata, não soube me defender. Tendo amanhecido, voltei ao meu aposento e imediatamente recebi uma carta requintada, escrita em um delicado papel verde claro. Ao abri-la, encontrei a seguinte mensagem enviada por Sua Consorte através de uma dama:

>Como saberei?
>Como posso descobrir
>Se é mentira ou não?
>Se neste céu não existe
>A Divindade do Esclarecimento![265]

"É assim que se sente Sua Consorte Imperial", acrescentou a mensageira. Fui tomada por grande ira pela pessoa que espirrara na noite anterior, pois me sentia confusa, num misto de deleite e desgosto. Enviei-lhe o seguinte poema:

>Flor não apreciada
>Pelo tom de sua cor
>Sofro por demais
>Por meu real sentimento
>Ver tal incompreensão[266]

---

[265] Jogo de palavras referente a Tadasu, divindade do Santuário Shimokamo, cujo nome possui também o significado de "esclarecer". No original: *ikani shite/ ikani shiramashi/ itsuwario/ sorani Tadasuno/ kami nakariseba*.

[266] Os homófonos "nariz" e "flor" (*hana*) relacionam a ideia de "verdadeiro" ou "falso" (para nariz) e "tom claro" ou "tom escuro" (para flor). Outra possibilidade de tradução dos dois primeiros versos seria: "Nariz não apreciado/ É verdadeiro ou falso". Através do poema, a autora lamenta o fato de ter sido considerada mentirosa pela Consorte Imperial por causa do espirro. No original: *ususa kosa/ sorenimo yoranu/ hanayueni/ ukimino hodoo/ miruzo wabishiki*.

E completei: "Levai, por favor, esta mensagem. A Divindade da Vidência certamente conhece a verdade, pois possui sabedoria superior".[267] Mesmo depois disso, não consegui me conformar com o fato de a pessoa ter espirrado justo naquele momento.

---

[267] Refere-se a Shiki, divindade ligada aos Mestres de Yin Yang.

Pessoas que têm ares orgulhosos
したりがほなる物

Pessoas que têm ares orgulhosos.[268] A que dá o primeiro espirro no Ano-Novo.[269] A pessoa de classe não os tem, só a da camada baixa. Pais cujo filho é nomeado Secretário Imperial, depois de competir com inúmeros concorrentes. Também a pessoa que, no remanejamento de postos, é nomeada para a província mais disputada. Nota-se seu imenso orgulho quando, ao ser cumprimentado por pessoas que lhe dizem: "Que nomeação fabulosa!", responde-lhes: "Que nada, é um lugar em total decadência...".

Também demonstra orgulho o homem que, dentre os vários pretendentes, é o escolhido para esposo. Um Administrador Provincial, ao ser nomeado Conselheiro Consultor, mostra-se deveras orgulhoso, muito mais do que um jovem de ilustre família tradicional.[270]

---

[268] O texto lista "pessoas" ao invés de "coisas", os quais, em japonês, correspondem ao termo homófono *mono*.

[269] Espirrar no primeiro dia do ano significava ter vida longa.

[270] O posto de Conselheiro não constituía motivo de orgulho, pois para o jovem nobre era uma progressão natural.

179

A posição hierárquica, sim, é maravilhosa
位こそ猶めでたき物はあれ

A posição hierárquica, sim, é maravilhosa. Uma mesma pessoa, quando ainda pertence ao Quinto Grau ou é Oficial Assistente do Quinto Grau, pode ser tratada sem nenhuma cerimônia, mas, quando promovida a Médio-Conselheiro, Alto-Conselheiro ou Ministro, tudo se conforma à sua vontade e a faz parecer especial, causando-nos admiração. Guardadas as devidas proporções, o mesmo deve ocorrer com os Administradores Provinciais. Aqueles que, após assumirem cargos em várias províncias, tornam-se Vice-Comandantes do Dazaifu, ou alcançam o Quarto ou Terceiro Graus, parecem ser tratados com consideração mesmo pelos nobres.

Para as mulheres, entretanto, não é nada bom. Na Corte, somente quando a ama de leite do Imperador torna-se Vice-Chefe de um dos Setores da Ala Feminina ou alcança o Terceiro Grau é que ela passa a ser respeitada, mas então não haveria motivo de tanta alegria, pois ela já teria passado da idade. E grande parte nem chega a isso. Ser esposa de Administrador Provincial e acompanhá-lo à província designada seria o máximo da felicidade para as mulheres de boa família e motivo de louvor e inveja. Uma mulher comum tornar-se esposa de um nobre, e uma filha de nobre tornar-se Imperatriz ou Consorte Imperial, isto sim, é maravilhoso.

No entanto, mesmo entre os homens, nada há de mais maravilhoso que a ascensão de um jovem. Num monge que peregrina, apresentando-se com seu título budista, nada há de especial. Apesar de ler sutras com reverência e ter boa aparência, as damas o tratam sem seriedade e não se alvoroçam por sua causa. Mas, uma vez na condição de Vice-Primaz ou Primaz do Templo, passam a venerá-lo como se presenciassem a aparição — imaginem! — do próprio Buda!

Quanto a pessoas que inspiram cautela
かしこき物は

    Quanto a pessoas que inspiram cautela, o marido da ama de leite. Peço permissão para nem referir os maridos das amas do Imperador e dos Príncipes, pois estes dispensam comentários. Na sequência hierárquica, por exemplo, na família de um Administrador Provincial, de acordo com a tradição, o marido da ama é tratado com o devido respeito e, por isso, ele próprio acaba se convencendo de que tem todo o respaldo e trata como se fosse sua a criança cuidada pela esposa. Se menina, essa atitude seria aceitável, mas quando menino, ele se empenha sempre em acompanhá-lo e, se alguém o contraria, mesmo que levemente, ele o afugenta mostrando as garras, o que não é bom, mas, como não há quem o critique abertamente, continua tomando ares de importância e controlando tudo.
    Se a criança é muito pequena, causa-lhe algumas inconveniências. Como a ama dorme junto à mãe para acompanhar o bebê, o marido dorme sozinho em seus aposentos. Mas também, se dormisse em outro lugar, certamente seria uma confusão, pois o acusariam de infidelidade. Mesmo forçando-a a vir a seus aposentos, é uma lástima quando a ama é chamada pela mãe da criança e, em fria noite de inverno, vê-se obrigada a tatear por suas roupas para atendê-la. Isso também ocorre nas residências dos nobres, com a diferença de haver fatos ainda mais complicadores.

181

Quanto a doenças
やまひは

Quanto a doenças, as do peito. Possessão. Beribéri. Por fim, a inapetência por causa desconhecida.

É muito encantadora a cena de uma bela jovem de dezoito ou dezenove anos, de lindos cabelos de pontas bem volumosas que lhe chegam aos pés, bem roliça, muito branca e de rosto gracioso, que tem problemas sérios nos dentes e que chora copiosamente até molhar as mechas laterais, sem se importar com o seu desalinho, apertando as partes de seu rosto já bastante avermelhado.

Por volta do oitavo mês, havia uma dama de quimono sem forro branco e macio, com uma bela pantalona, coberta por traje muito refinado de sobreposição "Lilás Escuro" de lilás e verde, que estava gravemente enferma do peito. Muitas companheiras vieram para visitá-la e, mesmo do lado de fora, havia muitos jovens nobres que comentavam de modo casual: "Coitada! Ela sofre sempre assim?". Foi encantador ver aquele que a amava mostrar-se realmente consternado. Foi tocante vê-la levantar-se para vomitar, tendo presos seus cabelos lindos e longos.

O Imperador, ao ser informado da doença, enviou um monge de boa voz para a leitura de sutras, e as damas o fizeram sentar-se atrás do cortinado que haviam deslocado para separá-lo. Por ser um recinto exíguo, as muitas damas que vinham visitar a doente ficavam totalmente expostas ao ouvir os sutras e, ao observar o monge a dirigir-lhes o olhar enquanto recitava, tive a certeza de que ele haveria de sofrer um duro castigo.

Um homem bastante galante e de muitos amores
すきずきしくて人かずみる人の

Um homem bastante galante e de muitos amores, que, sabe-se lá onde passara a noite, volta de madrugada, mantém-se acordado e, embora com ar sonolento, manda trazer o tinteiro de pedra e dissolve a tinta *sumi* com esmero. É elegante a sua figura descontraída, e é atencioso o modo com que escreve a carta da manhã seguinte, todo concentrado em seu pincel.

Sobre os quimonos brancos, veste outro amarelo-ouro, ou talvez carmesim. Observando que sua veste branca sem forro encolhera muito,[271] termina a carta, mas, sem confiá-la à pessoa que aguarda à sua frente, levanta-se especialmente e chama um pajem ou algum mensageiro apropriado, sussurra-lhe algo e, após entregá-la, continua por um tempo absorto, murmura discretamente certos trechos de sutra e, ao ser avisado da refeição matinal ou das abluções, dirige-se ao fundo da casa, mas recosta-se à escrivaninha e ainda fica a ler os livros. Quando depara com trechos que lhe aprazem, é encantador ouvi-lo recitá-los em voz alta.

Lava as mãos, sobrepõe aos ombros um traje palaciano e recita de cor o sexto tomo das palestras das *Oito Instruções da Flor de Lótus*. A atmosfera é de pura veneração, mas, por ser próximo o local designado, o mensageiro logo dá sinais de seu retorno, e então, repentinamente, ele interrompe sua récita para desviar sua atenção à resposta. Divertiu-me pensar que tal atitude, sim, é que mereceria duro castigo.

---

[271] Talvez devido ao orvalho, ao tecido amassado ou, mais provavelmente, às lágrimas de despedida dos amantes.

183

Em meio a uma tarde muito quente
いみじう暑きひる中に

    Em meio a uma tarde muito quente, pensava no que fazer para amenizá-la; o leque trazia-me apenas ares mornos e eu me deliciava molhando a mão na água com gelo, quando alguém me trouxe uma carta, em papel fino do mais puro vermelho, amarrada a um galho de cravina-chinesa em plena floração carmesim. Aquilo me fez sentir o cuidado profundo e a delicadeza que por mim nutria quem me escrevia em meio a tal calor e me levou a abandonar o leque que teimava em usar mesmo sem trazer alívio.

Não na galeria da Ala Sul, mas na da Leste
南ならずは東の廂

    Não na galeria da Ala Sul, mas na da Leste, cujo assoalho refletia até mesmo as silhuetas, haviam colocado um tatame novo de cores vivas. Se empurrássemos o cortinado baixo, cujo tecido parecia muito refrescante, ele deslizaria um pouco mais do que o previsto e revelaria uma dama deitada, com um branco quimono sem forro de seda crua, uma pantalona carmesim, e que usaria, para se cobrir de leve, uma veste não tão amaciada, de carmesim mais escuro.
    Na cúpula suspensa arderia a lamparina a óleo e, dois pilares adiante, duas damas e uma menina estariam reclinadas à coluna da soleira, a persiana toda enrolada, ou haveria outras deitadas junto a uma persiana abaixada. A brasa estaria bem enterrada nas cinzas do incensório, exalando um aroma quase imperceptível que tornaria tudo muito sereno e refinado. Horas altas da noite, ouvir-se-ia uma batida discreta no portão, e apareceria uma dama já ciente de que, cuidadosamente, ocultaria o nobre por detrás de si e o encaminharia à sua senhora: seria uma cena realmente apropriada e elegante. Também maravilhosa seria a cena de um casal na qual haveria um alaúde magnífico e de boa sonoridade, que o nobre, no intervalo dos diálogos, dedilharia discretamente.

Numa residência próxima à avenida
大路ぢかなる所にて

Numa residência próxima à avenida, é maravilhoso ouvir uma pessoa numa carruagem que, devido ao lindo luar do amanhecer, levanta a persiana interna e recita em boa voz o poema chinês: "O viajante segue pela lua que ainda resta".[272] Seria maravilhoso mesmo se tal pessoa estivesse a cavalo.

Certa vez, num local semelhante, ouvi o som dos guarda-lamas de uma montaria, parei o que fazia e fui ver quem passava, mas fiquei verdadeiramente decepcionada ao me deparar com uma pessoa de baixa condição.

---

[272] Citação de um poema chinês de Chia Sung que consta na coletânea *Wakan Rôeishû*, tomo "Amanhecer", nº 416. Em versão livre: "No palácio Gikyû (Wei), os sinos tocam/ As damas preparam a maquiagem matinal/ O galo canta no Posto de Fiscalização Kankoku (Han-ku)/ Ainda assim, o viajante segue pela lua que ainda resta".

Quanto a coisas que causam inesperada decepção
ふと心おとりとかするものは

Quanto a coisas que causam inesperada decepção, a pior dentre todas é fazer uso de palavras de baixo calão, seja homem ou mulher. Como pode uma única palavra tornar, misteriosamente, uma frase refinada ou vulgar? Em relação a isso, a pessoa que agora assim vos emite juízos não é necessariamente uma exímia com as palavras. Como distinguir o refinado do vulgar? Não sei quanto aos outros, mas eu sigo somente o meu coração.

Usar palavras vulgares ou erradas de modo consciente e proposital não tem nada de mal. O que me espanta é quando se expressam, sem refletir, com palavreado descuidado. Irritam-me, ainda, homens ou idosos que não deveriam, mas cuidam propositadamente de sua fala e acabam revelando sua origem provinciana. É bastante natural que as damas jovens sintam-se muito incomodadas e queiram se retirar ao ouvir as mais velhas proferirem palavras inadequadas e de baixo calão.

Seja para dizer qualquer coisa, é inadequado se em vez de dizer: "Penso em fazer isso assim", "Penso em dizer assim", ou "Penso em fazer assim ou assado", digam, por exemplo: "Penso fazer assim", "Penso ir para a minha terra" sem a utilização da preposição "em".[273] Mais do que falar, pior seria escrever assim numa carta. Se uma narrativa fosse tão mal escrita, desnecessário mencionar nesse caso, até a própria

---

[273] Trata-se dos comentários referentes à omissão da partícula *to* nas frases *sono koto sasento su* (penso em mandar fazer assim), *iwanto su* (penso em dizer assim) e *nanito sento su* (penso em fazer assim ou assado), criticando as frases como *iwanzuru* (penso dizer) e *satoe idenzuru* (penso ir para casa).

autora pareceria deplorável.[274] Há quem diga "um carruagem". Dizer "prucurar", no lugar de "procurar", também parece ser frequente.[275]

---

[274] Watanabe interpreta que este trecho foi escrito tendo em mente a dama da Corte contemporânea Murasaki Shikibu, autora de *Narrativas de Genji*.

[275] A narradora critica a forma *hitetsu kurumani* (numa carruagem), possivelmente uma pronúncia regional para *hitotsu kurumani*, mas não se sabe quem pronunciava de tal maneira. Ainda, o verbo *motomu* (procurar) era também pronunciado *mitomu* na época.

187

Um homem de visita a uma dama que serve no Palácio Imperial
宮仕人のもとに来などする男の

Um homem de visita a uma dama que serve no Palácio Imperial começar a comer em seu recinto não é nada bonito.[276] A pessoa que lhe oferece de comer também me desgosta profundamente. Se a amante oferece com todo carinho: "Servi-vos!", ele certamente não poderá cobrir a boca, ou virar o rosto, como se estivesse detestando a situação, e acabará por aceitar a refeição. Mesmo se ele chegasse muito embriagado, ou absurdamente tarde da noite para pernoitar, eu não lhe serviria sequer uma tigela de arroz regado com água quente. Mesmo que ele não me visitasse mais, achando que sou uma mulher negligente, prefiro assim. Quando estou em meu lar, e lhe trazem algo da cozinha, não há nada que eu possa fazer. Mesmo assim, é muito desagradável.

---

[276] Alimentação e galanteria, na concepção da Corte de Heian, parecem não harmonizarem. Já em *Narrativas de Ise* representa-se um episódio em que o amor desvanece quando o nobre modelar, protagonista da obra, vê a almejada dama a comer.

188

Quanto a ventos
風は

Quanto a ventos, o da tempestade. O vento de chuva que sopra suavemente no entardecer do terceiro mês.

Por volta do oitavo, nono mês, o vento que sopra em meio à chuva é muito comovente. Quando ele sopra rumoroso e inclina a direção da chuva, é muito agradável vestirmos um quimono de algodão que usamos durante todo o verão sob uma veste de seda crua sem forro. A seda crua é incômoda e excessivamente quente e, embora tenhamos desejado despi-la e abandoná-la, também é divertido nos perguntarmos em que exato momento a temperatura teria esfriado tanto. Entretanto, realmente delicioso é, ao amanhecer, sentir na face uma lufada fria de tempestade, quando se abrem as portas duplas e a janela de treliça.

No fim do nono mês e início do décimo, o céu fica bem nublado e o vento sopra ruidosamente: são muito comoventes as folhas amarelecidas que começam a cair sem parar. Caem especialmente depressa as folhas de cerejeira e de apananto. No décimo mês, são esplêndidos os jardins repletos de árvores.

Nada há de mais admirável e comovente do que a manhã seguinte ao tufão.

Além dos danos nos anteparos móveis de treliça e nas cercas de madeira, é lastimável o estado das plantas do jardim. É inimaginável a cena: sobre delicadas lespedezas e valerianas, enormes árvores também tombadas e galhos arrancados pelos ventos. É difícil atribuir à ação de ventos tal violência: em cada uma das reentrâncias da janela de treliça veem-se folhas e folhas que parecem terem sido socadas de propósito.

Vestindo um quimono de denso roxo que perdera seu exuberante brilho, sob uma peça de tecido de seda amarelo ocre e quimono semiformal leve, a dama, de fato bela, não havia conseguido dormir de noite com o barulho do vento; somente depois é que caíra no sono.

Dormira longamente; mal se levantara, saíra do recinto principal deslizando de joelhos: é deveras esplêndido ver seus cabelos revoarem com o vento e se avolumarem ligeiramente, caindo sobre os ombros.

Contemplando o jardim, tomada de comoção, recito: "Com razão, de vento e montanha",[277] quando vejo uma dama que aparentava boa educação, talvez tivesse dezessete ou dezoito anos — não é criança, mas também não parece particularmente adulta —, seu quimono de seda crua sem forro tem muitos pontos descosturados, o azul índigo claro também está desbotado e parece úmido; traz uma veste de dormir lilás sobre os ombros; seus cabelos brilhantes são tratados com notável esmero, têm as pontas tão volumosas como as eulálias e são tão longos que lhe chegam aos pés, escondidos pelas barras de seu quimono, mas podem ser vistos entre as pregas de sua pantalona; contempla com inveja através do cortinado meninas e jovens damas que juntam lá e acolá arbustos caídos, arrancados pelas raízes, e levantam os replantáveis. Suas silhuetas são maravilhosas.

---

[277] Alusão a um poema de Bun'ya Yasuhide, que consta na coletânea *Kokin Wakashû*, tomo "Outono": "Por muito ventar/ Folhas e árvores de outono/ Acabam por fenecer/ Com razão, de vento e montanha/ É composta a tempestade" (*fuku karani/ akino kusakino/ shiorureba/ mube yama kazeo/ arashito yûran*).

189

Coisas que têm profundo refinamento
心にくき物

Coisas que têm profundo refinamento. Ouvir, por trás de alguma divisória, um delicado som de bater de mãos que não parece provir de uma dama, de tão refinado; e logo, com uma resposta jovial, alguém vai servi-la, fazendo deslizar a seda de seu quimono. Mesmo por detrás de anteparos ou divisórias corrediças, ainda ouço os elegantes sons de *hashi* ou colher que se intercalam. Até o som da alça do pote de metal quando cai chega-me aos ouvidos.

Sobre um quimono de tecido lustroso, cabelos que se derramam, mas não em desalinho. Impossível saber seu comprimento. No aposento cheio de precioso mobiliário, a lamparina a óleo encontra-se apagada e a luz que brilha provém somente de um braseiro cujo fogo arde intensamente; é deslumbrante poder-se vislumbrar até o brilho sedoso das cordas que pendem do dossel da Alcova Imperial. Até os contornos dos ganchos de metal que prendem firmemente a sanefa, atados em laços com formato de trevo, destacam-se perfeitamente. É muito prazeroso poder ver, revelado pelo fogo, a pintura executada no lado interno de um braseiro cujas cinzas se organizam com tanto asseio. É também muito prazeroso ver o intenso brilho metálico das tenazes que se encontram cruzadas no braseiro.

Em avançada noite, com a Consorte Imperial já se tendo retirado a seus aposentos, alguma dama inicia uma conversa com um cavalheiro sentado do lado de fora enquanto todas dormem. É muito refinado ouvir frequentemente, do interior de algum aposento, uma pedra de *go* sendo colocada em sua caixa de madeira. É delicioso perceber alguém ainda acordado, ao ouvir o som das tenazes sendo fincadas delicadamente no braseiro.

Realmente, é de profundo refinamento permanecer até tarde sem dormir. Quando todos dormem, há vezes em que desperto no meio da noite e me ponho a escutar através das divisórias e, percebendo que alguém ainda parece estar acordado, minha curiosidade é atiçada, especialmente quando um cavalheiro se põe a rir de modo discreto e não consigo distinguir as palavras.

Ou, ainda, é de refinamento profundo quando a Consorte Imperial está acordada, em meio às damas que lhe servem, e chegam pessoas para prestar visita que devem ser tratadas com formalidade: algum nobre, ou a Vice-Chefe da Ala Feminina, e põem-se a dialogar tomando-lhe um assento próximo; o fogo do comprido braseiro retangular torna os objetos bem visíveis e discerníveis, mesmo com a lamparina a óleo apagada. Uma dama recém-admitida torna-se objeto de refinado interesse dos jovens nobres, mesmo não possuindo ascendência notória; quando vem prestar serviço à Sua Consorte Imperial em hora já adiantada, ouve-se o agradável som de seus trajes ao deslizar de joelhos no aposento para dela aproximar-se. Sua Consorte lhe dirige a palavra em voz baixa e ela, envergonhada como uma criança, responde com um som quase inaudível enquanto, à sua volta, reina um silêncio profundo. É muito refinada também a cena de damas sentadas em grupos a conversar aqui e acolá, podendo-se ouvir os sons de suas vestes quando entram e saem do aposento de Sua Consorte. Embora pouco audíveis, é muito refinado conseguir distinguir de qual dama proviriam.

Algum nobre de grau bastante intimidante prestava uma visita em nossa Ala Privativa; apagamos logo a lamparina a óleo ao nosso lado, mas, com uma claridade do outro lado que nos alcançava pelas frestas superiores das divisórias, podíamos distinguir vagamente o aposento vizinho, que estava, logicamente, às escuras. Por se tratar de um cavalheiro com quem a dama não ousava encontrar-se à luz do dia, deitaram-se à sombra de um cortinado baixo e ela não teve como esconder as qualidades e os defeitos de seus cabelos tão próximos. Os trajes palacianos e as pantalonas do visitante estavam pendurados sobre o cortinado. Seria aceitável também o verde da túnica formal de Secretários do Sexto Grau. Se fosse, no entanto, outro verde comum aos nobres do Sexto Grau que não o de Secretário, a vontade seria de enrolar suas vestes de qualquer jeito e jogá-las a seus pés e, de madrugada, quando ele não conseguisse encontrá-las, ela ficaria a observá-lo totalmente desnorteado. Tanto no verão quanto no inverno, que delícia é dar uma espiada, do fundo do aposento, à cena de uma pessoa a dormir, com suas vestes penduradas sobre um dos lados do cortinado...

É de profundo refinamento o aroma de incenso nas vestes. Ah, como era verdadeiramente soberbo o aroma que pairava na ocasião em que o Médio-Capitão Tadanobu estava junto à persiana da Pequena Porta dos aposentos de Sua Consorte Imperial,[278] na época das longas chuvas do quinto mês...[279] Essa atmosfera cativante, impregnada de um aroma do qual não se distinguia a fonte, e que era acentuado pela umidade trazida pelas chuvas, não era exatamente uma raridade, mas como deixaria de não mencioná-la? O aroma que se impregnava até o dia seguinte no cortinado em que ele se apoiara, naturalmente, fazia as jovens damas exultarem como nunca.

Mais do que estar acompanhado de grande comitiva de homens, baixos e altos, de porte não particularmente exuberante, o melhor é ter uma carruagem com alguns poucos, mas muito atenciosos carreiros juvenis de aparência perfeita, que controlam os bois vigorosos puxando cordões esticados e regulando-os com suas passadas. Aparentam refinamento muito mais profundo homens esbeltos com pantalonas de barras tingidas de roxo escuro (ou talvez em nuances de roxo-carmesim), vestindo ou não quimonos externos — seja de sobreposição "Seda Amaciada" de carmesim e carmesim, seja de "Kérria" de ocre e amarelo-ouro —, e com calçados muito brilhantes, a correr bem próximos ao eixo da carruagem.

---

[278] Esta porta levava aos aposentos de Teishi, quando ela utilizava a Ala das Consortes Kokiden.

[279] Como a umidade do ar é muito alta, os aromas permanecem por tempo prolongado no ar.

Quanto a ilhas
島は

Quanto a ilhas, a Yaso. A ilha Uki. As ilhas Taware, E e Matsugaura. A ilha de Toyora. A ilha de Magaki.[280]

---

[280] As ilhas Yaso (Oitenta) e Uki (Flutuante) podem não ser propriamente topônimos e referirem genericamente a "muitas ilhas" e "ilhas que flutuam". Taware, ilha citada em *Narrativas de Ise*, localiza-se na Província de Higo, atual Província de Kumamoto. *Taware*, "jogo", tem também sentido erótico. A Ilha de E localiza-se em Awaji, atual Província de Hyôgo; é dito que quando Ariwarano Narihira foi exilado para Suma, tornou-se íntimo de uma mergulhadora desta ilha. A ilha de Magaki é *utamakura* dos mais apreciados; localiza-se em Michinoku, nome antigo de uma das cinco regiões que compõem atualmente o nordeste do Japão.

Quanto a praias

浜は

Quanto a praias, a Udo. A praia Naga. A praia de Fukiage. A praia de Uchiide. A praia de Moroyose. A praia de Chisato: imagina-se que seja muito extensa.[281]

---

[281] Udo, à beira do oceano Pacífico, é das mais cantadas praias; localiza-se em Suruga, nome antigo da Província de Shizuoka. A praia de Fukiage é conhecida pela característica que a nomeia: "praia soprada pelo vento"; localiza-se em Kii, atual Província de Wakayama e parte de Mie. Uchiide, "partir", localiza-se em Ômi, atual Província de Shiga e, apesar de ser praia de lago, impressionava os habitantes do período Heian por ser a primeira imagem aquática após a partida da Capital em direção ao leste. Supõe-se que Moroyose, "juntar em muitas camadas", localize-se em Tajima, atual parte norte da Província de Hyôgo. Chisato, "mil léguas", é também parte de Kii, atual Província de Wakayama e parte de Mie.

192

Quanto a baías
浦は

Quanto a baías, a de Ô. A baía de Shiogama. A baía de Korizuma. A baía de Nadaka.[282]

---

[282] A baía de Ô localiza-se em Ise, atual Província de Mie. A baía de Shiogama localiza-se na famosa praia de Matsushima. Korizuma refere-se à baía de Suma, localizada em Settsu, atual Província de Hyôgo e parte de Ôsaka.

193

Quanto a florestas
森は

Quanto a florestas, a de Ueki. A floresta de Iwata. A floresta de Kogarashi. A floresta de Utatane. A floresta de Iwase. A floresta de Ôaraki. A floresta de Tareso. A floresta de Kurubeki. A floresta de Tachigiki.

O nome da floresta Yôtate soa muito estranho aos ouvidos. Por que lhe teriam nomeado assim? Não deveria nem ser chamada de floresta, pois se tem somente uma árvore![283]

---

[283] O texto 108, mais curto, traz o mesmo tópico, enumerando também as florestas de Ueki, Iwase e Tachigiki. A floresta de Ôaraki, localizada em Yamashiro, na atual Quioto, aparece em muitíssimos poemas e talvez estivesse localizado próximo à região de Nara e Quioto. Entretanto, desconhece-se o motivo do comentário de Sei Shônagon.

Quanto a templos
寺は

Quanto a templos, Tsubosaka. Kasagi. Hôrin. É emocionante pensar que no Templo Ryôzen encontra-se a morada de Buda. Ishiyama. Kokawa. Shiga.[284]

---

[284] Todos os templos listados encontram-se na então Capital Heian (atual Quioto) e seus arredores. Tsubosaka localiza-se em Yamato, atual Nara. É famoso pela devoção a Kannon. Kasagi e Hôrin localizam-se em Yamashiro, atual Quioto. Também são famosos pela devoção a Kannon. Ryôzen, "montanha sagrada", é abreviatura de Ryôzen Jôdo (Montanha Sagrada da Terra Pura), parte das palestras das *Oito Instruções da Flor de Lótus* segundo a qual Buda lá permaneceria eternamente para guiar o povo.

195

Quanto a sutras
経は

Quanto a sutras, sem dúvida o das palestras das *Oito Instruções da Flor de Lótus*. Fugen Jûgan. O Sutra Senju. O Sutra Zuigu. Kongô Hannya. O Sutra Yakushi. O segundo volume do Sutra Ninnô.[285]

---

[285] O Sutra da Flor de Lótus não era apreciado somente no âmbito religioso. Fugen Jûgan (Dez Desejos do Buda Samantabhadra) preside a ordem e os ritos da meditação. Senju provavelmente refere a Kannon de Mil Braços. Zuigu é o mais representativo buda da vertente esotérica *mikkyô*. O Sutra do Diamante (Kongô Hannya Haramitsu-Kyô) trata dos ensinamentos do vazio e da existência do ego, sendo respeitado pela vertente zen. Yakushi é o bodhisatva dos medicamentos e da luz de lápis-lazúli, e cura os sofrimentos através de seus ensinamentos. O segundo volume do Sutra Ninnô parece ter se tornado mais conhecido por causa das cerimônias de interpretação realizadas por meio de suas mandalas.

196

Quanto a budas
仏は

Quanto a budas, Nyoirin. Senju. Todas as seis Kannon. O buda Yakushi. O buda Shaka. Miroku. Jizô. Monjû. Fudô Myôô. Fugen.[286]

---

[286] São conhecidas seis representações específicas de Kannon, bodhisatva da misericórdia: Senju (Kannon de Mil Braços, que atua no mundo dos fantasmas famintos), Shô (Kannon Sagrada, que atua no mundo dos demônios), Batô (Kannon de Cabeça de Cavalo, que se comunica com o aspecto animal), Jûichimen (Kannon de Onze Cabeças, que se volta para muitas misericórdias), Juntei (Kannon Deusa-Mãe, também chamada Fukûkensaku Kannon, que atua no mundo dos homens) e Nyoirin (Kannon Realizadora de Desejos, que atua no mundo dos deuses). Yakushi é o buda da cura. Shaka é Gautama, o buda histórico. Miroku é o buda do futuro, que retornaria depois de mais de 56 milhões de anos após a morte de Buda. Jizô é o buda que salva as crianças e que vela pelo povo até o retorno do buda Miroku. Monjû é o buda da sabedoria. Fudô Myôo é guardião feroz de grande importância para os ensinamentos Shingon. Fugen é o buda da meditação e da sabedoria.

Quanto a escritos em língua chinesa
文は

Quanto a escritos em língua chinesa: *Monjû. Monzen, Shinbu. Shiki, Goteihongi. Ganmon. Hyô. Hakaseno Môshibumi.*[287]

---

[287] A coletânea de prosa e poesia do escritor chinês Hakurakuten intitulada *Monjû*, ou *Hakushi Monjû*, é das mais apreciadas no Japão e Fujiwarano Kintô compilou muitos de seus poemas em *Wakan Rôeishû* (1013). *Monzen* contém uma seleção de obras da antiguidade chinesa e foi organizada por Shômei Taishi durante a época Ryô (501-31). Poemas chineses do tipo *Fu* da época Rikuchô (220-589) encontram-se compilados na obra *Monzen*, onde estão classificados como *Shinbu* (*Fu* novo) para diferenciá-los do *Kobu* da dinastia Han Anterior (206 a.C.-8 d.C.). *Shiki* registra a *História da China* em 130 volumes, que abarca de 145 a.C. a 86 a.C., e foi escrita por Shiba Sen, que viveu na dinastia Han Anterior. "Goteihongi" é o tomo I do *Shiki*, em que se relata sobre os cinco primeiros imperadores: Kô, Sengyoku, Koku, Gyô, e Shun. *Ganmon* reúne preces e orações apresentadas por escrito para as divindades dos templos e santuários japoneses. *Hyô* contém ofícios encaminhados aos imperadores japoneses. *Hakaseno Môshibumi* contém petições para cargos públicos na sua maior parte encomendadas e redigidas pelos eruditos.

Quanto a narrativas
物語は

Quanto a narrativas: *Sumiyoshi*; *Utsuho*; *Tonoutsuri*. Desprezível é o *Kuniyuzuri*. *Mumoregi*; *Tsukimatsu Onna*; *Mumetsubono Taishô*; *Dôshin Susumuru*; *Matsugae*. Interessante é o *Komanono Monogatari*. Ao reaver um velho leque, o personagem é reconduzido ao passado. Detestável é *Monourayamino Chûjô*, em que certo Médio-Capitão engravida a dama Saishôno Kimi e, com a sua morte, requisita seus quimonos e demais pertences. *Katanono Shôshô*.[288]

---

[288] *Sumiyoshi* é obra extraviada; a obra homônima atualmente conhecida, presumivelmente inspirada nela, data do período Kamakura (1333-1483) e narra as agruras de uma princesa sob os desmandos da madrasta. *Utsuho Monogatari* (Narrativas da Toca na Árvore) trata da história de dois exímios tocadores de alaúde, um dos quais durante a infância viveu num oco de uma árvore com sua mãe e depois teve seu talento reconhecido e uma vida promissora. Presume-se que *Tonoutsuri* (Mudança de Mansão) seja o antigo título do capítulo "Kurabiraki" da obra anterior. "Kuniyuzuri" (Deixando a Província) teria sido outro capítulo da mesma obra, em que relata intrigas palacianas. *Mumoregi* (Madeira Submersa) é obra extraviada que tem dois poemas citados na antologia *Fûyôshû* (1271). *Tsukimatsu Onna* (Mulher à Espera da Lua) e *Mumetsubono Taishô* (O Capitão-Mor Mumetsubo) são obras extraviadas. *Dôshin Susumuru* (Encorajamento pela Fé) é obra extraviada que tem cinco poemas transcritos na antologia *Fûyôshû*. *Matsugae* (O Galho do Pinheiro) é obra extraviada. *Komano Monogatari* (Narrativas de Komano), extraviada, apresenta detalhes comentados no texto 273 (O Médio-Capitão Narinobu). *Monourayamino Chûjô* (O Médio-Capitão Invejoso) e *Katanono Shôshô* (O Baixo-Capitão Katano), extraviadas, são mencionadas nos tomos "Hahakigi" e "Nowake" das *Narrativas de Genji*; há referências também no texto 273.

199

Quanto ao *dharani*
陀羅尼は

Quanto ao *dharani*,[289] o proferido ao amanhecer. O sutra, no entardecer.

---

[289] Palavras encantatórias do budismo esotérico, pronunciadas no original em sânscrito. No Japão, foram adotadas pelas seitas Tendai e Shingon.

200

Quanto a recreações musicais
あそびは

    Quanto a recreações musicais, prefiro as noturnas. As de sopro, em especial, na penumbra, para amenizar as expressões do músico.

201

Quanto a jogos
あそびわざは

Quanto a jogos, o do Pequeno Arco. O *go*. Desajeitados são os participantes, mas é divertido o jogo de bola.[290]

---

[290] Jogo realizado entre os nobres que consistia em chutar a bola para o alto e passá-la ao parceiro sem deixá-la cair ao solo. Participavam de quatro a seis pessoas, num campo de cerca de sete metros quadrados, cercados por quatro espécies de árvores (cerejeira, salgueiro-chorão, pinheiro e bordo). A bola deveria atingir a altura de seus galhos inferiores.

202

Quanto a bailados
舞は

Quanto a bailados, o de Suruga. O *motomego*, "Aquele que busco", é encantador. *Taiheiraku*, "Dança da Paz". Não me atraem as espadas, mas é bem interessante. Ouvi dizer que esta dança chinesa originou-se de uma luta real travada entre adversários.[291]

O bailado dos pássaros. Quanto ao *batô*, "cabeça cortada", dança-se, agitando os longos cabelos. O olhar do bailarino é desagradável, mas a música é maravilhosa.[292] De origem coreana, o *rakuson*, "dança agachada", é realizado em pares e de joelhos. No *komagata*, "figura de cavalinho", dança-se montado em cavalinhos artesanais.

---

[291] Muito em voga na época, *surugamai* e *motomego* eram danças populares da região leste e foram incorporadas e apresentadas em vários eventos, inclusive nos Festivais Extraordinários do Santuário Kamo. *Taiheiraku* é musical de origem chinesa em que os bailarinos dançam vestidos de guerreiros. Diz-se historicamente que se originou de um encontro dos imperadores Kôso da dinastia Han e Kôsô da dinastia Sung, em que este último tentou atacar o primeiro com sua espada e foi impedido por Kôhaku, que o enfrentou, criando o bailado de rivais.

[292] O bailado dos pássaros é antigo musical da China denominado *karyôbin*, executado por quatro crianças assim fantasiadas. O *batô* é dança típica do oeste da China caracterizada pelo uso de máscaras e de cabelos longos.

203

Quanto a instrumentos de cordas
ひく物は

Quanto a instrumentos de cordas, o alaúde japonês. Quanto aos seus ritmos: o lento *fukôjô*; o moderado *wôshikyô* e o acelerado do *sokô*.[293] A peça musical "Canto do Rouxinol". A cítara de treze cordas de origem chinesa é maravilhosa. Quanto a peças musicais, a "Ode ao Marido Amado".

---

[293] Diz-se que com o alaúde japonês executam-se 26 tipos de ritmos. Fujiwarano Sadatoshi cita quatro e a autora, três.

204

Quanto a flautas
笛は

Quanto a flautas, o som da transversal é muito belo. Ouvir o som distante a se aproximar gradativamente é deveras atraente. Igualmente o é quando o som próximo vai-se fazendo ouvir, tênue, na distância. Seja em carruagem de boi, a pé ou a cavalo. Não há nada mais charmoso que guardar a flauta sob o quimono, na altura do peito, sem a expor. Quando as melodias são conhecidas, então, é realmente maravilhoso. E que prazer é encontrar uma esplêndida flauta de madrugada, esquecida ao lado do travesseiro! Ao devolvê-la embrulhada com zelo ao mensageiro enviado, faz-me lembrar de uma carta elegantemente dobrada.

Quanto à flauta *shô*, de dezessete tubos, é muito encantador ouvi-la dentro da carruagem, em noite de luar. Devido à sua dimensão, parece difícil manuseá-la. Com que expressão ficaria o rosto da pessoa quando a toca? Nesse ponto, o mesmo ocorre quando se assopra a transversal.

A flauta *hichiriki* é muito barulhenta e, se fosse um inseto de outono, seria como um gafanhoto gigante, e não me agradaria nem um pouco ter de ouvir algo assim tão de perto. Quando a flauta é mal tocada, então, pior ainda! Mas, num dos Festivais Extraordinários realizados nos santuários Iwashimizu e Kamo, ao ouvirmos os músicos concentrados tocarem as flautas transversais, escondidos num canto antes de se apresentarem diante do Imperador, nos deliciamos com seu som maravilhoso. Entretanto, no decorrer da música, quando entra o som vigoroso da flauta *hichiriki* até dá a impressão de fazer arrepiar os belíssimos cabelos dos presentes. Aos poucos, com suas cítaras e flautas, é deveras maravilhoso ver os músicos surgirem, a caminhar.

205

Quanto a espetáculos
見物は

Quanto a espetáculos, os Festivais Extraordinários, os Cortejos Imperiais, o séquito do Festival em regresso e as peregrinações ao Santuário Kamo.[294]

Não há como expressar a beleza do Festival Extraordinário de Kamo realizado sob o céu nublado e o ar frio, com uma neve esparsa a cair sobre os adornos de flores artificiais dos chapéus dos mensageiros do Imperador, e nas túnicas formais com padrões impressos em verde de músicos e bailarinos. De suas espadas, viam-se de modo nítido e amplo as bainhas de couro malhado e enegrecido, sobre as quais pendiam de seus quimonos sem mangas, longos cordões, tão reluzentes que até pareciam polidos; e pelas frestas de suas pantalonas brancas com estampas em índigo, surpreendia-nos ver o brilho dos tecidos amaciados, que evocava cristais de gelo. Tudo era simplesmente maravilhoso.

Gostaríamos que houvesse um pouco mais de participantes no desfile, mas nem sempre os emissários do Imperador eram da alta nobreza e, quando representados pelos Administradores Provinciais, eram tão abomináveis que preferia nem vê-los. Entretanto, era divertido observar seus rostos encobertos pelas glicínias de seus adornos. E, ainda, ao reparar em seus músicos, que já tomavam distância, era notória a deselegância das sobreposições "Salgueiro-chorão" de branco e verde com as flores artificiais amarelo-ouro nos chapéus. No entanto, não deixavam de ser bem interessantes quando acompanhados das fortes batidas dos

---

[294] No dia seguinte ao Festival do Santuário Kamo, a Suprema Sacerdotisa retorna para a sua sede em Murasakino. A peregrinação do Regente Imperial e do Conselheiro-Mor ao Santuário Kamo é realizada na véspera do Festival, no dia do macaco do quarto mês.

pés nos guarda-lamas de seus cavalos, a cantar: "Faixas de fibras de amoreira/ Prendem as mangas da divina do Santuário...".[295]

Haveria algo comparável a um Cortejo Imperial? Diante da sublimidade, magnitude e excelência que sentimos ao contemplar a figura do Imperador em seu palanquim, nem parece que estávamos habituadas a servi-lo diariamente. Até as damas de certos setores e as servidoras crianças do Quinto Grau,[296] normalmente ignoradas, nos surpreendiam e passavam a ser respeitadas.

Muito encantadores eram os Médios e Baixos-Capitães que acompanham os puxadores dos cordões do palanquim. Destaco também a galhardia de seus transportadores, oficiais do Posto de Guarda, e especialmente o seu glorioso Capitão-Mor, detentor da voz de comando do cortejo.

Os Cortejos Imperiais realizados no quinto mês devem ter sido os mais requintados de todos os tempos.[297] Lamento profundamente a sua extinção. Fico a imaginar como eles teriam sido de verdade toda vez que ouço contarem histórias daquela época. Se já era festivo o dia em que, de costume, os beirais eram enfeitados com os íris aromáticos, como deveria ficar então o Palácio Butoku, cujos inúmeros palanques eram também adornados com suas folhas e as pessoas usavam enfeites de suas flores nas cabeças? Além disso, a Secretária do Íris Aromático, eleita como a mais bela, era chamada para distribuir os amuletos aromáticos. Todos, então, agradeciam com mesuras e os colocavam na cintura. Que espetáculo maravilhoso não deveria ser! Deveria provocar risos jocosos a peça burlesca que encenava a mudança de casa dos bárbaros da região norte sendo atacados por flechas de artemísia.[298]

---

[295] O poema está compilado na antologia *Kokin Wakashû*, tomo "Amor": "Faixas de fibras de amoreira/ Prendem as mangas da divina do Santuário/ Não há um dia sequer/ Que a minha não enlaço/ Em meu amado" (*chihayaburu/ kamini yashirono/ yûdasuki/ hitohimo kimio/ kakenu hiwa nashi*).

[296] Compreende meninas, filhas de nobres, graduadas e aprendizes das damas diretamente ligadas aos serviços do Imperador.

[297] A autora começa a relatar os Cortejos Imperiais ao Palácio Butoku ocorridos no passado.

[298] Trecho não decifrado pelos pesquisadores. Segundo *Makurano Sôshi*, editora Shinchô, volume 2, página 114, nota 10, refere-se à peça citada em *Seikyûki* (Registros

Abriam o Cortejo no seu retorno à Corte, os dançarinos fantasiados de leões chineses e cães coreanos.[299] Ah! E quem sabe devido à coincidência da época, até poderiam estar acompanhados pelo canto do cuco-pequeno, que lhes acrescentaria um toque especial.

Cortejos são eventos magníficos. Pena que, neles, não aconteçam corridas de carruagens para cima e para baixo, cheias de belos príncipes. Excita curiosidade quando carruagens assim disputam espaço para estacionar.

Muito belo foi o regresso do séquito do Festival. Na véspera tudo havia transcorrido em perfeita ordem na larga e bem cuidada Primeira Avenida; cáusticos raios solares invadiam as carruagens e ofuscavam a nossa visão e nos obrigavam a buscar melhor posicionamento ou a nos proteger com os leques. A longa espera pela passagem do séquito foi fastidiosa, e suor escorria pelo nosso corpo. Por isso, nesse dia saímos bem cedo e avistamos o balançar dos enfeites de malvas e galhos de *katsura* que pendiam das carruagens estacionadas junto aos templos Urin e Chisoku, nas cercanias do Santuário.

O sol já havia surgido, mas o céu continuava meio nublado. Era costume despertar cedo na expectativa de poder ouvir o canto do cuco-pequeno, e ficamos felicíssimas com os seus gorjeios vindos em boa hora e aparentando partir de todos os lados, quando na sequência soou um extemporâneo trinado de um rouxinol. Foi atrevida a sua tentativa valente de competir com o cuco-pequeno, mas também nos divertiu.

Estávamos já há algum tempo à espera do cortejo, quando vimos a aproximação de vários serviçais em quimonos com forro em tom vermelho esmaecido vindos do Santuário, e lhes perguntamos: "Como é, ainda vai demorar?", e eles responderam: "Ainda vai, e não se sabe quanto". E se retiraram, recolhendo o palanquim e demais peças já utilizadas.[300] Só de pensar que a Suprema Sacerdotisa, a Princesa Senshi Saiin, ocupara aquele palanquim, já se sentia o seu esplendor e a sua

---

sobre os Cerimoniais da Corte), obra escrita por volta do ano de 909, por Minamotono Takaakira.

[299] Trata-se de duas crianças fantasiadas de cães coreanos que dançam por entre adultos vestidos de leões chineses.

[300] No retorno do Festival Kamo, a Suprema Sacerdotisa é conduzida em carruagem de boi, não mais de palanquim, para a sua sede em Murasakino.

dignidade. O que me surpreendeu foi que pessoas tão ordinárias pudessem servir diretamente a ela.

Disseram-nos que o Cortejo ainda poderia tardar e, no entanto, chegou sem demora. Estava muito bonito, a começar pelos leques e trajes amarelo oliva das damas e sobreposições "Branco" de branco e branco e túnicas de gala verdes pousadas sobre os corpos dos funcionários da Divisão do Secretariado, que nos deu a impressão de que se assemelhavam às cercas de alvas dêutzias e nos fizeram imaginar até a presença de um cuco-pequeno ali escondido. Um dia antes, os jovens da nobreza vestidos com certo desleixo, pantalonas e túnicas de caça na cor roxo-carmesim pareciam desvairados, agrupados em uma só carruagem sem persianas. Já nesse dia, na condição de acompanhantes do banquete da Suprema Sacerdotisa, eles participavam do séquito, belos e impecáveis nos seus trajes diurnos de gala, levando cada qual um gracioso menino da nobreza em sua carruagem.

Tão logo finalizado o cortejo, afobados e mesmo correndo risco de se machucarem, todos queriam tomar a dianteira em seu regresso. Eu tentava contê-los, dizendo: "Não se apressem!", e sinalizava com o leque, mas não me davam ouvidos. Não havendo outra solução, parei a minha carruagem numa passagem mais aberta para detê-los. Impacientes, todos se irritaram, mas foi divertido observar os que ficavam com as carruagens presas. A volta foi mais divertida que o habitual, pois fomos perseguidas pela carruagem de um desconhecido que, no momento de cada qual seguir seu caminho, despediu-se declamando: "Separam-se no pico da montanha!".[301] Fascinadas, às vezes não nos satisfazíamos e seguíamos o cortejo até o portal da residência da Suprema Sacerdotisa do Santuário Kamo.

As carruagens das Chefes da Ala Feminina voltavam apressadas para o Palácio Imperial e por isso preferimos desviar por trilhas laterais, e nos emocionamos ao passar por lugares que lembravam as aldeias montanhesas. Das cercas de dêutzias, descuidadas e repletas de galhos desordenados, mandamos então colher aqueles carregados de flores

---

[301] Poema da antologia *Kokin Wakashû*, tomo "Amor II", de autoria de Mibuno Tadamine: "Levadas por ventos/ Separam-se na montanha/ As nuvens tão brancas/ Tão cruel seu coração/ Que não me acompanha mais!" (*kaze fukeba/ mineni wakaruru/ shirakumono/ taete tsurenaki/ kimiga kokoroka*).

prestes a desabrochar, com as quais enfeitamos toda a nossa carruagem para torná-la mais alegre, lamentando a substituição dos galhos de malvas e *katsura* já sem viço. E nos divertíamos com as trilhas que de longe pareciam tão estreitas que não nos dariam passagem, mas iam se alargando à medida que avançávamos.

Lá pelo quinto mês, sair para um vilarejo nas montanhas
五月ばかりなどに山里にありく

Lá pelo quinto mês, sair para um vilarejo nas montanhas é muito divertido. Tanto a água quanto as plantas tingem tudo de verde. No entanto, se seguimos um percurso ao longo das plantas vicejantes que estão por cima,[302] descobrimos a existência de água abaixo, que não é profunda, mas o suficiente para se chapinhar com as passadas dos servidores, o que é deveras divertido.

Quando alguns galhos das cercas que beiram a estrada batem no teto e adentram o corpo da carruagem, tento rapidamente pegá-los e quebrar um deles, mas ele me escapa por entre os dedos deixando-me muito desapontada. É delicioso sentir o aroma das artemísias, esmagadas pelas rodas, que nos alcança com o movimento da carruagem.

---

[302] Referência a um poema que trata do sofrimento causado pelo amor, inserido na antologia *Shûi Wakashû*, tomo "Amor": "Por cima do lodo/ Tudo é muito vicejante/ E nada há de errado/ Mas abaixo as muitas águas/ Muitos dissabores trazem" (*ashinehau/ kiwa uekoso/ tsurenakere/ shitawa enarazu/ omou kokoroo*).

Em dias muito quentes
いみじう暑きころ

Em dias muito quentes, deleitando-se no frescor do entardecer, quando esmaecem as formas, provoca uma sensação aprazível uma carruagem de nobres precedida pelos seus batedores em corridas, ou mesmo uma menos ilustre, com as persianas posteriores levantadas, levando uma ou duas pessoas.

Ainda mais aprazível é ouvir tocarem o alaúde ou a flauta nessas carruagens, e é uma lástima que se afastem. Em ocasiões como esta, até o cheiro dos arreios do traseiro do boi é encantador, talvez porque me seja desconhecido — por mais estranho que pareça.

É igualmente encantador, na escuridão mais profunda, sentir o aroma da tocha de pinheiro à frente da carruagem, que se impregna no interior.

208

No entardecer do quarto dia do quinto mês
五月四日の夕つかた

No entardecer do quarto dia do quinto mês, é prazeroso ver um serviçal em trajes vermelhos carregando nos ombros uma vara com dois cestos cheios de uma profusão de folhas verdes de íris aromáticos, cortadas com muita perfeição.[303]

---

[303] Trata-se dos preparativos do quinto dia do quinto mês, em que se comemora a passagem de uma estação para outra enfeitando com as folhas longas de íris aromáticos os diferentes recintos da casa e mesmo as vestes. Havia uma crença de que seu aroma purificava e espantava os males.

209

No trajeto para o Santuário Kamo
賀茂へまいる道に

No trajeto para o Santuário Kamo, passamos por mulheres com chapéus semelhantes a bandejas novas a preparar o plantio do arroz, e muitas delas, em pé, entoavam suas canções. Elas se curvavam e, sem que eu pudesse ver o que faziam, davam um passo para trás. O que será que elas estariam fazendo? Apesar de achar a cena engraçada, fiquei indignada ao ouvir a canção que maldizia o cuco-pequeno: "Cuco-pequeno, é contigo mesmo!/ É porque cantas que temos de plantar arroz!". Quem teria escrito tal canção, pedindo para o cuco-pequeno: "Não cantes tanto!"? É lastimável e me enfurece não só estes que consideram o cuco-pequeno inferior a um rouxinol, como aqueles que desdenham a infância de Nakatada.[304]

---

[304] Protagonista tocador de alaúde da obra *Narrativas da Toca na Árvore* (*Utsuho Monogatari*). O fato de ter sido criado numa toca de árvore quando criança já foi motivo de ser mal falado no texto 79.

No final do oitavo mês
八月つごもり

No final do oitavo mês, quando peregrinamos para Uzumasa,[305] passamos por arrozais já crescidos onde uma multidão agitava-se em grande algazarra, e percebi que faziam a colheita. E, assim como diz o poema: "Replantamos as nossas mudas/ E sem se notar...".[306] Oh!... Nem havia percebido quanto tempo se passara desde aquele dia em que vi plantarem mudas de arroz no trajeto do Santuário Kamo.

Desta vez, são homens os que, segurando as bases esverdeadas das hastes, ceifam as espigas bem vermelhas de arroz. Não sei o que usavam para o corte, mas pela facilidade com que o faziam, quis eu mesma experimentá-lo. Não sei por que o fazem, mas após o corte, espalham as espigas no chão e sentam-se enfileirados, o que não deixa de ser uma cena intrigante. O mesmo se pode dizer sobre a aparência da cabana.

---

[305] Região oeste de Quioto, próximo a Saga, onde se localiza o Templo Kôryûji.

[306] Alusão a um poema contido na antologia *Kokin Wakashû*, tomo "Outono": "Aconteceu ontem/ Replantamos nossas mudas/ E sem se notar/ Espigas assoviando/ Ventos de outono a soprar" (*kinô koso/ sanae torishika/ itsunomani/ ineba soyogite/ akikazeno fuku*).

211

Após o vigésimo dia do nono mês
九月廿日あまりのほど

　　Após o vigésimo dia do nono mês, quando peregrinamos para o Templo Hase, nós pernoitamos numa casa muito modesta, mas como estava muito cansada logo dormi profundamente.
　　Às altas horas da noite, a luz do luar infiltrava-se pela janela e fazia cintilar as vestes que cobriam as pessoas adormecidas: era uma cena extremamente comovente. É em momentos como estes que as pessoas compõem poemas.

212

Ao peregrinar ao Templo Kiyomizu
清水などにまいりて

    Ao peregrinar ao Templo Kiyomizu foi sublime sentir grande comoção pelo aroma exalado dos gravetos a queimar, enquanto subia a íngreme ladeira.[307]

---

    [307] Assim como o Templo Hase, o Kiyomizu em Higashiyama, Quioto, também é conhecido pela devoção a Kannon.

213

Os íris aromáticos utilizados no quinto mês
五月の菖蒲の

    Os íris aromáticos utilizados no quinto mês, guardados até o término das estações de outono e inverno, ficam ressecados e sua aparência extremamente esbranquiçada os enfeiam, mas é um deleite sentir a fragrância que ainda neles se preserva, ao abrir os amuletos fragrantes.[308]

---

    [308] Refere-se aos íris aromáticos utilizados nos festivais do quinto dia do quinto mês já referidos em outros textos.

214

Ao puxar do cesto o quimono já bem aromatizado
よくたきしめたる薫物の

    Ao puxar do cesto o quimono já bem aromatizado, esquecido há um ou dois dias, notei que a fumaça ali remanescente tinha um perfume superior ao do incenso que estava a queimar.

215

Ao atravessar o rio sob o intenso brilho do luar
月のいとあかきに

 Ao atravessar o rio sob o intenso brilho do luar, é lindo ver as gotas d'água se espalhando como cristais a se fragmentar à medida que os bois caminham.

Coisas que são melhores quando grandes
おほきにてよき物

Coisas que são melhores quando grandes. Residências. Sacolas para carregar alimentos. Monges. Frutas. Bois. Pinheiros. Tinteiros de pedra. Os olhos de um serviçal, quando pequenos, fazem-no parecer uma mulher. Mas, se eles fossem como tigelas de metal, seriam medonhos. Braseiros portáteis. As flores lanternas chinesas. Flores de kérria. Pétalas das flores de cerejeiras.

217

Coisas que devem ser curtas
みじかくてありぬべき物

    Coisas que devem ser curtas. Linhas para uma costura urgente. Os cabelos das serviçais. Vozes de donzelas. Apoios de lamparinas.

218

Coisas que são adequadas a residências de nobres
人の家につきづきしき物

Coisas que são adequadas a residências de nobres. Corredores que lembram cotovelos dobrados. Almofadas redondas de palha. Cortinados baixos. Meninas serviçais bem desenvolvidas. Serventes refinadas.

Postos dos Servidores. Bandejas. Mesinhas individuais de quatro pés. Bandejas redondas de tamanho médio. Corrimões. Divisórias móveis. Tábua de amassar o arroz para fazer cola. Sacolas para carregar alimentos, ricamente confeccionadas. Guarda-chuvas de bambu e papel oleado. Armários com prateleiras. Bules de saquê. Bules de saquê com cabos longos.

219

No caminho para alguma atividade
ものへいく路に

No caminho para alguma atividade, quando vejo um serviçal bonito e esbelto apressado com uma carta formal dobrada, atrai-me a atenção o seu destino. Ou, então, quando passa por mim uma bonita menina serviçal com quimono curto com forro *akome*, já amaciado pelo uso, calçando tamancos com proteção de couro brilhante na ponta e saltos sujos de barro, levando consigo um grande embrulho de papel branco ou algumas brochuras na tampa da caixa para apetrechos de escrita, sinto muita vontade de chamá-la.
    Quando pedimos para que a pessoa que está a passar em frente ao nosso portão adentre e esta, de modo descortês, segue sem responder, ela acaba por revelar na atitude o caráter de seu amo.

Acima de tudo mesmo
よろづのことよりも

Acima de tudo mesmo, nada há de mais detestável do que uma pessoa mal vestida que vem assistir aos eventos imperiais em uma carruagem miserável. Se fosse somente para ouvir sermões budistas, não haveria problema, pois estaria vindo para redimir-se das faltas cometidas. Mesmo assim, não deixa de ser indecoroso comparecer com esses trajes, mas, quando se trata do Festival Kamo, aí sim, nem sequer deveria estar presente a assisti-lo. Sua carruagem não tem persiana interna e deixa à mostra somente as mangas de um quimono branco sem forro. Nessas ocasiões especiais, nós preparamos inclusive a persiana interna da carruagem e saímos de modo a não ferir muito o olhar alheio. No entanto, quando vemos uma superior à nossa, passamos até a questionar o motivo de nossa vinda, imaginando como deveria se sentir então aquela pessoa da carruagem miserável.

Para encontrarmos um bom local para estacionar, nos apressam para que partamos. E, durante a longa espera, sento-me e levanto-me e sofro com o calor sufocante, mas quando uma série de sete ou oito carruagens se aproxima da direção do Santuário Kamo com todos os que haviam participado do banquete da Princesa Senshi Saiin, a Suprema Sacerdotisa do Santuário Kamo — os palacianos, os funcionários da Divisão do Secretariado, os Oficiais Superintendentes, os Baixo-Conselheiros e outros —, fico contente, pois isso significava que os preparativos para o cortejo haviam terminado.

É especialmente empolgante apreciar o Festival com a carruagem estacionada em frente ao palanque. Os palacianos enviam seus mensageiros para nos saudar e depois começam a distribuir papa de arroz aos batedores da comitiva, pedindo-lhes que se aproximem até a frente do palanque conduzindo seus cavalos. É maravilhoso quando um deles reconhece entre os batedores o filho de alguma pessoa respeitada e manda um serviçal descer do palanque para ficar segurando-lhe o arreio. Por outro lado, sinto muita pena quando o batedor não é reconhecido e é completamente ignorado.

Quando o palanquim da Suprema Sacerdotisa se aproxima, os varais das carruagens são retirados do suporte e colocados no chão em sinal de respeito e é divertido ver a afobação de todos, recolocando-os logo após a sua passagem. Quando uma pessoa tenta impedir severamente que outra carruagem se poste à sua frente, alguém retruca: "Por que não posso parar aqui?", e, mesmo à revelia, ali estaciona. Apesar de continuar insistindo para retirá-la, o outro não lhe obedece e é então engraçado ver a discussão entre os proprietários, através de seus serviçais. Num local já apinhado, chegam então um ilustre nobre e inúmeros acompanhantes com suas carruagens. "Onde será que eles pretendem estaciona-las?", penso, e fico impressionada ao ver que os seus batedores descem rapidamente dos cavalos e começam a retirar uma a uma as carruagens já estacionadas para, em seguida, lá colocarem as suas. Causa pena ver as modestas carruagens serem novamente atreladas aos bois e seguirem balançando em busca de outro lugar. As carruagens elegantes jamais seriam retiradas daquela forma.

Há também casos de carruagens que, mesmo muito bonitas, trazem frequentemente convidados provincianos de baixa hierarquia para assistir ao Festival, sentados na parte da frente.

"Do aposento Hosodono"
細殿に

"Do aposento Hosodono, saiu durante a madrugada uma pessoa inconveniente de guarda-chuva", comentavam as damas. Ouvindo-as mais atentamente, percebi que insinuavam que tal pessoa teria saído do meu aposento. Não entendia o motivo daquela desaprovação, pois apesar de ele pertencer à baixa nobreza, era uma pessoa respeitável e, por isso, não havia razão para tal falatório.[309] Nisso, recebi uma carta da Consorte Imperial que dizia: "Quero uma resposta imediata!". Intrigada, abri a carta, mas nela havia apenas um desenho de uma mão segurando o cabo de um guarda-chuva e, logo abaixo, estava assim escrito:

[desenho do guarda-chuva: Mikasayama]
Ilumina o amanhecer
Picos da montanha[310]

A Consorte era maravilhosa até mesmo no trato de assuntos insignificantes e eu não queria que coisas vergonhosas e desagradáveis lhe

---

[309] A autora refere-se à categoria dos *jige*, membros da baixa nobreza que não tinham permissão para circular na Ala Privativa do Imperador. Pertenciam normalmente a um grau hierárquico inferior ao Sexto Grau.

[310] O desenho do guarda-chuva faz alusão a um poema da antologia *Shûi Wakashû*, tomo "Festividades Diversas", de Fujiwarano Yoshitaka (954-974): "Misteriosamente/ O meu quimono molhado/ Estará vestindo?/ Emprestei-lhe o guarda-chuva/ A montanha Mikasa" (*ayashikumo/ waga nureginuo/ kitarukana/ Mikasano yamao/ hitoni kararete*). O desenho e a parte escrita representam os três primeiros versos de cinco, sete e cinco sílabas. Há um jogo de palavra-imagem no primeiro verso, pois no poema original refere-se ao monte Mikasa, homófono de "guarda-chuva", o qual é registrado pictoricamente. Os demais versos jogam com a homofonia (*nureginu*) entre "quimono molhado" e "falsa acusação".

chegassem aos ouvidos. Apesar de falsas acusações como aquela me incomodarem, fiquei encantada com seu gesto e, por isso, como resposta, desenhei num papel à parte, várias gotas de chuva e abaixo escrevi:

[desenho da chuva] não caiu, mas
Meu nome enlameou

"E então, como lhe emprestei o guarda-chuva, meu quimono acabou se molhando...", acrescentei.
Quando Sua Consorte comentou essa história com a dama Ukonno Naishi, disseram que foi motivo de boas gargalhadas.

Quando Sua Consorte se encontrava hospedada em Sanjôno Miya
三条の宮におはしますころ

    Quando Sua Consorte se encontrava hospedada em Sanjôno Miya,[311] foi-lhe ofertado um palanquim carregado de íris aromáticos e amuletos fragrantes para o Festival do quinto dia do quinto mês. As jovens damas, entre elas Mikushige, prepararam os amuletos e os colocaram nas vestes da pequena Princesa e do pequenino Príncipe.[312] Amuletos muito belos foram também enviados por alguém acompanhados de doces de trigo verde socado, que ofereci à Sua Consorte, sobre a elegante tampa da caixa para apetrechos de escrita forrada com um fino papel verde, dizendo: "Servi-vos deste doce que chegou através da cerca".[313] Deveras esplêndido foi o seu gesto de rasgar um pedaço desse papel, e nele escrever:

    Num dia como este,
    Com flores e borboletas
    Apressam-se todos

---

[311] Residência de Tairano Narimasa. Teishi esteve hospedada em Sanjôno Miya do terceiro ao oitavo meses do ano 1000, com breve retorno ao Palácio Imperial em agosto. Nessa ocasião encontrava-se grávida de seu terceiro filho, que seria a Princesa Bishi (1000-1008), motivo de sua morte, no dia 16 do décimo segundo mês.

[312] Mikushige é irmã mais nova de Sua Consorte Teishi, quarta filha do Conselheiro-Mor Michitaka, como se viu. A Princesa Shushi (cinco anos) e o Príncipe Atsuyasu (dois anos) são filhos de Teishi.

[313] Referência ao poema da antologia *Kokin Rochujô*, tomo 2: "Mal consegue o potro/ Abocanhar o seu trigo/ Através da cerca/ Seria assim meu amor/ Inacessível também?" (*masegoshini/ mugi hamu komano/ harubaruni/ oyobanu koimo/ warewa surukana*).

Vós, sim, deveis conhecer
Meu profundo sentimento[314]

---

[314] Ocupar-se de flores e borboletas é expressão idiomática que significa "festejar". Neste caso está implícita a ideia de que todos estão ocupados em agradar à nova Consorte Imperial. Nesta época, Teishi passava por um momento muito difícil: a morte do pai, o afastamento político de seus irmãos, a sua saída do Palácio para dar lugar à prima Shôshi. A primeira parte do poema faz referência ao momento de um auge que já não era o seu, a segunda expressa sua gratidão diante da lealdade de Sei Shônagon. No original: *mina hito no/ hanaya chôto/ isogu himo/ waga kokorooba/ kimizo shirikeru.*

223

Quando da partida da ama de leite Taifuno Menoto
御乳母の大夫の命婦

    Quando da partida da ama de leite Taifuno Menoto para Hyûga, Sua Consorte presenteou-lhe com vários leques. Numa das faces de um deles havia uma vista de província com residências iluminadas pelo sol e, na outra face, uma cena de chuva torrencial caindo sobre certa área da Capital e, nesta, a própria Consorte escrevera:

> Mesmo se voltando
> Ao sol que brilha em Hyûga
> Lembrai-vos de nós
> Em incessante chuva e choro
> Na nublada Capital[315]

    Foi muito comovente! Como pôde ela partir, abandonando tão nobre Consorte?

---

[315] A pintura e o poema fazem referência à direção tomada, Hyûga (atual Província de Miyazaki) que, literalmente, tem o sentido de "na direção do sol". No original: *akanesasu/ hini mukaitemo/ omoideyo/ miyakowa harenu/ nagamesuranto*.

224

Quando me encontrava em Reclusão no Templo Kiyomizu
清水にこもりたりしに

Quando me encontrava em Reclusão no Templo Kiyomizu, Sua Consorte enviou um mensageiro especialmente para me entregar um papel chinês avermelhado, no qual escrevera em caligrafia cursiva:

> Próximo à montanha
> Toca o sino do entardecer
> Grave e longamente
> Revelando quantas vezes
> Sofre este meu coração[316]

E acrescentou:
"E mesmo assim, como tardais em voltar!".

Estando em viagem, não me lembrei de levar papéis apropriados para lhe responder. Escrevi, então, a resposta numa pétala lilás de lótus e lhe enviei.

---

[316] Como o Templo Kiyomizu se localiza na montanha Higashi, tem o epíteto de "próxima à montanha". No original: *yamachikaki/ iriaino kaneno/ koegotoni/ kouru kokorono/ kazuwa shiruran.*

225

Quanto a estalagens
駅は

Quanto a estalagens, a de Nashihara. A estalagem de Mochizuki. Numa estalagem de montanha, ao ouvir histórias enternecedoras, e, também, relatos sobre acontecimentos lamentáveis, tudo fica ainda mais comovente.[317]

---

[317] A história enternecedora alude a narrativa 17 do tomo 14 "Seção Budista" de *Konjaku Monogatarishû* (Coletânea de Narrativas de Ontem e de Hoje), que conta como uma serpente que vivia numa estalagem da montanha renasce como homem, obtendo as graças das palestras das *Oito Instruções da Flor de Lótus*. O acontecimento lamentável seria o desterro de Korechika, irmão de Teishi, para a região de Harima (atual Província de Hyôgo) e posteriormente para uma região de Kyûshû.

226

Quanto a santuários
社は

Quanto a santuários, o de Furu. O santuário de Ikuta. O eminente santuário-pousada.[318] O santuário de Hanafuchi. Quanto ao eminente santuário Sugi, a possível ocorrência de sinais divinos instiga curiosidade.[319]

Com a divindade miraculosa de Kotonomama, que significa "de acordo com as palavras", sempre se pode contar. Sinto pena só de pensar sobre o que dela falam: "Que de todos os fiéis/ As preces atende...".[320]

A divindade miraculosa Aritôshi. É realmente impressionante que, tendo seu cavalo adoecido por obra de tal divindade, Tsurayuki tenha-lhe dedicado um poema.[321]

---

[318] Santuário onde as divindades permaneciam temporariamente quando saíam carregadas em seus palanquins, por ocasião das festividades religiosas.

[319] *Sugi*, "cedro", é provável referência ao cultuado Santuário Ômiwa, famoso pela lenda do monte Miwayama. Devido ao presente poema, Miwayama ficou famoso como o Santuário do "Cedro-Guia". Há um jogo de palavras com o termo "sinais divinos", *shirushi*, que possui o sentido de "sinal", "guia", "ponto de referência" e "sinais divinos", "resultado". A referência é de poema em *Kokin Wakashû*, tomo 18 "Miscelânea II": "Da minha cabana/ Aos pés do monte Miwa/ Saudades se sentires/ Vem prestar uma visita/ Eretos cedros no portão" (*waga iwowa/ Miwano yamamoto/ koishikuwa/ toburai kimase/ sugitateru kado*).

[320] Conforme se encontra na coletânea *Kokin Wakashû*, tomo 19 "Estilos Variados": "Sendo divindade/ Que de todos os fiéis/ As preces atende/ Acabará por tornar-se/ Floresta da Lamentação..." (*negikotoo/ sanomi kikiken/ yashirokoso/ hatewa nagekino/ morito narurame*).

[321] Aritôshi é divindade do país de Izumi (parte da atual Província de Ôsaka) que se tornou famosa nas narrativas do poeta Kino Tsurayuki. Quando voltava de uma viagem, o cavalo de Tsurayuki adoece. Um transeunte atribui a doença à obra da divin-

Verdade ou não, o nome Aritôshi teria se originado assim:

Antigamente, havia um Imperador que tinha apreço só por pessoas jovens e mandava matar todos que alcançassem os quarenta anos. Por essa razão, as pessoas escondiam-se, indo para locais distantes, não restando na Capital ninguém que tivesse essa idade. Havia um Médio-Capitão, muito brilhante e prestigiado pelo Imperador, mas cujos pais beiravam os setenta anos. Se a proibição já atingia as pessoas de quarenta, mais apavorados ainda estavam seus pais, que se sentiam muito mais ameaçados. Extremamente dedicado a eles, o Médio-Capitão não quis mandá-los para longe, pois não suportaria ficar sem vê-los um dia sequer e, sigilosamente, mandou cavar a terra sob sua própria residência e ali construiu uma moradia para abrigá-los, passando a visitá-los todos os dias. À Corte e aos demais disse apenas que seus pais haviam fugido e estavam desaparecidos. Não consigo entender por que o Imperador se importava com as pessoas que deveriam estar em suas residências. Que tempos mais complicados e desagradáveis!

Se o filho ocupava o cargo de Médio-Capitão, o pai não devia ser um alto dignitário.[322] Possuidor de grande competência e vasto conhecimento, este Médio-Capitão era ainda jovem, mas alcançara prestígio, era inteligente e o Imperador tinha-lhe grande consideração.

Um soberano da China, utilizando-se de meios ardilosos contra o nosso Imperador, intentava conquistar o país, e atribuía-lhe seguidamente testes de conhecimento, ameaçando-o com intrigas. Enviou-lhe um lustroso tronco redondo aplainado com esmero, com pouco mais de meio metro, e quis saber: "De que lado é a raiz e de que lado fica a copa?". Sem meios

---

dade local Aritôshi ("Passagem de Formigas"), a quem dedica então um poema (cantando-o em trocadilho fonético como Aritôshi, "Estrela do Firmamento") e obtém a cura do cavalo. O episódio foi inserido na coletânea *Kino Tsurayukishû*.

[322] Se este idoso pai fosse um alto dignitário, o filho deveria ter alcançado um posto mais alto.

para saber a resposta, o Imperador viu-se diante de um impasse. Condoído com a situação, o Médio-Capitão foi ter com o pai e colocou-o a par do problema. O pai instruiu-o: "Dizei-lhe que basta manter-se de pé numa correnteza rápida e atirar o tronco perpendicularmente; a extremidade que se virar para a direção da correnteza é a da copa". O Médio-Capitão dirigiu-se à presença do Imperador e, como se fosse sua a ideia, colocou-a em prática e, acompanhado de outras pessoas, atirou o tronco ao rio. Marcou a extremidade dianteira, enviou o tronco de volta à China, onde foi realmente confirmada a verdade.

Numa outra ocasião, o mesmo soberano chinês enviou duas serpentes de igual comprimento, pouco mais de meio metro, com a pergunta: "Qual é o macho e qual é a fêmea?". Novamente, ninguém soube diferenciá-las. Como da vez anterior, o Médio-Capitão indagou ao pai, que lhe respondeu: "Colocai as duas lado a lado, e espetai as caudas com um viçoso galho fino e reto. Aquela que não mexer a cauda será a fêmea". No Palácio Imperial, sem perda de tempo, as caudas foram espetadas conforme as instruções e, realmente, uma das caudas permaneceu imóvel, enquanto a outra se mexeu. Novamente foram devolvidas com a devida marca.

Passado longo tempo, o soberano chinês ofertou uma minúscula joia que possuía sete retorcidas curvas e era trespassada por um orifício, com a seguinte mensagem: "Passai um fio por este orifício. É o que todos do nosso país fazem". Numerosos altos dignitários, cortesãos, pessoas de todas as classes comentavam: "Nem mesmo o mais habilidoso de todos seria capaz de tal proeza!". Mais uma vez, o Médio-Capitão recorreu ao pai, que lhe disse: "Pegai duas formigas grandes e amarrai um fio fino em seus abdômens. Neste fio, amarrai outro, um pouco mais grosso, e experimentai passar mel na extremidade oposta do orifício". Assim dizendo, introduziu as formigas que, de fato, levadas pelo cheiro do mel, rapidamente saíram pela outra extremidade. Depois de enviada de volta a joia com o fio, o País do Sol Nascente foi reconhecido e nunca mais houve tal tipo de desafio.

Tendo o Médio-Capitão na mais alta consideração, o Imperador quis saber: "O que desejais como recompensa? Há algum cargo ou posto ao qual almejais?". Sua resposta foi: "Não desejo qualquer cargo ou posto. No entanto, meus idosos pais estão desaparecidos, por isso vos pediria a permissão para procurá-los e trazê-los para morar na Capital". Tratando-se de algo muito simples, a permissão lhe foi concedida. Foi imensa a alegria de muitos pais, ao saberem disso. Dizem que o Médio-Capitão tornou-se alto dignitário e chegou a ser nomeado Ministro.

Teria, então, essa pessoa se transformado em divindade? Segundo o que contam, Aritôshi aparecera no sonho de uma pessoa que se encontrava em peregrinação a seu Santuário, recitando:

>   Pelas sete curvas
>   De uma contorcida joia
>   Foi passado um fio
>   Impossível ignorar
>   Quem fez passarem as formigas![323]

---

[323] Aritôshi, então, seria provavelmente o pai do Médio-Capitão cuja sabedoria ímpar viria das divindades, o que melhor se adequaria à tendência das narrativas antigas. Há interpretações que indicam "essa pessoa" como sendo o próprio Médio-Capitão. No original: *nanawadani/ magareru tamano/ oo nukite/ aritôshitowa/ shirazuya aruran*.

227

"Palácio Ichijô", assim foi chamada
一条の院をば

"Palácio Ichijô", assim foi chamada a "Residência Imperial Atual". O local em que ficava o Imperador passou a ser a sua Ala Privativa e, a norte desta, ficavam os aposentos de Sua Consorte Imperial.[324] Nos lados oeste e leste ficavam os corredores de travessia que ligavam os prédios, passagens utilizadas pelo Imperador e por Sua Consorte quando se visitavam. Era fascinante o jardim em frente com plantas guardadas por cercas de ramos trançados.

Por volta do vigésimo dia do segundo mês,[325] brilhava um tépido sol primaveril e Sua Majestade tocava flauta no corredor de travessia da galeria oeste. O Ministro de Assuntos Militares, Takatô, era mestre de flauta de Sua Majestade, e dizer que a repetida execução em dueto do movimento rápido do *saibara* da longevidade "Takasago" era simplesmente esplêndida seria banal demais. As lições de flauta dadas por Takatô eram maravilhosas. Quando assistíamos reunidas junto à persiana, nem nos lembrávamos do dissabor daqueles "Que salsas tinham colhido",[326] pois todos os desagrados dissipavam-se.

---

[324] O Palácio Ichijô era residência de Fujiwarano Koremasa, que a delega mais tarde para o irmão Koremitsu. Pertencia, na ocasião, a Michinaga. Após o incêndio do Palácio Imperial em 999, foi usado temporariamente como residência imperial e chamado de "Residência Imperial Atual", onde se alojou Teishi durante cerca de trinta dias, a partir do segundo mês do ano 1000.

[325] No vigésimo quinto dia, Michinaga impõe que sua filha, Shôshi, torne-se também Consorte Imperial, feito histórico que contradiz as regras do sistema imperial de haver somente uma esposa principal.

[326] Referência a um poema anônimo da tradição: "Pessoas de antanho/ Que salsas tinham colhido/ Tiveram como eu/ Suas boas intenções/ Também mal compreendidas?" (*seri tsumishi/ mukashino hitomo/ waga gotoya/ kokoroni monono/ kanawazarikemu*). Existem muitas histórias relativas ao poema, que é tido como expressão de

Suketada, um mero Chefe da Divisão de Carpintaria, tornou-se, quem diria!, Secretário Particular. Por seu jeito rude e desagradável, os cortesãos e as damas apelidaram-no "senhor Bruto", e compuseram uma canção que era assim entoada: "Ó senhor Capitão Bronco/ Mas é claro que sois mesmo/ Descendente dos nativos de Owari!". Isto porque sua mãe era filha de Kanetoki do país de Owari.[327] Eu estava junto à Sua Majestade, que começou a tocar esta canção em sua flauta. "Tocai um pouco mais alto. Ele não conseguirá vos ouvir!", disse-lhe eu. "Será? Mesmo assim, ele deve ouvir e reconhecê-la", respondeu-me Sua Majestade, e continuou a tocar discretamente. Foi deveras fascinante como, mais tarde, o Imperador deixou sua Ala, dirigiu-se aos aposentos de Sua Consorte e tocou sua flauta, dizendo: "Que bom, ele não está. Agora, sim, vou poder tocar à vontade!".

---

desagrado. Uma das histórias diz que certo homem oferecera salsa japonesa (*seri*) ao chefe de uma aldeia, elogiando a doçura de seu sabor. O chefe, no entanto, zombou dele dizendo ser a salsa muito amarga. A boa intenção foi mal compreendida, provocando no homem o sentimento de desagrado.

[327] Owari é parte da atual Província de Aichi e também nome de famosa Chefe das Bailarinas do *kagura*. Infere-se que a filha de Kanetoki era mãe de Suketada.

228

Não seria como um renascimento
身をかへて

Não seria como um renascimento em forma de ser celestial quando uma mulher, antes uma simples dama, torna-se ama de leite do filho do Imperador? Sem vestir a jaqueta chinesa formal e, muitas vezes, nem mesmo a cauda com pregas, recosta-se diante da Consorte Imperial e fica à vontade na Alcova Imperial de Sua Alteza, manda chamar as damas, envia mensagens para os seus aposentos, faz-lhes levar e trazer cartas: é difícil esgotar todos os seus privilégios.

É maravilhoso um Baixo-Oficial da Divisão do Secretariado tornar-se Secretário Particular do Imperador. Nem parece ser o mesmo que no ano anterior carregava a cítara no Festival Extraordinário do décimo primeiro mês, pois a maneira como caminha ao lado dos jovens nobres faz-nos indagar de onde teria ele surgido. Igual impressão não se tem quando um oficial já graduado torna-se Secretário.

229

Num dia em que cai muita neve
雪たかうふりて

    Num dia em que cai muita neve sobre a já acumulada, nada mais encantador do que ver nobres tanto do Quinto quanto do Quarto Graus com um belo aspecto jovial, belíssimas cores nas túnicas formais masculinas e com marcas de cintos de couro nos trajes de Plantonista, pantalonas roxas presas nos tornozelos, que contrastam com a brancura do ambiente e ressaltam suas cores escuras, trazendo seus quimonos curtos com forro que deixam à mostra uma tonalidade que, se não fosse carmesim, seria amarelo-ouro muito exuberante, a caminharem levemente inclinados portando grandes guarda-chuvas para se protegerem de um vento forte na neve oblíqua, calçando botinas e botas longas, ou mesmo suas perneiras de pano cobertas de alva neve.

230

Ao abrir a porta corrediça do aposento Hosodono
細殿の遣戸を

    Ao abrir a porta corrediça do aposento Hosodono de manhã bem cedo, eis que um cortesão vinha descendo da passarela móvel da Sala de Banho, e dirigia-se para o Posto Norte da Guarda. Como seus trajes cotidianos e as pantalonas presas nos tornozelos estavam muito amarrotados e desalinhados, foi divertido vê-lo ajeitar as várias camadas coloridas das vestes e puxar a longa cauda do chapéu à frente para esconder o rosto quando passou diante da porta aberta.[328]

---

    [328] Trata-se de cortesão que havia montado guarda no Palácio Imperial e retornava após seu turno.

231

Quanto a colinas
岡は

Quanto a colinas, a Funa. A Kata. Na colina Tomo, é atraente ver os bambuzinhos *sasa* que crescem.[329] A de Katarai. A de Hitomi.

---

[329] Referência ao nome da colina e dos bambus. Encontra-se em uma canção *kagura* os primeiros versos: "Este bambuzinho *sasa*/ De onde vem este bambuzinho *sasa*?/ É o bambuzinho *sasa* do Palácio/ É o bambuzinho *sasa* do Palácio/ Da Princesa Toyooka/ Que se assenta no Céu!" (*kono sasawa/ izu kono sasazo/ tenni suwasu/ Toyookahimeno/ miyano osasazo/ miyano osasazo*). Sua continuação consta na antologia *Ryôjin Guanshô*: "Bambuzinhos *sasa* da colina Tomo/ Pendurados em cinturas/ De servidores de nobres" (*toneriga/ koshini sagareru/ Tomookano sasa*).

Quanto ao que cai
ふるものは

Quanto ao que cai, a neve. O granizo. A neve chuvosa é detestável, mas é encantadora a brancura que se destaca quando cai. É maravilhosa a neve sobre o telhado de casca de cipreste, sobretudo quando está para derreter um pouco. É também verdadeiramente fascinante quando a neve, ainda pouca, se acumula no telhado plano e o sombreado de seu contorno faz ver formas curvas.

A chuva fina e intermitente de outono e o granizo sobre o telhado de tábuas. Também a geada sobre o telhado de tábuas. Ou no jardim.

233

Quanto ao sol
日は

    Quanto ao sol, o poente. É muito comovedor ver o brilho avermelhado do sol já posto refletido no contorno da montanha e as nuvens tingidas de amarelo claro que ali tremulam delicadas.

Quanto à lua
月は

Quanto à lua, a crescente que aparece em fino traço atrás dos contornos da montanha do leste e ao amanhecer nos faz sentir grande comoção.

235

Quanto a estrelas
星は

Quanto a estrelas, a Plêiade. A Altair. A Vênus. A estrela cadente não é tão encantadora. Se não tivesse a cauda, seria melhor.

236

Quanto a nuvens
雲は

Quanto a nuvens, as brancas. As arroxeadas. As negras também são encantadoras. As nuvens de chuva em dias de vento. É também extremamente encantador quando, no amanhecer, as nuvens escuras se dissipam aos poucos e o céu se ilumina. Aliás, menciona-se também em um poema chinês: "As cores que se vão com a manhã".[330] São comoventes as delicadas nuvens que cobrem a face da mais clara lua.

---

[330] Alusão a um poema da antologia *Hakushi Monjû*, do poeta chinês Hakurakuten: "Flores não são flores/ Neblina não é neblina/ Quando a noite chega/ A claridade celeste do dia se vai/ Tudo é um sonho de primavera/ Todas as vezes e muitas vezes/ Como partem as nuvens/ Em busca de um lugar de quimera".

Coisas que causam tumulto
さはがしき物

Coisas que causam tumulto: o crepitar de fagulhas. Sobre um telhado de tábuas, corvos que comem a parte da oferenda da refeição matinal.[331]

A clausura no Templo Kiyomizu no décimo oitavo dia do mês.[332] Peregrinos de vários lugares que se juntam ao escurecer, enquanto não se acende a lamparina a óleo. Se pessoas de posses chegam de regiões longínquas, o tumulto é ainda maior.

O grito: "Fogo!", na vizinhança, mesmo que seja alarme falso.

---

[331] Os monges ofereciam uma parte do alimento das refeições aos demônios e a todos os seres famintos. Havia vezes em que jogavam o alimento sobre o telhado.

[332] Um dos dias de festividade religiosa, o décimo oitavo do mês seria o da divindade budista Kannon.

238

Coisas que aparentam desleixo
ないがしろなる物

    Coisas que aparentam desleixo. O cabelo preso das serviçais do Palácio Imperial. Cinto de couro vestido por homem, de costas, nas pinturas chinesas.[333] O comportamento dos monges laicos.

---

[333] Cinto adornado por pedras apenas na parte frontal, na China, e na parte de trás, no Japão.

239

Pessoas que falam de modo grosseiro
こと葉なめげなる物

    Pessoas que falam de modo grosseiro. As que leem as orações no festival popular de Miyanobe.[334] Os remadores de barco. Os que montam a guarda por ocasião de trovoadas.[335] Os lutadores de sumô.

---

    [334] No festival de Miyanobe ou Miyanome, cultuavam-se seis deuses para espantar os males e alcançar a felicidade; as orações continham expressões populares e jogos cômicos de palavras.

    [335] O trovão era bastante temido e era visto como uma manifestação do espírito do falecido a vagar, de modo que, ao soar três vezes, o Capitão e o Capitão-Assistente da Guarde Militar portando arco e flechas montavam guarda para proteger o Imperador.

240

Pessoas que se acham espertas
さかしき物

Pessoas que se acham espertas. As crianças de três anos dos dias de hoje.

Mulher que cura crianças doentes por rezas ou massagens na barriga. Solicita diversos materiais para utilizar nas rezas. Empilha grande quantidade de papéis e tenta cortá-los usando uma faca sem fio, que parece não cortar sequer uma folha, mas como costuma usá-la, insiste pressionando, e entorta até a boca para assim fazê-lo; usa um instrumento com muitos dentes para cortar varas de bambu e, preparando tudo de forma solene, balança as tiras de papel cortado e reza, tudo com muita propriedade.[336] E ainda fica a contar: "O filho de tal príncipe, o jovem herdeiro de tal nobre, que estavam muito doentes, foram completamente curados por mim e fui bem recompensada. Outras pessoas haviam sido chamadas, mas não foram eficazes, eis porque ainda solicitam a minha pessoa. Graças a isso, sinto-me afortunada!". Senti desagrado só de lhe mirar o rosto.

A dona de uma casa humilde. O tolo. Achando-se esperto, presume estar ensinando a quem realmente já sabe.

---

[336] As tiras de papel presas nas pontas das varas de bambu são utilizadas nas cerimônias xintoístas para a purificação.

241

Coisas que simplesmente passam e... passam
たゞすぎにすぐる物

    Coisas que simplesmente passam e... passam. O barco à vela. A idade das pessoas. A primavera, o verão, o outono, o inverno.

242

Coisas que passam despercebidas
ことに人にしられぬ物

Coisas que passam despercebidas. Dias de azar.[337] O envelhecimento das mães de outrem.

---
[337] Segundo o taoísmo, existiam dias aziagos, mas eram tão numerosos e de tipos tão diferentes que as pessoas já os ignoravam.

Nada mais detestável do que pessoas
文こと葉なめき人こそ

Nada mais detestável do que pessoas que cometem grosserias ao escrever cartas. Detestáveis mesmo são as palavras displicentes que desrespeitam seu lugar na sociedade. Escrever de modo excessivamente formal a uma pessoa não condizente a tal tratamento também não é bom. Sendo assim, é evidente que eu odeie não só as cartas desrespeitosas que recebo, mas também aquelas que são endereçadas a outros.

De modo geral, quando conversam de forma desrespeitosa, pergunto-me por que falariam daquele modo abominável. Ainda por cima, quando se referem a um nobre da mesma maneira, deixam-me até exasperada. Quando é um provinciano que assim o faz, é engraçado e até aceitável.

Usar expressões desrespeitosas para com seu senhor é muito ruim. Por outro lado, na presença de visitas, o serviçal referir-se com expressões de respeito ao seu senhor é deveras repreensível. Nesse caso, seria preferível que usasse uma expressão de modéstia, é o que penso muitas vezes.[338] Para aqueles com quem tenho liberdade, digo: "Que atitude pouco simpática! Por que usais palavras tão rudes?". Tanto o que foi advertido quanto quem me ouve só fazem rir. Há quem fale: "Que implicância!", e penso que, para os outros, devo parecer realmente maçante.

Chamar cortesãos e conselheiros pelo nome sem fazer cerimônia é pouco educado, o que eu jamais faço, e como trato até mesmo as serviçais dos aposentos das damas de "senhora" ou "vós", não é à toa que elas me elogiem muito, pois se contentam com a rara cortesia.

---

[338] A autora refere os verbos de respeito "estar" (*owasuru*) e "dizer" (*notamô*), usados pelo serviçal em referência ao seu senhor. Na presença de visitas, tais formas deveriam ser utilizadas para com elas, e não para com os membros da casa. As formas de verbos de modéstia referidas são "ser" e "estar" (*haberi*).

Quanto a cortesãos e jovens nobres, exceto quando diante do Imperador e de Sua Consorte Imperial, estes são chamados pelos nomes de seus cargos.[339] Ou então, diante do Imperador e de Sua Consorte, mesmo falando entre si, as damas jamais deveriam utilizar a palavra "*maro*" em relação a si mesmas, pois podem soar arrogantes.[340] Afinal, será que se poderia dizer que quem a utiliza é importante ou que quem não o faz é insignificante?

---

[339] Diante do Imperador e Sua Consorte, para expressar respeito aos dois, os outros eram chamados somente pelo nome, sem nenhum pronome de tratamento.

[340] A autora se refere ao pronome pessoal de primeira pessoa usado por homens e mulheres.

244

Coisas que são repugnantes
いみじうきたなき物

    Coisas que são repugnantes: lesmas. As pontas da vassoura usada em assoalho de tábuas toscas. As tigelas com tampas, no aposento dos nobres do Palácio Imperial.[341]

---

[341] Os nobres que ficavam em vigília noturna costumavam, após comer, utilizar tais utensílios como travesseiro.

245

Coisas que aterrorizam
せめておそろしき物

    Coisas que aterrorizam: trovões durante a noite. Um ladrão que entra numa casa vizinha. Quando vem assaltar nossa própria casa perdemos a noção de tudo, pois somos tomados pelo pânico. Um incêndio nas proximidades também é apavorante.

Coisas que nos confortam
たのもしき物

Coisas que nos confortam: rituais esotéricos de cura realizados por inúmeros monges assistentes quando estamos doentes. Quando estamos em profunda melancolia, uma pessoa que se preocupa conosco nos consola com suas palavras.

247

Apesar de ter sido recebido com toda a pompa
いみじうしたてて

    Apesar de ter sido recebido com toda a pompa na família da noiva, quando um genro deixa de frequentá-la será que se sente embaraçado quando encontra o sogro?

    Um homem que, após tornar-se genro de uma pessoa importante, não frequentou com assiduidade a esposa durante o primeiro mês e, com o tempo, parou de visitá-la: este, sim, tornou-se alvo de muitos comentários na casa. Havia até mesmo pessoas, como a ama de leite da esposa que, de tanto ódio, espalhava maledicências sobre ele.[342] Mas, no ano seguinte, no Ano-Novo, o genro foi promovido a Secretário do Imperador. Com certeza, ele também deve ter ouvido de pessoas intrigadas com sua promoção comentários assim: "Como será que ele conseguiu tal promoção, com um relacionamento tal com aquela pessoa tão importante?".

    No sexto mês, as pessoas se reuniram para ouvir as palestras sobre as *Oito Instruções da Flor de Lótus* e, entre elas, encontrava-se, vestindo vistosas pantalonas de seda adamascada sob o quimono sem manga preto, o referido genro que se tornara Secretário do Imperador, tão próximo à esposa rejeitada, que quase enroscava o cordão de sua veste nos varais posteriores da carruagem dela. As pessoas nas carruagens próximas que tinham conhecimento do assunto indagavam-se, penalizadas, sobre o que a esposa deveria estar sentindo. "Como ele estava indiferente!", comentaram por muito tempo mesmo aquelas que se encontravam mais distantes deles.

    De fato, os homens parecem desconhecer a compaixão e o sentimento das mulheres.

---

    [342] No período Heian, as amas-de-leite cuidavam dos filhos de nobres, mas permaneciam junto às famílias das crianças mesmo após estas terem crescido e lhes prestavam assistência no dia-a-dia.

Quanto a coisas muito desagradáveis na vida
世中に猶いと心うきものは

    Quanto a coisas muito desagradáveis na vida, sem dúvida, ser odiado pelos outros. Por mais excêntrico que seja não deve existir alguém que deseje ser odiado. Mas é de fato triste constatar que, tanto na Corte quanto no lar, sempre há os que por natureza são mais ou menos considerados.
    Nem é preciso dizer dos homens de bem. Mesmo entre os de baixa posição, os filhos queridos pelos pais se destacam aos olhos e ouvidos alheios e são naturalmente bem aceitos. As crianças visivelmente graciosas, é óbvio, nunca deixam de ser festejadas pelos outros. É enternecedor que crianças sem nenhum atributo especial sejam as queridas dos seus pais justamente por assim o serem.
    Nada mais maravilhoso que ser amado pelos pais, pelos superiores, por todos os que nos cercam.

249

O homem, sim
おとここそ

    O homem, sim, é um ser deveras singular e de coração bem suspeito. É estranho como ele pode abandonar uma mulher muito bonita para viver com uma feia. Os homens que frequentam a Corte e os filhos de famílias distintas deveriam escolher a mais bela entre as belas. Mesmo sendo uma mulher inacessível, se a considerarem maravilhosa, deve-se cortejá-la em troca da própria vida. Os homens parecem querer, a todo custo, conquistar moças de boa família ou desconhecidas só de ouvirem falar de sua beleza. Por outro lado, é difícil compreender que se afeiçoem a alguém de quem até as mulheres desdenham.

    Uma dama muito bela e de boa índole, habilidosa na escrita e na composição poética, envia uma carta queixosa ao amado. Este lhe responde apenas formalmente, não a visita e a abandona em sua dor: esta é, sem dúvida, uma atitude que causa raiva e desagrado até mesmo a terceiros, mas o incrível é que esse homem sequer percebe o sofrimento dela.

250

Acima de tudo mesmo
よろづのことよりも

    Acima de tudo mesmo, ser atencioso é qualidade admirável tanto nos homens quanto nas mulheres. Ao ouvirmos uma simples palavra que seja, mesmo que não seja tão profundamente tocante como, por exemplo: "É uma pena", quando se sente pena, ou "Que lástima", quando se acha lastimável, sentimos mais satisfação se a escutarmos através de outros do que se proviesse da própria pessoa. Fico também preocupada em como transmitir à pessoa a minha gratidão.
    A atenção daqueles que certamente se preocupam comigo ou me visitam com frequência não me causa especial emoção, pois é habitual. Porém, sinto satisfação quando alguém que não é próximo me envia uma resposta acalentadora. Esses gestos parecem ser muito simples, mas raramente acontecem.
    Em geral, pessoas atenciosas e, ao mesmo tempo, verdadeiramente talentosas parecem ser raras, seja homem ou mulher. Entretanto, devem existir muitas pessoas assim.

251

Quem se irrita com alguém que fala dos outros
人の上いふを腹だつ人こそ

 Quem se irrita com alguém que fala dos outros é que é inconcebível. Como podemos ficar sem falar dos outros? Haverá coisa melhor do que falar mal dos outros, evitando referir-se a si próprio? Mas isso parece condenável, e é também constrangedor quando a própria pessoa ouve o comentário e se enche de ódio. Em relação às pessoas de nosso relacionamento, nós tudo relevamos e nos calamos. Se não fosse por isso, também faríamos comentários e riríamos delas.

Nas faces humanas
人の顔に

Nas faces humanas, uma parte especialmente bonita é sempre digna de apreciação e admiração, por mais que a contemplemos. As pinturas, por exemplo, não mais atraem os olhos quando vistas com frequência. As pinturas dos biombos que estão sempre ao lado, também, apesar de bastante apreciáveis, não mais nos prendem os olhos. As fisionomias, por sua vez, exercem uma atração intrigante.

Mesmo os objetos feios sempre têm uma parte bonita que chama a atenção. É uma pena que, do mesmo modo, também nos chama a atenção uma parte feia.

253

As pessoas antiquadas
古代の人の

    As pessoas antiquadas vestem as pantalonas presas nos tornozelos com uma lentidão imensa. Trazem as pantalonas à frente do corpo e, para começar, põem toda a barra do quimono adentro deixando os laços soltos, arrumam toda a parte frontal e depois, inclinando ligeiramente o tronco, passam as mãos para trás a fim de atar os laços como se fossem um macaco em pé com as patas dianteiras atadas, o que parece impossibilitar qualquer tentativa de sair às pressas.

254

Passado o décimo dia do décimo mês
十月十よ日の

Passado o décimo dia do décimo mês, quinze ou dezesseis damas da Corte caminhavam para apreciar a lua que estava muito brilhante, todas vestindo por cima um traje roxo escuro, mas a dama Chûnagon-no Kimi trajava um quimono carmesim engomado que fazia seu cabelo formar um tufo na altura do pescoço, lembrando muito uma estupa nova em folha. As jovens damas apelidavam-na *Hiinanosuke*, ou seja, a "Bonequinha-do-Festival-das-Meninas".[343] E ela própria nem sabia que por trás riam dela.

---

[343] Sua função era de Vice-Chefe da Ala Feminina, *naishinosuke*, motivo do trocadilho para o apelido. *Hina* ou *hiina* significa "meninas".

255

O senhor Médio-Capitão Narinobu, ele sim
成信の中将こそ

    O senhor Médio-Capitão Narinobu, ele sim, reconhecia bem as vozes das pessoas. Quem não ouve frequentemente as vozes de pessoas de um determinado lugar tem mesmo muita dificuldade para reconhecê--las. Os homens, principalmente, em geral não reconhecem nem a voz nem a caligrafia de ninguém, mas o senhor Narinobu, ele especialmente distinguia de modo admirável as vozes, mesmo as mais sutis.[344]

---

[344] Trata-se de Minamotono Narinobu, que no texto 9 era Médio-Capitão Provisional.

Como a do senhor Ministro do Tesouro, Fujiwarano Masamitsu
大蔵卿ばかり

 Como a do senhor Ministro do Tesouro, Fujiwarano Masamitsu, não há quem tenha audição tão aguçada. Ele era, de fato, capaz de ouvir até mesmo o cair do cílio de um pernilongo. Quando eu vivia na Ala Oeste, destinada aos aposentos de Sua Consorte Imperial, conversava certa vez, durante seu turno, com o filho adotivo do Ministro da Esquerda, Fujiwarano Michinaga, o recém-empossado Médio-Capitão Narinobu,[345] quando uma dama a meu lado sussurrou-me: "Falai sobre a pintura do leque", e lhe respondi bem baixinho: "Assim que o senhor Ministro se retirar", ao que ela, sem poder ouvir, perguntou, aproximando-se: "O que é? Como?", enquanto o senhor Ministro do Tesouro, mesmo sentado mais distante, proferiu: "Que audácia! Se for assim, não partirei hoje!". Como ele conseguiu escutar é algo que nos causou grande espanto.

---

 [345] Minamotono Narinobu, após ser adotado pelo Ministro, passa a ser referido como Fujiwarano Narinobu.

257

Coisas que nos alegram
うれしき物

Coisas que nos alegram. Ler a primeira parte de uma narrativa ainda desconhecida, ficar muito fascinada e depois encontrar a continuação. No entanto, pode haver também decepções. Juntar os pedaços de uma carta que alguém rasgou e abandonou, e conseguir ler uma sequência de várias linhas; ter um sonho indecifrável que esmaga o coração de pavor e receber a interpretação de não se tratar de nada especial causam muita alegria.

Quando muitas damas estão presentes diante de uma pessoa nobre, que se põe a referir seja a algo do passado, seja ao que no momento se ouvia ou se comentava entre eles, alegra-me muito quando ela se digna a dirigir os olhos somente para mim. Estando a pessoa querida num lugar distante, ou mesmo na Capital, mas ainda sem poder vê-la, ao ouvir dizerem que ela se encontra adoecida fico ansiosamente a esperar notícias, e me causa imensa alegria saber de sua melhora.

É motivo de alegria a pessoa querida ser elogiada pelos outros e reconhecida por seu caráter, inclusive pelos nobres. Poemas compostos em alguma ocasião formal ou trocados com outros serem reconhecidos e transcritos em Registros causa grande alegria. Mesmo não tendo pessoalmente essa experiência, posso imaginar ser assim. Conseguir compreender numa outra ocasião um poema antigo desconhecido citado antes por alguém não muito próximo também é uma alegria. Ainda, encontrá-lo depois por acaso no meio de escritos é muito prazeroso, assim como nos causa admiração a pessoa que o citara.

É uma alegria obter o papel valioso Michinokuni, ou mesmo um bom papel comum. Quando alguém ilustre pergunta qual seria o primeiro ou o último verso de um poema, até eu fico contente se me lembro deles logo em seguida. Mesmo aquilo que eu sempre sei, quando me perguntam, é frequente não me lembrar. É uma alegria achar aquilo que se procura com urgência.

Como não deixar de ficar contente ao ganhar numa competição como *monoawase*?[346] E ainda mais, derrotar pessoas convictas de sua vitória. Mais que vencer mulheres, o que causa alegria maior é derrotar homens. É divertido ficar em alerta constante à espera do revide certeiro, bem como, para o derrotado, o divertido é mostrar-se indiferente, esperando o descuido do adversário. É também uma alegria ver uma pessoa odiada sofrer, mesmo transgredindo o caminho de Buda.

Numa ocasião especial, enviar o traje para lustrá-lo e, preocupada com o resultado, eis que ele volta em perfeito estado. Ao mandar talhar o pente, recebê-lo com acabamento perfeito também me causa satisfação. Ainda há outros exemplos.

Adoecida por dias e meses, com sintomas graves, é uma alegria ficar bem. Tratando-se da pessoa amada, a alegria é ainda maior.

Não havendo espaço em frente à Sua Consorte Imperial, tantas eram as damas, causa alegria à novata, sentada ao pilar um pouco distante, ser logo chamada para frente, fazendo as outras abrirem caminho para ela se aproximar.

---

[346] Jogos palacianos que consistem em adivinhar sequências de versos, nomes de fragrâncias, pedras, pares de conchas desenhadas com determinados motivos e outros.

Havia ocasiões em que, frente à Sua Consorte Imperial
御前にて人々とも

Havia ocasiões em que, frente à Sua Consorte Imperial, eu conversava com outras damas, ou em que ela mesma proferia algumas palavras. Um dia, eu disse: "Quando estou muito irritada com o mundo, desgostosa, sem um momento de paz e quero desaparecer, não importa para onde, consolo-me por completo ao me chegarem às mãos papéis simples, alvíssimos e belos e um pincel de boa qualidade, ou papéis *shikishi* brancos, ou papéis Michinokuni, e penso, afinal, que tudo está bem, acho possível viver por mais um tempo dessa maneira. Ou, então, se vejo uma esteira Kôrai nova, grossa e de trançado minucioso, de bordas decoradas vividamente de nuvens ou crisântemos em preto sobre fundo branco, e a desenrolo para apreciá-la, penso: 'Como poderia eu realmente abandonar este mundo?', e me apego à preciosa vida". Sua Consorte se pôs a sorrir e disse: "Vós vos consolais com coisas tão insignificantes! Como deve ter sido diferente a pessoa que apreciou a triste lua da montanha Obasute!".[347] As damas em serviço também comentaram: "Encontrastes facilmente uma prece mágica para apagar o fogo de seus problemas, não é?".[348]

---

[347] Referência ao poema em *Kokin Wakashû*, tomo 1 "Miscelânea", n° 878, que se passa em Sarashina, atual Província de Nagano: "Como consolar/ O meu pobre coração?/ Ah! Sarashina/ Contemplo a lua que banha/ A montanha Obasute" (*wagagokoro/ nagusamekanetsu/ Sarashinaya/ Obasute yamani/ teru tsukio mite*). A situação do poema alude à dor de um homem que abandona a mãe já idosa na montanha para morrer, conforme a lenda coletada em *Narrativas de Yamato* e *Narrativas de Ontem e de Hoje* (*Konjaku Monogatari*).

[348] Shônagon utiliza o termo *sokusai* para "apagar o fogo" que, no budismo esotérico mikkyô, referia fórmulas encantatórias e gestos complexos para resolver magicamente problemas e desastres naturais.

Algum tempo após esse incidente, quando eu voltara para casa por causa de rumores que me afligiam,[349] foi-me enviado um pacote de vinte folhas de esplêndido papel. Havia uma mensagem de Sua Consorte Imperial: "Retornai imediatamente!", e fiquei deliciada ao ouvir de uma das damas: "Este pacote se deve àquelas palavras, que ainda ressoam nos ouvidos de Sua Consorte Imperial. Como não são de qualidade superior, talvez não sirvam nem para copiar o Sutra da Longevidade". Que palavras minhas há muito esquecidas por mim mesma fossem lembradas por uma pessoa comum já seria maravilhoso — o que não dizer em se tratando de Sua Consorte? E, ainda mais, como era uma mensagem de Sua Consorte Imperial, eu não deveria tomá-la sem especial consideração. Confusa, e não tendo como redigir prontamente uma resposta à altura, escrevi apenas:

> Mesmo o inexprimível
> Como divino sinal
> Deu-me bom papel
> Novo alento à eternidade
> Até a idade dos grous[350]

E entreguei-a à mensageira: "Dizei a Sua Consorte que temo ter exagerado". A encarregada de tarefas variadas da copa aproximou-se. Ofertei-lhe um quimono sem forro de seda adamascada verde, e, excitada, tomei aquelas folhas de papel para mandar encadernar[351] e pensei comigo mesma que, na verdade, seria delicioso distrair meu coração das coisas desagradáveis.

Dois dias depois, chegou um homem de condição inferior com seu traje vermelho esmaecido trazendo um tatame e disse: "Eis aqui". Enquanto as serventes diziam de modo ríspido: "Quem é este aí?", "Nos-

---

[349] Por haver rumores de ligações de Sei Shônagon com Fujiwarano Michinaga, ela volta à casa de sua família por um longo tempo (vide texto 136).

[350] Há, no poema, um jogo do homófono *kami* ("deus" e "papel"). Grous são símbolos de longevidade ("vivem até mil anos") e fazem referência ao Sutra da Longevidade aludido por Teishi. No original: *kakemakumo/ kashikoki kamino/ shirushiniwa/ tsuruno yowaito/ narinubekikana*.

[351] Este caderno costurado (*sôshi*) pode ter sido a origem da presente obra.

sos aposentos estão à vista!", o homem largou o tatame e partiu. Mandei perguntar de parte de quem ele tinha vindo, mas responderam que já se havia retirado; trouxeram o tatame para dentro do cortinado e vimos que era do tipo especialmente confeccionado para pessoas importantes, e que suas bordas Kôrai também eram belíssimas. Pensei, no recôndito de meu coração, que este era também um presente de Sua Consorte Imperial; na dúvida, enviei algumas serventes para procurar o mensageiro, mas foi em vão. Diante daquela situação inusitada, emitiram-se opiniões diversas, mas o mensageiro havia desaparecido e nada mais havia a fazer; se o endereço de entrega estivesse errado, ele certamente voltaria para apanhá-lo. Pensei em enviar alguém para inquirir no Palácio Imperial, mas seria muito constrangedor se eu estivesse equivocada. "Quem, no entanto, teria feito algo assim para me intrigar? Só poderia ser Sua Consorte Imperial!", pensava eu, maravilhada.

Como se passassem dois dias sem nenhuma notícia, eu não tive mais dúvidas de que fora ela, e enviei uma carta aos cuidados da dama Ukyô, contando-lhe sobre o incidente: "[...] E assim se passou. Podíeis verificar a possibilidade de ter ocorrido algo dessa natureza? Revelai-me secretamente a situação. Se não encontrardes nenhuma evidência, não deixais escapar que vos enviei esta carta!". Como a resposta dizia: "Sua Consorte Imperial tomou grande precaução para esconder o fato. Absolutamente não reveleis a ninguém que fui eu a vos contar a verdade!", fiquei extasiada de que tudo realmente se passara conforme eu previra. Redigi uma carta[352] para Sua Consorte Imperial; dei instruções para depositá-la furtivamente no parapeito da varanda, mas, como a mensageira estava muito apressada, acabou por deixá-la cair aos pés da escada.

---

[352] Carta, *fumi*, pode se referir genericamente a qualquer escrito. Alguns pesquisadores supõem que Shônagon possa ter enviado os primeiros esboços da presente obra utilizando os papéis presenteados pela Consorte Teishi.

O Conselheiro-Mor Michitaka
関白殿

O Conselheiro-Mor Michitaka, no vigésimo primeiro dia do segundo mês, mandaria realizar uma cerimônia de Dedicação de Todos os Sutras no salão principal do Templo Sakuzen no Palácio Hoko,[353] e como estava prevista a participação da Mãe do Imperador, Fujiwarano Senshi,[354] Sua Consorte Imperial se dirigiu à Ala Norte do Palácio Nijô por volta dos primeiros dias. Eu estava com tanto sono na ocasião que meus olhos nada discerniam.

Na manhã seguinte, acordei com os primeiros raios brilhantes do sol e vi que o prédio era branco, recém-acabado e, além de ter sido construído de modo elegante, tudo parecia ter sido trocado no dia anterior, a começar pelos cortinados. Divertiu-me pensar sobre o leão chinês e o cão coreano, guardiões do aposento: "Quando terá sido que eles aqui entraram e se assentaram?". Havia, aos pés da escadaria, um pé de cerejeira de mais de três metros de altura que parecia estar em sua floração máxima, e eu pensava: "Como pode florir tão cedo? Pois as flores de ameixeira agora é que estão em seu pico de floração!", quando percebi serem artificiais. De qualquer modo, devem ter resultado em muito trabalho, pois a beleza das flores não era nada inferior à das verdadeiras. Lamentei-me ao pensar que, à primeira chuva, todas as pétalas murchariam. Como o Palácio Nijô fora construído sobre um terreno onde outrora havia um grande número de casinhas, não havia

---

[353] A efeméride passa-se no ano 994, quando se estabelece o Templo Sakuzen no Palácio Hoko, que cinco anos depois seria renomeado. O Palácio Nijô havia sido recentemente construído para a Consorte Imperial Teishi. A autora é recém-chegada à Corte e Michitaka encontra-se no auge do poder.

[354] Esposa do Imperador En'yû e Mãe do Imperador Ichijô; contava 33 anos na ocasião.

jardins de árvores ou arbustos notáveis. De elegante havia apenas a edificação que nos proporcionava uma sensação de familiaridade.

O Conselheiro-Mor Michitaka veio nos prestar uma visita. Estava trajado com um conjunto de apenas três quimonos carmesins sobrepostos sobre a pantalona presa nos tornozelos de estampas sem relevo de cor cinza chumbo esverdeado e trajes palacianos de sobreposição "Cerejeira" de branco e carmesim. A começar por Sua Consorte Imperial, todas as damas trajavam seda tramada em sobreposição "Ameixeira Carmesim" de carmesim e roxo em tonalidades escuras e claras, com estampas sem relevo ou sem desenho algum, e todo o conjunto parecia reluzir. Quanto às jaquetas chinesas de gala, havia-as em sobreposições "Amarelo Broto" de verde amarelado e verde amarelado, "Salgueiro-chorão" de branco e verde, "Ameixeira Carmesim" de carmesim e roxo.

O Conselheiro-Mor Michitaka sentou-se à frente de Sua Consorte Imperial e passou a relatar-lhe várias histórias. Ao contemplá-la em seu modo de responder com a mais alta perfeição, pensei: "Ah, como gostaria que as pessoas de minha casa pudessem apreciar esta cena, mesmo que brevemente!...". O Conselheiro-Mor perscrutou as damas presentes e disse: "Bem, como poderia Sua Consorte estar em condições mais favoráveis? Só de debruçar meus olhos sobre estas adoráveis damas que aqui servem, assentadas em fila, sou tomado de muita inveja. Não há sequer uma dentre vós que não seja bela. Sois, todas vós, moças provenientes das melhores casas. Estou impressionado! Cuidai muito bem de Sua Consorte e servi-lhe com todo primor. Quanto a vossos sentimentos em relação à Sua Consorte, como é que afinal souberam de suas qualidades e viestes a servi-la em grupo tão numeroso? E se eu vos revelar que se trata de uma Consorte muito apegada a seus pertences? Desde que ela nasceu, apesar de eu ter-lhe servido de todas as formas possíveis, com todo fervor, ainda não recebi nenhuma veste, sequer uma já usada. Como? Eu deveria estar dizendo tais maledicências às ocultas?", e, como nós ríssemos, acrescentou: "Mas é a pura verdade! Se zombais de mim rindo desta forma, ficarei todo constrangido!", e assim continuava, quando um Terceiro Oficial do Cerimonial adentrou o recinto, vindo do Palácio Imperial.

A carta do Imperador para Sua Consorte foi recebida pelo Alto-Conselheiro Fujiwarano Korechika, que se dignou a entregá-la ao Conselheiro-Mor Michitaka, quando este, fingindo abri-la, disse: "Que carta mais instigante! Se eu dispuser de vossa anuência, gostaria de abrir e ler", e acrescentou: "Sua Consorte parece estar ficando apreensiva... Afinal, trata-se de uma carta do Imperador!", e finalmente passou-a à frente. Mesmo ao tomá-la nas mãos, Sua Consorte Imperial não fez menção de abri-la, demonstrando extraordinário autocontrole. Por detrás da persiana, uma dama apresentou uma almofada para o Terceiro Oficial do Cerimonial e três ou quatro damas sentaram-se à base do cortinado para atendê-lo. Somente depois que o Conselheiro-Mor Michitaka disse: "Vou providenciar uma recompensa para o mensageiro", e se retirou, é que Sua Consorte Imperial foi ler a carta. A resposta foi escrita em finos papéis em sobreposição "Ameixeira Carmesim" de carmesim e roxo em tintas delicadas e transparentes que combinavam perfeitamente com suas vestes de mesma tonalidade e lamentei que não existissem mais pessoas que levassem em consideração tais sutilezas. Para o mensageiro daquele dia, uma recompensa especial foi providenciada pelo Conselheiro-Mor: um conjunto de trajes cerimoniais femininos com um quimono estreito e longo em sobreposição "Ameixeira Carmesim" de carmesim e roxo. Petiscos e saquê foram-lhe oferecidos para que se embriagasse, mas o mensageiro disse: "Hoje, perdoai-me, digníssimas damas, mas estou encarregado de um evento muito importante". E partiu, despedindo-se também do Alto-Conselheiro.

As filhas do Conselheiro-Mor Michitaka estavam belamente maquiadas e suas vestes em rosa carmesim em nada lhes ficavam a dever; a Terceira Princesa Sannomiya era mais alta do que a filha do meio, Nakahime, que servia na Seção do Vestuário Imperial, e poder-se-ia dizer que ela passaria até por esposa do pai.

Chegou também a esposa do Conselheiro-Mor. O cortinado fora colocado para que ela não fosse vista por nós, novatas na ala, o que me fez sentir certa insatisfação.

Algumas damas reunidas trocavam ideias sobre os trajes e os leques que usariam no dia da cerimônia. Uma delas, ao manter os seus em segredo, dizia em tom provocativo: "Para mim, nada de especial, usarei o que dispuser no dia", sendo menosprezada pelas companheiras: "Ela e os seus caprichos...". Ao anoitecer muitas delas voltaram para suas residências e Sua Consorte Imperial não as reteve, pois a ocasião lhes exigia certos preparativos.

Sua mãe comparecia todos os dias, permanecendo inclusive à noite. A presença de suas irmãs no recinto animava o ambiente, o que era bom. Diariamente, o Imperador lhe enviava seus mensageiros. O orvalho não realçava as flores de sua cerejeira artificial que, expostas aos raios solares, lamentavelmente se enrugaram todas e, após uma noite chuvosa, tornaram-se totalmente inúteis. De pé, desde bem cedo, comentei: "Estão piores do que a face de quem chorou na despedida".[355] Ouvindo minhas palavras, Sua Consorte disse enquanto se levantava: "É verdade, parece que está chovendo. E como estão as flores?". Neste ínterim, aglomerados junto à cerejeira, vários serviçais e subordinados ao Conselheiro-Mor ainda tentavam discretamente derrubá-la e removê-la. Achei muito engraçado que, ao tombá-la, um deles dizia: "A ordem foi para retirá-la enquanto estivesse escuro e já começa a clarear. Que lástima! Vamos! Rápido!". Se ele fosse pessoa culta, na certa teria se expressado fazendo alusão ao poema de Kanezumi:[356] "Se queres me acusar, pois que o faça assim". E eu disse: "Quem é que está roubando as flores? Não se atrevam!". Eles fugiram rapidamente arrastando o tronco. A despeito de tudo isso, achei elegantes as providências tomadas pelo Conselheiro-Mor. Se tivesse deixado a cerejeira, seus galhos encharcados e emaranhados estariam deploráveis. Não era o caso de acrescentar mais nada, e me retirei.

Funcionários do Setor de Edificação e Limpeza chegaram e abriram as janelas de treliça. Concluída a arrumação pelas servidoras do Setor de Equipamentos e Manutenção da Ala Feminina, Sua Consorte deixou a Alcova Imperial e, surpreendida com a ausência de sua cerejeira, disse: "Mas que decepção! Para onde levaram as flores? Durante a madrugada ouvi dizer: 'Ladrões de flores!', mas achei que estavam furtando apenas alguns galhos... Foram atos de quem? Quem chegou a vê-los?".

---

[355] Alusão ao poema inserido na antologia *Shûi Wakashû*, tomo 6 "Despedida": "Contemplando as faces/ De flores de cerejeira/ Pelo orvalho molhadas/ Quantas saudades senti/ De quem chorou na despedida!" (*sakurabana/ tsuyuni nuretaru/ kao mireba/ naite wakareshi/ hitozo koishiki*).

[356] A autora cita o nome de Minamotono Kanezumi, mas este verso é de autoria do monge Sosei, e está compilado na antologia *Gosenshû*, tomo 2 "Primavera": "Queres me acusar/ Guarda de Takasago!/ Pois que o faça assim/ As cerejeiras de Onoe/ Colherei para me adornar" (*yamamoriwa/ iwaba iwanamu/ Takasagono/ Onoeno sakura/ orite kazasamu*).

E eu lhe respondi: "Não é que eu os tenha visto. Ainda estava escuro e não se enxergava bem. Vislumbrei uns vultos brancos, achei que colhiam as flores e, inadvertidamente, escaparam-me as palavras". Sua Consorte sorriu e rebateu: "Mas levaram todas? Desconfio que o Conselheiro-Mor tenha mandado escondê-las", e eu argumentei: "Não, não penso que ele tenha feito isso. Devem ser proezas dos ventos de primavera". Ela contestou: "Falais dos ventos para encobrir alguém, mas acho que foi furto. A chuva foi tanta que as levou".[357] Admirei sua fala providencial, aliás não rara, vinda de Sua Consorte.

Com a entrada do Conselheiro-Mor, eu me afastei para não ser vista com o meu intumescido "rosto do amanhecer".[358] Mal chegou, disse a Sua Consorte: "Ah! As flores sumiram? Como permitistes que as roubassem tão magistralmente? Que damas mais incompetentes! Presumo que todas dormiam desleixadas e nada perceberam...", mostrando-se exageradamente surpreso. Contestei discretamente: "Mas... achei que alguém já havia se antecipado a mim".[359] Atento, ele prosseguiu: "É como eu havia suposto! As demais damas não viram a cerejeira. Só poderíeis ter sido vós, ou a dama Saishô",[360] e soltou uma gargalhada. Maravilhoso foi o sorriso de Sua Consorte ao comentar: "Sim, mas a dama Shônagon disse que havia sido os ventos da primavera". E ele contrapôs: "É uma acusação falsa, pois já estamos na época de plantar arroz em cultivo nas montanhas",[361] e começou a declamar o poema, de modo envolvente e encantador. Ao retomar a conversa, ele acrescen-

---

[357] A autora joga com a palavra homófona *furu*, que pode significar tanto "chover" quanto "envelhecer".

[358] *Asagao*, nome em japonês da ipomeia, significa "rosto da manhã". Como o episódio se passa no segundo mês do ano, a flor estaria já fora de época, por isso a associação a "rosto desfigurado".

[359] Referência ao poema inserido na coletânea *Tadamishû*: "Flores de cerejeira/ Sob o luar do amanhecer/ Saí para ver/ Mas a mim se antecipou/ O orvalho que lá já estava" (*sakuramini/ ariakeno tsukini/ idetareba/ wareyori sakini/ tsuyuzo okikeru*).

[360] Outra dama muito bem considerada pela Consorte Imperial.

[361] Menção feita ao poema inserido na coletânea *Tsurayukishû*: "Já se planta o arroz/ Em cultivo nas montanhas/ Não dissimulais/ O despetalar das flores/ Não o entregais aos ventos" (*yamadasae/ imawa tsukuruo/ chiru hanano/ hagotowa kazeni/ oosezaranan*). O plantio do arroz se dá no verão.

tou: "Em todo caso, foi uma pena terem descoberto a minha proeza, que foi preparada com todo o cuidado. Vejo que Sua Alteza está cercada de damas competentes. 'Ventos de primavera': que mentira mais brilhante!", e declamou de novo o mesmo poema. Sua Consorte completou, rindo: "Não foi mentira, trata-se de uma expressão bastante significativa. Mas, afinal, como estavam as flores pela manhã?". A dama Kowaka se adiantou e disse: "Percebendo rapidamente o que se passava, Shônagon comentou: 'Umedecidas pelo orvalho, a aparência delas era de fato constrangedora'. Divertiu-nos ver o Conselheiro-Mor frustrado com a efemeridade de suas flores".

Por volta do oitavo ou nono dia, parti para minha residência de licença, não obstante os pedidos de Sua Consorte: "Não poderíeis sair mais próximo do dia da cerimônia?". Em uma tarde ensolarada mais amena que o habitual, recebi dela uma mensagem: "Como estais? Ainda não desabrochou a alma da flor? Que diríeis então?".[362] E respondi: "As longas noites de outono ainda estão por vir, nove vezes vou buscar a minha alma".[363]

No dia em que Sua Consorte deixou o Palácio Imperial, eu, desolada por ver as damas disputando carruagens, comentei com uma delas: "Vede esse tumulto para conseguir um assento, parece o do retorno dos Festivais. É decepcionante vê-las aturdidas, prestes a cair. Não me importaria se por acaso não conseguisse uma carruagem, pois, naturalmente, Sua Consorte ficaria sabendo e nos enviaria alguma". E assim, ficamos a assistir aquela cena de empurra-empurra das pessoas à nossa frente. Quando todas já haviam partido, ouvi alguém falar: "Vamos então?", e alertei: "Ainda não, estamos aqui!". O funcionário da Ala da Consorte se aproximou e indagou: "Quem está aí?", e admirou-se: "Que coisa mais estranha! Como aconteceu isso? Achei que todas já houvessem partido! Por que vós vos atrasastes? Já estávamos saindo com a última carruagem, a das damas da Divisão de Alimentos", e co-

---

[362] A fala remete aos quinto e sexto versos do poema chinês "Chôsôshi" inserido na coletânea *Hakushi Monjû*, tomo 12. Em versão livre: "Segundo mês/ Despertam os ventos do oeste/ Renascem as relvas/ E as almas das flores desabrocham".

[363] Referência aos terceiro e quarto versos do mesmo poema da nota anterior: "Com o pensamento em vós/ Longas são as noites de outono/ Quando nove vezes vos busca a minha alma".

locou-a à nossa disposição. Ao lhe ser dito: "Então, levai antes as damas que tínheis a intenção de levar. Nós iremos na próxima". Ele insistiu: "De jeito nenhum, não sejais maldosas", e, assim sendo, subimos. A carruagem que se aproximou era mesmo destinada às damas da Divisão de Alimentos e, rindo de suas tochas que mal iluminavam, chegamos ao Palácio Nijô.

O palanquim de Sua Consorte já havia chegado havia algum tempo e ela já estava bem acomodada. Ordenou: "Chamai Shônagon para cá". Atendendo à sua ordem, as jovens damas Ukyô e Kosakon procuraram entre as pessoas que haviam chegado, mas não me encontraram. "Onde está ela? Onde?". Em grupos de quatro, as damas desciam das carruagens e, ao se apresentarem à Sua Consorte, eram questionadas: "Ela não veio? Que estranho! O que teria acontecido?". Sem saber de sua convocação, fomos as últimas a chegar e receberam-nos damas aflitas: "Sua Consorte solicitou vossa presença desde que aqui chegou. Por que tanta demora?", e fomos encaminhadas a ela. Impressionou-me a sua capacidade de se adaptar a um novo ambiente, era como se lá estivesse estabelecida há anos. Ela nos indagou: "Por que não vos apresentastes logo, a despeito das insistentes buscas?". Eu não conseguia responder, e a dama que me acompanhava justificou-se num tom lamurioso: "Não há como nos desculparmos, mas foi impossível chegar antes, pois só conseguimos pegar a última carruagem e, assim mesmo, porque nos foi gentilmente cedida pelas damas da Divisão de Alimentos. Como nos deixou apreensivas a escuridão durante o trajeto!", e Sua Consorte disse: "O responsável pelo evento foi muito incompetente. Por outro lado, é natural que uma recém-admitida ficasse retraída, mas vós, Uemon, deveríeis ter reclamado!". E esta se queixou: "Mas como poderíamos correr e nos adiantarmos às demais damas?", o que, com certeza, causou ressentimentos àquelas que estavam por perto. Sua Consorte, visivelmente aborrecida, foi categórica: "Que maus modos! Alguém se torna mais importante porque vence em disputas de carruagens destinadas às mais graduadas? Deve-se, em primeiro lugar, respeitar as regras estabelecidas". De minha parte, tentei amenizar a situação ao dizer: "As damas ficam afoitas porque sofrem com a grande demora em descer da carruagem".

A cerimônia de Dedicação de Todos os Sutras no Templo Sakuzen seria no dia seguinte, e eu me apresentei na noite anterior. Foi-me possível espiar, da face norte da Ala Sul do Palácio Higashi Sanjô,[364] as damas reunidas por laços de intimidade em grupos de duas, três, ou três a quatro, separados por biombos, em torno de lamparinas assentadas sobre mesinhas com pés. Havia também os grupos separados por cortinados. Em outra parte, várias damas alinhavavam peças de quimono em sobreposição ou prendiam faixas nas caudas com pregas; desnecessário mencionar o modo como outras se maquiavam ou o esmero com que cuidavam dos cabelos, que dificilmente se repetiria após o evento do dia. A saída de Sua Consorte para o templo seria por volta da hora do tigre, pelas três da madrugada. Alguém me disse: "Por que não vos apresentastes até agora? Houve gente à vossa procura com o leque encomendado".

Então, preparei-me para que a partida realmente ocorresse na hora do tigre, mas a noite se fora e o sol já surgia. As carruagens nos aguardavam sob o beiral em estilo chinês da Ala Oeste e todas nós seguimos para lá, caminhando pelos corredores de travessia. Ainda não familiarizadas com os costumes da Corte, nós, novatas, agíamos com todo resguardo. A Ala Oeste, residência do Conselheiro-Mor, foi onde Sua Consorte se hospedara. Lá, para ver as damas se acomodarem primeiro nas carruagens, postaram-se lado a lado no interior das persianas, além de Sua Consorte Imperial e suas irmãs — Shigeisa, a Terceira e a Quarta Princesas —, a esposa do Conselheiro-Mor e suas três irmãs mais novas.

O Alto-Conselheiro e o Médio-Capitão do Terceiro Grau nos aguardavam nas laterais das carruagens para erguer as persianas externas e os longos cortinados internos, enquanto nela subíamos. Se ao menos pudéssemos subir todas juntas, conseguiríamos disfarçar um pouco os nossos deslizes, mas, como éramos chamadas nominalmente até formar um grupo de quatro, de acordo com uma listagem, tínhamos de seguir e tomar assento. Dizer que estávamos completamente expostas perante essas pessoas seria pouco, tamanho era nosso embaraço. No entanto, dentre os tantos olhares por trás das persianas, afligiam-nos no momen-

---

[364] Residência do falecido avô de Teishi, Fujiwarano Kaneie, que neste momento pertence a seu pai, o Conselheiro-Mor Fujiwarano Michitaka. A Consorte se instala nele provisoriamente depois de deixar o Palácio Nijô e antes de participar do cerimonial de Dedicação de Todos os Sutras, realizado no Templo Sakuzen do Palácio Hoko.

to os de Sua Consorte, que seriam de desaprovação se cometêssemos alguma falha. Como eu estava suando frio, temia que os cabelos nos quais eu havia me esmerado tanto estivessem totalmente arrepiados. Com muito esforço, passei diante de todas e, ao chegar junto à carruagem, fiquei encabulada demais ao me deparar com dois belos nobres que me receberam sorridentes e quase desfaleci. Ainda não consigo atinar o que me fez chegar lá sem um desmaio, se foi a minha determinação ou o meu atrevimento.

Quando todas as damas foram acomodadas, as carruagens foram levadas até a Avenida Nijô, e era impressionante vê-las estacionadas lado a lado, com os varais apoiados no suporte, como se estivessem enfileiradas para um festival. Imaginar que as pessoas que nos viam também estariam impressionadas fez palpitar meu coração de contentamento. Os Secretários do Quarto, Quinto e Sexto Graus, dentre muitos outros que entravam e saíam do Palácio Higashi Sanjô, aproximaram-se das carruagens e ficaram empolados com as ocupantes; em meio à cena, o digníssimo senhor Akinobu[365] era o orgulho em pessoa, a cabeça erguida e o peito estufado.

Todos estavam presentes para recepcionar Sua Majestade Mãe do Imperador, a começar pelo Conselheiro-Mor Michitaka, seguido dos cortesãos palacianos e também da baixa nobreza. Tinha sido estabelecido que Sua Consorte partisse somente após a chegada da Mãe do Imperador à residência do Conselheiro-Mor. Esperávamos todos muito apreensivos, mas a comitiva de Sua Majestade Mãe do Imperador chegou somente quando o sol já estava a pino. Eram quinze carruagens, incluindo a da Mãe do Imperador, das quais quatro estavam ocupadas por monjas. A primeira carruagem, que trazia a Mãe do Imperador, era em estilo chinês. Seguiam-na, logicamente, as carruagens das monjas. Na parte de trás destas, podiam se ver rosários budistas de cristal, caudas com pregas de cor cinza chumbo oliva, sobrepelizes budistas e vestes cinza, tudo absolutamente maravilhoso. As persianas estavam abaixadas, assim como os cortinados internos, e tinham um tom de violeta claro que escurecia um pouco na parte inferior. Logo após vinham outras dez carruagens com as damas da Corte, todas extremamente ele-

---

[365] Tio da Consorte Imperial, referido no texto 95.

gantes com suas jaquetas chinesas formais em sobreposições "Cerejeira" de brancos e carmesins, caudas com pregas lilás, vestes carmesim escuro, quimonos externos em tons castanho amarelado claro e lilás. Embora o dia estivesse ensolarado, havia névoa no céu azul, o que não poderia ser mais perfeito para harmonizar com o brilho e as cores de suas belas vestimentas, tornando-as ainda mais esplendorosas que os lindos tecidos de seda tramada e, até mesmo, que as jaquetas chinesas de gala multicoloridas.

É muito enternecer ver a dedicação com que o Conselheiro-Mor Michitaka e seus irmãos, o senhor Michikane e o Alto-Conselheiro Michinaga, cuidam de Sua Majestade Mãe do Imperador enquanto a acompanham. Nós que presenciamos essa cena, reconhecemos e, sobretudo, elogiamos tal devoção. As nossas vinte carruagens do séquito de Sua Consorte, pelo ponto de vista das acompanhantes da Mãe do Imperador, também deviam parecer igualmente maravilhosas.

Aguardamos um longo tempo, apreensivas pelo momento da partida de Sua Consorte. Ansiosa, pensava na causa da demora, quando finalmente oito encarregadas das refeições imperiais montadas a cavalo com muito custo saíram do portão do Palácio Higashi Sanjô. Foi muito bonito vê-las de caudas com pregas em gradações verdes nas barras e suas faixas laterais e de pescoço a se agitarem pelo vento. Uma delas, de nome Buze, tinha um relacionamento amoroso com Tanbano Shigemasa, Oficial Chefe da Divisão de Medicamentos. Ela trajava uma pantalona presa nos tornozelos de seda tramada roxo claro avermelhado e, ao vê-la, o Alto-Conselheiro Yamanoi comentou rindo: "Vejo que permitiram a Shigemasa utilizar-se desta cor!".[366] Todas as encarregadas das refeições imperiais montadas em seus cavalos foram se indo e, finalmente, o palanquim de Sua Consorte Imperial estava pronto para partir. Este, de tão maravilhoso, nem se comparava àquele esplêndido de Sua Majestade Mãe do Imperador. Pela manhã, a claridade iluminava o ornamento em forma de flor de cebolinha do teto do palanquim e também realçava as cores e o brilho dos cortinados, criando um efeito ma-

---

[366] Como o uso de uma determinada tonalidade de violeta era privilégio do Imperador, Yamanoi ironiza o uso de matiz semelhante por Buze, que representa o próprio Shigemasa, pois ela, além de usar roupas masculinas, também é sua amante.

ravilhoso que beirava o imaculado. Os cordões do palanquim foram puxados e eles partiram. Enquanto observava o movimento dos tecidos dos cortinados constatei que, realmente, de tal esplendor não é falso dizer que até os fios de cabelo se arrepiam. Sabendo disso, as que têm cabelos ruins devem utilizar o fato como pretexto. A beleza e a imponência de Sua Consorte Imperial faziam sentir-me admirada comigo mesma e honrada de poder privar de sua intimidade, servindo-a. Quando o palanquim de Sua Consorte passava por nós, os varais da nossa carruagem eram imediatamente retirados do suporte e abaixados, para depois serem rapidamente recolocados nos bois. A emoção do momento em que nossa carruagem se posicionou atrás do palanquim de Sua Consorte foi indescritível.

Assim que Sua Majestade Mãe do Imperador chegou ao Templo Sakuzen, junto ao portão principal começaram as músicas coreanas e chinesas, com seus bailados do cão coreano e do leão chinês; os sons extremamente agudos das flautas e as batidas dos tambores *tsuzumi* me deixaram atordoada. A música parecia reverberar no céu e, junto a ela, teria eu, ainda em vida, sido elevada ao reino de Buda?

Ao adentrarmos o portão, fomos ao pavilhão montado para a ocasião com reposteiros de diversos tipos de brocado, cercado de persianas bem verdes e divididos por cortinas. Tudo, tudo realmente parecia pertencer a outro mundo. Ao estacionarmos a carruagem junto ao palanque, novamente vimos o Alto-Conselheiro Korechika e o Médio-Conselheiro Takaie que já nos aguardavam e, assim que nos viram, disseram: "Apressai-vos, descei!". Já tínhamos sido expostas quando da subida na carruagem; agora, depois de horas, estaríamos completamente visíveis e, o que é pior, os cabelos postiços cuidadosamente acrescentados aos meus se avolumavam sob a jaqueta chinesa formal e, com certeza, estariam em um estado lastimável. As nuances do cabelo natural, de tonalidade preta, e as do postiço, avermelhadas, poderiam ser nitidamente observadas, o que me deixava muito constrangida e, por isso, não conseguia descer e então pedi: "Por favor, descei primeiro, aí atrás...". Mas a outra dama também deveria estar na mesma situação, pois disse: "Por favor, cavalheiros, distanciai-vos. Não me sinto digna de tanta solicitude", ao que comentaram rindo: "Estais envergonhadas?", e se afastaram. Quando finalmente desci da carruagem, o Alto-Conselheiro Korechika se aproximou e disse-me: "Sua Consorte me deu uma ordem:

'Não deixais ninguém vê-la, principalmente Munetaka.[367] Fazei-a descer às escondidas!', e eu estava somente a cumpri-la. Que injusto de vossa parte nos afastar!". Ajudando-me a descer, acompanhou-me até ela. Fiquei muito emocionada pelos cuidados a mim dispensados por Sua Consorte Imperial.

Ao me apresentar perante Sua Consorte, umas oito damas que já haviam descido de suas carruagens estavam sentadas em um local à frente para melhor assistir ao evento. Sua Consorte estava acomodada numa soleira elevada de uns trinta a sessenta centímetros. "Discretamente trouxe-a até aqui", disse o Alto-Conselheiro, no que Sua Consorte perguntou: "Onde?", e saiu detrás do cortinado em minha direção. O fato de ela ainda estar trajando cauda com pregas e jaqueta chinesa formal era admirável. Como poderiam não ser lindos seus trajes, mesmo o interno carmesim? Os trajes internos de seda adamascada chinesa branca com sobreposição "Salgueiro-chorão" de branco e verde, os quimonos de sobreposições de cinco trajes de roxo avermelhado, a jaqueta chinesa formal vermelha, a cauda com pregas de seda chinesa estampada em índigo e branco trabalhada com fios de ouro nas bordas formavam um incomparável conjunto de cores.

"Estou bem assim?" perguntou-me Sua Consorte. Responder-lhe que estava maravilhosa seria óbvio demais. "Não achastes que me demorei muito? A razão da demora foi que o senhor meu tio Michinaga disse que, como muitos já o haviam visto usando o mesmo quimono formal com cauda quando acompanhara Sua Majestade Mãe do Imperador e poderiam comentar, mandou costurar outro. Que pormenor mais galante, não?", comentou Sua Consorte rindo. A expressão de seu rosto, ressaltada pela claridade do local, deixava-a ainda mais bela que em dias habituais. O que dizer, então, de seu cabelo levemente preso com um grampo junto à risca frontal, que deixava sua testa à mostra?

Dois cortinados com cerca de um metro de altura foram posicionados lado a lado para servir de divisória entre Sua Consorte e as damas

---

[367] Compreende-se a intenção de Sua Consorte Imperial de não deixar que a autora fosse vista em tão deplorável estado, mas não se sabe quem seria o nobre mencionado, Munetaka. De acordo com algumas interpretações, tratar-se-ia do segundo marido de Sei Shônagon, Fujiwarano Muneyo.

da Corte. Por detrás, de encontro à borda da soleira elevada, foi colocado um tatame em posição longitudinal, e, nele, sentaram-se para assistir ao evento apenas duas pessoas: a dama Chûnagon, filha do Capitão da Direita da Guarda Militar Tadakimi, que era tio do Conselheiro-Mor Michitaka, e a dama Saishô, neta do Ministro da Direita Tominokôji. Sua Consorte observava a movimentação e disse à dama Saishô: "Ide para lá, assistir ao evento junto às outras damas". E ela, percebendo-lhe as intenções, logo lhe respondeu: "Daqui, três pessoas poderão perfeitamente ver tudo!". Nisso, Sua Consorte chamou-me: "Vinde para cá!". Quando as demais damas repararam que eu fora convidada, logo uma delas, sentadas abaixo, comentou em tom irônico: "Parece que foi permitido a uma serviçal tomar lugar entre os nobres!". Respondi-lhe: "Ah! Então reconheceis tratar-se de uma serviçal oficial de ascendência nobre!", e outra acrescentou: "Não passais de uma puxadora de cavalo!".[368] A despeito disso, ter assistido ao evento estando acomodada num lugar privilegiado foi magnífico!

Que eu mesma esteja relatando este acontecimento pode até parecer que queira me vangloriar, ou que eu esteja sendo leviana para com Sua Consorte, afirmando ter ela apreço por alguém como eu, mas como há pessoas que estão convictas de seu discernimento e criticam tudo no mundo, estas achariam sua atitude estranha e imprudente, o que me causaria desconforto e me deixaria constrangida. Entretanto, como poderia deixar de dizer que realmente acontecem favorecimentos, independentemente da posição social?

Como foi esplêndido contemplar os palanques de Sua Majestade Mãe do Imperador e dos demais nobres! O Conselheiro-Mor Michitaka passou em frente ao palanque de Sua Consorte e se dirigiu até o de Sua Majestade e, após permanecer por lá algum tempo, retornou. Também se aproximaram os Alto-Conselheiros Korechika e Michiyori e o Médio-Capitão do Terceiro Grau Takaie, este ainda trajado como até então estava no Posto de Vigia, portando o arco e flecha às costas, o que lhe caía muito bem e o tornava ainda mais belo. Ao serviço do Conselheiro-

---

[368] Sei Shônagon estava sentada ao lado da dama Saishôno Kimi, filha de Shigesuke, Chefe da Cavalariça, e por isso fizeram o comentário de que esta seria apenas uma puxadora de cavalo.

-Mor, os nobres e os Secretários do Quarto e Quinto Graus também se aproximaram e se sentaram em fila.

Assim que o Conselheiro-Mor adentrou o palanque de Sua Consorte, as irmãs dela aproximaram-se, inclusive a caçula, Mikushige, todas trajando caudas com pregas e jaquetas chinesas formais. A esposa do Conselheiro-Mor vestia apenas um quimono semiformal sobre a cauda com pregas. Ele disse, então, em tom jocoso: "Pareceis todas formar uma cena digna de uma pintura. Por outro lado, minha esposa está hoje com a aparência de uma jovem dama". E continuou: "Cara esposa, assim sendo, tire a cauda com pregas de vossa filha, a Consorte Imperial.[369] Dentre nós, aqui no palanque, ela é a pessoa mais importante. Estar num palanque em cuja frente está a postos a Guarda é uma ocasião ímpar!". Emocionado, lágrimas lhe afluíram. Ao perceber que todos ali tinham os olhos marejados, o Conselheiro-Mor Michitaka voltou-se para mim e, ao reparar em minha jaqueta chinesa formal vermelha sobre cinco camadas de sobreposição "Cerejeira" de branco e carmesim, perguntou-me em tom de brincadeira: "Como faltava um traje formal budista ficamos atrapalhados procurando-o, mas se eu soubesse que tínheis um, simplesmente deveríamos tê-lo pedido emprestado. Ou será que vós, porventura monopolizastes as vestes rubras?". O Alto-Conselheiro Korechika, sentado um pouco atrás, ao ouvi-lo, disse: "A veste não pertenceria à Vice-Primaz Sei?". Nada deixava de ser esplendoroso.

O Vice-Primaz Ryûen[370] vestia um traje vermelho de tecido leve, sobrepeliz budista roxa, várias vestes em tons bem claros de lilás, pantalona presa nos tornozelos e tinha um gracioso tom azulado na cabeça raspada que o assemelhava a um Bosatsu Jizô.[371] Vê-lo por entre as damas da Corte nos deliciava a todas. Todas nós comentávamos rindo: "Mas, que indecência... Sua conduta não é digna de um monge... Ficar assim, entre as damas...".

---

[369] Segundo a etiqueta da Corte, Teishi, por ser a dama principal, deveria estar vestida de forma mais informal do que sua mãe, a esposa do Conselheiro-Mor Michitaka.

[370] Filho do Conselheiro-Mor Michitaka que, na ocasião, contava quinze anos.

[371] Bodhisattva que protege as crianças.

Trouxeram também Matsugimi,[372] que estava no palanque do Alto-Conselheiro Korechika. Ele vestia o traje palaciano roxo claro avermelhado, sobre outro de seda batida adamascada carmesim escura e outros quimonos em sobreposição "Ameixeira Carmesim" de carmesim e roxo. E, como sempre, acompanhavam-no os muitos Secretários do Quarto e Quinto Graus. Quando carregamos Matsugimi para o palanque de Sua Consorte Imperial, não se sabe o que de errado aconteceu, mas ele começou a chorar energicamente, e até isso conferiu ao ambiente um vigor auspicioso.

Ao iniciar a cerimônia budista, foi sublime assistir à procissão de sutras que eram conduzidos por monges e leigos do templo, altos dignitários, palacianos, baixa nobreza, Secretários do Sexto Grau e muitos outros. Cada qual levava um rolo do Sutra de Todos os Sutras dentro de uma flor de lótus artificial rosada. Quando o monge celebrante chegou, deu-se início ao sermão e às danças. Assistir, do palanque, à cerimônia, que durou o dia todo, me cansou os olhos e fiquei exausta. O Secretário do Quinto Grau trouxe uma mensagem do Palácio Imperial. Foi realmente maravilhoso vê-lo assentar-se numa banqueta dobrável que lhe foi colocada em frente ao palanque de Sua Consorte.

No final da tarde, chegou Minamotono Norimasa, Terceiro Oficial do Cerimonial do Palácio, que disse: "Sua Majestade o Imperador solicitou à Sua Consorte Imperial: 'Retornai esta noite ao Palácio Imperial!', e ordenou-me acompanhá-la". Dito isso, Norimasa lá permaneceu a postos. Sua Consorte lhe respondeu: "Antes, desejo retornar ao Palácio Nijô", mas, enquanto isso, o Secretário do Imperador também levava uma mensagem ao Conselheiro-Mor Michitaka com a mesma ordem e, assim, Sua Consorte teve de acatá-la e dirigiu-se ao Palácio Imperial. Chegou-lhe uma mensagem do palanque de Sua Majestade Mãe do Imperador, que dizia: "Fornos de sal de Chika".[373] Foi mara-

---

[372] Filho do Alto-Conselheiro Korechika e neto do Conselheiro-Mor Michitaka que, na ocasião, contava três anos.

[373] Alusão a poema na coletânea *Kokin Rokujô*, tomo 3: "Em Michinoku/ Fornos de sal de Chika/ Embora tão próximos/ Parecem tão longínquos/ Para aqueles que muito amam" (*Michinokuno/ Chikano shiogama/ chikanagara/ harukekunomimo/ omooyurukana*). Chika é o nome da região em que se localizam os fornos das salinas e é

vilhoso vê-las trocar mensagens e presentes refinados através de seus emissários.

Após a cerimônia, Sua Majestade Mãe do Imperador retornou à sua residência. Desta vez, a comitiva foi dividida, uma, composta de acompanhantes e altos dignitários, seguiu Sua Majestade, e a outra, Sua Consorte.

Sem saber que Sua Consorte se dirigiria ao Palácio Imperial, as damas retornaram ao Palácio Nijô e, enquanto lá aguardavam ansiosas pela nossa chegada, a noite se adensou. Ao mesmo tempo, no Palácio Imperial aguardávamos com Sua Consorte pelas damas que nos trariam as vestimentas noturnas, mas nem sombra delas. Vestindo trajes cerimoniais desconfortáveis e passando frio, ficamos enraivecidas, mas nada havia a fazer. Na manhã seguinte, bem cedo, as damas chegaram e perguntamos-lhes: "Como não percebestes?", mas arrumaram uma boa justificativa.

No dia seguinte, começou a chover e o Conselheiro-Mor Michitaka disse para Sua Consorte: "O fato de não ter chovido ontem é sinal de meu excelente carma. Assim não vos parece?", seu tom orgulhoso tinha razão de ser. No entanto, se compararmos a época de Michitaka, que então me parecia tão maravilhosa, à época do atual Conselheiro-Mor Michinaga, eu não poderia relatar tudo em uma só palavra e, tomada pela melancolia, desisti até de descrever os muitos acontecimentos que presenciei.

---

homófono de *chikashi*, que significa "perto". No poema diz-se que os fornos das salinas da região de Chika, mesmo estando perto um do outro, não conseguem se encontrar. Nesse trecho, Sua Majestade Mãe do Imperador alude à proximidade dos palanques e à impossibilidade de se encontrarem.

Coisas veneráveis
たうときこと

Coisas veneráveis. O "Bastão das Nove Seções".[374] A reza pela salvação das almas entoada após a evocação de Buda.

---

[374] *Kujôno Sakujô*, Bastão das Nove Seções, é um cântico budista. É assim denominado porque após a entoação de cada seção, balança-se o bastão (*sakujô*) fazendo soar os aros metálicos dispostos numa das extremidades.

261

Quanto a poemas-canções
うたは

Quanto a poemas-canções, os populares. Especialmente o de "Eretos cedros no portão".[375] Os poemas-canções do *kagura* também são sublimes. Os poemas-canções *imayô* são longos e possuem uma melodia característica.[376]

---

[375] Alusão a um poema da coletânea *Kokin Wakashû*, tomo 18 "Miscelânea II": "Da minha cabana/ Aos pés do monte Miya/ Saudades se sentires/ Vem prestar uma visita/ Eretos cedros no portão" (*waga iowa/ Miyano yamamoto/ koishikuwa/ toburai kimase/ sugitateru kado*). Também aludido no texto 261.

[376] *Imayô*, "poema-canção-do-presente", tem quatro estrofes de versos de sete e cinco sílabas e se tornou voga a partir de meados do período Heian.

262

Quanto a pantalonas presas nos tornozelos
指貫は

    Quanto a pantalonas presas nos tornozelos, a roxo escuro. A verde amarelado. No verão, a roxo-carmesim. No calor intenso, também a cor lápis-lazúli dos insetos de verão proporciona sensação de frescor.

Quanto a trajes de caça
狩衣は

Quanto a trajes de caça, o marrom amarelado claro. O branco de seda macia. O de sobreposição "Vermelho" de vermelho e roxo-carmesim. O de sobreposição "Folha de Pinheiro" de verde amarelado e roxo. O de sobreposição "Folha Viçosa" de verde amarelado e amarelo. O de sobreposição "Cerejeira" de branco e carmesim. O de sobreposição "Salgueiro-chorão" de branco e verde. E também o de sobreposição "Glicínia Verde" de verde amarelado e verde amarelado.

Quanto a homens
男は

Quanto a homens, seja qual for a cor de sua roupa, o quimono sem forro deve ser branco. Pode também vestir casualmente o quimono sem forro *akome* carmesim quando do uso do traje formal diurno. Ainda assim, melhor o branco.

Pessoas que usam quimono sem forro e amarelado pelo tempo são extremamente desagradáveis. Alguns usam vestes de seda amaciada levemente amarelada; ainda assim, melhor que o quimono sem forro seja branco.

Quanto a quimono formal com cauda
下襲は

Quanto a quimono formal com cauda, no inverno, o de sobreposição "Azaleia" de branco lustroso e carmesim escuro. O de "Cerejeira" de branco e carmesim. O de sobreposição "Seda Amaciada" de carmesim lustroso e carmesim lustroso.[377] O de sobreposição "Carmesim Escuro" de branco e carmesim escuro. No verão, o de "Roxo-Carmesim" de roxo-carmesim e roxo-carmesim. O de sobreposição "Branco" de branco e branco.

---

[377] O brilho dos quimonos é obtido através de dois processos: batendo-o na prancha *kinuta* de madeira ou pedra, ou pregando-o numa prancha comum de madeira.

266

Quanto a varetas de leque
扇の骨は

 Quanto a varetas de leque, as de magnólia. Quanto a cores, a vermelha, a roxa, a verde.

Quanto a leques de cipreste
檜扇は

 Quanto a leques de cipreste, o sem pinturas. O pintado em estilo chinês.

Quanto a divindades
神は

Quanto a divindades, a de Matsunoo. A de Yahata. Esta divindade é auspiciosa por ter sido o soberano deste país. A visita do Imperador ao santuário, em seu palanquim imperial com o telhado ornado com joia que parece flor de cebolinha, é particularmente maravilhosa. A de Ôharano. A de Kasuga é também magnífica.[378]

Em Hirano, havia uma construção em desuso, perguntei para que servia ela e fiquei também maravilhada ao saber que se tratava do abrigo para o palanquim imperial. O colorido das folhas em profundo vermelho e carmesim que cobriam as cercas do santuário lembrou-me um verso de Tsurayuki: "Mas não verá o outono", e quando a carruagem parou, permaneci longo tempo em contemplação.[379]

A divindade de Mikomori também é admirável. A de Kamo, ainda mais. A de Inari.[380]

---

[378] Juntamente com o Santuário Kamo, Matsunoo é um dos mais antigos de Quioto. Yahata refere o Santuário Iwashimizu Hachimangû localizado na Província de Yamashiro (atual Quioto) que, juntamente com o Kamo, é famoso pelas festividades anuais. O Imperador Ôjin (século III) é a divindade cultuada no Santuário Iwashimizu Hachiman. Ôharano é local para onde se transferiu o Santuário Kasuga, por ocasião da mudança da Capital Heijôkyô (atual Nara) para Heiankyô (atual Quioto). Kasuga é santuário onde se cultua os ancestrais do clã Fujiwara.

[379] Hirano localiza-se na Província de Yamashiro (atual Quioto). A citação refere um poema de Kino Tsurayuki da coletânea *Kokin Wakashû*, tomo "Outono II": "Trepadeira *kuzu*/ Cobre com todo vigor/ A cerca divina/ Mas não verá o outono/ Pois também fenecerá" (*chihayaburu/ kamino igakini/ hau kuzumo/ akiniwa aezu/ utsuroinikeri*).

[380] Mikomori é o Santuário Mikumari na Província de Yamato (atual Nara). O Santuário de Inari encontra-se na Província de Yamashiro, onde se cultua a divindade relacionada à farta colheita.

269

Quanto a promontórios
崎は

Quanto a promontórios, o de Karasaki. Mihogasaki.[381]

---

[381] Ambos os promontórios encontram-se na Província de Ômi (atual Shiga).

270

Quanto a cabanas
屋は

Quanto a cabanas, a de sapé. A de Azuma.[382]

---

[382] Trata-se de cabana rústica simplesmente coberta de palha e sem o uso da viga da cumeeira.

271

O anúncio das horas do período noturno
時奏する

O anúncio das horas do período noturno é muito empolgante. Nas noites muito frias, há ocasiões em que ouço o arrastar seco dos calçados do encarregado que se aproxima, faz soar a corda do seu arco, anuncia ao longe o seu nome e as horas: "Fulano de tal, Terceira meia-hora do boi, duas e meia da madrugada", "Fulano de tal, Quarta meia-hora do rato, meia noite e meia", e finca o pino na tabuleta das horas. São sons que me causam imenso prazer. As pessoas do povo contam: "Rato-nove", "Boi-oito". No Palácio Imperial, entretanto, a qualquer hora, as estacas são fincadas somente a cada meia hora.[383]

---

[383] O anúncio das horas era realizado a cada *koku* (aproximadamente trinta minutos) pelos funcionários dos Postos da Guarda. Os da Esquerda encarregavam-se das primeiras quatro horas (a partir das nove horas da noite) e os da Direita, das outras quatro horas (a partir da uma hora da madrugada). Era fincado, no horário correspondente, um pino na "placa de horário" (*tokino fuda*). As horas eram anunciadas através das batidas do tambor: rato/cavalo, nove batidas; boi/carneiro, oito batidas; cobra/javali, quatro batidas. Assim, era comum que o povo associasse o horário ao nome do animal com o número de batidas do tambor (rato-nove, boi-oito). No Palácio Imperial, cada uma das doze parcelas é dividida em quatro *koku* (aproximadamente a cada meia hora), e os pinos fincados a cada *koku*. Assim, segundo esta contagem, haveria, no máximo, rato-quatro, e não, rato-nove como no caso do bater dos tambores.

272

No meio de um agradável dia ensolarado
日のうらうらとある昼つかた

No meio de um agradável dia ensolarado, ou a altas horas, talvez perto da meia-noite, quando se acredita que Sua Majestade o Imperador já tenha adormecido, é maravilhoso que ele comece a chamar: "Homens!". Ouvir o som da sua venerável flauta no meio da noite também é esplêndido.[384]

---

[384] Os homens são os Secretários Particulares do Imperador Ichijô, grande apreciador e praticante da flauta.

O Médio-Capitão Narinobu
成信の中将は

O Médio-Capitão Narinobu, filho do monge leigo e Ministro de Assuntos Militares, possui feições belíssimas e um caráter admirável. Senti imensa pena, pois fora obrigado a se separar da filha de Kanesuke que acompanhou o pai quando este foi nomeado Administrador de Iyo.[385] Tendo sido a partida de madrugada, ele deve tê-la visitado durante a noite, e posso imaginá-lo com seus trajes palacianos informais retirando-se sob o luar da madrugada...

Ele vinha sempre aos nossos aposentos para conversar e, se achasse necessário, criticava as pessoas até abertamente. Havia uma dama que realizava as abstinências rigorosamente e cujo nome de família tinha relação com o objeto que se coloca sobre um suporte auspicioso e é usado para mexer os alimentos,[386] e embora passasse a ser chamada Taira depois de adotada, seu antigo nome continuava sendo motivo de chacota por parte das jovens damas. Ela não era particularmente atraente. Estava também longe de ser prestativa, mas, juntando-se às demais damas, agia naturalmente como uma delas. O círculo de Sua Consorte tecia comentários do tipo: "Que inconveniente!", mas mesmo assim, seriam as damas tão maldosas?, não havia quem a advertisse diretamente.

No aposento construído no Palácio Ichijô, não permitíamos a aproximação de pessoas indesejáveis. Era um pequeno e charmoso aposento voltado diretamente para o Portal Leste, onde eu costumava passar noite e dia na companhia de Shikibuno Omoto, recebendo também

---

[385] Minamotono Narinobu era filho do Príncipe Munehira e neto do Imperador Murakami. Iyo é a atual Província de Ehime.

[386] Trecho de difícil interpretação devido ao estado do original. A versão mais aceita refere os palitos utilizados para se comer. O sobrenome em questão seria Haji em alusão a *hashi*, "palito".

frequentemente a visita de Sua Majestade. Certa noite, decidimos dormir nos fundos e ambas nos deitamos na galeria sul, quando alguém começou a me chamar insistentemente. Mesmo incomodadas, continuamos deitadas, mas a pessoa passou a me chamar de forma ainda mais ruidosa, razão pela qual Sua Consorte ordenou: "Acordem-na. Deve estar fingindo". Então, Hyôbu, a dama filha de Kanesuke, veio tentar nos acordar, mas como parecíamos dormir profundamente, foi avisar o visitante: "Não consigo acordá-las de jeito nenhum", e, aproveitando a ocasião, sentou-se para conversar.

Achei que seria rápido, mas a noite avançou sem que ela voltasse. Devia ser o Médio-Capitão Provisional Narinobu. Nós nos perguntávamos o que tanto tinham para conversar, sentados daquele jeito, e eles nem podiam imaginar que ríamos deles às escondidas. Conversaram até o amanhecer e ele retirou-se. Enquanto ríamos e comentávamos: "Que senhor desagradável! Se ele aparecer aqui de novo, não lhe darei nenhuma atenção. O que tanto teriam conversado até o amanhecer?", a referida dama apareceu, abrindo a porta corrediça.

Na manhã seguinte, estando na galeria como de costume, ouvi alguém comentar: "Muito me comove quando alguém me visita debaixo de chuva torrencial. Mesmo sofrendo por suas esparsas visitas, ao vê-lo chegar todo molhado de chuva, esqueço-me de todos os ressentimentos". Por que estaria dizendo tal coisa? Se alguém nos visita desse modo, noite após noite, e não deixa de vir, mesmo sob uma chuva torrencial, nesse caso, sim, deveríamos nos sentir comovidas, pensando que o amado não deseja ficar longe sequer uma noite. Por outro lado, se alguém que raramente nos visita, nem nos dá qualquer satisfação, aparece justamente numa noite chuvosa, isso não significa que ele tenha uma consideração irrefutável. Seria porque cada pessoa pensa de forma diferente? No caso de um homem que, mesmo íntimo de uma dama experiente, com discernimento e sensibilidade, não a visita com frequência, pois tem muitas outras, além de uma esposa, não seria artimanha aparecer para encontrá-la, justo num dia chuvoso como aquele, a fim de espalhar a todos o seu esforço, procurando assim se gabar? De qualquer forma, creio que ele não se daria ao trabalho de visitá-la, mesmo que formalmente, se não tivesse nenhum interesse na dama.

No entanto, simplesmente não suporto os dias de chuva que em nada lembram o céu límpido dos dias anteriores, fico irritada e nem mesmo consigo sentir que lugar maravilhoso é o aposento Hosodono. Estando numa casa simples, então, não vejo a hora de a chuva cessar. Nada é atraente, nada me comove.

Já as claras noites de luar, estas dissipam nossas dúvidas quanto ao que passou ou ao que virá, iluminam nossa alma e tudo se torna incomparavelmente maravilhoso e comovente. O homem que faz visitas em noite de luar, seja depois de dez, vinte dias, seja depois de um mês ou ainda um ano, ou até após sete, oito anos, se o faz levado pelas lembranças do passado, deixa-nos extremamente comovidas, e mesmo que nos encontremos num local inapropriado ou numa situação inconveniente, certamente não o deixaríamos partir sem antes termos uma rápida conversa ou, ainda, acabaríamos por retê-lo, caso lhe fosse possível o pernoite.

Haveria uma ocasião melhor do que uma noite enluarada para voltarmos a um tempo remoto e recordarmos as lembranças desagradáveis, alegres ou prazerosas do passado como se fossem acontecimentos do presente? O enredo das *Narrativas de Komano*[387] não apresenta grande interesse, a linguagem é antiquada, não possui muitos trechos notáveis, mas acho comovente que o homem, levado a relembrar o passado diante da presença da lua, retire um leque de verão carcomido pelas traças e visite uma dama, dizendo: "Só ao cavalo de outrora".[388]

Não sei se por considerar a chuva insípida, não consigo suportá-la um instante sequer. É deplorável que uma simples chuva apague o brilho de uma majestosa cerimônia palaciana, um prazeroso encontro musical ou um solene ritual religioso. O que haveria, então, de louvável em alguém aparecer queixoso debaixo de chuva?

Admiro o Baixo-Capitão Ochikubo que fez críticas ao Baixo-Capitão Katano. Admiro-o principalmente pelo fato de ter feito sua visita amorosa também na chuvosa véspera e na antevéspera.[389] Não me agra-

---

[387] A obra é citada no texto 198.

[388] Referência a um poema das antologias *Kokin Rokujô*, tomo 1 e *Gosen Wakashû*, tomo 1 "Outono": "Ao entardecer/ Perdi o rumo a seguir/ À terra natal/ Só ao cavalo de outrora/ Meu retorno confiei" (*yûyamiwa/ michimo mienedo/ furusatowa/ moto koshi komani/ makasetezo kuru*).

[389] Protagonistas, respectivamente, de *Narrativas de Ochikubo* (*Ochikubo Monogatari*, século X) e *O Baixo-Capitão Katano* (*Katanono Shôshô*), citadas no texto

da, porém, a passagem em que ele lava os pés. É nojenta. Já a visita numa noite agitada, com ventania, deve ser reconfortante e bem-vinda.

Noites de neve são esplêndidas. Uma visita sigilosa que chega murmurando como para si próprio: "Como te esquecer?"[390] é naturalmente empolgante. Em casos não tão secretos, nem é preciso dizer sobre a beleza dos trajes palacianos, e quão magníficos são as túnicas formais masculinas verdes de uso exclusivo dos Secretários Particulares do Imperador, bastante gélidos e úmidos. Até mesmo a túnica formal verde dos nobres do Sexto Grau não seria tão desagradável, se úmida de neve. Conta-se que, antigamente, os Secretários sempre usavam as suas exclusivas túnicas formais verdes até em suas visitas noturnas às damas, e simplesmente as torciam, se encharcadas de chuva. Parece que hoje os Secretários dispensam-nas até mesmo durante o dia. Fazem suas visitas simplesmente enfiados em túnicas formais verdes de nobres do Sexto Grau. As usadas pelos Guardas Palacianos é que são extremamente charmosas... Pode acontecer de pessoas desistirem de suas visitas em noites de chuva, depois de ouvirem minha opinião.

É fascinante ver, numa noite enluarada, uma dama a ler num papel vermelho brilhante, iluminado pelo luar que adentra na galeria: "Já não seja a mesma".[391] Uma cena rara numa noite chuvosa, não?

---

198. Existe uma passagem na primeira obra em que o Baixo-Capitão Ochikubo faz críticas a uma das personagens que estaria fazendo alusão ao Baixo-Capitão Katano. Sei Shônagon refere-se, provavelmente, ao episódio em que o Baixo-Capitão Ochikubo visita a dama Ochikubo debaixo de forte chuva por três noites seguidas para concretizar seu matrimônio.

[390] Referência a um poema da antologia *Kokin Rokujô*, tomo 4: "Até minha vida/ Não chegar ao seu limite/ Como te esquecer?/ Não, pois com o passar dos dias/ Mais e mais em ti penso eu" (*waga inochi/ ikeran kagiri/ wasuremeya/ iya higotoniwa/ omoimasutomo*).

[391] Alusão ao poema de Minamotono Nobuaki inserido em *Shûi Wakashû*, tomo 3 "Amor": "Mesmo que a saudade/ Nesses nossos corações/ Já não seja a mesma/ Este luar desta noite/ Tu estarias contemplando?" (*koishisawa/ onaji kokoroni/ arazutomo/ koyoino tsukio/ kimi mizarameya*).

274

Um amante que sempre lhe enviava o poema
つねに文をこする人の

Um amante que sempre lhe enviava o poema da manhã seguinte disse-lhe na despedida: "Como foi que aconteceu? Agora, já não temos mais nada a nos dizer". Na manhã seguinte, não encontrando nenhuma carta trazida pelo mensageiro que deveria já estar à sua espera na porta, ela passa o dia triste, a se dizer: "Realmente, ele está decidido".

No segundo dia, chovia muito, e como não havia notícias até de tarde, pensou: "Desta vez, realmente terminamos". Ao entardecer, estava sentada num canto da varanda quando um mensageiro com guarda-chuva trouxe-lhe uma carta, a qual abriu mais rápido do que de costume, e nela estava escrito somente: "As águas muito se adensam...",[392] o que lhe foi mais prazeroso do que receber muitos e muitos poemas.

---

[392] Alusão ao poema da coletânea *Gosen Wakashû*, tomo 1 "Outono", de Minamotono Nakamasa: "Caem muitas chuvas/ As águas muito se adensam/ Ah, a Via Láctea!/ Separados por distância/ Ordena que nos amemos?" (*ame furite/ mizu masarikeri/ Amanogawa/ koyoiwa yosoni/ koimutoya mishi*).

275

Naquela manhã, nem parecia que o tempo
今朝はさしも見えざりつる空の

Naquela manhã, nem parecia que o tempo ficaria instável, mas o céu se encobriu de nuvens pesadas e a neve começou a cair e escureceu tudo à volta. Muito preocupada, mal percebera o quanto caíra e a neve branca já se acumulara, e ainda continuava, quando fiquei encantada ao ver uma figura esbelta, que parecia um Guarda de Escolta munido de guarda-chuva a entrar pela porta do muro lateral. Vinha para entregar uma carta em papel bem branco de Michinoku, ou em papel *shikishi* branco dobrado em forma de nó, sobre o qual o traçado de pincel que a selava apresentava falhas nas extremidades, como se a tinta tivesse congelado. Ao desatá-la, vi que o papel estava dobrado em finas tiras e nas ondulações dessas muitas dobras havia traços do mais intenso negror aos mais claros que preenchiam frente e verso com espaçamento reduzido entre as linhas. Foi encantador ver uma dama ler e reler detidamente a carta, e imaginar o seu conteúdo. Aguçou ainda mais a minha curiosidade quando ela esboçou um sorriso, mas, aos olhos de quem se encontrava afastada, os traços negros apenas permitiam imaginar que trecho estaria lendo.

É realmente encantadora a figura de uma dama de belas feições, com longos cabelos frontais que, ao receber uma carta, ansiosa demais para esperar acenderem a lamparina, pega com uma tenaz um carvão aceso do braseiro portátil e se põe a ler com muita dificuldade.

Coisas que são esplendorosas
きらきらしき物

Coisas que são esplendorosas. O Capitão-Mor que serve de batedor para o Imperador. A recitação do sutra sagrado e o ritual esotérico de Kuza. Também o ritual das Cinco Grandes Divindades. A cerimônia religiosa para a proteção do país.[393]

O Secretário Terceiro Oficial do Cerimonial, a desfilar solenemente o cavalo branco pelo amplo jardim do Palácio Imperial no ritual do Aouma. O Capitão-Assistente da Guarda do Portal do Palácio Imperial ordenar que rasguem trajes estampados, proibidos nesse dia. O ritual esotérico à constelação Ursa Maior. As recitações de sutras sazonais. A recitação do sutra *Shijôkô*.[394]

---

[393] O sutra Kuza (*Butsumo Daikuza Myôô*) era recitado para prevenção de acidentes e doenças e para rogar chuva. As cinco divindades poderosas do budismo esotérico (Godaison ou Godai Myôô) têm no centro Fudô Myôô cercado de Gôsanze, Gundari, Daiitoku e Kongôyasha. A proteção do país se dá em cerimônia chamada *gosaie*, em que é recitado na Corte o sutra Konkômyô Saishôô, entre o oitavo e o décimo quarto dia do primeiro mês do ano.

[394] Conforme já aparece no texto 2, o ritual do Aouma é executado para proporcionar saúde e proteção durante o ano, no sétimo dia do primeiro mês do ano. Quanto aos sutras sazonais, vide texto 149. O sutra *Shijôkô Daiitoku Shôsai Kisshô Darani* é recitado em busca de proteção às catástrofes e infortúnios.

Quando os trovões não param de ribombar
神のいたうなるおりに

    Quando os trovões não param de ribombar é realmente temeroso ficar a postos como vigia. Compadeço-me muito dos Capitães-Mores da Direita e da Esquerda, dos Médios e Baixos-Capitães que ficam de guarda junto às janelas de treliça da galeria anexa para proteger o Imperador. Quando cessam as trovoadas, o Capitão-Mor ordena: "Retirai-vos!".

O biombo de Kongenroku, sim
坤元録の御屏風こそ

    O biombo de Kongenroku, sim, suscita admiração. O biombo com a temática inspirada na dinastia Han Anterior é famoso por seus temas heroicos. É igualmente fascinante o biombo dos meses.[395]

---

    [395] Há referências de que no ano 949, o então Imperador Murakami ordenou a confecção de biombo de oito folhas inspirado no livro chinês *Kongenroku* que registra a geografia da China. O biombo que trata dos feitos históricos da dinastia Han Anterior ou Han Ocidental (206 a.C.-9 d.C.) era também composto de pintura, poemas e caligrafia. O biombo dos meses, com doze folhas respectivas, representa as quatro estações.

Após desviar o percurso para evitar a má sorte
節分違へなどして

Após desviar o percurso para evitar a má sorte da noite anterior ao primeiro dia da primavera, retornar tarde da noite com muito esforço, batendo sem parar o queixo por causa do insuportável frio é muito agradável. Ao nos aproximarmos do braseiro portátil arredondado e remexermos as cinzas finas é realmente maravilhoso encontrar um carvão grande em brasa, perfeito, sem nenhum ponto enegrecido.

Por outro lado, é muito desagradável que, quando estamos sentadas, envolvidas a conversar e alheias ao fogo que iria se apagar, alguém reponha mais carvão e reavive a brasa. É bom, porém, quando deixam os carvões novos ao redor da brasa. Inaceitável mesmo é quando alguém espalha as brasas para os lados, faz outro monte de carvão e põe o fogo no topo.

280

A neve havia se acumulado bem alto
雪のいとたかう降たるを

    A neve havia se acumulado bem alto e, excepcionalmente, a janela de treliça estava abaixada; acendemos o braseiro quadrado e conversávamos reunidas, quando Sua Consorte Imperial dirigiu-me a palavra: "Dama Shônagon, como estaria a neve do pico Kôro?". Mandei subir a janela de treliça e pus-me a enrolar para o alto a persiana, o que fez Sua Consorte sorrir. As damas também reconheceram a alusão, pois já a haviam utilizado em seus poemas, e disseram: "Nem tínhamos percebido que a situação do poema era a mesma. De fato, Sei Shônagon realmente faz jus a servir nesta Corte".[396]

---

    [396] Referência ao famoso poema chinês da coletânea *Hakushi Monjû*, tomo 16. Em versão livre: "O dia já raiou/ Satisfação de bem dormir/ Agasalhado, não sinto o frio/ Escuto deitado os sinos do Templo Iai/ Para ver a neve do pico Kôro/ Levanto as persianas". Também está compilado na coletânea poética *Wakan Rôeishû*.

281

O menino que acompanha o Mestre de Yin Yang
陰陽師のもとなる小童

    O menino que acompanha o Mestre de Yin Yang, sim, é muito esperto. Quando saem para um ritual de purificação, enquanto as preces são entoadas e as pessoas apenas escutam, antes mesmo de lhe ser dito: "Derramai um pouco de saquê, de água...", agilmente tudo ajeita com ar de conhecedor, não é necessária uma mínima palavra de seu amo, o que é invejável. Gostaria de ter a meu serviço alguém tão esperto assim, pensei.

282

Por volta do terceiro mês
三月ばかり

    Por volta do terceiro mês do ano, fui à residência de uma pessoa para uma hospedagem temporária durante a Reclusão e vi uma árvore em meio a outras que não tinha nenhuma qualidade especial. Disseram-me ser um salgueiro-chorão. Mas ele não tinha a elegância costumeira e, além disso, suas folhas largas demais eram desagradáveis. Afirmei que não poderia ser, mas responderam-me que também existia tal variedade, o que me levou a assim compor:

> Que hospedagem é esta?
> A face primaveril
> Maculada está
> Por sobrancelhas grosseiras
> De vil salgueiro-chorão[397]

    Na mesma época, saindo do Palácio Imperial, estive em outra residência para também passar um período de Reclusão, e já na metade do segundo dia estava extremamente entediada. Justamente quando desejava retornar de imediato à Corte, recebi uma mensagem de Sua Consorte Imperial, que li com imenso prazer. No papel verde-claro, ela mandara a dama Saishô copiar, numa caligrafia muito elegante:

---

[397] A autora utiliza o recurso estilístico *engo*, baseado numa relação semântica por associação, como em "sobrancelha" e "face": as folhas de salgueiro-chorão, expressas como *yanagino mayu*, literalmente "sobrancelhas de salgueiro-chorão", por serem largas demais tornam deselegante a face da primavera (*haruno omote*). No original: *sakashirani/ yanagino mayuno/ hirogorite/ haruno omoteo/ fusuru yadokana.*

Como vivia eu
Antes da vossa chegada
Neste meu Palácio?
Muito sofro em suportar
Vossa ausência de ontem e hoje[398]

E em particular, Saishô acrescentou: "Hoje, sinto como se já mil anos tivessem passado, retornai rápido antes do amanhecer". As palavras da dama Saishô já me emocionaram, mas honra maior foi receber a preciosa mensagem de Sua Consorte. Escrevi, então:

Os dias de primavera
Por aqui contemplo
Tédio vagueando...
Como não os suportais
Em celestial Palácio?[399]

E dirigi em particular a Saishô as palavras: "Ainda nesta noite, tornar-me-ei eu provavelmente o Baixo-Capitão".[400] E retornei de madrugada, quando a Sua Consorte me disse: "Foi desagradável o verso 'Como não os suportais' de sua resposta de ontem. Foi muito criticado", o que me deixou desconsolada, mas tive de dar-lhe total razão.

---

[398] A troca de poemas como este, de teor amoroso romântico, também era feita entre damas. No original: *ikanishite/ sugini shikatao/ sugushiken/ kurashi wazurau/ kinô kyô kana.*

[399] O celestial Palácio é indicado literalmente como "vida sobre nuvens" (os nobres eram apodados "seres que habitam os céus", "seres celestiais"). No original: *kumono uemo/ kurashi kanekeru/ haruno hio/ tokorokara tomo/ nagametsukana.*

[400] Trata-se de uma referência ao episódio em que o Baixo-Capitão Fukakusa havia prometido visitar por cem noites seguidas a bela dama e poeta Onono Komachi, mas não conseguiu cumprir a sua promessa, por ter falecido depois da nonagésima nona noite. Da mesma forma, Sei Shônagon não concluiria o tempo de sua Reclusão.

283

No vigésimo quarto dia do último mês do ano
十二月廿四日

　　No vigésimo quarto dia do último mês do ano, quem ouviu o monge oficiar da segunda meia-hora do rato até primeira meia-hora do boi, das onze e meia da noite até a uma da madrugada, a segunda noite das Recitações dos Nomes de Buda promovida pela Consorte Imperial, deve ter saído bem depois da meia-noite.
　　A neve que caía havia alguns dias cessara, o vento soprava forte e muitos sincelos pendiam do telhado. No chão, predominavam manchas brancas, e os telhados eram de uma alvura só, e mesmo os das casas humildes ocultavam sua aparência sob a neve e reluziam, iluminados pela lua imaculada do amanhecer. Tudo estava esplendoroso. Como que cobertos de prata, os sincelos assemelhavam-se a cascatas de cristal, longos e curtos, parecendo terem sido pendurados de propósito. Sua beleza magnífica era indescritível. Além disso, na carruagem, sem a persiana interna e com a externa enrolada até o alto, o luar alcançava o interior e fazia exibir trajes femininos de cores lilás, branca, rosada e outras, em sete ou oito camadas sobre as quais se destacava o elegante brilho da jaqueta chinesa formal de cor roxo escuro bem vívido. O luar também revelava, ao lado, pantalonas presas nos tornozelos de tecido de padrão sem relevo roxo claro avermelhado e várias vestes brancas que deixavam à mostra as barras de quimono de cores amarelo-ouro, carmesim e outros tons, e como o alvíssimo cordão da gola da túnica do traje palaciano estava desatado, as vestes de baixo estavam completamente expostas. Uma das pernas das pantalonas encontrava-se apoiada sobre o degrau da carruagem em elegância tal que certamente impressionaria as pessoas que passassem pelo caminho.
　　Era encantador como, incomodada pela claridade da lua, a dama se esgueirava para o fundo da carruagem, mas o nobre cavalheiro puxava-a sempre de volta, expondo-a e deixando-a constrangida. Era

muito prazeroso ouvi-lo recitar inúmeras vezes o poema: "No frio intenso/ O gelo impiedoso tudo cobre".[401] Ah, como eu gostaria de passar a noite toda naquela carruagem..., mas foi uma pena o trajeto ter sido tão curto.

---

[401] Poema chinês do século IX de Kung Ch'eng-i inserido na antologia *Wakan Rôeishû*, "Décima quinta noite". Em versão livre: "No frio intenso/ O gelo impiedoso tudo cobre/ A lua cobre todo o reino de Ch'in/ E ilumina de grãos prateados/ Os trinta e seis palácios de Han".

284

As damas que servem no Palácio Imperial
宮づかへする人々の

    As damas que servem no Palácio Imperial, quando se encontram por ocasião da volta a seus lares, cada qual começa a louvar os seus senhores, e para o proprietário da residência onde se encontram, é deveras interessante ouvir o que relatam entre si sobre os outros que lá servem, ou sobre as aparências dos nobres. É desejável que tal residência seja ampla e bela, e que todos recebam suas próprias acomodações, a começar pelos seus parentes, é claro, mas também para os mais íntimos e especialmente para as damas que servem no Palácio Imperial.
    Nessas ocasiões, elas se reuniriam num aposento e ficariam a contar histórias, a comentar sobre os poemas recitados por alguém, e até apreciariam juntas uma carta que alguma dama recebera e trazia consigo, ajudando a escrever a resposta, ou, no caso de uma visita de cavalheiro com quem tivessem alguma intimidade, adornariam bem o aposento para recebê-lo. Mesmo que ele não pudesse ir embora por causa da chuva, tratariam de entretê-lo e, quando chegasse a hora de uma das damas retornar ao Palácio Imperial, cuidariam de seus preparativos e a acompanhariam até que fosse embora, toda satisfeita.
    Seria excessiva a minha curiosidade de querer saber como são as atitudes cotidianas dos nobres?

285

Coisas que incitam à imitação
見ならひする物

Coisas que incitam à imitação. Bocejo. Criancinhas.

Coisas que exigem atenção constante
うちとくまじき物

Coisas que exigem atenção constante. Pessoas insignificantes, embora elas pareçam ser mais diretas do que as que são ditas de boa posição.

Travessias de barco. Num dia tépido e agradável, quando a superfície do mar estava muito tranquila, semelhante a um tecido de seda batida verde-claro, estendido, e sem o menor sinal de perigo, era uma cena muito aprazível uma moça vestida de quimono com forro *akome* e pantalonas, acompanhada de um jovem que parecia ser um servidor manejando um objeto, que creio chamar-se "remo", a entoar muitas canções. O jovem estava desejando mostrar tal cena para algum nobre, mas, quando o vento começou a soprar forte, e o mar foi ficando cada vez mais violento, ele começou a remar desesperadamente em busca de algum lugar para atracar e, enquanto isso, as ondas já cobriam o barco, tornando impossível crer que aquele fosse o mesmo mar tão pacífico de antes.

Pensando bem, é extremamente perigoso para as pessoas que se locomovem sempre de barco. Mesmo que o mar não seja muito profundo, não se deveria subir naquela coisa tão frágil e pouco confiável e remar até a outra margem! E ainda mais, se for um mar cuja profundidade se desconheça e que pareça ter mil braçadas... Com muita carga empilhada, a linha da água já chegava a apenas dois palmos da borda do casco e os barqueiros, sem o mínimo receio, andavam e corriam, e, embora eu me preocupasse: "Se agirem assim, de modo descuidado, vamos acabar afundando!", eles jogavam ruidosamente cinco ou seis toras de pinheiros de cerca de sessenta a noventa centímetros para dentro do barco.

Manejavam os remos, posicionados nas laterais da popa do barco guarnecido de cabine. Assim fazendo, a pessoa no interior se sentia mais segura. Os que ficavam de pé nas extremidades é que deviam sentir aflição. As cordas conhecidas como *hayao*, que prendiam os remos, pareciam tão frágeis! Se arrebentassem, o que será que aconteceria? Será que não acabariam por cair no mar? E, mesmo assim, as cordas não eram reforçadas!

O barco em que eu viajava era belamente construído e quando abríamos as portas duplas e subíamos as janelas de treliça, não tínhamos a sensação de estar assim ao mesmo nível da água e, sim, que estávamos, de fato, numa pequenina casa. Entretanto, causava muita apreensão observar as pequenas embarcações. Na verdade, os que estavam ao longe eram idênticos às folhas de bambuzinho *sasa*, espalhadas a esmo. Por outro lado, foi muito encantador ver os lumes acesos em cada um dos barcos ancorados no porto.

Havia os que iam remando o que chamam de "barcaças", que eram minúsculas. De manhã cedo, por exemplo, era uma cena muito comovente. Os "rastros dessas ondas brancas" eram exatamente como diz o poema,[402] e logo desapareciam. Acho mesmo que pessoas de certa posição não deveriam se locomover de barco. Sem dúvida, viajar a pé por estradas também é perigoso, mas pelo menos é mais seguro, muito mais, em terra firme.

Se já acho mesmo que o mar em si é muito perigoso, ainda mais horrível me parece o trabalho das mergulhadoras que coletam ostras ou algas. Se as cordas que são presas às suas cinturas se rompessem, o que lhes aconteceria? Ainda se fossem homens a executar a tarefa, seria melhor, mas não deve ser nada fácil para as mulheres. Os homens permanecem a bordo entoando suas canções e acompanham o movimento das cordas de casca de amoreira agreste que ficam flutuando na superfície do mar, presas às cinturas das mergulhadoras. Será que não acham perigoso? Ou será que não se preocupam com elas? Parece que, quando elas querem subir, puxam as cordas. É lógico que eles se apressam em puxar a corda para dentro do barco. Só de ver a falta de fôlego com que

---

[402] Alusão a um poema do monge Mansei, coletado em *Shûi Wakashû*: "A que comparar/ Este mundo transitório?/ Névoa da manhã/ Rastros dessas ondas brancas/ De um barco que se vai longe..." (*yono nakao/ nanini tatoemu/ asa borake/ kogiyuku funeno/ atono shiranami*).

elas saem da água e agarram as beiradas do barco derramando seus sais é de encher de lágrimas os olhos de qualquer um. É terrivelmente impiedosa a atitude de homens que, após fazerem as mulheres mergulharem, permanecem na superfície a flutuar no interior de seus barcos.

Certo Tenente da Direita da Guarda do Portal do Palácio Imperial
右衛門の尉なりけるものの

Certo Tenente da Direita da Guarda do Portal do Palácio Imperial tinha um pai imprestável, que o enchia de vergonha frente aos demais. Era tamanho o seu sofrimento que, dizem, quando estavam voltando da Província de Iyo para a Capital, ele o atirou ao mar. Todos ficaram completamente atônitos com a constatação de que nada há de mais terrível do que o coração dos homens e, quando observaram aquele Tenente apressando-se para o serviço memorial no Dia dos Mortos, no décimo quinto dia do sétimo mês, foi admirável o poema recitado pelo eminente monge Dômei:

> Comovente é ver
> Este homem a oferecer
> Orações pela alma
> Do pai por ele empurrado
> Ao deus do profundo mar![403]

---

[403] Monge da vertente Tendai, Dômei era filho de Fujiwarano Michitsuna e, portanto, irmão mais novo de Teishi. Era considerado um exímio poeta. Seu poema pode ser irônico ou piedoso dependendo da interpretação. No original: *watatsu umini/ oya oshiirete/ kono nushino/ bonsuru miruzo/ aware narikeru*.

A mãe do senhor de Ohara
小原の殿の御母上と

A mãe do senhor de Ohara foi ao Templo Fumon para ouvir os *Oito Sermões do Sutra da Flor de Lótus*, e como, na manhã seguinte, reuniram-se incontáveis pessoas na Residência Ono, passaram a entreter-se com a música de cordas e a composição de poemas, quando ela recitou de modo maravilhoso:

> Cortamos a lenha
> Ouvimos os sermões de Lótus
> Ontem findou tudo
> O cabo deste machado
> Que apodreça aqui em Ono!

Esta também é uma das histórias que parecem ser muito contadas por aí.[404]

---

[404] O poema é de uma escritora conhecida como Mãe de Michitsuna (Michitsunano Haha), mas desconhece-se a relação entre esta e o "senhor de Ohara", como se afirmou na versão Maeda da obra. A Mãe de Michitsuna é célebre pela obra *Diário da Libélula* (*Kagerô Nikki*, 954-74), na qual recorda a relação infeliz com seu marido, Fujiwarano Kaneie. O poema a ela atribuído está compilado em *Shûi Wakashû*: takigi koru/ kotowa kinôni/ tsukini shio/ iza ononoewa/ kokoni kutasan. "Cortar lenha" (*takigi koru*) refere passagem em que Buda realiza a ação para servir a um imortal das montanhas e, assim, dele ouvir as palestras das *Oito Instruções da Flor de Lótus*. "Machado" (vide texto 71), *ono*, é homófono do nome da residência, além de poder ser lido também como Ohara. O cabo "podre" refere uma antiga lenda da China em que um garoto que servia a um imortal das montanhas teve o cabo de seu machado apodrecido enquanto se entretinha num jogo de *go* e todos os seus contemporâneos já haviam morrido.

289

Ah, a carta que o Médio-Capitão Narihira recebeu
又、業平の中将のもとに

    Ah, a carta que o Médio-Capitão Narihira recebeu de sua mãe, filha do Imperador, que dizia: "Nesses tempos, mais e mais" é encantadora e muito enternecedora. Até posso imaginar a emoção do momento em que ele a abriu e leu.[405]

---

    [405] Ariwarano Narihira, poeta representativo do início do período Heian, em 877, era Médio-Capitão da Direita. A cena é descrita em *Narrativas de Ise*, quando Narihira, não tendo visitado a mãe por certo tempo, dela recebe o poema, que consta na coletânea *Kokin Wakashû*, tomo "Miscelânea": "A idade avançando/ Vem a despedida última/ Ninguém sabe quando/ Nesses tempos, mais e mais/ Ver-te quero, filho meu!" (*oinureba/ saranu wakaremo/ arito ieba/ iyo iyo mimaku/ hoshiki kimikana*).

290

Dói-me o coração quando presencio
おかしと思歌を

Dói-me o coração quando presencio uma pessoa insignificante a recitar de modo displicente um poema maravilhoso que havíamos registrado especialmente numa brochura.

Se um homem respeitável
よろしき男を

    Se um homem respeitável é elogiado por uma mulher medíocre que diz: "Oh, sois muito atencioso!", logo ele perde todo o seu prestígio. Se ela fala mal dele, até que é bom. Ser elogiado por gente medíocre, mesmo para uma dama, é muito ruim. Além disso, pois não é que enquanto elogiam, cometem erros e acabam dando a entender o contrário?

292

Os Tenentes da Direita e da Esquerda da Guarda do Portal
左右の衛門の尉を

 Os Tenentes da Direita e da Esquerda da Guarda do Portal foram apelidados de "Oficiais de Polícia", de tão terrivelmente temidos e reverenciados que eram. É muito deplorável como, estando de vigília noturna, entram até no aposento Hosodono das damas. É completamente inapropriado pôr-se a dormir, após pendurar suas pantalonas de tecido branco sobre o cortinado e enrolar as longas barras das túnicas formais masculinas em espaços tão exíguos, embora eu tenha de admitir que seja bom vê-los a vagar, com as barras das vestes enroscadas nas pontas de suas espadas.

 Se tornassem um hábito vestir sempre a cor verde dos Secretários do Sexto Grau, quão elegantes não seriam! Quem teria recitado o poema: "o amanhecer que um dia contemplei"?[406]

---

[406] Alusão a poema desconhecido.

O Alto-Conselheiro Fujiwarano Korechika veio prestar visita
大納言殿まいり給て

O Alto-Conselheiro Fujiwarano Korechika veio prestar visita ao Palácio Imperial, e enquanto instruía o Imperador nos poemas chineses,[407] a noite avançou, como sempre, e as damas que estavam a serviço, uma a uma, ou duas a duas, foram se retirando e se escondendo para se deitar por trás de cortinados ou biombos, e eu fiquei só, tentando controlar o sono que me dominava, até que se ouviu o anúncio: "É a quarta meia-hora do boi: duas e meia da madrugada!". Quando balbuciei: "Hum... parece que vai amanhecer...", o Alto-Conselheiro logo disse: "Numa hora dessas, sequer penseis em repousar!", dando a entender não ter nenhuma intenção de se retirar, e percebi então a indelicadeza em que eu havia incorrido, mas, pensando bem, se houvesse ali outras damas, eu bem poderia me esgueirar e dormir...

O Imperador Ichijô apoiava-se numa coluna e dormitava de leve, quando disse Korechika à Sua Consorte Imperial: "Tende a gentileza de observar esta cena. Embora já esteja amanhecendo, como é que Sua Alteza consegue dormir assim?", ao que ela aquiesceu: "É verdade..." e, mesmo não disfarçando seu riso para não ser ouvida, Sua Majestade continuava alheia. Enquanto isso, uma menina serviçal entrou com um galo nas mãos dizendo: "Amanhã, quero levar este galo para minha casa!", e o escondeu num canto, mas, não se sabe como, o cão o descobriu e pôs-se a persegui-lo. O galo fugiu para o corredor e pulou numa prateleira, fez uma enorme algazarra e todos acordaram. Sua Majestade o Imperador também acordou assustado e perguntou: "Mas por que tem um galo aqui?", ao que o Alto-Conselheiro Korechika respondeu, em alto tom recitativo: "O canto espantou o sono do sábio Impera-

---

[407] Korechika foi Alto-Conselheiro do oitavo mês de 992 ao oitavo mês de 994. O Imperador contava entre treze e quinze anos de idade.

dor",[408] de um modo tão maravilhosamente elegante que até meus sonolentos olhos de simples mortal se arregalaram. Tanto Sua Majestade quanto Sua Consorte Imperial ficaram fascinados: "Foi perfeitamente adequado à situação!". Realmente, episódios como este, sim, é que são maravilhosos.

Na noite seguinte, Sua Consorte Imperial foi requisitada à câmara do Imperador. Às altas horas, saí para o corredor e chamava pela servente, quando Korechika apareceu: "Vais voltar a vosso aposento? Bem, deixai-me acompanhar-vos". Pendurei no biombo minha cauda com pregas e a jaqueta chinesa formal, e quando saíamos, o brilho intenso da lua deixava ver quão branco era o traje palaciano do Alto-Conselheiro e ele, pisando sobre as longas barras de suas pantalonas, disse, puxando-me as mangas: "Cuidado para não escorregar!". Enquanto caminhávamos, foi maravilhosa a sua recitação: "O viajante segue pela lua que ainda resta...".[409] Com um sorriso, Korechika acrescentou: "Costumais elogiar com efusão simplicidades como esta, não é?". Mas, realmente, como não fazê-lo, perante tal elegância?

---

[408] Citação do poema em chinês de Miyakono Yoshika (834-879) inserido na coletânea *Wakan Rôeishû*, tomo *Kinchû*, n° 524: "O vigilante-galo anuncia o amanhecer/ A voz espantou o sono do sábio Imperador".

[409] Trata-se da mesma citação do texto 185, um poema sobre o amanhecer que consta em *Wakan Rôeishû*.

Mama, ama de leite de Ryûen
僧都の御乳母のまゝなど

Mama, ama de leite de Ryûen, Vice-Primaz de templo,[410] estava sentada nos aposentos de Mikushige, irmã mais nova de Sua Consorte Imperial, quando um homem serviçal aproximou-se bastante do assoalho de madeira e nos disse: "Aconteceu-me uma desgraça! A quem eu poderia recorrer?", já com expressão de choro. "Mas o que foi que vos aconteceu?", perguntou Mama. "Dei uma saída e, enquanto estava fora, o local onde moro se incendiou. Vivo de rabo enfiado em casa alheia como um caranguejo-ermitão. O fogo se espalhou vindo do depósito de feno dos Estábulos Imperiais. Como fica separado somente por uma simples cerca, foi muito perigoso: minha esposa dormia em seu quarto e quase morreu queimada; não conseguimos salvar sequer uma mínima peça!" — tal foi sua resposta, também ouvida por Mikushige, que se pôs a rir muito. Escrevi, então:

> Fogo pequenino
> Num dia primaveril
> O feno consumiu
> De seu quarto de dormir
> Como nada se salvou?[411]

---

[410] "Mama" era um nome afetuoso atribuído às amas de leite na época. O monge Ryûen era irmão de Mikushige e Teishi, como se viu.

[411] O poema faz os seguintes trocadilhos fonéticos: *mimakusa*, "feno" e "broto de planta"; *hi*, "fogo" e "dia"; *yodono*, "quarto de dormir" e "Yodono", localidade em Yamashina, a sudoeste da Capital, e *moyasu*, "queimar" e "brotar". No original: *mimakusano/ maoyasu bakarino/ haruno hini/ yodono sae nado/ nokorazaruran*.

Dizendo: "Entregai-lhe este papel", atirei-o a Mama, e as damas não paravam de gargalhar. Ela o entregou, dizendo-lhe: "As damas que aqui se encontram estão muito penalizadas quanto ao incêndio de vossa casa!". Ele estendeu a folha, olhou e perguntou: "Que tipo de documento é este?[412] Quantas coisas eu poderia trocar por ele?", ao que Mama respondeu: "Limitai-vos a ler". Ele insistiu: "Como? Se meus olhos não sabem ler?", e Mama continuou: "Mostrai-o para outra pessoa, então. Nossa Consorte acabou de nos convocar agora mesmo e devemos nos apressar. Recebeis uma coisa maravilhosa como esta e... o que estais ainda a pensar?". Todas as damas não se aguentavam de rir e foram se afastando, ainda comentando: "Será que ele vai mostrar para alguém? Como não ficará furioso, quando voltar à sua casa!". Ao chegar junto à Sua Consorte Imperial, Mama lhe relatou o incidente e nós nos pusemos novamente a rir. Sua Consorte Imperial, sorrindo, disse-lhes: "Mas por que tanto estardalhaço?".

---

[412] O homem chega à conclusão de que a folha estreita e comprida de papel grosso (*tanzaku*), semelhante à que se usa para escrever poemas, seria um registro de presentes prometidos, espécie de "carta promissória".

Ao jovem, após o falecimento da mãe
男は、女親なくなりて

Ao jovem, após o falecimento da mãe, restou-lhe somente o pai. Este lhe manifestava enorme carinho, mas com a chegada de sua nova esposa, a presença do filho nos aposentos do casal passou a ser vetada e até seu vestuário ficou aos cuidados de sua ama ou das servidoras de sua falecida mãe.

Interessante foi que o filho começou a ocupar a Ala Oeste ou Leste do Palácio como visitante. Vivia cercado de biombos e divisórias corrediças com pinturas de bom gosto. Segundo comentários, ele cumpria com presteza seus deveres no Palácio e usufruía de toda a simpatia do Imperador, que o mantinha como seu parceiro em seus divertimentos. A despeito de tudo isso, o jovem se mostrava sempre tristonho e alheio ao seu meio, mas o interesse em relação ao sexo oposto parecia intenso.

Seu único consolo era ficar conversando com a irmã mais nova, esposa querida de um alto dignitário cercada de mil cuidados, a quem contava tudo que lhe passava no coração.

Certa dama do Palácio Imperial
ある女房の

Certa dama do Palácio Imperial compromissada com o filho do Governador da Província de Tôtômi soube que seu amado mantinha um caso secreto com outra dama de sua mesma Ala e, magoada, me consultou: "Ele me tem dito: 'Posso lhe assegurar, em nome de meu pai, que são mentiras deslavadas, pois nem em sonho tenho visto esta dama!', e o que devo eu fazer?". E eu lhe respondi com o poema:

> Jurai-me, querido
> Perante esta divindade
> De Tôtômi
> Que jamais teríeis visto
> A Ponte de Hamana![413]

---

[413] Divindade, *kami* em japonês, é palavra homófona que significa também "Governador de Província". A autora sugere que a dama pedisse a seu amado/marido que se comprometesse perante a divindade e não perante o Governador, seu pai, de que jamais estivera na "bela ponte de Hamana", metáfora da outra dama. No original: *chikae kimi/ Tôtômimino/ kami kakete/ mugeni Hamanano/ hashi mizarikiya*.

297

Num encontro em um lugar não muito conveniente
びんなき所にて

Num encontro em um lugar não muito conveniente, ao perceber minha forte palpitação, o amante me perguntou: "O que aconteceu?". E eu lhe respondi com o poema:

> Como é inevitável
> O coração palpitar
> Em Ôsaka!
> Fácil é descobrir as águas
> Das corredeiras de Hashirii[414]

---

[414] Em Ôsaka, "colina de encontros", havia um Posto de Fiscalização e as corredeiras de Hashirii. A autora se utiliza dos termos expostos no poema, as ideias correlatas, as palpitações e o fato de serem descobertos, para expressar sua preocupação. No original: *Ausakawa/ muneno mitsuneni/ Hashiriino/ mitsukuru hitoya/ aranto omoeba*.

298

"É verdade? Deixareis a Capital?"
まことにや、やがては下る

    A quem me perguntou: "É verdade? Deixareis a Capital?", respondi:

> Jamais cogitei
> Da Capital me afastar
> Quem foi que vos disse
> Sobre a aldeia de Ibuki?
> Sobre artemísias dos montes?[415]

---

[415] Há um trocadilho entre *omoi* ("pensar" e "amar") e *hi* ("fogo"), que se associa a *kakaranu* ("não pegar fogo"); *sasemogusa* ("artemísia") contém *mogusa* ("moxa") e se torna epíteto de Ibuki, que tem montanhas donde se extrai material para moxa; *satowa* ("aldeia") se transmuta em *sôtowa* ("quanto a isto"). No original: *omoidani/ kakaranu yamano/ sasemogusa/ dareka Ibukino/ satowa tsugeshizo*.

Seguem-se os textos que constam somente em algumas cópias dos manuscritos Sankan, após o de número 141.

(1)

Coisas que a noite realça
夜まさりする物

Coisas que a noite realça. O brilho do carmesim profundo das sedas amaciadas. Os fios de seda extraídos do casulo. Mulheres de testa larga e belos cabelos. O som das cítaras de sete cordas. Atitudes delicadas de pessoas de aparência desagradável. O cuco-pequeno. O som das cascatas.

(2)

Coisas que a sombra desfavorece
日かげにおとる物

    Coisas que a sombra desfavorece. Tecidos roxos de seda tramada. Flores lilases de glicínia. Tudo dessa tonalidade perde a beleza.
    À luz da lua, o carmesim é que perde a beleza.

(3)

Coisas que são detestáveis de ouvir
きゝにくき物

    Coisas que são detestáveis de ouvir. Pessoas de vozes desagradáveis que falam e riem sem reserva. Leitura de palavras encantatórias do *dharani* com voz sonolenta. Alguém a falar enquanto tinge seus dentes de preto. Pessoas sem nada de especial que falam enquanto comem. O aprendiz tocando a flauta *hichiriki*.[416]

---

    [416] Quanto ao *dharani*, vide texto 199. As mulheres da nobreza costumavam tingir seus dentes com uma solução de óxido de ferro, como ornamento e índice de posição social ou idade. Quanto à flauta *hichiriki*, vide texto 204.

(4)

Alguma razão deve haver para serem escritos
文字にかきてあるやうあらめど

    Alguma razão deve haver para serem escritos em certos ideogramas, mas não nos convencemos. Sal seco no fogo. Quimono com forro *akome*. Quimono sem forro *katabira*. Tamancos com proteção de couro na ponta. Água para lavar os cabelos. Tina. Manjedoura.

(5)

Coisas que parecem belas
下の心かまへて

    Coisas que parecem belas, mas que escondem sua natureza inferior. Biombos de pintura chinesa. Paredes de cal. Oferendas ricas. Telhados de casca de cipreste. Meretrizes de boca de rio.[417]

---

[417] A estrutura do biombo chinês se compõe de camadas sobrepostas de papéis inferiores. Paredes de cal têm como base materiais grosseiros. Existem oferendas que, conquanto belas e volumosas, trazem por baixo artigos de qualidade inferior. A parte interna dos telhados de casca de cipreste é preenchida com lascas de madeira. Viajantes eram entretidos à beira do rio Yodo por meretrizes aparentemente belas, mas de peles rugosas e queimadas pelo sol.

(6)

Quanto a quimonos externos das damas
女の表着は

    Quanto a quimonos externos das damas, os de cor lilás. Os tramados com fios carmesins e lilases. Os verdes amarelados. Os de sobreposição "Cerejeira" de branco e vermelho. Os de sobreposição "Ameixeira Carmesim" de carmesim e roxo. Todos os de cores suaves.

(7)

Quanto a jaquetas chinesas formais
唐衣は

Quanto a jaquetas chinesas formais, a de cor vermelha. A de sobreposição "Glicínia" de lilás e verde amarelado. No verão, a de "Roxo-Carmesim" de roxo-carmesim e roxo-carmesim. No outono, a de "Campo Seco" de amarelo e verde claro.

(8)

Quanto a caudas com pregas
裳は

    Quanto a caudas com pregas, a com estampas de mar-e-ondas em índigo sobre fundo branco.

(9)

Quanto a trajes infantis de gala
汗衫は

Quanto a trajes infantis de gala, o de sobreposição "Azaleia" de branco e carmesim escuro. O de "Cerejeira" de branco e carmesim. No verão, o de "Folha Verde em Decomposição" de tonalidade esverdeada de ocre alaranjado e amarelo. O de "Folha em Decomposição" de ocre alaranjado e amarelo.

(10)

Quanto a tecidos de seda tramada
織物は

Quanto a tecidos de seda tramada, o roxo. O branco. O de sobreposição "Ameixeira Carmesim" de carmesim e roxo também é bonito, mas é uma cor que enjoa.

(11)

Quanto a padrões de seda adamascada
綾の紋は

    Quanto a padrões de seda adamascada, o de malvas. O de trevo-
-azedo. O quadriculado em índigo e branco.

(12)

Quanto a papéis finos e papéis *shikishi*
薄様、色紙は

    Quanto a papéis finos e papéis *shikishi*, o branco. O roxo. O vermelho. Os amarelos tingidos da erva *kariyasu*. Os verdes também são belos.

(13)

Quanto a caixas para apetrechos de escrita
硯の箱は

 Quanto a caixas para apetrechos de escrita, a de dois níveis sobrepostos, laqueada e incrustada de metais preciosos com estampas de nuvens e grous.

(14)

Quanto a pincéis
筆は

　Quanto a pincéis, o de pelos trocados no inverno. É mais fácil de manusear e mais agradável de ver. O de pelos de coelho.

(15)

Quanto a pedras de tinta *sumi*
墨は

 Quanto a pedras de tinta *sumi*, a de forma arredondada, do tipo chinês.

(16)

Quanto a conchas
貝は

    Quanto a conchas, a caracol. A amêijoa. A minúscula concha cuja forma lembra a pétala da ameixeira.

(17)

Quanto a caixas para toalete
櫛の箱は

    Quanto a caixas para toalete, a de laca com incrustações de metais preciosos e estampas circulares de planta e flores ou pássaros e animais.

(18)

Quanto a espelhos
鏡は

Quanto a espelhos, o de toucador.

(19)

Quanto a desenhos para a laca
蒔絵は

 Quanto a desenhos para a laca, o arabesco de trepadeiras chinesas.

(20)

Quanto a braseiros portáteis
火桶は

    Quanto a braseiros portáteis, o vermelho. O verde. É bonito também o de pintura sobre os veios da madeira.

(21)

Quanto a tatames
畳は

    Quanto a tatames, o guarnecido de bordas Kôrai. Também o de bordas amarelas.

(22)

Quanto a carruagens de palmeira-leque-da-china
檳榔毛は

    Quanto a carruagens de palmeira-leque-da-china da alta nobreza, a que é conduzida solenemente. Quanto às de vime dos altos servidores, a que é conduzida velozmente.

(23)

Do palacete de altos pinheiros
松の木立たかき所の

Do palacete de altos pinheiros, com as janelas de treliça das faces leste e sul abertas, podia-se perceber o frescor de seu recinto principal, onde se via um cortinado alto de pouco mais de metro e vinte, à frente do qual, sentado sobre uma almofada de palha redonda, um monge de seus quarenta anos, bem apessoado, vistosamente trajado de hábito cinza carvão e sobrepeliz budista de fina seda, meneava o seu leque marrom amarelado claro enquanto se devotava à leitura do *dharani*.

Devido ao grande sofrimento causado por um espírito maléfico, haviam sido solicitados os serviços mediúnicos de uma menina, de porte avantajado, que vestia quimono sem forro de seda crua e longas pantalonas de cor viva; de joelhos, ela se moveu para fora das persianas e se sentou em frente a um cortinado ali disposto. O monge virou-se de lado para entregar à menina um reluzente objeto ritualístico e, com uma reverência, retomou sua leitura, tudo de modo muito solene. Muitas damas acompanhavam-no, sentadas, e participavam atentas do ritual. Momentos depois, quando a menina entrou em transe e perdeu os sentidos, nós presenciamos com veneração as manifestações de Buda, que obedeciam às invocações do monge.

No ritual, era permitida a presença de irmãos e até primos da senhora enferma. Que constrangimento não sentiria a médium caso estivesse consciente, perante tantos reunidos no valoroso ritual! Embora sabendo que ela própria não estaria sofrendo, apesar de incorporar o espírito que muito a fazia chorar e se contorcer, percebia-se que a cena era dolorosa demais aos conhecidos da possuída, que dela se aproximavam para lhe ajeitar as vestes.

Após certo tempo, notou-se uma melhora no estado da enferma, e o chá medicinal foi solicitado. O pedido do monge foi transmitido para a cozinha situada na Ala Norte. Jovens damas apressaram-se em trazer o chá e, apreensivas, observaram o estado da senhora. Elas trajavam belíssimos quimonos sem forro e caudas com pregas lilases sem nenhuma ruga.

Ao espírito, exigiram-se severas retratações, e somente depois o libertaram. A menina voltou a si e, envergonhada, disse: "Achava que estava atrás do cortinado... Que vexame estar exposta aqui! O que aconteceu?", e foi deslizando para trás, fazendo desalinhar seus cabelos para que lhe cobrissem o rosto. O monge a deteve por um instante, pronunciou algumas palavras encantatórias e, com um belo sorriso que a embaraçou, perguntou: "Como estás? Um pouco melhor?". As damas tentaram detê-lo, mas ele assim se despediu: "Seria bom se eu permanecesse mais um pouco, mas compromissos me impedem". Nisso, aproximou-se da persiana a dama principal, e lhe disse: "Nós vos agradecemos muito em nome de todos pela vossa vinda. Vossos trabalhos afastaram por completo os sofrimentos de nossa querida senhora e, em seu nome, transmito-vos o nosso júbilo. Se dispuserdes de algum tempo, gostaríamos de receber-vos ainda amanhã". O monge despediu-se com palavras sucintas: "Era um espírito muito obstinado e serão necessários cuidados constantes. Estou muito feliz com a convalescença de vossa senhora". E nós, realmente, reconhecemos nele os sinais da manifestação de Buda.

(24)

Meninos bonitos de lindos cabelos
きよげなる童の、髪うるはしき

    Meninos bonitos de lindos cabelos ou meninos robustos que, mesmo com as barbas salientes, têm cabelos inesperadamente maravilhosos, ou, ainda, meninos com cabelos tão volumosos que chegam a parecer excessivos: assim devem ser os muitos assistentes de um monge ideal respeitado, admirado e requisitado a proferir sermões em vários locais.

(25)

Quanto aos melhores locais para servir à Corte
宮仕所は

Quanto aos melhores locais para servir à Corte, o Palácio Imperial. O palácio da Imperatriz. Também o palácio de sua filha, a Primeira Princesa.[418] O Santuário Kamo. Mesmo ofendendo preceitos budistas, é maravilhoso servir em santuário.[419] É ainda melhor, em palácios dos familiares da Corte Imperial. Ou então, servir na residência da Consorte do Príncipe Herdeiro.

---

[418] A Princesa Saiin, neste período, Suprema Sacerdotisa do Santuário Kamo, cercava-se de um célebre salão cultural que certamente atraía a autora.

[419] O santuário Kamo prega o xintoísmo e suas divindades e ignora os preceitos budistas, daí a alusão à ofensa contra Buda.

(26)

Sobre um jardim de uma casa em ruínas
荒れたる家の

 Sobre um jardim de uma casa em ruínas, repleto de lúpulos japoneses e artemísias por demais crescidos descortina-se uma lua alta, tão nítida e tão brilhante... E filetes de luar penetram por entre as fendas de suas tábuas desgastadas. O som dos ventos, desde que eles não sejam destrutivos.

(27)

Um local onde haja um lago
池ある所の

　　Um local onde haja um lago, especialmente no quinto mês, o de longas chuvas, é muito comovente. É por demais enternecedor deixar os pensamentos fluírem, a contemplar o céu nublado e o jardim, com sua abundância de íris aromático e arroz-bravo que tinge da mesma tonalidade de verde também o lago.
　　Todos os lugares que possuem lagos impressionam e nos causam comoção, sempre. O que dizer do lago congelado das manhãs de inverno? Mais do que o lago que foi diligentemente cuidado, que comovente é aquele que reflete o brilho do luar por entre os verdes espaços das plantas aquáticas!
　　A claridade da lua causa comoção, onde quer que seja.

(28)

Quando da peregrinação ao Templo Hase
初瀬にまうでて

Quando da peregrinação ao Templo Hase, foi deveras uma afronta ver, sentados em aposentos a nós reservados, os servidores de baixa hierarquia enfileirados com as caudas de seus trajes. Apesar da fé que nos motivara a peregrinação, mal esperávamos chegar diante do altar de Kannon, pois subir a extensa escadaria apoiando-nos nos corrimões com o barulho assustador do rio era muito difícil e cansativo. Mas, ao chegar ao templo, monges com suas vestes brancas e os demais peregrinos estavam aglomerados como esfarrapados bichos-de-cesto, uns sentados, outros de pé, alguns a se prostrar, totalmente indiferentes à nossa presença. Vê-los era deveras tão lamentável que tivemos vontade de enxotá-los. Em todos os templos encontram-se pessoas desse tipo.

Quando nobres da alta hierarquia peregrinam, a multidão é afastada das proximidades de seus aposentos, mas em relação a nós, de hierarquia mais baixa, parece que é mais difícil manter a ordem. Mesmo ciente disso, é realmente uma afronta constatar o fato quando se está nessa situação.

Causa igual indignação quando se deixa cair num local sujo um pente que acabamos de limpar.

(29)

Quando as damas da Corte necessitam se locomover
女房のまいりまか出には

Quando as damas da Corte necessitam se locomover do Palácio Imperial, há ocasiões em que é preciso solicitar uma carruagem emprestada e, apesar de o proprietário mostrar-se solícito em fornecê-la, desagrada-nos quando percebemos que as atitudes dos carreiros são agressivas no comando que dão ao boi e o chicoteiam para que corram mais. E quando os atendentes ordenam: "Vamos logo, antes que anoiteça!", deixam transparecer em seus rostos o dissabor e revelam o real sentimento do proprietário. Se percebêssemos isso, não mais lhe solicitaríamos a carruagem.

Exceção se dava somente com a carruagem do Digníssimo Senhor Naritô, pois mesmo de noite ou de madrugada, indiferentemente de quem a utilizasse, nunca havia ocorrido tal inconveniência. Era de se admirar a disciplina de seus subordinados.

Certo dia, o senhor Naritô deparou-se com a carruagem de uma dama que atolara num buraco fundo e, presenciando os carreiros dela parados a blasfemar o boi, imediatamente ordenou que eles fossem açoitados por seus subordinados. Certamente, para com os seus próprios subordinados, ele deveria ser mais rígido ainda.

(s/n)

Essas folhas
この草子

Essas folhas foram escritas em momentos de descontração e ócio quando descansava em minha residência, e nelas escrevi o que pude ver com meus olhos e sentir em meu coração, com a certeza de que jamais seriam lidas por ninguém. Deixei-as bem escondidas, pois nelas há trechos em que inadvertidamente me excedi expondo fatos que constrangeriam algumas pessoas, mas a verdade é que elas acabaram sendo descobertas e se tornaram conhecidas.

O Alto-Conselheiro Korechika presenteou uma quantidade de papéis à Sua Consorte, e ela me perguntou: "O que vamos escrever neles? Lá na Corte de Sua Alteza estão copiando *Registros Históricos da China*". Foi então que sugeri à Sua Consorte: "Talvez, nestas folhas, pudéssemos fazer um 'Travesseiro'...".[420] Sua Consorte Imperial aceitou a sugestão e entregou-me os papéis, dizendo: "Os papéis são vossos. Escrevei o que vos convier". Foi então que comecei a escrever sem a mínima pretensão, um pouco disso, um pouco daquilo e, no intuito de preencher todas as incontáveis folhas, temo ter registrado muitas coisas de difícil compreensão.

De modo geral, escolhi aquilo que encanta a todos e é admirado pelas pessoas: poemas, árvores, plantas, pássaros e insetos, mas o fato é que o que escrevi não preenche as minhas expectativas; pelo contrário, tudo ficou muito aquém, e certamente serei mal falada por revelar minha limitação, mas empenhei-me com todo o meu coração em expressar o

---

[420] O termo "travesseiro", *makura*, além de sua acepção primeira, alude a *utamakura*, ou "travesseiro de poemas", tropos poéticos estabelecidos nesse período. Além disso, em oposição à Corte do Imperador que copiava os *Registros Históricos da China*, o séquito de Sua Consorte Imperial dedicar-se-ia, então, aos *Registros Literários do Japão*. Entretanto, a obra se estende e passa a conter também narrativa e listas de coisas.

que penso em tom de brincadeira, sem nenhuma pretensão de ser comparada a outros escritos meritórios e qualificados. No entanto, é muito estranho constatar que as pessoas que me leram comentaram: "Senti-me envergonhado! O que escrevestes é maravilhoso!". O que escrevi não é mentira e é natural que as pessoas se sintam incomodadas, afinal o que penso foge aos padrões considerados normais quando elogio o que se considera ruim e critico o que se considera bom, o que me deixa perplexa. Lamento somente que outras pessoas tenham lido este livro.

Certo dia, quando o atual Médio-Capitão da Esquerda Fujiwarano Tsunefusa ainda era Administrador de Ise, ele veio fazer-me uma visita em minha residência e ofereci-lhe uma esteira que estava num canto do recinto para se sentar, esquecida de que ali se encontrava o meu manuscrito. Tentei rapidamente pegá-lo de volta, mas ele o descobriu e acabou levando-o consigo, devolvendo-o somente após algum tempo. Foi dessa forma que meus escritos começaram a ser conhecidos.

E, assim, aqui os termino.

ANEXOS

Índice dos textos

1. Da primavera, o amanhecer [春は曙].. 45
2. As épocas do ano: o Ano-Novo [比は正月] 46
3. Coisas que são iguais embora soem diferentes
   [おなじことなれども聞耳ことなるもの]... 50
4. Ver aqueles pais cujos filhos queridos tornam-se monges
   [思はん子を法師になしたらむこそ]... 51
5. Quando Sua Consorte Imperial hospedava-se
   na residência de Narimasa [大進生昌が家に] 52
6. A gata de Sua Majestade, agraciada com o Quinto Grau
   [うへにさむらふ御ねこは].. 56
7. Ano-Novo, primeiro dia. Terceiro mês, terceiro dia
   [正月一日、三月三日は] 59
8. Ver uma pessoa que expressa gratidão [よろこび奏するこそ] 60
9. A parte leste da Residência Imperial Atual [今の内裏の東をば] 61
10. Quanto a montanhas [山は] 62
11. Quanto a mercados [市は] 63
12. Quanto a picos [峰は] 64
13. Quanto a campos [原は] 65
14. Quanto a águas profundas [淵は] 66
15. Quanto a mares [海は] 67
16. Quanto a túmulos imperiais [陵は] 68
17. Quanto a travessias [渡は] 69
18. Quanto a mansões [たちは] 70
19. Quanto a residências [家は] 71
20. No recanto nordeste da Ala Privativa do Imperador
    [清涼殿のうしとらのすみ].. 72
21. Mulheres que se satisfazem [おいさきなく、まめやかに] 78
22. Coisas que desapontam [すさまじき物] 80
23. Coisas que deixamos de cumprir [たゆまるゝ物] 83
24. Coisas que são desdenhadas [人にあなづらるゝ物] 84
25. Coisas que desagradam [にくき物] 85

26. Coisas que fazem palpitar o coração [心ときめきする物]................. 88
27. Coisas passadas que nos causam saudades
    [すぎにしかた恋しき物]... 89
28. Coisas que causam prazer [心ゆく物]................................... 90
29. As carruagens de palmeira-leque-da-china [檳榔毛は]................... 91
30. O monge que se encarrega do sermão [説経の講師は]..................... 92
31. Quando visitei um templo chamado Bodai
    [菩提といふ寺に]... 94
32. Koshirakawa é o local que nomeia [小白川といふ所は].................... 95
33. Chegando o sétimo mês fazia muito calor
    [七月ばかり、いみじうあつければ].. 100
34. Quanto a árvores floríferas [木の花は]................................. 103
35. Quanto a lagos [池は]... 105
36. Quanto a festividades sazonais [節は]................................. 107
37. Quanto a árvores que não são floríferas [花の木ならぬは].............. 109
38. Quanto a pássaros [鳥は].. 113
39. Coisas que exalam requinte [あてなるもの]............................. 116
40. Quanto a insetos [虫は]... 117
41. Por volta do sétimo mês [七月ばかりに]................................ 118
42. Coisas que destoam [にげなき物]....................................... 119
43. Quando várias damas da Corte,
    sentadas no aposento Hosodono [細殿に人あまたゐて]..................... 120
44. As servidoras do Setor de Equipamentos e Manutenção
    da Ala Feminina [殿司こそ]... 121
45. Para um homem [おのこは].. 122
46. No setor oeste da Ala destinada
    ao Escritório da Consorte Imperial [職の御曹司の西].................... 123
47. Quanto a cavalos [馬は]... 127
48. Quanto a bois [牛は].. 128
49. Quanto a gatos [猫は]... 129
50. Quanto a serviçais ou Guardas de Escolta [雑色、随身は]............... 130
51. Quanto a meninos pajens [小舎人童].................................... 131
52. Quanto a carreiros [牛飼は]... 132
53. A chamada dos servidores do turno da noite [殿上の名対面].............. 133
54. Um jovem de padrão aceitável [わかくよろしきおとこの].................. 135
55. Quanto a moças e crianças [わかき人].................................. 136
56. Uma criança [ちごは].. 137
57. Ao abrir o portão interno de uma residência suntuosa
    [よき家、中門あけて].. 138
58. Quanto a cachoeiras [滝は].. 139
59. Quanto a rios [河は].. 140

60. Para aqueles que deixam a casa da amada
    antes do amanhecer [暁にかへらん人は].................................. 141
61. Quanto a pontes [橋は].. 142
62. Quanto a aldeias [里は].. 143
63. Quanto a plantas [草は].. 144
64. Quanto a flores [草の花は].. 146
65. Quanto a antologias poéticas [集は]... 148
66. Quanto a temas de poemas [歌の題は].................................... 149
67. Coisas que causam intranquilidade [覚束なきもの]............... 150
68. Coisas que nada têm em comum [たとしへなきもの]........... 151
69. À noite, os corvos dormem alvoroçados [夜烏どものゐて]... 152
70. Para encontros secretos de amantes
    [しのびたる所にありては]... 153
71. Não somente com relação às visitas de amantes
    [懸想人にて来たるは].. 154
72. Coisas que são raras [ありがたきもの].................................... 155
73. Dentre os aposentos de damas, o Hosodono
    [内のつぼね、細殿]... 156
74. Na época em que a Consorte Imperial
    residia na Ala destinada ao seu Escritório
    [職の御曹司におはしますころ]... 159
75. Coisas que contrariam a expectativa [あぢきなき物].............. 161
76. Coisas que causam satisfação [心ちよげなる物]..................... 162
77. No dia seguinte às Recitações dos Nomes de Buda
    [御仏名のまたの日].. 163
78. O Secretário Chefe dos Médios-Capitães, Tadanobu [頭中将]... 165
79. No ano seguinte, aos vinte e poucos dias do segundo mês
    [返としの二月廿余日]... 170
80. De licença, em casa [里にまかでたるに].................................. 174
81. Coisas que suscitam pena [もののあはれ知らせがほなる物]... 177
82. Perambulamos pelos lados do Posto da Guarda
    da Esquerda [さてその左衛門の陣などに]............................... 178
83. Na época em que Sua Consorte Imperial
    residia na Ala destinada ao seu Escritório
    [職の御曹司におはします比].. 179
84. Coisas que são maravilhosas [めでたき物]............................... 189
85. Coisas belas que seduzem [なめかしき物].............................. 191
86. Por ocasião do Festival Gosechi no Palácio Imperial
    [宮の五節].. 193
87. É igualmente elegante um homem bonito passar
    [細太刀に平緒つけて].. 196

Índice dos textos

88. Quanto à residência do Imperador,
    é na época do Festival Gosechi [内は、五節の比こそ]................. 197
89. O alaúde chamado Sem-Nome
    [無名といふ琵琶の御琴を].. 199
90. Em frente às persianas dos aposentos
    da Consorte Imperial [上の御局の御簾の前にて]................... 201
91. Coisas que aborrecem [ねたき物]... 202
92. Coisas que constrangem [かたはらいたき物]............................ 204
93. Coisas que perturbam [あさましきもの]................................ 205
94. Coisas que decepcionam [口惜きもの]................................... 206
95. Por ocasião da abstinência do quinto mês
    [五月の御精進のほど]... 207
96. Na época em que Sua Consorte Imperial residia
    na Ala destinada ao seu Escritório [職のおはします比]........... 215
97. Vários príncipes, palacianos e as irmãs de
    Sua Consorte Imperial [御かたがた、君だち、上人など]........... 216
98. O Médio-Conselheiro veio prestar uma visita
    [中納言まいり給て]... 217
99. Era época das chuvas ininterruptas [雨のうちはへふる比]......... 218
100. O enlace matrimonial de Shigeisa
    com o Príncipe Herdeiro [淑景舎、春宮に]........................ 220
101. Dos palacianos, mostrando-me um ramo de ameixeira
    [殿上より、梅の、花ちりたる枝を]................................. 226
102. No final do segundo mês, soprava um vento forte
    [二月つごもり比に]... 227
103. Coisas que parecem intermináveis [はるかなるもの].............. 229
104. Minamotono Masahiro era um homem
    [方弘はいみじう人に]... 230
105. Coisas que são desagradáveis de ver [見ぐるしきもの]............ 232
106. Coisas que são difíceis de falar [いひにくきもの]................. 233
107. Quanto a Postos de Fiscalização [関は]............................. 234
108. Quanto a florestas [森は]... 235
109. Quanto a campos [原は].. 236
110. Nos últimos dias do quarto mês
    [卯月のつごもりがたに].. 237
111. Coisas que soam de modo diferente do habitual
    [つねよりことにきこゆるもの]..................................... 238
112. Coisas que esmaecem na pintura
    [絵にかきおとりする物].. 239
113. Quanto ao inverno [冬は]... 240
114. Coisas que sensibilizam [あはれなるもの]......................... 241

115. O retiro num templo no primeiro mês do ano
[正月に寺にこもりたるは]... 243
116. Coisas que realmente nos aborrecem
[いみじう心づきなきもの]... 247
117. Coisas que aparentam pobreza [侘しげに身ゆるもの] 248
118. Coisas que parecem sufocantes [あつげなるもの]....... 249
119. Coisas que envergonham [はづかしきもの] 250
120. Coisas que perdem a pose [無徳なるもの] 251
121. Quanto a rituais esotéricos de cura ou proteção [修法は]..... 252
122. Coisas que causam constrangimento [はしたなきもの]..... 253
123. O senhor Conselheiro-Mor Michitaka [関白殿] 254
124. Pelo nono mês [九月ばかり] 256
125. As ervas tenras do sétimo dia [七日の日の若菜を]....... 257
126. No segundo mês do ano,
no Gabinete do Primeiro-Ministro [二月、官の司に] 258
127. As damas discutiam várias coisas
[などて官えはじめたる].. 260
128. Em memória ao Conselheiro-Mor Fujiwarano Michitaka
[故殿の御ために] 261
129. Yukinari, o Secretário Chefe
dos Oficiais Superintendentes [頭弁の] 263
130. Próximo ao quinto mês [五月ばかり] 266
131. Encerrado o ano de luto oficial
pelo falecimento do Imperador Retirado En'yû
[円融院の御はてのとし].. 268
132. Coisas que causam tédio [つれづれなる物]................... 271
133. Coisas que amenizam o tédio [つれづれなぐさむもの]..... 272
134. Coisas que são desprezadas [とり所なきもの]............... 273
135. Haveria algo mais belo [猶めでたきこと] 274
136. Após o passamento do Conselheiro-Mor Michitaka
[殿などのをはしまさでのち] 277
137. Certa vez, depois do décimo dia do Ano-Novo
[正月十よ日のほど]... 281
138. Um homem de bela aparência [きよげなるをのこの]....... 282
139. Um nobre joga *go*, com a gola desatada
[碁をやむごとなき人のうつとて].. 283
140. Coisas que parecem ameaçadoras [をそろしげなる物] 284
141. Coisas que parecem límpidas [きよしとみゆる物]........ 285
142. Coisas que têm aspecto vulgar [いやしげなる物]......... 286
143. Coisas que afligem [むねつぶるゝ物]............................. 287
144. Coisas que são graciosas [うつくしき物]....................... 288

Índice dos textos

145. Coisas que se evidenciam na presença de outrem
    [人ばへするもの] 289
146. Coisas que têm nomes assustadores [名おそろしき物] 290
147. Coisas que são simples quando vistas
    [見るにことなることなき物] 291
148. Coisas que causam sensação desagradável
    [むつかしげなる物] 292
149. Ocasiões em que coisas insignificantes se sobressaem
    [えせものの所うるおり] 293
150. Coisas que parecem penosas [くるしげなる物] 294
151. Coisas que provocam inveja [うらやましげなる物] 295
152. Coisas que atiçam a curiosidade [とくゆかしき物] 297
153. Coisas que causam apreensão [心もとなき物] 298
154. Por estar de luto pelo falecimento do Conselheiro-Mor
    [故殿の御服のころ] 300
155. Quanto a Kokiden [弘徽殿とは] 306
156. Coisas agora inúteis que fazem lembrar
    seu passado glorioso [むかしおぼえて不要なる物] 308
157. Coisas que causam insegurança [たのもしげなき物] 309
158. Quanto à recitação de sutras [読経は] 310
159. Coisas próximas que parecem distantes
    [ちかうてとをき物] 311
160. Coisas distantes que parecem próximas
    [とをくてちかき物] 312
161. Quanto a fontes [井は] 313
162. Quanto a planícies [野は] 314
163. Quanto a nobres [上達部は] 315
164. Quanto a nobres jovens [君達は] 316
165. Quanto a Administradores Provinciais [受領は] 317
166. Quanto a Governadores Provisionais [権守は] 318
167. Quanto a oficiais do Quinto Grau [大夫は] 319
168. Quanto a monges [法師は] 320
169. Quanto a mulheres nobres [女は] 321
170. Secretários do Sexto Grau do Imperador
    [六位蔵人などは] 322
171. A casa de uma dama que vive sozinha
    [女ひとりすむ所は] 323
172. É ideal que a dama que serve na Corte tenha um lar
    [宮づかへ人のさとなども] 324
173. Num certo lugar, servindo a um determinado senhor
    [ある所に、なにの君とかや] 326

O Livro do Travesseiro

174. Foi um deleite imenso o esparso cair da neve
 [雪のいとたかうはあらで] 327
175. Dizem que o antigo Imperador Murakami
 [村上の前帝の御時に] 329
176. Uma jovem conhecida como Miareno Seji
 [御形の宣旨の] 330
177. Nos primeiros tempos de meus serviços na Corte
 [宮にはじめてまいりたるころ] 331
178. Pessoas que têm ares orgulhosos [したりがほなる物] 337
179. A posição hierárquica, sim, é maravilhosa
 [位こそ猶めでたき物はあれ] 338
180. Quanto a pessoas que inspiram cautela [かしこき物は] 339
181. Quanto a doenças [やまひは] 340
182. Um homem bastante galante e de muitos amores
 [すきずきしくて人かずみる人の] 341
183. Em meio a uma tarde muito quente
 [いみじう暑きひる中に] 342
184. Não na galeria da Ala Sul, mas na da Leste
 [南ならずは東の廂] 343
185. Numa residência próxima à avenida
 [大路ぢかなる所にて] 344
186. Quanto a coisas que causam inesperada decepção
 [ふと心おとりとかするものは] 345
187. Um homem de visita a uma dama que serve
 no Palácio Imperial [宮仕人のもとに来などする男の] 347
188. Quanto a ventos [風は] 348
189. Coisas que têm profundo refinamento [心にくき物] 350
190. Quanto a ilhas [島は] 353
191. Quanto a praias [浜は] 354
192. Quanto a baías [浦は] 355
193. Quanto a florestas [森は] 356
194. Quanto a templos [寺は] 357
195. Quanto a sutras [経は] 358
196. Quanto a budas [仏は] 359
197. Quanto a escritos em língua chinesa [文は] 360
198. Quanto a narrativas [物語は] 361
199. Quanto ao *dharani* [陀羅尼は] 362
200. Quanto a recreações musicais [あそびは] 363
201. Quanto a jogos [あそびわざは] 364
202. Quanto a bailados [舞は] 365
203. Quanto a instrumentos de cordas [ひく物は] 366

Índice dos textos   543

204. Quanto a flautas [笛は]	367
205. Quanto a espetáculos [見物は]	368
206. Lá pelo quinto mês, sair para um vilarejo nas montanhas [五月ばかりなどに山里にありく]	373
207. Em dias muito quentes [いみじう暑きころ]	374
208. No entardecer do quarto dia do quinto mês [五月四日の夕つかた]	375
209. No trajeto para o Santuário Kamo [賀茂へまいる道に]	376
210. No final do oitavo mês [八月つごもり]	377
211. Após o vigésimo dia do nono mês [九月廿日あまりのほど]	378
212. Ao peregrinar ao Templo Kiyomizu [清水などにまいりて]	379
213. Os íris aromáticos utilizados no quinto mês [五月の菖蒲の]	380
214. Ao puxar do cesto o quimono já bem aromatizado [よくたきしめたる薫物の]	381
215. Ao atravessar o rio sob o intenso brilho do luar [月のいとあかきに]	382
216. Coisas que são melhores quando grandes [おほきにてよき物]	383
217. Coisas que devem ser curtas [みじかくてありぬべき物]	384
218. Coisas que são adequadas a residências de nobres [人の家につきづきしき物]	385
219. No caminho para alguma atividade [ものへいく路に]	386
220. Acima de tudo mesmo [よろづのことよりも]	387
221. "Do aposento Hosodono" [細殿に]	389
222. Quando Sua Consorte se encontrava hospedada em Sanjôno Miya [三条の宮におはしますころ]	391
223. Quando da partida da ama de leite Taifuno Menoto [御乳母の大夫の命婦]	393
224. Quando me encontrava em Reclusão no Templo Kiyomizu [清水にこもりたりしに]	394
225. Quanto a estalagens [駅は]	395
226. Quanto a santuários [社は]	396
227. "Palácio Ichijô", assim foi chamada [一条の院をば]	400
228. Não seria como um renascimento [身をかへて]	402
229. Num dia em que cai muita neve [雪たかうふりて]	403
230. Ao abrir a porta corrediça do aposento Hosodono [細殿の遣戸を]	404
231. Quanto a colinas [岡は]	405

O Livro do Travesseiro

232. Quanto ao que cai [ふるものは]	406
233. Quanto ao sol [日は]	407
234. Quanto à lua [月は]	408
235. Quanto a estrelas [星は]	409
236. Quanto a nuvens [雲は]	410
237. Coisas que causam tumulto [さはがしき物]	411
238. Coisas que aparentam desleixo [ないがしろなる物]	412
239. Pessoas que falam de modo grosseiro [こと葉なめげなる物]	413
240. Pessoas que se acham espertas [さかしき物]	414
241. Coisas que simplesmente passam e... passam [たゞすぎにすぐる物]	415
242. Coisas que passam despercebidas [ことに人にしられぬ物]	416
243. Nada mais detestável do que pessoas [文こと葉なめき人こそ]	417
244. Coisas que são repugnantes [いみじうきたなき物]	419
245. Coisas que aterrorizam [せめておそろしき物]	420
246. Coisas que nos confortam [たのもしき物]	421
247. Apesar de ter sido recebido com toda a pompa [いみじうしたてて]	422
248. Quanto a coisas muito desagradáveis na vida [世中に猶いと心うきものは]	423
249. O homem, sim [おとここそ]	424
250. Acima de tudo mesmo [よろづのことよりも]	425
251. Quem se irrita com alguém que fala dos outros [人の上いふを腹だつ人こそ]	426
252. Nas faces humanas [人の顔に]	427
253. As pessoas antiquadas [古代の人の]	428
254. Passado o décimo dia do décimo mês [十月十よ日の]	429
255. O senhor Médio-Capitão Narinobu, ele sim [成信の中将こそ]	430
256. Como a do senhor Ministro do Tesouro, Fujiwarano Masamitsu [大蔵卿ばかり]	431
257. Coisas que nos alegram [うれしき物]	432
258. Havia ocasiões em que, frente à Sua Consorte Imperial [御前にて人々とも]	434
259. O Conselheiro-Mor Michitaka [関白殿]	437
260. Coisas veneráveis [たうときこと]	453
261. Quanto a poemas-canções [うたは]	454
262. Quanto a pantalonas presas nos tornozelos [指貫は]	455

Índice dos textos

263. Quanto a trajes de caça [狩衣は] 456
264. Quanto a homens [男は] 457
265. Quanto a quimono formal com cauda [下襲は] 458
266. Quanto a varetas de leque [扇の骨は] 459
267. Quanto a leques de cipreste [檜扇は] 460
268. Quanto a divindades [神は] 461
269. Quanto a promontórios [崎は] 462
270. Quanto a cabanas [屋は] 463
271. O anúncio das horas do período noturno [時奏する] 464
272. No meio de um agradável dia ensolarado
 [日のうらうらとある昼つかた] 465
273. O Médio-Capitão Narinobu [成信の中将は] 466
274. Um amante que sempre lhe enviava o poema
 [つねに文をこする人の] 470
275. Naquela manhã, nem parecia que o tempo
 [今朝はさしも見えざりつる空の] 471
276. Coisas que são esplendorosas [きらきらしき物] 472
277. Quando os trovões não param de ribombar
 [神のいたうなるおりに] 473
278. O biombo de Kongenroku, sim [坤元録の御屏風こそ] 474
279. Após desviar o percurso para evitar a má sorte
 [節分違へなどして] 475
280. A neve havia se acumulado bem alto
 [雪のいとたかう降たるを] 476
281. O menino que acompanha o Mestre de Yin Yang
 [陰陽師のもとなる小童] 477
282. Por volta do terceiro mês [三月ばかり] 478
283. No vigésimo quarto dia do último mês do ano
 [十二月廿四日] 480
284. As damas que servem no Palácio Imperial
 [宮づかへする人々の] 482
285. Coisas que incitam à imitação [見ならひする物] 483
286. Coisas que exigem atenção constante
 [うちとくまじき物] 484
287. Certo Tenente da Direita da Guarda do Portal
 do Palácio Imperial [右衛門の尉なりけるものの] 487
288. A mãe do Senhor de Ohara [小原の殿の御母上と] 488
289. Ah, a carta que o Médio-Capitão Narihira recebeu
 [又、業平の中将のもとに] 489
290. Dói-me o coração quando presencio [おかしと思歌を] 490
291. Se um homem respeitável [よろしき男を] 491

546   O Livro do Travesseiro

292. Os Tenentes da Direita e da Esquerda
    da Guarda do Portal [左右の衛門の尉を]........................... 492
293. O Alto-Conselheiro Fujiwarano Korechika
    veio prestar visita [大納言殿まいり給て]........................... 493
294. Mama, ama de leite de Ryûen
    [僧都の御乳母のまゝなど]... 495
295. Ao jovem, após o falecimento da mãe
    [男は、女親なくなりて].. 497
296. Certa dama do Palácio Imperial [ある女房の]....................... 498
297. Num encontro em um lugar não muito conveniente
    [びんなき所にて].. 499
298. "É verdade? Deixareis a Capital?"
    [まことにや、やがては下る]... 500

(1) Coisas que a noite realça [夜まさりする物].......................... 503
(2) Coisas que a sombra desfavorece [日かげにおとる物]................ 504
(3) Coisas que são detestáveis de ouvir [きゝにくき物]................. 505
(4) Alguma razão deve haver para serem escritos
    [文字にかきてあるやうあらめど].................................... 506
(5) Coisas que parecem belas [下の心かまへて]......................... 507
(6) Quanto a quimonos externos das damas [女の表着は]................. 508
(7) Quanto a jaquetas chinesas formais [唐衣は]....................... 509
(8) Quanto a caudas com pregas [裳は]................................ 510
(9) Quanto a trajes infantis de gala [汗衫は]........................ 511
(10) Quanto a tecidos de seda tramada [織物は]....................... 512
(11) Quanto a padrões de seda adamascada [綾の紋は].................. 513
(12) Quanto a papéis finos e papéis *shikishi* [薄様、色紙は]......... 514
(13) Quanto a caixas para apetrechos de escrita [硯の箱は]........... 515
(14) Quanto a pincéis [筆は]... 516
(15) Quanto a pedras de tinta *sumi* [墨は].......................... 517
(16) Quanto a conchas [貝は]... 518
(17) Quanto a caixas para toalete [櫛の箱は]......................... 519
(18) Quanto a espelhos [鏡は].. 520
(19) Quanto a desenhos para a laca [蒔絵は].......................... 521
(20) Quanto a braseiros portáteis [火桶は]........................... 522
(21) Quanto a tatames [畳は]... 523
(22) Quanto a carruagens de palmeira-leque-da-china
    [檳榔毛は]... 524
(23) Do palacete de altos pinheiros [松の木立たかき所の].............. 525
(24) Meninos bonitos de lindos cabelos
    [きよげなる童の、髪うるはしき]..................................... 527

Índice dos textos   547

(25) Quanto aos melhores locais para servir à Corte
    [宮仕所は] 528
(26) Sobre um jardim de uma casa em ruínas [荒れたる家の] 529
(27) Um local onde haja um lago [池ある所の] 530
(28) Quando da peregrinação ao Templo Hase
    [初瀬にまうでて] 531
(29) Quando as damas da Corte necessitam se locomover
    [女房のまいりまか出には] 532
(s/n) Essas folhas [この草子] 533

Sobre cargos, títulos, funções e atribuições

Junko Ota
Madalena Hashimoto Cordaro

As características de estrutura e organização da Corte do período Heian apresentam poucas mudanças desde o século VIII, com a promulgação dos códigos penal (*ritsu*) e administrativo (*ryô*) das eras Taihô (701) e Yôrô (718). A Capital Heiankyô foi fundada em 794 pelo Imperador Kanmu (no trono de 781 a 806) almejando centralizar o poder e afastar-se do domínio budista em Heijôkyô, a antiga Capital em Nara. Não somente a arquitetura, mas também uma estrutura burocrática complexa foi adotada consonante modelos do continente e adaptada à sensibilidade local.

A ascensão sobre a Casa Imperial do ramo norte da família Fujiwara começa gradualmente em 858, declina por volta de 1068 e, em 1087, institui-se o sistema de poder através dos Imperadores Retirados. Os membros da família Fujiwara mantiveram o poder não através da espada, mas da política do casamento, casando as filhas com os Imperadores para que eles se tornassem os educadores e tutores de seus netos herdeiros do trono. Inventaram, assim, dois títulos munidos de poderes extremos: Regente (*sesshô*, 摂政) e Conselheiro-Mor (*kanpaku*, 関白), além de adicionais cargos provisionais consoantes às flutuações de época.

O Imperador em teoria comandava as duas divisões maiores: 1. Departamento de Assuntos Divinos (*jingikan*, 神祇官), com seu respectivo Setor de Yin Yang (*onmyôryô*, 陰陽寮); 2. Grande Conselho de Estado (*daijôkan*, 太政官), composto do Ministro da Esquerda (*sadaijin*, 左大臣, levemente mais poderoso, cuidava dos quatro ministérios mais prestigiosos), Ministro da Direita (*udaijin*, 右大臣, levemente menos poderoso, cuidava dos outros quatro ministérios), Primeiro-Ministro (*daijôdaijin*, 太政大臣, cargo mais honorário) e Ministro do Centro (*naidaijin*, 内大臣, controlava os conselheiros). A divisão entre Esquerda e Direita segue convenção da China e não tem significado geográfico, político ou ideológico no Japão.

Aos oito Ministérios subordinam-se uma série de Setores, Escritórios, Departamentos, Divisões, Seções, Quartéis internos e externos, cujos postos de comando, por sua vez, compunham-se normalmente de quatro níveis hierárquicos.

Estavam sob a Superintendência do **Ministro da Esquerda** (*sabenkan*, 左弁官):

1. **Ministério dos Assuntos Centrais** (*nakatsukasashô*, 中務省): responsável por residências de Imperadores e Consortes, atendentes nobres, livros e desenhos, coleções imperiais, vestuário e damas imperiais, adivinhação, pintura, medicina, etiqueta.

2. **Ministério do Cerimonial** (*shikibushô*, 式部省): responsável por educação, atribuição de títulos e procedimentos em cerimônias da Corte.

3. **Ministério de Administração Civil** (*jibushô*, 治部省): responsável por música *gagaku*, budismo, estrangeiros e mausoléus.

4. **Ministério de Assuntos do Povo** (*minbushô*, 民部省): responsável por mortes, enterros, estatística e cobrança de impostos.

Estavam sob a Superintendência do **Ministro da Direita** (*ubenkan*, 右弁官):

5. **Ministério de Assuntos Militares** (*hyôbushô*, 兵部省): cuidava das casas militares, da fabricação de armas, flautas e tambores, de navios e do adestramento de falcões. Na prática, porém, somente treinava arqueiros para as competições.

6. **Ministério de Assuntos da Justiça** (*gyôbushô*, 刑部省): responsável por aplicação de multas, artigos perdidos ou roubados, e prisões.

7. **Ministério do Tesouro** (*ôkurashô*, 大蔵省): responsável por coletar taxas e impostos sobre a produção de seda, metal, laca, vestuário e tecelagem, bem como de estabelecer pesos e medidas, e regular preços de mercados.

8. **Ministério da Casa Imperial** (*kunaishô*, 宮内省): responsável pelo Palácio Imperial e sua manutenção: carpintaria, cozinha, equipamentos gerais e saúde.

Para proteger as dependências do Palácio Imperial, havia três sistemas que se concentravam em locais determinados com funções diferentes:

1. **Quartel da Guarda Militar da Residência Imperial** (*hyôefu*, 兵衛府): composto de guardas cujo papel era proteger a parte externa da residência do Imperador bem como as dependências vizinhas e exercer atividades de guarda e escolta. Seus comandantes eram: Capitão (*kami*, 督), Capitão-Assistente (*suke*, 佐), Tenentes (Sênior: *daijô*, 大尉, Júnior: *shôjo*, 小尉) e Tenente Assistente (Sênior: *daisakan*, 大志; Júnior: *shôsakan*, 小志).

2. **Quartel da Guarda do Portal do Palácio Imperial** (*emonfu*, 衛門府): composto de guardas cujas atribuições eram proteger o palácio inteiro, super-

visionar os portais da Consorte Imperial e da Imperatriz, permitir entradas e saídas, acompanhar eventos externos. Seus comandantes eram: Capitão (*kami*, 督), Capitão-Assistente (*suke*, 佐), Tenente (*jô*, 尉) e Tenente Assistente (*sakan*, 志).

3. **Quartel da Guarda da Residência Imperial** (*konoefu*, 近衛府): composto de guardas cujo papel era proteger a parte interna da residência do Imperador, servir em cerimônias oficiais e festivais e exercer atividades de guarda e escolta. Era superior às anteriores. Seus comandantes eram: Capitão-Mor (*taishô*, 大将), Médio-Capitão (*chûjô*, 中将), Baixo-Capitão (*shôshô*, 少将), Tenente (*shôgen*, 将監) e Tenente-Assistente (*shôsô*, 将曹).

Cumpre destacar Dazaifu, órgão governamental especial sediado em Chikuzen (atual Província de Fukuoka, localizada no norte de Kyûshû) que tinha como função manter relações diplomáticas com missões estrangeiras, estabelecer contato com o governo central e paralelamente comandar os soldados de fronteiras (*sakimori*, 防人) que vigiavam os mares próximos, além de cuidar da manutenção das armas e instalações militares. A principal rota de emissários culturais ao continente passava pela região. O Comandante (*sotsu* ou *sochi*, 帥) costumava ficar na Capital, razão pela qual o Vice-Comandante (*daini*, 大弐) assumia as funções próprias do titular.

Os níveis inferiores da burocracia administrativa eram preenchidos por posição hereditária e afiliação política. A competência era, em geral, menos importante. Como o período Heian foi relativamente pacífico, nobres oficiais com senso estético altamente refinado predominaram. Participantes vigorosas na vida cultural da Capital, as damas possuíam propriedades e riqueza e tinham muito prestígio social, mas os postos políticos eram exclusivos dos homens.

Na parte norte do Palácio Imperial ficava a Ala Feminina, no chamado "Palácio de Trás" (Kôkyû) reservado às Consortes Imperiais e suas damas. Ali se localizavam doze Setores:

Setor de Atendentes da Ala Feminina (*naishino tsukasa*, 内侍司)
Setor do Tesouro (*kurano tsukasa*, 内蔵司)
Setor de Acervo de Escrita e Música (*fumino tsukasa*, 文司)
Setor de Medicamentos (*kusurino tsukasa*, 薬司)
Setor de Equipamento Militar (*tsuwamonono tsukasa*, 兵司)
Setor de Equipamentos e Manutenção (*tonomo zukasa*, 殿司)
Setor de Edificação e Limpeza (*kamonno ryô* ou *kamonno tsukasa*, 掃部寮)
Setor de Provisão Alimentar (*kashiwadeno tsukasa*, 膳司)
Setor do Imperador (*mikadono tsukasa*, 闈司)
Setor de Assuntos Hidráulicos (*moinotsukasa*, 水司)

Setor de Fermentação de Bebidas (*mikino tsukasa*, 酒司)
Setor de Costura e Vestuário (*nuino tsukasa*, 縫司)

Na obra de Sei Shônagon aparecem com mais frequência:

Setor de Atendentes da Ala Feminina: *naishino tsukasa*, 内侍司, todos os seus cargos eram exercidos por mulheres, que cuidavam de transmitir mensagens ao Imperador ou tratavam do cerimonial.

Setor de Equipamentos e Manutenção da Ala Feminina: *tonomo(ri) zukasa*, 殿司 (主殿寮), os funcionários eram encarregados de carruagens, coberturas, provisão geral, lamparinas a óleo, carvão, braseiros.

Setor de Edificação e Limpeza: *kamonno ryô* ou *kamonno tsukasa*, 掃部寮, subordinado ao Ministério da Casa Imperial, os funcionários cuidavam de edificações e jardins, bem como de sua limpeza.

Setor de Medicamentos: *kusurino tsukasa*, 藥司, subordinado ao Ministério da Casa Imperial (*kunaishô*), os funcionários cuidavam de ervas medicinais e da alimentação de infantes.

Seção de Armazenagem: *osamedono*, 納殿, local para guardar e restaurar objetos preciosos (de ouro, prata e laca) no Palácio Imperial e nas mansões dos nobres.

Divisão de Alimentos: *mizushino tokoro*, 御厨子所, localizada na galeria sul do Palácio Imperial, era encarregada do preparo dos alimentos; o nome provém de uma estante de duas portas utilizada para guardar materiais budistas (estatuetas, sutras, objetos de culto) e estava subordinada ao Setor de Provisão Alimentar (*kashiwadeno tsukasa*, 膳司).

Divisão do Mobiliário: *tsukumo dokoro*, 作物所, era ligada à Divisão do Secretariado e estava encarregada dos objetos laqueados e do mobiliário do Palácio Imperial.

Divisão do Secretariado: *kurôdo dokoro*, 蔵人所, era local privilegiado e meritório; seus membros eram encarregados de comunicações oficiais, cerimoniais, tarefas múltiplas para o Imperador; além do Chefe (*kurôdono tô*, 蔵人頭), existiam várias subdivisões (do Quinto ou Sexto Grau, de mensagens, de pequenos serviços).

Divisão dos Plantonistas: *tonoi dokoro*, 宿直所, era local onde se reuniam os nobres em vigília noturna no Palácio Imperial.

Graus, funções e atribuições:
acompanhante, ajudante, servidor: *zusa*, 従者.

Administrador Geral: *betô*, 別当, era o diretor da administração de residências de membros da família imperial; o título era também usado para o monge chefe de templos.

Administrador Provincial: *zuryô*, 受領, o título era ocupado por nobres do

Quinto ou Sexto Grau, a função de administrar as províncias era menosprezada na Corte, embora algumas fossem menos desagradáveis; damas da Corte (como Sei Shônagon) eram frequentemente escolhidas dentro dessa extração.

Alto-Conselheiro: *dainagon*, 大納言, era o mais alto grau entre os Conselheiros do Grande Conselho de Estado, abaixo somente dos Ministros.

Alto-Conselheiro Provisional: *gondainagon*, 権大納言, foi artifício para aumentar o número de títulos.

alto dignitário: *kandachime*, 上達部, *kugyô*, 公卿, correspondia aos membros da alta nobreza que compunham o Grande Conselho de Estado, mais os Conselheiros de Quarto Grau, não passavam de trinta no período Heian.

Alto-Superintendente da Esquerda: *sadaiben*, 左大弁, nomeava a divisão e o título de seu líder, que eram subordinados ao Médio-Conselheiro da Esquerda do Grande Conselho de Estado.

ama de leite: *menoto*, 乳母, era encarregada dos cuidados de nobres desde criança até a maturidade, em geral sendo por eles assistida ao fim da vida.

baixa nobreza: *jige*, 地下, correspondia aos nobres do Quarto Grau ou inferiores que executavam ordens ou eram burocratas na Capital e nas províncias e não tinham acesso ao Palácio Imperial; embora o código permitisse até mil membros, no período Heian esse número parece ter se limitado a algumas centenas.

Baixo-Capitão: *shôshô*, 少将, oficial de Terceiro Grau subordinado ao Quartel da Guarda da Residência Imperial (*konoefu*).

Baixo-Capitão do Quarto Grau: *yon'ino shôshô*, 四位小将, oficial do Quarto Grau subordinado ao Quartel da Guarda da Residência Imperial (*konoefu*).

Baixo-Conselheiro: *shônagon*, 少納言, membro do Grande Conselho de Estado; tinha a mesma posição hierárquica dos superintendentes do Quinto Grau.

Capitão da Direita: *udaishô*, 右大将, abreviação de Capitão da Direita da Guarda da Residência Imperial (*ukon'edaishô*, 右近衛大将).

Capitão da Esquerda: *sadaishô*, 左大将, abreviação de Capitão do Quartel da Esquerda da Guarda da Residência Imperial (*sakon'edaishô*, 左近衛大将).

Capitão da Esquerda da Guarda Militar: *sahyôeno kami*, 左兵衛督, o posto era ocupado por nobres do Quarto Grau e estava subordinado ao Quartel da Esquerda da Guarda Militar da Residência Imperial (*hyôefu*).

Capitão-Assistente da Direita da Guarda do Portal: *uemonno suke*, 右衛門佐, era o segundo no comando da Direita do Quartel da Guarda do Portal da Residência Imperial (*emonfu*).

Capitão-Assistente da Guarda do Portal: *yugeino suke*, 靫負佐, o termo *yugei-*

no tsukasa, 靫負司, era outra denominação do Quartel da Guarda do Portal do Palácio Imperial (*emonfu*, 衛門府); o mesmo que *emonno suke*.

Capitão-Assistente da Guarda Militar: *hyôeno suke*, 兵衛佐, segundo no comando no Quartel da Guarda Militar da Residência Imperial (*hyôefu*).

Capitão-Mor: *taishô*, 大将, abreviação de Capitão-Mor do Quartel da Guarda da Residência Imperial (*konoefu*).

chefe: *kami*, era título outorgado a líderes em geral, diferenciando-se o local através dos ideogramas; Setor (*tsukasa*: *kami*, 正), Divisão (*shiki/bô*: *daibu*, 大夫), Departamento (*dai*: *kami*, 尹), Quartel de Guarda *konoefu* (*taishô*, 大将), Quartéis *emonfu* e *hyôefu* (*kami*, 督) e Administrador Provincial (*kami*, 守).

Chefe da Ala Feminina: *naishino kami*, 尚侍, era posição muito prestigiosa entre as servidoras da Ala Feminina do Palácio Imperial.

Chefe da Cavalariça: *mumano kami*, 馬頭, abreviação de Chefe da Seção da Cavalariça da Ala Feminina do Palácio Imperial (*mumano naishino kami*).

Chefe da Repartição de Medicamentos: *ten'yakuno kami*, 典薬頭, abreviatura de Chefe dos Medicamentos do Setor de Medicamentos; era subordinado ao Ministério da Casa Imperial (*kunaishô*).

Chefe da Seção do Vestuário Imperial: *mikushigedono*, 御匣殿 (御櫛笥殿), localizada na Ala Feminina, no norte do Palácio Imperial, era o nome da seção e de sua Chefe, que se encarregava da confecção do vestuário do Imperador; subordinada ao Setor de Costura e Vestuário (*nuino tsukasa*, 縫司), a posição de Chefe (*betô*, 別当) era muito poderosa, pois a dama exercia praticamente o papel de Esposa Imperial; na obra, exerce a função a Princesa Nakahime, irmã mais nova de Teishi.

Chefe do Ministério do Cerimonial: *shikibuno kyô*, 式部卿, era a posição mais alta do Ministério do Cerimonial.

Chefe do Ministério do Tesouro: *ôkurano kyô*, 大蔵卿, era a posição mais alta no Ministério do Tesouro, ocupada por nobres do Quarto Grau.

Chefe do Palácio do Príncipe Herdeiro: *tôgûno daibu*, 春宮大夫, era a posição mais alta do setor encarregado de zelar pelos bens e pela política interna dos herdeiros do trono imperial.

Chefe do Setor de Atendentes da Ala Feminina: *naishino tsukasano kami*, 内侍司のかみ, a forma abreviada era Chefe da Ala Feminina (*naishino kami*, 尚侍).

Conselheiro Consultor: *saishô*, 宰相, era subordinado ao Conselho de nobres do Quarto Grau e superiores (o mesmo que *sangi*, 参議).

Conselheiro Consultor do Quarto Grau: *sangi*, 参議, participava do Grande Conselho do Estado, abaixo dos Conselheiros.

Conselheiro Consultor Médio-Capitão: *saishôno chûjô*, 宰相中将, título abreviado de posição dupla que combinava a de Conselheiro Consultor (*san-*

gi, 参議) com a de Médio-Capitão da Guarda da Residência Imperial (*konoefu*).

Conselheiro-Mor: *kanpaku*, 関白, título externo à hierarquia burocrática estabelecida; era o guardião que controlava a administração do governo em lugar do Imperador, pressionado a se retirar quando se aproximava dos trinta anos em prol de seu jovem filho; na obra, o título é principalmente de Michitaka.

Consorte Imperial: *chûgû*, 中宮, título para a esposa oficial do Imperador (*kisaki*), ou a mãe do antigo Imperador (*kôtaigô*) ou consorte do antigo Imperador (*taikôtaigô*).

Consorte, Imperatriz: *kisaki*, 后, esposa oficial do Imperador, o mesmo que *chûgû*, com leve nuance superior.

cortesão, elite nobiliárquica, palaciano de Quarto e Quinto Graus, Secretário de Sexto Grau: *tenjôbito*, 殿上人, correspondia aos nobres em serviço na Corte que podiam ser oriundos até da alta nobreza com permissão de acesso ao Palácio Imperial.

dama da Corte, dama: *nyôbô*, 女房, damas que serviam na Corte.

Dama do Vestuário: *kôi*, 更衣, servidora palaciana de posição inferior à da Dama Imperial (*nyôgo*), era encarregada do vestuário do Imperador; o termo *kôi* nomeava também a seção da Ala Feminina subordinada ao Setor de Costura e Vestuário (*nuino tsukasa*, 縫司).

Dama Imperial: *nyôgo*, 女御, damas de alta origem, geralmente filhas de Regentes (*sesshô*), de onde provinham Imperatrizes e Consortes Imperiais.

dama Myôbu: *myôbu*, 命婦, título dado a mulheres do Quarto e Quinto Graus que serviam na Ala Feminina; frequentemente passavam a ser designadas por esse nome.

dama superior: *jôrô nyôbô*, 上臈女房, em geral, designava a dama do Segundo ou Terceiro Grau que servia como Chefe na Ala Feminina ou no Setor de Costura e Vestuário, sendo-lhe permitido o uso das cores proibidas aos externos da sucessão imperial.

dançarino, dançarina: *maibito*, 舞人, o termo aplica-se sobretudo aos dançarinos de *gagaku*.

encarregada da refeição imperial: *uneme*, うねめ (*unebe*, うねべ), função da Ala Feminina subordinada aos Setores de Provisão Alimentar e de Assuntos Hidráulicos.

encarregada do jardim: *komori*, 木守, tinha a função de cuidar das árvores dos jardins imperiais.

erudito de Altos Estudos: *monjô hakase*, 文章博士, dedicava-se a Altos Estudos de poemas chineses e japoneses, e história; em 834, eram dois; no fim do período Heian tornam-se três, provenientes dos clãs Sugawara, Ôe e Fujiwara.

erudito em Letras: *hakase*, 博士, nome do Setor de Estudos Avançados (*daigakuryô*, 大学寮) especializado em estudos e ensino de letras, números, sons, caligrafia, *yin yang*, calendário, ervas medicinais, agulhas, entre outros campos.

escalão do Quinto Grau, (nobre) de Quinto Grau: *taifu* (*daibu*), 大夫, termo genérico para qualquer oficial de Quinto Grau.

Especialista em Estudos Chineses: *monjôshô shinji*, 文章生進士, nobre aprovado em exames oficiais.

exorcista: *genza* (*genja*), 験者, monge ou asceta especializado em expulsar impurezas e doenças (*kegare*).

fidalgo, filho de nobre: *kindachi*, 君達.

funcionário do Setor dos Assuntos da Consorte Imperial: *miyazukasa*, 宮司, *chûgûshiki*, 中宮職, referia o setor ou o nome de funcionários que lidavam com assuntos pertinentes à Consorte Imperial, Imperatriz e Suprema Sacerdotisa.

Governador: *kami*, 守, na obra, refere geralmente os Governadores Provinciais, uma posição do Quinto Grau não muito apreciada pelas damas da Corte.

Governador Provisional: *gonno mori* (*gonno kami*), 権守, Governador Provincial de mandato extemporâneo.

Grande Conselheiro do Estado: *dajôdaijin* (*daijôdaijin*), 太政大臣, o mais alto título dentre os Conselheiros, era mais honorário, pois não possuía espaço físico para o Conselho.

Guarda de Escolta: *zuijin*, 随身, guarda (*toneri*) subordinado ao Quartel da Guarda da Residência Imperial (*konoefu*) que era encarregado de escoltar nobres, armado de arco e flecha e espadas.

guarda, acompanhante dos nobres: *toneri*, 舎人, servidor de categoria baixa, era encarregado de acompanhar a comitiva da Consorte Imperial e dos Príncipes.

Imperador: *tennô*, 天皇.

Imperatriz: *kôgô*, 皇后, esposa oficial do Imperador, o mesmo que *kisaki* e *chûgû*.

Imperatriz-Mãe, Mãe do Imperador: *nyôin*, 女院, era a mãe do Imperador vigente (na obra, nomeia a mãe do Imperador Ichijô, Senshi).

Imperatriz-Mãe, Consorte de Antigo Imperador: *taikôtaigô*, 太皇太后.

Imperatriz-Mãe, Mãe do Imperador vigente: *kôtaigô*, 皇太后.

Médio-Capitão: *chûjô*, 中将, segundo dos três graus, era em geral um título valioso para jovens de famílias de alta posição; abreviação de Médio-Capitão da Esquerda ou da Direita do Quartel da Guarda da Residência Imperial (*konoefu*).

Médio-Capitão da Esquerda: *sachûjô*, 左中将, subordinado ao Quartel da Guarda da Residência Imperial (*konoefu*), era abreviatura de Médio-

-Capitão da Esquerda da Guarda da Residência Imperial (*sakon'efu chûjô*).
Médio-Capitão da Esquerda da Guarda: *sakonno chûjô*, 左近中将, segundo no comando do Quartel da Esquerda da Guarda da Residência Imperial (*konoefu*).
Médio-Capitão do Terceiro Grau: *sanmino chûjô*, 三位中将, designação especial para um Capitão cujo grau era do Terceiro ao invés do usual Quarto; era subordinado ao Quartel da Guarda da Residência Imperial (*konoefu*).
Médio-Capitão Provisional: *gonno chûjô*, 権中将, subordinado ao Quartel da Guarda da Residência Imperial (*konoefu*); era título extemporâneo.
Médio-Conselheiro: *chûnagon*, 中納言, posição intermediária do Alto Conselho de Estado.
Médio-Conselheiro Provisional: *gonno chûnagon*, 権中納言, era título extemporâneo de posição intermediária do Alto Conselho de Estado.
membro da guarda, guarda: *efu*, 衛府, podia referir o posto ou o oficial, da Esquerda ou da Direita, subordinado ao Quartel da Guarda da Residência Imperial (*konoefu*).
menina que segue a dançarina do festival de Gosechi: *warawabe*, わらわべ, menina serviçal em grandes residências de nobres.
menino pajem: *kodoneri warawa*, 小舎人童, subordinado à Divisão do Secretariado, era encarregado de tarefas múltiplas.
mensageira: *zôshi*, 雑仕 (abreviatura de *zôshime*, 雑仕女), servidora inferior do Palácio Imperial para tarefas múltiplas, especialmente como mensageira.
Mestre de Yin Yang: *onmyôji* (*on'yôji*), 陰陽師, era encarregado de leituras místicas e adivinhações seguindo a prática taoísta.
Ministro: *daijin*, 大臣, título máximo no Grande Conselho de Estado; podia ser da Direita, da Esquerda ou do Centro.
Ministro da Direita: *udaijin*, 右大臣, Chefe da Direita do Grande Conselho de Estado.
Ministro da Esquerda: *sadaijin*, 左大臣, Chefe da Esquerda do Grande Conselho de Estado.
Ministro de Assuntos Militares: *hyôbukyô*, 兵部卿, Chefe do Ministério de Assuntos Militares.
Ministro do Centro: *naidaijin*, 內大臣, fazia parte da alta nobreza e do Grande Conselho de Estado, mas não liderava nenhum ministério.
Ministro Assistente do Cerimonial: *shikibuno taifu*, 式部大輔, terceira posição do Ministério do Cerimonial, em geral ocupada por nobres do Quinto Grau.
monge (budista): *hôshi*, 法師, termo genérico de monges.

monge assistente: *bansô*, 伴僧, assistente que acompanhava o mestre monge (*hôshi*).

monge eminente: *azari* (*ajari*), 阿闍梨, termo originário do sânscrito, indicava monges das linhagens Tendai e Shingon, especialistas em cura e outros rituais para evitar doenças e desastres.

monge encarregado de sermão: *sekkyôno kôji*, 説教の講師, monge palestrante encarregado de explicações dos ensinamentos budistas.

monge laico, monge assistente: *hijiri*, 聖, de modo geral, designava o monge que não se agregava a nenhum templo e se dedicava solitariamente ao caminho do retiro espiritual; podia, às vezes, exercer o papel de monge assistente em cerimônias.

monge leigo: *nyûdô*, 入道, designação atribuída aos seguidores do budismo que fossem pelo menos do Terceiro Grau.

monge mestre da Lei Budista: *ritsushi* (*risshi*), 律師, dentre os três níveis da hierarquia dos monges, este se encontrava abaixo do primaz (*sôzu*).

monge palestrante: *kôji*, 講師, além de dar palestras sobre os escritos budistas, cuidava de negócios de templos de todas as províncias.

monge que abre o desfile religioso: *zôza* (*jôza*), 定者, monge jovem que exercia o papel de abrir grandes eventos religiosos portando um incensório.

monge que serve no Palácio Imperial: *naigu*, 内供, em número estabelecido de dez, esses monges eram altamente versados nos escritos budistas, sendo encarregados das leituras de sutras, vigílias noturnas e de outras funções.

monge-guia: *igishi*, 威儀師, monge que tinha a função de orientar os participantes de encontros religiosos.

mulher que acompanha a dançarina do festival de Gosechi: *uezôshi*, 上雑仕, posição superior de categoria de servidoras inferiores (vide mensageira).

músico: *baijû* (*beijû*), 陪従, acompanhante de instrumentos de corda e canto nas apresentações de *gagaku* e outras danças nos festivais dos santuários Kamo e Hachimangû, ou de templos como o Kiyomizu.

Oficial Assistente do Quarto Grau: *yon'ino jijû*, 四位侍従, nobre que servia próximo ao Imperador, subordinado ao Ministério de Assuntos Centrais (*nakatsukasashô*).

Oficial Assistente do Quinto Grau: *goino jijû*, 五位侍従, nobre que servia próximo aos Imperadores e Príncipes, subordinado ao Ministério de Assuntos Centrais (*nakatsukasashô*).

Oficial Chefe da Repartição de Medicamentos: *ten'yakuno kami*, 典薬頭, era subordinado ao Ministério da Casa Imperial e responsável por ervas medicinais, alimentação e bebês.

Oficial de Polícia: *hôkan*, 判官, era subordinado ao Setor de Polícia (*kebiishino tsukasa*) do Departamento de Assuntos da Justiça.

Oficial de Província: *kokushi*, 国司, nomeava tanto o setor quanto os oficiais provinciais, que podiam ser: Governador (*kami*, 守), Vice-Governador (*suke*, 介), Governador-Assistente (*jô*, 掾) e Governador-Auxiliar (*sakan*, 目).

Oficial do Quinto Grau da Direita do Portal: *umon daibu* (*umon taifu, umon tayû*), 右門大夫, era subordinado ao Quartel da Direita da Guarda do Portal do Palácio Imperial (*emonfu*).

Oficial do Quinto Grau da Esquerda do Portal: *saemon daibu* (*saemon taifu, saemon tayû*), 左衛門大夫, era subordinado ao Quartel da Esquerda da Guarda do Portal do Palácio Imperial (*emonfu*).

Oficial Superintendente dos Ministérios: *ben*, 弁, supervisionava divisões e setores do governo da Esquerda ou da Direita; podiam ser: Oficial-Mor (*daiben*, 大弁), Médio-Oficial (*chûben*, 中弁) e Baixo-Oficial (*shôben*, 少弁).

pequeno nobre: *tenjô warawa*, 殿上わらわ, posição para crianças na Divisão do Secretariado para tarefas múltiplas da Ala Privativa do Imperador (*Seiryôden*).

Plantonista: *tonoi*, 宿直, no Palácio Imperial, oficial que tinha por função a vigília noturna (podia ser Ministro, Conselheiro, Chefe dos Secretários, Capitão-Mor da Guarda ou outro).

Plantonista do Sexto Grau: *rokuino tonoi*, 六位宿直, nobre de Sexto Grau que fazia a vigília no Palácio Imperial.

Primaz: *sôjô*, 僧正, grau mais alto dos monges na maior parte dos templos budistas.

Primeiro-Ministro: *dajôdaijin* (*daijôdaijin*), 太政大臣, era título mais honorário.

Princesa: *naishinnô*, 内親王, termo genérico para as irmãs, filhas e sacerdotisas do Imperador, que recebiam o título dependendo do grau da mãe.

Princesa Imperial: *himemiya*, 姫宮, o mesmo que *himemiko*, filha sacerdotisa do Imperador, em geral designada para servir no Santuário Kamo; na obra, refere-se a Saiin.

Príncipe Herdeiro: *tôgû* (*harunomiya*), 東宮, equivale ao filho primogênito da esposa oficial do Imperador vigente.

Príncipe: *shinnô*, 親王, termo genérico para os irmãos e filhos do Imperador reinante que recebiam o título dependendo do grau da mãe.

puxador de cavalo: *mumazoi*, 馬副, nome dado ao acompanhante (*zusa*, 従者) que comandava o cavalo em que ia montado o alto dignitário.

Regente: *sesshô*, 摂政, no período, era geralmente ocupado por um membro da família Fujiwara, que instituiu o título; a função existe enquanto o Imperador era criança e, dependendo do período, foi mais ou menos importante do que a do Conselheiro-Mor (*kanpaku*).

sacerdote (xintoísta): *negi*, 禰宜, posição abaixo do Sacerdote Chefe (*kami-*

nushi, 神主) e acima do Terceiro Sacerdote (*hafuri*, 祝), servia o Palácio Imperial encarregando-se dos festivais.

Sacerdotisa do Santuário Kamo: *saiin*, 斎院, nome do local e da alta dama, filha do Imperador que exercia tal função no Santuário Kamo; na obra, refere-se à Princesa Senshi Saiin.

Secretário (Particular) do Imperador: *kurôdo*, 蔵人, embora do Quinto ou Sexto Grau, tinha privilégios devido à proximidade com o Imperador, sendo-lhe permitido até o uso da cor verde.

Secretário Baixo-Conselheiro: *kurôdo shônagon*, 蔵人少納言, posto duplo de Secretário e Baixo-Conselheiro do Grande Conselho de Estado.

Secretário Capitão-Assistente da Guarda Militar: *kurôdo hyôeino suke*, 蔵人兵衛佐, posto duplo de Secretário e Capitão-Assistente da Guarda Militar da Residência Imperial (*hyôefu*).

Secretário Chefe dos Médios-Capitães: *tôno chûjô*, 頭中将, título abreviado de posição dupla que combinava a de Chefe da Divisão do Secretariado com a de Chefe dos Médio-Capitães da Guarda da Residência Imperial.

Secretário Chefe dos Oficiais Superintendentes: *tôno ben*, 頭弁, título abreviado de posição dupla que combinava a de Chefe da Divisão do Secretariado com a de Superintendente subordinado à Superintendência (*benkan*) dos Ministros da Direita ou da Esquerda.

Secretário do Festival: *gyôjino kurôdo*, 行事の蔵人, a função envolvia festivais, eventos públicos, celebrações regulares.

Secretário Sênior do Setor de Assuntos das Consortes Imperiais: *daijin (daishin)*, 大進, terceira posição na hierarquia de administração de residências importantes: no Escritório da Consorte Imperial, no Palácio da Imperatriz, no Palácio do Príncipe Herdeiro e em outras residências importantes.

Secretário Superintendente: *kurôdono ben*, 蔵人弁, posto duplo de Secretário e Superintendente.

serviçal de cozinha: *kuriyame*, くりや女 (厨女).

serviçal encarregada da limpeza do receptáculo sanitário do Imperador: *mikawaya yudo*, 御厠人, mulheres de posição baixa, encarregadas pela manutenção e limpeza dos banheiros no Palácio Imperial.

serviçal, baixo oficial da Divisão dos Secretários: *zôshiki*, 雑色, posição inferior da Divisão do Secretariado para tarefas múltiplas.

servidor: *saburai*, 侍, a maior parte era do Quinto e Sexto Grau, prestavam vários afazeres domésticos e acompanhavam seus senhores.

servidor do Setor de Equipamentos e Manutenção da Ala Feminina: *tonomo(ri) zukasa*, 殿司 (*tonomo(ri)zukasano kannin*, 主殿寮の官人), homem ou mulher do Primeiro ao Sexto Graus que cuidavam da Ala Feminina do Palácio Imperial e proviam lamparinas, madeira, carvão e outros equipamentos, exercendo também o papel de mensageiros ocasionais.

servidora criança: *himemôchi*, 姫大夫, menina subordinada ao Setor dos Atendentes da Ala Feminina (*naishino tsukasa*) que acompanhava o Imperador a cavalo durante as procissões imperiais.

servidora de categoria inferior: *osame*, をさめ (長女), mulher idosa de baixa posição encarregada de tarefas múltiplas nas residências de damas, até de acompanhante.

servidora do palácio: *nyôkan* (*nyokan*), 女官, termo genérico de mulher que servia na Ala Feminina do Palácio Imperial; as de mais alto grau eram as damas *nyôbo*.

Tenente da Direita da Guarda do Portal: *uemonno jô* (*uemonno zô*), 右衛門尉, correspondia ao terceiro nível no comando da Direita da Guarda do Portal do Palácio Imperial (*emonfu*).

Tenente da Esquerda da Guarda do Portal: *saemonno jô* (*saemonno zô*), 左衛門尉, correspondia ao terceiro nível no comando da Esquerda da Guarda do Portal do Palácio Imperial.

Terceiro Oficial do Cerimonial: *shikibuno jô*, 式部丞 (*shikibu taifu*, 式部大夫), era abreviatura de Terceiro Oficial do Ministério do Cerimonial, posição geralmente ocupada por nobres de Quinto Grau.

Vice-Chefe da Ala Feminina: *naishino suke*, 内侍のすけ (*naijino suke*, 典侍), era abreviatura de Vice-Chefe do Setor de Atendentes da Ala Feminina, posição ocupada por dama de categoria relativamente alta e privilegiada no atendimento pessoal ao Imperador.

Vice-Chefe da Cavalariça da Ala Feminina: *mumano naishino suke*, 馬内侍助, exercia a função de segundo no comando da Seção da Cavalaria do Setor da Ala Feminina (*naishino tsukasa*).

Vice-Chefe de Manutenção do Palácio Imperial: *surino suke* (*shurino suke*), 修理亮, era subordinado ao Setor de Equipamentos e Manutenção da Ala Feminina do Palácio Imperial.

Vice-Chefe do Setor de Atendentes da Ala Feminina: *naishino tsukasano suke*, 内侍司のすけ, o título nomeava tanto a Vice-Chefe quanto o seu Setor; posição normalmente ocupada pelas damas do Sexto Grau, depois foi apropriada pelas do Quarto Grau.

Vice-Comandante do Dazaifu: *daini*, 大弐, no início, era cargo de nobres do Quinto Grau, mas depois passou a ser ocupado por aqueles do Quarto Grau; a função era supervisionar Dazaifu, na ilha de Kyûshû.

Vice-Inspetor do Departamento de Assuntos da Justiça: *danjôno hichi*, 弾正弼, subordinado ao Departamento de Justiça (*danjôdai*) e segundo no comando, era encarregado especialmente de patrulhamento e inspeção.

Vice-Primaz: *sôzu*, 僧都, segunda posição em importância na repartição dos monges atribuída pelo Imperador.

Sobre flores, pássaros, vestuário, arquitetura e calendário

Luiza Nana Yoshida

A importância de determinados elementos na retórica das artes e da cultura poética e material que se inicia no período em que Sei Shônagon escreve *O Livro do Travesseiro* é inegável. Doravante tornado referência perene na cultura japonesa, o conjunto de flores, pássaros, animais, bem como de itens de vestuário, arquitetura e calendário, está organizado a seguir, de maneira a auxiliar a compreensão do leitor e aumentar, assim, a sua fruição da obra.

Flora e fauna

Relacionam-se a seguir as plantas e os animais mais comumente referidos na Literatura Clássica Japonesa. Em alguns casos, encontram-se ao lado dos nomes, entre parênteses, as denominações pelas quais eles são conhecidos atualmente e, entre colchetes, a estação sazonal que representam. Quando não existem equivalentes em português foram mantidos os nomes em japonês, juntamente com os nomes científicos.

Plantas:
alfeneiro-do-japão (*Ligustrum lucidum var. japonicum*): *nezumochino ki*, 鼠黐の木 (*nezumimochi*, 鼠黐), também chamado ligustro, alfema, alfeneira.
alga: *mo*, 藻.
algas em geral: *me*, 海布, Watanabe registra outro ideograma: 和布.
ameixeira [primavera]: *ume*, 梅, também chamada ameixeira chinesa ou damasco japonês.
amor-de-hortelão: *yaemugura*, 八重葎.
anileira-da-montanha: *yamaai*, 山藍.
anis-estrelado: *shikimi*, 樒.
apananto: *muku*, 椋 (*mukuno ki*, 椋の木).
ardísia (*Ardisia japonica*) [inverno]: *yamatachibana*, 山橘 (*yabukôji*, 藪柑子).
arroz (em muda pronta para ser transplantada): *nae*, 苗.
arroz (planta): *ine*, 稲.

arroz-bravo (*Zizania latifolia*) [verão]: *komo*, 菰 (*makomo*, 真菰), também chamada arroz selvagem da Manchúria.
artemísia [primavera]: *sashimogusa*, 指焼草, *yomogi*, 蓬.
bambu (designação geral): *take*, 竹.
bambu *hachiku* (*Phyllostachys nigra*): *kuretake*, 呉竹 (*hachiku*, 淡竹).
bambu *medake* (*Pleioblastus Simonii*): *kawatake*, 川竹 (*medake*, 女竹).
bambuzinho *sasa* (variedades *Sasa veitchii var. veitchii* ou *Pleioblastus simonii*) [inverno]: *sasa*, 篠.
barba-de-serpente (*Liriope muscari*): *yamasuge*, 山菅 (*janohige*, 蛇の髭).
bolsa-de-pastor [primavera]: *nazuna*, 薺, também chamada braço-de-preguiça.
bordo-japonês [outono]: *kaede*, 楓 (*irohamomiji*, 伊呂波楓), também chamado ácer-japonês.
broto de samambaia [primavera]: *warabi*, 蕨.
broto de samambaia (recém-germinado): *shitawarabi*, 下蕨.
cabaceira [verão]: *yûgao*, 夕顔.
calambuco (*Aquilaria agallocha*): *jinkô*, 沈香, é variedade de aquilária.
campainha-chinesa [outono]: *kikyô*, 桔梗, *asagao*, 朝顔, também chamada flor-balão, era considerada uma das "sete ervas do outono" (*akino nanakusa*), juntamente com a lespedeza (*hagi*), eulália (*obana*), kuzu (*kuzu*), cravo-renda (*nadeshiko*), valeriana (*ominaeshi*) e eupatório (*fujibakama*).
canforeira: *kusunoki*, 楠.
caniço-d'água [outono]: *ashi* (*yoshi*), 蘆, também chamado caniço.
capim cogon (*Imperata cylindrica*): *asaji*, 浅茅 (*chigaya*, 茅), também chamado língua de vaca e capim agreste.
capim *karukaya* (*Themeda triandra var. japonicum*) [outono]: *karukaya* 刈萱.
carvalho (variedade *Quercus dentata*) [inverno]: *kashiwagi*, 柏木 (*kashiwa*, 柏).
carvalho branco: *shirakashi*, 白樫.
carvalho japonês: *tsurubami* (*kunugi*, 橡).
castanheiro *shii* (*Castanopsis*) [inverno]: *shiino ki*, 椎の木, também chamado faia aromática.
cedro japonês (*Thujopsis dolabrata*) [outono]: *sugi*, 杉, também chamado criptoméria.
cerejeira [primavera]: *sakura*, 桜.
cidra japonesa: *yu* (*yuzu*), 柚.
cinamono [verão]: *ôchi*, 楝 (*sendan*, 栴檀), também chamado amargoseira.
cipreste japonês: *hinoki*, 檜.
cipreste tuia: *asuwa hinoki*, 明日は檜の木 (*asunaro*, 翌檜).
comelina [outono]: *tsukikusa*, 鴨頭草, *tsuyukusa*, 鴨頭草.
cravina-chinesa [verão]: *karanadeshiko*, 唐撫子, *sekichiku*, 石竹.
cravo-da-índia: *chôji*, 丁子.

cravo-renda [verão]: *nadeshiko*, 撫子, *yamato nadeshiko*, 大和撫子, *tokonatsu*, 常夏 (*kawara nadeshiko*, 河原撫子), também chamado cravo-franjado.

crino-branco (*Crinum asiaticum var. japonicum*) [verão]: *hamayû*, 浜木, *hamaomoto*, 浜万年青.

crisântemo (*Chrysanthemum japonicum*) [outono]: *kiku*, 菊 (*ryûnôgiku*, 竜脳菊).

dêutzia [verão]: *uno hana*, 卯の花 (*utsugi*, 空木).

erva *kariyasu* (*Miscanthus tinctorius*): *kariyasugusa*, 刈安草.

erva *kotonashi*: *kotonashigusa*, 事無草.

erva-do-pântano [verão]: *omodaka*, 沢瀉, 面高; literalmente: "face altiva", também chamada sagitária.

espadana-d'água (*Sparganium erectum*): *mikuri*, 三稜草.

espiga d'água (tipo de) (*Potamogeton distinctus*): *hirumushiro*, 蛭蓆.

espiga-de-sapé [outono]: *tsubana*, 茅花 (*chigaya*, 茅萱).

espireia-do-japão [verão]: *shimotsuke*, 下野.

eulália [outono]: *obana*, 尾花 (*susuki*, 薄), também chamada capim-dos-pampas japonês.

eupatório [outono]: *fujibakama*, 藤袴.

evônimo-do-japão [inverno]: *mayumi*, 檀.

feijão: *mame*, 豆.

flor (designação geral): *hana*, 花, referia frequentemente a flor de cerejeira.

flor de tangerineira [verão]: *hanatachibana*, 花橘, também chamada tangerineira florida.

flor vermelha da ameixeira: *kôbai*, 紅梅.

fotínia (*Photinia glabra*): *tasobano ki*, 田蕎麦 (*kanamemochi*, 要黐).

framboesa japonesa [verão]: *ichigo*, 苺, 覆盆子.

genciana [outono]: *rindô*, 竜胆.

glicínia [primavera]: *fuji*, 藤 (*nodafuji*, 野田藤).

grama *michishiba* (*Pennisetum alopecuroides*): *michishiba*, 道芝.

hera *itsumade* (*Hedera rhombea*): *itsumadegusa*, 何時迄草 (*kizuta*, 木蔦).

hera: *amazura*, 甘葛, também chamada calda adocicada de hera.

inhame (variedade de *Dioscorea tokoro*): *tokoro*, 野老.

ipomeia [outono]: *asagao*, 朝顔, 槿, literalmente, "rosto da manhã", era denominação de várias flores que florescem pela manhã como ipomeia, campainha-chinesa, hibisco.

íris aromático, cálamo aromático (*Acorus calamus*) [verão]: *shôbu* (*sôbu, ayame*), 菖蒲, a palavra *ayame* pode indicar tanto a flor *hana ayame* (íris siberiano) quanto a planta medicinal *sôbu* (*shôbu*), íris aromático, utilizada por ocasião da festividade do quinto dia do quinto mês (*Tangono Sechi*); o ideograma 菖蒲 é usado para os dois significados; ainda, as flores *ayame* (íris siberiano), *hanashôbu* (íris japonês) e *kakitsubata* (íris d'água japonês) são frequentemente confundidas.

íris d'água japonês [verão]: *kakitsubata*, 杜若.

kamatsuka: *kamatsuka*, 鎌柄, de identidade desconhecida, é associada ao amaranto (*hageitô*, 葉鶏頭) ou comelina (*tsukikusa, tsuyukusa*, 鴨頭草) [outono]; segundo Sei Shônagon (cf. texto 64), escrevia-se 雁来花, literalmente, "flor-que-atrai-gansos-selvagens".

katsura (*Cercidiphyllum japonicum*) [inverno]: *katsura*, 桂, nativa da China e do Japão, a árvore ornamental tem folhas em forma de coração e pode atingir até 45 m de altura.

kérria [primavera]: *yamabuki*, 山吹, também chamada rosa japonesa.

kérria de pétalas dobradas: *yaeyamafubuki*, 八重山吹.

kuzu [outono]: *kuzu*, 葛, também chamada pueraria.

lanterna chinesa (*Physalis alkekengi*) [outono]: *hôzuki*, 鬼灯 (*nukazuki*, 酸漿), também chamada lanterna japonesa.

laranja espinhenta [primavera]: *karatachi*, 枳殻.

lespedeza [outono]: *hagi*, 萩.

licopódio: *hikage* (*hikageno kazura*), 日陰 (の葛), também chamado pé-de-lobo.

lírio-de-um-dia (*Hemerocallis fulva var. kwanso Hemerocallis*): *kanzô*, 萱草 (*yabukanzô*, 藪萱草).

lótus [verão]: *hachisu*, 蓮, *hasu*, 蓮.

lótus selvagem: *mizufubuki*, 水蕗 (*onibasu*, 鬼蓮).

lúpulo japonês (*Humulus japonicus*) [verão]: *mugura*, 葎 (*kanamugura*, 金葎).

magnólia japonesa: *hô*, 朴.

malva [verão]: *aoi*, 葵 (*futabaaoi*, 双葉葵).

malva-rosa: *karaaoi*, 唐葵 (*tachiaoi*, 立葵).

melão (*Cucumis melo*): *uri*, 瓜 (*makuwauri*, 甜瓜).

morangueiro silvestre japonês (*Duchesnea chrysantha*): *kuchinawa ichigo*, 蛇いちご.

musgo [verão]: *koke*, 苔, também chamado briófito.

nabo japonês [primavera]: *ône*, 大根, *suzushiro*, 蘿蔔 (*daikon*, 大根).

nabo redondo [primavera]: *suzuna*, 菘 (*kabu*, 蕪), compõe as chamadas "sete ervas da primavera" (*haruno nanakusa*), juntamente com *gogyô* (cotonário), *seri* (salsa japonesa), *nazuna* (bolsa-de-pastor), *hakobera* (morrião-dos-passarinhos), *hotokenoza* (lampsana) e *suzushiro* (nabo japonês).

noz: *kurumi*, 胡桃.

orelha-de-rato: *miminagusa*, 耳無草, literalmente, "erva que não tem orelhas".

palmeira-leque-da-china (*Livistona chinensis*): *birô*, 檳榔.

palmeira-moinho-de-vento (variedade *Trachycarpus fortunei*): *surono ki*, 棕櫚の木 (*shurono ki*, 棕櫚の木), também chamada palmeira-moinho-de-vento-da-china e palmeira-moinho-chinês.

paulóvnia [verão]: *kiri*, 桐.
peônia [verão]: *bôta*, 牡丹 (*botan*, 牡丹).
pera asiática (*Pyrus pyrifolia*): *yamanashi*, 山梨.
pereira [primavera]: *nashi*, 梨.
pêssego-da-montanha (*Myrica rubra*) [verão]: *yamamomo*, 楊梅.
pessegueiro [primavera]: *momo*, 桃.
pinheiro: *matsu*, 松 (pinheiro vermelho: *akamatsu*, 赤松).
pinheiro pentafilo: *goyô*, 五葉, *goyômatsu*, 五葉松.
planta-em-perigo: *ayaugusa*, 危草, denominação dada às plantas que cresciam em locais perigosos como precipícios ou penhascos sem firmarem suas raízes.
plantas aquáticas flutuantes (designação geral): *ukikusa*, 浮き草.
plantas aquáticas: *mikusa*, 水草.
polignácea japonesa (*Fallopia japonica*) [primavera]: *itadori*, 虎杖, também chamada *knotweed* japonês; literalmente, "bengala de tigre".
rosa multiflora: *mubara*, 茨 (*noibara*, 野茨).
sakaki (*Cleyera japonica*) [inverno]: *sakaki*, 榊, também chamada japoneira templária, é árvore de folhas lustrosas e considerada sagrada no xintoísmo.
salgueiro: *hamayanagi*, 浜柳.
salgueiro-chorão [primavera]: *yanagi*, 柳 (*shidareyanagi*, 垂れ柳).
salsa japonesa [primavera]: *seri*, 芹.
samambaia (variedade *Polypodium lineares*) [outono]: *shinobugusa*, 忍草 (*nokishinobu*, 軒忍).
tangerina (variedade japonesa) [verão]: *tachibana*, 橘 (*kôji mikan*, 柑子蜜柑).
timeleia *ganpi* (variedade *Diplomorpha sikokiana*): *kanihi*, 雁緋 (*ganpi*, 雁皮), tem fibras famosas para se produzir as mais finas, transparentes e duráveis folhas de papel.
trepadeira *aotsuzura* (*Sinomenium acutum*): *aotsuzura*, 青葛 (*tsuzurafuji*, 葛藤).
trepadeira *kodani* (desconhecido): *kodani*, 木虫芮.
trevo-azedo: *katabami*, 酢獎草, também chamado azedinha.
tribulo aquático (tipo de) (*Trapa japonicum*) [outono]: *hishi*, 菱, também chamado abrolho aquático.
valeriana [outono]: *ominaeshi*, 女郎花, também chamada patrínia.
violeta [primavera]: *tsubosumire*, 壺菫.
visco [inverno]: *yadorigi*, 宿木 (*hoyo*, 寄生), também chamado visco-branco.
yuzuriha (*Daphniphyllum macropodum*) [primavera]: *yuzuriha* (*yuzuruha*), 譲葉, é variedade de loureiro.

Animais, pássaros e insetos:

abelha: *hachi*, 蜂.
água-viva: *kurage*, 海月.
ameijôa: *hamaguri*, 蛤.
aranha: *kumo*, 蜘蛛.
besouro teque-teque [verão]: *nukazukimushi*, 叩頭虫, *kometsukimushi*, 米搗虫.
bicho-de-cesto [outono]: *minomushi*, 蓑虫.
bico-grossudo [outono]: *ikaruga*, 斑鳩 (*ikaru*, 斑鳩).
boi: *ushi*, 牛.
borboleta [primavera]: *chô*, 蝶.
cacatua [inverno]: *ômu*, 鸚鵡.
camarão esqueleto [outono]: *warekara*, 割殻.
cão: *inu*, 犬.
caranguejo-ermitão: *gôna*, 寄居子, também chamado bernardo-eremita ou paguro.
carriça [inverno]: *takumidori*, 巧鳥 (*misosazai*, 鷦鷯).
cavalo: *koma*, 駒, *muma*, 馬.
centopeia: *mukade*, 蜈蚣.
cigarra (designação geral): *semi*, 蝉.
cigarra verde (*Tanna japonensis*) [outono]: *higurashi*, 蜩, canta de madrugada e ao crepúsculo.
coelho: *u*, 兎 (*usagi*, 兎).
concha: *kai*, 貝.
corvo: *karasu*, 烏.
cuco-pequeno [verão]: *hototogisu*, 郭公 (時鳥).
efemérida [outono]: *hiomushi*, 蜉.
faisão [primavera]: *kigishi*, 雉 (*kiji*, 雉).
faisão cobre [primavera]: *yamadori*, 山鳥.
formiga: *ari*, 蟻.
gafanhoto gigante [outono]: *kutsuwamushi*, 轡虫.
gaivota [inverno]: *miyakodori*, 都鳥, literalmente, "pássaro-da-Capital" (*yurikamome*, 百合鴎).
galinha d'água [verão]: *kuina*, 水鶏.
galo (refere-se normalmente ao galo-banquiva), galinha: *niwatori*, 庭鳥 (鶏), *tori*, 鳥.
ganso selvagem [outono]: *kari* (*gan*), 雁, também chamado ave migrante.
garça [verão]: *sagi*, 鷺.
gato: *neko*, 猫.
grilo do campo (*Scapsipendus aspersus*) [outono]: *kirigirisu*, 螽斯 (*kôrogi*, 蟋蟀), na língua clássica, *kirigirisu* (grilo do campo) referia o atual *kôrogi* (gafanhoto) e vice-versa.

568   Luiza Nana Yoshida

grilo pinheiro [outono]: *suzumushi*, 鈴虫 (*matsumushi*, 松虫).

grilo sineiro [outono]: *matsumushi*, 松虫 (*suzumushi*, 鈴虫), na língua clássica, *matsumushi* (grilo sineiro) referia o atual *suzumushi* (grilo pinheiro) e vice-versa.

grou [inverno]: *tsuru*, 鶴, *tazu*, 田鶴 (*tanchô*, 丹頂).

lesma: *namekuji*, 蛞蝓.

louva-deus [outono]: *hataori*, 機織.

macaco: *saru*, 猿.

marrequinha comum: *takabe*, 沈鳧.

milhafre-preto: *tobi*, 鳶.

mosca [verão]: *hae*, 蝿.

narceja [outono]: *shigi*, 鴫.

papa-moscas: *hitaki*, 火たき(鶲) 火焼.

pardal rutilante (*Passer rutilans*) [outono]: *kashira akaki suzume*, 頭赤き雀, literalmente, "pardal de cabeça vermelha" (*nyûnaisuzume*, 入内雀).

pardal: *suzume*, 雀.

pássaro (denominação genérica): *tori*, 鳥.

pato-mandarim [inverno]: *oshi*, 鴛鴦 (*oshidori*, 鴛鴦).

pega: *kasasagi*, 鵲.

pernilongo: *ka*, 蚊.

pintassilgo verde (*Carduelis spinus*) [outono]: *hiwa*, 鶸, *mahiwa*, 真鶸.

pisco-da-ásia-ocidental [outono]: *hitaki*, 鶲, *jôbitaki*, 尉鶲.

pulga: *nomi*, 蚤.

rato: *nezumi*, 鼠.

rouxinol [primavera]: *uguisu*, 鶯.

sapo: *kaeru*, 蛙.

serpente: *kuchinawa*, 蛇.

tarambola [inverno]: *chidori*, 千鳥.

vaga-lume [verão]: *hotaru*, 蛍, também chamado pirilampo.

Vestuário e sistema colorístico

Tanto o traje feminino quanto o masculino caracterizam-se por um conjunto de peças sobrepostas, ornamentos e cores que variam conforme posição social, ocasião ou sazonalidade.

Os homens vestem uma túnica longa de gola redonda, mangas longas e largas sobre quimonos e pantalonas. As mulheres usam peças semelhantes ao quimono usadas ora por baixo, ora por cima das pantalonas, podendo ser fechadas, cruzadas na frente ou abertas. As pantalonas masculinas são amplas, podem alcançar a altura do joelho, tornozelo ou cobrir os pés. A boca pode ser larga ou presa por cordões. As pantalonas femininas normalmente são longas e costumam cobrir os pés. Os homens sempre usam chapéus. Os principais acessórios masculinos são o cetro de madeira, o leque e o papel dobrado, e os femininos, o leque e o papel dobrado.

Vestuário masculino

Destacam-se o traje formal civil (*bunkan sokutai*) e o traje formal militar (*bukan sokutai*), chamados *sokutai*, "atado com faixa", devido à utilização de um cinto de couro na altura do quadril. São de uso semiformal: o traje com pantalonas presas nos tornozelos (*hôko sugata*) e o utilizado pelo servidor público de plantão (*ikan sugata*). São de uso informal: o traje cotidiano (*nôshi sugata*) e o traje de caça (*kariginu sugata*). Conforme a ocasião, os homens levavam nas mãos o cetro de madeira ou o leque. Dos exteriores à nobreza, podem ser citados o traje da guarda de escolta (*kachie sugata*) e o traje popular (*hitatare sugata*).

Traje formal civil (*bunkan sokutai sugata*, 文官束帯姿):
Compõe-se basicamente das seguintes peças e acessórios:
botina de couro laqueada: *kanokutsu*, 鞾.
cetro de madeira: *shaku* (*saku*), 笏.
chapéu formal de cauda pendente: *suieino kanmuri*, 垂纓.
cinto de couro: *sekitai*, 石帯.
espada ornamentada: *kazaritachi*, 飾太刀.
faixa de cordão trançado: *hirao*, 平緒.
meias: *shitôzu*, 襪.
pantalonas carmesim de boca larga: *ôkuchibakama*, 大口袴.
pantalonas de cima: *uenohakama*, 表袴.
papel dobrado: *tatôgami*, 畳紙 (帖紙), era utilizado como folha de anotações ou lenço.
quimono com forro *akome*: *akome*, 衵.
quimono de manga estreita: *kosode*, 小袖, era, no período, roupa interior.
quimono formal com cauda: *shitagasane*, 下襲.
quimono sem forro: *hitoe*, 単, é a primeira peça a ser vestida.
quimono sem manga: *hanpi* 半臂, é tipo de colete longo (às vezes dispensado).
túnica formal de cava costurada: *hôekino hô* 縫腋袍.

Traje formal militar (*bukan sokutai sugata*, 武官束帯姿)
É formado basicamente das mesmas peças do traje civil, diferindo nos acessórios:
arco: *yumi*, 弓.
chapéu formal de cauda enrolada: *ken'eino kanmuri*, 巻纓冠.
espada: *tachi*, 太刀.
flecha: *ya*, 矢.

penacho: *oikake*, 緌 (老懸), é colocado nas laterais do chapéu.
aljava: *yanagui*, 胡籙.
túnica de cava sem costura: *kettekino hô*, 闕腋 (欠掖袍).

Traje semiformal (*hôko sugata*, 布袴姿)

Utilizado em cerimônias extraoficiais, compõe-se basicamente das mesmas peças do traje formal, substituindo-se as pantalonas de boca larga (*ôkuchibakama*) e as pantalonas de cima (*ueno hakama*) pelas pantalonas de baixo (*shitabakama*) e pantolonas presas nos tornozelos (*sashinuki*).

Traje formal simplificado (*ikan sugata*, 衣冠姿)

Semelhante ao semiformal, mas dispensa o uso de quimono com forro *akome*, quimono formal com cauda (*shitagasane*), quimono curto sem manga (*hanpi*) e cinto de couro (*sekitai*). Em vez do cetro de madeira (*shaku*), porta-se o leque de cipreste (*hiôgi*) ou de papel (*kawahori ôgi*). Era chamado também de *tonoi sôzoku*, "traje de Plantonista", pois utilizado pelos servidores públicos em plantão noturno no Palácio Imperial.

Traje cotidiano (*nôshi, sugata*, 直衣姿)

Utilizado pelos altos dignitários e os nobres em suas residências, compõe-se basicamente das mesmas peças do traje formal simplificado (*ikan sugata*), substituindo-se o chapéu formal (*kanmuri*) pelo chapéu laqueado ereto (*tateeboshi*) e acrescentando-se as pantalonas presas nos tornozelos (*sashinuki*). Aqueles que tivessem permissão do Imperador podiam comparecer ao Palácio Imperial com o traje cotidiano, substituindo-se o chapéu laqueado pelo chapéu formal.

Traje cotidiano de caça (*kariginu sugata*, 狩衣姿)

Traje cotidiano da nobreza, seu nome deve-se ao fato de originariamente ter sido utilizado na caça. Composto basicamente por chapéu laqueado ereto (*tateeboshi*), túnica de caça (*kariginu*) e pantalonas presas nos tornozelos (*sashinuki*), o traje era utilizado também para as atividades que exigiam maior liberdade de movimento, como a prática da falcoaria, os passeios ou a prática do jogo de bola *kemari*.

Traje da guarda de escolta (*kachie sugata*, 褐衣姿)

Utilizado pelos guardas de escolta dos nobres, compõe-se basicamente da túnica índigo escuro (*kachie*) sobre o quimono sem forro (*hitoe*) e pantalonas de bocas amarradas (*kukuribakama*), calçados de palha (*waragutsu*) e protetores de canela (*ichibihabaki*), chapéu formal de cauda fina (*saieino kanmuri*) com penacho (*oikake*) e arco e flechas.

Vestuário feminino

O traje feminino tinha dimensões amplas e caracterizava-se por sobreposições de vestes, combinação de cores, padrões elaborados e tecidos finos. Na mão portavam o leque de cipreste (*akomeôgi*).

Traje formal feminino (*nyôbô shôzoku*, 女房装束)

Conhecido como *nyôbô shôzoku*, "traje de dama da Corte", *jûnihitoe sugata*, "traje de doze quimonos", ou *karaginumo sugata*, "traje da jaqueta chinesa formal e cauda com pregas", era formado basicamente por pantalonas (*hakama*) e uma sobreposição de trajes internos sobre o quimono sem forro (*hitoe*), tendo como peças fundamentais a jaqueta chinesa formal (*karaginu*) e a cauda com pregas (*mo*).

São seus elementos:

cauda com pregas: *mo*, 裳, peça formal provida de cós e ornada com motivos festivos.
cinco trajes: *itsutsuginu*, 五衣, conjunto de cinco quimonos com forro (*uchiki*) sobrepostos.
jaqueta chinesa formal: *karaginu*, 唐衣, também chamada jaqueta chinesa de gala.
leque feminino formal de madeira: *akomeôgi*, 衵扇.
pantalonas: *hakama*, 袴.
papel dobrado: *tatôgami*, 畳 (帖紙), era usado como folha de anotações ou lenço.
quimono de manga estreita: *kosode*, 小袖.
quimono externo: *uwagi*, 表着.
quimono lustroso com forro: *uchiginu*, 打衣.
quimono sem forro: *hitoe*, 単.

Traje formal simplificado (*kouchiki sugata*, 小袿姿)

Dispensava algumas peças do traje formal como a jaqueta chinesa formal (*karaginu*), o quimono externo (*uwagi*) e a cauda com pregas (*mo*), com pantalonas carmesins longas (*hino nagabakama*) e quimono semiformal (*kouchiki*) sobre as demais peças. Era usado como traje cotidiano pelas mulheres da alta nobreza.

Traje habitual (*uchiki hitoeginu sugata*, 袿単衣姿)

Utilizado pelas damas da nobreza em suas residências, compõe-se de quimono de baixo de manga estreita (*kosode*), pantalonas carmesins longas (*hino nagabakama*), quimono sem forro (*hitoe*) e quimono com forro (*uchiki*).

Traje cotidiano (*hosonaga sugata*, 細長姿)
Utilizado pelas mulheres da nobreza, compõe-se basicamente de quimono com gola dobrada (*hosonaga*), sobre o quimono semiformal (*kouchiki*), quimono com forro (*uchiki*), quimono sem forro (*hitoe*) e pantalonas roxo escuro (*kokino hakama*).

Traje infantil (*kazami sugata*, 汗衫姿)
A versão formal é composta de pantalonas de cima (*uenohakama*) sobre pantalonas roxo escuro (*kokihakama*), quimono com forro *akome* sobre o quimono sem forro (*hitoe*) e, por cima de tudo, o quimono infantil de gala (*kazami*). A informal compõe-se de pantalonas cortadas (*kiribakama*), quimono com forro *akome* e quimono infantil de gala (*kazami*).

Traje de viagem (*tsubosôzoku sugata*, 壺装束姿)
O traje usado pelas mulheres da nobreza para saídas a pé como no caso de peregrinações tinha por característica ter o comprimento do quimono sem forro (*hitoe*) e do quimono com forro (*uchiki*) ajustado na altura do tornozelo, ao se puxar e prender a veste na altura do quadril. Por ter a parte do quadril mais larga e a da barra mais estreita fazia lembrar o formato de um jarro, e era denominada *tsuboshôzoku*, "traje jarro". Para protegerem-se usavam chapéu de bambu (*ichimegasa*), e em peregrinações, as damas usavam uma faixa vermelha (*kakeobi*) na altura do peito, simbolizando o corpo purificado.

Pormenorização de vestes:
cauda de quimono formal: *kyo*, 裾, o comprimento da cauda variava conforme o grau hierárquico, e podia alcançar até três metros no caso de Ministros.
cauda com pregas: *mo*, 裳, tinha pregas e cós e era ornada com motivos festivos, usada sobre o quimono externo (*uwagi*) e sob a jaqueta chinesa formal (*karaginu*).
cinco trajes: *itsutsuginu*, 五衣, sobreposição de cinco quimonos com forro *uchiki*.
cordões laterais da cauda com pregas: *kogoshi*, 小腰.
cós da cauda com pregas: *ôgoshi*, 大腰.
faixa ornamental: *hire*, 領巾, era de tecido e pendurada no pescoço.
faixas laterais: *hikigoshi*, 引腰, *kutai*, 裙帯, ornamento da cauda com pregas.
jaqueta chinesa formal (feminina): *karaginu*, 唐衣, também chamada jaqueta chinesa de gala.
pantalonas: *hakama*, 袴.
pantalonas amarradas: *kukuribakama*, 括袴, têm as barras amarradas pouco abaixo do joelho.
pantalonas carmesins de boca larga (masculino): *ôkuchibakama*, 大口袴.

pantalonas carmesins longas: *hino nagabakama*, 緋の長袴.
pantalonas cortadas: *kiribakama*, 切袴, o comprimento usual é na altura do tornozelo.
pantalonas de baixo: *shitabakama*, 下袴.
pantalonas de cima: *uenohakama*, 表袴, sempre brancas, são usadas sobre as de boca larga.
pantalonas longas que cobrem os pés: *nagabakama*, 長袴.
pantalonas presas nos tornozelos: *sashinuki*, 指貫.
quimono com forro *akome*: *akome*, 衵, na veste masculina é o quimono com forro, usado entre o quimono formal com cauda (*shitagasane*) e o quimono sem forro (*hitoe*) que possui o mesmo formato; o masculino é curto, tem o comprimento à altura do joelho e a cava da manga sem costura; o feminino é longo e tem a cava costurada; o infantil refere-se ao quimono com forro usado pelas meninas sob o quimono infantil de gala (*kazami*).
quimono com forro *uchiki*: *uchiki*, 袿, é vestido sobre o *hitoe*.
quimono de manga estreita: *kosode*, 小袖.
quimono estreito e longo: *hosonaga*, 細長, literalmente, "estreito-e-longo", refere uma veste para mulheres e crianças, com gola dobrada.
quimono externo: *uwagi*, 表着, é usado sobre os demais e logo abaixo da jaqueta de gala.
quimono formal com cauda: *shitagasane*, 下襲.
quimono *hitatare*: *hitatare*, 直垂, masculino, tem mangas finas e é fechado na frente por cordões (*munahimo*).
quimono infantil de gala: *kazami*, 汗衫.
quimono lustroso com forro: *uchiginu*, 打衣, é usado sobre o *uchiki*.
quimono sem forro *katabira*: *katabira*, 帷子, é para o verão, sem forro, usado por baixo da túnica ou de outro quimono.
quimono sem forro: *hitoe*, 単, é a primeira peça usada sobre a roupa de baixo (*kosode*), tem o mesmo formato do *akome*, porém possui forro; o masculino é curto e o feminino, longo.
quimono sem manga (masculino): *hanpi*, 半臂, sem mangas, é um tipo de colete longo.
quimono semiformal: *kouchiki*, 小袿.
sobrepeliz budista: *kesa*, 袈裟, sem mangas, tem somente uma alça no ombro esquerdo, é confeccionada com retalhos de trajes velhos, tem forro e é usada sobre o quimono longo formal (*kyûtai*).
traje de caça: *kariginu*, 狩衣, tem gola redonda, cava sem costura e manga larga cuja boca podia ser fechada por um cordão (*tsuyu*) para facilitar os movimentos.
traje vermelho: *akaginu*, 赤衣, é traje de cor rosada usado pelos serviçais.
túnica do traje cotidiano (*nôshi*, *sugata*): *nôshi*, 直衣.

túnica do traje de caça (*kariginu*): *ao*, 襖, *kariao*, 狩襖.
túnica formal masculina civil: *hôekino hô*, 縫腋袍, com a cava costurada, possui na barra uma tira (*ran*) com as pontas dobradas (*arisaki*), e nas costas, parte da túnica na altura do quadril é dobrada em formato de saco (*hakoe*).
túnica formal masculina militar: *kettekino hô*, 闕腋袍, com cava sem costura.
túnica formal masculina: *hô*, 袍, *ueno kinu*, 上の衣, com mangas largas e gola redonda.
túnica formal verde: *rôsô*, 緑衫, era exclusiva dos nobres do Sexto Grau.
túnica *kachie*: *kachie*, 褐衣, era semelhante ao *kariginu* com cava costurada e era usada pelos guardas de escolta.
vestes à mostra: *idashiginu*, 出し衣 (*uchiide*, 打ち出), era uma forma de as damas exibirem o colorido das sobreposições deixando à mostra as barras ou as mangas das vestes sob as persianas das residências ou das carruagens de boi.

Tipos de chapéus

Acessório obrigatório do vestuário masculino, o chapéu pode ser de dois tipos. *Kanmuri* (chapéu formal) é um tipo de chapéu com borda alta sem aba, com a copa baixa, e que possui, na parte posterior, um porta-rabicho. Fixa-se à cabeça por um prendedor e possui uma cauda. *Eboshi* (chapéu laqueado) é também um chapéu sem aba com a copa alta, usado no dia-a-dia. Ambos eram feitos de gaze de seda e pintados com laca escura. Posteriormente, passou a ser confeccionado com papel japonês ao invés de gaze de seda.

Especificações:
chapéu amarrado: *tokin*, 頭巾, era preto e preso ao queixo por um cordão.
chapéu de bambu: *ichimegasa*, 市女笠, podia ser também de junça; tinha aba larga e copa pequena.
chapéu formal: *kanmuri*, 冠, podia ser de vários tipos conforme a posição social.
chapéu formal de cauda enrolada: *ken'eino kanmuri*, 巻纓冠, era para a nobreza militar.
chapéu formal de cauda ereta: *ryûeino kanmuri*, 立纓冠, era exclusivo do Imperador.
chapéu formal de cauda fina: *saieino kanmuri*, 細纓冠.
chapéu formal de cauda pendente: *suieino kanmuri*, 垂纓冠, era para a nobreza civil.
chapéu laqueado: *eboshi*, 烏帽子, literalmente, "chapéu corvo", devido à cor escura, era utilizado no cotidiano pelos homens, podendo ser de vários tipos.

chapéu laqueado alto: *nagaeboshi*, 長烏帽子.
chapéu laqueado amaciado: *momieboshi*, 揉烏帽子.
chapéu laqueado dobrado: *orieboshi*, 折烏帽子.
chapéu laqueado ereto: *tateeboshi*, 立烏帽子.
penacho: *oikake*, 緌 (老懸), ornamento das laterais do chapéu em formato de leque feito com pelos engomados de rabo de cavalo.

Tipos de calçados:
bota de couro laqueada: *fukagutsu*, 深履.
botina de couro laqueada: *kanokutsu*, 靴, com detalhe de brocado na boca do cano e enfeite de metal, era usada com o traje formal.
calçado: *kutsu*, 沓.
calçado de madeira: *hôka*, 半靴, podia ser também botina de couro.
calçado de palha: *waragutsu*, 藁履.
calçado raso: *asagutsu*, 浅沓, tipo de tamanco de madeira laqueado, com palmilha acolchoada e bico arredondado, utilizado normalmente com traje formal simplificado (*ikan sugata*), traje cotidiano (*nôshi sugata*) e traje de caça (*kariginu sugata*).
meias: *shitôzu*, 襪, eram amarradas na altura do tornozelo.
protetor de canela: *ichibihabaki*, 茜麻脛巾, feita de tecido ou fibras de abitilo.
tamanco com proteção: *keishi*, 履子, com proteção de couro na parte da frente.
tamanco de salto: *ashida*, 足駄.

Tipos de faixas:
cinto de couro: *sekitai*, 石帯.
faixa: *obi*, 帯, tipo de cinto largo para amarrar quimono.
faixa de cordão trançado: *hirao*, 平緒, com franja nas extremidades, é usada pendente na frente e presa ao cinto de couro.
faixa para mangas: *tasuki*, 襷, é usada para prender as mangas do quimono.
faixa vermelha: *kakeobi*, 懸帯, é usada pelas mulheres na altura do peito por ocasião da peregrinação.

Tipos de leques:
leque: *ôgi*, 扇.
leque feminino de cipreste: *akomeôgi*, 衵扇, possui pintura com motivos festivos e ornamento de cordões coloridos nas varetas mestres.
leque masculino de cipreste: *hiôgi*, 檜扇, é usado no inverno.
leque morcego: *kawahoriôgi*, 蝙蝠扇, de papel para uso masculino no verão e, quando aberto, lembra a silhueta do morcego.

Outros acessórios:
bastão ou cajado: *shakujô*, 錫杖, possui elos de metal na extremidade superior.
capa de chuva de palha: *mino*, 蓑.
cetro de madeira: *shaku (saku)*, 笏, tabuleta de cerca de trinta centímetros utilizada inicialmente para colar anotações, passou a ser ornamento levado na mão direita em ocasiões solenes.
chapéu: *kasa*, 笠, de aba ampla e reta, era utilizado para sol, chuva ou neve.
espada ornamentada: *kazaritachi*, 飾太刀, utilizada em cerimônias, possui bainha ricamente ornada com ouro, prata e trabalhos em laca e madrepérola.
guarda-chuva: *kasa*, 傘.
guarda-chuva chinês: *karakasa*, 唐傘, era feito de bambu e papel oleado.
instrumento budista de percussão: *kongu*, 金鼓.
objeto ritualístico budista: *toko*, 独鈷.
papel dobrado: *tatôgami*, 畳紙, 帖紙, era utilizado como folha para anotações ou como lenço.
perneira: *habaki*, 脛巾.
rosário budista: *juzu (zuzu)*, 数珠.
sacola de ração: *ebukuro*, 餌袋, originalmente refere-se à sacola para carregar ração para o falcão ou a caça.
trompa de concha: *horagai*, 法螺貝.

Tipos de cortes de cabelo, penteados e ornamentos

No período Heian, os cabelos eram considerados o símbolo máximo da beleza feminina. Especialmente longos, podiam alcançar ou ultrapassar a estatura da dama, exigindo cuidados especiais. Havia ocasiões próprias para a lavagem dos cabelos, sendo utilizada a barrela, água onde se ferve cinza para branquear a roupa; ou a água quente para lavar ou modelar o cabelo, comumente proveniente da lavagem do arroz e, para torná-los brilhantes, eram utilizados vários tipos de óleos vegetais. Os homens também tinham os cabelos longos, que eram presos em forma de rabicho no alto da cabeça.

Especificações:
aparado na têmpora: *binsogi*, 鬢除, os cabelos eram mais curtos nas têmporas.
cabelos amarrados: *keppatsu*, 結髪.
cabelos atrás das orelhas: *mimihasami*, 耳挟み.
cabelos da testa aparados na altura do ombro: *sagariba*, 下がり端.
cabelos em coques: *mizura*, 角髪, repartidos ao meio, e presos em coque nas laterais, é penteado para meninos.

Sobre flores, pássaros, vestuário, arquitetura e calendário

cabelos presos: *kamiage*, 髪上げ, utilizado em ocasiões formais pelas damas da Corte, ou na Cerimônia da Maioridade das meninas, parte do cabelo era preso no alto da cabeça.
cabelos soltos e partidos no meio: *taregami*, 垂れ髪.
corte de monja: *amasogi*, 尼削, era utilizado por monjas ou mulheres leigas que faziam votos religiosos; o comprimento alcançava os ombros.
corte inclinado na nuca e com franjas: *mezashi*, 目刺し, penteado para meninos.
corte infantil na altura da nuca: *unai* (*unaigami*), 髫髪, podia ser também o cabelo longo preso na altura da nuca.
corte infantil: *furiwakegami*, 振分け髪, os cabelos eram partidos ao meio e cortados na altura dos ombros.
enfeite para coque: *hôkei*, 宝髻, era usado para prender o coque em ocasiões formais.
fio ou cordão: *motoyui*, 元結, era usado para amarrar o rabicho.
grampo metálico: *saishi*, 釵子.
pente ornamental: *sashigushi*, 刺櫛.
prendedor do chapéu formal: *kanzashi*, 簪.
rabichos: *motodori*, 髻, para homens, eram no alto da cabeça; para mulheres, eram coques.

Sistema colorístico

Desde o estabelecimento do sistema de doze classes e graus (*kan'i jûnikai*), pelo Príncipe Regente Shôtoku, no ano de 603, a distinção entre as graduações das classes passou a ser indicada fundamentalmente pelas cores dos chapéus formais e dos trajes. As doze cores dos chapéus formais eram: roxo, verde, vermelho, amarelo, branco, preto em tons mais escuros e claros. No período Heian, passou a ser utilizado o chapéu preto. Nas túnicas formais, branco, alaranjado queimado, roxo (posteriormente substituído pelo preto), vermelho escarlate, verde e azul índigo claro eram de uso exclusivo dos trajes oficiais.

Cores principais:
alaranjado queimado: *ôni*, 黄丹.
amarelo: *ki*, 黄.
laranja amarelado brilhante: *kanzô*, 萱草, literalmente, "cor de lírio-de-um--dia".
amarelo alaranjado: *kuchinashi*, 梔子, literalmente, "gardênia" (*Gardenia jasminoides*).
amarelo claro: *neriiro*, 練色, literalmente, "cor refinada".
amarelo ocre: *kikuchiba*, 黄朽葉, literalmente, "tonalidade amarelada de folha em decomposição".

amarelo oliva: *aokuchiba*, 青朽葉, literalmente, "tonalidade esverdeada de folha em decomposição".
amarelo-ouro: *yamabuki*, 山吹, literalmente, "kérria", possui variação rosada.
azul celeste: *asahanada*, 浅縹.
azul claro: *asagi*, 浅葱, com tonalidade turquesa.
azul índigo: *ai*, 藍.
azul índigo claro: *hana*, 花, *hanada*, 縹.
azul índigo escuro: *kachiiro*, 褐色.
azul-anil: *yamaai*, 山藍, literalmente, "anileira-da-montanha".
azul-marinho: *kon*, 紺.
branco: *shiro*, 白.
carmim, carmesim: *kurenai*, 紅.
carmesim escuro, vermelho escuro: *suô*, 蘇芳, tom vermelho resultante da madeira de *Caesalpina sappan*.
carmesim muito escuro, vermelho muito escuro: *kokisuô*, 濃蘇芳, tom vermelho resultante da madeira de *Caesalpina sappan*.
carmesim profundo (tonalidade de saturação máxima): *kokikurenai*, 深紅.
castanho amarelado claro: *kurumiiro*, 胡桃色, literalmente, "cor de noz".
cinza: *usuzumi*, 薄墨.
cinza carvão: *sumizome*, 墨染, literalmente, "tingimento tinta *sumi*".
cinza chumbo esverdeado: *aonibi*, 青鈍.
cinza chumbo oliva: *nibiiro*, 鈍色.
cinza claro: *usunibi*, 薄鈍.
lilás: *usuiro*, 薄色.
lápis-lazúli: *ruri*, 瑠璃, *natsumushino iro*, 夏虫の色, literalmente, "cor de insetos de verão".
lilás carmesim: *usufutaai*, 薄二藍, também referido como roxo-carmesim claro.
lilás escuro: *shion*, 紫苑, é resultante do tingimento das flores de *Tatarian aster*.
marrom amarelado claro: *kôzome*, 香染, literalmente, "tingimento de incenso".
marrom amarelado escuro: *kôrozen*, 黄櫨染, literalmente "tingimento laca amarela" (*Rhus trichocarpa*).
marrom avermelhado: *hiwada*, 檜皮, literalmente, "cor de casca de cipreste japonês".
ocre alaranjado: *kuchiba*, 朽葉, literalmente, "folha em decomposição".
preto: *kuro*, 黒.
púrpura profundo: *kokimurasaki*, 深紫, tonalidade em sua saturação máxima.
rosa carmesim: *kôbai*, 紅梅, literalmente, "ameixeira carmesim".
rosa claro: *nadeshikoiro*, 撫子色, literalmente, "cor de cravo-renda".
roxo claro avermelhado: *ebizome*, 葡萄染, literalmente, "tingimento uva".
roxo, violeta: *murasaki*, 紫.
roxo-carmesim: *futaai*, 二藍.

verde: *ao*, 青, na língua clássica era designação geral do verde, mas podia indicar também o azul.
verde: *midori*, 緑.
verde amarelado: *moegi*, 萌黄, literalmente, "amarelo broto".
verde claro: *asamidori*, 浅緑.
verde oliva: *aoni*, 青丹.
vermelho carmesim: *beniiro*, 紅色.
vermelho escalarte: *ake*, 緋, *hiiro*, 緋色, também referido como vermelho sangue.
vermelho: *akairo*, 赤.

Combinação de cores das sobreposições (*kasaneno irome*, 襲の色目)

A técnica de tingimento importada do continente teve alto desenvolvimento no período Heian, originando combinações harmônicas de cores. A sobreposição (*kasane*) pode indicar tanto a combinação de cores entre o tecido e o forro quanto, caso mais numeroso, entre trajes que ficam à vista na abertura da manga, da gola ou da barra. As sobreposições obedeciam a uma série de regras ditadas, entre outras, por sazonalidade, posição social e faixa etária e possuíam nomes elegantes baseados normalmente em plantas. Cada combinação pode oferecer outras variações diferentes das que constam na lista abaixo.

Principais combinações:
Ameixeira: *ume*, 梅, carmesim-escuro e rosa carmesim [primavera].
Ameixeira Carmesim: *kôbai*, 紅梅, carmesim e roxo [primavera].
Ameixeira Carmesim sob a Neve: *yukinoshita* (*kôbai*), 雪下紅梅, branco e carmesim [inverno]; *yukinoshita* ("sob a neve") designa a planta perene *Saxifraga stolinifera*, geralmente tomada por variedade de gerânio ou begônia.
Azaleia: *tsutsuji*, 躑躅, branco e carmesim escuro [primavera].
Branco: *shiragasane*, 白襲, branco e branco.
Camélia: *tsubaki*, 椿, carmesim escuro e vermelho [inverno].
Campainha Chinesa: *kikyô*, 桔梗, roxo-carmesim e verde escuro [outono].
Campo Seco: *kareno*, 枯野, amarelo e verde claro ou branco [outono/inverno].
Carmesim Escuro: *suô*, 蘇芳, branco e carmesim escuro [inverno].
Cerejeira: *sakura*, 桜, branco e vermelho; podia ser também branco e carmesim [primavera].
Cinamono: *ôchi*, 楝, lilás e verde; podia ser também roxo sobre lilás [verão].
Cor de Noz: *kurumiiro*, 胡桃色, marrom amarelado claro e branco ou verde [quatro estações].
Cor de Uva: *ebi*, 葡萄, carmesim escuro (*suô*) e azul índigo claro [quatro estações].

Cores Secas: *kareiro*, 枯色, branco e lilás (ou tecido tramado com seda marrom ocre em seu interior); pode ser também marrom amarelado claro e verde [inverno].

Cravo-Renda: *nadeshiko*, 撫子, carmesim e lilás; ou rosa carmesim e verde [verão].

Crisântemo: *kiku*, 菊, vermelho *suô* claro e verde; pode indicar também conjunto superposto de cinco quimonos em tonalidades vermelho escuro *suô* e três camadas de brancos [outono].

Duas Cores: *futairo*, 二色, lilás e amarelo-ouro [quatro estações].

Flor de Dêutzia: *unohana*, 卯の花, branco e verde amarelado [verão].

Flor de Tangerina: *hanatachibana*, 花橘, marrom ocre e verde [verão].

Folha de Bordo: *momiji*, 紅葉, vermelho (*aka*) e vermelho escuro (*kôkiaka*) no traje de caça *kariginu*; pode ser carmesim (*kurenai*) e vermelho escuro (*suô*) [outono].

Folha em Decomposição: *kuchiba*, 朽葉, ocre alaranjado e amarelo [outono].

Genciana: *rindô*, 竜胆, carmesim escuro (*suô*) e verde [outono].

Glicínia: *fuji*, 藤, lilás e verde amarelado [primavera].

Incenso: *kô*, 香, marrom amarelado claro e carmesim [quatro estações].

Íris Aromático: *shôbu*, 菖蒲, verde amarelado e carmesim escuro [verão].

Íris Siberiana: *ayame*, 菖蒲, verde amarelado e rosa-carmesim escuro [verão].

Kérria: *yamabuki*, 山吹, ocre e amarelo-ouro [primavera].

Lespedeza: *hagi*, 萩, carmesim escuro (*suô*) e verde [outono].

Lilás Escuro: *shion*, 紫苑, lilás escuro e verde [outono].

Malva: *aoi*, 葵, verde claro e lilás [verão].

Papel Chinês: *karakami*, 唐紙, branco e amarelo [quatro estações].

Pinheiro: *matsugasane*, 松襲, verde amarelado e roxo [quatro estações].

Planta *Equisetum hyemale*: *tokusa*, 木賊, verde amarelado e branco [quatro estações].

Primeira Neve: *hatsuyuki*, 初雪, branco e branco [inverno].

Roxo-Carmesim: *futaai*, 二藍, roxo-carmesim e roxo-carmesim [quatro estações].

Salgueiro-chorão: *yanagi*, 柳, branco e verde [primavera].

Seda Amaciada: *kaineri*, 掻練, carmesim e carmesim [quatro estações].

Valeriana: *ominaeshi*, 女郎花, amarelo e verde amarelado [outono].

Verde Bambuzinho Sasa: *sasaao*, 篠青, branco e verde [inverno].

Arquitetura, mobiliário e meios de transporte

O Palácio Imperial, construído nos moldes da capital chinesa de Chang-An, ficava no extremo norte da capital Heiankyô e era cercado por vários portais. Além da residência imperial, incluía os órgãos políticos, bem como demais edifícios das repartições governamentais.

A residência imperial também possuía portais, sendo formada por várias construções ligadas por corredores e a fachada principal voltada para o sul. Os edifícios principais, como o Salão Cerimonial (Shishinden) ou a Ala Privativa do Imperador (Seiryôden), estavam localizados na metade sul. Na norte, ficava o "Palácio de Trás" (Kôkyû), a Ala Feminina reservada às consortes imperiais.

Shindenzukuri é a denominação do estilo arquitetônico da residência da nobreza do período Heian. A residência ocupava a metade norte e era formada por um grupo simétrico de construções ligadas por corredores, tendo ao centro o edifício principal (*shinden*), cujo interior era constituído por três partes: o recinto principal (*moya*) rodeado pelas galerias (*hisashi*) e pelas varandas (*sunoko*). A metade sul era ocupada por um pátio interno para as cerimônias oficiais e por um jardim com um lago artificial e ilhotas ligadas por pontes.

As construções da época praticamente não possuíam paredes internas e os aposentos eram separados por divisórias, anteparos, persianas ou cortinados que podiam ser deslocados quando necessário. O único aposento fechado por paredes era o *nurigome*, "aposento emparedado". Dormia-se e sentava-se sobre o tatame. Assim, com raras exceções, o mobiliário possuía dimensões concordes. As mobílias ou os artefatos de madeira geralmente eram laqueados, muitos deles ornados de ouro ou madrepérola.

Denominações das edificações da Residência Imperial (*dairi*, 内裏):
Ala da Consorte Imperial: Kôrôden, 後涼殿, era o posto das servidoras palacianas a serviço do Imperador.
Ala Feminina do Palácio Imperial: Kôkyû, 後宮, literalmente "Palácio de Trás", era formada por um conjunto de doze edificações.
Ala Privativa do Imperador: Seiryôden, 清涼殿.
Posto dos Seguranças do Palácio: Takiguchidokoro, 滝口所.
Salão Cerimonial: Shishinden, 紫宸殿, era o principal edifício cerimonial da residência imperial, onde se realizavam os eventos oficiais.
Salão de Estar Imperial: Jijûden, 仁寿殿, passou a ser utilizado posteriormente como Salão de Festas ou Ala de Recreação.

Componentes da Ala Privativa do Imperador (Seiryôden, 清涼殿):
Alcova Imperial: *michôdai*, 御帳台, o leito imperial consistia numa plataforma em nível elevado do chão, forrado com tatame e coberto com um tipo de dossel, usado para descansar ou dormir.
anteparo do Lago Konmei: *Konmeichino shôji*, 昆明池障子, ficava na grande galeria, em frente do Aposento Kokiden, ornamentada com a pintura do lago Konmei da China.
anteparo dos Eventos Anuais: *nenjûgyôji shôji*, 年中行事障子, era colocado na grande galeria contendo o registro dos eventos anuais.

Aposento da Imperatriz Fujitsubo: *Fujitsubono Ueno Mitsubone*, 藤壺の上の御局 e **Aposento da Imperatriz Kokiden:** *Kokidenno Ueno Mitsubone*, 弘徽殿の上の御局, eram salas de repouso e entretenimento das consortes imperiais das classes *nyôgo*, 女御, ou *kôi*, 更衣.

Aposento Hosodono: *Hosodono*, 細殿, literalmente "aposento longo e estreito", era aposento das damas fechados por cortinados e localizado na galeria (*hisashi*) ao redor do recinto principal.

assento diurno: *hi(ru)no omashi*, 昼御座, era local de trabalho onde o Imperador se sentava sobre uma almofada para os despachos diários.

banco baixo sem encosto: *daishôjino omashi*, 大床子の御座, era utilizado nas refeições formais.

copa: *daibandokoro*, 台盤所, posto das servidoras palacianas que preparavam as refeições do Imperador, onde ficava a mesa com as bandejas e as mesinhas servidas.

divisória corrediça do mar revolto: *araumino shôji*, 荒海障子, tinha folha dupla e na frente representava dois entes fantásticos, um com braços longuíssimos (*tenaga*) e outro com pernas longuíssimas (*ashinaga*) diante de um mar revolto; no verso, uma cena de pesca com rede no inverno; localizava-se na grande galeria (*hirobisashi*) leste e dava acesso ao corredor norte que levava à Ala Feminina.

plataforma ishibaidan: *ishibaidan*, 石灰壇, plataforma forrada onde o Imperador reverenciava o Santuário Ise todas as manhãs.

Portal Negro: *kurodo*, 黒戸, era localizado na galeria norte da Ala Privativa do Imperador; abria-se ao corredor norte que dava acesso à Ala Feminina.

Posto das Águas Quentes: *oyudononoue*, 御湯殿上, era posto das servidoras palacianas que esquentavam água ou preparavam as mesas de refeição, em frente do Oyudono.

quarto de dormir: *yoruno otodo*, 夜御殿.

Divisão do Secretariado: *kurôdo dokoro*, 蔵人所.

Sala de Banho do Imperador: *oyudono*, 御湯殿, ficava na parte noroeste.

sala de estar: *haginoto*, 萩戸.

sala de orações budistas: *futama*, 二間.

sala de refeição matinal: *asagareino ma*, 朝餉の間.

sala de toalete: *michôzuno ma*, 御手水の間.

Sala do Ogro: *onino ma*, 鬼の間, ligava o recinto principal à galeria oeste.

Sala dos Cortesãos: *tenjôno ma*, 殿上の間, era sala privativa dos cortesãos quando estavam a serviço na Ala Privativa do Imperador.

Elementos das residências em estilo *shinden* (*shindenzukuri*, 寝殿造):

Ala: *tai*, 対, era construção ligada ao recinto principal através de corredores cobertos.

anteparo de treliça: *inufusegi*, 犬防ぎ, era utilizada na frente de escadas ou portões ou na delimitação de espaços sagrados no interior do templo.
anteparo móvel de treliça: *tatejitomi*, 立蔀.
anteparo ou divisória móvel de madeira: *tsuitate shôji*, 衝立障子.
aposentos: *tsubone*, 局, eram geralmente localizados nas galerias e formados através de fechamentos com anteparos, persianas ou cortinados.
aposento da galeria: *hisashi*, 廂 (*hisashino ma*, 廂の間), era aposento situado na galeria que circundava o recinto principal.
aposento emparedado: *nurigome*, 塗籠, era o único local do recinto principal cercado por quatro paredes que servia como depósito ou quarto.
assoalho de madeira: *itajiki*, 板敷.
beiral chinês: *karabisashi*, 唐廂, beiral do telhado curvado em estilo chinês.
cerca de bambu: *magaki* (*mase*), 籬, podia ser também de ramos trançados.
cerca de gravetos: *koshibagaki*, 小柴垣.
cerca trançada de cipreste japonês: *kohigaki*, 小檜垣.
cerca vazada de tábua: *suigai* (*suigaki*), 透垣, podia ser também de bambu.
corredor de travessia: *watadono*, 渡殿, ligava o recinto principal às várias alas.
corredor externo: *en*, 縁.
cortina: *heimaku*, 閉幕.
cozinha: *kuriya*, 厨.
divisória corrediça: *shôji* (*sôji*), 障子, era móvel e recoberta de papel ou tecido.
duto de água: *kakei*, 筧, era feito de bambu ou madeira.
edifício principal: *shinden*, 寝殿, era ligado às demais alas por corredores em residências da nobreza do período Heian.
escada: *hashi* (*kizashi*), 階, dava acesso ao pátio interno e ao jardim.
escada com corrimão: *kurehashi*, 呉階.
esteira: *mushiro*, 筵.
galeria: *hisashi*, 廂, circundava o recinto principal (*moya*) e ficava um nível abaixo; separada por divisórias, persianas ou cortinados, formava salas anexas ao recinto principal ou aposentos utilizados pelas damas da Corte; conforme a localização era denominada: galeria norte (*kitabisashi*), galeria sul (*minamibisashi*), galeria leste (*higashibisashi* ou *hirobisashi*, "grande galeria") e galeria oeste (*nishibisashi*); as galerias eram circundadas por uma varanda (*sunoko*) coberta por um beiral.
galeria anexa à principal (*hisashi*): *magobisashi*, 孫廂.
muro: *tsuiji*, 築地.
palanque: *sajiki*, 桟敷.
parapeito: *kôran*, 高欄, tinha um corrimão com a extremidade curvada.
passarela móvel: *medô*, 馬道, era retirada para dar passagem aos cavalos, daí seu nome, "caminho para cavalo".
pequena persiana de treliça: *kohajitomi*, 小半蔀, de duas folhas.

persiana de Iyo: *iyosudare*, 伊予簾.
ponte removível de tábua: *uchihashi*, 打橋.
porta corrediça: *yarido*, 遣戸.
porta-dupla: *tsumado*, 妻戸.
portal com quatro colunas: *yotsuashi*, 四足 (*yotsuashi mon*, 四足門), tinha duas colunas principais e duas secundárias, era portal imponente para altos dignitários.
recinto principal: *moya*, 母屋.
sala de parto: *ubuya*, 産屋.
soleira: *nageshi*, 長押, era a parte que fica na divisória entre o aposento principal (*moya*) e a galeria (*hisashi*), ou entre a galeria e a varanda (*sunoko*), onde ocorre um desnível.
tatame (esteira, tapete de couro, tapede de tecido): *tatami*, 畳.
telhado de casca de cipreste: *hiwadabuki*, 檜皮葺き.
varanda: *sunoko*, 簀子, circundava a galeria (*hisashi*) e era utilizada como corredor ou para receber as visitas.
veneziana de treliça: *shitomi*, 蔀, podia ser de uma ou duas folhas (*hajitomi*) e servia de divisória.
veneziana de treliça móvel: *hajitomi*, 半蔀, era composta de duas folhas e servia como divisória; a parte inferior era encaixada e fixa e a parte superior podia ser aberta e pendurada para o lado externo do recinto.

Mobiliário (*chôdo*, 調度):
almofada quadrada: *shitone*, 茵, era forrada de algodão ou palha e tinha as bordas ornadas de seda.
almofada redonda: *warôda*, 円座, era feita de fibra vegetal tecida em espiral.
amuletos aromáticos: *kusudama*, 薬玉, eram bolas aromáticas penduradas no quinto dia do quinto mês em colunas ou persianas para afastar os males.
apoio de braço: *kyôsoku*, 脇息.
armário com porta de duas folhas: *mizushi*, 御厨子 (*zushi*, 厨子).
assento sem encosto: *daishôji*, 大床子, era utilizado pelo Imperador durante a refeição.
bacia: *tarai*, 盥.
bacia com cabos: *tsunodarai*, 角盥, usada para lavar mãos ou rosto, possuía dois cabos de cerca de vinte centímetros cada, quarenta a cinquenta de diâmetro e cerca de trinta de altura.
bandeja de lâmina de cipreste: *oshiki*, 折敷, tinha borda alta.
bandeja: *tsuigasane*, 衝重, tinha apoio e era utilizada para servir refeições ou oferendas religiosas.
banqueta baixa: *shôji* (*sôji*), 床子, possuía quatro pés.
banqueta dobrável: *agura*, 胡床 (*shôgi*, 床机), era utilizada em eventos ao ar

livre; compunha-se de duas armações retangulares entrecruzadas e assento forrado de couro.

bastão amuleto: *uzue*, 卯杖, era uma vara de purificação utilizada no Ano-Novo para afastar os males.

baú com alças: *nagabitsu*, 長櫃, era para ser transportada por dois homens passando-se um bastão entre as alças.

baú em estilo chinês: *karabitsu*, 唐櫃, era guarnecido de pés.

biombo: *byôbu*, 屏風.

braseiro: *hibitsu*, 火櫃.

braseiro embutido no assoalho: *subitsu*, 炭櫃 (*jikaro*, 地火炉), tinha formato quadrangular.

braseiro portátil arredondado: *hioke*, 火桶, era feito de madeira e tinha a parte interna metálica.

braseiro retangular: *nagasubitsu*, 長炭櫃.

cabide de chão: *ika*, 衣架, servia para pendurar quimonos.

cadeira com encosto e braços: *ishi*, 倚子, era utilizada pelo Imperador e altos dignitários.

caixa de lâmina de cipreste: *oribitsu*, 折櫃, era utilizada para servir doces ou salgados.

caixa de salgueiro: *yanaibako*, 柳筥, era feita de fibras de salgueiro para guardar objetos em geral.

caixa para espelho: *kagamibako*, 鏡筥.

caixa para material de escrita: *suzurino hako*, 硯の箱, para guardar tinteiro de pedra, pincel, pedra de tinta *sumi* e potinho para água, era laqueada e geralmente ornamentada com madrepérola e pós de ouro ou prata.

caixa para toalete: *uchimidarino hako*, 打ち乱りの筥, originalmente utilizada para guardar toalhas, no fim servia para guardar apliques, ou para depositar os longos cabelos que caíam ao serem penteados.

carta em formato de nó: *musubibumi*, 結び文.

carta formal: *tatebumi*, 立て文, era embrulhada no sentido do comprimento e dobrada nas duas extremidades.

castiçal de mão: *teshoku*, 手燭, para iluminação interna, munida de cabo.

castiçal: *shokudai*, 燭台.

cesto de bambu para perfumar roupas: *fusego*, 伏籠, colocava-se a roupa sobre a fumaça do incensório em seu interior; podia ser também de metal.

colher: *kai*, 匙.

cortinado: *kichô*, 木丁, divisória móvel que consistia em cortinas penduradas num apoio em forma de "T".

cortina de lintel: *kabeshiro*, 壁代, tipo de anteparo para dividir os aposentos da galeria.

cortinado de seda: *zejô*, 軟障, servia como ornamento e anteparo.

cortinado móvel baixo: *sanjakuno mikichô*, 三尺の御几帳, tinha cerca de noventa centímetros de altura.
escrivaninha baixa: *fuzukue*, 文机, mesinha para leitura ou escrita.
espelho em estilo chinês: *karakagami*, 唐鏡.
estante de porta dupla com prateleira: *tanazushi*, 棚厨子.
esteira: *endô*, 筵道, era utilizada quando nobres passavam, para não sujar pés e barras de vestes.
incensório: *hitori*, 火取 (*kôro*, 香炉), normalmente para perfumar roupas, era laqueado por fora e coberto por um cesto de metal, tinha a parte interna de metal ou porcelana.
janela de treliça: *kôshi*, 格子.
lamparina a óleo: *ôtonabura*, 大殿油.
lamparina com pedestal: *tôdai*, 灯台, para iluminação interna.
lanterna suspensa: *tôro*, 灯籠, para iluminação interna e externa.
louça para refeição ou saquê: *kawarake*, 土器.
luminária a lenha: *kagari*, 篝, para iluminação externa, era formada por um cesto de ferro onde se queimava gravetos.
maço de madeira: *uzuchi*, 卯槌, era ornado com fios coloridos e utilizado no Ano-Novo para afastar os males.
marmita: *warigo*, 破子, feita de chapa de cipreste com divisória.
mesa para refeição: *daiban*, 台盤, de laca preta ou vermelha, compunha-se de quatro pés, era retangular e tinha borda alta.
mesinha individual: *kakeban*, 懸盤, para refeições, era laqueada e tinha quatro pés e borda alta.
mesinha individual com base: *takatsuki*, 高坏, quando colocada ao contrário, sua base redonda podia ser usada como suporte de lamparina; era mais baixa que a luminária comum e proporcionava mais claridade.
mesinha para sutra: *kyôzukue*, 経机.
pano do cortinado: *katabira*, 帷子.
papel fino para cartas: *usuyô*, 薄様.
papel *shikishi* branco: *shikishi*, 色紙, para poemas, cartas ou pinturas; de formato quadrado, era decorado com pós de ouro ou prata.
persiana: *sudare*, 簾 (*misu*, 御簾), de bambu ou fibra vegetal entrelaçados com linha, servia como anteparo ou proteção contra o sol.
pote com tampa: *gôshi*, 合子.
pote metálico com bico e alça: *hisage*, 提子, para servir água ou saquê.
pote para cozimento a vapor: *koshiki*, 甑.
potinho para água: *suiteki*, 水滴, para diluir a pedra de tinta *sumi*.
prateleira de duas divisões: *nikaizushi*, 二階厨子, tinha uma porta dupla na parte de baixo e media sessenta centímetros de altura, 86 de comprimento e quarenta de profundidade.

prateleira para oferendas a Buda: *akadana*, 閼伽棚.
prateleira sem porta de duas divisões: *nikaidana*, 二階棚.
recipiente para saliva: *dako*, 唾壺, geralmente de prata, mais ornamental do que utilitário, era colocado numa prateleira de dois andares sem portas.
sanefa: *mokô*, 帽額, faixa de pano que ornamentava a parte superior da persiana, do lintel ou do cortinado do leito imperial.
suporte para espelho: *kyôdai*, 鏡台.
tabuleiro de go: *goban*, 碁盤.
tapete para lamparina ou caixas: *uchishiki*, 打敷.
tenaz: *hibashi*, 火箸.
tigela de metal: *kanamari*, 金椀.
tinta *sumi*: *sumi*, 墨, feita de pó resultante da fuligem originária da queima de óleo ou da raiz de pinheiro aglutinado com cola animal *nikawa*, principalmente a originária da barbatana do tubarão.
tinteiro de pedra: *suzuri*, 硯 (*misuzuri*, 御硯), é um retângulo de pedra dura com reentrância onde se fricciona a pedra de tinta *sumi* sólida para diluí-la com água.
tocha de papel: *shisoku*, 紙燭, para iluminação interior, era feita com pinheiro desbastado de 45 centímetros cuja ponta embebida em óleo era queimada e tinha o cabo envolto em papel.
tocha de pinheiro: *taimatsu*, 松明, para iluminação externa, também de bambu ou junco.
vasilhame com bico: *hanzô*, 半挿, para colocar água quente ou fria na bacia.
vasilhame para saquê: *chôshi*, 銚子, de laca ou metal, possuía cabo longo e dois bicos laterais.
***yusurutsuki*:** *yusurutsuki*, 泔坏, recipiente para guardar *yusuru*, água da lavagem do arroz, usada para lavar e pentear o cabelo.
tapete oleado: *yutan*, 油単, era tapete ou cobertura impermeável untado com óleo.

Meios de transporte (*norimono*, 乗り物)
No período Heian havia basicamente dois tipos de transportes, normalmente fechados: o palanquim (*koshi*), carregado por homens, e a carruagem (*kuruma*), que podia ser puxada por homens (*teguruma*) ou por bois (*gissha*).

Os palanquins passaram a ser utilizados também por alguns membros da família imperial como a Consorte ou o Herdeiro Imperial, bem como pelas Sacerdotisas dos Santuários de Kamo e Ise. O palanquim de mão, chamado *tagoshi*, era carregado na altura dos quadris e podia ser utilizado por Imperadores Retirados, Príncipes Imperiais, Ministros e membros do alto clero. Era também utilizado pelo Imperador em casos de emergência como incêndios ou terremotos.

A carruagem de boi era o transporte mais comum entre os nobres, tendo o corpo normalmente 2,4 m de comprimento, 1,2 m de altura e 1 m de largura. Conforme a posição social do proprietário podia ser de vários tipos. A carruagem de boi comportava quatro pessoas que se sentavam lado a lado, em duplas, uma frente à outra. Havia uma ordem para se tomar assento, e normalmente entrava-se por trás subindo no apoio (*shiji*), e descia-se pela frente após se desatrelar o boi. Em dias de chuva, cobria-se a carruagem com capas de seda ou de papel oleado (*amagawa*). Em ocasiões festivas ou cerimoniais, as damas da Corte deixavam à mostra as mangas e as barras das caudas dos quimonos para fora da persiana (*idashiginu*), sendo este tipo de carruagem denominada carruagem com traje à mostra (*idashiguruma*). A carruagem era conduzida pelo carreiro (*ushikaiwarawa*) e seguida por acompanhantes (*kurumazoi*).

Especificações:
aba lateral de treliça: *sodegôshi*, 袖格子.
aba lateral: *sode*, 袖, podia ser da entrada ou da saída da carruagem.
beiral de treliça: *nokikôshi*, 軒格子.
beiral: *mayu*, 眉, localizado nas partes frontal e traseira da carruagem.
canga, jugo: *kubiki*, 軛.
carruagem com janela basculante: *hajitomino kuruma*, 半蔀車, de vime e utilizada por Imperadores Retirados, Regentes, Conselheiros ou Ministros, bem como pelas damas da Corte.
carruagem de boi: *kuruma*, 車 (*gissha*, 牛車).
carruagem de palmeira-leque-da-china: *birôge guruma*, 檳榔毛車, formal da alta nobreza, seu corpo era feito de fibras de palmeira-leque-da-china.
carruagem de mão: *teguruma*, 輦車.
carruagem de oito folhas: *hachiyôno kuruma*, 八葉車, para palacianos e elite nobiliárquica abaixo dos Ministros, feita de vime e ornada com brasões formados por oito folhas sobre um fundo verde amarelado.
carruagem de vime: *ajiro* (*ajiroguruma*), 網代車, informal para os servidores de alto escalão como Ministros e Capitães, seu corpo era feito de vime de cipreste ou bambu trançado, as laterais eram ornadas com madeira branca, pinturas e desenhos.
carruagem em estilo chinês: *karaguruma*, 唐車, para a Família Imperial ou Regentes e Conselheiros, tinha cobertura de duas águas e empena em formato de arco.
corpo da carruagem: *yakata*, 屋形, era também denominada *kurumabako*, 車箱, ou *hako*, 箱 ("caixa").
cubo de roda: *koshiki*, 轂.
degrau: *tojikimi*, 軾, patamar rebaixado na entrada da carruagem.
esteira de chuva: *harimushiro*, 張筵, utilizada para proteger a carruagem.

estribo dianteiro da carruagem: *maeita*, 前板.
guarda-lamas: *aori*, 障泥, colocado nas laterais do boi para evitar os respingos da lama.
janela da carruagem: *monomi*, 物見.
palanquim fênix: *hôren*, 鳳輦, utilizado pelo Imperador em ocasiões oficiais, tinha a figura de uma fênix dourada na cobertura.
palanquim flor de cebolinha-verde: *sôkaren*, 葱花輦, utilizado pelo Imperador em ocasiões semioficiais, possuía no alto da cobertura um ornamento dourado em forma de flor de cebolinha-verde para afastar os males.
palanquim: *koshi*, 輿 (*mikoshi*, 御輿).
persiana interna da carruagem: *shitasudare*, 下簾.
persiana: *sudare*, 簾.
protetor de chuva para carruagens: *amagawa*, 雨皮.
raio da roda: *ya*, 輻.
roda: *wa*, 輪.
suporte: *shiji*, 榻, para fazer subir ou descer a carruagem ou para apoiar os varais da carruagem.
varal da carruagem: *nagae*, 轅.
varal posterior: *tobinoo*, 鴟尾.
viga da cobertura: *mune*, 棟.

Instrumentos musicais (*gakki*, 楽器)
A música da Corte (*gagaku*) incluía gêneros introduzidos da Coreia (*komagaku*) e da China (*tôgaku*), bem como o bailado xintoísta (*kagura*) e o acompanhamento cantado do *gagaku* (*saibara*) originários do Japão. A música instrumental da Corte era denominada *kangen* e a que incluía o bailado era denominada *bugaku*. Os instrumentos de percussão incluíam os diversos tipos de tambores; os instrumentos de sopro incluíam os diversos tipos de flauta; e os de corda, os diversos tipos de cítaras e alaúdes.

Especificações:
alaúde: *biwa*, 琵琶, compõe-se de quatro cordas e é executado com o plectro.
baqueta: *bachi*, 桴.
cítara *kin*: *kin*, 琴, compõe-se de sete cordas e mede cerca de um metro e vinte centímetros.
cítara *kin*: *shichigenkin*, 七絃琴, compõe-se de sete cordas, o mesmo que *kin*.
cítara *koto*: *koto*, 琴, semelhante à cítara e tocada sobre o chão, recebe denominações específicas de acordo com o número de cordas como *kin*, *sô*, *wagon*.
cítara *shô*: *shô* (*sô*), 筝, compõe-se de treze cordas, mede cerca de um metro e oitenta centímetros de comprimento, é também chamado de *shôno koto*.

cítara *wagon*: *wagon*, 和琴, compõe-se de seis cordas de cerca de um metro e noventa centímetros de comprimento.
flauta: *fue*, 笛, termo genérico para a flauta de bambu.
flauta *hichiriki*: *hichiriki*, 篳篥, compõe-se de sete orifícios na parte frontal e dois na parte posterior e mede cerca de dezoito centímetros.
flauta *shô*: *shô*, 笙, compõe-se de dezessete tubos de bambus de vários comprimentos, presos um ao outro e dispostos verticalmente num compartimento de madeira onde fica o bocal.
flauta transversal: *yokobue*, 横笛, é denominação genérica das flautas transversais.
flauta transversal coreana: *komabue*, 高麗笛, compõe-se de seis orifícios e mede cerca de 36 centímetros.
flauta transversal dragão: *ryûteki*, 竜笛, compõe-se de sete orifícios e mede cerca de quarenta centímetros, é também denominado *ôteki*, 横笛.
flauta transversal *kagura*: *kagurabue*, 神楽笛, compõe-se de seis orifícios e mede cerca de 45 centímetros.
plectro: *bachi*, 撥.
prato suspenso: *shôko*, 鉦鼓, feito de bronze, mede por volta de 24 centímetros de diâmetro e é executado com duas baquetas.
tambor gigante: *dadaiko*, 大太鼓, mede dois metros de diâmetro e seis de altura e é executado com duas baquetas.
tambor *kakko*: *kakko*, 羯鼓, mede cerca de trinta centímetros e é tocado com duas baquetas.
tambor suspenso: *tsuridaiko*, 釣鼓, mede cerca de 55 centímetros de diâmetro e é tocado com duas baquetas.
tambor *tsuzumi* de agito: *furitsuzumi*, 振鼓, consiste em dois pequenos tambores *tsuzumi* trespassados transversalmente por um cabo; os tambores possuem fios com bolinhas na extremidade que produzem som ao agitar-se o cabo.
tambor *tsuzumi*: *tsuzumi*, 鼓, tem formato de ampulheta e as duas extremidades cobertas de couro; colocado sobre o ombro, é percutido com a mão ou com a baqueta.
varetas rítmicas: *shakubyôshi*, 笏拍子, usadas para marcar o ritmo, medem cerca de 36 centímetros, são semelhantes ao cetro de madeira (*shaku*) partido ao meio.

O calendário

Com influência de ideias contidas na teoria do Yin Yang, o calendário de origem chinesa comandava muitas atividades na Corte do período Heian, superpondo zodíaco, contagem dos dias e horas e pontos cardeais. Trata-se de uma combinação de duas séries que produzem ciclos de 60 dias ou 60 anos.

Os meses tinham 29 ou 30 dias, com intercalação de mais um extra a cada três anos. Os dias eram nomeados em termos do ciclo sexagenário. Há discrepância de 17 a 45 dias entres os calendários japonês (lunar) e ocidental (juliano). Por exemplo, o vigésimo dia do décimo segundo mês de 989 (quando Fujiwarano Kaneie se tornou Primeiro-Ministro) corresponde a 19 de janeiro de 990; o décimo terceiro dia do sexto mês (morte do Imperador Ichijô), a 25 de julho. O Ano-Novo costumava ocorrer entre 21 de janeiro e 19 de fevereiro do calendário gregoriano.

Datas e estações marcam rigidamente o protocolo clássico através das festividades. As principais eram: Dia do Ano Novo (primeiro dia do primeiro mês), Festival dos Pessegueiros (terceiro dia do terceiro mês), Festival do Íris Aromático (quinto dia do quinto mês), Festival do Tanabata (sétimo dia do sétimo mês) e Festival dos Crisântemos (nono dia do nono mês).

Sistema de contagem do tempo e dos pontos cardeais

Conforme o sistema de horário fixo utilizado no período Heian, o período de um dia (24 horas) era dividido em doze partes, sendo cada parte associada aos doze animais do zodíaco chinês, com uma duração de duas horas. Assim, a "hora do rato" corresponde à meia-noite e abrange o período de 23h00 até 01h00; a "hora do boi", a 02h00 e abrange o período de 01h00 até 03h00; a "hora do tigre", a 04h00 e abrange de 03h00 a 05h00, e assim por diante. Numa contagem mais específica, o período de duas horas podia ser subdividido em quatro partes de trinta minutos cada. Assim, a "primeira meia-hora do rato" corresponderia a 24h30, a "segunda meia-hora do rato", a 01h00, até se completarem as duas horas.

No Palácio Imperial usava-se o relógio de água e as horas eram anunciadas com o bater do tambor conforme tal sistema. Havia, também assim, a contagem das horas conforme o número de batidas do tambor. Determinando a "hora do rato" e a "hora do cavalo", respectivamente, 24h00 e 12h00 como a "nona hora", a "hora do boi" e a "hora do carneiro" (02h00 e 14h00) eram chamadas de "oitava hora", a "hora do tigre" e a "hora do macaco" (04h00 e 16h00) de "sétima hora", até se chegar à "quarta hora" ou a "hora da cobra" e a "hora do javali" (10h00 e 22h00).

O sistema de horário variável, utilizado pela população em geral, dividia o dia em dois períodos demarcados pelo despontar do sol (dia) e o pôr-do-sol (noite), e cada um deles em seis partes ou *toki*. A duração de um *toki* podia variar devido à diferença de duração do dia ou da noite conforme a sazonalidade. Havia ainda o sistema de horário utilizado somente no período noturno denominado *kô*, dividindo em cinco partes o período que vai do entardecer ao amanhecer.

Horário antigo	Horário atual	Duração
rato (*ne*, 子)	24h00 (meia-noite)	23h00-01h00
boi (*ushi*, 丑)	02h00	01h00-03h00
tigre (*tora*, 寅)	04h00	03h00-05h00
coelho (*u*, 卯)	06h00	05h00-07h00
dragão (*tatsu*, 辰)	08h00	07h00-09h00
cobra (*mi*, 巳)	10h00	09h00-11h00
cavalo (*uma*, 午)	12h00 (meio-dia)	11h00-13h00
carneiro (*hitsuji*, 未)	14h00	13h00-15h00
macaco (*saru*, 申)	16h00	15h00-17h00
galo (*tori*, 酉)	18h00	17h00-19h00
cachorro (*inu*, 戌)	20h00	19h00-21h00
javali (*i*, 亥)	22h00	21h00-23h00

Assim como o horário, os pontos cardeais e colaterais eram indicados pelos animais do zodíaco chinês. Os pontos norte, leste, sul e oeste, são representados respectivamente pelo rato, coelho, cavalo e galo. Os pontos colaterais, nordeste, sudeste, sudoeste e noroeste eram chamados, respectivamente, boi--tigre (*ushitora*, 艮), dragão-cobra (*tatsumi*, 巽), carneiro-macaco (*hitsujisaru*, 坤) e cachorro-javali (*inui*, 乾).

O diagrama do sistema pode ser compreendido da seguinte maneira:

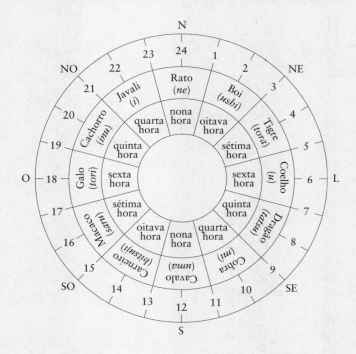

Sobre flores, pássaros, vestuário, arquitetura e calendário

Cronologia de eventos históricos e literários

Madalena Hashimoto Cordaro

A organização dos textos de O *Livro do Travesseiro* não obedece a uma sequência cronológica linear, o que pode muitas vezes tornar difícil sua compreensão. Esta cronologia tenta concatenar algumas das "folhas esparsas" escritas por Sei Shônagon à história política e cultural do Japão, tal como hoje as compreendemos.

Ano 905
A primeira das 21 coletâneas imperiais é terminada e se torna cânone poético: *Kokin Wakashû*.

Ano 935
O primeiro diário literário é escrito por Kino Tsurayuki: *Diário de Tosa* (*Tosa Nikki*), que inclui memória poética e ficção em língua japonesa.

Ano 966
Provável nascimento de Sei Shônagon.

Ano 967
No segundo mês, dá-se o fim do reinado do Imperador Murakami (texto 175 e narração indireta no texto 20), que abdica para o Imperador Reizen.
Nascimento de Fujiwarano Narinobu.

Ano 970
Nascimento de Fujiwarano Korechika.
Fujiwarano Michitaka torna-se Secretário do Quinto Grau, aos 21 anos.

Ano 974
Fujiwara Michitsunano Haha termina *Diário da Libélula* (*Kagerô Nikki*), diário confessional e memorialista escrito ao longo de vinte anos.

Ano 976
Nascimento de Fujiwarano Teishi.

Anos 974-978
O pai de Sei Shônagon é apontado Governador da Província de Suô; a autora o acompanha e afasta-se da Capital Heian.
Em 978, provável nascimento de Murasaki Shikibu.

Ano 981
Sei Shônagon teria se casado com Tachibanano Norimitsu.

Ano 982
Sei Shônagon teria dado à luz seu filho Norinaga.

Ano 986
No dia 23 do sexto mês, o Imperador Kazan (968-1008) visita secretamente o templo de mesmo nome e toma votos budistas.
No mesmo dia, o Imperador Ichijô (980-1011) ascende ao trono, com seis anos de idade.
Em 24 do sexto mês, Fujiwarano Kaneie (929-990), pai de Michitaka (953-995), é apontado Regente Imperial (*sesshô*) do Imperador Ichijô e se torna líder do clã Fujiwara. Detém o título até o quinto mês de 990.
Em dia desconhecido do mesmo mês, Shônagon ouve as palestras das *Oito Instruções da Flor de Lótus* em Koshirakawa. Fujiwarano Kaneie é Ministro da Direita (*udaijin*); Minamotono Masanobu, o Ministro da Esquerda (*sadaijin*); Michitaka é Alto-Conselheiro Provisional (*gonno dainagon*) (texto 32).
No dia cinco do sétimo mês, a Mãe do Imperador Ichijô, Fujiwarano Senshi (962-1002), torna-se Imperatriz-Mãe.
Em 22 desse mês, ocorre a cerimônia de entronização do Imperador Ichijô.

Ano 987
Possivelmente no sétimo dia do primeiro mês, Shônagon visita o Palácio Imperial para assistir ao ritual *Aouma* (texto 276).
No dia quatorze do décimo mês, o Imperador Ichijô visita a residência do Regente Imperial (*sesshô*) Fujiwarano Kaneie.
No dia quinze do décimo segundo mês, o Imperador Ichijô faz uma peregrinação ao Santuário Kamo.
Em data desconhecida, Minamotono Shitagô (911-983) ou o Príncipe Kaneakira (914-87) termina de compilar *Kokin (Waka) Rokujô*, coletânea de 4.370 poemas.

Ano 988

No dia dezesseis do segundo mês, o Imperador Ichijô faz uma peregrinação ao templo onde se refugia o ex-Imperador En'yû.

Em 22 do terceiro mês, o Imperador Ichijô faz sua primeira peregrinação ao Santuário Kasuga.

No dia 25 do terceiro mês, o Imperador Ichijô celebra o aniversário de sessenta anos do Regente Imperial (*sesshô*) Fujiwarano Kaneie.

No dia 16 do nono mês, Fujiwarano Kaneie promove um banquete em sua nova residência no Palácio Nijô.

Em 27 do décimo mês, o Imperador Retirado, monge En'yû (959-991), visita Fujiwarano Kaneie no castelo Nijô.

Ano 989

No sexto mês, o Primeiro-Ministro (*dajôdaijin*) Fujiwarano Yoritada falece.

No décimo segundo mês, Fujiwarano Kaneie se torna Primeiro-Ministro (*dajôdaijin*).

Ano 990

No quinto dia do primeiro mês, o Imperador Ichijô celebra sua cerimônia de maioridade, aos dez anos de idade.

No dia 25 do mesmo mês, Fujiwarano Teishi, filha de Michitaka, é introduzida na Corte Imperial, aos catorze anos de idade.

No dia onze do segundo mês, Fujiwarano Teishi é apontada oficialmente Dama Imperial (*nyôgo*).

Em data desconhecida, Shônagon provavelmente entra a serviço como dama de Corte da Consorte Imperial Teishi (texto 177).

No quinto dia do quinto mês, Fujiwarano Kaneie abdica de seu cargo de Regente Imperial (*sesshô*) do Imperador Ichijô e é apontado Conselheiro-Mor (*kanpaku*).

No dia oito do mesmo mês, Fujiwarano Kaneie toma votos budistas e Fujiwarano Michitaka o sucede como Conselheiro-Mor (*kanpaku*).

No dia treze do mesmo mês, Fujiwarano Michitaka se torna o líder de seu clã.

No dia 26 do mesmo mês, Fujiwarano Michitaka é apontado Regente Imperial (*sesshô*) do Imperador Ichijô, cargo que ocupará até 993.

Em dia desconhecido do sexto mês, Kiyoharano Motosuke, pai de Sei Shônagon, falece na Província de Higo, aos 82 anos.

No segundo dia do sétimo mês, Fujiwarano Kaneie falece, aos 61 anos.

No quinto dia do décimo mês, Fujiwarano Teishi é apontada Consorte Imperial (*chûgû*), aos catorze anos, e Fujiwarano Senshi (962-1002) se torna a Imperatriz-Mãe.

Cronologia de eventos históricos e literários

Ano 991

Em dia desconhecido do primeiro mês, o Imperador Ichijô visita o pai adoentado, Imperador Retirado monge En'yû (959-991), no templo de mesmo nome.

No terceiro dia do segundo mês, falece En'yû, aos 32 anos.

No sétimo dia do nono mês, Fujiwarano Tamemitsu (942-992) é apontado Primeiro-Ministro (*dajôdaijin*).

No dia dezesseis do mesmo mês, Fujiwarano Senshi (962-1002), filha de Kaneie e viúva do Imperador En'yû, adoece (texto 104), toma votos budistas e recebe o nome de sua nova residência, Higashi Sanjô.

No terceiro dia do décimo primeiro mês, a mãe do Imperador Ichijô muda-se para o Palácio Higashi Sanjô, e também recebe o seu nome.

Em data desconhecida, Fujiwarano Korechika é apontado Médio-Conselheiro Provisional (*gonno chûnagon*).

Também em data desconhecida, Sei Shônagon pode ter se separado de Tachibanano Norimitsu.

Ano 992

No sexto dia do segundo mês, termina o período de um ano de luto pelo Imperador En'yû; Shônagon descreve-o como "a época mais comovente" e narra o episódio da dama Tôsanmi (texto 131).

Durante o terceiro mês, Shônagon visita casa de dama conhecida durante sua Reclusão (texto 282).

Durante o sexto mês, o Primeiro-Ministro (*dajôdaijin*) Fujiwarano Tamemitsu falece, aos cinquenta anos.

Possivelmente entre o oitavo mês deste ano ao oitavo mês do ano 994, Fujiwarano Korechika (974-1010), então Alto-Conselheiro Provisional (*gonno dainagon*), visita o Palácio Imperial e o Imperador Ichijô é acordado por um galo (texto 293). Alguns pesquisadores localizam o evento em 993.

Em data ignorada do décimo segundo mês, a Consorte Imperial Teishi, residindo no Ala Sul do Palácio Higashi Sanjô, propriedade de seu pai Michitaka, encomenda um quimono a ser costurado em grande pressa (texto 91).

No sétimo dia do décimo segundo mês, a Consorte Teishi retorna ao Palácio Imperial, deixando o Palácio Higashi Sanjô, na Ala Sul do Palácio (texto 259).

Em data desconhecida, Sei Shônagon poderia ter contraído segundo casamento com Fujiwarano Muneyo e teria tido posteriormente uma filha, Komano Myôbu, que se teria tornado célebre poetisa.

Ano 993

No terceiro dia do primeiro mês, o Imperador Ichijô faz sua visita anual de Ano-Novo à mãe Senshi, ora chamada Higashi Sanjô.

No dia 22 do mesmo mês, ocorre o Banquete Imperial atendido por Higashi Sanjô e pela Consorte Imperial Teishi.

No dia 22 do quarto mês, Fujiwarano Michitaka é apontado novamente Conselheiro-Mor (*kanpaku*) e abdica do título de Regente Imperial (*sesshô*).

Durante o verão, ocorre uma epidemia de varíola e se proclama uma anistia geral.

No dia vinte do décimo mês, Sugawarano Michizane (845-903) é postumamente apontado Primeiro-Ministro (*dajôdaijin*).

No início da primavera ou do inverno, Shônagon teria entrado a serviço na Corte, segundo Ikeda Kikan, Kishigami Shinji e outros, e teria se separado de Muneyo (textos 177 e 259).

Entre o quarto mês de 993 e o oitavo mês de 994, Fujiwarano Michitaka aparece através do Portal Negro e seu irmão mais novo, Michinaga, ajoelha-se diante dele (texto 123).

No dia quinze do décimo primeiro mês, provavelmente, a Consorte Imperial Teishi envia dançarinas ao Palácio Imperial por ocasião do Festival Gosechi (texto 86).

No dia 27 do décimo primeiro mês, o Imperador Ichijô faz sua primeira peregrinação a Ôharano (texto 268).

No dia 22 do décimo segundo mês, um biombo descrevendo os horrores do inferno é trazido ao Palácio da Consorte Imperial Teishi e Korechika recita um poema chinês (texto 77).

Ano 994

No dia 23 do primeiro mês, Fujiwarano Michitaka promove um grande banquete.

No dia dezessete do segundo mês, incêndios ocorrem no Palácio Koki e outros.

Durante o segundo mês, Shônagon atende a serviços no Templo Sakuzen, no Palácio Hoko onde Michitaka se encontra em retiro (texto 282 com alusões em 259).

Em dia desconhecido do terceiro mês, o Imperador Ichijô ordena às damas da Consorte Imperial Teishi que escrevessem poemas (texto 20).

Também em dia indeterminado do terceiro mês, a Consorte Imperial Teishi toca alaúde (texto 90).

Em algum dia do quinto mês, Fujiwarano Tadanobu (965-1035) visita os aposentos da Consorte Imperial na Ala Privativa do Imperador e impressiona as damas com seu aroma (texto 189).

No sétimo dia do oitavo mês, Fujiwarano Michitaka organiza um torneio de luta.

No dia 28 do mesmo mês, Fujiwarano Korechika (974-1010) é apontado Ministro do Centro (*naidaijin*) aos vinte anos; Minamotono Shigenobu (922-995), Ministro da Esquerda (*sadaijin*); Fujiwarano Michikane (961-995), Ministro da Direita (*udaijin*).

Em algum dia após o oitavo mês, Fujiwarano Korechika presenteia algumas brochuras à Consorte Imperial Teishi, que os oferece a Shônagon "para fazer um travesseiro" (texto sem referência numérica).

Talvez durante o outono, Shônagon pode ter iniciado a escrita de O *Livro do Travesseiro*.

No dia treze do décimo primeiro mês, Fujiwarano Michitaka adoece.

No décimo segundo mês, um eclipse solar ocorre, registram-se roubos nas províncias e uma grande epidemia se alastra.

Ano 995

No segundo dia do primeiro mês, Fujiwarano Michitaka não pode comparecer aos festejos de Ano-Novo na Corte, devido à doença que o acomete.

No nono dia do primeiro mês, inúmeras residências na Avenida Nijô são destruídas pelo fogo, inclusive as de Fujiwarano Michitaka e seu filho Korechika.

No dia dezenove do mesmo mês, a segunda filha de Fujiwarano Michitaka, Genshi (também chamada Shigeisa por causa de sua residência), torna-se Consorte do Príncipe Coroado Okisada, futuro Imperador Sanjô (976-1017), no trono de 1012 a 1016 (texto 100).

No terceiro dia do segundo mês, atendentes do Palácio Higashi Sanjô entram em atrito com as da Consorte Imperial Teishi (texto 259).

No quinto dia do mesmo mês, Fujiwarano Michitaka renuncia do cargo de Conselheiro-Mor (*kanpaku*) do Imperador Ichijô.

No dia doze do segundo mês, possivelmente, Fujiwarano Yukinari (972-1027) manda bolinhos de arroz para Shônagon (texto 126).

No dia dezoito do mesmo mês, Shigeisa visita a Consorte Imperial Teishi, sua irmã (texto 100).

No dia 26 do mesmo mês, Fujiwarano Michitaka confirma sua renúncia como Conselheiro-Mor (*kanpaku*).

No fim do segundo mês, Fujiwarano Tadanobu e Shônagon trocam mensagens e ele a testa (texto 78).

No nono dia do terceiro mês, devido à doença de seu pai, Fujiwarano Korechika assume as obrigações de Ministro do Centro (*naidaijin*).

No sexto dia do quarto mês, Fujiwarano Michitaka toma votos budistas.

No décimo dia do mesmo mês, Fujiwarano Michitaka falece, aos 42 anos (texto 136).

No dia 27 do quarto mês, Fujiwarano Michikane (961-995) é apontado Conselheiro-Mor (*kanpaku*).

No dia 28 do mesmo mês, Fujiwarano Michikane se torna o líder de seu clã.

Entre o quarto mês de 995 ao quarto mês de 996, Fujiwarano Takaie presenteia um leque à irmã, Consorte Imperial Teishi (texto 98).

No oitavo dia do quinto mês, Fujiwarano Michikane falece, aos 34 anos; tendo permanecido no cargo por somente sete dias, é conhecido como "O Conselheiro-Mor por Sete Dias" (*nanokano kanpaku*).

Durante o quarto e o quinto meses, uma grande epidemia se alastra e muitos altos dignitários falecem.

No dia onze do quinto mês, Fujiwarano Michinaga (966-1028) é empossado como Ministro Examinador Imperial (*nairan*).

Possivelmente durante o quinto mês, Shônagon e suas companheiras fazem uma excursão para ouvir o cuco-pequeno (*hototogisu*) e não conseguem compor nenhum poema (texto 95).

No dia onze do sexto mês, falece Fujiwarano Michiyori (971-995), Alto-Conselheiro Provisional (*gonno dainagon*) e irmão da Consorte Imperial Teishi, aos 25 anos.

No dia dezenove do sexto mês, Fujiwarano Michinaga é empossado Ministro da Direita (*udaijin*) e se torna líder de seu clã.

No dia 28 do mesmo mês, a Consorte Imperial Teishi é solicitada a se mudar para a Ala destinada ao seu Escritório.

Durante o sexto mês, Shônagon e outras damas se mudam com a Consorte Imperial para o Refeitório Matinal do Ministério e visitam o posto dos encarregados das horas (texto 154).

No oitavo dia do sétimo mês, a Consorte Imperial Teishi retorna ao Palácio Imperial.

No dia 24 do mesmo mês, há uma disputa acirrada no jogo de *go* entre Nobutaka e Tadanobu (texto 154).

No dia 27 do sétimo mês, ocorre uma disputa entre os atendentes de Michinaga e os do irmão de Korechika, Takaie.

No décimo dia do nono mês, a Consorte Imperial Teishi promove um serviço memorial a seu pai Michitaka, na Ala destinada ao seu Escritório, após o que Fujiwarano Tadanobu recita um poema chinês, o que a impressiona muito, e também a Shônagon (texto 128).

No dia 21 do décimo mês, o Imperador Ichijô faz uma peregrinação ao Santuário Iwashimizu Hachiman, em Yahata (texto 122).

No dia seguinte, o Imperador Ichijô visita sua mãe, Higashi Sanjô, em seu retorno de Yahata (texto 122).

Anos 995-996

Shônagon faz observações sobre o estranho comportamento de Masahiro (textos 53 e 104).

Ano 996

No dia dezesseis do primeiro mês, os atendentes de Fujiwarano Korechika e Takaie são acusados de atirar flechas no Imperador Retirado, Kazan.

No dia onze do segundo mês, os Doutores da Lei (*myôbô hakase*) determinam a culpa dos irmãos Fujiwarano Korechika e Takaie.

No fim do mesmo mês, Fujiwarano Tadanobu visita Shônagon no Palácio Umetsubo e fica desapontado ao não encontrá-la (texto 79).

Em algum dia do terceiro mês, o Imperador Ichijô leva sua flauta Mumyô para os aposentos da Consorte Teishi (texto 89).

No dia trinta do terceiro mês, Fujiwarano Tadanobu e Minamotono Nobukata visitam Shônagon no Palácio Imperial (texto 78).

Entre o décimo segundo mês de 995 ao décimo segundo de 996, Minamotono Tsunefusa (968-1023, Governador de Ise entre 995 e 997) descobre as notas esparsas de Shônagon e as faz circular entre os nobres da Corte (texto sem referência numérica).

No dia 13 do terceiro mês, a Consorte Imperial Teishi, grávida, muda-se para o Palácio Nijô (textos 136 e 259); Fujiwarano Korechika é empossado Comandante Provisional do Dazaifu (*Dazaifu gonno sochi*) em Kyûshû, e Fujiwarano Takaie é empossado Governador Provisional da Província de Izumo (*Izumo gonno kami*).

No primeiro dia do quinto mês, a Consorte Imperial Teishi toma votos budistas e o irmão Takaie deixa a Capital.

No quarto dia do mesmo mês, é vez do outro irmão, Fujiwarano Korechika, deixar a Capital.

No dia quinze do mesmo mês, Fujiwarano Korechika e Fujiwarano Takaie são detidos nas Províncias de Harima e Tajima, respectivamente.

Entre o quarto e o quinto meses, Shônagon diz à Consorte Imperial sentir-se consolada por belos papéis ou por tatames em momentos de irritação; logo depois ela recebe vinte folhas de papel da Consorte Imperial e os usa para escrever suas notas (texto 258).

Por volta do sétimo mês, Shônagon recebe visita em casa de um nobre que a aconselha a retornar à Corte da Consorte Imperial (texto 136).

No dia vinte do sétimo mês, Fujiwarano Michinaga torna-se Ministro da Esquerda (*sadaijin*) (textos 53).

No nono dia do oitavo mês, Fujiwarano Shôshi, filha de Michinaga, se torna Dama Imperial (*nyôgo*).

No sétimo dia do décimo mês, Fujiwarano Takaie requer permissão para retornar à Capital.

No décimo dia do décimo mês, Fujiwarano Korechika, que havia retornado secretamente à Capital, recebe ordem de deixar a cidade e é mandado a seu posto na Província.

Durante o décimo mês ocorre o falecimento da mãe da Consorte Imperial Teishi, viúva de Fujiwarano Michitaka.

No primeiro dia do décimo primeiro mês, Fujiwarano Michinaga faz uma peregrinação ao Santuário Kasuga.

No segundo dia do décimo segundo mês, Fujiwarano Genshi (s/d) se torna Dama Imperial (*nyôgo*) do Imperador Ichijô e mais tarde se envolve em escândalo amoroso com Minamotono Yorisada (977-1020).

No dia dezesseis do décimo segundo mês, a Consorte Imperial Teishi dá a luz à primeira filha, Princesa Shushi (996-1049).

Durante o ano todo, faltam alimentos, em especial o arroz, e sucedem-se crises de fome e incêndios pela Capital.

Durante o ano todo também, Minamotono Masahiro (s/d) se comporta estranhamente enquanto serve como Secretário e durante a chamada de nomes dos funcionários nobres (textos 53 e 104).

Ano 997

No dia 25 do terceiro mês, devido à doença da Imperatriz-Mãe, Higashi Sanjô, uma anistia geral é proclamada.

No quinto dia do quarto mês, devido à anistia, Fujiwarano Korechika e Fujiwarano Takaie, perdoados por seu suposto atentado, são chamados de volta à Capital.

No dia 21 do mesmo mês, Fujiwarano Takaie retorna a Heiankyô.

No dia 22 do sexto mês, o Imperador Ichijô visita a mãe Higashi Sanjô, ainda adoentada. No mesmo dia, a Consorte Imperial Teishi se muda para a Ala destinada ao seu Escritório com a filhinha Princesa Shushi (referências nos textos 46, 80, 95, 96 e 129).

No sexto ou sétimo mês, Shônagon e suas companheiras se entretêm no jardim da Ala destinada ao Escritório da Consorte Imperial e visitam o Posto da Guarda (texto 74).

Possivelmente no oitavo mês, a Dama Ukonno Naishi toca alaúde na Ala destinada ao Escritório da Consorte Imperial (texto 96).

No outono, Shônagon recebe uma mensagem da Consorte Imperial Teishi relembrando a visita ao Posto da Guarda e pedindo-lhe para retornar ao Palácio (texto 82).

Entre o primeiro mês de 997 ao primeiro mês do ano seguinte, Fujiwarano Nobutsune visita as dependências das damas da Consorte Imperial e é motivo de zombaria para Shônagon (texto 99).

No segundo dia do décimo primeiro mês, o Órgão Governamental Especial de Kyûshû (Dazaifu) relata a prisão de numerosos "bárbaros do sul" (na época, os oriundos das ilhas ao sul hoje conhecidas como arquipélago de Okinawa) que haviam pilhado grande parte da ilha, uma atividade frequentemente praticada por eles entre 982 e 1032.

No décimo segundo mês, Fujiwarano Korechika retorna à Capital.

Ano 998

No segundo mês, a Consorte Imperial Teishi se muda para a Ala destinada ao seu Escritório (texto 95). Minamotono Nobutaka tem uma relação com a dama Sakyô, mas rompe com ela depois de ter sido ironizado por Shônagon (texto 155).

No segundo e terceiro meses, Fujiwarano Yukinari (972-1027) e Shônagon trocam poemas sobre o Posto de Fiscalização Ôsaka (texto 129).

No terceiro mês, Fujiwarano Yukinari vê Shônagon em seu leito (texto 46).

No quinto dia do sétimo mês, a Consorte Imperial Teishi adoece.

No dia dezoito do mesmo mês, o Imperador Ichijô adoece e, após dois dias, devido à sua doença, uma anistia geral é proclamada.

Depois do décimo mês, Fujiwarano Masamitsu (s/d) ouve Shônagon fazer uma tênue admoestação (texto 256).

No décimo dia do décimo segundo mês, ocorre uma nevasca, a neve é empilhada fora do Palácio, e Shônagon prediz que o monte do jardim do Escritório da Consorte Imperial duraria até o décimo quinto dia do novo ano (texto 83).

Depois do décimo segundo mês, Shônagon se impressiona com a habilidade de Minamotono Narinobu (967-1035), filho do Príncipe Munehira e sobrinho de Michinaga, em reconhecer vozes (texto 255).

Ano 999

No terceiro dia do primeiro mês, a Consorte Imperial Teishi retorna ao Palácio, mas sem o cerimonial usual.

No nono dia do segundo mês, Fujiwarano Shôshi, filha de Michinaga, celebra sua cerimônia de maioridade, aos onze anos, e é empossada no Terceiro Grau.

No último dia do segundo mês, Shônagon é desafiada por um poema de Fujiwarano Kintô (966-1041) e outros nobres (texto 102).

No fim do segundo mês, provavelmente, Shônagon volta secretamente para sua casa e Fujiwarano Tadanobu tenta descobrir seu paradeiro (texto 80).

No quinto mês, Shônagon impressiona alguns nobres ao reconhecer uma referência chinesa (texto 79).

No dia catorze do quinto mês, o Palácio Imperial se incendeia (alusão no texto 130).

No dia dezesseis do sexto mês, o Imperador Ichijô se muda para o Palácio Ichijônoin (texto 227).

No sexto mês, provavelmente, Shônagon registra ter servido já por dez anos no Palácio (texto 38).

No nono dia do oitavo mês, devido à gravidez, a Consorte Imperial Teishi se muda da Ala destinada ao seu Escritório para a residência de Tairano Narimasa (c. 950-s/d); Shônagon a acompanha e encontra várias ocasiões para flertar com seu anfitrião (texto 5).

No primeiro dia do décimo primeiro mês, Fujiwarano Shôshi, filha mais velha de Michinaga, é recebida no Palácio Imperial; tem doze anos.

No sétimo dia do mesmo mês, a Consorte Imperial Teishi dá a luz ao Príncipe Atsuyasu na residência de Tairano Narimasa e no mesmo dia, sua prima Shôshi é apontada Consorte Imperial.

No primeiro dia do décimo segundo mês, a Imperatriz-Mãe falece, aos 55 anos.

Ano 1000

No décimo segundo dia do segundo mês, a Consorte Imperial Teishi se muda para o Palácio Ichijônoin (textos 9 e 273).

No vigésimo dia do segundo mês, o Imperador Ichijô recebe lição de música de Fujiwarano Takatô (texto 227).

No dia 25 do mesmo mês, Teishi é apontada Primeira Consorte Imperial (deixa o título de *chûgû* para receber o de *kôgô*); Fujiwarano Shôshi se torna Segunda Consorte Imperial; e Fujiwarano Junshi (957-1017), consorte do Imperador En'yû, se torna Imperatriz-Mãe.

No terceiro mês, o cachorro Okinamaro é punido por atacar a gata do Imperador (texto 6).

Nesse mês, Teishi se encontra na Ala destinada ao seu Escritório (texto 46).

No dia 27 do terceiro mês, a Consorte Imperial Teishi retorna à residência de Tairano Narimasa no Palácio Sanjô (texto 222).

No quinto dia do quinto mês, bolas herbáceas são presenteadas às damas; Shônagon troca poemas com a Consorte Imperial Teishi (texto 222).

No oitavo dia do oitavo mês, a Consorte Imperial Teishi retorna ao Palácio Imperial.

Durante o oitavo mês, provavelmente, Minamotono Narinobu visita Shônagon em uma noite chuvosa, mas ela finge estar dormindo (texto 273).

No dia 27 do oitavo mês, a Consorte Imperial Teishi retorna à residência de Tairano Narimasa (referências nos textos 222, 223, 234 e 225).

No dia onze do décimo mês, o Imperador Ichijô muda-se para o Palácio reconstruído.

No dia quinze do décimo segundo mês, a Consorte Imperial Teishi dá a luz à segunda filha, a Princesa Bishi (1000-1008).

No dia dezesseis do décimo segundo mês, a Consorte Imperial Teishi falece de complicações após o parto, aos 24 anos.

No dia 27 do décimo segundo mês, a Consorte Imperial Teishi é enterrada em Rokuhara.

Ano 1001

No décimo dia do primeiro mês, realiza-se a cerimônia de 37 dias de morte da Consorte Imperial Teishi.

Em data desconhecida, pesquisadores afirmam que Sei Shônagon casou-se com Fujiwarano Muneyo e partiram para a Província de Settsu, da qual ele era Administrador. Após o falecimento do marido, que lhe era bem mais velho, teria voltado à Capital com a filha Koma, em data desconhecida.

No dia 29 do primeiro mês, outros pesquisadores afirmam que Sei Shônagon teria se retirado no Templo Hôkô.

Em dia indeterminado do segundo mês, Sei Shônagon teria se retirado dos afazeres deste mundo e se tornado monja, segundo algumas fontes.

Provavelmente a obra *O Livro do Travesseiro* é terminada.

Ano 1004

A narração de incidentes amorosos com o Imperador Kaneie, que se passam do quarto mês de 1003 ao Ano-Novo seguinte, é escrita pela dama Izumi Shikibu e intitulada *Diário de Izumi Shikibu* (*Izumi Shikibu Nikki*).

Anos 1005-1007

Fujiwarano Kintô, ou o Imperador Kazan'in, organiza a coletânea *Shûi Wakashû* (abreviadamente: *Shûishû*), com vinte volumes e 1.351 poemas, grande parte repetidas de *Man'yôshû* e *Kokin Wakashû*.

Após o ano 1006

Michinaga convoca Murasaki Shikibu para servir à Corte da filha Shôshi, que se tornaria mãe de dois imperadores: Go-Ichijô e Go-Suzaku.

Término da obra *Diário de Murasaki Shikibu* (*Murasaki Shikibu Nikki*).

Edição de *Coletânea de Poemas Japoneses para Despertar a Fé* (*Hosshin Wakashû*), 55 poemas da Sacerdotisa do Santuário Kamo, Princesa Senshi Saiin.

Ano 1010

Provavelmente a obra *Narrativas de Genji* é terminada (alguns pesquisadores propõem o ano 1008).

Ano 1011

O Imperador Ichijô abdica e, dias depois, falece.
Fujiwarano Michinaga é apontado Regente Imperial (*sesshô*) do Imperador Sanjô, seu neto.

Ano 1013

Fujiwarano Kintô termina de compilar *Wakan Rôeishû* (Coletânea de Poemas-Canção Chineses e Japoneses), composto de 588 poemas chineses e 216 poemas japoneses.

Anos 1015-1026

Murasaki Shikibu falece.

Anos 1020-1024

Sei Shônagon falece, provavelmente na Capital.

Bibliografia

AKIYAMA, Ken; KOMACHIYA, Teruhiko (orgs.). *Genji Monogatari Zuten* (Dicionário Ilustrado sobre as *Narrativas de Genji*). Tóquio: Shôgakukan, 1997.

AKIYAMA, Ken; YAMANAKA, Yukata. *Nihon Bungakuno Rekishi* (História da Literatura Japonesa), vols. 3. Tóquio: Kadokawa, 1968.

AOKI, Goro *et al.* (orgs.). *Kokugo Binran* (Compêndio de Língua e Literatura Japonesa). Tóquio: Sûken Shuppan, 2004 (2ª ed.).

AOKI, Noboru. *Genji Monogatarino Hana* (Flores em *Narrativas de Genji*). Tóquio: Keyaki Shuppan, 2004.

BEAUJARD, André (tradução). *Sei Shônagon: Notes de Chevet*. Paris: Gallimard, 1966.

FUKUDA, Kunio. *Nihonno Iro* (Cores do Japão). Tóquio: Shufuno Tomosha, 2007.

GUERRA, Joaquim A. de Jesus (tradução e notas). *Na Escola de Confúcio 2. Quadrivolume de Confúcio*. Macau: Jesuítas Portugueses, 1984.

HAGITANI, Boku (org.). *Makurano Sôshi* (O Livro do Travesseiro). Tóquio: Shinchôsha, 1978.

HAGITANI, Boku. "*Makurano Sôshi* Dôshokubutsumei Ichiran" (Quadros Sinópticos de Animais e Plantas em *O Livro do Travesseiro*). In: *Makurano Sôshi Ge* (*O Livro do Travesseiro 2*). Tóquio: Shinchôsha, 1977, pp. 347-60.

HAMADA, Nobuyoshi (org.). *Nihonno Dentôshoku* (Cores Tradicionais do Japão). Tóquio: Pie Books, 2007.

HAMAJIMA SHOTEN HENSHÛBU. *Saishin Kokugo Binran* (Novíssimo Compêndio de Língua e Literatura Japonesa). Nagoya: Hamajima Shoten, 2005 (ed. ampliada).

HASHIMOTO CORDARO, Madalena. "Sobre a Estética de O*kashi* na Tradução de *O Livro-Travesseiro* de Sei Shônagon". *Revista de Estudos Orientais*. São Paulo: FFLCH/DLO, 2006, pp. 127-38. Na internet: http://www.fflch.usp.br/dlo/estudosorientais/N5/download/CORDARO_madalena.pdf.

HISAMATSU, Sen'ichi (org.). "Kodai Bungakuni Okeru Bino Ruikei" ("Tipologia Estética na Literatura Clássica"). In: *Nihon Bungakushi* (História da Literatura Japonesa). Tóquio: Chôbundô, 1983 (1ª ed.: 1965).

HISAMATSU, Sen'ichi. *The Vocabulary of Japanese Literary Aesthetics*. Tóquio: Centre for East Asian Cultural Studies, 1963.

HOKURYUKAN (org.). *Genshoku Nihon Dôbutsu Zukan* (Livro Ilustrado e Colorido de Animais). Tóquio: Hokuryukan, 1995.

IKEUCHI, Hideo et al. *Shinsôgô Zusetsu Kokugo* (Nova Edição Revista de Língua Japonesa Ilustrada). Tóquio: Tokyo Shoseki, 2010 (1ª ed.: 1994).

IKEUCHI, Teruo (org.). *Zusetsu Kokugo* (Língua e Literatura Japonesa Ilustrada). Tóquio: Tokyo Shoseki, 2010 (9ª ed. revista e ampliada).

INAGA, Keiji. *Nihon Bungaku Sakuhin to Sakusha* (Obras e Autores da Literatura Clássica Japonesa). Tóquio: Hôsô Daigaku, 1996.

INOMATA, Shizuya (texto); ÔNUKI, Shigeru (fotografias). *Man'yôshûni Utawareta Kusaki* (Plantas Cantadas na *Antologia Poética das Dez Mil Folhas*). Tóquio: Tôji Shobô, 2002.

ISHIDA, Jôji (org.). *Makurano Sôshi* (O Livro do Travesseiro). In: *Nihon Koten Bungaku 8* (Literatura Clássica Japonesa, vol. 8). Tóquio: Kadokawa, 1976.

KAMURA, Shigeru. *Hakushi Monjû 3* (Coletânea Poética de Hakurakuten [Po Chu-i], vol. 3). In: *Shinshaku Kanbun Taikei 99* (Compêndio de Textos Chineses: Uma Nova Interpretação, vol. 99). Tóquio: Meiji Shoin, 2000 (7ª ed., 1ª ed.: 1983).

KEENE, Donald. *Seeds in the Heart: Japanese Literature from Earliest Times to the Late Sixteenth Century*. Nova York: Henry Holt & Co., 1993.

KIMURA, Tadanaka (org.). *Kagerô Nikki/ Makurano Sôshi* (Diário da Libélula/ O Livro do Travesseiro). In: *Nihonno Koten 6* (Literatura Clássica Japonesa, vol. 6). Tóquio: Shûeisha, 1979.

KITAMURA, Siro et al. *Genshoku Nihon Shokubutsu Zukan: Sôhonhen I* (Livro Ilustrado e Colorido de Plantas Herbáceas do Japão, vol. I). Osaka: Hoikusha, 1981 (57ª ed.).

KITAMURA, Siro; MURATA, Gen. *Genshoku Nihon Shokubutsu Zukan: Sôhonhen II* (Livro Ilustrado e Colorido de Plantas Herbáceas do Japão, vol. II). Osaka: Hoikusha, 1982 (50ª ed.).

KITAMURA, Siro et al. *Genshoku Nihon Shokubutsu Zukan: Sôhonhen III* (Livro Ilustrado e Colorido de Plantas Herbáceas do Japão, vol. III). Osaka: Hoikusha, 1981 (43ª ed.).

KOKUGO KYÔIKU PUROJEKUTO (org.). *Shinkokugo Binran* (Novo Compêndio de Língua e Literatura Japonesa). Tóquio: Bun'eidô, 2007.

KOMIYA, Teruyuki (org.). *Nihonno Yachô* (Pássaros Selvagens do Japão). Tóquio: Gakken, 2006 (5ª ed.).

McKINNEY, Meredith (tradução, notas e prefácio). *Sei Shônagon: The Pillow Book*. Londres: Penguin, 2006.

McKINNEY, Meredith. "Appendix 1. Places", "Appendix 4. Glossary of General Terms", "Appendix 6. Clothes and Colour Glossary", "Appendix 5. Court Ranks, Titles and Bureaucracy". In: *The Pillow Book* (tradução, notas, apêndices). Londres: Penguin Books, 2006, pp. 257-62, 270-84, 291-8, 285-90.

MINER, Earl; ODAGIRI, Hiroko; MORRELL, Robert E. *The Princeton Companion to Classical Japanese Literature*. Nova Jersey: Princeton University Press, 1988 (1ª ed.: 1985).

MIYAKE, Akira. *Rongô Monogatari* (Narrativas dos Analetos). Tóquio: Hakubunsha, 1943.

MOROFUSHI, Shinsuke *et al*. *Nihonno Koten* (Língua Clássica Japonesa). Tóquio: Kadokawa Shoten, 1978.

MORRIS, Ivan (tradução, notas, prefácio). *The Pillow Book of Sei Shônagon*. Nova York: Columbia University Press, 1991 (1ª ed.: 1964).

NAGASAKI, Seiki. *Kasaneno Irome* (Cores das Sobreposições). Tóquio: Seigensha, 2006.

NAGASAKI, Seiki. *Nihonno Dentôshoku: Sono Shikimeito Shikichô* (Cores Tradicionais do Japão: Designações e Tonalidades). Quioto: Kyoto Shoin, 1996.

NAKAGAWA, Takeshi. "The Japanese House". In: *Space, Memory and Language*. Tradução: Geraldine Harcourt. Tóquio: International House of Japan, 2005.

NISHIDA, Naomichi (org.). *Nihonno Jumoku* (Árvores e Arbustos do Japão). Tóquio: Gakken, 2006 (6ª ed.).

OKAMURA, Shigeru. *Hakushi Monjû IV* (Coletânea Poética de Hakurakuten [Po Chu-i], vol. 4). In: *Shinkan Kanbun Taikei 100* (Nova Enciclopédia de Textos Chineses, vol. 100). Tóquio: Meiji Shoin, 2004 (6ª ed., 1ª ed.: 1990).

ÔSONE, Shôsuke; HORIUCHI, Hideaki (orgs.). *Wakan Rôeishû* (Coletânea de Poemas Japoneses e Chineses para Cantar). In: *Shinchô Nihon Koten Shûsei 61* (Coleção de Literatura Clássica Japonesa da Editora Shinchô, vol. 61). Tóquio: Shinchôsha, 1986 (1ª ed.: 1983).

SAKAMOTO, Shôji; FUKUDA, Toyohiko. *Shinsen Nihonshi Zuhyô* (Nova Seleção de Quadros de História Japonesa). Tóquio: Daiichi Gakushûsha, 1989.

SHIKIBU, Murasaki. *The Diary of Lady Murasaki*. Tradução e introdução: Richard Bowring. Londres/ Nova York: Penguin, 1996.

SHINCHÔSHA. *Geijutsu Shinchô 4* (Artes Shinchô, vol. 4), edição especial "Heian Kento Sen Nihyakunen Kinen" (Comemoração dos 1.200 Anos de Construção da Capital Heian). Tóquio: Shinchôsha, 1994.

SHIRANE, Haruo; SUZUKI, Tomi (orgs.). *Inventing the Classics Modernity, National Identity and Japanese Literature*. Stanford: Stanford University Press, 2000.

SUGANO, Hiroyuki (org.). *Wakan Rôeishû* (Coletânea de Poemas Japoneses e Chineses para Cantar). In: *Shinpen Nihon Koten Bungaku Zenshû 19* (Enciclopédia de Literatura Clássica Japonesa: Nova Edição). Tóquio: Shôgakukan, 2008, 3ª ed. (1ª ed.: 1999).

SUGANO, Hiroyuki; TABEI, Fumio *et al*. *Kanshi Kanbun Shô-hyakka Jiten* (Pequena Enciclopédia de Poemas e Prosas Chineses). Tóquio: Daishûkan, 1990.

TAMAI, Kosuke *et al.* (orgs.). *Murasaki Shikibu Nikki* (Diário de Murasaki Shikibu). In: *Nihon Koten Zensho 39* (Enciclopédia de Literatura Clássica Japonesa, vol. 39). Tóquio: Asahi Shinbunsha: 1967, 8ª ed. (1ª ed.: 1952).

TYLER, Royall. "General Glossary", "Clothing and Color", "Offices and Titles". In: *Genji Monogatari*. Nova York: Penguin Books, 2001, pp. 1.134-53, 1.154-8, 1.159-68.

WATANABE, Minoru (org.). *Makurano Sôshi* (O Livro do Travesseiro). In: *Shin Nihon Koten Bungaku Taikei 25* (Novo Compêndio de Literatura Clássica Japonesa, vol. 25). Tóquio: Iwanami, 1993 (1ª ed.: 1991).

DICIONÁRIOS ESPECIALIZADOS EM LÍNGUA CLÁSSICA

ÔNO, Susumu; SADAKE, Akihiro; MAEDA, Kingorô (orgs.). *Iwanami Kogo Jiten* (Dicionário Iwanami de Língua Clássica Japonesa). Tóquio: Iwanami, 1980 (1ª ed.: 1974).

ICHIKO, Teiji (org.). *Nihon Koten Bungaku Daijiten* (Grande Dicionário da Literatura Clássica Japonesa), vol. 3. Tóquio: Iwanami, 1984.

INTERNET

DEPARTMENT OF MOLECULAR CELL BIOLOGY. *Makurano Sôshide Shôkaisareta Dôbutsu* (Animais Apresentados em O *Livro do Travesseiro*). Disponível em: http://webmcb.agr.ehimeu.ac.jp/spec_key/culture/makura/animals.htm. Acesso em 20/6/2011.

KURASHIKI MUSEUM OF NATURAL HISTORY. *Makurano Sôshino Shokubutsu* (Plantas em O *Livro do Travesseiro*). Disponível em: http://www2.city.kurashiki.okayama.jp/musnat/plant/bungakusakuhin/makuranosousi.htm. Acesso em 13/2/2012.

Sobre as tradutoras

Geny Wakisaka

Bacharel em Letras (Português e Japonês) pela USP em 1976, onde também se doutorou em Teoria Literária e Literatura Comparada em 1986. Atualmente é professora aposentada. Tem experiência na área de Letras, com ênfase em Literatura Clássica Japonesa. Organizadora de traduções das obras literárias japonesas: *Contos da Era Meiji* (1993), *Contos Modernos Japoneses* (1994), *Contos de Ôe Kenzaburô* (1995) e *Contos da Chuva e da Lua*, de Ueda Akinari (1996). Pela publicação de seu estudo *Man'yôshû: Vereda do Poema Clássico Japonês* (1992), recebeu o Primeiro Prêmio Internacional Man'yô em 2008, Nara, Japão.

Junko Ota

Bacharel e licenciada em Letras (Português e Japonês) pela USP em 1983 e 1984, mestre em Letras (Japonês) pela Universidade de Osaka, Japão, em 1987, e doutora em Linguística e Semiótica Geral pela USP em 1996. É docente da área de Língua Japonesa desde 1988, realiza pesquisas sobre a língua japonesa e atua também na tradução de obras literárias japonesas. Escreveu artigos sobre língua japonesa publicados no Brasil e no Japão. Suas principais traduções são: *O Anticinema de Yasujiro Ozu*, de Kijû Yoshida (cotradução, 2003), *Coração*, de Natsume Sôseki (2008), e *Rashômon e Outras Histórias*, de Ryûnosuke Akutagawa (cotradução e coorganização, 2008).

Luiza Nana Yoshida

Bacharel em Letras (Português e Japonês) pela USP em 1975, mestre em Letras na Universidade Feminina Ochanomizu, Japão, em 1981, e doutora em Teoria Literária e Literatura Comparada pela USP em 1995. Foi docente de Literatura Japonesa de 1981 a 2012. Atualmente é pesquisadora do Centro de Estudos Japoneses e professora sênior da USP. Atua principalmente na área de Literatura Clássica Japonesa (narrativas *setsuwa* e literatura dos retirados). Alguns de seus principais artigos sobre literatura japonesa são: "Heijû: os Malogros de um Nobre Galanteador" (2004), "Literatura *Monogatari* da Época Heian" (2009) e "Abeno Seimei: Mestre do Yin Yang" (2010).

LICA HASHIMOTO

Bacharel em Letras (Português e Japonês) pela USP em 1992, mestre em Língua Japonesa em 2004, doutoranda em Literatura Brasileira, atualmente é professora assistente em Literatura Japonesa na mesma universidade. É coautora do *Curso Básico de Japonês* (6 volumes), publicado pela Aliança Cultural Brasil-Japão. Suas principais traduções são: *Após o Anoitecer* (2009) e *1Q84* (2012), de Haruki Murakami, *E Depois*, de Natsume Sôseki (2011), e *Um Grito de Amor do Centro do Mundo*, de Kyoichi Katayama (2011). Entre as principais cotraduções estão: *Dance, Dance, Dance*, de Haruki Murakami (2005), e *Viagem Noturna no Trem da Via Láctea*, de Miyazawa Kenji (2008).

MADALENA HASHIMOTO CORDARO

Bacharel e licenciada em Artes Plásticas pela USP em 1982, bacharel em Letras (Português e Espanhol em 1984; Japonês em 1988), mestre em gravura pela Washington University em 1994, doutora em Filosofia pela USP em 1999, livre-docente em Literatura e Arte Japonesa em 2011. Suas principais publicações são: *Pintura e Escritura do Mundo Flutuante* (2002), *Ukiyo-e — Pinturas do Mundo Flutuante: A Coleção do Instituto Moreira Salles* (2008) e *Madalena Hashimoto: Das Dez Mil Faces* (2008). Entre suas principais traduções contam-se: *O Anticinema de Yasujiro Ozu*, de Kijû Yoshida (cotradução, 2003), e *O Florescer das Cores: A Arte do Período Edo* (2008).

Este livro foi composto em Sabon e Mincho pela Bracher & Malta, com CTP e impressão da Edições Loyola em papel Pólen Natural 70 g/m² da Cia. Suzano de Papel e Celulose para a Editora 34, em setembro de 2023.